태양을
기다리며

태양을 기다리며

펴낸날 | 2009년 1월 28일 초판 1쇄

지은이 | 츠지 히토나리
옮긴이 | 신유희
펴낸이 | 이태권
펴낸곳 | 소담출판사
　　　　서울시 성북구 성북동 178-2 (우)136-020
　　　　전화 | 745-8566~7　팩스 | 747-3238
　　　　e-mail | sodam@dreamsodam.co.kr
　　　　등록번호 | 제2-42호(1979년 11월 14일)
　　　　홈페이지 | www.dreamsodam.co.kr

ISBN　978-89-7381-969-0　03830

● 책값은 뒤표지에 있습니다.
● 잘못된 책은 구입하신 곳에서 교환해드립니다.

태양을 기다리며

츠지 히토나리 지음
신유희 옮김

소담출판사

차례

루즈 마이 메모리

"아직인가."

내 말에 도모코는 하늘을 올려다보았으나, 표정은 가라앉아 있었다.

"음, 글쎄. 나올 것 같긴 해. 그게 그 태양이 맞는지는 몰라도."

지평선이 미미하게 움직인 듯했으나, 이내 기분 탓임을 알았다. 끝없이 이어지는 풀숲 위를 남풍이 앞질러 나갔을 뿐. 들고 있던 솔을 페인트 통 안에 도로 넣고 나서, 슴벅거리는 두 눈을 손등으로 비볐다. 하늘에 파란 부분의 비율이 점차 늘어나고 있다. 바람의 흐름을 느끼려 의식을 집중해보았다. 뺨을 스치는 신선한 기류 속에서 써늘한 기운을 느낀다.

"나온다고 해도, 그게 같은 태양인진 알 수 없어."

"이대로 그 태양이 나오지 않는다면."

마루야마 도모코가 내 말에 눈썹을 찌푸리며, 그만하라고 한숨 섞인 소리로 중얼거렸다.

"생각하고 싶지도 않아."

나는 웃었지만, 그녀는 금방이라도 웃을 것 같던 입술을 황급히 다물어버렸다. 드디어 태양이 구름 사이로 얼굴을 내밀려 하고 있는데, 어느 누구도 초조해하는 기색이 없었다. 모두 개개풀어진 눈 그대로,

어디를 본달 것도 없이 까물까물 졸고 있다.

"뗏일은 진즉에 끝났는데 말야."

도모코가 눈앞에 펼쳐진 참호며 탱크 잔해에 흘깃 시선을 주고 나서 말한다.

"하지만 아직은 납득이 안 가."

"언제 납득하는데?"

"코앞에 닥치기 전까진 안 할 거야."

그렇게 말하곤 도모코는 미소 지으며, 그런 사람들뿐이니까, 하고 중얼거렸다. 이곳에선 시간이 완전히 멈춰 있다. 빙 둘러앉아 있는 남자들도, 전장의 풍경도, 그리고 끝없는 지평선도, 모두 오래된 유화 속에 그려진 세계 같다.

"지로는 누가?"

도모코가 문득 말머리를 돌린다. 나를 보지 않고, 아득한 저편으로 마음을 날리듯 눈을 가늘게 뜨고서.

"어머니가 가끔 들여다보셔."

그래, 하고 도모코가 말한다.

바람이 다시 지평선을 향해 풀숲 위를 달려 나간 다음 순간, 빛이 드넓게 퍼지며 초원 위에 나타났다. 대지 가득 세워놓은 도미노가 일제히 쓰러지듯이 풀숲의 이파리들이 빛을 반사하며 차례차례 지평선을 향해 눕더니 서거서거 소리를 내며 이동했다. 내가 요 며칠 작업해 온 부서진 탱크며 트럭의 잔해 위에도 태양 빛이 고루 내리쬐기 시작했다.

"왔다."

세계가 이어지느냐 마느냐 하는 심정으로 기다리던 우리는 동시에 하늘을 올려다보았다. 하지만 아직 반신반의하는 분위기이다. 눈 중심에 기분 좋은 통증이 일고, 그 탓인지 가벼운 현기증을 느꼈다.

●

나에게는 다섯 살 위의 혼수상태에 빠진 형이 있다.

그는 올해 초, 동(東) 신주쿠 공원에서 총탄에 맞아 쓰러진 뒤 지금껏 의식이 돌아오지 않고 있다. 바야흐로 세계가 새로운 세기로 돌입하려는 이때, 형은 아무것도 모른 채 생명 유지 장치를 매달고 침대 위에 누워 간신히 숨만 쉬고 있다.

못된 장난을 비롯하여 여자 꾀는 법, 내기에 이기는 요령, 세상살이 테크닉……. 뭐든 형한테서 배웠다. 고등학교를 중퇴한 형은 제대로 된 일을 잡지 못했고, 아버지가 부재중인 우리 집에서 그의 존재는 도화선과도 같았다. 쉽게 욱하는 성격 때문에 친구들 사이에서 시한폭탄으로 통하던 지로 형. 중학생 때부터 점차 악당 꼴을 갖춰가더니, 고등학생이 되어서는 야쿠자와도 깊이 알고 지내면서 수차례 보호관찰 처분을 받은 끝에 감화원이며 소년원을 들락거리다, 신주쿠로 흘러든 불량배들의 리더 비슷한 존재가 되었다. 일단 꼭지가 돌면 아무것도 뵈는 게 없어, 상대가 야쿠자든 뭐든 덤비고 보는 위험한 배짱의 소유자이기도 했다.

"시로, 이번에 이 형이 말이다, 엄청 큰 일거릴 맡게 됐다는 거 아니냐."

지로 형은 혼수상태에 빠지기 전, 그런 말을 내게 흘린 적이 있었다.

"엄청 큰?"

"어, 일생일대의 큰 사업."

형은 절도단에 가담한 적도 있고 전과도 있었다. 핸섬한 외모 덕분에 악한처럼 보이지는 않아서, 그 분위기를 이용하여 여자들에게 돈을 뜯어내기도 했다.

"뭘 하는데?"

"비밀이야."

"쳇. 부탁인데, 나나 엄마한테 피해만 끼치지 말아줘."

시끄럽게 말도 많네, 하며 형은 혀를 찼다.

"뭘 하냐면 말이지."

형은 헤헤 웃었다. 말하고 싶어서 입이 근질근질한 눈치였다. 그럴 때면 콧잔등을 손끝으로 긁적거리는 것이 형의 버릇이었다. 고개를 수그리고 미소 지으면 높은 코가 한층 두드러져 보였다. 그렇게 어딘가 배우풍의 못된 분위기에 여자들이 끌리는 것이리라.

"말 못해. 이것만은 입이 찢어져도 말 못한다니까."

무언가를 떠올리듯이 히죽거리는 웃음을 입가에 띠었다.

"뭐야. 말을 꺼내지나 말던지."

"넌 건전한 세계에서 살잖아. 모르는 편이 나아. 일이 잘 되면, 차 한 대 뽑아줄게. 벤츠든 재규어든 뭐든 사주마."

쳇, 하고 나는 혀를 찼다. 그때 말렸어야 했다고 이제 와서 후회한다. 일생일대의 큰 사업 덕에 형이 혼수상태에 빠진 것만큼은 틀림없는 사실이니까.

●

지평선에 에워싸인 초원 위, 초등학교 교정만 한 범위에 백 명쯤 되는 사람들이 몇 명씩 각 파트별로 나뉘어 둘러앉아 있다. 거기서부터 다시 1킬로미터 전방의 가파르지 않은 경사지에 38식 보병총을 멘 군복 차림의 남자들이 천 명가량 쭈그려 앉아, 역시 정신이 멍해질 정도로 무사태평하게 대기하고 있었다.

구로다만이 기묘한 자세로 촬영단 속에 홀로 서 있다. 호리호리한 체구의 구로다는 마치 노목(老木) 같은 모습으로 수풀 가운데 솟아 있었다. 등은 곧게 펴고 있지만, 엉덩이는 툭 튀어나와 있다. 오른쪽 팔꿈치를 가슴께에 고정하고 오른쪽 턱을 어깻죽지에 갖다 댄 자세로 직경 4센티미터 정도의 콘트라스트 뷰어라 불리는, 선글라스보다 짙은 까맣고 둥근 렌즈를 들여다보고 있었다. 그걸로 태양을 보면 엷은 구름 속에 잠긴 태양의 움직임이 잘 보였다.

오로지 구로다만이 지난 2주간, 태양을 지켜보고 있었다. 모두가 선잠을 자고 있을 때도, 시시한 음담패설로 이야기꽃을 피우고 있을 때도, 혹은 한창 점심을 먹는 시간에도 구로다만이 홀로 쉼 없이 렌즈를 응시하고 있었다.

"어떤 것 같아?"

도모코의 의견을 구해본다.

"음, 나쁘진 않은데, 어떨는지."

"모든 게 대장한테 달린 건가."

우리 두 사람은 접이식 디렉터 체어에 앉아 있는 노인의 등을 바라보았다. 이노우에 감독은 빙 둘러앉은 연출부 가운데에서 그림 콘티 수정에 여념이 없다. 이미지를 놓치지 않으려는 듯 지난 2주 동안, 그는 오로지 그림 콘티와 씨름하고 있다. 감독이 꿋꿋하게 버티고 있는 이상, 스태프들이 조바심을 낼 순 없다. 모두 감독의 기색을 살피면서, 그저 태양이 얼굴을 내밀기만 잠자코 기다리고 있었다.

"벌써 1년이네."

도모코가 먼 곳을 바라보며 말했다. 감정을 감춘 어두운 옆얼굴이었다. 그녀가 무엇을 떠올리고 있는지 나는 잘 알고 있었다. 나와 그녀가 공유하고 있는 지로의 빛과 그림자에 대한 기억이다.

"그 사람은 내내 그대로이려나."

태양 빛이 도모코의 얼굴을 급격히 하얗게 떠올렸다.

"감독님."

구로다의 목소리에 이노우에 하지메는 코를 한 번 훌쩍이고 나서 천천히 얼굴을 들었다. 그대로 의자에 앉은 채 잠시 하늘을 올려다본다. 이윽고, 어떤가? 하는 목소리가 구토나에게 돌아왔다.

구로다는 콘트라스트 뷰어를 다시 한 번 들여다보고, 예의 고목 같은 자세에 들어가 미동조차 하지 않았다. 다음 순간, 촬영단에 급속도

로 긴장감이 내달린다. 지난 2주 동안 몇 번 없었던 긴장이다. 노감독
이 의자에서 일어서는 것과 동시에 촬영기사인 쓰타야도 일어나고, 뒤
이어 그의 조수들이 차례차례 몸을 일으키기 시작했다. 쓰타야도 콘트
라스트 뷰어를 꺼내 구로다와 같은 포즈로 태양을 들여다본다.

　“다음 구름까지 15분 정도 걸릴 것 같습니다.”

　구로다가 그렇게 외치자, 이노우에는 입을 한일자로 굳게 다물고 나
서, 그래? 15분이란 말이지, 하고 중얼거렸다. 원을 그리며 둘러앉아
있던 각 파트의 기사며 조수들이 감독의 안색을 살피면서 슬금슬금 일
어선다.

　“갈게.”

　도모코가 그 말을 남기고 자리를 떴다. 태양이 구름의 가장자리를
태우기 시작한다.

●

　몇 년 전, 분명히 형은 권총을 몰래 숨겨 가지고 있었다. 그 총이 지
금 어디에 있는지는 모른다. ‘토카레프’ 라는 러시아제 총인데, 형은
그것을 타월로 둘둘 말아 빈 양철 과자 상자 안에 넣어 항상 침대 밑에
보관했다. 형이 총격을 당하고 얼마 안 되어 그것은 있어야 할 장소에
서 과자 상자째 사라졌다.

　형이 자신의 토카레프로 자기 자신을 쏜 건 아닐까. 처음엔 그렇게
생각했다. 자살이 아니라, 환각 증상을 일으키는 바람에 그랬을지 모

른다고. 하지만 나중의 경찰 조사에서, 형의 머리를 관통하고 가로수에 가서 멈춘 총알이 38구경 스미스 앤드 웨슨에서 발사되었다는 사실이 밝혀졌다.

형이 왜 총격을 당했는지는 알지 못한다. 누가 쏘았는지도, 사라져버린 토카레프가 지금 어디에 있는지도, 물론 모른다. 다만 내 휴대전화로 몇 차례 이상한 전화가 걸려오긴 했다. 첫 번째 전화는, 형이 혼수상태에 빠지고 나서 한 달쯤 지난 어느 날 심야에 걸려왔다.

"다치하라 시로 씨 되시죠?"

되시죠, 부분에서 협박 비슷한 으름장이 희미하게 묻어나기에 졸음이 싹 달아나면서 나도 모르게 방어 태세를 취하고 말았다.

"그런데요."

"저는 지로 군의 친구 되는 사람으로, 후지사와라고 합니다."

"후지사와 씨요?"

"네, 후지사와입니다. 갑자기 전화드린 건, 지로 군이 그렇게 되기 전에, 그 친구에게 잠시 맡겨둔 물건이 있어서 말이죠. 그걸 돌려받아야 하는데, 그 친구가 그렇게 됐으니. 아, 그야, 어쩔 수 없는 일이지요. 하지만 어쩔 수 없다고만 하면 우리 쪽 입장이 곤란해서 말입니다. 해서, 이래저래 알아보니 그 친구, 동생분한테는 뭐든 털어놓는 것 같더란 말이지요. 형제간이니 당연하다면 당연하겠지만, 의가 무척 좋아 보였어요. 혹시, 동생분이 형님한테서 무언가 맡아 가시고 있는 건 아닌지, 잠깐 부탁받은 물건은 없었는지, 그런 생각이 들어서 이렇게 전화를 했습니다. 뭐든 좋으니 기억을 떠올려주십사 해서."

말씨는 정중했지만, 어조 하나하나가 상당히 고압적이었다. 우리 쪽 입장이 곤란하다고 그가 말한 우리 쪽이란, 무슨 단체일까?

"그게 무슨 말씀이시죠?"

바로 토카레프가 떠올랐다. 틀림없이 이 남자는 그 러시아제 권총을 찾고 있는 거란 생각이 들었다. 또한 이 남자는 형이 신세 지고 있던 신주쿠 주변의 야쿠자일지 모른단 생각도.

"보통 크기의 상자, 상자라고 해야 하나 장방형의 가방이라고 해야 하나."

"가방이요?"

권총보다는 꽤 큰 물건인 모양이어서 내 상상이 빗나갈 가능성이 있다는 사실에 어쩐지 안도하면서도, 입 속으로 되풀이해서, 가방, 하고 읊조려보았다.

"좀 더 구체적으로 말하자면 란도셀인데, 모르겠나? 까만 책가방. 초등학생들이 잘 메고 다니는, 그거네만."

남자의 말투가 갑자기 허물없어지고, 그 재빠른 변화에서 한층 위압감이 느껴졌다.

"모르겠나? 란도셀."

"란도셀이라……모르겠는데요. 란도셀 같은 건 본 적도 없습니다."

"잘 생각해보게. 뭐라도 좋으니까 기억을 떠올려봐. 자네가 지로의 방을 정리했겠지. 자네가 지로 방을 청소했다고, 녀석의 동료들한테서 들었네."

엉겁결에, 아, 하는 소리가 나오려는 것을 간신히 참았다. 형이 총격을 당하고 2주 정도 지난 어느 날, 집에 빈집털이가 들었다. 그런데 이 상하게도 다른 방에 비해 유독 형 방만 집요하게 난장판이 되어 있었 다. 문득 이 전화 속 남자가 바로 그 빈집털이범일 것 같은 느낌이 들 었다.

"아뇨, 란도셀이라면 보면 알죠. 란도셀은 어디에도 없었습니다. 저, 그 안에는 뭐가 들어 있죠?"

남자는 침묵했다. 무언가를 필사적으로 생각하고 있는 눈치였다. 남자의 낮은 호흡 소리만이 수화기를 타고 흘러나왔다. 마치 짐승의 신음 소리처럼 까슬까슬한 울림을 동반하며. 남자는 주위를 경계하는 듯이 짬을 둔 후, 떠보는 듯한 말투로 조그맣게 중얼거렸다.

"루즈 마이 메모리(lose my memory)."

"예?"

다시 한 번……? 하고 되물었다.

"숨기려 들면 나중에 일이 번거로워질 거야."

"미안하지만, 다시 한 번 말씀해주시겠습니까?"

남자는 가만히 귀를 기울이더니, 쯧 하고 혀를 차고는 전화를 끊어 버렸다. 그 후로 몇 차례 더 그 남자로부터 비슷한 전화가 걸려왔다. 낯선 남자들이 내 뒤를 밟은 적도 있었다. 연루되는 것이 두려워 나는 얼마 후 휴대전화 번호를 바꿔버렸다.

●

현기증이 걷히고 '루즈 마이 메모리'라는 울림이 내 머릿속에서 사라지고 나자, 망망한 도카치 평야(홋카이도 남동부, 도카치 강 유역에 있는 평야_옮긴이)의 초원이 눈앞에 펼쳐져 있었다. 사람들은 모두 아까까지의 무관심이 거짓이었다는 양, 태양을 올려다보고 있다.

유달리 키가 큰 이노우에 하지메 감독은 얼굴을 바람 부는 쪽으로 향하곤 무언가를 떠올리는 듯한 몸짓이랄까, 고개를 약간 기울이고 눈을 가늘게 떴다. 감독 옆에는 스크립터인 마루야마 도모코가 바싹 붙어 있다. 그녀는 이전 컷과의 연결을 신경 쓰고 있는 게 틀림없다. 초원 끝자락이며 구름의 흐름을 관찰하고 있었다.

이노우에 감독은 흘러가는 구름의 끝자락, 지평선 저편을 실눈을 뜨고 더듬은 후, 조그맣게 한숨을 내쉬었다.

"구름이 달라. 태양도 달라. 틀렸어."

그의 한 마디가 촬영단 구석구석에 전해지자, 곧이어 사람들의 긴장이 풀리고 여기저기 느슨한 공기가 되돌아오는 것이 느껴졌다. 보스가 디렉터 체어에 털썩 내려앉자, 구로다를 제외한 전원이 마치 아무 일도 없었다는 듯 땅바닥에 하나 둘 주저앉았다. 무려 2주씩이나 기다렸는데, 누구 하나 고통스런 표정을 짓는 사람이 없었다.

이노우에 팀에 미술부 보조로 갓 합류했을 무렵엔 스태프들의 인내에 놀란 적도 많았지만, 그런 일상도 이제는 예사로 받아들이게 되었다. 놀라기는커녕 바로 이 어슴푸레하게 정체된 나날 속에 영화 자체가 있다는 생각까지 하게 되었다.

아무 진척 없이 시간만 죽이는 나날 속에서, 유일하게 시간에 민감한 프로듀서를 제외하면, 이노우에 팀의 모든 스태프는 처음부터 운명을 하늘에 맡기는 듯했다. 여기서 하늘이란 물론 이노우에 하지메를 말한다.

●

혼수상태인 형은 24시간 내내 잠만 잔다.

눈꺼풀은 항상 감겨 있지만, 억지로 밀어 올리면 잠시 동안은 두 눈을 뜨고 있을 때도 있다. 마치 의식이 돌아온 사람처럼 눈을 둥그렇게 뜨고, 깜박임도 없이 물끄러미 천장을 본다. 그 모습은 사색하는 철학자의 그것처럼 보이기도 했다. 안구가 응시하는 천장 이면에 끝없이 무한한 우주가 펼쳐져 있기라도 한 걸까. 형은 생명의 수수께끼를 풀어내려는 사람 같았다.

그럴 때면 나는 형에게 말을 붙였다.

"형, 지금 어디에 있어? 거기서 뭘 하고 있는데?"

형은 천장을 응시한 채 꿈쩍도 하지 않는다. 나는 얼굴을 가까이 가져갔다. 형의 안구는 부드럽고 아름답게 호를 그리고 있다. 콧김이 느껴질 정도로 바싹 다가가자 안구 안쪽에 갈색 홍채가 보였다. 반경 몇 밀리미터의 작은 원 안에 여러 가닥의 선이 중심을 향해 뻗어 있었다. 그리고 그 사막 한가운데는 무서우리만치 깊은 칠흑의 어둠이 형성되어 있었다. 마치 형의 내부로 통하는 입구가 그곳에 쩍 하니 입을 벌리고 있는 듯한 모습이었다.

지로 형이 금방이라도 뭔가 중얼거릴 듯한 느낌이 들었다. 귀를 기울이면 형의 마음속 음성이 들려올 것만 같았다. 하지만 실제로 들려온 것은 창문 틈으로 흘러 들어오는 바람 소리뿐.

"혼수상태는 계속될 겁니다."

의사는 그렇게 말했다. 의식불명의 세계에서 이쪽 세상으로 형이 생환할 가능성은 1퍼센트도 되지 않는다고 했다. 의사는 늘 그 부분에 대해서만 강한 확신에 찬 대답을 했다.

"저쪽으로 가거나, 중간에 걸려 흘러가지 못하고 계속 머물러 있거나, 형님께서 가야 할 길은 둘 중 하나밖에 없는 겁니다."

내게는 특정 종교에 대한 신앙이란 것이 없다.

신의 존재를 부정하는 건 아니지만, 세상에 넘쳐나는 신 가운데 과연 어느 신을 믿어야 좋을지 모르겠다. 혼수상태가 지속되는 형을 보면서, 신앙이 있다면 조금은 편해지리란 생각을 했다. 과거와 미래 사이에 매달려 있는 상태나 다름없는 형의 존재 이유에 대해, 좀 더 강하게 내 마음을 납득시킬 수 있을지도 모른다. 그러나 아쉽게도 신앙이 없는 나로서는 형의 영혼과 정신이 가야 할 곳이라는 데를 상상할 수가 없다.

●

오후, 이노우에 하지메 감독이 작업 중인 내 곁으로 건너왔다. 결코 약한 소리를 입 밖에 낼 수 없는 촬영부대의 대장에게는 도피처가 될 만한 장소가 필요하다. 젊은 시절 화가를 꿈꾼 적도 있다는 감독에겐 묵묵히 페인트칠을 하는 내 모습이 긴장된 일상 속에서 마음을 진정시킬 수 있는 풍경의 하나였던 모양이다.

감독이 가끔 도장부 쪽으로 피난 오는 일이야 나의 스승인 키다 마타요시 때부터의 버릇이기도 했지만, 동시에 감독이 이노우에 팀 안에서 내게 일종의 신뢰를 갖고 있다는 증거이기도 했다. 따라서 나는 거기에 조금이라도 보답해야겠다는 마음에, 지친 그의 기분을 헤아리고, 표정이 어두울 때는 되도록 마음이 편해지는 말을 건네려 애썼다.

"태양이 안 돼서 말이네."

그러면서 노감독은 미소 지었다.

"괜찮습니다, 아직 일거리는 얼마든지 있으니까요."

나는 웃는 얼굴로 답한다. 편모슬하에서 자란 내게 이노우에 감독이나 키다 스승은 어떤 의미에선 아버지와 같은 존재이기도 했다.

"키다는 요즘 어떤가."

"술을 못 드시니 늘 불평이시죠. 빨리 현장에 복귀하고 싶다고 노상 푸념이세요. 하지만 아직 체력 면에서 복귀하시기엔 무리일 듯싶습니다."

"그래?"

이노우에 하지메는 아쉬운 듯 중얼거린다.

"서로는 마음이 안 놓이시는 거죠. 매일 서한테 전화를 하세요. 감독님 기대에 부응할 수 있도록, 타협은 말라면서."

"그 친구도 나와 동갑이니, 이제 무리해선 안 되지. 시로, 자네가 분발해서 스승을 하루빨리 안심시켜 드리게."

"네."

문득, 이노우에의 시선이 초점을 잃고 미끄러지더니, 어디라고도 할 수 없는 장소에 머물렀다. 요즘 들어 자주 그런 눈을 한다.

"한 가지 여쭙고 싶은 게 있는데, 감독님이 기다리고 계신 태양이란 어떤 겁니까?"

"태양?"

감독은 현기증을 가라앉히려는 듯이 머리를 몇 차례 좌우로 가볍게 흔들고 나서 말했다.

"어떤 태양을 기다리고 계신지, 궁금해서요."

나는 염려가 되어 그의 얼굴을 슬쩍 들여다보았다.

"60년도 더 전의, 여름날의 태양이네."

바람이 우리 두 사람 사이를 천천히 지나갔다. 빛이 초원 일대에서 물러나기 시작하자, 감독의 몸도 오른쪽에서부터 조용히 그늘 속에 잠겨들었다.

"그날, 태양은 무섭도록 붉었어."

노감독은 무언가를 떠올리려는 듯한 표정을 지었다. 하지만 찾고 있는 것을 기억의 상자 속에서 쉽사리 찾아내지 못하는 눈치였다. 이노우에 하지메는 미간에 주름을 지으며 생각에 잠겼다. 그러더니 갑자기, 아아, 하는 소리를 흘리며 무언가를 겁내듯 한 발짝 뒤로 물러섰다. 그 모습이 빈혈 같은 것으로 당장 쓰러질 듯이 보여, 엉겁결에 손을 뻗어 감독의 몸을 떠받쳤을 정도다.

“감독님.”

그러나 대답은 없었다. 검은자위가 조금씩 눈 안에서 이동하는 것처럼 보인다.

“그 태양이야, 그 태양이 세상을 엉망으로 만들어버렸어.”

또다시 혼잣말을 했다. 이노우에 하지메의 시선은 내가 녹 빛깔 페인트를 덧칠하고 있던 탱크 측면에서 등 뒤의 초원으로 옮겨 갔다. 그곳에는 미술부가 전장을 재현하여 만든 풍경이 펼쳐져 있다. 포탄을 맞아 파괴된 군용 차량이 길 없는 풀숲 위로 몇백 미터에 걸쳐 점점이 방치되어 있었다. 특수효과부의 기타오가 후방의 탱크 잔해에서 스모크 머신으로 연기를 피워 올리는 실험을 하고 있다. 희고 가느다란 연기가 봉화처럼 하늘로 피어오르고 있었다.

요즘 들어 이노우에 하지메의 언동이 좀 이상했다. 스태프 가운데 이런 사실을 눈치챈 사람이 과연 얼마나 되는지는 모르겠다. 적어도 감독 곁에 딱 달라붙어 있는 도모코는 알아차렸을 테지만, 아직 변화가 심하지 않은 탓인지 프로듀서 일동은 깨닫지 못하고 있었다.

“이전 컷과 연결이 그리 나쁠 것 같진 않은데요.”

여전히 굳어 있는 이노우에의 옆얼굴에 조심스럽게 의견을 던져본다. 감독은 그제야 조금 의식을 되찾고, 조그맣게 고개를 흔들었다.

“아니, 내가 잇고 싶은 건, 컷과 컷이 아니야.”

컷과 컷 사이, 잠시 삼간의 틈에도 사언은 사차 없이 숨직였다. 구름이 이동하고, 태양이 숨는가 하면 비가 내리고, 반대로 계속 비가 내리면 좋으련만 날이 개어버리고……. 자연이 가져오는 다양한 변화가,

이른바 영화적인 시간의 연결을 방해했다. 이전 컷과 다음 컷을 자연스럽게 연결하여 조화롭게 어우르는 것이 영화의 중요 작업 중 하나이며, 그것을 위해 영화쟁이들은 '하늘바라기'를 한다. 이전 컷과 똑같은 기후 상태가 돌아올 때까지 오로지 기다리는 것이다. 촬영 시간에 여유가 없는 저예산 영화에서는 카메라 조리개를 조절하거나 필터를 사용하는 등 다양한 인공 수단을 동원하여 비슷한 상황을 만들지만, 이노우에는 결코 그와 같은 잡기는 쓰지 않았다. 많은 영화감독 중에서 이노우에만큼 컷과 컷의 연결을 신경 쓰는 사람은 없다. 그는 빛이나 기후를 누구보다 엄격하게 관찰하고 공들여 찍었다. 이노우에는 날씨 연결이 매끄럽지 못한 작품을 싫어했다. 관객이 영화의 거짓을 간파하는 것은 대개 그럴 때이다, 관객이 눈치챈다는 건 어디까지나 기술자가 제 할 일을 다하지 못했기 때문이다, 라는 말을 서슴지 않았다. 하늘바라기야말로 영화 작업에서 가장 인내가 필요한 중요한 일이라며, 촬영부며 조명부에게 귀가 따갑도록 말한다. 촬영감독인 구로다가 태양의 움직임을 계측하는 역할을 담당하고 있었다. 그런 만큼 구로다는 누구보다도 엄격함과 인내가 필요한 입장에 놓여 있었다.

"내가 잇고 싶은 건, 나의 마음이야."

감독이 등줄기를 폈다.

"내 자신의 기억을 잇고 싶어. 알겠나? 이건 단순한 하늘바라기가 아니야. 내가 일찍이 보았던 태양이 나타나기를 기다리고 있는 거지. 60년 전에 중국에서 보았던 하늘과 똑같은 하늘을 기다리고 있어. 그게 가장 중요하다고."

천 명의 엑스트라를 대기시켜놓은 가운데 벌써 2주가 지났다. 바라는 태양이 나타나지 않는다는 이유만으로 매일 몇백만 엔, 혹은 천만 엔 이상의 돈이 물거품이 되어 사라지고 있을 터였다. 나 같은 말단은 상상도 할 수 없는 막대한 금액일 뿐더러, 영화의 황금기도 아닌 지금, 이와 같이 상식을 초월한 하늘바라기를 영화사에서 환영할 리 없었다.

'일본 영화사상 유례없는 제작비' 라는 것이 이번 작품의 세일즈 포인트인 만큼, 며칠 기다리는 정도의 여유 자금은 있으리라. 그러나 2주씩 지나고 보면, 더구나 앞으로 얼마나 계속될지조차 모르는 상태에서의 하늘바라기라면, 영화 제작 전체가 타격을 입지 않을 리 없다. 앞으로 있을 촬영에 상당한 제약이 있을 게 뻔하고, 5년 만의 작품인데 이번이 마지막 작품이 되지 않겠냐고 수군대는 상황이다 보니, 이노우에 감독에게는 이 태양 연결을 위한 기다림이 자칫 치명타가 될 수 있었다.

그 옛날에 보았던 하늘과 똑같은 하늘이 과연 나타나줄까요, 나는 그렇게 묻고 싶었지만 또 하나의 하늘인 그에게 토를 달 수는 없었다. 이노우에는 먼 하늘을 올려다보고 있다. 거기에는 구름과 구름의 갈라진 사이로 선명한 창공이 얼굴을 내밀고 있었다.

●

나는 솔을 교묘하게 놀려 미술부가 만들어낸 선소물에 억사석인 싶이를 덧칠해나간다. 영화판 용어로 '때를 입힌다' 고 하는데, 이것은 미술부가 만들어낸 건조물에 시간적인 경과, 즉 역사를 붓으로 덧그리는 작업을 일컫는다. 거듭거듭 페인트를 입히고, 먼지며 얼룩 또는 도료가 벗겨지거나 흠집이 난 모습을 인공적으로 꾸며 넣음으로써 그 자리에 역사를 날조한다. 진짜처럼 보이기 위해, 가짜 역사를 만드는 것이다.

‘때장이’ 란, 미술부 사람들이 내게 붙인 별명이다. 도장부(塗裝部)가 정식 호칭이지만, 아무도 나를 가리켜 도장부라고 격식 차려 부르는 법이 없다. 나는 때장이다. 흔히 도장업자가 낡은 벽을 새롭게 깨끗이 칠하는 일을 하는 것과 반대로, 나는 깨끗한 새 벽과 갓 지은 세트를 거침없이 더럽히는 일을 한다.

땟일은 준비 단계에 속하는 일이라서 준비 파트로 불리고, 작업이 종료되면 현장을 떠나는 게 일반적이다. 그러나 이노우에 팀만은 촬영 기간 중에도 계속 현장에 머물러 있어야 한다. 감독이 갑자기 세트 위치를 바꾸거나 재작업을 지시하는 일이 있기 때문이다. 도카치 평야에서 촬영을 진행하는 이 ‘신 18 컷 2’를 찍는 데에만, 태양의 색이며 반짝임, 빛의 각도, 구름과의 밸런스가 마음에 들지 않는다는 이유로 벌써 두 차례 촬영 포인트를 이동했다. 게다가 새로운 미술상의 아이디어까지 추가되는 실정이다 보니, 그때마다 내가 도쿄에서 비행기로 날아오기에는 시간상의 손실이 너무 크다. 이번에도 나는 이노우에 팀 소속 때장이로서, 크랭크업 때까지 감독을 수행하기로 되어 있다.

•

내가 이노우에 하지메의 피난처가 된 데에는 몇 가지 이유가 있다. 언젠가, 이노우에 감독에게 땟일하는 법을 가르쳐준 적이 있다. 전전 작품이었던 시대극을 촬영할 때였는데 그때도 역시 날씨가 이어지길 기다리는 중이었다. 시간이 넉넉했기에 얼룩을 그려 넣는 방법이라든지 크랙(crack) 만드는 요령 따위를 성심껏 가르쳐드렸다. 스승인 키다 조차도 못 해본 황송스러운 일이었지만, 젊기에 가능했던 무모함이었다. 그때만 해도 아직 정정했던 키다가 감독에게 붓을 들린 나를 나중에 따로 불러내더니, 하룻강아지 범 무서운 줄 모르는 녀석이라며 기막혀했다.

땟일에 관한 기술은 스승인 키다 마타요시에게 배운 것이 거의 전부였지만, 영화판 도장의 세계에는 딱히 정해진 틀이나 규칙 같은 것이 존재하지 않는다. 늘 각자 알아서 저마다의 방법을 개발하고 연구해야 했다. 나는 스승인 키다에게서 배운 방법에 더하여 몇 가지 독자적인 방법을 고안했다.

원래 화가를 꿈꿨던 만큼, 이노우에 하지메는 나의 땟일 기술에 크나큰 관심을 보였다. 이노우에 하지메는 가느다란 눈을 크게 뜨고, 마치 소년처럼 상기된 얼굴로 솔을 움직였다. 좋아, 스타트! 라고 호령할 때의, 그 야차와도 같은 매서운 얼굴과는 완전 딴판이었다.

"때장이, 자네 일은 즐겁겠어. 세상을 맘대로 더럽히기만 하면 되니, 부럽기 그지없네."

그때 이후로 그는 짬만 나면 내가 작업하고 있는 곳으로 걸음하게 되었다.

"키다도 그랬지만, 사제내림이란 건지, 자네가 한 작업은 정말 자연스러워. 이건 누가 봐도 진짜인 줄 알 거야. 이렇게 금이 쩍쩍 가 있는 거하며, 칠이 벗겨진 모습하며, 설마 페인트로 그려 넣은 것인 줄 누가 알겠나. 진흙이며 먼지까지 붓으로 그려내다니 말일세. 이게 다 자네가 타협을 모르는 사람이라서, 이리도 자연스럽게 보이는 거지. 화면에 비치지 않는 부분에까지 손을 대는, 그 타협하지 않는 마음가짐이 중요한 거라네. 무릇 타협이야말로 영화를 금 가게 만드는 원인이 되니 말일세."

처음엔 단순히 땟일에 흥미가 있어서 도장부를 방문하는 것쯤으로 여겼으나, 실은 하루에도 수십, 수백 번의 결단이 요구되는 대감독의, 일상으로부터의 자그마한 도피임을 최근에서야 알게 되었다. 그러다 보니, 내 쪽으로 건너오는 그의 표정에서 감독으로서의 그가 현재 어떠한 정신상태에 놓여 있는지도 차츰 알 정도가 되었다. 감독이 심적으로 몰리고 있어 보일 때면 나는 솔을 건넸다.

"잠시 해보시겠습니까?"

"괜찮겠나?"

"괜찮습니다. 아직 작업하지 않은 부분이라 얼마든지 다시 그려 넣으면 되니까요."

감독은 솔을 쥐더니 마치 어린아이처럼 일에 달라붙었다. 이노우에의 긴장을 다소나마 풀어줄 수 있다면, 나로서는 그보다 큰 선행이 없었다. 즐거운 듯, 또 다른 의미에서의 긴장을 안고, 이노우에 하지메는 마치 동심으로 돌아간 것처럼 땟일에 몰두했다. 그 모습은 종종 주위의 미소를 자아냈다.

"여기에 오면 어쩐지 좀 느긋하달지, 푸근한 기분이 들어. 역사를 만드는 일이라니, 자네, 굉장한 일로 밥벌이를 하고 있지 않은가."

황송해서 대답이 쉽게 나오질 않았다.

"세상은 가짜 같은 진짜들뿐인데, 진짜 같은 가짜를 멋지게 만드는 녀석도 있구먼."

이노우에 하지메는 그렇게 독백했다. 세상은 가짜 같은 진짜들뿐인데, 진짜 같은 가짜를 멋지게 만드는 녀석……. 그 말은 내 기억장치 속에 또렷이 새겨졌다.

이노우에 하지메는 벌써 여든이 넘었다. 얼굴에는 검버섯도 눈에 띄고, 기름기 돌던 40대 무렵의 삽상한 홍보용 사진 등과 비교하면 많이 여윈 데다, 피부도 살집도 여기저기 처져 있었다. 내가 키다 마타요시의 조수로서 이노우에 하지메를 처음 본 이후 10년 가까운 세월이 흘렀지만, 전작의 흥행 실패를 기점으로 특히 요 몇 년간 나이 먹는 모습을 보고 있노라면 서글픈 생각마저 들었다. 눈빛만은 예전 그대로 예리함이 남아 있었지만, 그 시선의 끝은 요즘 들어 늘 불안정하고 미덥지 못했다.

●

이노우에 팀의 기사들 중 일부는 이노우에와 이미 반세기에 걸쳐 쭉 함께 일해온 사람들이었지만, 그 외 사람들은 밀려오는 세월의 파도를 이기지 못하고 거의가 내 스승인 키다처럼 일선에서 물러나 젊은 세대에게 자리를 넘겨주었다.

촬영부에 30대 중반의 젊은 기사 쓰타야 교이치가 있다면, 조명부에는 태평양 전쟁 때부터 이노우에와 함께 일해온 노련한 기사 이시켄 도쿠지가 있었다. 요컨대, 촬영과 조명의 관계는 영화에서 빛과 그림자를 담당하는 중요한 파트임에도, 신세대와 구세대의 감각 차이가 미묘하게 화근이 되어 때때로 세세한 부분에서 의견이 맞질 않다 보니 감독의 등 뒤에서 양쪽 부가 다투는 일도 많았다. 실제 촬영이 지연되고 있는 또 한 가지 원인이기도 했다.

헌데, 그런 옥신각신도 결코 이노우에 앞에서는 일어나지 않았다. 누구 한 사람, 어느 파트가 됐든 간에, 제아무리 잘난 프로듀서라도 이노우에 앞에서는 미소를 잃는 법이 없었다. 이 점이 또한 이노우에게는 불행한 일이었다.

스승인 키다 마타요시가 언젠가 나에게 했던 말이 귀에서 떠나질 않는다.

"그는 어느새 하늘이 되어버렸다. 그래서 아무도 그에게는 제 의견을 말하지 않게 됐지. 존경받는 것이 지나쳐서, 그는 영화에 이겼으면서도 한편으론 영화에 고립되었다. 신에게는 아무도 제 할 말을 하지 못해. 그러니 그는 자신이 가장 사랑했던 영화 속에서 가장 고독한 인간이 되어가는 거야."

키다는 이노우에 팀 중에서도. 이노우에의 총애를 가장 많이 받았던 스태프였다. 키다의 섬세하고 치밀한 작업 덕에, 이노우에는 몇 번이고 시공(時空)을 넘나들 수 있었다. 미술감독인 다네이, 대(大)도구 담당인 고노, 특수효과부 감독인 아카마, 그리고 내 스승인 키다 마타요시가 호흡을 맞춘 절묘한 공동 작업, 그것은 바로 전후 일본 영화의 역사 자체라고 해도 과언이 아니었다. 그들 이노우에 팀 준비 파트가 받쳐준 덕분에 이노우에는 작품 속에서 몇백 년이나 되는 시간을 거슬러 올라가 태고까지 이르는 영상 여행을 가능하게 했고, 수도 없이 배우들을 죽였다 살렸다 하는 가운데 관객들을 미래로 이끌 수 있었다.

이노우에 하지메가 일본 영화계의 거목 중 하나가 되면서, 물론 그 자신은 그런 일이야 아무려나 상관없는 일이었겠지만, 오히려 영화를 손쉽게, 요컨대 찍고 싶을 때 찍을 수 없게 돼버린다.

하기야 전 세계가 주목하는 영화감독으로서 기대에 부응해야 한다는 마음뿐이었다면, 그는 초기의 순수한 충동만으로 돌파할 수 있었을지도 모른다. 그러나 어떻게든 전작을 뛰어넘고 싶다는 마음가짐으로 연이어 대작을 쏘아 올리는 그의 앞에는 '흥행 면에서의 성공'이라는 또 하나의 벽이 막아서 있었다. 결국, 예술과 흥행 성과라는 모순된 두 힘 사이에서 그의 재능은 갈 길을 잃고, 어느 한 쪽도 붙잡지 못한 채 이전 작품에서는 평가와 흥행 성적 모두 놓쳐버리는 쓸쓸함을 맛보았다. 그와 동시에 국내외의 투자자들도 하나 둘 떨어져 나갔다.

5년 만의 이 대작에는, 5년이라는 세월의 허상이 그의 등 뒤에서 움직였다. 사실, 그를 무대 위에 다시 등장시킨 건 난지 제멋대로 뻗어나간 사람들의 기대감이었다. 그러나 거기서 진두지휘하는 것은, 젊은 날의 그가 아닌 이노우에 하지메의 껍데기, 혹은 일본 영화의 유령 자체였다.

하긴 그에게 흥행 성공을 강요할 영화사나 프로듀서는 존재하지 않는다. 신 앞에선 어느 누구에게도 그러한 발언은 허락되지 않는다. 이노우에 하지메에게 그런 눈치 없는 말을 할 수 있는 사람은 없었다.

이번 일도 사람들의 기대가 제멋대로 눈덩이처럼 불어나 생긴 꿈 같은 기회에 지나지 않았다. 그러나 그 기대는 너무나 크고 무책임하기 짝이 없었다.

영화계에 활기가 없었던 탓도 있다. 요 몇 년간, 불행히도 젊은 층 가운데 이노우에 하지메만 한 자질이 엿보이는 스타 감독이 등장하지 않았다는 점도 빼놓을 수 없다. 그리고 이노우에 하지메가 최후의 힘을 쥐어짜서 찍는다는 화제만 부각되다 보니, 급기야 이렇듯 어마어마한 예산이 드는 대작을 크랭크인하기에 이른 것이다.

문득 정신을 차려보니 좋아하는 영화를 원하는 대로 생각하는 대로 찍을 수조차 없게 되었다는 현실은, 이노우에 하지메 자신도 전혀 예기치 못한 일이었다. 오히려 그 점을 깨달았을 때부터 이노우에의 인생에는 어두운 그림자가 늘 따라다니게 된다. 그는 난생 처음 흥행 성공을 의식하며 영화 예술을 마주해야 할 처지가 되었다.

"알겠느냐, 시로야. 너는 감독의 종이 되거라. 날 대신해서 감독에게 쓴소리를 하는 자가 되거라. 이노우에에겐 젊은 사람의 확실한 한 마디가 필요하다. 너는 얌전하고 조용한 녀석이지만, 내 유일한 제자다. 내 평생에 단 한 사람, 눈독 들인 남자다. 내가 그렇게 할 수 있었듯이, 너도 분명 이노우에의 시간 이동을 도울 수 있을 게다. 네가 그 사람에게 인정받았을 때, 너는 진정한 의미에서 이노우에 팀의 일원이 될 수 있을 게다."

병상에서 마치 유서라도 읽는 듯한 기백으로 말했던 스승의 명령을 실행할 만한 자신은 나에겐 없었다. 10년 가까이 지나면서 일적인 면으로도 어느 정도 인정받았고, 이야기도 곧잘 나누게 되었다. 그렇더라도 아직은 내가 느낀 솔직한 감상을 말로 꺼내지는 못한다. 감독이 하고자 하는 일이 무엇인지 열심히 생각하고, 어떻게 해야 감독에게 만족을 줄 수 있을지, 감독을 행복하게 하기 위해 얼마나 노력해야 할지, 그 점만을 생각할 뿐. 그것이 지금 현재, 내가 할 수 있는 최선의 일이기도 했다.

●

미술부 부대를 빠져나온 나는, 홋카이도의 벌판을 꿰뚫는 한줄기 길을 혼자 도장차를 몰아 호텔로 돌아왔다. 일직선으로 한없이 뻗어 있는 길은, 기억의 영역을 달리는 한줄기 신경섬유처럼 보였다. 핸들을 쥔 채 '나' 라는 기억 속, 깊은 추억의 나락으로 떨어져가는 착각을 느꼈다.

태양이 서쪽 하늘로 저물어가는 모습은 아무리 봐도 질리지 않을 만큼 아름다웠다. 커다란 붉은 태양이 끝없는 시벌선을 내워나산나. 하늘 위쪽은 이미 우주와 녹아들면서 검푸른 색을 띠고, 별이 깜박이기 시작했다. 필경 태양은 잠기고, 그 후엔 암흑과도 같은 밤이 홋카이도를 감쌀 터였다. 도시와 달리, 빛을 박탈당한 세계는 한없이 어둡고 우울하고 깊었다. 어두워지기 전에 오비히로 시내에 들어서고 싶었다. 어쩐지 내 뒤에서 세계가 점점 무너져 내리는 듯한 기분이 들어 견딜 수 없었기 때문이다. 그것은 죽음의 군대처럼 등 뒤에서 물밀듯이 닥쳐오는 공포 그 자체이다. 백미러를 들여다보니, 거기에는 이미 새까만 우주가 펼쳐져 있었다.

지로 형을 잃고 난 후 너무 형 생각만 해온 탓인지, 세계라는 그릇의 한계가 느껴져 견딜 수가 없었다. 내가 인터넷을 이용하지 않게 된 이유 중 하나는, 세계가 너무도 손쉽게 손안에 들어오는 기분이 들었기 때문이다. 아니, 그런 기분이 너무 들어서 재미가 없었다.

실제로는 무엇 하나 손에 잡히지도, 보이지도 않는데, 세상이며 사회며 시대의 구석구석을 느끼고 있는 듯한 착각이 들고 마는 것에, 모두가 호들갑 떠는 만큼 멋지다는 생각도 들지 않고 오히려 흥이 가서 버렸다. 온갖 정보를 삽시간에 알 수 있는 편리함은 인정하지만, 그 덕에 쉽게 닿을 수 없음으로 인해 생기는 미덕이 사라져버렸다.

혼수상태인 형을 바라보거나 느끼는 것이 내게는 진실된 세계로 가는 입구였다. 살아 있다고도 죽었다고도 말하기 어려운 형의 육체를 바라보며 정신을 느끼려 할 때, 나는 거기서 세계의 확실한 촉감을 느꼈다.

"세상은 가짜 같은 진짜들뿐인데, 진짜 같은 가짜를 멋지게 만드는 녀석도 있구먼."

감독의 목소리가 귓속에서 되살아난다. 혼수상태인 형은 진짜일까,

아니면 가짜일까. 형의 육체가 보관되어 있는 바로 이 세상이 가짜는
아닐까.

한밤중에, 형이 총에 맞는 꿈을 꾸다 눈을 떴다. 신주쿠의 공원에서
야쿠자가 쏜 권총의 탄환이 지로 형의 머리를 관통하는 순간의 꿈이다.
그런데 꿈속의 나는 촬영단의 일원으로서 그 모습을 조금 떨어져서 관
망하고 있다. 더구나 형보다는 형의 등 뒤에 있는 공중 화장실이며 벤
치며 전신주의 더러운 상태를 신경 쓴다. 총을 맞은 형의 쓰러지는 모
습이 부자연스럽다며 감독이 뛰어나갔다. 죽어가는 형을 향해 왜 좀 더
자연스럽게 쓰러지지 못하냐며 호통을 쳤다. 형의 머리에서 피가 뿜어
져 나오고 있는데도 스태프들은 다시 찍느라 정신이 없다.
　조감독들이 피 흘리는 형을 그러안고, 처음부터 다시 촬영하려 하고
있다. 형을 쏜 남자가 다시 불려오고, 그의 손에 스미스 앤드 웨슨이 주
어졌다. 남자가 코앞에서 방아쇠를 당겼다. 이대로 두면 형은 정말로
죽어버린다. 그만큼 절박한 위험이 형에게 재차 닥쳐오고 있는데도,
내 신경은 온통 부자연스러워 보이는 세계에만 쏠려 있었다. 벤치 옆
의 쓰레기통이며 공중 화장실 입구에 세워져 있는 자전거 등의 배치
가, 그리고 얼룩의 모습이 너무나 인공적으로 느껴졌다. 인간의 의도
가 물씬 배어 있는 것처럼.
　"액션!"

감독이 신호를 보냈다. 형은 비틀거리면서 사력을 다해 연기한다. 남자가 권총으로 형의 머리를 겨냥했다. 권총이 번쩍 빛을 발했다. 완전히 새것이나 다름없는 권총이다. 미처 권총을 손보지 못했다는 데 생각이 미친 나는 당황하여 허둥댔다. 완벽하지 않다. 세계는 아직 완전하지 않았다.

"감독님, 잠깐만 기다려주십시오. 아직 얼룩 처리가 덜 끝났습니다."

감독과 촬영기사가 나를 돌아보았다. 그들의 얼굴이 지워져 있다. 모두 매끈한 달걀귀신이었다. 공포로 몸이 오그라들면서도 나는 다시 한 번 외쳤다.

"아직 땟일이 안 끝났어!"

내 고함 소리에 놀라 눈을 떴을 때, 나는 홋카이도 호텔의 방에 있었다. 창밖은 어둡고, 늦여름이라고는 해도 그 정체된 오후의 온기가 거짓이었다는 듯이 방 안 공기가 싸늘했다. 입고 있던 티셔츠는 땀으로 흠뻑 젖어 있다. 의식이 제자리를 찾기 시작하면서 가방 속 휴대전화가 울리고 있다는 것을 깨달았다.

시계의 짧은 바늘이 새벽 3시를 가리키고 있었다. 안 좋은 예감이 등줄기를 스치며 감기의 오한과도 같은 떨림을 동반한다. 나는 가방에서 휴대전화를 꺼냈다. 액정화면에는 '발신자 표시 제한'이라는 문자가 떠 있었다.

"여보세요."

전화기를 귀에 대고 상대의 기척을 살폈다.

"후지사와네."

이윽고 예의 짐승 같은 숨소리와 함께 버석거리는 목소리가 흘러나왔다. 내 예감이 맞았다는 사실에 잠시 동요되어 움직이지 못했다. 호흡을 고르고 나서 간신히 이마의 땀을 닦았다.

"겨우 잡았군. 어디로 도망가든 소용없다고."

"도망 같은 거 안 쳤습니다."

"거짓말. 지난번에 통화한 후, 전화번호를 바꾸지 않았나."

사과할 일은 없었지만, 지로 형과 아는 사이이기도 해서 일단 미안하다고 말했다.

"휴대전화 기종을 바꿔서 어쩔 수가 없었습니다."

"집에 들어오지 않았잖나. 몇 번인가 자네 집에 찾아갔는데, 말이 안 통하는 어머님밖에 안 계셔서 말이야. 난감했어. 어머님과는 이야기가 안 된다고 누차 설명한 끝에 간신히 자네의 새 전화번호를 알아냈지. 어디 있나?"

"일 때문에, 홋카이도에."

"홋카이도? 거기서 뭘 하는데?"

"그러니까 일이라고요. 영화 일을 하고 있어서."

남자는 잠시 짬을 두었다. 그러더니 혀를 차고 나서 빠른 어조로 말했다.

"됐어. 진짠지 아닌지는 바로 알 수 있지. 그래서, 거기엔 언제까지 있나?"

"당분간이요."

"당분간이라면 어느 정도?"

"글쎄요, 촬영이 앞으로 6개월은 계속될 것 같은데요."

"에, 뭐라고?"

"중간 중간 도쿄에 돌아가긴 할 겁니다. 촬영소 쪽 일이 또 있어서. 하지만 그게 언제가 될지 아직은 알 수 없습니다. 태양 탓이지만요."

"태양? 그건 또 무슨 얼빠진 소리야. 어이, 란도셀은 어떻게 됐나?"

"미안하지만, 란도셀은 본 적도 없습니다. 이건 정말이에요."

"미안하다고 끝날 일이 아니잖아."

남자의 말투는 완전히 협박하는 투로 바뀌어 있다.

"거기, 홋카이도 어디야?"

나는 그 말에는 대답하지 않고, 화제를 바꿨다.

"란도셀 안에 든 게 뭡니까?"

형이 신주쿠에서 좋지 않은 일에 관여하고 있었던 건 나도 알고 있었다. 야쿠자와 친분이 있다는 것도. 하지만 야쿠자보다 더 무서운 패거리와도 일을 하게 될 거라고, 사고가 나기 전에 형이 자랑 삼아 말했던 것을 떠올렸다. 그게 어떤 일인지는 결국 가르쳐주지 않았다. 일생일대의 큰 사업이라는 울림만이 공허하게 내 귓속에서 메아리친다.

"안에 든 거라……내용물이 뭔지 알고 싶다 그건가?"

전화기 너머 남자가 경계하는 눈치였다.

"내용물이 뭔지 알면, 혹시 생각날지도 모르죠. '루즈 마이 메모리' 란 무슨 말입니까?"

"알고 있는 거네. 시치미 떼긴."

“아뇨, 기억하고 있을 뿐입니다. 전에 후지사와 씨가 그렇게 말했으니까요.”

남자는 잠시 침묵하더니, 가볍게 헛기침을 했다.

“잘 떠올려봐. 안 그러면, 이번엔 시로 군 자네가 성가시게 될 테니.”

전화는 거기서 끊어지고, 뚜— 하는 기계음만이 귀에 남았다. 성가시게 될 거라는 말이 머릿속에서 제멋대로 이미지를 부풀렸다. 내 머리가 산산조각으로 날아가는 장면을 상상하고 몸이 떨리기 시작했다. ‘이번엔 시로 군 자네가’ 라는 말이 마음에 걸렸다. 이번이라면, 지난번에 형을 쏜 사람이 후지사와란 말이 되는 건가. 침대 위에 책상다리를 하고 앉은 채, 나는 한동안 움직일 수가 없었다.

잠도 잘 수가 없어진 나는 결국 남자가 지껄인 내용을 머릿속에서 30분 정도 반추한 후, 방 안에 있기가 답답해져서 복도로 나왔다. 엘리베이터로 로비에 내려가니, 프런트에 한 남자가 서 있었다.

“외출이십니까?”

남자가 나를 보자마자 물었다. 잠이 안 와서요, 라고 대답하자, 별이라도 보시겠습니까? 하고 그 젊은 남자가 안마당을 가리키며 말했다. 호텔 안마당은 자그마한 정원처럼 꾸며져 있었다. 남자가 권한 대로 자작나무 사이를 걷다 보니, 잠시 후 나뭇가지들 사이로 별이 총총한 하늘이 얼굴을 드러냈다. 바람은 살이 아리도록 차가웠지만, 밀려오는 별의 압도적인 힘에 할 말을 잃은 채 나는 잠시 동안 그곳에 펼쳐진 밤하늘의 파노라마를 올려다보고 있었다. 여전히 머릿속에는 악몽이 똬리를 틀고 머물러 있다. 내가 홋카이도의 한가운데, 오비히로의 호텔

마당에 서 있다는 이 현실이 불가사의했다.

티셔츠 한 장 차림으로 나온 탓인지, 어느새 팔에 소름이 돋았다. 확실히 추웠다. 모공이 내 육체의 일부가 아니라는 듯이 솟아 있었다. 피부 세포 하나하나가 추위를 느끼고 그것을 머리에 전달하고 있는 거라고, 나는 생각했다.

눈이 익숙해지자 맞은편에서 이쪽을 향해 걸어오는 사람 그림자가 보였다. 나는 그 그림자가 가까워지기를 조용히 기다렸다. 보이지 않는 힘에 의해 미리 예정되어 있는 만남인 듯한 예감이 들었다. 그림자는 어둠 속을 일정한 속도로 이동했다. 이윽고 상대도 이쪽을 알아채고 멈춰 섰다. 시간이 시간인지라 놀라는 기색이 엿보였다. 달빛이 어둠 속 그녀의 얼굴을 비췄다. 그녀도 내 얼굴을 알아봤는지, 뭐야, 시로 아냐. 이런 깊은 밤에 어쩐 일이야, 하고 안도의 미소를 담아 말했다.

●

나와 도모코는 로비 라운지의 소파에 나란히 앉았다. 프런트 안쪽에는 아까 그 젊은 남자가 졸음이 묻어나는 얼굴로, 혹은 밀랍인형처럼 무표정하게 서 있었다. 조명의 광도가 낮춰져 있는 탓에 로비는 어슴푸레하고 원근감이 잡히지 않아, 꿈속에 있는 듯한 착각이 이어진다. 이런 시간에 웬 산책이냐는 질문을 하고 나서 상당한 시간이 흘렀다.

"잠이 안 와서."

이윽고 도모코가 중얼거렸다.

"불면증?"

낮의 활기찬 느낌은 아니었다. 멍해 보이는 미덥지 못한 모습이다.

"불면증은 아닌 것 같아. 잠을 안 잔 지 벌써 꽤 됐거든."

"꽤 됐다니?"

"몇 날 며칠 계속."

잠꼬대 같은, 누구에게 하는 말인지 모를 몽롱한 대답이었다.

"한 달 전에, 두 시간 정도 의식이 끊긴 적이 있지만, 그 이외에는 계속 깨어 있는 상태야."

도모코와는 이번 작품에서 처음으로 함께 일하게 되었다. 하지만 전부터 그녀와는 안면이 있었다. 영화 배급 일을 하는 이치코 누나의 친구이기도 하고, 무엇보다 도모코는 한때 지로 형과 교제하던 사이였다. 내 기억에 두 사람은 이치코 누나의 소개로 만났다. 나이는 나와 같은 서른 살이지만, 얼굴이 동안이라 좀 더 어려 보인다.

촬영 때의 진지한 얼굴과는 대조적으로, 일에서 벗어난 그녀는 긴장이 사라진 탓인지 부드럽고 둥근 달 같은 이미지를 풍겼다. 낮에 보던 모습과는 반대로 촉촉한 눈동자 속에 강한 빛이 서려 있어서 어딘가 숭고한 사람이라는 인상이 느껴지고, 그 대비가 낮과 밤의 차이처럼 뚜렷하게 구별되었다. 그녀를 동경하는 남성 스태프도 적지 않았지만, 감독이 그녀를 한시도 곁에서 떼어놓지 않는 바람에 스스럼없이 그녀에게 다가갈 수가 없었다.

이노우에 하지메 감독이 아직 젊은 도모코에게만 기록 일을 맡기는 것은 업계에서도 유명한 이야기였다. 도모코가 예쁘기 때문이라며 일

부 스태프들이 떠들고 다닌 적도 있었지만, 이노우에 감독이 도모코를
특별 취급하는 진짜 이유에 관해선 아는 사람이 거의 없었다.

"한숨도 못 자는 거야?"

"응, 계속해서 머리가 활동하고 있어."

"계속 잠을 안 자다니, 그런 일이 가능하긴 해?"

"생물학적인 건 모르겠어. 병원에도 가봤지만 거기서 받은 수면제
도 별 효과가 없어. 보통 먹는 양의 몇 배는 더 먹어야 하니까 다음 날
일에 지장을 줄 때도 있어서, 이젠 잔다는 행위 자체를 포기해버렸어.
하지만 솔직히 힘들어."

도모코는 진지한 얼굴로 그렇게 말했다.

"그래서, 낮에 졸리진 않고?"

"희한하게 아무렇지 않아. 약간 나른한 정도인데, 그것도 오후가 되
면 괜찮아지고."

스크립터로서의 마루야마 도모코의 능력은 단연 발군이었다. 전 장
면의 인물이며 도구의 다양한 배치를 완벽하게 기억했다. 머릿속에
VTR이라도 숨겨두었나 싶을 정도로 아주 세밀한 부분까지 기억했다.
촬영이 장기간에 걸쳐 이루어지는 이런 작품에서, 촬영이 끝난 모든
장면을 마치 기계처럼 세밀하게 기억하고 또 그것을 단숨에 끌어내는
능력은, 아무리 그것이 직업이라고는 해도 인간의 능력을 넘어서는 일
이라 하지 않을 수 없다.

어느 어느 장면에서 어떤 연기자가 어떤 포즈로 어디에 서서 어떤
뉘앙스로 대사를 했는지 감독이 질문하면, 도모코는 메모 한 장 보지

않고도 연기자의 오른팔과 왼팔의 위치, 머리 각도, 다리를 벌린 정도, 그리고 놀랍게도 연기자의 즉흥 대사며 호흡, 한숨, 헛기침에 이르는 모든 요소를 상세하고도 정확하게 반추해냈다. 이노우에 하지메가 도모코의 능력을 인정한다는 건 분명했다. 그녀에게 보내는 신뢰는 이노우에 팀에서 누구보다 두터웠다. 하지만 그녀를 곁에서 떼어놓지 않는 이유가 그것뿐만은 아닐 터. 한 예로, 감독의 시선이 도모코를 바라보며 조용히 머물러 있을 때가 가끔 있었다. 이노우에 하지메는 말 없이 도모코의 얼굴을 응시했다. 마치 몹시 그리운 무언가를 바라보듯이.

완벽한 기억과 어떤 인과 관계가 있는지 모르겠지만, 도모코의 불면증은 그녀의 일과 뭔가 연관이 있지 않을까. 실제로 인간이 전혀 자지 않고 몇 년씩 살아 있을 순 없을 테니까, 안 잔다고 말은 해도 의식과 별개로 육체는 수면을 취할 것이다. 그러나 의식이 24시간 맑게 깨어 있으면서 그때그때의 사고가 단절 없이 이어진다는 사실이 신기했다.

"항상 이 시간에 이렇게 돌아다니는 거야?"

"응, 밤엔 정말 지루해서. 늘 3시쯤이 제일 힘들어."

이성이 쉽게 다가갈 수 없는, 뭔가 가까이 하기 어려운 기품이랄까, 일종의 독특한 분위기가 감도는 도모코였지만, 나하곤 예사로 대화를 나눌 수 있었다. 이노우에 감독을 따라 자주 나의 작업하는 모습을 보러 온 덕분인지도 모르고, 무엇보다 꿈에 대한 공통 기억이 있기 때문이리라.

"대개는, 별을 바라봐. 별이랑 이야기를 해."

도모코가 킥 하고 웃었다.

"별을 보고 있으면, 예전의 지로가 생각나."

도모코를 바라보았다. 그녀는 하늘을 우러러보았다. 미인이라고는 생각하지만, 딱히 그림으로 그린 듯한 미녀는 아니었다. 굳이 말하자면 작고 예쁘장한 사람. 이른 아침의 긴장된 공기처럼, 투명한 존재감이 그녀의 온몸에서 팽팽히 배어나오고 있었다. 신비스런 눈동자를 지닌 사람이구나 생각했다. 차갑고 애달픈 눈을 하고 있다. 그녀가 바라보는 밤하늘의 빛나는 별을 몰래 엿보고 싶어졌다.

도모코와 형이 왜 헤어졌는지는 모른다. 딱 한 번, 셋이 함께 식사를 한 적이 있는데, 형은 동생인 내가 질투를 느낄 정도로 도모코를 그 어떤 여자들보다 소중히 대했다. 여자를 도구처럼 이용하던 형이라고는 생각할 수 없을 정도로 도모코 앞에서는 바지런하고 싹싹하게 굴었다. 어느 때는 믿기지 않을 만큼 신사적으로 행동했다. 나는 보았다. 여자에게선 돈만 뜯어내면 그만이었던 형이 그녀를 위해 계산대 앞에서 돈을 지불하는 장면을. 혹은 그녀를 위해 문을 열어주는 장면을.

자라온 환경도 좋고 진지한 성격의 도모코가 어째서 지로 형 같은 건달과 사귀게 됐는지, 그것 또한 수수께끼였다. 언젠가 이치코 누나가 고개를 갸웃거리며 이렇게 말했다.

"도모코의 예전 남자친구는 대기업의 엘리트 사원으로 장래가 매우 촉망되는 사람이었어. 소개해준 나도 별나지만, 지로와 그토록 진지하게 사귀게 되리라곤 생각도 못했어."

그리고 더 큰 수수께끼는, 그렇게 사이가 좋았던 두 사람이 어느 날,

마치 연수 기간이 끝났다는 듯이 홀쩍 헤어져버렸다는 점이다. 언제부터인가 형의 곁에 도모코의 모습이 보이지 않았고, 대신 형은 매춘부같은 여자를 옆에 끼고 다녔다. 그 이유를 도모코에게 직접 듣고 싶었으나, 좀처럼 입이 떨어지질 않았다.

결국 나는 도모코와 함께 호텔 로비에서 날이 밝기를 기다리게 되었다. 아무 말 없이, 움직임도 없이, 마치 눈을 뜬 채로 자는 듯이, 두 사람은 소파 위에서 가만히 시간을 흘려보냈다.

●

잠을 잔다는 것이 인간에게 얼마만큼 중요한 일인지 알고 싶다며 도모코는 고민했다. 잠을 자지 않는 자신이 이상하다는 사실에, 그녀는 조금 겁을 먹고 있었다. 이런 현상이 자신의 장래에 얼마만큼 영향을 주게 될지, 잠을 안 자고 자신이 언제까지 살 수 있을지 생각만 해도 잠이 오질 않는다고 쓴웃음을 지으며 중얼거렸다. 아침이 올 때까지 두 사람이 나눈 이야기는 그게 전부였다.

●

동쪽 하늘에서 태양이 다시 떠오르고, 새로운 아침이 찾아왔다.

감독을 포함한 촬영 본대는 8시 출발이지만, 선발대인 기자재 차량, 발전 차량 등은 아침 일찍 6시에 호텔을 출발했다. 나는 아침을 먹고 미술부, 특수효과부 트럭과 함께 6시 45분에 호텔을 나섰다. 촬영 장소인 초원까지는 시속 70킬로미터로 달려 약 한 시간이 걸렸다.

감독은 늘 9시쯤 현장에 도착하여 태양을 기다리다, 태양이 서쪽 하늘로 기울기 시작하는 4시 무렵이면 맨 먼저 현장을 떠나 호텔로 돌아왔다. 감독이 귀로에 오르고 나면, 모든 파트가 일을 접고 기자재를 차량에 다시 싣고서 호텔로 돌아왔다. 가장 큰 일거리는 천 명에 달하는 엑스트라의 이동이다. 대형 버스 십여 대가, 비가 내렸던 하루를 제외하면 매일 아침저녁으로 오비히로와 촬영장 사이를 오갔다. 맨 마지막 차량이 돌아오는 것은 밤 8시가 지나서였다. 우리는 그렇듯 아무 소득 없는 나날을 이미 2주 넘게 이어오고 있었다.

대체 감독이 어떤 하늘을 기다리고 있는지, 누구 한 사람 아는 이가 없었다. 여하튼 감독이 좋다고 말할 때까지는 아무도 이곳을 벗어날 수 없을 뿐.

도모코는 웬일로 연출부에서 빠져나와 연기자들이 대기하는 텐트 안에서 남녀 배우들과 뭔가 즐거운 듯이 이야기를 나누고 있었다. 드문 광경이었기에, 나는 솔을 쥔 채 잠시 그녀의 옆얼굴을 멀찍이서 바라보았다. 시종일관 그녀는 바른 자세로 등을 곧게 펴고서 흐트러진 모습을 보이지 않았다. 야전병원에서 부상병을 돌보는 간호사처럼, 그녀는 격의 없는 자리에서도 긴장을 늦추는 법 없이 늠름하게 서 있었다. 한 남자 배우의 농담에 폭소가 터져 나왔을 때도, 도모코만은 입가에 미소를 머금었을 뿐이다.

점심시간, 대전차포 잔해에 걸터앉아 도시락을 먹고 있으려니, 도모코가 다가와 말없이 옆에 앉았다. 항상 감독 옆 아니면 연출진들과 둘러앉아 점심을 먹던 그녀였기에 자연히 주위의 시선이 집중되었다. 재빨리 감독 쪽을 보니, 그는 디렉터 체어에 웅크리고 앉아 낮잠을 자고 있다. 꾸벅꾸벅, 마냥 한가롭게, 노감독의 백발 머리가 조용히 허공에 호를 그리고 있었다.

"어젯밤엔 아침까지 같이 있어줘서 고마웠어. 고독하지 않긴 오랜만이었어."

도모코는 내 눈을 들여다보며, 졸리지 않냐고 물었다. 조금 졸리긴 하지만 괜찮은 것 같다고 미소로 대답했다.

"시로가 옆에 있어줘서 안심이 됐어. 꼭 지로랑 함께 있는 것 같았어."

도모코는 도시락 뚜껑을 열면서 그렇게 중얼거렸다. 어제에 비하면 오늘은 날씨가 많이 회복되어 있다. 하늘 전체에 푸른색이 광범위하게 펼쳐져 있다. 잘만 하면 촬영할 수 있을 것 같은 느낌이다.

"나라도 괜찮다면 언제든 한밤중 데이트에 불러줘."

"나랑 있으면 낮에 일을 못하게 될 텐데."

"괜찮아, 적당히 봐서 눈 좀 붙이면 되니까."

"농땡이 부린다고 할걸."

"때장이야 뭘 하든 일하는 것처럼 보이니까 괜찮아."

"고마워."

기분 탓인지, 도모코의 표정이 여느 때 없이 밝아 보였다. 기뻐하는 것처럼 느껴진다.

도모코가 젓가락 끝으로 크로켓을 집어 입으로 가져갔다. 바람이 불고, 다음 순간 빛이 둘 사이를 스르르 가르고 들어왔다. 지면이 둘로 나뉘는 듯한 눈부신 태양 빛의 이동에 이어, 나와 그녀 사이에 빛과 그림자의 구분이 명확하게 생겨났다. 도모코 쪽이 어둡고 내 쪽이 밝았다. 둘은 동시에 하늘을 우러러보았다.

"태양이 나옵니다!"

구로다의 목소리가 울려 퍼졌다. 노감독이 낮잠에서 깨어나 하늘에 시선을 고정했다. 이노우에 하지메의 얼굴이 갑자기 굳었다. 그리고 천천히 의자에서 일어섰다. 두 팔을 축 늘어뜨린 채, 무언가를 만난 듯 놀란 표정을 짓고 있었다. 도모코는 도시락을 그대로 내려놓고 감독에게 달려갔다. 잠시 후, 도모코의 몸도 빛이 삼켜버렸다.

●

분주한 움직임이 일었다. 감독의 눈이 빛나고, 각 파트가 눈치 빠르게 준비 작업에 들어갔다. 이노우에 팀이 일제히 움직이기 시작했다.

"마루야마 군, 구름의 연결은 어떤가?"

감독이 하늘에서 눈을 떼지 않은 채 크게 소리를 질렀다. 촬영 담당인 쓰타야, 조명 담당인 이시켄이 동시에 감독의 등 뒤로 움직였다.

"적란운은 조금 약하지만, 이전 컷과 비슷합니다. 세세한 점으로 말하면, 이 앞의 군용 차량이 드리우는 그림자 길이가 약간 다릅니다. 하지만 풀숲이 바람에 흔들리는 정도도 거의 비슷합니다."

그런가, 하고 감독은 고개를 끄덕였다. 세컨 조감독이 감독에게 뛰어오더니, 어떻게 할까요, 하고 다급하게 물었다.

"태양은 어느 정도나 나와 있겠나?"

이노우에 하지메의 목소리에 윤기가 어렸다.

"40분은 나와 있을 겁니다."

구로다가 콘스라스트 뷰어에서 눈을 떼지 않고 말했다.

"준비."

이노우에가 지시하고, 살짝 상기된 세컨 조감독이 배우부 텐트에서 작업 중인 서드 조감독을 향해, 준비! 하고 큰 목소리로 전달했다. 그 말을 전해 들은 촬영부대는 지난 2주를 통틀어 몇 번째인지 모를 긴장감에 휩싸였다.

"카메라 갑니다!"

촬영부 조수가 소리쳤다. 칠흑으로 빛나는 35mm 카메라를 짊어진 조수가 사람들 앞을 지나쳐, 감독과 쓰타야가 서 있는, 땅이 도도록이 솟아오른 장소로 전진했다. 당초 예정되어 있던 카메라 위치는 차량이 드리우는 그림자 문제로 변경된 모양이었다. 특수장비팀이 다급히 이동용 레일을 새로 깔고 있다. 쓰타야가 양팔을 휘두르며 특수장비팀에 레일 길이와 방향을 설명하고 있었다. 카메라 위치가 정해져야 그 외의 것을 움직일 수 있기 때문에 촬영부 주변의 상황은 매우 급박하게 돌아갔다. 바람에 노시락 부셍이 넣 상 하늘을 날고, 그것을 삽으러 각 파트의 조수들이 쫓아다녔다. 크레인을 이용하여 조금 높은 위치에서 18mm 와이드 렌즈에 초원 전체를 담으려는 모양이었다. 감독의 행동을 가만히 지켜보던 미술부의 다네이가 다급히 조수들을 불러 모으고, 카메라 위치 이동에 맞춰, 전방에 배치되어 있는 군용 차량 등을 움직일 준비에 들어갔다. 손이 비는 분들 부탁합니다! 하는 목소리가 들린다. 일손 거들 사람을 불러 모을 때의 호령이었다. 제작 진행부의 조수며 배우 매니저 등 몇 사람이 군용 차량을 옮기는 데 참여했다. 일단 촬영 준비 신호가 떨어지면, 파트를 가리지 않고 스태프들은 한 덩어리가 되어 실전 태세에 들어간다. 당연히 나도 가세하여 차량 이동을 도왔다.

잠시 후 서쪽 초지(草地)에 천 명의 엑스트라가 도열했다. 몇 번씩 공들여 리허설을 한 데다 시간이 얼마 없어 바로 실제 촬영에 들어갈 태세였다. 메가폰을 쥔 이노우에 감독의 오랜만에 생기 있는 목소리가 초원에 울려 퍼진다. 그가 일찍이 중국 대륙에서 보았던 하늘이란 이런 거였을까. 나는 군용 차량을 어깨로 밀면서 머리 위를 올려다보았다. 그러나 평소의 하늘과 어디가 다른지는 역시 알 수 없었다. 자신의 마음을 잇고 싶다던 감독의 목소리가 되살아났다. 그가 고집하는 것에 조금이라도 다가가보고 싶었다.

성긴 구름 덩어리가 하늘 끝자락을 이동한다. 여름의 자취 같은 적란운이, 그 자체가 생물체인 양, 혹은 특대 사이즈 예술작품이라도 되는 듯이 하늘에 떠 있다. 태양은 구름이 끊어진 사이에 당당히 자리하고 있다. 푸른 하늘은 나무랄 데가 없었지만, 구름의 흐름이 조금 빠른 감이 든다. 서두르지 않으면 구름의 모양이 점점 변해갈 것이다. 특수 장비팀이 필사적으로 이동용 레일을 지면에 깔고 있다. 조감독들의 움직임에 더하여 각 파트의 움직임도 급격히 빨라졌다.

그야말로 전장의 군대처럼, 이노우에 팀의 스태프들은 기민하게 움직이며 돌아다니고 있었다. 노성(老聲)이긴 해도 이노우에의 단련된 호통 소리가 어지럽게 날았다. 태양을 기다리고 있을 때의 온화하던 감독의 모습은 온데간데없었다.

"바보 자식, 뭘 하고 있어. 꾸물대지 마라!"

병사들은 한층 빠르게 뛰어다니고, 차츰 촬영할 준비가 갖춰져갔다. 간단한 카메라 테스트가 끝나자, 세컨 조감독의 "슛 들어갑니다!"라는 호령이 울렸다. 트랜시버(휴대용 소형 무전기_옮긴이)를 든 조감독들이 각 섹션 담당을 향해 외쳤다.

"스탠바이 부탁드립니다!"

"서둘러!"

감독의 호통이다. 트랜시버로 엑스트라 팀의 준비가 완료되었다는 연락이 들어오자, 서드 조감독이 카메라 앞에 클랩보드를 내민다.

"슛 들어갑니다!"

다시 한 번 세컨 조감독이 외쳤다. 주변 일대에 오랜만의 긴장이 내달린다.

"카메라."

세컨 조감독이 쓰타야에게 신호를 보낸다. 카메라 전원이 들어오고, 필름이 돌아가기 시작했다.

"사운드!"

뒤이어 녹음부 기사가 건조한 목소리로 "네, 준비 완료."라고 대답했다.

"신 18 컷 2."

서드 조감독이 그렇게 외치고서 클랩보드를 부딪치고는 재빨리 치웠다.

"준비."

감독이 메가폰을 잡고 말한다. 긴장이 최고조에 달하는 순간이었다. 조감독들이 트랜시버로 멀리 있는 배우며 엑스트라 쪽에 대기 중인 다른 조수들에게 신호를 보냈다.

"스타트!"

확성기에서 터져 나온 감독의 목소리가 초원에 울려 퍼졌다. 초원 끝에서 천 명의 엑스트라가 일제히 움직이기 시작한다. 평원 자체가 꿈틀거리는 듯한, 웅대한 광경이다. 중일 전쟁이 일어나고 얼마 되지 않아, 일본은 중국 전역으로 전선을 확대하기 시작했다. 이노우에 감독이 자신의 마지막 작품으로 선택한 이번 영화는 전쟁이라는 광기(狂氣) 속을 살아온 인간들의 사랑과 재생을 다룬 드라마이자, 20세기를 회고하는 장대한 기록 영화이기도 했다. 이 '신 18'은 이야기 전반부에 쓰이는 장면으로, 일본군이 끝이 보이지 않은 수렁 같은 전쟁을 향해 발을 내딛는 장면이었다. 비참한 미래가 기다리고 있는 줄도 모르고 오로지 중국의 오지를 향해 전진하는 일본 병사들의 죽음의 행진을, 이노우에는 자신의 경험을 바탕으로 그려내려 하고 있었다.

구름이 점점 바람을 타고 흐르며 모양을 바꾸어갔다. 오른쪽 부대가 조금 뒤처지는 감이 있었다. 분명히 이전 컷은 천 명이 거의 일렬로 초원을 이동하고 있었을 터였다. 감독의 표정이 험악해졌다. 미간에 주름이 모이는가 싶더니, 불호령이 떨어졌다.

"틀렸어, 뭐 하는 거야, 저놈들. 왜 리허설 때랑 같은 동작이 안 나오는 거야!"

컷을 외치는 것과 거의 동시에 태양이 다시 구름 속으로 들어가버렸다. 이노우에 하지메는 들고 있던 메가폰을 땅바닥에 서글프게 내동댕이쳤다.

●

그날 밤, 꿈속에 지로 형이 나왔다. 형은 온몸에 튜브를 단 채 병원 침대를 빠져나왔다고밖에 볼 수 없는 차림으로 거기, 거기가 어딘지는 어두워서 잘 알 수 없었지만 여하튼 거기에 서 있었다. 처음엔 나와 좀처럼 눈을 맞추려 하지 않았다. 하지만 내가, 어떻게 된 거야, 형? 하고 말을 걸자 그제야, 아아, 하고 고개를 끄덕이며 나를 똑바로 바라보았다. 그러나 형의 두개골은 위로 절반 정도가 없었다. 아마 권총에 맞은 탓이겠지만 그 자리엔 뻥 뚫린 구멍만이 있어, 도리 없이 나는 그곳을 바라보는 수밖에 없었다. 아직 희미하게 연기가 피어오르고 있어서 생생했다. 뇌가 있어야 할 장소에 뇌가 없었다. 그런데도 형은 내 얼굴을 물끄러미 바라보면서, 준비됐냐? 하고 물었다. 다소 그늘진 서늘한 목소리였다. 어, 준비는 돼 있어, 하고 나는 대답했다. 형은 늘 짓는 허무한 웃음을 띠어 보인 후, 긴 이야기를 하기 시작했다. 이야기라고 해도

말로 전해 들은 건 아니다. 형의 눈을 통해 그냥 자연스럽게 이미지가
와 닿았을 뿐이다.

지로의 세계

시로, 난 지금, 세계라는 것과 격투하고 있어. 이렇게 되고 나서 비로소 세계의 실체를 알았지. 세계란 생각보다 넓지 않아. 그건 내 머리라고나 할까. 머리통이 날아간 내가 이런 말하는 것도 우습지만, 세계란 말이지, 내 머릿속에 쏙 들어갈 정도의 크기밖에 안 돼.

난 지금, 그 세계에 있다. 내가 머물 곳은 분명 그곳뿐이고, 그 이외에는 새까만 우주, 즉 죽음의 세계가 펼쳐져 있을 뿐이지.

동 신주쿠 외곽에 작은 공원이 있어. 너도 잘 아는 그 지저분한 공원 말이야. 공원이라고는 해도 그냥 공터 같은, 주차장이 될 날만을 기다리는 살벌한 공원이지만, 나는 그날도 거기서 늘 그렇듯 손님을 기다리고 있었어. 한 장소에 너무 오래 있으면 수상쩍게 보이니까, 나무 그늘로 갔다가 공중 화장실 옆에 숨었다가 벤치에 누워 뒹굴거리기도 하면서, 여하튼 딱히 누구랄 것도 없이 찾아올 손님을 기다리고 있었지.

태양이 기울기 시작했을 무렵, 오늘은 공쳤나 보다 생각하고 그만 돌아가려는데 한 남자가 코를 누르면서 나타나더니, 날 향해 달려왔어. 그 뛰는 품이 심상지 않아서 순간석으로 봄의 위엄을 느끼고 발실을 돌렸는데, 바로 티셔츠 뒷자락을 붙들리고 말았지. 놓으라고 소리치면서 남자의 팔을 뿌리치자, 내 눈앞에 무시무시한 형상이 들어왔어. 몇 번인가 거기서 내게 스노(마약의 일종인 코카인의 은어_옮긴이)를 사갔던 백인이었어.

"너 이 자식, 대체 뭘 섞어서 판 거야!"

나보다 머리 하나는 더 큰 남자가 유창한 일본어로 고함쳤어.

"무슨 말이야?"

나는 시치미를 뗐지.

"아파죽겠잖아, 콧속이."

"너무 빨아대서 그런 거 아냐?"

남자는 정말로 괴로운 듯이 코를 누르고 있었어. 차마 똑바로 볼 수가 없어서 시선을 돌리고 싶었지만, 그 자리에서 피했다간 내 죄를 인정하는 꼴이 될 것 같아, 병원에라도 가보는 게 어떻겠냐고, 마치 남의 일처럼 무덤덤한 목소리로 충고했어.

"잔소리 말아. 뭘 섞었냐고!"

"안 섞었다니까."

"섞었잖아!"

"안 섞었어."

난 코카인에 유리 가루를 섞어 팔아왔어. 네가 한 번 경고한 적이 있었지. 형, 그런 짓하다간 언젠가 경찰에 붙잡힐 거라고.

대만을 경유한, 그리 질 좋은 스노가 아니다 보니, 언젠가 번뜩 생각이 떠올라서 고운 유리 가루를 적당량 섞어 넣었어. 전에 한 번 너도 도와준 적이 있는데 기억하고 있으려나. 도영주택 비상계단 옆에서 유리를 쇠망치로 산산조각 냈었잖아. 바로 그거야. 비밀로 해왔지만, 난 너랑 같이 부순 유리 가루를 스노에 섞어 팔아왔어. 알았다간 반대할 게 뻔하니까, 미안하다고는 생각했지만 거짓말을 했지.

그렇게 하면 빨대나 돌돌 만 지폐로 흡입했을 때 유리 가루가 콧속에 박히는데, 콧속에는 뇌세포가 노출되어 있잖아. 셀 수 없을 만큼 많은 신경이 드러나 있지. 그렇기 때문에 유리 가루가 뇌에 직접 자극을 주게 되고, 손님은 순간 엄청난 효과를 본 듯한 착각에 빠지게 되지. 덕분에 좋은 물건이라는 소문이 퍼져서 한때는 진짜 불티나게 팔렸는데, 전에 장사했던 시부야던가, 거기서도 비슷한 트러블이 발생하는 바람에 겨우 목숨만 건지고서 장소를 바꾼 경험이 있었어.

"콧속이 지독하게 아프다고. 따끔따끔하다니까, 코 저 안쪽이. 거의 뇌까지 간 자리가 말야, 욱신거린다고. 네놈이 판 스노를 들이마신 후엔 꼭 그렇다고."

"우리 스노가 안 맞는 거 아냐? 에인절 더스트(합성 헤로인 분말, PCP)라든지 스컹크(대마초)나 케타민(속효성 마취제) 같은 좋은 것도 있어. 다른 걸로 알아봐줄까?"

"시끄러, 네놈한테 두 번 다시 살까 보냐."

"손님 체질까지 일일이 책임질 순 없지. 의사한테 가봐."

난 너한테 처음엔 망치로 병 조각 같은 걸 부수게 시켰을 거야. 그런데 그렇게 하면 분말이 고르지 않고 유리가 죄 흩어져서 나중에 모으는 게 큰일이거든. 그래서 여러 가지로 연구에 연구를 거듭한 끝에 설국, 근처 공사 현장에서 훔쳐 온 드릴을 이용하기로 했어. 그랬더니 곱게 잘 갈아지더라고. 네 손을 빌리지 않고도 나 혼자서 간단히 유리 가루를 만들 수 있게 됐지.

"덩어리로 안 파는 것도 수상해."

"빨아들이기 쉬우라고 그렇게 했을 뿐이야. 서비스라고."

"시끄러, 어쨌든 뭔가 섞었지?"

"안 섞었어."

"그럼, 어디 한번 빨아보시지."

백인 남자가 내 호주머니를 가리켰어. 거기엔 작은 병에 든 스노가 숨겨져 있었지. 내 얼굴이 금세 경련을 일으키기 시작했어.

"빨아봐. 나한테 판 거랑 똑같은 걸로."

나는 한 걸음 물러났어.

"빨아보라니까."

남자가 한 발 두 발 다가오고, 나한테는 남자의 콧구멍이 보였어. 콧속 점막에 무수히 박힌 자잘한 유리 파편이 마치 결정처럼 다닥다닥 달라붙은 채 반짝반짝 빛나고 있는, 그런 느낌이 들었어.

만약을 대비하여 서바이벌 나이프를 배낭 속에 넣어 가지고 다녔어. 일이 이렇게 되고 보니 그걸 쓸 수밖에 없었지. 어차피 이 녀석은 머잖아 유리 파편이 뇌로 가서 죽을 테니까.

다행히 공원에는 인기척이 없었어. 해치우려면 바로 지금이다. 내가 배낭에 손을 뻗었을 때였어. 남자가 나보다 조금 빨리 종이봉지에서 권총을 꺼냈어. 그리고 커다란 소리가 고막을 찔렀어. 하늘이 보였어. 얄궂을 만치 파란 하늘. 그리고 땅이 보였지. 수평이 아닌 기울어진 지면 위로, 저 끝을 향해 달려가는 남자의 뒷모습이 기묘할 만큼 선명하게 보였어.

●

　난 목숨은 건졌지만 의식을 잃고 말았어. 몇 달 넘게 병원 침대에서 죽을 날만 기다리고 있지. 뇌사 상태에 빠졌다고 너희는 믿겠지만, 실은 아직 그렇지는 않아. 의식이 있지. 그것도 무척 또렷하게. 이렇게 난, 기억까지도 분명하게 가지고 있어. 비록 부분적인 데다, 띄엄띄엄 끊어지기도 하고, 묘하게 부풀려지기도 하고, 혹은 어느 한 시기에 한정된 기억이기는 해도, 뇌가 날아갔으니 그건 어쩔 도리 없고, 어쨌거나 난 이렇게 기억을 가지고 있다고.

　다만 육체는 움직일 수가 없어. 눈도 입도 손도. 눈 한 번 깜박거리지도 못해. 반응이 없으면 대개의 사람들은 뇌사라고 생각하지. 이치는 모르겠어. 난 의사가 아니니까, 어째서 손이며 발이며 눈이며 입이 움직이질 않는지, 그건 모르겠어. 게다가 까놓고 말하자면, 의사가 순돌팔이야. 재수가 없는 거지. 실력 있는 의사였다면 내 안에 어엿한 의식과 사고가 존재한다는 걸 발견할 수 있었을 거야. 여러 가지 기계 같은 것을 이용해서 말이야. 그런데 이 돌팔이 의사 녀석은 뚫려버린 내 머리통만 보곤, 두 번 다시 생각이란 걸 할 수 없게 됐다고 판단해버렸어. 실제로 난 녀석의 말소리도 들었어. 사람들 앞에서, 난 1퍼센트도 회복할 가망이 없다고 단언했지. 제길, 속 뒤집어지는 새끼야. 누워 있는 내 앞에서, 문병 온 도모코한테 수작을 걸기도 했어. 물론 도모코는 그런 돌팔이 자식 따위 상대도 하지 않았지만. 그 자식만은 용서 못해. 하지만 뭐, 움직이지 못한다는 건 어떤 의미에선 죽은 거나 마찬가지긴 해. 아무리 세상을 인식할 수 있데도, 그 사실을 전달할 수 없다면 난 금고 속에 살고 있는 거나 똑같은 거야. 금고 속에 작은 스피커가 하나 있고, 늘 거기서 갈겨대는 세상의 정보만 듣고 있는 거야. 끔찍한 얘기지.

난 언제나 네 목소리를 듣고 있었어. 문병 오는 건 너뿐이었으니까. 아니, 그렇진 않지. 아까도 말했지만 도모코도 왔어. 도모코는 한 달에 한 번 정도지만 남몰래 날 보러 와주었어. 너와 도모코만이 오래도록 날 잊지 않고, 움직이지 못하게 된 내 몸을 보살펴주었어. 어머니야 노상 병을 달고 사시는 데다, 영화 구매다 뭐다 해서 늘 외국에 가 있으니 어쩔 수 없지만, 이치코 누나도 사건 이후 딱 한 번 찾아왔거든.

"형, 기분은 어때? 오늘은 무지 덥네."

하지만 넌 시간이 허락하는 한 일하는 틈틈이 짬을 내어 자주 들여다봐주었지.

"형, 오늘은 하늘이 엄청 예쁘다. 내일부터 시작되는 퍼레이드 준비 때문에 온 거리의 사람들이 바빠 보여."

왠지 모르지만 너의 그 목소리로 하루의 리듬을 느끼곤 했어. '안녕', '또 올게', 이 두 마디 말이 텔레비전의 시보 같은 역할을 했지. 하지만 그 밖에 네가 떠드는 거의 모든 말들은 나에게 아무런 의미를 주지 못했어. 이해는 되지만 관심이 없는 탓인지, 아무려면 어떠냐는 생각이 들더라.

나는 시로 네 목소리로 하루를 느끼고, 내 일생을 생각하고, 세계를 바라봤어. 그 후엔 남겨진 기억 속에서 살았지. 내가 늘 산책에 나서는 기억의 골짜기는, 내가 아직 열 살 무렵이던 때의 기억의 단편이야. 거기는 어머니와 아버지가 이혼하기 전에 살았던 남 신주쿠의 도영주택과 그 주변―기껏해야 150미터 범위의 기억 속 우주야. 거기서는 아직 아버지가 건재했고, 어머니와 이혼하지도 않았어. 살아 계실 무렵의 할아버지도 보이고, 물론 가끔이긴 해도 이치코 누나와 미쓰코도 나왔어. 미쓰코, 여동생 미쓰코는 어떻게 지내는지. 그 녀석뿐이야, 내가 입원하고 나서 한 번도 들여다보지 않은 사람은. 하지만 그런 녀석도 있는 거겠지. 인간이란 모두 자기 멋대로 살아가기 마련이니까. 와보지 않는다고 해서 미쓰코를 탓하진 않아. 멋대로 살다 멋대로 죽어버리라지. 나한테는 그 대신, 시로 네가 있어. 너는 내 기억 속 세계에도 뚜렷이 존재하고 있어. 다섯 살배기 시로. 내가 열 살이고 네가 다섯 살. 넌 항상 내 뒤를 졸졸 따라다녔지.

그 무렵, 우리는 도영주택 3층 구석방에 살았어. 10년쯤 전에 좀 더 넓은 다른 동의 4층으로 이사했지만, 3층 집 시절엔 에어컨도 없고 좁고 곰팡내가 났지. 그 근방의 건물은 죄다 낡고 오래된 데다, 길 쪽으로 돌출된 비상계단들이 기하학적인 문양을 그리면서 하늘을 향해 쭉쭉 뻗어 있었어. 길도 결코 넓진 않아서 고작 7미터 폭이 될락 말락 했지. 그럭저럭 친구들도 좀 있었고, 그리운 흑백 영화처럼 모든 게 느긋해 보였고, 무엇보다 아직 여기저기에 희망이 숨 쉬고 있었어.

난 도영주택 계단에 앉아 하루를 보내곤 했어. 어차피 내 세계가 거기서부터 좌우로 다음 블록까지밖에 안 되기 때문이지. 도영주택 사이로 난 골목과 그 좌우로 이어지는 네거리까지. 더 엄밀하게 말하자면, 맞은편 도영주택의 히로시네 집 일부, 나쓰코네 집 일부, 그리고 어슷하게 마주 보이는 헐린 도영주택 자리와 거기서 보이는 오다큐선 선로까지……. 그 외에는 존재하지 않았어. 길 끝은 골짜기 바닥으로 잘려 들어가 끊어지고, 어둡게 가라앉아 있었어. 그 바닥에는 빛조차 닿지 않아. 한 번 살짝 엿본 적이 있는데, 무진장 깊은, 바닥 없는 우물을 들여다보는 듯한 느낌이었어. 어둠만이 절단면 저편에 펼쳐져 있었어. 무서워서 끝까지 가보진 못했어. 신의 시선으로 본다면, 내가 있는 기억 속 거리는 마치 그랜드캐니언에 높이 솟은 하나의 지층산 위에 생겨난 세계처럼 고립된 공역(空域)으로 보였을 거야.

그렇다 보니 거기서는 놀이에도 제한이 있었어. 농구나 야구는 공이 금세 선을 넘어 골짜기로 떨어져버리기 때문에 할 수 없었어. 스케이트보드도 겁이 나서 못 타. 당연한 말이지만 멀리 나갈 수도 없고, 그래서 도영주택 앞 양달에서 햇볕을 쬐는 게 일과가 돼버렸어.

그 세계는 안온했지만 그런 만큼 스릴도 없었어. 아니 그렇다기보다, 아무도 오지 않고 아무 일도 일어나지 않았어. 나는 대개 계단 쪽에 앉아 길을 바라보며 하루를 보냈지. 스노도 없고 에인절 더스트도 없고, 아직 조인트(담배 형태로 말아서 피우는 대마초를 지칭하는 말_옮긴이)조차 없었어. 물론 열 살배기인 나는 그런 게 세상에 있다는 사실조차 아직 몰랐으니까. 그러니 총에 맞는 일도, 사람을 증오하는 일도, 의심하는 일도 없었어.

"형, 옛날 일 기억하려나. 나, 형이랑 자주 붙어 다녔잖아. 어디를 가든 함께였어. 잔소리가 많긴 했지만 난 형한테 감사했어. 항상 놀아주고 챙겨주고 데리고 다녀준 건 지로 형뿐이었으니까. 하지만 형이 코카인을 팔고, 나쁜 사람들이랑 어울려 다니면서 집에도 안 들어오고, 요상한 머리 모양을 한 여자들이랑 아침에 들어오게 되면서부터 난 늘 혼자였어.

형이 돌아오길 애타게 기다렸고, 무사히 돌아오길 바랐고, 할 수만 있다면 다시 옛날처럼 같이 어울려 놀고 싶었어. 원래 난 형한테 내 의견 같은 거 말한 적 없었잖아. 난 항상 형을 따를 뿐이었어. 형이 식물인간처럼 입도 떼지 못하게 되었으니까 나도 용기를 내서 떠드는 거지만. 그래도 이렇게나마 이야기할 수 있어서 기뻐. 형이 다시 내 곁으로 돌아와준 것 같아서. 난, 형한테 세계가 어떻게 움직이고 있는지 전해줄게. 내가 형한테 세계의 입구가 될게. 이해 못해도 괜찮아. 형이 알고 싶어 할 거라고 생각되는 건 가능한 다 전해줄게. 거인 팀이 이겼는지 졌는지, 신주쿠 거리가 어떻게 달라져가고 있는지, 형의 옛날 여자에 관해서도. 그러니까 형은 마음 편히 먹고 오래오래 살 생각만 하면 돼."

●

그런 연유로, 난 아침부터 밤까지 도영주택 계단에 걸터앉아 산산이 쪼개진 기억의 거리를 바라보고 있어. 시로가 나오더니 옆에 앉아. 조용한 시간이야. 어린 두 사람은 딱히 뭘 하는 것도 없이 그저 길 반대편을 조용히 바라보고 있어. 뭔가 좋은 일 없을까. 어릴 적엔 다들 그런 생각하잖아, 왜. 아이는 기다리는 동물이기도 해. 무언가가 오기를 난 항상 기다렸어. 뭔가 좋은 일, 뭔가 좋은 일이 없을까 하고.

시간은 무한정 있었어. 끝이니 뭐니 신경 쓰지 않아도 될 만큼 차고 넘쳤어.

좀 지나 아버지가 나오셨어. 핸섬하고 터프하고 자상한 아버지였지만 어머니하곤 잘 지내질 못했어. 아버지는 어디 다른 곳에 좋아하는 사람이 있다고, 두 살 위인 이치코 누나가 했던 말이 떠올랐어. 하지만 난 그렇게는 생각하지 않았어. 소문이란 대개 억측과 변변치 못한 인간의 상상력이 만들어낸 산물이니까. 자리보전하게 되면서 그런 점들을 잘 알게 됐어. 저마다 하고 싶은 말을 베갯머리에서 하고 가지만, 죄다 진부한 상상력의 산물에 지나지 않았어. 진실이란 상상력을 뛰어넘어. 아버지가 집을 나가신 데에는 좀 더 다른 이유가 있었을 거야. 있었다고 믿고 싶어. 아니 절대로 있었어. 나는 알아.

돌아본 아버지의 얼굴은 역광 속에 가려져 윤곽이 흐릿했어.

"어디 가요?"

아버지는 친구한테 간다며 내 머리를 쓰다듬고, 시로 너를 꼭 끌어안았어.

"따라가도 돼요?"

아버지는 곤란한 얼굴을 했어.

"중요한 이야기를 해야 하거든. 이 다음에 같이 가자."

그러더니 총총히 가버리는 거야. 나는 일어나 뒤를 따르고, 시로 너도 같이 걷기 시작했어. 그런데 아버지는 교차로 부근에서 사라지고 말아. 어디라고 확실히 말할 수 없는 애매한 공간 속으로 모습을 감춰버렸어. 그곳은 내가 모르는 세계야. 어른의 세계라고 해도 과언은 아니지만 나와 너는 엿볼 수 없는 세계. 그곳에는 스노나 에인절 더스트도 있어. 어머니도, 할아버지나 동네 사람들도, 어른들은 모두 그 모퉁이 끝에서 보이지 않게 돼버려. 나도 어떻게든 그 앞으로 가보려 했지만 길 끝은 끊어져 가차 없이 단절되어 있고, 거기서부터 시커먼 나락이 보였어. 아버지나 어머니는 나락으로 떨어지진 않고, 훌쩍 다른 차원으로 빠져 나가버리듯이 흐릿한 하늘 끝으로 사라져갔어.

네거리의 절단된 길 끝에 서서, 너와 난 어찌할 바를 몰랐지. 생각해보면 그것이 세계의 가장자리였어. 가장자리 너머의 일은 알지 못했고. 요컨대 그런 거야. 겹겹이 이어진 지층의 산이 지평선 끝까지 마냥 계속되고 있을 뿐. 그랜드캐니언의 단층 꼭대기에서 사방을 바라보고 있는 듯한……

"이 앞은 어떻게 되어 있을까?"

시로 네가 물었어.

"내가 어떻게 알아."

내 말에 넌 내 손을 잡았어. 나도 엉겁결에 맞잡아버렸지.

"형아, 가볼까? 보고 싶단 생각 안 들어? 알고 싶지 않아?"

난 대답이 궁했지만 잠시 생각하고 나서 고개를 좌우로 흔들었어.

"몰라. 아무려면 어때."

그리고 나서 발길을 돌려 원래 있던 돌계단으로 돌아왔어. 다시 앉아 정면의 도영주택과 하늘을 향해 뻗은 비상계단을 올려다보았어. 너도 늘 그렇듯 내 옆에 앉아 다시 무릎을 끌어안은 채, 우리 둘의 줄어들지도 늘어나지도 않는 거리감 속에 잠겨 태평하니 하품을 했어.

거기가 내 세계의 전부란 얘기야. 지금 현재, 그곳만이 내가 살 수 있는 세계라고. 내가 아직 동정(童貞)이고, 스노도 에인절 더스트도 토카레프도 없는, 조용하고 평화로운 세계가 그곳에는 있어. 그게 영원이라는 걸, 난 알았어. 난 거기서 살고 있어. 알겠냐 시로, 난 지금 거기에 살면서 신이 주신 행복을 만끽하고 있다고.

낮과 밤 사이

감독이 바라는 완벽한 태양을 기다리는 사이 홋카이도는 저기압 전선에 휩싸여버리고, 촬영단은 홋카이도 호텔에 발이 묶인 채 얌전히 비가 그치기만을 기다릴 수밖에 없는 최악의 상황을 맞이했다. 적어도 며칠은 비가 계속 내릴 거란 일기예보에 어지간히 참을성 강한 스태프들도 침울한 표정을 감추지 못했다.

프로듀서 일동은 스태프 룸에 틀어박혀 정체 타개를 위해 혹은 촬영 일정 변경을 검토하기 위해 수시로 작전 회의를 갖는 모양이었다. 그렇지만 하늘에게 아무도 의견을 말하지 못했고, 이렇다 할 타개책이 쉽게 나올 리도 없었다.

도카치 평야를 뒤덮은 비구름 탓에 호텔은 어둡게 가라앉아 있었다. 낮인데도 밤처럼 어둠침침한 하늘의 모양새는 이노우에 하지메의 재기를 위협하는 예감마저 내포한 듯하여 내 기분까지 어두워졌다.

부슬부슬 내리는 비는 혼슈(本州)의 장마철을 연상시키는 긴 비가 되었다. 호텔 카페에서 라인 프로듀서인 도키토와 제작 진행자 몇 명이 감독을 에워싸고 뭔가 의논 중인 장면이 눈에 들어왔다. 감독은 그들의 중심에 앉아 입을 한일자로 굳게 다문 채 테이블 위를 물끄러미 바라보고 있었다. 남자들은 감독을 다그치는 듯이 몸을 앞으로 기울인 채 결단을 기다렸다. 이노우에 하지메는 팔짱을 끼고 고개를 약간 기울이더니 다문 입에 한층 힘을 주었다. 무겁기만 한 그의 입은 도무지 열릴 기미가 보이지 않는다. 남자들은 끈질기게 이노우에를 설득했지만, 그들의 움직임도 둔해서 마치 밀랍인형 박물관의 한 코너처럼 보이기도 했다.

프로듀서들은 일단 이쪽 촬영을 중단하고 도쿄의 촬영소로 장소를 옮기는 계획을 검토하고 있는 게 아닐까. 정체된 흐름을 바꾸지 않으면 촬영단이며 배우들의 사기만 계속 떨어질 것이다. 이대로 비 때문에 며칠 혹은 몇 주간 촬영이 지연된다면, 영화 자체가 표류해버릴 가능성도 있다. 이미 미술부 본대는 먼저 도쿄로 돌아간 상황이다. 만약 세트 촬영으로 변경되면, 나도 당장 도쿄로 불려 들어가리라. 모두 감독의 결단만을 기다리고 있다. 비는 언제까지고 계속될 태세다. 사람들은 긴장한 채 감독의 안색을 주시하고 있었다. 빗발이 약간 거세졌다. 창유리를 때리는 빗소리가 호텔 로비까지 와 닿았다. 밀랍인형들은 여전히 20세기라는 역사 속에 있었다.

●

저녁식사 후, 침대 위에서 책을 읽다 깜빡 잠이 들었는데, 또다시 후지사와에게서 걸려 온 전화벨 소리에 깨어났다. 시계를 보니 12시를 조금 넘긴 시간이다.

"그렇게 언짢은 목소리로 받을 건 뭐 있나."

후지사와는 대뜸 그렇게 말했다.

"미안합니다, 자다 받아서."

"그런가, 그렇다면 미안하군. 내가 깨운 셈인가."

말없이 있자니, 남자는 신속하게 용건에 들어갔다.

"그래서 뭐 좀 생각났나?"

"아뇨."

제기랄, 하고 남자가 욕지거리를 했다.

"생각해내려 들지 않으면 생각나지 않는 법. 기억이란 필사적으로 매달려야 그 문을 열어준단 말일세."

"하지만 정말로 기억이 안 난단 말입니다."

"그래? 뭐, 좋아. 그리 나올 거라 생각해서, 자네가 필사적으로 생각해낼 방법을 찾아놨지."

후지사와가 웃었다. 수화기에서 그의 웃음소리와 함께 시익시익 하고 폐가 우는 소리가 흘러나온다.

"자네 가족 중 누군가가, 지로 같은 꼴이 날지도 몰라."

"옛."

졸음이 대번에 날아가버린다.

"자네 어머니일지도 모르고, 영화 배급사에 다니는 장녀 이치코 씨일지도 모르지. 자네가 일주일 안에 생각해내지 못할 경우, 두 사람 중 하나를 해치우겠네."

해치우겠네, 라는 말이 관자놀이를 아프게 쑤셨다. 정말로 해치워버릴 것 같은 느낌이 들었다. 경찰에 신고해야 한다는 생각이 제일 먼저 들었다. 그러나 대체 경찰에다 뭐라고 말해야 할지. 실체가 없는 후지사와라는 남자에 대해, 그리고 뭐가 들었는지조차 알 수 없는 란도셀에 대해서도. 경찰이 귀담아 들어주지 않을 경우를 생각하면 경솔하게 행동할 수도 없다. 신고하여 자칫 어머니나 누나를 더 큰 위험에 빠뜨리게 되진 않을지.

"경찰에 협조를 구해도 상관없어."

남자는 마치 내 마음을 꿰뚫어보는 듯이 그렇게 말했다.

"그래도 난 반드시 보복할 테니 말이야. 모두 잊어갈 즈음, 복수해 보이겠어. 자네 어머니는 이젠 연세가 있지. 생각해보게, 그 거리 밖으로는 도망칠 수 없어. 해치우는 건 간단하다고. 그걸로 내 마음이 풀리는 건 아니지만, 매사 확실하게 해두지 않으면 내 인생에 대해 납득하지 못하는 체질이라서."

남자는 낮은 목소리로, 다시 한 번 말했다. 반드시 할 거라고 확신을 담아서.

"얌전히 란도셀이 있는 곳을 생각해내기만 하면 돼. 단순명쾌하지 않나? 내용물은 자네 인생과 전혀 무관한 것인 데다, 외부 세계에서 필요한 거니까. 오히려 자네는 그런 일에 관여하지 않는 쪽이 이득이란 말이지. 자, 간단한 이야기지? 자네는 란도셀에 뭐가 들었는지 알려고 들지도 말고 흥미도 갖지 않길 바라네. 내용물이 아니라 란도셀이라는 형태만 생각해내면 된다고. 란도셀이 어떻게 생겼는지, 일본인이라면 누구나 상상할 수 있겠지. 그래, 그 네모나고 독특하게 생긴 가방이야. 색은 검정. 등에 닿는 부분이 황토색이랄지 가죽색이랄지, 아무튼 자네가 익히 아는, 초등학생의 등에 늘어져 있는 그 가방이라고. 그걸 어디서 보았는지, 지로가 그걸 어디에 숨겼는지, 단지 그것만 생각해내면 이런 성가신 일에서 해방되는 거야. 간단한 일이지. 다만, 그 안에 든 걸 자네가 알려고 들면 일이 상당히 성가셔진다는 거, 그 점만 주의하면 돼. 내용물은 내용물일 뿐, 란도셀의 겉모양과는 전혀 별개의 것이야. 물론, 우리가 찾고 있는 건 최종적으로는 내용물이지 겉껍데기가 아니야. 하지만 우선, 겉껍데기가 중요해. 란도셀이라는 외관만이 나와 자네를 잇는 정보이기도 하니까 말이야. 알겠나. 만약을 위해 다시 한 번 말해주지. 내용물은 어디까지나 이쪽 소유이고, 자네 인생과는 관계가 없어. 겉껍데기는 자네가 기억해내야 할 중요한 기호야. 자, 이만하면 충분하겠지. 이제 질문은 없는 걸로 하지. 란도셀이 어디에 있는지만 생각해내면 자네들은 평온하고 조용한 나날을 되찾을 수 있어. 안전하고 평온한 생활을 되찾고 싶지 않나?"

"하지만 난 정말 모릅니다. 몇 번이나 말했지만, 란도셀 따윈 집 안에서 본 적도 없어요. 형은 나한테는 아무 말도 안했어요. 그저, 큰일을 한다고만 했지, 결코 날 끌어들일 생각은 없어 보였다고요."

"전후사정은 몰라. 혹여 그럴지도 모르지만, 그런 건 내 알 바 아니야. 어떤 방법을 써서라도 생각해내면 되는 거야. 생각나지 않으면 자네가 무슨 수를 쓰든 짚이는 데를 돌아다니면서, 친구의 친구가 됐든 지로가 사귄 여자들이 됐든 닥치는 대로 조사해보던가. 여하튼 죽을 각오로 나선다면야 방법은 얼마든지 있잖겠어. 자네 발로 찾는 거야. 자네가 어디로 가든 난 전혀 알 바 아니라고. 해치우는 건 간단하니까.

70

지금 당장이라도, 마음만 먹으면 금세 해치울 수 있다고. 사람의 목숨은 중해. 그것만 기억해두게."

"하지만 그렇게 말씀하셔도."

별안간 전화가 끊겼다. 어머니나 누나도 이렇게 일방적으로 전화를 뚝 끊어버리듯이 손쉽게 살해당하는 건가. 생각하니 오싹 소름이 끼쳤다. 후지사와란 남자는 그런 짓을 태연하게 저지를 만한 분위기를 지니고 있다. 형을 쏜 자가 후지사와라면, 정작 복수를 해야 될 사람은 나였다. 그런데도 내가 궁지에 몰리고 있다. 식은땀을 닦고, 이치코 누나의 휴대전화에 바로 전화를 걸었다. 신호음도 울리지 않고 곧장 부재중 메시지 서비스로 넘어가버렸다. 누나의 부재를 알리는 기계 목소리만이 공허하게 흘러나온다.

휴대전화를 침대 위에 던져놓고 멍하니 있으려니, 이번엔 방에 비치된 전화가 울렸다. 조용한 실내에 요란한 벨소리가 울려 퍼지는 바람에 심장이 반사적으로 확 오그라들었다. 수화기를 집어 들었으나, 심장이 두방망이질 치고 목소리가 나오지 않았다.

"아, 미안. 자고 있었나 보네."

도모코의 목소리를 듣는 순간, 내 몸을 옥죄던 긴장이 풀어지면서 탄식이 흘러나왔다.

"괜찮아. 아직 깨어 있었어."

간신히 대답할 수 있었다.

"내가 시로를 깨워버렸구나."

"잠이 안 와?"

"응."

그녀는 미안한 듯 중얼거렸다. 혹시 심심하면 잠시 산책이나 하지 않겠냐고 말을 꺼내보았다. 혼란스런 이 마음을 진정시켜야 했다. 어쨌든 냉정해지자고, 내 자신을 다독였다.

●

꽤 걸었다. 이렇다 할 대화도 없이, 우리는 나란히 밤의 오비히로를 돌아다녔다. 바싹 붙어 걷는 것도, 멀찍이 떨어져서 걷는 것도 아니었다. 굳이 말하자면, 서로 조심스러워하면서도 좀 더 가까이 다가가고 싶다는 마음을 안고 나란히 걷고 있는 사람들처럼, 다가섰다 떨어지기를 반복하는 보조를 계속 유지했다. 그 묘한 긴장감 탓에, 대화를 이끌어가기가 어려웠는지도 모른다. 오히려 대화는 필요하지 않았다.

딱히 갈 곳을 정한 건 아니지만, 역 방향을 목표로 15분쯤 걷자 네온이 깜박이는 니시니조 대로가 나왔다. 인구가 17만 명에 달하는 도시였지만, 심야엔 나다니는 사람도 없이 네온 불빛만이 공허하게 보도를 물들였다. 이따금씩 개조 차량이 엔진 소리를 요란하게 울리며 우리 옆을 쌩하니 지나쳐 갔다.

8월이라고는 해도 오봉(우리의 추석과 같은 명절_옮긴이)이 지났기 때문인지, 홋카이도의 밤은 추웠다. 옹골진 바람에 뼛속이 시렸다. 도모코는 평소 술을 입에 대지 않지만, 몸을 좀 녹일 생각에 우리는 주상복합 빌딩 지하에서 영업 중인 작은 바를 발견하고 그리로 뛰어들었다.

　가게에 다른 손님은 없었다. 우리는 카운터 끄트머리에 나란히 앉아 나는 레드와인을, 도모코는 뜨거운 레모네이드를 주문했다. 가게 안에는 가스펠이 조용히 흐르고, 흑인 여성의 허스키한 목소리가 차가워진 내 마음을 조금 누그러뜨려 주었다. 그래도 여전히 머릿속에선, 해치운다고 잘라 말한 후지사와의 목소리가 사라지지 않았다.

　"무슨 일 있어? 왠지 어두워 보이는데."

　"미안."

　사과하고, 미소와 함께 아무것도 아니라고 덧붙였다.

　"아무것도 아닌 것처럼은 안 보이는데."

　바텐더에게 건네받은 와인을 입에 댄다. 이치코 누나한테는 내일 날이 밝는 대로 전화를 걸어 어떻게 해야 좋을지 상의하자고 마음먹었다. 아버지가 안 계시고부터 우리 집을 지탱해온 사람은 단호한 성격의 이치코 누나였다. 이치코 누나는 가족 중에서 유일하게 의지가 되는 존재이기도 했다.

　"아무것도 아니야."

　흐음, 하고 도모코는 중얼거렸다.

　"그렇다면 다행이지만."

　도모코도 뜨거운 레모네이드를 한 모금 마셨다. 그러고 나서 가게 안을 둘러본다.

　"가만 보니, 역사가 느껴지는, 분위기 있는 가게네."

　벽은 담뱃진으로 인해 흐릿한 갈색으로 변색되어 있었다. 주인이 시간을 들여 모은 게 틀림없을 앤티크 가구도 여기저기에 툭툭 놓여 있었다.

바텐더 뒤편에 '가게 영업시간은 아침 5시까지'라고 적힌 종이가 붙어 있었다. 비닐에 싸인 그 종이는 전체적으로 색도 완전히 변한 데다 네 귀퉁이가 떨어져 나가고 없어서, 이 가게가 오랜 세월 이곳에서 영업해왔음을 이야기해주고 있었다. 나는 종이의 변색 상태며 종이를 싼 비닐의 타진 정도가 신경 쓰였다. 어떻게 하면 이것과 똑같이 자연스러운 연륜을 재현할 수 있을까 생각했다. 후지사와의 협박을 안고서도 머리 한구석에선 배합할 물감의 배색 순서가 떠오르기 시작했다.

영업시간이 적힌 종이쪽지가 붙여진 벽 또한 바랜 상태가 볼만했다.

"왜?"

도모코가 한 점을 응시하는 내 얼굴을 들여다보며 물었다.

"아, 미안. 직업병이 도지는 바람에. 역사가 담긴 이런 가게에 오면, 으레 세월이 깃든 벽이나 기둥 같은 데에 눈이 머물러버리거든."

그래, 하고 도모코는 미소 지었다.

"정면의 저 담뱃진으로 얼룩진 벽 말이야. 저렇게 되기까지 아마 30년 정도 걸렸을걸. 이 가게는 우리가 태어났을 무렵에 생겼을 거야."

"그런 걸 다 알아?"

도모코가 바텐더의 얼굴을 흘낏 보았다. 수염을 기른 그 남자는 예순 조금 넘었을까. 우리 이야기가 들리련만, 낯빛 하나 달라지는 일 없이 그저 묵묵하게 와인글라스를 닦고 있었다.

"이런 연륜이란 걸, 인공적으로 새 벽에 표현하려면 어떻게 해야 해?"

도모코가 자못 흥미로운 듯 물었다.

"음."

나는 다시 한 번 진지하게 벽을 바라본다. 점차 시간의 퇴적이 보이기 시작한다. 때를 입혀가는 순서가 머리에 떠오른다.

"그래. 진으로 바랜 벽은 말이지, 수성왁스에 에이징용으로 불리는 수성도료를 섞어서 비슷하게 색을 만들어."

"헤에."

도모코의 눈이 빛났다.

"적황흑백 네 가지 색 수성도료를 1:1:1:1의 비율로 수성왁스에 섞으면, 진에 찌든 색이 나오게 돼."

"진에 찌든 색? 진짜 재밌네. 에이징용이라고?"

나는 고개를 끄덕였다.

"수성왁스를 쓰는 이유는 뭐랄까, 미묘한 윤기가 묻어나거든. 생활감을 내기에는 그만한 게 없지."

나는 술병이 늘어선 선반 위를 가리키며, 바텐더에게 들리지 않도록 작은 소리로 말했다.

"저 선반 위의 먼지도 그림물감으로 만드는 거야."

그러자 도모코가 얼굴을 가까이 가져오더니, 어떻게? 하고 역시 소리 죽여 물었다.

"교토에만 있는 특수 안료가 있는데, 그걸 물에 녹여서 저런 선반 귀퉁이 같은 데다 칠하는 거야. 칠이 마르면 자연스럽게 희뿌연 먼지가 생기지."

"마르면? 진짜? 재밌겠다."

"응, 재미있어. 클리닝점 같은 데야 전 세계 어디에나 있겠지만, 만물을 더럽히고 칭찬받는 일을 하는 건 우리 같은 사람들뿐이니까."

어쩐지 자랑하는 것 같아 저절로 얼굴이 붉어졌다.

"시로는 어딜 가든 항상 땟자국들이 신경 쓰이나 봐."

"신경 쓰여. 역 플랫폼 바닥에 붙은 껌이라든지, 공사 중인 건물에 내려앉은 먼지라든지, 러브호텔 천장의 얼룩이라든지."

도모코의 웃음이 문득 사라졌다.

"러브호텔?"

"일이니까."

"그렇겠네."

도모코가 다시 입가에 부드러운 미소를 머금었다.

"뭐랄까, 더럽혀진 곳에 있으면 안심이 돼. 말이 좀 이상하지만 때가 묻어나는 데가 좋아. 마음이 편해진달까."

"흐음, 마음이 편해진다라……."

도모코가 중얼거렸다.

"러브호텔에도 종종 나가곤 해. 혼자 가면 되게 이상한 눈으로 보긴 하지만, 그런 곳에는 인간의 얼룩이랄까, 그런 게 멋지다는 감탄이 나올 만큼 곧잘 나오거든. 침대에 누워서 천장의 얼룩 같은 걸 조용히 바라보지. 단순한 얼룩인데 오래된, 중세쯤 되려나, 해양지도처럼 보이기도 하고, 천연기념물인 삼나무나 뭐 그런, 역사가 깃든 나뭇결처럼 보이기도 하고, 어쨌든 심하게 상상력을 자극하거든."

　도모코가 미소 짓는다. 나는 힘 주어 말하고 있던 내 자신이 부끄러워져서 머리를 긁적였다.

　"재밌네. 좋은 공부가 됐습니다."

　"고마워."

　도모코는 레모네이드를 한 모금 마셨다.

　"혼수상태에 빠진 지로를 보고 있으면 비슷한 걸 느껴."

　이번엔 내가 도모코의 얼굴을 들여다볼 차례였다. 도모코는 레모네이드가 든 잔에 입을 댄 채, 그 온기를 음미하고 있었다.

　"저기, 좀 다른 이야기인데."

　나는 그녀의 옆얼굴에 대고 질문했다.

　"대단한 건 아니고, 지로 형에 대해서야. 물어봐도 될까?"

　도모코의 표정이 설핏 경직되는 것이 전해졌다. 하지만 동시에 그녀의 까만 눈동자가 살짝 빛나며, 물어봐달라는 듯이 보이기도 했다.

　"두 사람, 왜 헤어졌어?"

　도모코는 나한테서 시선을 돌리더니, 술병들이 늘어선 정면 벽을 쏘아보았다. 이윽고 굳어 있던 얼굴에 미소가 돌아왔다.

　"일방적으로 헤어지자는 말을 들었거든."

　"거짓말."

　엉겁결에 그녀의 말을 부정해버렸다.

　"형은 내가 아는 한, 널 누구보다 사랑했어. 형은 널 진심으로 사랑했고, 적어도 나한테는 그런 마음을 숨기지 못했어. 형에게 도모코는 특별한 존재였어."

"그래, 특별한 존재였어. 나한테도."

그런데 어째서? 하고 따져 물어보았다. 도모코가 추억을 응시한다.

"살면서 형의 그런 모습을 본 적이 없어."

"그래. 정말 사랑받았어."

"그런데 왜?"

"역시 말하고 싶지가 않네. ……말하고 싶은데 하고 싶지가 않아."

도모코의 옆얼굴이 조명 빛을 받아 눈부시게 흔들린다. 안구 가장자리까지도 생기 있게 떨리고 있다. 그녀가 바라보고 있는 추억의 연못을 나도 엿보고 싶었다.

"지로는 내게, 나라는 환경에, 다가오려 했어. 하지만 그건 그에게 무척 힘든 일이었지."

닫혀 있던 그녀의 마음속, 높이 쌓여 있던 감정의 얼음이 녹아 서서히 흘러내릴 때까지 조용히 기다리기로 했다. 이야기하고자 하는 그녀의 마음을 존중해주고 싶었다. 가게 안에는 자연스러운 시간의 흐름이 존재하고 있었다. 가게 주인이 그의 인생을 기울여 꾸준히 키워온 시간의 퇴적이었다. 정신이 아득해질 만큼의 시간들이 쌓여 생겨나는 종유동굴과도 닮았다. 벽에 걸린 그림 액자만 해도, 살짝 낀 먼지 상태 같은 건 인간이 아무리 흉내 내려 해도 그리 쉽게 만들어낼 수 있는 게 아니었다. 액자가 아주 조금 기울어 보이는 것도, 그것이 벽에 걸린 후 오랜 시간이 지나는 동안, 예를 들면 액자 자체의 무게며 다양한 진동으로 인해 조금씩 기울어져간 것일 터. 그러한 액자의 기울기는 조금 거창하게 말하자면, 지구 인력과의 기나긴 밀고 당김이 만들어낸 절묘한 각도이리라. 이 가게 안의 온갖 것들이, 이 가게가 탄생하는 순간부터 서서히 더러워져간다는, 신이 부린 예술의 성과이기도 하다. 나는 이런 세계를 보고 있노라면, 그만 넋을 잃고 마는 버릇이 있었다. 자연스러운 더러움의 세계 속에서 편안한 기분을 느끼는 것이다.

도모코가 입술을 한차례 깨물었다.

"……처음 만났을 때 얘긴데, 이치코 씨가 나한테 소개하려고 그 사람을 데려온 게 아니야. 우연히 지로가 우리 앞에 나타났을 뿐이지. 이치코 씨랑 둘이 신주쿠의 백화점에서 쇼핑을 하고 돌아오는 길에, 큰 교차로 한가운데서 그 사람이랑 스쳐 지나게 됐어. 지로는 이치코 씨를 발견하자마자 돈을 뜯어내려고 했지. 이치코 씨는 곤란한 표정을 짓긴 했지만, 지갑에서 만 엔 지폐를 꺼내 그에게 건넸어. 첫인상은 최악이었어. 술에 취한 데다 태도도 거칠고 불량스러워 보였거든. 내 주변 남자들하곤 달라도 너무 달랐기 때문에 이치코 씨도 나한테 선뜻 소개하지 못하고 당혹스러워하는 눈치였어. 그래도 그 자리의 분위기랄지 흐름 때문에 어쩔 수 없었는지, 동생이라며 부끄럽다는 듯이 귓속말을 했어. 지로는 인사도 하는 둥 마는 둥, 배 안 고파요? 하고 내게 말을 걸어왔어. 배는 고프지 않았는데, 어째서 고프다고 말해버렸는지 그건 나도 모르겠어. 그 사람 눈이 내가 아는 다른 남자들과 달라 보였기 때문일까. 내 주위에는 그런 동물적인 눈을 한 사람이 없다 보니, 조금 호기심이 일었던 건지도 몰라. 게다가 난 이치코 씨를 존경했잖아. 그런 그녀의 동생이라기에 남다른 흥미도 있었고."

도모코는 추억을 반추하면서, 한 마디 한 마디 단어를 조심스럽게 뽑아내고 있었다.

"식사하는 내내 지로는 고개를 수그리고 있었어. 왠지 따분한 듯 우리 이야기를 듣고 있었는데 식사를 마친 후, 대뜸 연락처를 가르쳐주지 않겠냐고 묻는 거야. 그 말에 이치코 씨가 흠칫 놀라며 바로 안 된다고 했지만, 내 쪽에서 지로에게 전화번호를 알려주고 말았어. 그 당시 나한테는 사귀던 남자가 있었어. 반듯하고 무척 다정한 사람이었지. 그로부터 한 달 후, 지로는 그 남자를 두들겨 팼어. 집 앞에까지 찾아와서 뜻 모를 말을 하더니 그를 때렸어."

"뜻 모를 말이라니?"

"이 여자는 내 여자라고, 날 가리키며 똑똑히 말했어. 뜻 모르겠다는 건, 서로 전화번호를 교환한 후로 한 번도 지로와 만난 적이 없었기 때문이야. 전화 통화만 몇 번 한 정도였지. 집주소를 가르쳐주긴 했지만, 설마 그런 식으로 쳐들어올 줄은 생각도 못했으니 놀랄 수밖에. 집 앞에 숨어서 예전 남자친구가 나오기를 기다리고 있다가, 생트집 같은 걸 잡더니 주먹을 휘둘렀어. 보자마자 그런 건 아니지만. 조금 짬이 있었어. 그래, 지로가 때리기 전까지 두 사람 사이에 언쟁이 오갔어. 처음엔 조용조용 말로 싸웠지. 지로가 예전 남자친구를 향해 이렇게 말했어. 언제고 나는 도모코에게 사랑받을 자신이 있다고. 그러자 예전 남자친구가 조금 화를 내기 시작했고, 잠시 후 드잡이 싸움을 하게 된 거야. 지로의 오른손이 곧장 뻗어와 남자친구의 왼쪽 뺨을 때렸어. 남자친구는 완력으로는 전혀 승산이 없어 보이니까, 방어 일변도가 됐지. 지로는 왼쪽 발로 남자친구의 배를 세 차례 걷어차고 나서, 왼손으로 옷을 꽉 움켜쥐고 다시 한 번 오른손으로, 그것도 팔꿈치로 꾹꾹 쑤셔 넣듯이 그의 턱 주변을 짓찧었어. 남자친구의 표정이 점점 겁에 질려갔어. 자기 힘으론 도저히 당해낼 수 없는 상대임을 안 순간, 둘의 싸움은 고양이와 사자의 대결처럼 돼버렸지. 난 그때, 난폭하고 몰상식한 지로를 증오했어. 분명히 말하지만, 그런 인간이 존재한다는 사실 자체가 구역질이 날 만큼 싫어서 견딜 수가 없었어. 하지만 결국 난 지로와 사귀게 됐어. 예전 남자친구는 그 일이 있고 난 직후, 내 앞에서 홀연히 모습을 감춰버렸어. 행방불명이 된 것처럼. 나중에 소문으로 들은 얘기인데, 지로는 그 사람을 철저하게 위협했대. 하지만 아무 말 없이 사라질 정도의 사람이었던 건 분명해. 지로가 말했지. 잘 된 거야, 그런 근성 없는 자식이랑 헤어지게 됐으니."

자신도 믿어지지 않지만, 그렇게 틀을 벗어난 오만한 점에 결국 마음이 끌렸다고, 도모코는 툭 덧붙였다. 나는 누구보다 형을 잘 안다고 생각했는데, 아무리 그래도 형이 취한 행동은 평소 모습과 조금 다르다 싶었다. 워낙 이성적인 면이 결여된 사람이긴 했지만, 여자 때문에 그렇게까지 뜨거워질 수 있는 남자는 아니었다.

"하지만 나랑 지로는 서로 끌려서 사귀긴 했어도, 결국 모든 게 딱 맞아 들어가진 않았던 것 같아. 난 이런 여자지. 태어나면서부터 줄곧 하나의 거푸집 속에서 자라온 아가씨. 반면에 지로는 그런 사람이니까. 끌리긴 했어도 서로 원하는 바가 달랐던 거야."

도모코가 조그맣게 한숨을 흘렸다. 레모네이드를 추가하고, 나는 와인을 한 잔 더 주문했다. 주문한 음료가 나올 때까지 그녀는 입을 다물고 있었다. 김이 오르는 레모네이드가 그녀 앞에 놓이고 바텐더가 우리 앞에서 멀어지자, 겨우 도모코의 입이 열렸다. 도모코는 내게 다가 앉으며 바텐더에게 들리지 않게 속삭였다.

"창피한 이야기라서 말하고 싶지 않았는데, 너는 알아주었으면 해. 지로는 말야, 날 안을 수가 없었어. 내가 별로 잘하지 못했던 탓도 있겠지만. 나, 서투르거든. 하지만 필사적으로 나를 사랑하려는 그에게 나도 부응하고 싶었어. 그런데 그 일이 그 사람을 한층 궁지로 몰아넣어 버린 거야. 지로는 내 앞에서 위축되고, 난생 처음 여자 앞에서 굴욕이란 것을 경험하게 돼. 내 분위기가 그 사람을 비웃고 있는 것처럼 보였나 봐. 나한테는 남자를 주눅 들게 하는 무언가가 있는 모양이야. 그래, 그런 거야. 촬영 현장에서도 때때로 일과 상관없는 눈으로 나를 보는 남자 스태프들의 시선이 느껴질 때가 있어. 나한테만 왠지 태도가 달라지는 기분. 굉장히 거리감이 느껴진다고 해야 하나, 멀다고 해야 하나. 내 딴엔 평범하게 행동하는 건데, 도도하게 구는 것도 아닌데, 그렇게 보이나 봐. 인간이 덜 돼서 그런지. 어쩔 수 없지만 조금 서운해. 다른 여자 스태프들처럼 사람들이랑 좀 더 스스럼없이 편하게 지내고 싶은데, 이렇게 거리낌 없이 이야기할 수 있는 사람은 시로뿐인걸. 미안해. 시로뿐이라니, 말이 이상하지. 시로랑 예사로 이야기할 수 있다는 게 너무 기뻐. 하지만 지로와도 역시 안 됐어. 지로는 좀 더 나에게 벽을 두고 있었어. 철벽이 우뚝 솟아 있는 것 같았지. 지로가, 넌 지나치게 눈부시다며 고함을 친 적도 있어. 사귄 지 두 달쯤 지났을 무렵, 난 그 사람한테 강간당했어. 얻어맞고, 옷을 찢기고, 커튼도 치지 않은 빛이 가득 찬 방 안에서 힘으로 겁탈당했어. 폭력으로 겨우 맺어졌지만, 그 일은 우리 두 사람 사이에 한층 더 깊은 상처를 남겼지."

도모코는 미소 짓고 있었다. 조명기구의 빛이 아플 만큼 그녀의 안구를 태우고, 그 자리에 한 방울 눈물을 떠올렸다.

"그러고 나서 몇 달은, 지로는 마치 딴사람이 된 듯 내 앞에서 신사적으로 행동하려고 노력했어. 말투까지 바꾼 그가 오히려 어딘지 모르게 가여웠어. 하지만 아무리 그가 노력해도, 내 마음의 상처는 아물지 않았어. 그리고 끝내 그 사람은 내 환경에 신을 벗고 들어오지는 못했어. 항상 흙발이었지. 우리는 헤어졌어. 아니, 헤어졌다기보다 그가 내 앞에서 사라진 거야. 난 그를 잃고 싶지 않아서 필사적으로 쫓아다녔어. 그런데 어느 날 지로는 화려한 차림의 여자를 내 앞에 데려와선, 자신의 새 여자라고 선언했어. 그 이상 무슨 말이 필요하겠어. 난 울었어. 그 사람도 분명 울었을 거야. 사랑받고 있다는 걸 알면서, 나 또한 그 사람을 사랑하고 있다는 걸 알면서, 어떻게도 할 수 없었어. 그때부터였나, 잠이 오지 않게 된 건."

●

부슬부슬 내리던 빗줄기가 한밤중을 넘기면서부터 한층 거세지더니, 우산 없이는 걸어서 돌아갈 수 없을 정도가 되었다. 가게 주인에게 콜택시를 불러달라고 했다.

"결국 아침까지 붙잡아두고 말았네."

홋카이도 호텔의 엘리베이터 홀에서 철문이 열리기를 기다리며 도모코가 말했다. 나는 그녀의 옆얼굴을 바라보면서, 조용히 형에 대해 생각하고 있었다. 엘리베이터 문이 열리고, 어슴푸레한 로비에 빛이 쏟아졌다.

"이 비로 봐선, 오늘 촬영도 없을 것 같으니까 괜찮아."

도모코가 피식 웃으면서 먼저 타고, 내가 그 뒤를 따른다. 그녀의 방이 있는 층수와 내 방이 있는 층수를 누르자 엘리베이터 문이 조용히 닫혔다. 내가 형을 대신할 수는 없을 거란 생각이 들었다. 분명 도모코는 아직 형을 잊지 못해서 괴로워하고 있다. 피붙이인 내 안에서 형의 모습을 찾으려는 그녀가 가여웠다.

"고마워."

도모코가 나를 흘낏 바라보고는 중얼거렸다.

도모코의 방이 있는 층에 엘리베이터가 멈추고 문이 열렸다. 복도는 한층 어두컴컴했다. 나는 엘리베이터 문이 닫히지 않게 손으로 받쳤다. 도모코는 내리기를 주저하는가 싶더니, 가만히 한숨을 내쉰 후 어둠을 향해 발을 내딛었다.

그녀가 복도를 돌아 자기 방 쪽으로 걸어가는 것을 지켜보고 나서, 문을 받치고 있던 손을 뗐다. 엘리베이터 문이 천천히 닫히기 시작한 다음 순간, 도모코의 목소리가 들렸다. 그것은 비명이라기보다 놀라 숨을 삼킬 때 엉겁결에 튀어나오는 일빠진 소리에 가까웠다.

막 닫히려는 문에 발을 끼워 넣어 엘리베이터를 뛰쳐나갔다. 방금 도모코가 접어든 복도로 달려가보니, 그녀는 거기에 석상처럼 서 있었다.

"왜 그래?"

소리 죽여 묻자, 그녀는 천천히 복도 끝의 어둠을 가리켰다. 가리키는 쪽을 주시하니, 어둠 속에 허옇게 웅크린 사람이 있었다. 도모코를 그 자리에 남겨두고, 습한 공기를 긁으며 헤엄치듯 몇 발자국 다가가 보았다. 도모코도 내 등 너머로 엎드려 있는 사람을 엿보았다. 그 사람은 바로 유카타 차림의 이노우에 하지메였다. 그는 어디서 들고 나왔는지 빗자루를 갖춰 들고, 마치 포복 전진하는 병사처럼 조용히 복도를 기고 있었다. 그의 두 눈만이 유독 검은 빛으로 으스스하게 빛나고 있었다.

"감독님."

말을 걸었지만 대답은 돌아오지 않았다. 그의 눈이 복도 끝을 응시한 채 움직이지 않는다. 내 목소리마저도 분간 못하는 듯, 낮에 볼 때와는 완전 딴 사람이 되어 있었다. 도모코가 반대편에 서서 이노우에를 들여다본다.

"감독님, 무슨 일이세요, 이런 데서."

이번엔 도모코가 말했다. 이노우에의 두 눈이 목소리가 나는 방향을 향하고, 그때까지 정면을 응시하고 있던 눈동자가 갑자기 불안해지면서 시선이 어둠을 헤매기 시작했다. 이노우에 하지메는 도모코를 의식한 채 부들부들 떨기 시작하더니, 다음 순간 쥐어짜는 듯한 목소리로 말했다.

"무사했는가."

이노우에는 유카타 속에 잠옷을 입고 있었지만, 잠옷 버튼을 몇 개밖에 잠그지 않아 풀어헤친 가슴팍으로 허연 살이 엿보였다. 복도 끝 막다른 곳에 위치한 스위트룸이 이노우에의 방이었다. 거기서 여기까지 20미터 정도를 기어서 왔단 말인가.

"널 구하러 왔어."

그렇게 말한 이노우에의 눈에 눈물이 고였다.

"그래. 무사했던 거야? 다행이다. 무사했구나."

말하기 무섭게 이노우에가 도모코의 팔을 움켜잡았다. 도모코는 난처한 얼굴로 나를 보았다. 어떻게 해야 할지, 대체 이게 어찌된 일인지, 도무지 모르겠다는 곤혹스러운 표정이었다.

"어쨌든 일단 방으로 모셔 가자. 이런 모습을 누가 보기라도 하면."

그 이상은 말을 잇지 못했다. 둘이 힘을 합쳐 이노우에를 안아 올려 그의 방으로 옮기기로 했다. 허나 신장 180센티미터에 이르는 거구를 옮기기란 보통 힘든 일이 아니었다. 이노우에 감독이 버둥거리며 몸부림치는 바람에 옮기는 도중 몇 번이나 떨어뜨릴 뻔했다.

이노우에의 방에는 커다란 영사기가 한 대 놓여 있었다. 항상 일을 마친 후에 거기서 영사해보는 듯, 벽에는 거대한 스크린까지 설치되어 있었다. 나는 이노우에를 침실 침대 위에 누였다. 그는 어느새 잠이 들어버리고, 말을 걸어도 깨어날 기미가 안 보였다. 코 가까이 귀를 대고 숨소리를 확인하고 나서, 일단 상태를 지켜보기로 했다.

"도기도 씨나 누구 다른 프로듀서한테 말하는 편이 낫겠지?"

내 말에 도모코는, 글쎄 어떨지, 하고 가라앉은 목소리로 대답했다.

"하지만 만약 감독님한테 이상이 생긴 거라면."

그녀는 거기서 말을 삼켰다. 그건 나도 느끼고 있던 터라, 우리는 서로의 표정을 살피며 의사를 확인했다. 그러고 나서 내가 입을 열었다.

"눈치는 채고 있었지만……. 때때로 눈의 초점이 맞지 않는다고 할까, 말하기 좀 그렇지만 마치 망령 난 노인 같은 얼굴을 할 때가 있어서. 아니, 바로 원래대로 돌아오니까 흔히 말하는 노망은 아닐 거라고 생각하지만, 이런 모습을 보고 나니 자신이 없네."

도모코가 눈을 크게 떴다.

"아니, 노망 난 거야."

그녀는 분명하게 말했다. 마치 영화의 죽음을 선고하는 듯한 준엄한 목소리였다.

"유감스럽게도, 치매가 시작되고 있어. 아직 나만 아는 사실이지만, 확실히 감독님의 머릿속은 후퇴하기 시작했어. 과거와 현실도 구분 못할 때가 있거든. 촬영하는 동안은 긴장한 탓인지 직업적인 습관 탓인지 말짱하지만, 휴식시간이나 잠깐씩 회의할 때 보면, 멍하니 다른 시공간을 보고 있을 때가 있어. 난 항상 그분 옆에 있으니까 알아."

나는 바로 대답이 나오질 않았다.

"그럼, 영화를 계속 찍을 수 없는 거 아냐?"

간신히 그렇게 말하자, 도모코가 분한 듯 입술을 깨물었다. 나는 침대에서 자고 있는 이노우에 하지메의 얼굴을 바라보았다. 괴로워 보이는 표정이다. 그는 아까 복도를 배로 기며 옅은 어둠을 가만히 주시하고 있었다. 마치 총을 안듯이 빗자루를 안고 어둠을 겨냥하고 있었다. 이노우에 하지메가 그 어둠 속에서 보고 있던 것은 무엇일까. 그는 무엇을 향해 총을 겨누었던 걸까. 무사했던 거야? 라는 말은 누구를 향한 말이었을까.

"이렇게까지 노력했는데, 끝까지 찍게 해드리고 싶어."

도모코는 그렇게 중얼거렸다. 그렇지만, 하고 가로막았으나 나도 그 이상은 말을 잇지 못했다. 그 마음은 나도 마찬가지였으니까. 그렇더라도 치매가 시작된 사람에게 이만한 대작을 완성시킬 힘이 있을까. 아직 전체 촬영분의 3분의 1밖에 마치지 못했다. 무려 수억에 달하는 제작비가 걸려 있다. 마지막까지 이렇듯 어마어마한 시간을 소비하고도 완성하지 못한다면, 그것은 회사의 손실이라는 차원에 그치지 않는다. 이노우에 하지메의 인생 자체에 흙탕물을 끼얹게 될 것이다. 게다가 설령 이노우에가 촬영을 다 마친다 해도, 과연 이런 상태에서 만족할 만한 편집이 이루어질까.

"찍게 해드리고 싶어."

도모코는 그렇게 말하고, 책상 위에 놓인 릴(reel)통에 손을 댔다. 찍게 해드리고 싶다는 마음은 나도 마찬가지였다.

도모코의 얼굴이 순간 흐려진다.

"어라?"

릴통을 들여다보며 그녀가 중얼거렸다.

"이게 뭐지? 뭘 보고 있었던 걸까."

"러시 필름(편집하기 전의 필름_옮긴이) 아냐?"

릴통을 힐끗 넘겨보며 묻자, 도모코가 조그맣게 고개를 흔들었다.

"만약 러시 필름이라면 스크립터인 내가 보면 금세 알지. 하지만 이

건 처음 보는 필름이야."

나는 도모코 옆으로 가서 그녀가 들어 올린 릴통에 적힌 글자를 보았다.

『난징의 태양』이라는 타이틀이다. 나는 영사기에 걸려 있는 필름을 돌아보았다. 이노우에 감독이 매일 밤 촬영을 끝낸 후에 보고 있던 필름이 무엇인지 내심 궁금했다. 영사기 앞에까지 걸어가 스위치를 눌러본다.

"괜찮을까?"

도모코가 말했지만, 그녀의 그 목소리도 반대하는 듯한 울림은 아니다. 영사기가 돌아가기 시작하자, 그녀가 방의 불을 껐다. 갑자기 화면에 여성의 얼굴이 비쳤다. 놀랍게도, 빛 바랜 흑백 화면 속에 도모코가 있다. 물론 도모코는 아니다. 하지만 언뜻 보면 도모코와 매우 닮은 여성이었다. 우리 두 사람은 서로의 얼굴을 마주 보았다.

"어떻게 된 거지?"

여성은 웃는 얼굴이었다. 카메라를 향해 미소 짓고 있다. 배경에는 광활한 농지가 펼쳐져 있고, 민가가 점점이 박혀 있었다. 어딘가의 농촌에서 촬영했다는 건 알겠는데, 농촌의 한산한 풍경과 여성의 발랄한 미소 사이에 무언가 커다란 온도차가 존재한다.

"닮지 않았어? 딱히 어디라고는 말할 수 없지만, 너랑 판박이 아니야?"

그렇게 물었으나, 도모코는 대답하지 않았다.

"감독님이 가끔, 너를 물끄러미 바라보는 건 이 여성이 생각나서인

거네."

도모코는 필름에 새겨진 여성의 얼굴을 찬찬히 바라보더니 잠시 후,

"훼이팡."

하고 낯선 단어를 말했다. 도모코는 입 속으로 그 말을 몇 차례 되풀이하여 중얼거렸다.

"훼이팡이라니?"

"이 사람 이름이야."

잠시 공백이 생겼다. 도모코는 그리운 사람을 보는 듯한 눈빛으로 스크린에 비친 그림을 보고 있었다.

"이노우에 감독님이 가끔 날 그렇게 부르거든. 바로 잘못 말한 걸 깨닫고 황급히 정정하시긴 하지만, 훼이팡이라는 여성과 나를 혼동하고 있는 건 분명했어. 그분 기억 속에서, 이 사람과 내가 마구 뒤섞여 있는 모양이야."

화면 속 훼이팡은 밝은 웃음이 끊이지 않았다. 웃는 얼굴이면서도, 어쩐지 울고 있는 듯한 우수 어린 표정이다. 마음에서 우러나지 않는 웃음이란 뜻이 아니라, 웃는 얼굴 속에 슬픔과 애수가 배어 있다. 사랑스러운 얼굴에서는 그녀를 모르더라도 누구나가 마음이 끌리고 말 듯한 아우라가 발산되고 있었다. 양쪽 귀 언저리에서 땋아 묶은 갈래머리가 그녀의 젊음을 말해주지만, 눈가에 강한 의지의 빛이 서려 있는 것으로 보아, 보기보다 훨씬 나이가 늘었는지도 모른다.

다음 순간, 화면 속 훼이팡의 입이 움직였다.

"병사 여러분은 매우 친절합니다. 모두 좋은 사람들입니다. 오늘은

아침부터, 그동안 배운 일본식 주먹밥을, 병사분들을 위해 잔뜩 만들었습니다."

더듬거리는 일본어였지만, 발랄한 덕분에 또박또박 알아들을 수 있었다. 그 쾌활한 모습에서 그녀의 성격도 충분히 전해진다. 나와 도모코는 소파에 앉아 그 영화를 보기 시작했다. 이노우에 하지메는 전쟁 중, 국책 홍보 영화 촬영에 조감독으로 몇 편 관여한 적이 있었다. 몸이 약했던 이노우에는 군대에 갈 수 없었고, 그 대신 하쿠호 영화 주식회사에 취직하여 그곳 문화 영화부 연출과에 배속되었다. 그리고 당시 다큐멘터리 영화의 제1인자로 불리던 사카타 겐고로의 조수가 되었다. 사카타는 이노우에의 스승이라고도 할 만한 영화감독으로, 이후 이노우에의 나아갈 길을 결정짓는 역할을 담당한다. 사카타가 만든 국책 홍보 영화는 전후, 영화계에 커다란 영향을 주게 된다. 그것은 표면적으로는 전의를 고양시킬 목적으로 만든 홍보 영화이면서, 실제로는 그 반대 의미를 멋지게 숨겨 넣은 반전(反戰) 영화였다. 반전 의식과 관련된 말은 대사나 영상 어디에서도 찾아볼 수 없었지만, 영화를 보는 사람 누구나 전쟁의 비참함에 눈을 뜨게 된다는, 전쟁 중이었기에 고육지책으로 생겨난 수법으로 완성된 다큐멘터리였다.

"이건 이노우에 하지메의 스승 격인 사카타의 작품인 것 같은데."

도모코는 잠시 후 그렇게 말했다.

"응, 나도 바로 알았어. 하지만 사카타의 영화를 보는 건 처음이야."

멋지게 군복을 갖춰 입은 병사들의 행진하는 모습이 화면에 비쳤다. 흑백 필름이었지만 하늘이 맑게 개어 있음을 알 수 있었다. 적란운이 평원 저편에 보였다. 도모코가 내 얼굴을 바라보고, 나는 조그맣게 고개를 끄덕였다. 몇천에 달하는 병사들이 언덕을 넘어 행진하고 있었다.

"이걸 찍고 싶었던 거였어."

내 말에 도모코가 고개를 끄덕였다.

좀 지나 화면에 큰 거리가 나타났다. 자막 덕에 그곳이 난징임을 알 수 있었다. 병사들을 바라보는 중국인의 얼굴이 비쳤다. 맨 앞줄에 선 사람들은 일장기를 흔들고 있었지만, 그 뒤에 선 사람들은 그저 말없이 일본군 병사들의 입성을 바라보고 있을 뿐이었다. 삼백안(三白眼. 눈동자가 작아 흰자위가 많이 보이는 눈_옮긴이)이 수도 없이 화면을 가로지른다. 무표정하게 굳어 있는 눈들. 맨 앞줄의 열광과는 확연히 다른, 차가운 시선. 무서울 정도의 증오를 애써 감춘 눈. 그 눈에 카메라가 다가간다.

"열렬한 환영을 받으며, 지금 일본군이 난징에 입성하였습니다."

훼이팡의 내레이션이다. 그러나 아무리 보아도 열렬함은 전해지지 않았다. 사용되고 있는 행진곡이며 훼이팡의 발랄한 목소리만이 위화감을 동반하며 스피커에서 흘러넘치고 있었다.

"전의를 고양하는 영화로 볼 수 없다는 판단이 내려져, 전쟁 말기에 그의 영화는 모두 상영 금지 처분을 받게 돼. 그의 영화가 재평가받게 된 건 전쟁이 끝나고도 한참 지나서야."

"그건 나도 사람들한테 들어서 알아. 영화계에선 모르는 사람이 없을 정도의 전설인걸. 이노우에 감독은 거기서 영화의 진짜 가치를 배웠다지."

“사카타라는 사람의 인생 방식이 이노우에 감독이라는 존재를 만든 거지. 하지만 전쟁이 끝나고 사카타 씨의 작품이 재평가받게 되었을 때 이미 그는 타계한 후였어. 이노우에 감독이 성공을 거머쥐어가는 그 그늘에서 사카타 씨는 죽어갔지.”

“그렇구나.”

“응, 사카타라는 사람은 전후, 영화를 한 편도 찍지 않았어. 이노우에 감독도 공식석상에서는 사카타 씨에 관해 언급한 적이 없고.”

“왜 그랬을까.”

“모르지.”

화면에 병사의 묘가 비쳤다. 묘라고는 해도 하얀 묘표가 말뚝처럼 지면에 박혀 있을 뿐이다. 중국군 병사에게 살해당한 일본 병사의 무덤이라고, 훼이팡이 이번엔 슬픈 목소리로 알리고 있었다. 묵념을 올리는 훼이팡의 어깨 너머로 더 많은 묘들이 보였다. 훼이팡이 걷기 시작한다. 카메라가 그녀의 뒤를 쫓고, 잠시 후 언덕 가득 하얀 묘표가 몇 백, 혹은 천이 넘을지도 모르게 늘어선 풍경이 나타났다. 당시, 일본에 전해지는 뉴스 영화에서는 결코 볼 수 없는 병사들의 묘였을 것이다. 그것을 사카타 겐고로는 국책 홍보 영화 속에 몰래 담아냈다. 훼이팡은 불필요한 내레이션을 삼가고, 그저 말없이 묘지 안을 걷고 있었다. 그 장면은 너무도 아름답게, 기특하게도 군인의 죽음을 위문하는 소녀의 모습으로 그려지고 있었다. 당장은 반전의 의도를 읽을 수 없지만, 얼마 지나지 않아 관객들이 전쟁의 아픔에 눈을 뜨게 되는 주도면밀한 구성이다. 병사의 죽음이 화면 위에 말없이 비쳐짐으로써, 중일 전쟁이 수렁에 빠져들고 있다는 느낌이 와 닿았다.

"영상의 힘이란, 참 대단해."

"응, 이걸 전사한 병사의 가족이 보았다면 어떤 마음이 들었을까."

"나라를 위해서라고 배우긴 했어도, 복잡한 마음으로 보았겠지."

"가족이 아니라도 모두 그렇게 생각할 거야."

"전황이 악화되어가는 와중에 군부가 사카타의 영화를 상영 금지시킬 수밖에 없었던 이유를 알겠는걸."

하늘에 나부끼는 일장기가 비쳤다. 부자연스러울 정도로 화면 가득 일장기가 떠올랐다. 그리고 서서히 줌인되면서 일장기의 빨간 원 속에 파괴된 중국인의 민가가 보이기 시작했다. 마을 전체가 파괴된 모습이다. 그 후, 그 모습을 물끄러미 바라보는 훼이팡의 얼굴이 클로즈업되었다. 훼이팡이 참고 있는 것이 눈물임은 한눈에 알 수 있었다. 파괴되어가는 모국에 대한 슬픔……. 그런데도 훼이팡은 이렇게 말하는 것이었다.

"이것은 중국군이 일본의 스파이를 색출하기 위해 벌인 짓입니다."

도모코가 한숨을 흘렸다. 화면이 하얘지고, 이번 릴이 끝났음을 알렸다. 나는 일어나서 영사기 스위치를 껐다. 좀 더 보고 싶다는 마음과 더 보기 괴롭다는 마음이 교차했다. 훼이팡이 어딘지 모르게 도모코와 닮은 탓도 있었지만, 목숨을 걸고 이 작품을 찍은 사카타라는 감독의 삶의 방식을 상상해버린 탓도 있다. 그리고 이 촬영에는 이직 젊은 이노우에 하지메도 조감독으로서 참여했을 터였다. 안쪽 방에서 이노우에 감독이 몸을 뒤척일 때마다 옷 스치는 소리가 들려왔다.

"훼이팡."

우리는 일어서서 침실을 들여다보았다. 잠꼬대였던 모양이다. 괴로운 표정으로 잠든 감독이 침대에서 곧 떨어질 것 같았다. 도모코는 마치 소녀처럼 날래게 침대 옆으로 다가가 감독을 떠받쳤다. 이노우에 하지메가 도모코의 손을 움켜잡는다. 도모코는 이노우에의 머리맡에 앉아 등을 부드럽게 쓰다듬었다.

"잠시만 더 여기 있고 싶어. 시로는 이제 그만 자도록 해. 어차피 난 못 자니까, 여기서 감독님 상태를 지켜보고 있을게."

우리는 서로를 바라보았다. 그러고 나서 나는 조그맣게 고개를 끄덕이고, 그 자리를 떠나기로 했다.

"무슨 일 있으면 방으로 전화 줄래? 바로 달려올 테니까."

도모코는 말이 없었다. 무슨 일 있으면……, 그 말이 어떤 의미인지 나조차도 알 수 없었다.

●

눈을 뜬 건 정오가 지나서였다. 유리창에 부딪치는 빗소리에 깨어났다. 커튼을 열고 하늘을 보니 두터운 먹구름이 오비히로 상공에 머물러 있다. 촬영 현장의 탱크며 군용 차량에는 꼼꼼히 비닐을 씌워두었지만, 시트 아래가 오랜 비로 변색될 가능성도 있다. 촬영이 재개되면 세세하게 손을 봐야 할 듯싶다. 나오느니 한숨뿐, 어쨌든 기분 전환 겸 샤워를 하기로 했다.

피로를 풀 생각으로 조금 뜨겁다 싶은 물로 샤워하면서, 이노우에 감독 방에 남은 도모코를 생각했다. 노감독의 등을 부드럽게 쓰다듬고 있던 그녀의 정성 어린 모습이 자꾸만 머릿속을 맴돌았다. 거기에 겹치듯 오래된 필름 속에 있던 또 한 사람의 도모코, 훼이팡도 떠올랐다. 그녀의 우는 듯 웃는 얼굴이 머리에서 떠나지 않아 어쩐지 기분이 우울했다. 그것들을 씻어 내리듯 온몸을 구석구석 씻었다. 장기간에 걸친 촬영의 피로가 어느 정도 씻겨 내려간다. 고여 있던 근육의 피로가 더운 물살에 조금씩 누그러들었다.

욕실에서 나와 도모코의 방에 전화를 걸었지만 그녀는 없었다. 수화기를 내려놓으면서, 여태 그녀가 이노우에 감독의 방에 있을 것 같은 느낌이 들었다. 텔레비전을 켜자 낮 뉴스를 하고 있었다. 부모를 죽인 중학생이 살해 현장에서 몇십 킬로미터나 떨어진 시골에서 체포되었다고, 아나운서가 말했다. 소년이 부모를 살해한 후 어떤 식으로 도망쳤을지, 그 발자취를 상상해보았다. 식칼을 손에 쥔 채 곧게 뻗은 외길을 터벅터벅 걸어가는 중학생의 뒷모습을 떠올려보았다. 나는 좀처럼 피우지 않는 담배를 가방 속에서 꺼내 불을 붙였다. 냉장고에서 캔콜라를 꺼내 따 마셨다. 다시 한 번 창밖을 보았지만, 빗줄기는 여전했다. 휴대전화를 꺼내 이치코 누나에게 전화하려는데, 배터리가 다 닳아 있었다. 혀를 찬 후, 다시 가방에서 이번엔 휴대전화 충전기를 꺼내 꽂았다. 잠이 부족한 탓인지 의식이 몽롱하고 눈 안쪽에 강한 졸음기가 남아 있었다. 관자놀이 부근을 문지르고 가볍게 목을 돌려 피로를 풀었다. 그때, '루즈 마이 메모리'라는 단어가 의식 끝자락을 스쳤다.

어라, 잠깐, 뭐였지…….

아나운서가 읽고 있는 기사 속에 그 단어가 섞여 있던 탓에 마치 내 이름이 불린 듯한 불가사의한 위화감이 엄습하고, 의식이 현실과 이어지기까지 잠깐의 시차가 생겼다. 기억과 단어가 연결될 때까지 다시 몇 초가 소요되고, 아, 하는 소리를 내며 부리나케 텔레비전 앞까지 돌아왔을 때에는 길 위의 핏자국 같은 장면만 확인할 수 있었을 뿐, 어느새 화상도 신기루처럼 사라지고, 다시 아나운서가 화면에 나타나더니, 그럼 다음 뉴스입니다, 하고 냉정하게 말했다.

방금 나온 뉴스에 대해 알아보고 싶은 게 있다고 텔레비전 방송국에 전화를 걸어야 할 테지만, 채널이 도쿄와 달라서 그게 어느 방송국인지 당장은 알 수가 없었다. 텔레비전 채널 설명서도 보이질 않는다. 진정하면 금방 찾아내겠지만, 마음이 초조하다 보니 계속 제자리에서 맴돌 뿐이다. 결국 프런트에 문의하는 편이 확실하겠단 판단 아래, 급히 옷을 갈아입고 채널 번호만 일단 외워 방을 나왔다. 복도에는 하우스키퍼들이 시트며 목욕 타월을 안고 분주히 각 방을 드나들고 있었다. 묵묵히 일하는 여성들 사이를 누비며 달렸다. 엘리베이터가 좀처럼 오지 않아, 비상계단을 뛰어 내려갔다. 로비 층으로 나오자 신문대가 있었다. 혹시나 하는 마음에 나도 모르게 발이 멈춘다. 뉴스에 나올 정도면 조간신문에 실렸을 가능성도 있었다. 프런트에 물어 알아보기 전에 우선 신문에서 정보를 찾는 편이 빠를지도 모른다. 각 신문을 하나씩 뽑아 들고, 근처 테이블 위에다 차례차례 펼쳐나갔다. 그러나 아무리 뒤적여도 '루즈 마이 메모리' 라는 단어는 발견할 수 없었다.

"시로."

뒤에서 목소리가 들렸다. 기사를 찾느라 혈안이 되어 있던 탓인지 이번에도 또 머릿속에서 내 이름이 불린 듯한, 둔한 기억의 마찰을 느꼈다.

"시로, 어쩐 일이야?"

도모코가 이노우에 감독을 부축하는 듯한 자세로 서 있었다. 두 사람이 동시에 나타난 데에 아주 조금 마음이 동요되었으나, 그런 감정이 얼굴에 드러나지 않도록 신경 쓰면서 자세를 바로 하고 두 사람과 마주했다.

"복도에 쓰러져 있던 나를 마루야마 군과 둘이서 방까지 옮겨다 주었다지. 미안하네, 폐를 끼치고 말았어."

감독은 안정된 말투로 말했다.

"기억은 잘 안 나네만, 술이 좀 과했던 모양이야."

감독은 변명하듯 말을 이었다. 확실히 술 탓도 있었겠지만, 꼭 그런 것만은 아니다. 복도에서 배로 기며 포복 전진하고 있던 귀기(鬼氣) 서린 감독의 얼굴이 떠올랐다. 치매 증세라고도 잘라 말할 수 없는, 무언가가 머릿속에서 망가지고 있는 듯한, 그런 고통스러운 표정이었다.

"이제 괜찮으십니까?"

나는 자리에서 일어나 물었다.

"아아, 배가 고프군."

노감독은 입가에 미소를 띠며 말했다. 어젯밤, 감독의 방에서 보았던 사카타 겐고로의 국책 홍보 영화가 떠올랐다. 훼이팡의 얼굴과 도모코의 얼굴이 또다시 겹친다.

"점심은?"

도모코가 물었다. 나는 고개를 좌우로 흔들었다.

"그럼 같이 먹자."

그래, 하고 대답은 했지만 '루즈 마이 메모리' 가 마음에 걸렸다. 그러나 그런 만큼 이노우에 감독 일도 신경이 쓰였다. 도모코가 아침까지 감독 곁에 있었을지도 모른단 생각에 더한층 마음이 쓰였다. 머릿속이 뒤죽박죽된 채, 두 사람의 뒤를 쫓았다.

●

메인 다이닝 룸에는 뷔페식 점심이 마련되어 있었다. 나와 도모코는 감독이 부탁한 요리를 가지러 자리를 떴다.

"아침까지 내내 감독님 방에 있었던 거야?"

줄곧 묻고 싶었던 일을 도모코에게 물어본다.

"응, 맞아."

그녀는 당연한 일 아니냐는 듯이 확고한 어조로, 단박에 대답했다.

"그대로 내버려둘 순 없잖아. 감기에 걸릴지도 모르고. 지금 감독님이 감기에 걸렸다간 촬영이 더 늦어져버릴 텐데."

"하긴, 그렇지."

나는 말했다. 무언가 석연치 않은 기분도 들었지만, 그건 그 국책 홍보 영화 때문인지도 몰랐다. 그 영화를 찍고 있는 사람들의 눈빛 같은

것이 불현듯 마음에 걸렸다. 훼이팡을 바라보는 사카타 씨의 시선, 그
리고 그 옆에서 말없이 두 사람을 바라보는 젊은 날의 이노우에 하지
메의 시선.

"감독님은 언제 일어나셨어?"

"10시쯤?"

"여태 뭘 했는데?"

탐정처럼 질문하는 내 자신에게 놀라, 황급히 덧붙이고 말았다.

"아니, 일어나서 두 시간씩이나, 둘이 무슨 이야기를 했는지 궁금해
서."

"응, 깨어났을 때는 정신이 아주 맑아 보였어. 본인 말대로 술 탓도
조금은 있었던 게 아닐까 싶어. 아침에 눈을 떴을 땐, 나와 훼이팡을 착
각하진 않았어. 마루야마 군, 자네가 어째서 여기에 있나, 하고 침착하
게 되묻던걸."

"그랬겠지."

"그래서 어젯밤 일을 솔직하게 말해봤지."

"그랬더니?"

"폐를 끼쳤군, 이라는 말씀뿐이었어."

우리는 접시에 요리를 덜었다. 나는 감독을 위해 가벼운 생선 요리
를, 도모코는 샐러드를 담았다.

"하지만 그 후, 사카타 씨의 영화를 둘이서 봐버렸다고 솔직하게 말
했더니, 안색이 조금 달라지셨지, 아마."

손이 멈춘다. 이노우에 하지메를 힐끗 돌아보았다. 웨이터가 감독

의 잔에 커피를 따르고, 감독은 웨이터에게 부드러운 웃음을 보내고 있다. 아무 일도 없었다는 듯 온화한 얼굴이다.

"그런가, 보았나, 라고 하시더니, 어땠나? 하고 오히려 되묻지 뭐야. 훼이광에 대해선 말하지 않기로 했어. 그냥 그 부분만은 피했어. 그래서 내가, 전쟁 중에 그런 엄격한 규제 속에서 그만큼 의사를 명확하게 표현한 영화를 찍었다니 정말 대단하다고 생각했습니다, 하고 말했지. 그랬더니 감독님은 잠시 침묵한 후에, 그 영화 속에는 그것만이 아닌 다른 힘이 있었지, 하고 중얼거렸어. 하지만 그 이후로는 아무 말 없으셨어. 화제는 날씨 얘기로 옮겨 갔고."

"다른 힘이란 게 뭐지?"

"뭘까."

도모코는 고개를 저으며 중얼거리고는 이노우에가 기다리는 테이블로 돌아갔다.

노감독은 어지간히 배가 고팠는지, 혹은 먹었다는 사실을 바로 잊어버리는지, 여하튼 손 한 번 쉬지 않고 잘도 먹었다. 식사하는 동안에는 거의 말을 하지 않았다. 먹는다는 행위가 그에겐 몹시도 중요한 일인 것처럼 보이는 식사 방식이었다. '다른 힘' 이란 말이 계속 목에 걸린 채 나도 요리에 손을 댔다. 우리 셋은 한동안 말없이 식사를 계속했다. 나는 도모코와 이노우에 하지메의 얼굴을 번갈아 훔쳐보았다. 두 사람은 턱을 조금 당기고, 도모코는 나이프와 포크를, 이노우에는 젓가락을 사용하여 요리를 입으로 가져가고 있었다. 그 모습이 마치 기도하는 사람처럼 보이기도 했다. 식사를 한다기보다, 가슴께에 손을 모으고 창조주에게 하루하루를 감사드리고 있는 듯한 아름다운 그림이었다.

"병사들도 그저 꿈의 자취일 뿐."

식사가 끝나고 웨이터가 새로 커피를 따르러 오자, 감독이 비로소 입을 열었다. 마쓰오 바쇼(1644~1694. 일본 근세를 대표하는 하이쿠 시인_옮긴이)의 유명한 싯구절이었다. 도모코도 포크를 내려놓고, 이야기하려는 감독의 얼굴을 바라보았다. 감독은 천장까지 닿는 높고 거대한 유리창 너머로 밖을 바라보고 있었다. 세계가 비에 젖어들고 있다. 기억이 녹아 들어가듯 유리창이 일그러져 보였다.

"중국 대륙은 얼마든지 물을 빨아들일 수 있는 무한한 솜과 같았어. 중국인은 일본인과는 다른 차원에 살고 있었지. 그들은 그들의 생활 속에 살고 있었어. 그러니 아무리 그들을 지배하려 해도, 혹은 지배하고 있더라도, 그들은 지배당하고 있다는 의식이 없어. 의식이 없는 무리를 지배할 수는 없지. 그러다 보니 피폐해지는 건 이쪽이야. 그저 용맹만이 헛도는, 공허한 나날이 계속되었지."

웨이터가 감독의 말을 이해하려 귀를 기울이는 눈치였다. 그러나 감독이 기억을 끄집어내려 지그시 눈을 감자, 목례하고 그 자리를 떠났다.

"일본의 탱크가 엄청난 굉음을 내며 난징 시내를 달렸지. 병사들이 긴 열을 이루며 행진했네. 보고 있자면 황홀해질 만큼 용맹스럽고, 규칙적이고, 아름다운 광경이었어. 탱크에 내걸린 나부끼는 일장기 뒤로 끝도 없이 이어지는 황폐한, 아니 파괴의 끝에 다다른 민가들이 끝없이 늘어서 있었지. 마침 우리가 도착했을 때, 게릴라가 일본군의 우편차를 습격한 참이었어. 부근 일대의 민가에 게릴라가 잠입했을지 모른다며, 당시 중대장이 그 부근을 소각하라고 명령했어. 우습게도 그 중대장은 이렇게 호령했다네. 방화 준비!"

이노우에 하지메는 중대장의 몸짓을 흉내 내며, 과장된 연기로 당시의 모습을 다소 우스꽝스럽게 전하더니, 킥킥 웃었다.

"그리고, 방화! 하고 명령했어. 알겠나, 자네들, 방화란 범죄 용어야. 좀 이상하게 들리겠지만, 나는 그때 비로소 전쟁이 범죄라는 사실을 깨달았던 거야."

이노우에 감독의 미소도 점차 사라져갔다. 유리창을 흘러가는 비를 물끄러미 바라보던 감독이 다시 이야기를 시작할 때까지, 나도 도모코도 묵묵히 기다렸다.

"일본군이 전선으로 출발하면, 어디선가 중국 농민들이 돌아와서, 뭘 하느냐면 말이지, 평소와 다름없이, 요컨대 농사일을 시작하는 거야. 바로 어제 집이 불타고, 부근이 전장의 한가운데 놓여 있는데도, 그들은 마치 일본군이 눈에 들어오지도 않는 양 밭일을 재개했어. 보리를 파종하고 있는 그들에게 카메라를 들이댈 때, 우리 촬영단은 전원이 같은 심정이었어. 일본군은 누구와 싸우고 있는가, 라는 소박한 질문이야. 일본에서야 매일 승승장구한다고 보도되고 있었지. 하지만 실제로는 점과 선에서의 승리였을 뿐, 일상에서는 지고 있었던 거야. 본국에 보도되는 신문기사는 틀린 거였어. 아니, 틀리진 않았지만 그건 어디까지나 일본인의 시각에서였을 뿐 결코 중국인의 시각은 아니었지. 그들은 어느 누구에게도 지배당하지 않았어. 이미 몇천 년 넘게 되풀이되어온 이문화의 진입을 지극히 자연스럽게 받아들이고 일상을 살아가려는 그들의 모습 앞에서, 나는 난징에 들어서자마자 이 전쟁의 무의미함을 보게 되었네. 그리고 더 비참했던 건, 그런 사실을 전혀 깨닫지 못한, 용감하기 이를 데 없던 일본 병사들의 슬픔이었지. 중일 전쟁이란 무언가. 그건 대륙이 어떤 것인지 알지도 못하면서 싸움을 건 군부의 무지와 야만이었네. 솜처럼 요령부득인 광활한 중국 대륙 안에서, 정기도 체력도 기력도 죄 빨려 들어가는 일본 병사들의 지친 고립이었어."

이노우에는 다 식은 커피잔을 두 손에 쥐고 사랑스럽다는 듯이 천천히 마시고 나서 다시 한 번 중얼거렸다.

"말 그대로, 병사들도 그저 꿈의 자취일 뿐이지."

"군대는 죽기를 각오하고 있었네. 하지만 중국은 너무나 컸어. 오랜 옛날, 몽골인이 끝끝내 중국을 지배하지 못했듯이, 이 나라는 힘으로는 해결할 수 없어. 그 점을 아무도 이해하지 못했지. 물론 군의 윗선들이 제일 이해하지 못했어. 일본 병사들이 맞서 싸웠던 건, 중국인이 아니야. 중국이라는 거대한 땅덩이야. 한없이 황량한 대지였지. 그리고 거기에 내리쬐는 태양 빛. 그래서 난, 그때의 분이 치미는 태양을 찍고 싶네. 일본 병사들이 하염없이 올려다보았던 대륙의 붉은 태양을 필름에 되살리고 싶어. 그것이 이 20세기를 21세기로 잇는 가교가 될 게야."

도모코가 나를 보았다. 나도 도모코를 마주 보았다. 하지만 둘 다 아무 말 하지 않았다. 둘이 동시에 본 것은, 일찍이 중국 대륙에서 이노우에 하지메가 보았을, 그 붉은 태양이다.

"머지않아 일본이 전쟁에서 지게 될 거라는 걸 나도, 사카타 씨도, 그리고 스태프 전원이 깨달아버렸어. 그건 바로 중국의 농민을 찍고 있던 우리였기에 깨달을 수 있었던 것이기도 했지. 그런 사실을 일본 국민들에게 전해야 한다고 사카타 씨는 생각했던 것 같아. 지금 하고 있는 전쟁은 아무런 이익이 되지 않는다는 것을 전해야 한다고. 그것이 영화쟁이의 사명이자, 다큐멘터리를 생업으로 삼고 살아온 자의 할 일이라고. 아무리 국책 홍보 영화라고 해도 국민을 위한 것이 아니라면 만들 수 없다고 말이야. 그래서 사카타 씨는 영화를 보는 관객들이 자연스럽게 그 점만큼은 짐작할 수 있도록 교묘히 공작을 했지. 군에 들키지 않게 영화 속에 진실을 집어넣는 것, 요컨대 그것이 예술의 힘이야. 진짜배기는 캡슐에 담겨 부지불식간에 관객들에게 전달되지. 군부에는 국책 홍보 영화로 받아들일 만한 분위기를 확실히 마련해두지만, 영화를 보는 사람의 마음은 이쪽이 쥐고 있는 거야. 언뜻 일본군의 용감한 모습을 그려내는 듯이 보이면서, 실은 전쟁의 비참함을, 전쟁의 실상을, 전쟁의 잔인함을, 국민에게 전하려 했어. 그래서 우리는 용감하게 진군하는 그림 바로 뒤에, 언덕 일대를 가득 메운 일본군의 묘표를 깔았지. 싸우고 있는 적이 중국인이 아니라 끝없이 이어지는 중국 대륙임을 나타내기 위해, 분해한 대포의 부품을 짊어지고 수렁이 된 땅덩이를 몇백 킬로미터씩 쉬지 않고 걸어가는 병사들의 굽은 등을 줄기차게 따라가면서 필름에 새겼어. 일본군의 입성을 말없이 올려다

보는 중국 농민의 무표정한 얼굴을 찍었어. 영화가 진행됨에 따라 점점 너덜너덜해져가는 군기의 모습을 삽입했어. 피로로 쓰러지고, 총에 맞아 죽어가는 군마를 찍었어. 총에 맞아 죽은 병사의 눈물을 넣었어. 남편의 죽음도 모른 채 본국에서 보내온 그 아내의 편지를 읽는 전우들의 모습을 끼워 넣었어. 포로의 인터뷰 장면도 찍었지."

이노우에는 카메라를 메는 시늉을 했다. 그리고 그에게만 보이는 중국인 포로를 촬영하기 시작했다.

"병사들은 모두 고국으로 돌아가고 싶어 했네. 하지만 병사들의 그런 마음을 말로써 영화에 담을 순 없었어. 그래서는 내무성의 검열을 통과하지 못하니까. 군은 더더욱 용납 못할 테고. 그래서 사카타 겐고로는 재미있는 수법을 생각해냈지. 말하자면, 그 마음이 포로의 입에서 나오도록 하는 거야. 심문하는 일본군 병사의 마음을 중국인 포로의 입을 통해 전달하는 거지. 싸우고 있는 사람들끼리는 같은 생각을 하기 마련이니까. 이 방법이 꽤 잘 먹혀 들어갔어. 일본 병사가 묻지. 직업은 뭔가? 하고. 그러자 포로는 대답해. 농민입니다, 라고. 일본 병사도 농민이었어. 그러면 이번엔 또 이렇게 묻네. 아이는? 다섯이라고 포로는 중얼거리지. 심문하던 일본 병사는 자신의 가족을 떠올리게 돼. 일본 병사는 마지막으로 이렇게 묻지. 돌아가고 싶나? 그 말에 포로는 울며 주저앉더니, 돌아가고 싶다고 대답했어. 질문한 일본 병사의 눈에 어렴풋이 눈물이 어리는 장면을 카메라는 놓치지 않았어."

이노우에 하지메는 조그맣게 고개를 끄덕였다. 그는 떠올리고 있었다. 중일 전쟁이 한창이던 때를. 감독의 눈이 문득 가늘어지고, 먼 기억 속 한 점을 응시했다.

"전사한 병사를 화장하는 장면도 찍었네. 모두 나서서 그 근처에 떨어져 있는 잔가지며 낙엽들을 모아 오고, 그래도 부족하다면서 농가에서 장작을 가져왔어. 전우가 불타기 시작하면, 누가 먼저랄 것도 없이 음정 박자 맞지 않는 기미가요를 읊조리기 시작하지. 타닥타닥 나무 튀는 소리가 들리고, 중대장이 말을 해. 이게 바로 진정한 군인의 화장이라고. 하지만 인간의 몸이란 그리 쉽게 타 없어지는 게 아니야. 인체가 워낙 수분 덩어리다 보니. 그 정도 불로 다 탈 리가 없지. 꼬박 하루가 지나고 다음 날 아침까지, 수도 없이 불을 다시 돋워야 했어. 그 일은 보초 서기보다 힘든 작업이었지만, 오랜 시간과 인내를 들여 사체를 계속 태워나가야 했어. 전우를 화장하는 것만큼 힘들고 괴로운 일은 없었을 거야. 더구나 어쩌면 다음 날은, 자신이 거기서 타고 있을 가능성도 있는 거 아니겠나. 그들은 거기서 자신의 미래를 보며, 나뭇가지를 불에 던져 넣고 있었던 거야."

이노우에는 눈과 눈 사이를 손가락으로 지그시 눌렀다. 미간에 주름이 모인다.

"마루야마 군, 조금 피곤하군. 그만 방으로 돌아가지."

괜찮으세요, 하고 도모코가 묻는다. 과거라는 이름의 우물에서 추억을 단숨에 퍼 올린 이노우에 하지메의 발치가 불안하다. 테이블 모서리를 손으로 짚고 간신히 일어섰으나, 이내 다리가 휘청거렸다. 도모코가 이노우에의 팔꿈치에 손을 댔지만, 노장군은 괜찮다며 그것을 제지했다. 그러는 참에 제작 진행부의 젊은 스태프가 뛰어왔다. 여기 계셨습니까, 하고 그가 말했다.

"도키토 씨가 감독님을 스태프 룸으로 모셔 오라기에, 계속 찾아다 녔습니다."

이노우에 하지메는 조그맣게 고개를 끄덕였다. 그리고 마치 연행되어가듯 제작부 남자에게 단단히 팔짱을 끼인 채 걸어갔다. 남겨진 나와 도모코는 이노우에가 메인 다이닝 룸을 나갈 때까지 말없이 전송했다. 한 사람 더, 그를 전송한 남자가 있었다. 우리 조금 뒤 테이블에서 점심을 먹고 있던 조명부 기사, 이시켄 도쿠지였다. 이시켄은 우리 테이블까지 오더니, 이노우에 씨 괜찮나 모르겠네, 하고 중얼거렸다. 이시켄의 얼굴을 올려다보자 노 조명기사는, 이노우에 씨가 말이지, 마루야마 군을 아끼는 데는 이유가 있어, 하고 말했다.

"훼이팡을 잊지 못하는 게야."

도모코가 이시켄을 올려다보았다. 이노우에 팀 중에서도 이노우에와 가장 나이가 비슷하고, 전쟁 때부터 함께 일해온 이시켄 도쿠지는 짐짓 뜸 들이는 듯한 어조로 그렇게 말했다.

"훼이팡에 대해 알고 계십니까?"

내 물음에 이시켄은 이노우에 감독이 앉아 있던 자리에 앉더니, 암, 알고 있지, 하고 중얼거렸다. 이시켄은 손바닥으로 얼굴을 세수하듯 문지르고 나서, 흐음, 하고 조그맣게 중얼거리고는 이야기하기 시작했다. 도모코는 진지한 눈으로 이시켄 도쿠지를 바라보았다. 이시켄은 이노우에가 나간 출입구 쪽을 노려보듯 지그시 바라보았다. 미간에 생긴 주름은 오랜 세월에 걸쳐 침식되어온 바위의 표면 같다.

"훼이팡과 사카타 겐고로는 서로 사랑했네."
한 호흡 쉬고 나서, 이시켄은 분명히 그렇게 말했다.

훼이팡의 비극

　　1939년, 『백란의 노래』라는 영화가 크게 히트했지. 주연은 하세가와 가즈오(長谷川一夫)와 리샹란(李香蘭). 당시 키네마 슌보(1919년 창간되어 현재까지 계속 발간되고 있는 일본의 영화 잡지_옮긴이)에 이런 기사가 실렸어. '리샹란은 아름다운 노래와 매끄러운 일본어로 일본 여배우를 압도했다.' 라고. 리샹란은 태어나긴 만주에서 태어났지만, 부모는 규슈 출신의 어엿한 일본인이었어. 야마구치 요시코(山口淑子)가 본명이지. 중국에서는 친밀함의 증거로 종종 양자결연을 맺는다네. 요시코도 부모가 알고 지내던 중국인 집안과 명목상의 양자결연을 맺었고, 그래서 붙여진 이름이 리샹란이야. 중국어에 능한 그녀를 봉천(지금의 선양)의 라디오 방송국이 우선 중국인 가수로 내세우기 시작했어. 노래와 미모와 유창한 중국어라는 3박자를 갖춘 그녀를 만주 영화협회도 내버려두지 않았지. 영화인들이야 그녀가 일본인인 줄 다 알고 있었지만, 일본 국민은 감쪽같이 속아 넘어갔어. 토호 영화사에서 제작한 대륙 시리즈 제1탄 『백란의 노래』는 어쨌든 큰 성공을 거두었고, 리샹란의 이름은 순식간에 일본 전역으로 퍼져 나가게 돼. 동시에 그녀가 일본인이라는 사실은 절대 비밀에 붙여졌네.

　　한편 훼이팡은 하쿠호 영화사가 역시 만주에서 발굴한 신인 여배우였어. 발굴했다 해도, 당시 관동군의 통역을 맡고 있던 훼이팡의 모친이 리샹란의 인기에 편승하여 딸을 앞세운 거지만. 훼이팡 스스로 여배우가 되고 싶어 했던 건 아니야. 돈에 눈이 먼 모친이 반 강제로 배우의 길을 걷게 한 데 지나지 않아.

리샹란과 다른 점이라면, 훼이팡은 진짜 중국인이라는 거지. 훼이팡의 부친도 무역 일을 하다 보니 일본어에 능숙했어. 그런 가정환경 때문에 훼이팡도 어려서부터 일본어를 가까이할 기회가 많았고, 어느 정도 대화가 가능했어. 오히려 그녀의 다소 서투른 일본어가 또 다른 세일즈 포인트이기도 했다네. 소녀의 천진난만함이 남아 있는, 지금으로 치면 국민 미소녀라고나 할까. 훼이팡은 우선 국책 홍보 영화를 통해 국민들에게 얼굴을 알리는 게 가장 빠른 길이라는 하쿠호 영화사의 전략 아래, 다큐멘터리 영화 『안개 낀 상하이』로 화제를 모았던 사카타 겐고로의 작품에 발탁되었네. 다큐멘터리이기 때문에 어눌한 일본어가 오히려 작품의 맛을 더 살릴 수 있겠다고 판단했던 모양이야. 하지만 사카타는 햇병아리나 다름없는 여배우에게 자기 작품을 내주려 하지 않았어. 그는 본격적인 다큐멘터리 제작자였고, 더구나 리샹란에 맞서기 위해 영화사가 만들어낸 햇병아리 스타 따위를, 그렇지 않아도 힘든 전장에서의 촬영에 끌어들이기 싫었던 거야. 그렇지만 현실은 그리되지 않았어. 회사의 명령은 절대적이었지. 훼이팡은 하쿠호 영화사의 기대주였으니까. 다큐멘터리 영화를 쉽게 만들 수 있는 시절도 아니었고, 영화사의 의향을 받아들이지 않을 도리가 없었지. 사카타는 당초엔 훼이팡을 방해꾼 정도로 취급했어. 대사를 별로 주지 않은 것도, 자칫 서툰 연기로 작품을 망칠까 우려해서였지. 다큐멘터리란 보통 사람을 찍는 것이지 배우의 연기를 집어넣는 게 아니라고, 사카타는 하쿠호 영화사에 수차례 항의 전보를 쳤어. 하지만 그의 항의는 받아들여지지 않았고, 도리 없이 사카타는 훼이팡을 내세우는 데 마지못해 동의하게 되는데, 한편으론 그녀에게 많은 것을 주문하게 돼. 일단, 난징의 농민답지 않다며 지저분한 차림을 요구했지. 머리도 감지 못하게 했을 정도니까. 메이크업이란 건 다큐멘터리에는 존재하지 않아. 일부러 매일 아침 차가운 물에 손을 담그게 해서 피부를 트게 만들었고, 농촌 처녀처럼 보이지 않는다면서 수도 없이 같은 연기를 다시 하도록 시켰어. 사람들 앞에서 그녀에게 손찌검을 한 일조차 있었다네. 아직 초보자나 다름없었던 훼이팡이었기에, 사카타의 엄격한 연기 지도는 일찍이 그녀가 경험해본 적 없을 만큼 고된 시련이었지. 그와 같은 사카타의 엄격한 지도를 뒷받침해주었던 자가 아직 젊은 나이의 이노우에 하지메였던 게야. 훼이팡과 이노우에 하지메는 같은 열아홉 살이었어. 이노우에 쪽에서 보자면 동급생에게 연정을 품는 느낌으로 다가갔던 거겠지. 훼이팡도 이노우에에게만은 솔직하게 마음을 털어놓을 수 있었네. 부모에 대한 원망이나 사카타에 대한 반발 등을 이노우에는 조용히 들어주었어. 처음 얼마 동안은 훼이팡에게 이노우에는 없어서는 안 될 존재였다네. 헌데 그건 그녀가 난징에 들어가기 전후인 2주간에 지나지 않았어.

어느 날, 카메라 앞에 서 있던 훼이팡을 향해 돌이 날아왔어. 농민의 아이가 던진 돌이었지. 그 돌에 얼굴을 맞았지만, 훼이팡은 대사를 다 마칠 때까지 이마에서 뚝뚝 떨어지는 피를 닦지 않았네. 그리고 대사가 끝나자 한 호흡 쉬고 나서 한 마디, "이것이 전쟁입니다."라고 카메라를 향해 자신의 언어로 말했던 거야. 카메라는 돌을 던진 농민의 아이를 비췄어. 부모가 달려와 아이를 끌어안더니, 자신이 대신 값을 치르겠다는 듯이 우리 쪽으로 등을 돌렸네. 총에 맞을 것을 각오하고 한 행동이었어. 촬영단과 동행하고 있던 일본군 병사가 38총을 겨누자 훼이팡이 병사 앞으로 나서며, 쏘려거든 저를 쏘세요, 하고 말했지. 물론 병사는 총을 쏠 생각은 없었어. 그저 겁을 주려던 것이었는데, 그녀가 나서는 바람에 쉽게 총을 거둘 수도 없게 돼버렸지. 병사는 훼이팡을 말없이 노려보며, 너를 쏠 수는 없다고 했어. 왜냐면 넌, 이 전쟁에서 일본군이 중국 민중의 편에 서서 싸우고 있는 모습을 전해야 하기 때문이다, 하고 덧붙였지. 훼이팡의 얼굴이 슬픔에 잠겼네. 이마에서 흘러내린 피가 그녀의 눈에 닿았어. 이번엔 사카타가 병사와 훼이팡 사이에 끼어들어 그녀의 이마에 흐른 피를 닦았어. 그리곤, 애썼다, 멋진 연기였어, 하고 칭찬해주었지. 훼이팡은 그때서야 처음으로 눈물을 보였네. 혈혈단신, 만주에서 온 소녀는, 거기서 자신이 의지할 수 있는 인간을 발견하게 된 거라네. 조국을 배반하는 일을 하고 있는 자신을 향한 미움을 곱씹으면서 울었지. 사카타는 그때 깨달은 거야. 지금 가장 괴로운 사람은 바로 이 중국인 소녀라는 사실을. 그리고 그녀가 처한 입장을 그대로 다큐멘터리에 담을 생각을 하게 돼. 난징에서, 일본의 국책 홍보 영화에 출연하고 있는 가여운 소녀의 다큐멘터리. 사카타는 훼이팡의 눈을 통해, 군에 이용당하고 부모의 욕심 때문에 돈벌이 도구가 된 작은 인간의 슬픔을 바라보게 된 거야. 두 사람은 급격히 마음이 통하게 되었다네. 처한 입장이 비슷했던 탓도 있어. 적국을 선전하기 위해 일하는 중국인 배우. 그리고 국책 홍보 영화를 만들어야 하는 다큐멘터리 감독. 사카타는 훼이팡의 시선을 빌어 인간의 자유를 짓밟는 전쟁의 모순과 잔인함을 그리려 했지. 두 사람은 동지로서 협력하게 되고, 같은 목적으로 마음을 일치시켰네.

그날 이후, 훼이팡은 카메라 앞에 설 때 사카타 감독만을 의식했어. 더 이상 이노우에에게 의지하지 않았어. 그건 누가 봐도 알 수 있었지. 훼이팡과 사카타 사이에 절대적인 신뢰 관계가 생겨났다는 사실을. 그걸 사랑이라고도 할 수 있겠지만, 이른바 세속적인 연애는 아니었다네. 훼이팡은 사카타에게 칭찬받고 싶어서 더한층 노력하여 당당한 연기자로 변모하기에 이르렀다네.

한편 이노우에는 훼이팡을 향한 마음이 한층 깊어져가는 자신을 깨달았지만, 어쩔 도리가 없었지. 존경의 눈빛으로 사카타를 바라보는 훼이팡을 그저 뒤에서 남몰래 지켜보는 수밖에 없었어.

그런 관계에 놓인 세 사람에게 운명의 거대한 폭풍이 휘몰아친 건, 그로부터 얼마 지나지 않아서였네. 전쟁이라는 이름의 폭풍이 진짜 송곳니를 드러내며 덮쳤던 거야. 무엇이 어떻게 그 시대를 뒤흔들었는지는 모르네. 확실한 것은, 그들이 전쟁이라는 시대의 한가운데 있었다는 거지.

훼이팡이 죽고 나서야 비로소 이노우에 하지메는 전쟁의 잔혹함을 느끼고, 상식이 전혀 통하지 않는 부조리한 현실이 존재한다는 것을 뼈저리게 깨닫게 되지. 그리고 그의 기억 속에서 훼이팡은 영원해진 거야.

그 후, 일본으로 돌아온 사카타는 영화를 완성하지만, 뚜껑을 열어 보니 애초에 육군성이 기대했던 전의를 고양시키는 영화가 아니라, 놀랍게도 반전의 색채가 배어나오는 작품이었어. 결국, 기록 영화 『난징의 태양』은 완성과 동시에 상영 금지 처분을 받고, 사카타는 영화계에서 배척당하고 말아. 사카타 겐고로는 사후, 전쟁의 한가운데에서 반전 영화를 만든 용기 있는 영화감독으로 평가받지만, 그의 만년은 비참했다고 하네. 아내와 이혼하고, 영화계에서 축출된 후에는 변변한 일거리도 잡지 못하다가, 전후 5년인가 6년 즈음에 자살을 했다지. 자기 집 마당의 노랗게 물든 은행나무에 목을 맸다더군.

이노우에의 그 후는 모두 아는 바이겠지만, 그의 안에는 훼이팡에 대한 특별한 기억이 남아 있음에 틀림없어. 그가 평생 독신으로 지낸 데에는 그런 무언가와 연관이 있진 않은지. 아무도 모르는 먼 옛날의 기억이야. 그 부조리한 계절에 대체 무슨 일이 일어났는지, 그건 그의 기억 속에만 기록되어 있지. 이노우에 하지메가 털어놓지 않으면 그대로 사라져버릴, 덧없는 기억의 이야기야.

다시 푸른 하늘

아흐레 만에 비가 걷히고, 도카치 평야 상공엔 한 점 티 없이 맑은 하늘이 펼쳐져 있었다. 날이 밝는 동시에 호령이 울리고, 촬영단은 차례차례 호텔을 출발했다. 나도 도장 차량을 운전하여 촬영 현장으로 직행했다. 긴 비 탓에 도장한 부분이 어떻게 변색되어 있을지 걱정이었는데, 촬영에 쓰이는 차량이며 참호에 비닐 시트를 씌워둔 덕분에 걱정했던 만큼 큰 변화는 없어 보였다. 거의가 감독 도착 전까지 몇 시간 안에 수복 가능한 범위의 변색이었다.

오전 9시에 감독이 메인 차량으로 도착하자, 촬영단은 분주한 공기에 감싸였다. 프로듀서들이 걱정스럽게 지켜보는 가운데, 이노우에 하지메는 촬영 담당인 쓰타야, 구로다, 거기에 더하여 도모코를 거느리고 주변 상황을 둘러보았다. 젖은 흙의 습한 정도며 구름의 흐름을 확인했다. 그 사이, 조감독들이 천 명의 엑스트라를 언덕 쪽에 서둘러 포진시켰다. 이노우에 하지메는 연방 하늘을 올려다보며 매서운 눈빛으로 구름과 태양의 흐름을 주시했다.

쓰타야가 급히 특수장비팀 사람들을 불러 모았다. 드디어 이동 차량용 레일이 깔린다. 이는 촬영이 재개될 전망이 섰다는 것을 의미한다. 촬영장에 한층 긴장감이 내달린다. 하늘바라기를 시작한 지 3주하고

도 사흘이 지났다. 엄청나게 큰 손실이었지만, 이 시기를 뛰어넘으면 새로운 미래가 기다리고 있을 듯한, 그런 희망이 관계자들 사이에 급속도로 퍼져 나가고 있는 느낌이었다. 미술부도 카메라가 움직이는 방향 등을 지켜본 후, 마지막 점검에 들어갔다.

쓰타야의 목소리에 힘이 실려 있다. 조수들의 동작이 빨라졌다. 100미터쯤 되는 레일을 깔 모양이다. 손 비는 분! 하는 소리에 차량부의 젊은 스태프에서부터 일손을 놓고 있던 프로듀서에 이르기까지 지위 여하를 막론하고 모두 뛰쳐나와 레일을 깔기 시작했다. 나도 거기에 가담했다. 특수장비팀 기사가 큰 소리로 구령을 붙인다. 레일과 지면 사이에 다양한 두께의 판자를 골라 넣어 레일을 평평하게 맞춰나갔다. 길이가 100미터나 되는 이동용 레일을 깔기란 그리 쉬운 일이 아니다. 평평하게 깔지 않으면 촬영 중에 이동차가 탈선하거나, 불안정한 탓에 카메라를 떨어뜨릴 위험이 있다. 몇십 명이 레일 좌우에서 허리를 굽히고 기사의 지시에 따라 능숙하게 판자 사이의 틈을 좁혀나갔다. 일사불란하게 작업하는 모습은 과연 이노우에 팀의 숙련자들이었다. 노령의 이시켄까지 레일 깔기에 힘을 보탰다.

"어떤가, 구로다!"

이노우에 하지메의 목소리가 날았다. 구로다는 콘트라스트 뷰어를 들여다보며 태양의 움직임을 관찰했다.

"태양이 나옵니다!"

스태프들이 일제히 하늘을 우러러본다. 커다란 구름 속에서 태양이 얼굴을 내밀려 하고 있다. 태양 빛이 구름의 가장자리를 태우고 있다.

“아아, 태양이 나옵니다!”

구로다가 외쳤다.

“다음 구름에 가려질 때까지 어느 정도 시간이 있나?”

“한 시간, 아니, 좀 더. 강한 바람만 불어준다면 두 시간 정도는 괜찮을 것 같습니다. 못해도 한 시간은 넉넉히 갈 겁니다.”

환성이 피어올랐다. 이제까지 쌓였던 울분을 날려버리듯, 감정을 드러낸 굵고 거친 목소리였다. 스태프들의 얼굴이 순식간에 환하게 되살아났다.

“좋아, 찍는다!”

이노우에가 상기된 목소리로 외쳤다. 그 정체된 밤중에, 복도에서 포복 전진하고 있던 노망 난 노인 이노우에 하지메가 아니었다.

“촬영 준비!”

조감독이 목소리를 높여 소리쳤다. 정체되어 있던 이노우에 팀이 되살아났다.

“촬영이다.”

스태프들의 목소리가 어지러이 난다. 텐트에서 대기 중인 배우들이 얼굴을 내밀었다. 의상 팀이며 메이크업 팀 조수들의 움직임이 분주해지기 시작했다. 누군가가 조종이라도 하는지 흡사 개미 군단처럼 일사불란하다. 신비한 힘에 의한 눈에 보이지 않는 통제가 촬영단을 감쌌다.

레일을 다 깔고 나자 크레인 이동차가 실리고, 그 끄트머리 곤돌라 위에 카메라가 설치되었다. 감독이 쓰타야 옆자리에 오르자, 두 사람을 태운 곤돌라가 위로 올랐다. 기린이 높은 나뭇가지 끝에 달린 잎을 먹기 위해 고개를 쳐드는 듯한 부드러운 움직임이었다. 특수장비팀 사람들이 크레인 이동차를 밀기 시작했다. 100미터나 되는 긴 레일 위를 멸종한 공룡 같은 크레인 이동차가 미끄러져 나갔다. 눈부신 태양 빛이 두 사람을 빛 속에 떠올렸다. 밑에서 올려다보면 마치 허공에 떠 있는 것처럼 보인다. 여든이 넘은 노감독은 공룡을 타고 앉은 소년이다.

"찍게 해드리고 싶어."

그렇게 중얼거린 도모코의 목소리가 귓속에 되살아난다. 도모코를 찾아보았다. 그녀는 감독을 올려다보면서 크레인 이동차 바로 옆을 걷고 있었다.

"마루야마 군, 구름의 연결은 어떤가?"

이노우에가 메가폰을 사용하여 도모코를 향해 물었다.

"네, 이제까지 중에서 가장 잘 이어질 것 같습니다."

도모코는 큰 소리로 대답했다.

전방의 대지 끝에 천 명의 엑스트라가 도열했다. 병사들은 휘황하게 빛나는 태양 아래에서, 감독의 스타트 사인이 떨어지기를 조용히 기다리고 있었다. 시간이 충분해서 이동차의 동선에 관해 몇 차례 리허설을 가진 후, 드디어 본 촬영에 들어가게 되었다.

"좋아, 슛 들어간다!"

감독의 오랜만에 밝고 힘찬 외침이었다.

"슛 들어갑니다!"

계속해서 조감독들의 목소리가 오간다. 긴장되는 순간이다. 뺨에 어렴풋이 바람을 느꼈다. 도카치 평야를 서에서 동으로 흘러가는 바람이었다. 풀숲이 바람에 흔들리고 그때마다 빛이 잎사귀 끝에서 튀어오른다. 아름다운 전장이었다. 20세기의 바닥 없는 늪으로 전진하는 병사들의 한가로운 모습이 오히려 애처롭게 보이기도 했다. 그들이 닿을 곳에 매복하고 있을 어두운 운명과의 대비가 효과적으로 계산된 멋진 연출이었다.

지로의 세계 2

　지로는 오늘도 아침부터 내내 이곳에 앉아 세계라는 것을 멍하니 바라보고 있다. 어딘가 무난히 흘려보내는 듯한 느낌으로 조용히. 이곳이란 신주쿠 외곽의 도영주택 돌계단. 옆에는 남동생 시로가 마치 햇살 강한 날의 그림자처럼 찰싹 달라붙어 있다. 둘 사이에 대화라고 할 만한 것은 거의 없다. 동생은 이제 갓 다섯 살이 된 터라 어휘 자체가 적은 탓도 있지만, 워낙 말이 늦된 데다 잘 웃긴 해도 말수가 적은 아이였다. 지로가 무어라 말하면 그 말을 앵무새처럼 따라할 뿐이라서, 지로로선 또래 아이들과 이야기할 때와 같은 재미도 못 느낀다. 그저 바람만이 둘 사이를 수다스럽게 흘렀다.

　세계가 저물기 시작하면 집 안으로 들어가 텔레비전 만화 영화를 보고, 어머니가 차려주는 늘 똑같은 맛의 저녁을 먹고, 씻고 자는 게 전부인 나날이 흘러간다.

　열 살배기 지로는 폭이 10미터쯤 되는 길을 사이에 두고 맞은편에 솟은 도영주택 벽에 비치는 가로수 그림자를 보고 있다. 바람이 산들산들 불 때마다 나뭇잎이 살랑살랑 춤추듯 흔들리고, 동시에 그림자도 춤을 췄다. 아침의 태양 광선이 내리쬐는 각도에 따라 나무 그림자에도 농담의 차이가 또렷이 드러난다. 나뭇잎의 그림자도 한 잎 한 잎 농도가 다 다르다. 옅고 짙은 차이가 난다. 그러한 나뭇잎들이 번갈아 흔들리는 모습은 덧없으리만치 아름답고, 세계가 살아 있음을 조금이나마 지로에게 전해준다. 그러나 지로는 주의 깊게 응시한다. 미세하지만, 날마다 무언가가 확실히 잘못되어가고 있음을 간파하고 있다.

어김없이 날이 저물고, 눈 뜨면 아침이 찾아온다. 아버지는 규칙적으로 출근했다 규칙적으로 퇴근해 들어오고, 어머니는 늘 빨랫감에 쫓긴다. 우편배달부가 편지를 배달하러 오고, 장바구니를 든 동네 사람들이 골목 어귀를 지나다니기도 한다.

지로는 천천히 일어나 돌계단을 께느른하게 내려간다. 도영주택을 따라 동쪽으로 걸어갔다. 집에서 기르는 강아지처럼 동생 시로가 뒤를 졸졸 따라온다. 자신들의 집이 있는 동을 지나쳐 그 옆 동도 지난 네거리 즈음에서, 지로는 늘 그렇듯 멈춰 선다. 교차로의 중간쯤부터 역시 길이 사라지고 없다.

돌아보니 동생 시로도 꼼짝 않고 교차로 앞을 노려보고 있다. 그 앞쪽으론 빛 자체가 존재할 수 없는, 빨려 들어갈 듯한 암흑이 펼쳐져 있다. 이게 우주라는 걸까. 지로는 그 어둠을 바라보며 멍하니 생각한다. 생각하면서, 생각하고 있는 자신이라는 존재를 또 생각한다. 점차 생각한다는 행위에도 익숙해져, 생각하고 있는 자신을 포함한 세계를 부감할 수 있게 되었지만, 그럼에도 생각의 중심에 무엇이 있는지, 생각한다는 행위가 생각의 바깥에 있는지 혹은 안에 있는지조차 아직 알지 못한다. 어쩌면 그런 생각의 윤곽에도 다다르지 못했는지 모른다. 애당초 생각하고 있는 자신이 세계의 바깥에 있는지 안에 있는지조차 알지 못한다.

다시 한 번 지로는 앞을 주시했다. 네거리 한복판, 균열 끝자락까지 다가가 발치에서 세계의 가장자리를 확인했다.

"위험해."

뒤에서 시로가 소리쳤다. 끄트머리에 서서 아래를 내려다보지만, 나락은 보이지 않는다. 어디까지 빛이 도달하고 있는지 그 자리에서는 알 수 없다. 어쨌든 어둠은 끝없이 깊고 어둡다.

지로는 시로를 데리고 이번엔 반대로 서쪽을 향해, 도영주택을 세 동 돌아온 교차로 부근까지 간다. 그러자 거기에도 길이 중간쯤부터 완전히 사라지고 없었다. 상공을 달리는 고속도로도 마치 공사 도중 방치된 듯한 상태가 되어 있다. 끄트머리에서 다시 낭떠러지를 내려다보았다. 희미하게 지층 비슷한 것이 보인다. 지층이라고 해도 뚜렷이 확인되는 건 아니고, 애매한 부분은 어디까지나 애매한 그대로이다. 그 아래, 지저(地底)라고 해도 될 정도로 깊게 패인 바닥 없는 바닥은, 그저 검기만 하다.

발끝에 채인 돌멩이가 어둠 속으로 떨어져 내렸다. 들여다보고는 빨려 들어갈 것만 같아 저절로 몸이 움츠러든다.

"혀엉, 그만 가자."

동생이 형의 옷을 잡아끌었다.

"아직이야. 남쪽이랑 북쪽도 봐야 돼."

지로는 시로를 데리고 남쪽으로 이동한다. 그러나 그곳도 오다큐선 건널목 부근에서 세계가 사라지고 없었다. 경보가 울리고 차단기가 내려가도, 어둠 속을 통과하는 전철의 모습은 보이지 않는다. 기다리고 있자 잠시 후 차단기가 올라간다. 거기에는 선로다운 것은 없고, 역시 어둠만이 존재할 뿐이다.

지로는 포기하지 않고 북쪽으로 향한다. 빛이 내리쬐는 도영주택 주차장을 지나면 아담한 아동 공원이 나오고, 길 건너 맞은편에 상점가로 들어서는 입구가 있었다. 가게의 처마 끝이 보였으나, 상점가도 길게 이어지진 않는다. 양품점과 도장가게를 끝으로 역시 세계는 사라져 있다.

이것이, 이 좁은 범위가 세계로구나.

지로는 가만히 어둠을 바라보며 그렇게 자각한다. 머릿속으로 세계 자체를 이미지화시키자, 원추꼴을 한 하나의 지층이 되어 나타났다. 원추의 윗부분이 지로가 생활하는 영역이다. 예전에 텔레비전에서 보았던 미국 그랜드캐니언의 깎아지른 듯한 대협곡을 떠올려보았다. 세계의 주위는 계곡의 벽으로 이루어져 있고, 그 대협곡 안의 원추형 지층 위쪽에 지로가 생활하는 세계가 있다. 그 밖으로는 나갈 수도 없는, 그게 바로 지로의 세계이다.

지로는 어둠을 한참 바라본 후, 발길을 돌린다. 그는 하루도 거르지 않고 세계를 확인한다. 지로에게 존재 이유라는 것이 있다면, 세계를 확인하기 위한 일과가 바로 그것이리라.

동서남북 끄트머리로 가서, 그 앞에 펼쳐진 어둠의 세계를 응시하는 나날. 옆에는 어김없이 동생이 있고, 지로가 위험한 행동을 하려 들 때마다 뒤에서 그의 옷을 잡아끌며 위험하니까 돌아가자고 말했다.

정오 좀 지나 시로와 지로는 다시 돌계단에 걸터앉아 한가로운 시간을 보내고 있었다. 태양이 바로 머리 위에 있어 햇살이 강했다. 어딘가에서 거트 기타(클래식 기타의 일종. 나일론 발명 이전에 양의 장gut을 현으로 썼다고 해서 붙은 이름_옮긴이)가 연주하는 보사노바의 부드러운 선율이 들려왔다. 도영주택 주민이 창을 열어놓은 채 퉁기고 있는 것일 테지. 어느 집일까 하여 머리 위를 올려다보지만, 집집마다 창문도 닫혀 있고 사람 그림자도 찾을 수 없다. 도영주택 상공을 비행기 구름이 한줄기 가로지르고 있었다. 하지만 비행기가 하늘을 통과한 기억은 없다. 고속도로를 달리는 차 소리는 귀를 기울이면 파도 소리처럼 들리기도 한다. 밀려왔다 밀려가는 파도 같은 차 소리를 들으며 지로는 하품을 했다. 아무 일도 일어나지 않는 한가로운 오후다. 오로지 햇살만이 강해서 마냥 졸리다. 어린 시절에 누구나 경험한 적 있는 부드럽고 감칠맛나는 시간이 그곳에 흐르고 있다. 낮잠이 자고 싶어지는 나른한 오후.

학교는 어떻게 된 거지? 지로는 문득 생각했다. 그러고 보니 이 세계에는 학교가 없었다. 동쪽 방향에 초등학교가 있었을 텐데, 하며 지로는 눈을 가늘게 떴다. 잠시 멍하니 길 끝을 바라보고 있자니, 왠지 모르게 기력이 떨어져 다시 주저앉고 말았다.

어머니가 창밖으로 얼굴을 내밀고 지로의 이름을 부른다. 먼저 일어난 시로가 보도로 달려 나가 건물을 돌아보았다. 간식 먹으럼, 하는 목소리가 들린다.

"간식 먹으래."

시로가 지로에게 말했다. 자리에서 일어난 지로는 시로 옆으로 가서 어머니가 계신 곳을 올려다보았다.

"엄마, 학교는?"

"아직 여름방학이잖니."

어머니는 빨래를 거둬들이면서 굵직한 목소리로 대답했다. 미리 준비해두기라도 한 듯한 대답이었기에, 지로는 그 다음을 물어선 안 될 것 같은 기분이 들었다.

"간식!"

어머니는 빨래를 산더미처럼 안아 들고 소리쳤다. 그 소리가 일대에 울려 퍼졌다. 건강하고 우렁찬 목소리다. 지로는 무언가 석연찮은 기분으로 다시 돌계단에 주저앉았다. 시로가 이상하다는 얼굴로 지로를 들여다본다.

"간식은?"

"됐어. 너나 먹고 와."

시로는 잠시 망설였으나, 지로에게 움직일 기미가 없음을 깨닫고 곧장 계단을 뛰어 올라갔다.

●

태양은 좀처럼 기울지 않았다. 온화한 바람이 길을 훑고 지나간다.

지로는 그새 밀어닥친 졸음을 못 이겨 깜빡 선잠이 든 모양이었다. 어이, 하는 목소리에 깨어났을 때는 입가에 침이 늘어져 있었다. 황급히 침을 닦고 소리 나는 방향으로 얼굴을 돌려보니, 한 낯선 남자가 태양빛을 등지고 서 있었다. 카우보이 모자를 쓰고 온통 검은색으로 차려입은 남자이다. 역광인 데다 카우보이 모자의 폭넓은 차양 탓에 표정까지는 잘 보이지 않는다. 하지만 생김새가 일본사람 같아 보이지는 않는다. 예전에 텔레비전에서 자주 보았던 영화 『마카로니 웨스턴』에 나오는 건맨 같다고 지로는 생각했다. 무엇보다, 카우보이 모자라는 걸 실제로 처음 보았기에 지로의 신경은 온통 그 모자로 쏠렸다.

"꼬마야, 이것 좀 맡아주겠니."

남자가 그 말과 함께 지로 앞에 란도셀을 내밀었다. 받아도 될지 어떨지 몰라 지로는 몸을 움츠렸다. 낯선 사람이 주는 물건을 받아선 안 된다고 부모님한테서 귀가 따갑도록 들은 터였다. 지로가 받아 들려 하지 않자, 남자는 란도셀을 지로의 발치에 내려놓은 후 담배를 꺼내 물었다. 남자의 몸짓 하나하나가 그럴듯했다. 라이터로 담배에 불을 붙일 때의 날렵한 포즈는 바로 건맨의 그 모습이다.

"알겠지. 너한테 이걸 맡기마."

남자는 그렇게 말하더니 지로 바로 옆에 털썩 주저앉았다. 그 옆모습에 지로는 할 말을 잃었다. 코가 무척 높았다. 아버지나 어머니의 코보다도 훨씬 높고, 게다가 처음 보는 매부리코였다. 텔레비전으로 보아 알고는 있었지만, 이국인의 얼굴을 실물로 보기는 처음이다. 게다가 이국인의 유창한 일본어에 묘한 위화감을 느꼈다.

"맡겨요?"

"그래, 얼마 있다 내가 찾으러 올 거야. 그때까지, 잘 갖고 있으렴."

지로가 란도셀을 잡았다. 뚜껑을 벗기려 하자, 남자가 손을 쓱 뻗어 제지했다.

"열면 안 된다. 알겠지? 절대 안을 보면 안 돼."

안 돼, 라고 말한 남자의 눈이 예리하게 빛났다. 목소리에도 위협하는 기미가 있었다. 지로는 순간 공포를 느꼈다. 지금껏 이 조용한 세계에서는 한 번도 느껴보지 못한 두려움의 감정이다. 남자는 다시 한 번 말했다.

"안을 보면 안 된다."

지로는 그 기세에 눌려 얼떨결에 고개를 끄덕이고 말았다. 안을 보면 안 돼, 라고 복창하자 남자는, 그래 꼬맹이. 똑똑하다는 건 중요하지, 하며 지로의 머리를 커다란 손으로 툭툭 두드렸다. 어른에게서, 그것도 멋있는 어른에게서 무언가를 부탁받았다는 사실에 지로는 적잖은 우월감을 느꼈다. 그때는 아직 란도셀의 내용물보다, 사명을 부여받았다는 사실에 흥분하고 있었다.

"좀 있다 찾으러 오마. 내가 찾으러 올 때까지 아무한테도 들키지 않게 잘 숨겨둬라. 그때까지 무사히 맡아주면, 답례로 원하는 걸 사다 주마. 무선 조종 장난감이든 프라모델이든, 뭐든 좋다. 갖고 싶은 걸 실컷 사주마."

남자는 피우던 담배를 보도에 던져버리고 일어서더니, 거침없이 담배를 짓밟아 불을 껐다. 동작 하나하나에 군더더기가 없고, 마치 딴 세

계에서 온 초인을 보고 있는 듯한 동경의 염이 지로의 마음속에 휘몰
아쳤다.

"괜찮겠어?"

"네."

지로는 힘차게 고개를 끄덕였다.

"잘 맡을 수 있겠어?"

"네, 할 수 있어요."

"이걸 맡았다는 이야기는, 아무한테도 하면 안 된다."

사명감에 사로잡힌 지로는 침을 꿀꺽 삼켰다.

"그리고 절대로 이 안을 봐선 안 돼."

다시 한 번 소년은 고개를 끄덕였다. 그러자 남자가 처음으로 입가
에 미소를 띠며, 똑똑하다는 건 좋은 거지, 하고 발길을 돌렸다. 지로는
란도셀을 안은 채, 떠나가는 남자의 뒷모습을 지켜보았다. 보도까지
내려가서, 몇십 걸음 뒤를 쫓아가보았다. 그러나 남자의 빠른 걸음을
따라잡을 수는 없었다. 남자의 모습은 눈 깜짝할 사이에 시야에서 사
라져버리고, 깜박 조는 듯한 나른함만이 양달과 함께 남았다.

●

지로는 란도셀을 안고 돌계단에 걸터앉았다. 다시 나온 시로가 새
란도셀을 보고는 웬 거냐고 물었다. 지로는 말할 수 없다고 중얼거렸
지만, 시로는 지로 바로 옆에까지 다가와 란도셀을 가리키며, 어떻게

된 거냐고 끈질기게 물었다.

낯모르는 남자가 맡아달라더라, 라고 말했다간, 시로 녀석, 냉큼 엄마한테 일러바칠 게 뻔하다. 그러면 엄마가 당장 쫓아 나와 빼앗아 가버릴 테지. 남자와의 약속을 지키고 싶었고, 어떡해서든 칭찬받고 싶었다. 카우보이 모자 쓴 남자가 속한 저쪽 세계에서 인정받고 싶었다. 그러자면 우선, 큰일을 완수하여 칭찬받을 수 있어야 한다. 어떡해서든 시로의 질문을 피해 가야 했다.

"잘 들어, 시로. 방금 스파이가 왔었어."

시로의 눈이 빛났다.

"스파이?"

"그래. 커다란 검은 모자를 쓴 진짜 스파이야."

스파이? 하고 시로는 눈을 빛냈다.

"스파이가 뭔데?"

"스파이도 모르냐? 스파이란, 비밀을 잔뜩 가진 어른을 말하는 거야."

지로는 목소리를 낮춰 말했다.

"비밀?"

"뒷세계에서 살아가는 멋있는 어른이야. 평화에서 멀찍이 떨어져서 살아가는 쿨한 무리들이지."

"왠지, 멋지다."

"어, 나도 잘은 모르지만 어쨌든 멋있어. 그런데 그 멋있는 어른이 이걸 맡아달라고 부탁했단 말이야. 그러니까 난 약속을 지켜야만 해."

시로가 고개를 끄덕였다.

"이게 뭔지 알려고 해서도 안 돼."

"어째서?"

"그게 스파이의 임무니까. 스파이는 나라를 위해 자신의 인생을 희생하며 살아가고 있어. 입이 무겁고, 책임감이 강해. 나라의 이익을 지키기 위해 사람을 죽이기도 해. 절대 안 웃고, 절대 안 울어. 어때, 근사하지?"

시로의 눈이 빛났다.

"그 스파이가 내 앞에 나타난 거야. 그리고 이걸 맡아달라고 했어."

"굉장하다."

"너도 우리 편에 넣어줄까?"

응, 하고 시로는 크게 끄덕였다.

"그럼, 널 특별히 내 조수로 임명한다."

"앗싸!"

시로는 웃는 얼굴로 외치더니 지로가 소중하게 끌어안고 있는 란도셀을 뚫어지게 바라보았다. 지로는 조금 우쭐해졌다. 자신만 큰 임무를 부여받았다는 사실에 크나큰 만족을 느꼈다. 시로의 눈을 보고 있자니 절로 입가에 미소가 흘러나왔다.

"알겠지. 이 란도셀 이야기는 아무한테도 해선 안 돼. 그게 너의 첫 번째 임무야."

시로가 다시 한 번 고개를 끄덕였다. 이 아무 변화 없는 세계에서, 지로의 품속만이 작은 변화를 일으키고 있었다. 그러나 지로는 아직 그

변화 자체를 깨닫지 못하고 있었다.

태양이 다음 순간, 구름 속으로 들어갔지만, 사람들의 미소는 사라지지 않았다. 이미 태양 빛은 전부 필름에 새겨져 있기에, 그게 바로 영화이기에, 사람들은 그 점을 알고 있기에, 웃음을 멈추지 않았다. 태양은 이어졌다. 감독이 내내 머릿속에서 그리던 태양이 나타났고, 그것은 이전 컷의 태양과 일치했다.

'오케이' 란 그것을 의미한다. '오케이' 하는 감독의 목소리가 세상에 울려 퍼진 이상, 이제 구름을 노려보며 태양을 기다릴 필요는 없다. 오케이는 절대적이고, 그것이 흔들리는 일은 결코 있을 수 없다. 신이 비로소 세계를 허락하고, 세계는 마침내 이어지고, 거짓이 사라지고, 이야기에 숨결이 불어넣어졌다. 이노우에 팀원들은 어깨의 짐을 내려놓고 환성을 올리며 서로 기뻐했다.

오랜 정체로부터 탈출을 꿈꾸고 있던 일동에게, 감독의 한 마디는 그야말로 기다리고 기다리던 전진의 신호탄이기도 했다. 특히 영화사와 감독 사이에 끼어 인내를 강요당했던 프로듀서 도키토에게는 크나큰 안도의 순간이었으리라. 도키토는 감독이 크레인에서 내려오는 그 새를 참지 못하고 아래에서 연방, 멋졌다, 정말로 멋진 컷이었다며 소리쳤다. 크레인이 지상에 다다르자 사람들의 안도하는 표정은 말단 스태프에게까지 전염되었고, 누가 먼저랄 것도 없이 박수 소리가 일었다.

그러나 그렇게 어렵사리 찾아온 안도감도 한순간의 기쁨으로 끝나고 말았으니……. 불과 30분 후에, 오케이라고 했던 감독의 말 자체가 환상이 되어 사라지고 만다.

이노우에 하지메는 촬영부 텐트 안에서 팔짱을 낀 채 찌푸린 얼굴로 비디오를 보고 있었다. 시간이 경과함에 따라 구름의 진행 상태가 심상치 않다는 소식이 다시 촬영단 전체에 퍼지기 시작했다. 이미 철수 작업에 들어간 미술부 쪽으로 조감독이 건너오더니 작은 목소리로 전했다.

"잠시 기다려주시겠습니까, 혹시 다시 찍게 될지도 몰라서요."

감독의 오케이가 얼마만큼 막중한지 또한 얼마만큼 절대적인지 잘 아는 스태프들로서는 도저히 납득할 수 없는 이야기였다. 미술부 스태프 사이에서 놀람의 목소리가 일었다.

"무슨 문제라도 있는 거야?"

조감독은 조그맣게 고개를 흔들고, 그게……티가 들어간 것 같아서, 라고만 말했다.

촬영부 텐트에서 언쟁하는 소리가 들려왔다. 촬영부와 조명부 사람들 사이에 자칫 드잡이질로 번질 뻔한 작은 충돌이 일어난 참이었다. 이노우에 하지메는 그 소란의 한복판에서 두 무릎에 손을 얹고 가만히 하늘을 올려다보고 있었다. 모습을 감춘 태양의 소재를 찾는 듯한 시선으로 구름과 구름 사이를 바라보며 인내하고 있었다. 그 소동에서 조금 떨어진 장소에는, 촬영감독인 구로다가 새로운 태양을 붙잡기로 즉시 마음을 고쳐먹고 손때로 검게 윤이 나는 콘트라스트 뷰어를 들여다보고 있다.

티란, 촬영이 끝난 영상 속에 들어가서는 안 될, 스태프 같은 인물이라든지 촬영 도구가 찍혀 있는 것을 의미한다. 어쩌면 조명기구가 찍혀 들어갔을 가능성이 있다는 핀트맨(영화 촬영 시 카메라 핀트를 수동으로 조정하는 역할을 하는 사람_옮긴이)의 지적에, 감독 이하 카메라맨들이 비디콘(vidicon camera. 광전도를 이용한 텔레비전 카메라_옮긴이)이라 불리는 비디오로 확인한 바, 화면 오른쪽 끝에 플래그 차광판(무대를 가리거나 카메라 렌즈에 직사광이 비춰지는 것을 막는 직사각형의 검은 천을 이르는 통칭_옮긴이)의 일부가 찍혀 들어간 것을 발견했다. 아주 눈여겨보지 않는 한 알 수 없을 정도로 조그마한 찰과상 같은 티였지만, 영화의 세계에 이물질이 섞여들었다는 사실은 분명했다.

당초 예정했던 달리 트랙(dolly track. 이동 촬영을 위해 설치하는 레일_옮긴이) 위치가 갑자기 변경된 데다, 분주한 작업 공정 속에서 차광판을 설치한 자가 신참 조명부원이었던 점도 화근으로 작용한 모양이다. 그 점을 미처 확인 못했다는 이유로 쓰타야와 이시켄 사이에 책임 소재를 따져 묻는 충돌이 일어났다. 편집 단계에서 수정하자는 안도 나왔지만, 완벽주의자인 이노우에가 스케일이 작아진다며 마다했다. 어지간히 인내심 강한 프로듀서들도 참지 못하고 이노우에에게 대들었으나, 그럼에도 이노우에는 다시 촬영할 것을 요청했다.

파트별로 재촬영을 위한 협의에 들어가느라 평원 위에 원이 몇 개씩 생겨났다. 주위의 동요에 굴하지 않고 가만히 하늘을 노려보고 있는 이노우에의 안광만이 도리어 내게는 어쩐지 불안해 보였다. 주변에선 어찌할 바를 모르고 있는데, 칼자루를 쥔 장본인만이 움직이지 않고 있다. 좀 더 완전한 태양이 나오기를 기다렸던 건 아닌지 억측하고 싶어질 정도로 굽힘 없는 시선이었다.

결국, 도키토의 설득도 헛되이 '신 18 컷 2'는 다시 촬영하기로 결정 났다. 인내심 강한 스태프들도 이번만큼은 표정이 심하게 어둡고 침울했으며, 떨어뜨린 시선은 하염없이 지면을 떠돌았다.

도쿄의 스튜디오에서 촬영할 날짜가 가까워져서, 먼저 출발한 미술부 본대에 합류하기 위해 나는 도쿄로 돌아가게 되었다. 홋카이도에는 미술부 조수 한 명만 남고, 미술부 전 파트가 일단 촬영부대를 떠나 도쿄의 스튜디오에 집결하게 된 것이다.

바람이 지나갔다. 풀숲의 이파리들 끝이 바람에 흔들렸다. 빛이 초원 위로 드문드문 문양을 만들어낸다. 나른하리만치 한가로운 늦여름 풍경이었다.

●

그로부터 꼬박 이틀 만에 도쿄에 도착했다. 카페리 안에서 이치코 누나에게 연락을 시도했지만, 몇 번을 전화해도 연결은 되지 않고, 메시지를 남겨도 답변이 없었다.

도쿄는 늦더위가 심해서 발치에서부터 끈끈한 더위가 불어 올라왔다. 히터밖에 설치되어 있지 않은 고물 왜건이었던 탓에, 오랜만에 달리는 수도고속도로가 화염지옥을 달리는 듯한 고통을 몰고 왔다. 이치코 누나와 연락이 닿은 것은 수도고속도로를 빠져나와 야마노테도오리로 들어서고 얼마 지나지 않아서였다.

“지금 어디야?”

그때까지 쌓여 있던 온갖 감정이 단숨에 폭발하는가 싶게 격한 어조로 물었기에 누나한테선, 뭐야, 하는 요령부득의 대답만 돌아왔다.

“지금 어딘데? 무사해?”

정체에 말려들어 차 안은 더더욱 달아올라 있었지만, 내 몸에선 지난 몇 달분의 식은땀이 솟았다. 고층 빌딩에 에워싸여 전파 상태가 나쁜 건지, 아니면 구식 휴대전화의 수명 탓인지, 누나의 목소리가 중간중간 끊어져 들렸다.

“무사하냐니, 무슨 소리야?”

“통 연락이 안 돼서 걱정했잖아. 내 메시지 들었지?”

“작품 구입하러 외국에 나가 있었어. 오늘 돌아온 참이야. 방금 전 나리타 공항에 내렸다니까. 메시지 같은 거 확인 안 했어. 업무 전화만 잔뜩 들어와 있을 게 뻔한데, 듣는 것도 지겨워. 조금은 쉬고 싶다고. 정말 바빠 죽겠다니까.”

누나는 속사포처럼 말을 쏟아냈다. 어쨌든 무사해서 한시름 놓았다. 어머니도 무사했다. 카페리에서 집에 전화를 넣어 별일 없냐고 물었더니, 네가 내 걱정을 다하고 별일이 다 있구나. 어떤 일이니? 하며 웃으셨다. 어머니는 기력이 약해져서 혼자서는 좀체 집 밖으로 나가려

하시지 않았다. 일주일에 두 번 정도 이모님이 집에 들러 나나 이치코 누나 대신 시중을 들어주고 계셨다.

"그게 말야, 긴급 사태거든. 오늘 저녁에 잠깐 볼 수 없어?"

"전화론 안 돼?"

"안 될 것 같아. 형 문젠데, 설명하기 복잡해."

"지로 얘기야? 싫다. 보나마나 귀찮은 일이겠지."

"하지만 내버려두면 엄마 목숨을 노릴지 몰라."

"목숨? 노리다니? 무슨 소리야, 그게! 왜 엄마 목숨을 노려?"

나는 그러니까 설명하기가 복잡하다고 반복했다. 누나는 시차적응도 힘들고 만나도 제대로 된 이야기를 못할지 모른다면서도, 마지못해 집에 들르기로 약속했다.

"알았어. 어쨌든 들를게. 하지만 그 전에 회사에 들러서 일을 하나 마무리 짓고 가야 하는데. 그래도 괜찮겠어?"

"어쨌든 서둘러 와줘. 내일부터 나도 스튜디오 일이 겹쳐서 가봐야 하니까."

"뭐야, 자기 사정만 얘기하고. 목숨을 노린다고 하질 않나, 일하러 가야 한다질 않나, 대체 어느 쪽이야? 허튼소리 아니지?"

"어쨌든 가능한 한 빨리 와줘. 그리고 누나도 노리고 있으니까 조심해서 와."

"나도?"

"그래, 자세한 이야긴 만나서 하자고."

정체는 계속되고 있었다. 도카치 평야를 따라 끝도 없이 곧게 뻗은,

차 한 대 달리지 않는 국도가 그리웠다. 야마노테도오리의 아득한 저 끝이 열기로 인해 일그러져 보였다. 찌푸린 하늘 저 멀리 푸른 하늘이 살짝 얼굴을 내밀고 있었다.

●

아무리 기다려도 누나는 오지 않았다. 근처에 사는 친척이 오랜만에 집에 오는 나를 위해 가져다 준 잎새 버섯을 넣고 밥을 지어 어머니와 둘이서 저녁을 먹었다. 그러고 나서 나는 누나가 올 때까지 형 방을 샅샅이 뒤졌다. 방을 다 뒤집어놓다시피 한 내게 어머니가 뭐 찾는 물건이라도 있냐며 물었다. 란도셀 못 봤어요? 하고 묻자, 요전에도 지로 친구라는 남자가 똑같은 말을 묻더라고 했다. 후지사와가 틀림없다. 어떤 녀석이었느냐고 물었더니, 어머니는 전화만 받아서 얼굴은 모른다고 대답했다.

"시로야, 이치코는 몇 시쯤 온다니?"

나는 조용히 고개를 흔들었다. 어머니는 기둥 그늘에 서서 란도셀을 찾고 있는 나를 물끄러미 바라보고 있다. 예순이 좀 넘은 연세인데, 병이 잦아 안색도 안 좋고 수척해서 실제 나이보다 훨씬 더 들어 보였다.

"이치코는 자고 가려나."

"모르겠어요. 바쁜 것 같던데 그냥 가지 않을까요?"

"그러니? 그럼 그때 생각하자."

침대 밑에는 역시 아무것도 없었다. 여긴 벌써 여러 차례 살펴보았다. 토카레프를 넣어두었던 빈 과자 상자도 사라져버렸다. 매트리스 사이에도 아무것도 없다. 기어 들어가 침대 안쪽에 뭔가 숨겨져 있지 않은지 뒤졌다. 란도셀이 이런 데에 있을 턱이 없지, 하며 무심결에 쓴 웃음을 짓고 말았지만 한편으론 지푸라기라도 잡고 싶은 심정이었다. 후지사와는 정말로 어머니나 누나를 해칠 생각일까? 왜 어머니를 죽이지 않으면 안 되는지 모르겠다. 내가 란도셀을 찾아내서 그걸 돌려주면 다 해결되는 걸까. 고맙게도 그가 내 생활에서 사라져줄까. 아니, 그렇게 단순한 문제가 아니다. 란도셀을 발견했다 치면, 그땐 틀림없이 내 입을 막으려 들겠지.

"란도셀……."

등 뒤에서 어머니가 중얼거렸다. 천천히 어머니 쪽을 돌아보니, 어머니는 어둑한 곳을 멍하니 바라보면서 기억을 헤집으려 미간에 주름을 지었다.

"란도셀."

어머니는 기억의 항아리에 집어넣었던 손을 쉬고, 나를 보았다. 그 눈이 이노우에 하지메의 초점 없는 눈과 너무도 닮았다. 분명 나를 보고 있을 두 눈이 어디라 할 수 없는 장소를 헤엄치고 있었다. 이윽고 어머니는 발길을 돌려 당신 방으로 가더니, 책장 안쪽에서 오래된 앨범 한 권을 꺼내 왔다. 바닥에 주저앉아 앨범을 넘기던 어머니는 좀 지나 사진 한 장을 가리켰다. 늘여다보니 지로 형의 어릴 적 사진이다. 노닝 주택 돌계단 앞에서 찍은 그 사진 속에는 지로 형 외에 큰 누나 이치코, 둘째 누나 미쓰코, 그리고 아직 어린 내가 있었다. 지로 형은 학교에서 돌아오는 길인지, 등에 란도셀을 메고 있다. 거죽에서 윤기가 나는 것으로 보아 새 가방임을 알 수 있었다. 형은 드물게 웃는 얼굴이었고, 카메라 쪽을 향해 란도셀을 자랑스럽게 내보이는 듯한 포즈를 취하고 있었다. 흑백 사진이라서 란도셀의 색깔까지는 알 수 없었다.

"그 무렵엔 정말 착한 아이였지. 고분고분한 아이였는데."

혼수상태에서 헤어나지 못하는 형을 떠올리고, 어머니는 눈두덩을 누르며 중얼거렸다.

"이 란도셀은 지금 어디 있어요?"

"글쎄다, 지로가 초등학교를 졸업했을 때 처분한 것 같은데. 아니, 네가 잠시 썼던가. 아니야. 누군가 근서 애한테 줬는지도 모르겠구나. 이제 와서 어디 있냐고 물어도, 이미 너무 옛날 일이라."

나는 어머니의 어깨에 손을 얹고, 찾고 있는 건 다른 란도셀이에요, 하고 말했다. 어머니는, 그러니? 하고 입을 다무셨으나 잠시 후 툭하니 덧붙였다.

"너희 아버지가 이 집을 나가고부터 그 애가 엇나가기 시작했단다."

그 말은 어머니의 입버릇이기도 하다. 혼수상태인 형을 병문안하러 갈 때면 어김없이 나오는 푸념 또한 가출한 아버지에 대한 것이었다.

형 방에서 휴대전화가 울렸다. 나는 어머니를 놔두고 형 방으로 돌아왔다. 어릴 적 형의 얼굴이 머릿속을 점령하고 있었다. 개구쟁이였지만 사람을 잘 따랐고 상냥했다. 서비스 정신이 왕성해서, 아버지가 직장 동료를 집에 데려오면 솔선해서 노래도 부르고 춤도 췄다. 잘생긴 외모 덕에 한때는 연예 기획사에서 끈질기게 구애의 손길을 보내기도 했지만, 소년원에 가게 되면서 그 이야기도 쑥 들어가고 말았다. 형의 얼굴에서 웃음이 사라져버린 건 언제부터일까.

"여보세요."

숨 가쁘게 전화를 받아보니, 상대는 후지사와였다. 막연히 예상하고 있던 탓도 있어서 그리 놀라진 않았지만, 바로 옆에 어머니가 있다는 것, 이제 곧 누나가 온다는 점을 떠올리곤 신경이 잔물결쳤다.

"돌아왔나. 오랜 여행에 수고가 많네."

나는 상대가 어찌 나올지 주의 깊게 기다리기로 했다.

"조속히 란도셀을 찾아주었으면 하네만."

말투에 평소의 절박한 느낌이 없다. 어딘가에서 관찰이라도 하고 있는 건지, 뭐든 꿰뚫어보고 있다는 듯한 경묘한 목소리였다. 커튼 틈으로 바깥의 모습을 살펴본다.

"누님과 연락은 됐나?"

길에 인기척은 없다. 수상쩍은 차도 눈에 띄지 않았다. 가로등이 다 됐는지 연방 깜빡거리고 있었다.

"오, 연락됐어? 그래, 협조적이라 다행이군. 그 기세로 란도셀만 찾아주면 아무도 다치지 않아."

"아뇨, 후지사와 씨는 만약 내가 란도셀을 찾아내면, 찾아낸 즉시 내 입을 봉할 생각이겠지요."

이번엔 남자가 침묵했다. 공백에 막력이 있나. 엄청난 힘이 내 몸을 한 치 한 치 바닥으로 짓누르는 듯한 폭력적인 압력을 느꼈다. 하지만 이대로 가만히 죽을 날만 기다리고 있을 수는 없다. 상대의 품에 뛰어

들어, 무슨 꿍꿍이를 품고 있는지 확실히 밝혀내야 한다.

"설마, 설마, 설마, 설마, 그건 아냐."

"……믿으라는 말입니까?"

"내가 자네를 죽일 이유가 없지 않은가."

"그런가요. 당신이 이토록 혈안이 되어 찾고 있는 걸 보면, 어지간히 위험한 물건인 듯싶은데요. 형이 몸담았던 세계는 녹록한 동네가 아니었죠. 그 형이, 목숨을 걸고 관여했던 일이란 말입니다. 형은 일에 성공하면 고급차를 사주겠단 말까지 했어요. 꽤 돈이 될 거라 생각하는데요. 그만큼 중요한 물건이라면, 설령 찾아낸다 해도 후지사와 씨 성격에 흔적이란 흔적은 모조리 깨끗이 지워버리고 싶지 않겠어요?"

남자는 잠시 상황을 응시한 후, 웃어젖혔다.

"상상력이 풍부한 건 좋지만, 지나친 망상은 삼가는 편이 좋아."

"망상인가요. 단지 난, 살해당하고 싶지 않은 겁니다. 내 인생과 아무 상관없는 일 때문에 영문도 모른 채 개죽음당하긴 싫거든요."

"그러니까, 그런 일은 없을 테니 안심하라고."

전화기 너머로 남자는 웃고 있었다. 언젠가 나는 살해당하리란 것을 직감했다. 관자놀이 부근에서 식은땀이 뚝뚝 떨어진다. 죽지 않으려면 어떻게 해야 하나. 그러려면 이쪽에서 먼저 상대의 품에 뛰어드는 수밖에 없다. 직감적으로 그렇게 느꼈다. 하지만 그건 늘 형이 하던 대사이기도 했다. '시로, 싸움을 하게 되면 말이다. 일단, 먼저 등을 보인 놈이 지는 거야. 상대가 나보다 강하다 싶으면, 두려워 말고 상대의 품에 뛰어들어. 적의 중심으로 뛰어들어버리면 상대는 섣불리 손을 뻗지 못

하거든. 그러면 칼자루는 이쪽이 쥐게 되는 거지. 상대의 약점을 찾아내서 먼저 숨통을 조여버리는 거야.'

"어쨌든 전화만으론 해결이 안 나니, 한 번 만났으면 합니다만."

"호오."

남자는 신음했다. 천박한 웃음소리도 멎고, 무언가를 생각하는 듯 수화기 저편에서 입을 다물어버렸다. 시익시익 하고 예의 폐가 신음하는 소리가 들려왔다. 상대의 수중에 들어가 전모를 알아낸 후에 행동하는 수밖에 남은 길은 없다.

"나쁘지 않아. 원한다면 그래도 상관없네. 그렇게 해서 자네가 안심하고 란도셀을 찾아내준다면야 기꺼이 만나지. 내일 밤은 어떤가?"

"상관없습니다."

내가 대답하자, 남자는 가부키초 안쪽, 아시베 회관 바로 뒤에 위치한 건물의 주소를 알려주고 전화를 끊었다.

●

이치코 누나는 밤이 늦어서야 집에 왔다. 어머니는 이미 주무시고, 나도 까묵까묵 졸면서 내일부터 시작될 스튜디오 세트 준비에 대해 막연히 생각하고 있었다. 미술부가 스튜디오에 조립하고 있는 난징성벽은 두께 13미터, 높이 20미터로, 벽 표면을 스티로폼 벽돌로 덮는다. 배경 하늘은 합성해서 집어넣기로 되어 있었지만, 그렇더라도 근년 들어 예를 찾기 어려울 만큼 어마어마한 세트였다. 일본군 제9사단 제36

연대가 난징성 광화문(光華門)에 들러붙는 장면에 쓰일 예정인데, 서부극에 자주 나오는 목책 같은 것과는 비교도 할 수 없을 만큼 크다. 실제 크기에 가까운 데다 이만한 규모를 재현하기란 하쿠호 영화 스튜디오가 세타가야구 기타미에 생긴 이래 처음 있는 일이기도 했다. 동시에 그만큼 땟일을 해야 할 범위도 넓어서, 당시 사진 등을 끌어모아 여러 가지로 방안을 짜보았다. 하지만 아무래도 후지사와 일이 머리에서 떠나질 않다 보니 생각처럼 방향이 잡히지 않아 일이 진척되지 않았다.

성벽 땟일에 쓸 도료를 궁리하고 있을 때, 누나가 방에 얼굴을 내밀었다. 누나는 내 옆에 앉더니, 졸리다고 한 마디 중얼거렸다. 눈 밑에는 기미가 잔뜩 끼고, 입술은 말라붙고, 비행기 안의 건조한 공기 탓인지 뺨은 꺼칠꺼칠한 데다 창백하다는 말이 딱 들어맞게 파리해서는, 당장이라도 그 자리에 쓰러져 잠들어버릴 듯이 수척해 보였다.

누나는 담배를 꺼내 불을 붙였다. 남자답게 코로 연기를 뿜어내고 나서, 간단히 말하라고 했다. 나는 누나 옆에 자세를 다잡고 앉아 어디서부터 말을 꺼내야 좋을지 고민했다. 누나는 다시 한 번, 짧게 말해야 한다고 다짐을 받았다. 장황하게 늘어놓았다간 도중에 잠들어버릴 거라며 협박 아닌 협박을 했다. 그래서 나는 일단 후지사와라는 남자가 나타났고, 지로 형에게 맡긴 란도셀을 돌려받고 싶다더란 이야기를 했다.

"뭐가 들어 있는데?"

누나의 물음에 나는 위험한 물건 같다고 대답했다. 형이 큰 일거리를 앞두고 있었다는 것과 일이 성공하면 고급 외제차를 사주겠다고 호언장담했던 일 등을 비교적 간결하게, 그러나 중요한 대목은 꼼꼼히 전달했다.

"그 바보."

누나는 그 말을 이번엔 입으로 담배 연기와 함께 호쾌하게 토해냈다. 빠짐없이 이야기해두는 편이 나을 것 같아 토카레프 건도 덧붙였더니, 젠장, 진짜 바보 아냐? 하며 당해낼 수가 없다는 듯이 머리를 절레절레 흔들었다.

"그래서, 그 란도셀을 못 찾아내면, 나나 엄마를 죽인다는 거네?"

내가 고개를 끄덕여 보이자 누나는, 마치 무슨 갱 영화 같네. 그것도 삼류, 하고 코웃음 친 후 담배 연기를 쭉 빨아들였다.

"어떻게 할 거야?"

"어떡하겠냐고? 난 말야, 다음 달부터 내가 담당하는 작품이 세 편이나 개봉한다고. 미국이랑 프랑스랑 대만에서 동시에 스타들이 들이닥치는 데다, 일본에 머무는 동안 내내 따라다녀야 한단 말이야. 대만 여배우만 해도 순 제멋대로라서, 교토에 데려가달라는 거야. 그것도 동행인이 내가 아니면 싫다니까 어쩔 도리가 없어. 난 네 시중꾼이 아니라고 말해주고 싶지만, 기분 맞춰주는 것도 일의 연장이니까. 게다가 대만에서는 여기저기 개인적으로 놀러 다닐 때 데리고 다녀줬고. 그런 의미론 나쁜 애는 아니야. 다만 스타란 말이지, 성가신 인종이라고. 어쨌든 그 애랑, 여자 둘이서 모레부터 교토야. 교토 관광! 이 죽지도 못할 만큼 바쁜 시기에, 교토에 가야 하다니. 그 일이 끝나면, 또 한숨 돌릴 새도 없이 작품 구매하러 LA까지 가야 한다니까. 잠잘 틈도 없는 나한테 대체 어떡하겠냐고? 죽여준다면 차라리 죽고 싶다. 그래 죽어! 죽지 않으면 난 평생 쉬지도 못할 거야."

누나는 웃었다.

"어차피 지로 일이잖니. 마음 놔도 돼. 보나마나 야쿠자인지 뭔지한 테서 날치기한 걸 테니까. 그 토카레프가 아니라도, 권총 아니면 마리 화나겠지. 안 나오면 그걸로 이야기는 쫑이라고."

"그럴까."

"쫑이야. 알겠니? 살인까지 해서 수지가 맞겠어? 누가 득을 보는데? 그놈들도 그렇게까진 안 할 거야. 코카인 밀매랑 살인은 비교할 수 있 는 게 아니니까."

"하지만 형은 엄청난 일이라고 했어."

나는 누나의 말을 가로막았다. 이치코 누나는 담배 연기를 내 얼굴 에다 훅 불더니, 엄청났대봤자 지로 일이잖냐며 웃었다.

"……그럴까."

"그래."

"그렇다면 다행이지만. 물론 그렇게 끝나면 나도 안심이야. 하지만 만약 엄마나 누구한테 무슨 일이 생기면, 나중에 후회해도 때는 늦으 니까. 실제로 형은 그놈들한테 당했잖아. 권총으로 빵! 머리를 맞지 않 았냐고."

이치코 누나의 눈이 멈췄다. 짧은 몇 초간 둘 사이에 공백이 생긴다. 그 공백은 터무니없이 커다란 정적이 되어 방 안과 내 마음을 점령했다. 빨리 누나의 입이 열리기를 바랐다. 아버지한테서 이어받은 것 중에 누나가 유일하게 자랑하는 그 높은 코에서 하얀 담배 연기가 뿜어져 나오고 입가에 웃음을 띠며, 괜찮아. 걱정 말라니까, 하고 큰 소리쳐주길 기대했다.

“……란도셀 안에 뭐가 들었을지 짐작 가는 거라도 있니?”

누나가 먼저 그 정적을 깨고 조금 억누른 듯한 목소리로 속삭였다. 나는 어깨를 움츠려 보인 후, 글쎄, 하고 대답했다.

“아, 그런데 그 후지사와라는 남자가 ‘루즈 마이 메모리’란 말을 했어.”

“응?”

누나가 되물었다. 나는 좀 더 또렷이, 루즈 마이 메모리, 하고 말했다. 누나는 물고 있던 담배를 입술에서 떼더니, 입 속으로 ‘루즈 마이 메모리’라고 되뇌었다.

“뭔지 알아?”

대답은 바로 나오지는 않았다.

“어디선가 들은 적이 있는데, 생각이 안 나네. 그 말을 어디서 들었더라.”

누나가 기억해내기를 조용히 기다렸다. 누나는 새로이 담배에 불을 붙여 피웠지만, 결국 기억해내진 못했다.

“안 돼. 시차적응이 안 돼서 통 생각이 안 나. 하지만 어디선가 들은 적은 있어. 루즈 마이 메모리, 루즈, 마이, 메모리. ……안 떠오르네. 내일 좀 알아봐야겠다.”

“눈 좀 붙이지 그래? 이불이라도 펴줄까?”

“됐어, 그이가 기다리고 있어서 그만 가봐야 해.”

누나는 과장된 손짓으로 내 호의를 뿌리친다.

“애인 생겼어?”

그렇게 묻자 누나는, 이제부터 그이한테 돌아가서 그와 사랑을 나눠야 하거든, 하고 말했다.

“며칠 날 며칠을 내버려뒀잖아. 섹스라도 해줘야 그 사람, 바람을 안 피우지. 게다가 이렇게 허덕이며 살아도, 먹는 거랑 그 일만큼은 해야지. 안 그럼 인생이 너무 슬프잖니.”

누나는 자기 자신을 다독이듯 말했다.

●

누나만큼의 여행은 아니어도, 내 몸도 어지간히 피로가 쌓여 있었는지 어느샌가 의식이 끊어지듯 잠에 떨어졌다. 어머니가 깨웠을 때는 아침 9시. 촬영소에서 미술부끼리 회의하기로 약속된 시간이 한 시간 후로 임박해 있었다. 지로 형이 권총에 맞는 꿈을 꾸었는데 형을 쏜 사람은 후지사와가 아니라, 도모코였다. 형이 도모코 손에 권총을 들려주고, 여기를 쏘라며 자신의 관자놀이 부근을 가리켜 보였다. 어째서 이런 바보 같은 짓을 하지 않으면 안 되냐며 도모코는 항의했지만, 형은 눈 하나 꿈쩍하지 않았다. 알아들었지? 여기를 쏴. 한 발로 끝내는 거야. 내게 고통을 주지 않게 정확히 쏴, 그렇게 형은 계속 소리치고 있었다. 도모코는 앞이 안 보일 만큼 눈이 뻘겋게 붓고, 얼굴을 일그러뜨리며 울부짖었다.

쏴! 뭐 하고 있어, 쏘라니까!

형이 고함쳤다. 도모코가 겁을 먹고 권총을 고쳐 잡는다.

옳지, 그래, 그 자세 그대로, 여길 쏘면 돼. 방아쇠를 당겨. 어서!

메마른 소리에 이어 형의 머리가 날아갔다. 형의 몸이 허공을 춤추고, 흩날린 피가 내 얼굴에 튀었다.

휴대전화가 울리고 있었다. 의식이 이어지는 순간, 후지사와에게서 온 전화인 듯한 느낌이 들어 몸이 일어나기를 거부했다. 전화벨이 멎을 때까지 기다렸다. 방 안에 다시 정적이 돌아왔을 무렵, 휴대전화에 손을 뻗었다. 부재중 수신 번호와 함께 도모코라는 이름이 찍혀 있었다. 꿈속에서 겁에 질려 있던 도모코의 얼굴이 뇌리에 아직 남아 있었다. 방아쇠를 당길 때의 경직된 그녀 얼굴이 머리에서 떠나지 않았다.

다시 휴대전화가 울리기 시작했기에, 일어나서 통화 버튼을 눌렀다.

"일어났어?"

도모코의 가늘고 부드러운 목소리였다.

"일어났어. 아니, 네 전화 덕에 일어났지만."

"또 깨워버렸네. 조금 더 있다 걸까 생각했지만, 더 기다릴 수가 없었어."

"몇 시든 괜찮아. 한밤중에 깨워도 상관없어."

"하지만 쓸데없는 일이라서."

"쓸데없는 일이 더 좋아."

도모코가 웃었다.

"때가 탄 게 좋다는 거랑 같은 의미로?"

조금 가까워진 느낌이다. 무엇이 그렇게 느끼게 했을까. 그녀의 말투에서 조금은 나에 대한 신뢰랄까, 응석부리는 듯한 분위기, 마치 연인에게 혹은 매우 친밀한 사람에게 보내는 부드러운 눈빛 같은 것을 느꼈기 때문인지도 모른다.

"더럽혀져 있는 게 좋아? 역시, 그런가?"

미소가 일었다. 순간이지만 마음이 누그러진다. 긴장이 녹고, 눈이 녹을 때처럼 흙냄새 비슷한 향이 났다.

"별 얘기 아닌데. 진짜 시시한 이야기라도 괜찮아?"

"응, 나도 그런 이야기가 오히려 마음이 편하거든."

도모코는 킥킥 웃더니, 그럼 사양 않겠노라고 했다.

"잠이 안 와서, 내내 훼이팡에 대해 생각하고 있었어. 훼이팡이라는, 만난 적도 없는 소녀에 대해서."

나는 귀를 기울인다. 전화기가 너무 작다는 생각이 들었다. 귀가 전화기 밖으로 비어져 나와버린다. 휴대전화기 속에 숨어들어, 좀 더 가까이에서 직접, 도모코의 목소리를 느끼고 싶었다.

"훼이팡을 만나보고 싶다는 생각이 들었어. 그뿐이야."

"역시."

"시답잖은 얘기지? 그래서 시시하다고 말한 거야."

"이노우에 감독은 네 안에서 훼이팡을 보고 있어."

"그렇겠지, 내 안에서. 그래, 그분은 내 존재를 빌어 기억 속에서 그녀와 만나는 걸 테지."

둘 사이에 몇 초간 침묵이 흘렀다. 2, 3초 동안의 짧은 망설임이었지만, 그것은 하룻밤 등을 맞댄 채 말없이 밤을 지새운 정도와 맞먹는 침묵으로 느껴졌다. 나는 이노우에 하지메의 초점 없는 시선을 떠올렸다.

"어때? 그 후론."

"응?"

정신을 놓은 이노우에 옆에 붙어 자상하게 보살피는 도모코의 모습이 뇌리를 스쳤다.

"……태양."

"아, 태양."

도모코가 웃음을 흘렸다. 변함없이 안 이어진다는 말 대신. 코에서 흘러내려 한숨으로 변할 듯한 우울한 웃음이다.

"이어질 것 같았는데."

"그랬는데? 감독이 아니라고 했구나."

"응. 그리고 도키토 씨가 정신 나간 사람처럼 얼굴이 시뻘개져서는 누구한테랄 것도 없이 하늘을 향해, 제길! 하고 고함치더니 그 후로 사라져버렸어."

"사라져버려? 도키토 씨가? 어딜 갔는데?"

"어딜까. 밤에는 호텔에 있었으니까 멀리 가진 않았겠지만, 이미 눈빛이 달라 보였어. 심상치 않아. 그 사람만 점점 초췌해져가고, 하루하루 달라지는 게 뚜렷이 보여. 아무래도 위태위태해."

도모코는 이미 웃고 있지 않았다. 나도 웃을 수 없었다. 도키토의 표

152

정을 상상하면 미소가 일지만, 그의 속 타는 심정을 생각하니 너무 딱해서 웃을 수가 없었다.

"그래? 위태로운 세계란 말이지. 언제까지 기다리려나."

"모르겠어. 앞으로 며칠이 걸릴지. 빨리 태양이 이어지지 않으면 죄다 파멸해버릴지도 몰라."

"영원히 이어지지 않는다면?"

도모코는 웃었다. 또렷한 웃음소리가 와 닿았다. 부자연스러우리만치 커다란 웃음소리였다. 뭔가 실이 끊어져버린 듯한, 투툭 끊어지는 웃음…….

"당치 않은 소리."

도모코는 그렇게 말했지만, 웃음은 가라앉을 줄 모르고 도리어 그녀의 감정을 밖으로 토해내도록 만들었다.

●

세타가야 외곽에 있는 하쿠호 스튜디오는 쇼치쿠의 오오후나 촬영소나 토호, 토에이 스튜디오와 나란히 국내에서는 전통과 규모 면에서 탑 클래스에 속하는 촬영소로서 왕년의 작품 대부분이 이곳에서 촬영되었다. 그중에서도 난징성 세트를 짓고 있는 제1촬영 스테이지는 국내에서도 가장 큰 세트장을 보유하고 있다. 아니나 다를까, 한 걸음 들어서자마자 촬영소 특유의 선뜩한 공기가 나를 맞이했다. 하쿠호 출신인 나는 이곳에 올 때면 늘 고향에 돌아온 듯한 푸근함을 느낀다.

거대한 성벽이 스튜디오에 건설되어 있다. 스티로폼 벽은 아직 도장하기 전 상태라서 벽돌색이 아닌 흰색이다. 새하얗고 거대한 벽이 스튜디오의 거의 전역을 점령하고 있었다. 여기저기서 탕탕 못질하는 소리가 난다. 촬영소가 살아 있다는 증거다. 인부 같은 차림을 한 미술부 스태프들이 바쁘게 오간다. 외부에서 온 지원부대를 제외하면 거의가 낯익은 얼굴들이라서, 스쳐 지날 때마다 웃음이 어지러이 난다. 어디서부터라고 할 것도 없이, 안녕하세요, 소리가 울려 퍼진다. 스승인 키다 밑에 제자로 들어갔을 때의 일을 떠올린다. 그때는 스튜디오에 얼굴을 내미는 것만으로도 참을 수 없을 만큼 기뻤다. 야단도 맞고, 다 같이 무릎을 맞대고 앉아 도시락도 까먹고, 배우의 연기하는 모습도 보고, 때때로 의견이 어긋나서 생기는 마찰 같은 싸움에 휘말려들거나 혹은 누군가가 풋내 나는 영화론 비스무레한 이야기를 꺼내놓았을 때조차, 아침부터 밤까지 늘 축제 속에 있는 듯한 설레는 약동이 내 영혼을 뒤흔들고 놓아주지 않았다. 키다의 보조로 일하던 처음 몇 년간은 이곳에서 주된 일을 했고, 여기는 내 인생의 학교와 같은 역할을 해주었다. 스튜디오 안에서 호되게 단련받으며 한몫을 해내는 때장이로서 성장해가는 것이다.

스튜디오마다 땟일 방법에도 차이가 있어서, 토호에는 토호의, 닛카츠에는 닛카츠만의 전통이라는 것이 있고, 그런 의미에서 나는 하쿠호류의 땟일을 진수받아 커왔다. 스승인 기나는 내센 아버지나 마찬가지이고, 또한 교장이자 은인이기도 했다.

미술부의 다네이 요우키치는 이미 스튜디오에 들어와 있고, 대도구 담당인 고노 카즈하루와 특수효과부의 아카마 타로가 다네이를 둘러 싼 형태로 도면을 들여다보며 무언가 의견을 나누고 있었다. 다네이가 세운 플랜에 따라, '장인(匠人)'이라는 별명을 지닌 고노가 실행부대 장으로서 일의 순서를 지시한다. 특수효과 담당 아카마는 대도구 팀에서 세운 박스 안팎에 소도구를 배치하여 좀 더 현실감 있는 세계를 확립해나가는 작업을 주도하고 있었다. 그리고 나는 고노와 아카마의 작업 사이에 적절히 끼어들어 양쪽을 영화적인 시간에 한층 자연스럽게 녹아들게 하는 역할을 담당하고 있다.

"안녕하세요."

내가 얼굴을 내밀자 일제히 도면에서 고개를 들었지만, 다른 스태프들에 비해 표정이 사뭇 딱딱해 보였다. 작업이 난항을 겪고 있음을 바로 알 수 있었다.

"때장이가 지각을 다 하고, 웬일이야."

고노가 진지한 얼굴로 그렇게 말한다. 농담인지 진담인지 갈피를 잡을 수 없는 표정이었기에 이쪽도 섣불리 웃음으로 답할 수가 없어서, 고개 숙여 약간 꾸벅거리며 얼버무렸다. 다네이가 내게 의논할 일이 있다고 말했다. 도면을 보니 그의 계획이 당초 예상에서 상당히 변경되어 있음을 바로 알 수 있었다.

"감독의 요망입니까?"

다네이가 난감하다는 표정을 지어 보이며 고개를 끄덕였다.

"감독 말고 누가 있겠어. 발등에 불이 떨어졌는데 변경하라고 할 사람이."

난감해하는 얼굴인데도 눈만은 웃는 것처럼 보인다. 동안인 데다 눈초리에 웃음주름이 새겨져 있다. 온화한 성격인 것 같은데 부하에게는 어쨌든 엄격한 남자로 유명하다. 웃을 때면 눈초리가 처진다. 부드러워 보이는 미소 덕에 처음 보는 사람은 다들 안심하지만, 화나 있을 때도 웃는 상이다 보니 감정 변화를 분간하기가 어렵다. 여하튼 이노우에 하지메에게는 측근 중의 측근이었다. 이노우에 감독은 영화미술의 아이디어를 빌어 영화 전체의 구상을 다듬는다. 일찍이 미술학도였던 편린이 그 근저에 있는 듯하다. 제아무리 멋진 대사와 연기도 미술적인 세계 없이는 빛날 수 없다고, 감독은 스태프들에게 입버릇처럼 말하곤 했다. 각본을 쓰기 전에 감독은 다네이와 영화의 전체 그림을 면밀하게 협의한다. 이노우에 팀의 보좌역 비슷한 역할을 다네이가 맡아 하고 있는 것이다. 다네이의 웃음은 이노우에를 그늘에서 좌지우지하는 웃음이기도 했다. 이노우에 목장의 우두머리 목동의 웃음.

"오늘 아침에 변경 지시가 있었네."

나는 재빨리 도면을 들여다본다. 광화문 주위에 바라크(가건물)가 몇 개 더 늘어나 있다.

"바라크를 늘리는 거야 그리 어렵지 않지만, 성벽 높이를 5미터 더 높이고 싶다더군."

"25미터로?"

"응, 천장에 닿고 말 거란 말은 했지만."

상관없어, 하고 고노가 이노우에 하지메의 말투를 흉내 냈다. 말수 적은 아카마가 부드럽게 미소 짓는다.

"땟일 쪽은 이대로 갈 수 있겠나? 앞으로 이틀밖에 안 남았는데."

"네, 해보겠습니다."

대답은 그렇게 했지만, 밤샘 작업을 각오하지 않으면 안 되었다.

"응? 할 수 있겠어? 가끔은 못 하겠다고 빼는 게 편할 텐데."

아카마가 놀리듯이 말했다. 일동은 건설 중인 난징성벽을 바라보았다. 높이 25미터, 폭 200미터는 됨 직한 거대한 스티로폼 벽돌 벽이다. 이틀 안에 이 하얀 벽에 2천 년 가까운 세월의 더께를 입혀야 한다. 거절 못하는 내 성격을 잘 아는 선배이기에 할 수 있는 말이기도 했다.

후지사와와 만나기로 한 약속은 어떻게 해야 하나 순간 망설였지만, 이노우에 팀에겐 촬영 기간 중에는 사적인 일이 용납되지 않았다. 안 되더라도 일단 하겠다고 잘라 말해야 한다. 모두 그런 자세로 임하며 이 가혹한 촬영 현실을 헤쳐온 것이다. 정말로 못하겠다 싶을 때는 사고가 일어나기 전에 다네이가 꼼꼼히 판단을 내려 접어둔다. 그때까지는, 아랫사람들은 못하겠다는 둥 약한 소리를 해선 안 되었다.

"장인(匠人) 쪽은?"

"우리야, 하랍시면 기꺼이 받들 도리밖에 없습지요."

고노는 농담 섞인 말투로 그렇게 대답했다. 아카마도 그에 동조하여, 난징성벽을 5미터 더 높이는 작업에 들어가게 되었다.

"실제 벽보다 높진 않나?"

고노가 다네이에게 물었다.

"아니, 얼추 비슷할 거야. 하지만 실제 난징성의 낮은 지점이 13미터 정도니까, 여기가 제일 높은 지점이 되겠지. 감독은 올려다봤을 때의 높이감을 원하는 것 같아. 내 예상인데, 카메라를 다리 기슭으로 가져와서, 18밀리미터 혹은 금단의 12밀리미터가 등장할지도 모르겠지만, 여하튼 와이드 렌즈로 위를 잡겠지. 난징 함락의 순간을 높이로 상징하려는 것 같아."

일동은 조그맣게 고개를 끄덕였다. 모레 아침부터 촬영이 시작된다. 후지사와와의 약속은 잠시 접어두었다가 나중에 다시 생각하면 된다고 스스로를 타이른 후 조속히 작업에 착수하기로 했다. 하지만 어쨌거나 시간과의 힘겨운 싸움이 되리라. 어디부터 손을 대야 할지, 눈앞에 솟은 벽의 높이에 압도당해 한동안 몸이 움직이지 않았다.

●

서기 220년 경, 중국은 삼국시대로 진입한다. 그중 하나인 오(吳)나라 때부터 시작하여 중화민국까지 열 개가 넘는 왕조 혹은 정권의 수도가 자리했던 곳이 바로 난징성이다. 중국 7대 고도(古都) 중 하나로 손꼽힌다. 북서 방향으로 양쯔강(揚子江)이 흐르고, 동쪽에 쯔진산(紫金山)이 위치하는 반경 약 35킬로미터, 성 안만 약 70제곱킬로미터에 이르는 거대한 성벽의 일부를 재현하려는 것이다. 이는 일본 영화사를 통틀어 매우 대담한 미술이 될 터였다. 게다가 다네이를 비롯한 미술부의 어느 누구도 실제로 난징성을 본 적이 없다. 뉴스 비디오로 난징성의 최근 모습은 보았지만, 묘하게 관광지풍으로 정비되어 있어서 그다지 참고가 될 것 같지는 않았다. 도움이 될 만한 것이라곤 당시의 흑백 사진뿐인데, 그것만 가지고 당시의 현장을 실제로 보았을 이노우에 하지메를 만족시켜야 한다니, 꽤나 무모한 작업이기도 했다.

"이런 엄청난 벽을 만드는 건 태어나서 처음이구먼. 아니, 아마 이게 마지막이 되겠지."

고노가 그렇게 투덜거리며 벽 쪽으로 걸어갔다. 이미 스케일 면에서 세트의 범위를 넘어섰다. 성벽으로 다가갈수록 고노의 커다란 체구가 개미처럼 작아진다. 이 벽을 촬영 때까지 전부 더럽혀놓아야 한다.

벽 바로 앞에 바라크가 몇 개 지어져 있고 그 앞에는 친화이강(秦淮河)까지 재현시켜 놓았는데, 실제로 거기에는 진짜 물이 흐르고, 헤엄 치려고 마음만 먹으면 충분히 헤엄칠 수 있을 만큼 강폭이 넓었다.

카메라 위치에 따라 어느 정도는 커버되겠지만, 감독이 어떤 그림을 뽑아내려 들지, 상상만으로도 머리 안쪽이 미세하게 흔들렸다. 더럽히 는 보람이 있다고 하면 표현이 이상할지 몰라도, 칠장이로서는 역사적 인 작업이 될 터였다. 이번 세트에 들이는 제작비만 해도 웬만한 영화 한 편은 너끈히 찍고도 남을 만큼 어마어마한 규모였다. 올려다보고만 있어도 다리가 후들거린다. 감독을 만족시킬 수 있을까, 하는 생각과 함께 몸서리가 쳐졌다.

방향이 잡힐 때까지 다네이 일행에서 떨어져, 혼자 가만히 벽과 마 주했다. 이쪽 사람들 사이에서 케이폭(kapok)이라 불리는 스티로폼이 벽 전체에 붙여져 있다. 이게 5미터 더 높아진다는 얘기다. 스티로폼 에는 벽돌 모양이 찍혀 있다. 그것을 진짜처럼 칠하는 것이 내가 해야 할 일이다.

나는 좀 더 벽 가까이 걸어가 위를 올려다보았다. 올려다보이는 풍경이 왠지 눈에 익는다. 기억 한구석이 저릿해진다. 일찍이 어딘가에서 본 적이 있는 장면이다. 미간에 주름이 모인다. 눈을 가늘게 뜨고, 의식을 집중하여 위를 주시한다. 아, 소리가 새어 나올 뻔했다.

"이건……."

나는 무심결에 말을 흘리고 만다.

홋카이도 호텔의 이노우에 감독 방에서 도모코와 함께 보았던, 사카타 겐고로의 기록 영화 『난징의 태양』의 한 장면이 아닌가.

―열렬한 환영을 받으며, 지금 일본군이 난징에 입성하였습니다.

훼이팡의 내레이션이 귓가에 되살아난다. 병사들의 입성을 바라보는 농민들의 싸늘한 눈초리. 그것과는 대조적으로 발랄한 훼이팡의 눈……. 그때의 카메라 앵글, 바로 그 상황을 이노우에는 이곳에 재현하려는 거다.

순간, 내 안에서 흑백 화상에 색이 입혀지기 시작한다. 새하얀 케이폭의 중앙에서부터 좌우로 벽돌색이 사사삭 달려 나갔다.

현기증을 억누르며 미간에 손가락을 댄 채 마음이 진정되기까지 몇 분을 기다렸다. 그런 다음 다시 한 번 얼굴을 들고, 마음을 다잡았다.

'좋아.'

나만이 이노우에의 마음을 알고 있다. 이노우에가 잇고 싶은 역사를 알고 있는 것이다. 이노우에는 이번 작품을 통해 사카타의 마음까지도 이으려는 건 아닐까.

우선, 몇 세기라는 시간을 겪어오는 동안 삭아 내렸을 벽돌의 분위기를 내기 위해, 도장 전에 미술부의 도움을 받아 전체 케이폭을 깎아 너덜너덜한 느낌을 연출해야 했다.

먼저 적, 황, 흑, 백색을 함께 섞어 벽돌색을 만든다. 그런 다음 농담을 미묘하게 바꾸어 네 종류 정도 베리에이션(variation)을 갖춰놓는다. 이를테면 조금 밝은 벽돌색이라든지, 조금 짙은 벽돌색이라든지, 혹은 노란 기가 도는 벽돌색 등을 말한다. 그것들을 무작위로 추출하여 이 폭 200미터는 됨 직한 벽의 벽돌 한 장 한 장마다 칠해나간다. 같은 색이 너무 중복되지 않도록 얼룩덜룩하게 칠해야 한다. 그렇게 함으로써 역사적인 시간의 변천을 그려낼 수 있다. 위낙 엄청난 크기의 벽이다 보니 이 작업만 해도 보통 일이 아니지만, 여기다 마지막으로 '피스' 라 불리는 스프레이 건을 이용하여 검정이 깔린 진흙 색이라든지, 먼지 색이 나는 수성도료를 뭉치지 않게 덧칠한다. 수동식 펌프로 물을 뿜어나가면서 고루 섞어주면, 완벽한 난징성벽이 완성된다는 계획이었다. 『난징의 태양』의 기억을 떠올리며 작업 방향을 조금씩 좁혀나갔다.

한편, 철문 쪽이 조금 까다로울 듯하여, 우선 이곳부터 작업해나가기로 했다. 그래서 이번엔 닫혀 있는 성문 바로 아래로 가서 어떻게 요리할지 고민했다. 벽돌도 그렇지만, 쇠를 더럽히는 작업도 나는 좋아한다. 왜냐면 둘 다 땟자국이 잘 사는 소재이기 때문이다. 풍상에 시달리며 네 귀퉁이가 이지러져가는 벽돌의 애잔함도, 녹슬어 바스러져가는 쇠의 덧없음도, 때장이로선 더할 나위 없는 참맛을 맛볼 수 있는 재질이었다. 더구나 그것이 역사적인 건조물일수록, 한층 더 시간을 거슬러 올라갈 수 있어서 즐거웠다.

녹슨 쇠 색깔을 만드는 건 내가 가진 장기 중의 장기였지만, 15미터가 넘는 높은 문을 작업하기는 처음이다. 고노 팀이 벽을 5미터 더 쌓아 올리는 동안 이 알루미늄으로 만든 철문을 먼저 마무리해버리는 편이 효율적일 것 같았다.

눈앞에 치솟은 커다란 문을 다시 한 번 차분하게 올려다보았다. 상부가 반원형을 이루고 있다. 작업 순서에 대해서는 수도 없이 머릿속으로 계획을 세웠건만, 막상 실물을 코앞에서 보니 압도당하고 만다. 생각보다 철문 자체가 크다. 무려 몇 세기를 겪어온 역사적인 건조물이다. 실제 철문이 1937년 무렵에 어떤 색을 띠고 있었는지, 그 흑백 기록 영화만으로는 역시 판단하기가 어렵다. 이미지네이션에 기대어 작업해나가는 수밖에 없었다.

벽돌색을 마련했던 것과 마찬가지로, 우선 녹슨 색을 만든다. 주조를 이루는 색은 적색과 황색이지만, 거기에 검은색을 조금 섞는다. 역시 벽돌 때와 마찬가지로 이 기본색을 다시 세 종류 정도로 나누어, 붉은 기를 띤 녹, 노란 기를 띤 녹, 그리고 약간 검은 기를 띤 녹 빛깔을 마련해둔다. 밸런스를 보아가며 이것들을 스프레이 건으로 번갈아 뿜어내면 대충 완성이지만, 내 경우 여기에 한 가지 공정을 추가한다. '솜빵' 이라 불리는 사방 3센티미터짜리 나무 부스러기를 우선 녹 빛깔 도료와 섞어 구석구석 문질러 발라둔다. 이렇게 하면 수 밀리미터 두께의 솜빵이 나중에 멋진 효과를 낸다. 세 종류로 나눈 도료를 스프레이건으로 뿜어내고 나면, 솜빵을 덧칠했던 부분만 쇠의 피막이 벗겨져 나간 것처럼 떠 보이는 효과이다. 도료의 성질을 이용한 것으로, 요컨대 건조시키면 시킬수록 그 부분에 역사적인 깊이가 드러나는 방식이었다.

나는 신속하게 녹 빛깔 도료를 만들어놓고, 성벽에 설치된 비계(영화 제작 현장이나 연극무대에서 쓰이는, 쇠파이프 등으로 조립해 만든 발판_옮긴이)를 이용하여 철문 맨 꼭대기까지 올라간 다음, 위에서부터 아래로 세심하게 도료를 분무해나갔다. 몇 번이고 꼼꼼하게 시간을 들여 색을 덧입혔다. 알루미늄제 철문이 차츰 진짜 철문처럼 변해간다. 『난징의 태양』을 재현해 보인다니, 이만한 캔버스를 마음껏 더럽힐 수 있다니, 이 일을 하면서 가장 즐거운 순간이기도 했다.

시간을 성큼 거슬러 올라가라! 몇 세기든 몇십 세기든 시대를 거슬러 올라가라!

나는 그렇게 문을 향해 외치며 작업에 몰두했다.

●

철문 도장 작업은 도무지 끝이 보이질 않았다. 밑칠을 수도 없이 되풀이했지만, 후지사와 일이 머리 한구석에 계속 들러붙어 있어서 일에 집중할 수 없었던 탓인지, 만족하지 못한 채로 시간이 다 되어, 6시를 넘긴 시간에 일단 작업을 중단했다. 다른 스태프들에게는 식사하고 오겠다는 말을 남기고, 약속 장소인 신주쿠로 향했다.

세이조 학원 앞에서 급행전철을 갈아타고 신주쿠 역에 도착한 때가 7시 조금 전이었다. 지하 역 앞 광장은 귀가하는 학생이며 직장인들로 붐벼서, 서두르는 나를 사람들의 발걸음이 방해했다. 약속시간을 정확히 잡은 건 아니고, 대충 해질 무렵이라고 정해두었다. 지하도에서 가부키초 입구로 뛰어나왔다. 하지만 기운이 나서도 아니고, 여하튼 적의 품에 뛰어들어 타개책을 찾아내야 한다는 암울한 기분을 뿌리치고 자 스스로 기합을 불어넣은 것에 불과하다.

가부키초에는 중학생 무렵, 지로 형을 따라 밤마다 놀러 가곤 했는데, 성인이 된 이후론 오히려 의식적으로 멀리했다. 형의 옛날 친구들과 마주치는 것도 성가셨다. 지로 형은 자기 패거리들한테는 사랑받았지만, 일부 인간들과는 빚에, 여자 문제에, 영역 다툼 따위로 옥신각신했다. 후지사와도 그런 안 좋은 그룹에 속한 인간일 거라 상상하니 마음이 무거웠다.

코마 극장을 지나 아시베 회관 뒤쪽으로 가보았지만, 후지사와가 일러준 주소에는 건물은 없고 휑뎅그렁한 공터만 있을 뿐이었다. 뭘 짓는지, 그곳엔 앞으로 공사가 시작될 것임을 알리는 새 팻말만 몇 개 박혀 있었다.

거품경기 때만 해도 빌딩 재건축 붐이 일어 신주쿠도 하루가 다르게 변모했지만, 거품이 걷힌 후론 그 기세도 딱 멈춰버려 이런 나대지는 드물었다. 그러고 보니, 지로 형이 총을 맞은 공원도 여기서 조금만 더

가면 나온다.

　아시베 회관 쪽으로 발길을 돌리려는데 휴대전화가 울렸다. 후지사와라는 생각이 퍼뜩 들어 당황했다. 휴대전화가 바지 주머니 안에 있어서 금방 꺼내질 못하고, 호출음이 복부 근처에서 한동안 공허하게 울리다 뚝 끊어지고 말았다. 수신 번호를 보니 발신 표시 제한은 아니고, '이치코' 라고 떠 있었다. 멍하니 액정을 보고 있으려니 다시 벨이 울렸다.

　"여보세요."

　나는 주위를 둘러보면서 응답했다.

　"나 있지, 알았어. 생각났다고."

　이치코 누나의 목소리가 귓전에 튀었다.

　"뭘?"

　"그, 루즈 마이 메모리."

　"엇."

　엉겁결에 목이 멨다. 그때, 내 쪽을 향해 소리도 없이 슥 다가오는 남자의 그림자가 있었다. 접근하는 방식이 독특하여 마치 구름이 태양을 가리는 듯한, 선뜩하니 차가운 존재감이 느껴진다. 휴대전화를 귀에 붙인 채 그림자 쪽을 돌아보니, 남자는 이미 코앞까지 다가와 있었다. 반사적으로 후지사와란 생각이 들었던 건 아니지만, 새까만 가죽 카우보이 모자를 쓴 잘생긴 외국인의 기묘한 출현에 놀라다 보니 목구멍이 제멋대로 조여들어 소리를 잃고 말았다.

　"시로, '야오토우' 라는 마약 알아? 핑크색의 예쁜 알약 말야. 중국

본토에서 크게 유행한 후에 대만이랑 홍콩에도 번졌는데, 최근에는 일본에도 상륙해서 클럽이나 바를 중심으로 유행하기 시작했다나 봐. 그걸 먹으면, 다들 머리를 흔들면서 춤을 춘다지."

남자의 날카로운 두 눈에 빛이 빨려 들어가는 듯한 인력을 느꼈다.

"미친 듯 춤추는 신종 마약이라고 대만 신문 헤드라인에 나와 있었어. 궁극의 다이어트 약이니 뭐니 해서 저쪽에서는 난리가 났었다지. 왜 있잖아, 날 노예 부리듯 하는 대만 여배우, 그 애가 한 말인데. 하긴 요즘 걔 나이 탓인지 좀 쪄 보이긴 하더라. 어쨌든 그걸 먹으면 이상하게 몸이 음악에 민감해지고, 귀가 마치 감도 좋은 마이크로폰처럼 된대. 그래서 약 기운이 떨어질 때까지 계속 춤을 춘다나 봐. 지쳐 쓰러질 때까지 춤을 추니까 살이 빠진다는 거지. 춤추면서 살을 뺄 수 있다고 해서, 젊은 여자들 사이에서도 큰 인기래. 시로, 시로 듣고 있니?"

카우보이 모자를 쓴 남자는 코앞까지 다가오더니 나를 향해, 시로 군인가? 하고 말했다. 누나의 목소리가 한쪽 귀를 점령하고, 두 목소리가 동시에 머릿속에서 윙윙 울렸다.

"시로, 듣고 있어? 시로."

어떻게 해야 좋을지 몰라서, 나는 휴대전화를 쥔 채 고개를 꾸벅 숙였다.

"그 야오토우라는 약을 개조한 더 강력한 물건이 대만에서 맹위를 떨치고 있다고, 바로 어제, 그 여배우한테 들었어. 그게 바로, 루즈 마이 메모리……."

남자는 우리의 대화를 전부 듣고 있기라도 했다는 듯이 다 안다는 얼굴로 한쪽 뺨만 끌어올려 히죽 웃고는, 내게서 휴대전화를 빼앗아 전원을 꺼버렸다.

"지로와 꼭 닮아서 바로 알았네."

남자는 휴대전화를 던지듯 돌려주고, '이쪽'이란 말만 하고는 발길을 돌려 걷기 시작했다. 야오토우라는 울림이 머릿속에 눌어붙었다.

후지사와는 내 앞을 걷고 있었다. 실팍한 어깨와 두터운 가슴팍. 키만 해도 1미터 90센티미터는 돼 보이는 거구. 걸음걸이는 체구에 비해 가뿐해 보였지만, 묘하게 색기가 도는 탓에, 물론 멋진 외모도 한몫하여, 스쳐 지나는 밤거리의 여자들이 어김없이 그를 돌아보았다. 선명한 청색 슈트에 카우보이 모자 차림의 외국인. 언뜻 보면 젊은 날의 할리우드 스타 같다. 내심 상상하고 있던 중년의 야쿠자 이미지와는 한참 동떨어져 있었기 때문에 잔뜩 긴장하고 있던 마음이 한순간에 풀어지고 말았다.

남자는 러브호텔 간판이 눈에 띄기 시작한 골목 어귀에서 갑자기 멈춰 섰다. 주위를 살피고 나서, 내게 앞서 걸으라는 듯이 작은 술집들이 늘어선 골목을 손가락으로 가리켰다. 폭이 한 칸 남짓한 작은 바들이 복작거리는 골목으로, 대부분 망하고 몇 집만이 문을 열었는데, 일본인인지 외국인인지 모를 노파들이 가게 앞에 앉아 손님을 기다리고 있었다. 가게 안쪽에 매춘하는 방이 있을지도 모른다고 생각했지만, 쓸데없는 탐색은 하지 않기로 했다. 한국어, 중국어, 일본어 간판이 뒤섞여 있고, 마늘 볶는 냄새에 하수구 냄새가 섞인 듯한 독특한 향이 골목에 가득 차 있었다.

가게 앞의 노파들은 호객 행위를 하는 일도 없이, 나와 후지사와를 뚫어져라 바라보며 눈만 수다스럽게 우리를 쫓아왔다. 어귀에 들어설 때만 해도 미처 몰랐는데, 잘못해서 이상한 나라에 발을 들여놔버린 게 아닐까 싶을 정도로 골목은 가도 가도 끝이 안 보였다. 매번 모퉁이를 돌아설 즈음이면 등 뒤에서, 오른쪽, 왼쪽, 하고 목소리가 들렸다.

미로 같은 골목을 이리저리 헤집고 다닌 끝에 드디어 막다른 곳에 다다랐다. 태양은 이미 저버렸는지, 골목 위로 보이는 손바닥만 한 하늘엔 색이 보이지 않고, 의지할 것이라곤 네온 불빛뿐이었다. 후지사와가 내 등을 턱턱 두드렸다. 돌아서자 오래된 주상복합 건물의 반지하 입구 쪽에 철문이 열려 있었다. 후지사와는 그곳을 가리킨 후 총총히 먼저 들어갔다.

철문 안쪽은 새카만 어둠이었다. 마치 입을 쩍 벌린 지옥으로 통하는 입구인 듯한 공포가 풍겨 나왔다. 이대로 내빼버리면 도망칠 수 있을 듯한 기분이 들었다. 뭣 모르고 따라갔다가 어떤 꼴을 당할지 생각하니 오금이 저렸다.

"왜 그러나."

어둠 속에서 목소리가 들린다. 어렴풋이 닿는 빛 가운데 후지사와의 카우보이 모자만 떠올라 보였다. 어쩌자고 이 자식은 이토록 멋진 모습을 하고 있을까. 한편으로 골똘히 생각하고 있으려니, 원반형 모자가 훌쩍 떠올랐다가 어둠 속으로 낙하하듯 사라졌다.

"문은 닫아주게나."

안쪽에서 목소리가 났다.

어두워서 잘 몰랐는데 안은 공간이 꽤 넓은 모양이었다. 계단을 십여 단쯤 내려가자 지하 방이 나왔다. 깜깜해서 아무것도 보이지 않았다. 무언가 코를 자극하는 독특한 냄새가 느껴졌다. 분명 어딘가에서 맡아본 듯한 냄새인데 그것이 무슨 냄새인지 당장은 생각나질 않았다. 눈이 어둠에 익숙해져감에 따라 그 냄새도 성큼 눈앞으로 다가왔다. 미친 듯 춤추는 신종 마약이라고 했던 누나의 목소리가 귓가에 되살아났다.

"인사가 늦었지만, 내가 바로 후지사와일세."

남자가 어둠 저편에서 말했다. 목소리가 희미하게 메아리치는 상태로 보아 이 방이 꽤 넓다는 것을 짐작할 수 있었다.

"생김새가 외국인 같아서 놀랐겠지. 그런 표정이야 괜찮아. 어려서부터 그런 표정에는 익숙하니까. 모두 날 신기하게 보거든. 일본어를 엄청나게 잘하는 외국인이라고 말이야. 하지만 난, 어엿한 일본인이고, 외국엔 가본 적도 없네."

후지사와가 움직일 때마다 옷 스치는 소리며 발소리가 어둠 속에 울렸다.

"불을 켤 테니까 잠깐 있어보게. 오랜만에 왔더니 스위치가 어디에 있는지……."

팟 하는 소리와 거의 동시에 실내에 불이 들어오고, 눈이 빛에 익숙해진 순간, 내 입에서 목소리가 새어 나올 뻔했다. 눈앞에 나타난 것은 천장까지 닿을 만큼 쌓여 있는 란도셀 더미. 작은 창고만 한 공간에 몇백 개, 아니 몇천 개는 돼 보이는 란도셀이 쌓여 있다. 그것도 차곡차곡

쌓아 올린 게 아니라, 아무렇게나 난잡하게, 마치 처분을 기다리는 쓰레기 같은 상태로 쌓여 있었다. 색은 거의가 검정색이었지만, 개중에는 빨강이나 짙은 갈색도 있다. 어딘가에서 맡아본 듯한 냄새란 가죽 냄새인 모양이었다.

50미터쯤 떨어진 벽 앞에 후지사와가 서 있었다. 나는 란도셀 더미로 몇 걸음 다가갔다.

긴 침묵이 지하실을 점령한다. 그 사이 나는 마음을 진정시키려 입 안에 고인 침을 연방 삼키고, 호흡을 고르느라 안간힘을 썼다. 란도셀 더미는 영화 촬영에 쓰이는 소도구처럼 보이기도 했다. 특수효과부의 아카마가 온 도쿄의 란도셀을 죄 모아다 이곳에 쌓아 올린 듯한, 작위적인 느낌이었다.

"지로가 가지고 도망친 건 이것과 같은 모양의 란도셀이다."

후지사와는 란도셀 더미까지 가더니, 그중 하나를 집어 내 쪽으로 휙 던졌다. 반사적으로 잡긴 했지만, 너무 갑작스러워서 엉겁결에 엉덩이를 뒤로 빼고 양팔로 감싸 안듯이 받아 들고 말았다. 생각보다 가벼웠다.

"내가 어릴 때엔 말이야, 어른들 중에는 란도셀을 배낭이라고 부르던 인간들도 있었지. 천연가죽으로 만든 놈이 제일 튼튼하지만, 이건 전부 합성가죽이야. 천 위에 합성수지를 입힌 거지. 죄 중국산이긴 해도, 정작 중국에선 이런 란도셀은 쓰지 않아. 그쪽에선, 물론 가본 적은 없지만 어깨에 둘러메는 책가방이 일반적이지."

후지사와는 외국인의 얼굴을 하고 있었지만 자세히 보니 어딘가 그리움이 느껴지는 생김새였다. 일본인의 피가 섞인 듯 보이기도 했다. 목소리와 얼굴이 익숙해지기 시작한 탓도 있겠지만, 냉정하게 그를 바라볼 수 있게 되자, 나이도 50대가량임을 알 수 있었다. 옷은 젊게 차려입었지만 얼굴에 잔주름이 아주 많았다.

"안을 열어보지 그래?"

후지사와가 한쪽 입가에 웃음을 머금고 그렇게 말했다. 미친 듯 춤추는 신종 마약. 이치코 누나의 목소리가 되살아나고, 란도셀을 잡고 있는 팔에 힘이 들어간다.

"상관없어, 열어봐도."

떠보고 있다. 어떡해야 좋을지 필사적으로 머리를 굴렸다. 만약 이 안에 '루즈 마이 메모리' 라 불리는 신종 마약이 들어 있다면, 그걸 본 순간 두 번 다시 일상으로 돌아가지 못하게 되는 건 아닐까. 총에 머리를 맞은 형의 모습이 뇌리를 스친다.

"왜 그러나? 안 보고 싶은가?"

"전엔 보지 말라고 했으면서. 이쪽 세계는 모르는 편이 낫다고 후지사와 씨가 말했죠. 그런데 왜 이제와서 갑자기 보여주려는 겁니까?"

"모처럼 여기까지 왕림해주었는데, 보면 좋잖은가."

"발을 들여놔버리고 말겠지요. 그러면 다시는 원래 세계로 돌아갈 수 없게 되는 거 아닙니까?"

남자가 히죽 미소 지었다. 좋으실 대로, 라는 듯이. 후지사와는 란도셀 더미에 손을 뻗어 그중 하나를 집어 들었다.

"그저 란도셀일 뿐이지 않은가. 시로 군이 왜 그렇게 겁을 내는지 모르겠군. 안을 열어보면 자네가 안고 있는 문제가 대단찮다는 걸 알게 될 거야."

남자는 그렇게 말하더니 들고 있던 란도셀을 다시 내게 던졌다. 나는 새로이 날아온 란도셀을 받아 들었다. 품 안에 두 개의 란도셀이 있다. 하나는 빨강, 다른 하나는 검정.

"열어!"

후지사와가 기다리다 못해 소리를 높였지만, 화를 낸다기보다 마치 사령관이 부하에게 명령하는 듯한 담담한 어조였다. 한숨을 흘린 후, 도리 없이 빨간색 란도셀의 뚜껑을 열어보았다. 안은 비어 있었다. 후지사와를 보니, 가면 같은 얼굴로 말없이 이쪽을 응시할 뿐, 그 무표정한 얼굴만 봐서는 무슨 계략을 꾸미고 있는지 판단할 수가 없었다. 조심조심 나머지 하나를 더 열어보았지만 그것 역시 비어 있었다.

"뭔가, 들어 있던가?"

나는 조그맣게 고개를 내저었다. 후지사와의 입가에 예의 유들유들한 웃음이 돌아온다.

"자네가 겁내는 괴상한 물건이 거기 있던가? 없겠지. 아무것도 없어. 란도셀 안은 텅 비었다고. 비었으니, 문제는 없어. 아무 문제도 없으니 이쯤에서 이상한 탐색은 그만두게. 알겠나? 안은 비었어."

후지사와는 말하면서 란도셀 더미 한 귀퉁이를 손으로 쳐냈다. 거슬거슬한 소리를 내며 란도셀 더미가 무너진다.

"형이 가지고 달아난 란도셀도 비었습니까?"

"비었든 아니든 자네하곤 상관없어. 설령 비어 있지 않더라도, 자네

가 쑤시고 다닐 일이 아니야. 내 말만 들으면 자네의 세계가 망가질 일
은 없네."

"글쎄요. 후지사와 씨는, 내가 란도셀을 발견하는 동시에 나를 형이
랑 똑같은 꼴로 만들 작정이겠죠."

날카로운 시선이 와서 꽂혔다. 란도셀의 강한 냄새가 발치에서부터
올라와 휘감기듯 나를 감싼다.

"안에 들어 있는 건 '루즈 마이 메모리' 겠죠."

후지사와의 눈이 휘둥그레지고, 미세한 동요가 그의 심중을 스치는
것이 느껴졌다.

"'루즈 마이 메모리' 라는 신종 마약이겠죠. 요전에 뉴스에서 그 이
름을 들었습니다. 골목에 피가 흐르는 모습이 화면에 나오고, 아나운
서가 '루즈 마이 메모리' 라고 했어요. 그게 어떤 마약인지는 모르지
만, 형은 그 약 거래에 관여하고 있었어요. 어떻습니까. 여기까지 알고
있는 이상, 후지사와 씨는 이제 나를 죽일 수밖에 없겠죠. 형처럼."

후지사와는 침묵했다. 오로지 두 눈만이 푸르스름한 빛을 발하며 나
를 똑바로 붙잡고 놓아주지 않았다. 죽기 아니면 까무러치기였다. 무
서워하고만 있어선 죽도 밥도 안 된다. 상대의 품으로 뛰어들어 진실
을 알아내고 판단하지 않으면, 란도셀도 못 찾고 어머니와 누나도 지
킬 수 없다. 절반 죽기를 각오한 작전이었다.

후지사와는 잠시 내 얼굴을 들여다보더니, 재미있는 말을 하는군,
하고 중얼거렸다.

"자네, 뭔가 오해하고 있군."

후지사와는 미소 짓고 나서, 지로를 해친 건 자신이 아니라고 말했다. 주머니에서 담배 같은 것을 꺼내 불을 붙였다. 일반 국산 담배가 아니라, 시가처럼 생긴 갈색 잎담배였다.

"지로를 해친 건 스노 중독자야."

"거짓말. 당신이 말했잖습니까. 어머니나 누나가 같은 꼴이 돼도 상관없냐고."

"그랬지. 란도셀을 찾아내지 못하면, 그놈들이 가만있지 않아."

"그놈들? 중독자 말입니까?"

"아니, 더 무서운 패거리지. 그러니까 그 전에 내가 란도셀을 무사히 찾아내서, 아무 일 없었다는 듯이 그놈들에게 돌려주면, 그걸로 일이 원만하게 수습되는 거야. 하지만 란도셀을 되찾지 못하면 책임 추궁을 당하는 건 내 쪽이라서 말이지. 지로가 한 짓에 대한 대가를 치러야만 해. 왜냐면 지로를 고용한 것도, 그놈들에게 소개해준 것도 나거든. 설마 지로가 나를 배신하리라곤 생각도 못 했지만. 마가 꼈겠지. 눈앞의 돈에 눈이 멀면 안 된다고 그만큼 일렀건만. 어리석은 놈. 뭐 좋아, 그건 지로 문제고."

"……하지만 당신 입으로, 반드시 보복할 거라고 말했어요. 다들 이번 일을 잊었을 무렵에 되갚아주겠다고 했단 말입니다."

"그건 기억이 잘못됐군."

후지사와는 냉정한 말투로 잘랐다.

"어쩌면 그런 뉘앙스로 말했을지도 모르지. 하지만 오해하면 곤란하네. 내 입으로, 자네 가족 중 누군가가 지로 같은 꼴이 될지도 모른다고 말한 건 맞아. 말은 했지만, 실제로 자네나 자네 가족을 해치진 않아. 그런 짓을 한들 내게 무슨 득이 있겠나. 살인 따윈 애당초 경멸해야 마땅한 행위야. 하지만 생각해보라고. 그 정도 기세로 으름장을 놓지 않으면 자네도 진지하게는 찾지 않을 테고, 자네가 진지해지지 않으면 누군가가 자네를 죽이러 오게 된다는 거야."

뭐 그건 됐고, 하고 후지사와는 코끝을 긁적이며 말했다.

"좋은 걸 보여주지, 시간은 있나?"

그러더니 계단 쪽으로 걷기 시작했다. 시간은 없었지만, 여기서 물러날 수는 없었다.

바깥은 이미 어두워져 있었다. 신주쿠의 네온 불빛이 골목에 묘하게 생생히 반사되어 지면을 뻘겋고 난잡하게 띄워 올리고 있다. 그 속을 나보다 조금 앞서 후지사와가 바람을 가르듯이는 아니고, 바람과 노닥이는 듯한 자세로 걷고 있었다. 청색 슈트에 카우보이 모자라는 차림도 밤이 되고 보니 번화한 가부키초의 풍경 속으로 자연스럽게 잦아들었다.

후지사와는 교통량이 많은 도로로 나와 택시를 잡더니, 운전기사에게 신오오쿠보로 가자고 했다. 후지사와는 마치 연인처럼 내 옆에 딱 붙어 앉더니, 주머니에서 무언가를 꺼내 내 눈앞에 쓱 내밀었다. 벌린 손 안에는 크기가 성냥개비 끄트머리 정도 되는 핑크색 알약이 있었다.

대번에 그 약이겠거니 생각했지만, 나는 이미 그것을 응시하고 있었고 눈을 돌릴 수는 없었다. 졸지에 저쪽 세계로 끌려 들어가버린 듯한 불쾌감, 무시무시한 식칼의 날을 맨손으로 움켜쥐고 만 듯한, 더구나 거기에 온 체중을 실어 매달리고 있는 듯한 느낌이 온몸을 내달렸다.

"이게 야오토우야."

그렇게 말하고 나서 후지사와는 손바닥을 내 얼굴에 더욱 가까이 들이밀었다. 날붙이를 들이대는 강도에게 돈을 갈취당하는 듯한 기분이 들었다. 심장이 신음을 지르고 있다. 왜 갑자기 보여주는지, 납득이 가지 않았다.

"한자로 '흔들리는 머리(搖頭)' 라고 쓰고, '야오토우' 라고 읽지. 이게 한 알에 5천 엔쯤 되나? 물론 최종가격이 그렇단 얘기고, 도매가는 훨씬 싸지. 그래도 8백 엔 정도지만. 성분이 뭔지는 우리도 잘 몰라. 안다고 달라질 것도 없고, 모르는 게 속 편하지. 어차피 엑스터시 계열의 합성 마약이겠지만, 여하튼 이 약의 특징은 말이지, 이걸 복용한 자는 15분 정도 지나면 머리를 흔들기 시작한다는 거야. 옆에 음악이라도 틀어주면 몸이 더욱 자연스럽게 움직이기 시작하고, 끝내는 부서져라 머리를 흔들게 되지. 골이 오디오 장치처럼 된다고. 난 복용한 적 없지만, 해본 인간들이 다들 그렇다더군. 땀범벅이 되면 행복감이 한층 커진다지. 게다가 몸을 움직여 체중까지 빠진다잖아. 중국에서 궁극의 다이어트 약이니 뭐니 하면서 떠받들고 있나니까, 일본에서 먹히지 않을 리가 없어. 그 사람들도, 그 사람들이란 지로를 공격한 놈들인데, 롯폰기의 클럽 둥지에서 여자들한테 이 약을 팔기 시작했네. 야오토우가 일본에서 히트하는 것도 시간문제야. 여하튼 이건 궁극의 다이어트 약이기도 한 데다, 요즘 애들은 하나같이 먹어서 살을 뺄 수 있다는 말에 약하니까. 너 나 할 것 없이 마른 몸을 원하잖아, 이 나라 애들은. 괜찮은 장사가 될 거야. 게다가 말이지, 이건 약효가 세 시간밖에 가질 않아. 세 시간이 지나면 춤을 딱 멈추고, 모두 기진해서 그 자리에 주저앉아버리지. 의존성이나 습관성이 없다는 게 또 다른 세일즈 포인트이기도 한데, 후후, 실제로는 단순히 체력을 지탱할 수 없게 될 뿐이지."

후지사와는 한 알 줄까 하고 물었다. 나는 재빨리 고개를 흔들었다.

"왜 그런 걸 나한테 보여주는 겁니까. 방금 전만 해도 이쪽 일은 모르는 게 낫다고 말했잖습니까."

"마음이 달라졌거든. 어쩐지, 자네하곤 사이좋게 지낼 수 있을 것 같아서. 전부 보여줄까 하는 생각이 들었지."

두려운 마음에 창밖으로 시선을 돌렸다. 무수한 사람, 정체된 차량, 범람하는 네온. 도심의 소란이 창유리 저편을 마치 프로모션 비디오처럼 표면만 아름답게 채색하고 있었다. 그 뒤쪽의 추악한 부분을 감싸 숨기듯이.

뭘 그리 버스럭대나 궁금했는지, 아니면 대화 일부가 가닿았는지, 운전기사가 이따금씩 우리 쪽을 신경 쓰는 기색이었다. 후지사와는 내게 더욱 바싹 다가앉으며 한층 목소리를 낮춰 말을 이었다.

"'루즈 마이 메모리'라는 건, 이 약의 신종이야. 일본에선 아직 돌고 있지 않아. 대만에서 이제야 나돌기 시작한 것 같은데, 전모는 아직 아무도 몰라. 단가가 엄청나게 높은 탓도 있지. 그 특징은 말일세, 기억이 사라진다는 데 있다네."

"기억이 사라져요?"

"응, 특히, 싫은 기억이 전부 사라져버리지. 떠올리고 싶지 않은 싫은 기억만 사라지는 거야. 스트레스가 만연한 이 사회에서, 싫은 기억을 잊게 해주는 약이 있다면 너 나 할 것 없이 죄 덤벼들걸. 게다가 기분까지 좋아지니까. 마루노우치 등지에서 장사가 좀 될 것 같지 않나? 자살을 꿈꾸는 샐러리맨들에게 날개 돋친 듯 팔릴 것 같은데."

"역시 머리를 흔들면서 춤추는 겁니까?"

"아마도."

"아마도?"

"아아, 그게 말이야. 아직 아무도 본 적이 없거든. 지로가 가지고 도망친 건, 일본에 최초로 반입된 '루즈 마이 메모리'였어. 한 알당 최종 가격은 5만 엔. 야오토우의 열 배지. 그 녀석이 가지고 간 게 만 알이야. 자, 얼마일지 계산해보게."

후지사와의 검은자위가 내 눈의 중심을 붙들었다. 잠시 침묵이 차 안을 점령했다. 남자의 숨이 얼굴에 닿았다.

"란도셀, 어디에 있나?"

후지사와가 속삭였다. 내 신경이 몸 안쪽에서 끊어져가는 듯한, 따끔따끔한 통증을 느꼈다.

"지로하곤 말이네, 그 녀석이 소년원에서 갓 나온 여름에 사람 소개로 알게 됐지. 사람 소개라고 해도, 신주쿠의 야쿠자가 다리를 놓은 거지만. 지로는 자네도 잘 알다시피 별난 사내였지만, 그래도 나하곤 처음부터 죽이 잘 맞았네. 딱 꼬집어 말할 순 없지만, 늘 뭔가 저지를 듯한 불온한 눈을 하고 있었지. 이번 일도, 배신은 당했지만 진심으로 밉지는 않아. 뭐랄까, 마가 끼었다고 말한 건 그런 뜻이라네. 그 녀석, 어쩔 작정이었는지. 하지만 이미 엎질러진 일이니 이제 와서 꿍얼거려봤자 뭐 하겠나. 그 녀석은 이제 이쪽 세계로는 돌아오지 않을 테고, 죽은 거나 다름없는 사람 얘기를 이러쿵저러쿵 말하기도 뭣하고. 알고 있었나? 그 녀석, 스노에 유리 가루를 섞어서 팔았던 거. 그 녀석이 약을 팔고 다닌 건 알고 있었겠지? 모른다고는 하지 말게. 동생이 그런 일 좀 그만두라고 자꾸 잔소리해서 난감하다며, 늘 한탄했으니까. 제대로 된 가족이라면 왜 안 그러겠냐고 난 말해줬지. 그 녀석, 그런 방법은 어떻게 생각해냈는지. 유리 가루 따윌 넣어서 팔다니, 웬만한 사람은 생각도 못하지. 야쿠자라 해도, 인간이잖나. 아무리 타락해도 그렇게까지는 안 하거든. 유리 가루 같은 걸 흡입하면, 언젠가는 죽게 돼 있어. 손님이 죽을 걸 알면서 팔아먹다니, 인간이 할 짓이 아니야. 나도 알았다면 말렸겠지. 하지만 나중에야 안 사실이야. 그런 녀석은 아니었는데. 그렇지 않나? 친구 귀한 줄 알고, 은혜나 의리도 확실하게 챙겼지. 그 녀석이 날 큰형님이라고 불러주기에, 나도 친동생처럼 귀여워했어. 난 형제가 없거든, 외동이야. 부모도 없으니 천애고독한 몸이지. 그래서 더 지로를 동생처럼 아꼈어. 정말 그런 마음이었다네. 헌데, 젠장. 그 녀석한테 내 얘기 듣지 못했나? 그런가, 가족들을 끌어들이고 싶어 하지 않는 마음이야 나도 알지. 우리는 우리 세계에서만 살아가면 되니까. 헌데 그 녀석 대체 어떻게 돼버린 건지. 훔친 물건을 어쩔 셈이었던 걸까. 그야, 최종 가격이 5억 엔이나 되니 눈이 뒤집힐 만도 해. 이제 막 들어온 신종인 데다, 다들 앞다투어 덤벼들걸. 하지만 처리할 방도가 없어. 어디서 팔든 금세 꼬리가 잡힐 테고. 나도 나지만, 두목들 눈을 속이고 파는 일은 용서받지 못해. 어디서 어떻게 처리하든 바로 들통 나고 마는 게 이 세계의 생리니까. 나보고 말하라면, 바보란 소리밖에 할 말이 없어. 그걸 갖고 어디 가까운 외국으로라도 튈 작정이었을까. 넌더리가 나서 더 이상은 여기서 못 살겠단 소릴 했으니까. 그랬어. 그렇다면, 외국인가. 그럴 법도 하군. 한국이나 대만 같은 데면 잘 팔릴 테니. 그런 수도 있겠네. 근래 들어 부쩍 힘들다 힘들다 했었으니. 여자 얘기도 했는데, 차였냐고 물었더니 찼다질 않나. 잘 이해가 안 가. 그 녀석이 여자 때문에 고민하던 거 알고 있었나? 모르나? 하긴, 입이 무거웠으니까. 뭔가 고민하고 있었을 거야. 여자 문제로 끙끙댈 녀석으론 안 보였는데. 젠장! 빌어먹을 자식 같으니. 정말이지. 뭣 때문에 제 발로 찬 여자 일로 속을 끓이냐고. 바보 같으니. 왜 그런 쪽으로만 센티멘털하고, 한편으론 태연히 스노에다 유리 가루를 섞어 팔 수 있냐 말이야. 제정신이 아니랄 수밖에. 뭐, 그런 녀석이었지. 종잡을 수 없는 사내였어."

•

차는 오오쿠보와 신오오쿠보의 딱 중간쯤에서 멈췄다. 번화가에서 약간 벗어난 골목이었지만 사람의 왕래는 있다. 술에 취한 젊은이들이

180

저만치에서 소리를 지르고 있었는데, 가만히 들어보니 일본어가 아니었다. 지나치는 사람들의 모습도 어쩐지 일본인 같으면서 일본인이 아닌 듯하다. 그런데도 거리의 분위기도 그렇고, 사람들도 그리움이 느껴지는 온화한 얼굴을 하고 있다. 전후 얼마 지나지 않았을 무렵의 일본으로 타임 슬립 해버린 듯한, 빛 바래고 그을린 풍경 속에 있었다.

여전히 후지사와는 조금 앞서 걷고 있었다. 이대로 발길을 돌려 전속력으로 달리면 도망칠 수도 있었지만, 나는 그러지 않고 그의 뒤에 바싹 붙어 걸었다. 어쩌면 형이 그랬듯이, 후지사와가 뿜어내는 냄새에 끌려가고 있거나, 아니면 형이 저지른 행동의 본질을 꿰뚫어보고 싶었거나, 내가 살아온 세계와는 다른 저편 세계를 엿보고 싶었는지도 모른다. 나는 도망치지 않았다.

골목 몇 개를 꺾어져 껑충하니 높은 복합 빌딩 앞에서 후지사와는 멈춰 섰다. 거기서 그는 다시 한 번 잎담배를 꺼내 불을 붙였다. 연기를 천천히 빨아들이고 몇 초 음미한 후, 한껏 토해냈다.

"여기야."

빌딩 쪽을 턱짓으로 가리켰다. 15, 16층짜리 빌딩이 솟아 있었지만, 위쪽은 어둠 속에 묻혀 흐릿했다.

"시간은 있나?"

"네."

대답은 그렇게 했지만, 사실 시간은 없었다. 얼른 돌아가서 작업을 재개하고 싶었다. 다네이가 나를 찾고 있을 게 틀림없었다. 식사하고 오겠다며 나온 지 벌써 두 시간가량 지났다.

“어디로 데려갈 생각인지, 가르쳐주실 순 없습니까?”

경어를 써야 할지 예사로 말해야 할지 판단이 안 선다. 공손하게 말하면서도, 어조는 사뭇 거리낌이 없어졌다.

“이 빌딩의 한 방에서 오늘 밤, 이 근처에서 일하는 중국인 호스티스들의 모임이 있다네. 야오토우 파티가 열리지.”

몰래 침을 삼켰다. 후지사와는 어째서 내게 모든 것을 보여줄 마음이 들었을까. 그건 다시 말해, 이젠 도망칠 수 없다는 사실을 의미했다. 적의 품에 뛰어드는 작전은, 오히려 후지사와에게 옭아매기 쉬운 상황을 만들어주고 만 것은 아닌지.

“자네가 뉴스에서 봤다는 사건, 길 위에 남은 핏자국 말인데. 그건 아마도, ‘루즈 마이 메모리’의 일본 매스컴 데뷔가 될 걸세. 일주일쯤 전 일인데, 이타바시구 길거리에 중국인 남성이 온몸이 피투성이가 되어 쓰러져 있었네. 다리와 가슴에 총상이 몇 군데 있었다지. 개중에는 관통상도 있었어. 남자가 푸젠 성 출신 마피아였기 때문에 같은 패거리 간에 분열이 일어 벌어진 사건이라고 처리됐지. 헌데 말이네, 부검 결과 남자의 혈액에서 향정신성의약품 성분이 검출되었다는 거야. 게다가 남자가 숨을 거두기 직전에 ‘루즈 마이 메모리’라는 말을 남겼다지. 그 한 마디에 경시청 약물대책과가 갑자기 술렁이기 시작했어. 그보다 조금 앞서 신종 마약이 일본에 상륙한다는 소문이 퍼져 있었기 때문이라네. 야오토우보다 훨씬 강력한 마약이라는 말에, 경찰도 바짝 경계를 하고 있었지. 야오토우 파티에서도 비슷한 발포 사건이 계속되고 있는데, 그보다 더 강력한 마약이 되면, 흉포해진다고 할지, 지나치게 격렬한 효과를 보이는 녀석들이 반드시 나타나기 마련이거든. 저쪽 마피아들은 늘 권총을 숨겨 가지고 다니다 보니, 사소한 마찰이 큰 소란으로 번져버리는 거지."

후지사와는 엘리베이터는 없다고, 이놈으로 위에까지 올라가야 한다는 말을 남기고 계단을 오르기 시작했다. 망설여지긴 했지만 뒤를 따랐다.

"내가 걱정하는 건, 그 사건에 쓰인 신종 마약이 지로가 가지고 도망친 그게 아닐까 하는 점이야. 아닐 거라고 생각하지만, 만약 그랬다간 이번엔 내 목숨이 위태로워져."

한 계단씩 오르면서 후지사와는 말을 이었다.

"이 세계에는 이 세계만의 룰이라는 게 있어서, 만약 그 길을 벗어나면 더 이상은 여기에 발붙일 수 없게 되네. 물론, 지로는 그걸 알면서 시침 뚝 따고 빼돌렸으니, 그 녀석, 일본을 떠날 생각이었던 게 분명해. 틀림없어, 그걸 거야. 빌어먹을, 까맣게 몰랐다니까. 남겨진 나는 녀석의 밑이나 닦는 역이지. 만약 제대로 닦지 못하면 놈들 손에 내가 당해. 대충 알았겠지, 이 세계의 구조를."

시간은 있냐고 후지사와는 다시 한 번 물었다. 나는 잠깐이라면 괜찮다고 대답해두었다. 계단 폭은 두 사람이 겨우 엇갈려 지나갈 정도로 좁았고, 게다가 가팔라서 금세 숨이 차올랐다.

"이렇게 좁고 어두운 데를 걷는 건 딱 질색이야. 우선 도망칠 데가 없거든. 이런 곳에서 습격을 받았다간, 고스란히 당하는 거지. 둘째로 나한테는 개인적인 추억이 있어. 당사자인 나는 기억 못하는 일이지만, 내 출생에 얽힌 신비로운 추억이야. 다 크고 나서 남한테 듣고 생겨난 가짜 기억이지만, 이놈이 겁나게 리얼해서 말이야. 어두컴컴한 시대의 좁고 긴 건널복도에서 싹튼 순애보적인 이야기인데, 언제 기회가되면 이야기해주지. 듣고 싶다면 말이지만.”

일순 그의 얼굴이 보였는데, 그 얼굴은 웃고 있었다. 지난 일을 회고하며 웃느라 입가가 일그러져 있다.

“발포 사건이 일어날 정도면, 파티는 위험하지 않습니까?”

“위험하지.”

단박에 대답이 돌아왔다.

“위험하기 짝이 없어.”

후지사와의 에나멜 구두 소리가 온 계단에 울려 시끄러웠다. 여기에우리가 지금 있노라고 큰 소리로 고하는 듯하다. 위에 경비 서는 사람은 없는지 묻고 싶었지만, 입 밖에 내지 않았다. 그럴 수가 없었다.

“어떤 파티입니까?”

아무리 오르고 또 올라도 목적지에 닿질 않는다. 이대로 둘이서 계속 계단만 오르게 되는 건가 싶을 정도로 가야 할 층은 멀었다.

“칙칙해.”

후지사와가 갑자기 멈춰 서더니, 내 쪽을 돌아보며 그렇게 말했다.하마터면 부딪힐 뻔했다. 가부키초의 지하실에서 맡았던 란도셀 냄새가 뇌리에 되살아났다. 이어서 산처럼 쌓여 있던 란도셀 더미가 떠올랐다.

“엄청나게 더럽지.”

"더러워요?"

"응, 뭐랄까, 어떻게 이리 더러울 수 있나 싶을 정도로, 그 파티는 삭막해. 진흙투성이지. 인간의 업을 버리는 쓰레기장 같아. 호스티스들은 부푼 꿈을 안고 이 나라에 왔지. 하지만 여기서 그녀들은 마피아의 꼭두각시나 다름없어. 일해 번 돈은 거의 삥 뜯기고, 나머지는 고국으로 부쳐. 기댈 데는 야오토우밖에 없어. 춤을 추는 동안에는 자기 자신을 잊을 수가 있지. 춤추는 세 시간 동안은 모든 걸 잊을 수 있어. 자신의 육체를 일본인에게 저당 잡힌 현실이든 뭐든 다. 언뜻 보기엔 밝아 보이는 댄스파티지만, 자네는 바로 공포를 목격하게 될 걸세."

후지사와는 다시 계단을 오르기 시작했다.

"겁나나?"

조금 앞쪽에서 후지사와의 목소리가 튀고, 나는 황급히 계단을 오르기 시작했다. 란도셀 더미가 머릿속에서 무너져갔다. 가죽 비슷한 냄새가 머리 안쪽에 가득 차 있다. 겁이 난다기보다 공포로 터질 지경이었지만, 한편으론 '더럽다'는 말에 끌렸다. 결국, 그 말에 끌려 다시 계단을 오르기 시작했다. 그녀들이 살고 있는 생활의 장을 한번 보고 싶다는 생각이 들었다. 조심성이 없다는 건 안다. 하지만 바로 그곳엔 내게 없는 생명력의 근원 같은 것이 있고, 그것이 활발하게 활동하려 들면 들수록, 꿈틀거리는 물체에서 인생의 쓴물 같은 것이 방출되어 세계를 서서히 더럽혀갈 터였다. 벽에 퇴적되어가는 기름때를 보고 싶었다. 중국인 호스티스들이 더럽힌 도쿄의 벽을 봐두고 싶었다. 그 안에서 안간힘을 다해 살아가고 있는 그녀들의 모습을 봐두고 싶었다. 때장이로서, 그 모습을 보지 않고는 돌아갈 수 없었다.

맨 꼭대기 층에 도착하자, 후지사와가 또다시 시간 괜찮냐고 물었다. 나는 괜찮다며 고개를 끄덕였다. 후지사와는 막다른 방까지 가더니, 휴대전화를 꺼내 번호를 눌렀다. 잠시 후, 전화가 연결되었는지 후지사와는 중국어로 이야기하기 시작했다. 그러고 나서 좀 지나 문이 열리고, 리드미컬한 음악과 함께 안에서 젊은 여성, 아직 10대로 보일 만큼 앳된 여성이 얼굴을 내밀었다. 눈이 게슴츠레했지만, 의식은 말짱해 보였다.

"자, 들어오게."

후지사와의 손짓에 안으로 들어갔다. 다음 순간, 앳된 여성이 내게 부딪쳐왔다. 고의는 아니다. 문에 체인을 걸려고 했을 뿐인데, 약 기운 탓인지 비틀거리고 말았던 것이다. 후지사와가 휘청거리는 여자의 어깨를 끌어안았다. 여자는 후지사와에게 끌어안기고, 곧이어 두 사람은 키스를 나눴다. 내 존재 따윈 까맣게 잊어버리기라도 했다는 듯한 끝없는 입맞춤이었다. 도리 없이 실내로 발을 들여놓았다. 저쪽 음악인지, 중국어 록이 안쪽 방에서 울려 퍼지고 있었다. 복도 자체는 더럽지 않은데, 발밑에 컵라면 상자며 빈 맥주캔이 뒹굴고 있었다. 벽에는 텔레비전에 자주 나오는 일본인 아이돌 스타의 포스터가 붙어 있었는데, 기름투성이인 데다 군데군데 찢겨 나가고 없었다. 첫 번째 방문을 열어보았다. 그곳은 세면실이었고, 벗어 던진 속옷이며 네글리제 같은 것들이 어지럽게 널려 있었다. 세탁기 안에 들어 있던 것을 누군가가 끄집어내서 마구 흩어놓은 듯이 어질러져 있었다. 세면대 선반에는 어째선지 구강청정제만 몇 개씩 늘어서 있다. 그리고 포비돈요오드 용액을 누군가가 거울에 대고 죄 뿌려버렸는지, 거울이 뻘겋게 물들어 있었다.

세면실 다음 칸은 화장실이었는데, 전구가 끊어졌는지 불도 들어오지 않고 바닥에 휴지가 널려 있었다. 자세히 들여다보니, 젊은 여성이 변기 밑동을 끌어안은 자세로 파묻혀 있었다. 속옷만 입고 있었는데, 여드름 난 얼굴은 아직 어린 티가 남아 있고, 그 중간쯤에 실선처럼 가느다란 눈이 있었다. 말을 붙이려다, 어쩐지 와락 덤벼들 것 같은 느낌이 들어 그대로 놔두고 그 자리를 떠났다.

화장실 옆은 부엌으로, 여기도 식기며 음식물이 어지럽게 널려 있었다. 몇 날 며칠을 방치해두었는지 그릇 속의 음식물이 바싹 말라 괴이한 냄새를 풍겼다. 엉겁결에 코를 틀어쥐고 말 정도로 지독했다.

식당 안쪽에 있는 방에서 파티가 열리고 있는 듯, 격렬한 중국어 록은 거기서 들려오고 있었다. 천천히 다가가서, 식당과 거실 사이의 칸막이 문손잡이에 손을 얹었다. 호기심과 죄악감이 미묘하게 뒤섞였다. 감정을 억누르며 천천히 손잡이를 당겼다. 맨 먼저 음악이 넘쳐 나왔다. 중국어로 된 절규가 댐이 무너지는 듯한 기세로, 의미를 지나쳐 멜로디나 리듬도 내버린 채, 나의 귓속으로 곧장 거칠게 뛰어들었다. 다음 순간 내 눈을 의심했다. 나도 모르게 얼어붙었다. 다섯 평쯤 되어 보이는 방 안에 열 명 정도 되는, 그것도 젊은 여성들만이 머리를 덜덜 흔들며 미친 듯이 춤을 추고 있었다. 그 격렬함이 심상치 않다. 춤을 춘다기보다 살이나 뼈의 조합을 무시한, 마치 경련과도 같은 댄스였다. 개중에는 전라로 춤을 추고 있는 사람도 있었다. 신경이란 것이 기능하고 있지 않은, 미친 마리오네트의 댄스였다. 전원이 내 쪽으로 머리를 향한 채 진동하듯 춤추는 모습은 어쩐지 섬뜩했다. 거기에 얼굴다운 얼굴은 없었다. 거세게 흔드는 머리통과, 온통 흐트러진 검은 머리카락만이 방 한복판에서 위아래로. 격렬하게 요동쳤다. 마치 귀신들의 지옥잔치를 방불케 했다.

●

한 여자가 갑자기 쓰러지는가 싶더니, 입에서 오물을 게워냈다. 여자의 눈은 천장을 바라보고는 있지만 초점이 맞질 않는다. 그녀가 보고 있는 것이 천장의 땟자국이 아니라는 점은 분명했다. 희미하게 입가에 떠오른 미소만이 그녀의 시선이 머무는 곳, 혹은 혼이 머무는 곳을 상상케 했다. 땀 때문에 들러붙은 머리카락이 뺨 위에 얼룩무늬를 그리고, 그것이 얼굴의 균열처럼 보였다.

또 한 여자가 느닷없이 옷을 벗기 시작하더니, 뒤이어 몇 명이 따라서 윗옷을 벗었다. 바로 눈앞의 여자는 속옷도 벗고, 걸치고 있던 스커트도 벗어 던졌다. 땀이 여자의 피부를 빛낸다. 그녀가 좌우로 크게 흔들자, 물보라 같은 땀이 반짝 빛을 발하며 날았다. 여자가 흔들 때마다 무르익은 과실 같은 가슴이 모양을 외설스럽게 바꾸며 상하좌우로 요염하게 움직여나의 신경 깊숙한 곳을 자극했다.

"스트립이 시작됐나."

후지사와의 목소리가 나를 현실로 되돌렸다. 돌아보니 그는 한쪽 뺨

188

을 치켜 올리고 넉살 좋게 웃고 있었다. 우리를 맞이한 앳된 여자도 어느새 속옷 바람이 되어 후지사와의 품 안에서 미세한 경련을 일으키고 있었다. 때때로 자기 자신을 제어할 수 없는지 후지사와에게 세게 끌어안기고는 허옇게 눈을 까뒤집었다.

"맥주라도 마시겠나?"

후지사와는 여자를 소파에 떼어놓았다. 그리고 부엌 쪽으로 사라지더니, 잠시 후 병맥주를 두 병 들고 돌아왔다. 건네받은 맥주에 입을 댔다. 어찌됐건 온몸에 갈증이 나서 견딜 수가 없었다. 실내의 열기와 달리 맥주는 적당히 차가워서 찌르르하니 목이 조여든다. 소파에 앉은 후지사와는 마치 쇼라도 관람하는 양, 느긋한 자세로 여자들을 멍하니 바라보고 있다.

"이 녀석들 모두를 여기서 구해주고 싶단 생각도 많이 했지만, 그러지 못했어."

후지사와는 혼잣말처럼 중얼거렸다. 미친 듯 춤추는 여자들을 물끄러미 바라보고 있었다. 우수 어린 눈빛으로.

다시 한 여자가 방 안쪽에서 쓰러졌다. 경련이 심하다 못해 온몸의 근육이 마비될 정도이다. 일어서려 하지만 실이 끊어진 마리오네트로서는 어쩔 도리가 없다. 거푸 손을 들어 올리지만 관절 부분에서 이내 꺾여버리고, 힘이 전혀 들어가지 않았다. 육체가 점점 더러운 바닥 끝으로 스러져 내리고, 이윽고 움직이지 않게 되었다.

후지사와가 손을 뻗어 나를 소파에 끌어 앉혔다.

"어떤가, 더러운 세계지?"

그가 내게 얼굴을 가까이 대고 말했다.

"나는 이 녀석들이 좋다네. 정이 붙어버렸어."

잎담배 냄새가 오물 냄새와 섞여 내 콧구멍에 둔하게 휘감겨 온다.

"이 녀석들, 어떤 의미에선 내 가족이야."

나는 무슨 말을 해야 할지, 어떻게 맞장구를 쳐야 할지도 몰랐다. 눈앞에서 벌어지고 있는 일을 마냥 인식하지 못한 채로 있다.

"나한테는 가족이란 것이 없어. 전에도 언뜻 말한 적이 있었지. 천애 고독인 몸이라, 이런 고독한 녀석들을 그냥 지나치지 못하는 거야. 이런 세계에는 이런 세계 나름으로 서로 돕는 분위기가 있어. 평소에는 냉정한 세계여도, 역시 인간이니까 정이란 게 있지. 보게, 난 겉으로는 외국인이잖나. 그러니 이 녀석들도 나한테만은 다른 일본인들보다 뭐랄까, 마음을 열고 대한달까, 그런 건 있지."

"후지사와 씨는 어째서."

거기서 말이 끊겼다. 무언가 갑자기 묻고 싶어졌는데, 생각이 정리되지 않았다.

"뭐? 어째서? 내가 어째서 외국인 얼굴이냐 그 말인가?"

아뇨, 하고 고개를 흔들었지만, 역시 다음 말이 이어지지 않았다. 어쩌면, 그렇게 묻고 싶었는지도 모른다. 열기 때문에 온몸에서 땀이 났다. 꼭 닫힌 실내에 산소가 부족한 건지, 아니면 알코올 탓인지, 의식이 멍해졌다.

"듣고 싶나?"

나는 황급히 거절했다.

“시간이 없으니, 다음에 하지요.”
그러나 후지사와는 내 팔을 꽉 움켜쥐며 말했다.
“뭐, 괜찮잖나, 이것도 인연인걸.”

후지사와의 과거수첩

뭐부터 이야기할까. 막상 하려고 들면 이렇게, 어디서부터 이야기해야 좋을지 모르겠거든. 아니, 알고는 있지만 가능하면 드라마틱하게 전달하고픈 욕심이 있어서인지, 안 된단 말씀이야. 욕심 부리면 안 된다는 건 알아. 무릇 이야기란, 느낀 대로 전하는 게 제일이지. 욕심은 왕왕 방해가 되어 이야기가 복잡해지기만 할 뿐 깊이를 갖지 못해. 알겠나. 어려운 이야기를 알기 쉽게, 그리고 알기 쉬운 이야기를 깊게, 이게 내 신조야. 아니, 괜찮으니까 움직이지 말게. 가만히 좀 있어봐. 내가 모처럼 이야기할 마음이 들었으니까, 들으라고. 아직 돌아가겠단 말은 마. 여기서 한 시간 동안 내 이야기를 듣는다고 세상이 없어지는 건 아니잖나. 괜찮지? 이야기하고 싶다고. 이야기하고 싶을 때라는 게 있지 않나. 지금이 그때야. 알아듣겠나? 그때라고. 물론, 이건 지로도 잘 아는 이야기지만, 그래도 다른 녀석들한테는 거의 이야기한 적이 없어. 여기 애들한테도. 어차피 아는 중국어라야 인사말 정도가 고작이니까 하려야 할 수가 없지. 하지만 지로에게는 이야기했네. 그 녀석과 막 알게 되었을 무렵에. 진지하게 들어줬고, 녀석 나름의 감상도 말해줬지. 나와 그 녀석이 친해진 것도 그때부터야. 그래서 더, 그 녀석이 왜 나를 배신했는지 모르겠다고. 내 출생의 비밀을 털어놓은 건 그

녀석한테뿐이었으니까. 하긴, 언제까지 지나간 일만 들춰서 뭐 하겠
나. 녀석은 배신했어. 배신자는 책임을 지게 돼 있고. 그뿐이야. 자, 그
럼 시작하지. 잘 듣게나. 진지하게 이야기할 마음이 들었으니까. 자넨
내 이야기를 들을 책임이 있어.

●

　내 아버지는 미군 파일럿이었어. 나는 아버지에 대해 아는 게 없어.
아버지를 만난 적도 없어. 얼굴도 모를 뿐 아니라, 아버지와 이야기 한
번 한 적도 없어. 아버지는 내가 태어나기 전에 돌아가셨으니까.
　더욱 슬픈 건, 내 어머니에 대해서야. 어머니도 나를 낳고 얼마 못 가
돌아가셨어. 필요에 쫓겨 나를 임신했지만, 날 낳고 그분도 돌아가셨
어. 아버지의 뒤를 좇은 건 아니고, 이 또한 필요에 쫓겼다고 보면 될
까. 역사의 짓궂은 장난에 의해서지.
　그러다 보니, 아버지의 역사의 일부분을 알기까지 오랜 세월이 걸렸
어. 나는 내 자신이 어떻게 태어났는지 알고 싶어서 백방으로 수소문
했어. 그러면서 차츰 알게 된 거야. 이제부터 하는 이야기는 무려 몇십
년의 시간이 걸려 완성된 이야기야. 알프스 산중에서 걸러낸 미네랄워
터 같은 거라고. 나는 필사적으로 내 뿌리를 찾아다녔지. 필사적으로
찾았어. 왜냐면, 그렇잖나. 자네가 내 얼굴에서 보는, 아니 모두가 내
얼굴에서 보는 외국인의 피, 그 이유를 당사자인 내가 알고 싶어 하는
건 당연하잖나. 다들 내게 물어왔지. 후지사와란 누구인가, 하는 질문

의 답을…….

나는 어린 시절, 그런 질문을 받는 게 견딜 수 없이 싫었어. 딱 싫었어. 만나는 놈들마다 죄 그렇게 물어. 하지만 생각해봐. 나부터도 내 출생에 대해 아는 게 하나 없는걸. 대답할 수가 없었어. 그런데도 다들 내 얼굴을 보고는 하나같이 흥미진진한 얼굴을 하는 거야. 지겨워졌어. 그래서 되는 대로 지껄이곤 했지. 영국 동인도 회사 창설자의 후예라고 뻥을 치곤, 멍청한 여자를 낚아서 결혼 사기 비슷한 짓을 벌인 적도 있어. 어처구니없는 거짓말이었는데 홀랑홀랑 넘어와줬지. 뭐, 그건 싸구려 세상에 대한 복수 비슷한 의미도 담겨 있다고 생각하지만. 그러다 한 번 경찰한테 붙잡혔지. 쳇, 얼빠진 짓을 한 거야. 뭐, 그건 됐고.

그러는 동안, 진지하게 내 자신의 존재 이유가 알고 싶어져서, 스물다섯 살 때쯤이던가, 작정하고 여러모로 알아보기 시작했어. 하지만 전쟁 후 25년이 지났어. 어머니도 나를 낳고 얼마 안 돼 돌아가셨으니, 단서랄 만한 것이 없었어. 그래도 기적적이라고밖에 말할 수 없는 기회로, 나는 차츰 아버지와 어머니를 아는 사람들을 만나게 돼.

나는 원폭이 투하된 이듬 해, 히로시마에서 태어났네. 원폭위령비의 과거 기록에는 내 아버지의 이름이 실려 있어. 야스바 유키오라는 인물의 신고로, 히로시마성(城) 내의 추고쿠 군관구 사령부 법무부 억류소에서 사망한 미군 항공 중위 크레이그 부샤르라는 이름이…….

아버지는 1945년 7월 1일에 티니안 섬에서 B24 폭격기로 출격했네. 히로시마 쿠레 군항에 정박 중인 전함 '하루나'를 공격하는 임무를 띠고 온 모양이지만, 쿠레 상공에서 일본의 대공포화에 격추당하는 바람에 사에키군 하치만 마을 산중에 추락해. 낙하산으로 탈출하여 쿠레 시에 억류되었는데, 아버지는 부상을 입은 탓에 추고쿠 군관구 내에 있는 히로시마 제1육군병원 본원으로 이송돼.

원래, 장교는 도쿄로 보내지게 되어 있던 모양인데, 아버지는 착지할 때 실패해서 다리가 골절되는 바람에 일단 치료가 급하단 이유로, 설비가 갖춰진 히로시마 시내 군병원으로 옮겨지게 된 거지.

하지만 히로시마라는 행선지를 들었을 때, 아버지는 거세게 저항했던 모양이야. 당시, 크레이그 부샤르는 어떤 비밀을 쥐고 있었어. 상상이 가나? 1945년 8월 6일에 히로시마에서 무슨 일이 일어났는지. 자네가 비국민(非國民. 국민의 의무에 반하는 행위를 하는 자를 지칭. 특히 2차 대전 시에, 군이나 국가 정책에 비협력적인 자를 비난하기 위해 사용된 차별적 용어_옮긴이)이 아니라면 알 테지. 에, 모른다고? 거짓말. 원폭이잖아. 번쩍하고 쾅쾅하는 그 놈. 이것도 나중에 차차 알게 된 사실인데, 원폭기 '에놀라 게이'의 조종사와 내 아버지 크레이그는 항공학교 동기생이기도 했다네. 만약 아버지가 하루나를 공격하고 무사히 귀환했다면, 아버지 당신이 8월 6일에 그 임무를 맡았을 가능성도 있던 거지. 그랬다면 나는 태어나지 않았을 테고.

쿠레 시내 억류소에 머물 당시, 아버지 일행의 이해할 수 없는 행동이 기록으로 남아 있네. 낙하산으로 탈출하여 구조된 인원은 전부 네 명. 그 사람들이 매일 밤 겁에 질린 얼굴로 도쿄로 호송해줄 것을 요구했다고 해. 대개는 도쿄로 가고 싶어 하지 않는 게 일반적인데 말야.

시골 억류소 쪽이 후하다고 할지, 느긋하달지, 그나마 인간적이었으니까. 헌데 전원이 입을 모아 쿠레를 나가고 싶어 했어. 히로시마에 대해선 더욱 강한 공포감을 드러냈지. 무섭다 무섭다 호소하는 자도 있었다고 해. 어디까지가 사실인지는 알 수 없지만, 이 내용은 당시 보병 제1보충대 기록으로 남아 있다네.

기록에 따르면, 내 아버지 크레이그가 조종하는 폭격기의 공격 목표는 그들의 당시 증언에 따라 '하루나'라고 낙착되었지만, 사실은 다르지 않았나 싶네. 이건 내 추측인데, 원폭 투하 전 최종 비행로 테스트 같은 게 아니었을까 싶어. 굳이 원폭 투하 한 달 전에 군함을 공격할 필요가 있는지, 나로서는 선뜻 이해가 가지 않아. 그러느니 원폭을 하나 떨어뜨리는 쪽이 빠르지 않나.

아버지 크레이그 부샤르는 폭심지 바로 옆에 있는 히로시마 제1육군병원 본원에 입원하게 돼. 그리고 같은 히로시마성 내에 있는 보병 제1보충대 취조실에서 심문을 받았다더군. 이건 그 당시 통역을 맡았던 자가 마침 생존해 있어서 증언해주었어.

이 자가 바로, 원폭위령비의 과거 기록에 아버지의 이름을 올린 인물이기도 해. 야스바 유키오를 찾아갔을 때 그의 놀란 얼굴을 나는 아마 평생 잊지 못할 거야. 내가 아버지를 너무 쏙 빼닮았기에, 그는 마치 유령이라도 만난 듯 기겁을 했거든. 야스바 유키오가 피폭을 면한 건 아버지 덕이었어. 아버지가 야스바에게 모든 사실을 털어놓은 거지. 뭐, 이쪽 경위는 꽤 복잡해서, 처음엔 야스바도 아버지의 말을 완전히 믿었던 건 아니야. 하지만 한 달간 통역을 맡으면서 차츰 그 말이 사실임을 이해하게 된 모양이야. 어쨌든 야스바는 가족을 데리고 급히 히로시마를 떠나게 되지. 자기 아내와 아이들과 양친만 데리고. 왜 좀 더 많은 사람을 데리고 떠나지 않았냐고? 마음 한구석으론 크레이그가 밝힌 사실이 거짓일지도 모른다는 생각도 있었겠지. 왜냐, 당시엔 그런 대형폭탄의 존재 자체를 믿는 사람이 없었을 테니까. 단 한 개의 폭탄으로 히로시마가 괴멸하다니, 하고 말이야. 하지만 크레이그가 거짓말을 할 남자가 아니라는 것도 야스바는 그 한 달 사이에 통찰하고 있었네.

이리하여 원폭은 투하되었지. 역사상의 일이야 일본인이라면 누구나 아는 바이겠지만, 투하 사실을 직전에 알아챈 일본인은 야스바 유키오 단 한 사람이라는 사실은 알려져 있지 않아. 아니 또 한 사람 있지. 그래, 명답일세, 내 어머니야. 뭐, 그건 잠시 제쳐두고.

야스바는 바로 작년에, 교통사고로 어이없게 이 세상을 등졌지만, 그 직전에 난 그에게서 아버지가 써서 남긴 것으로 보이는 수기를 건네받았어. 야스바는 그게 있었는지도 까맣게 잊고 있었노라고 말은 했지만, 그건 사실이 아니야. 그는 자신만이 피폭을 면하고 목숨을 연명해왔다는 사실을 부끄럽게 여기며 살아온, 단 한 사람의 일본인이야. 고향 히로시마의 괴멸을 알면서, 고작 집안 식구밖에 구출하지 못했던 자신의 입장을 저주하며 반생을 살았어. 가능하면 죽을 때까지 평생의 오점을 발설하지 않고 싶었겠지. 내가 나타났을 때 그가 놀란 데에는 그런 속사정도 숨어 있었어.

어쩌면 그 교통사고도 자살이 아니었을까, 하는 생각이 요즘 든다네. 괴로워한 끝에 죽음을 선택했을지도. 그의 반생의 고뇌를 이해할 수 있을 것 같아.

아버지는, 야스바에게 한 가지 청을 하게 돼. 히로시마 제1육군병원에 근무하는 한 간호사도 함께 히로시마에서 데리고 나가달라고 말이야. 그때, 어머니의 뱃속에는 이미 내가 자리 잡고 있었어.

크레이그 부샤르의 수기

7월 4일

나는 어제, 청색으로 빛나는 호랑나비가 창문의 쇠격자 사이를 우아하게 춤추며 날아다니는 모습을 본 듯한 느낌이 들었다. 느낌이 들었다고 쓴 이유는, 그것이 정말로 일어났던 일인지, 아니면 나의 공포심이 보여준 환각인지 알 수 없기 때문이다. 아무리 여기가 극동의 일본이라 해도, 메탈릭블루로 빛나는 호랑나비란 것이 존재하리라고는 생각할 수 없으므로. 그 나비가 더위로 몽롱해진 내 눈앞에 마치 무언가의 예고처럼 나타나서 안과 밖을 오갔으니, 이것을 무어라 쓰면 좋을지 몰라, 느낌이 들었다고 표현해보았다.

나비는 여름 더위 따윈 잊게 할 정도로 큼직한 날개를 우아하게 움직이며, 몇십 초에 걸쳐 내 눈앞을 통과했다. 반짝반짝 눈부신 가루분이 바람에 떠도는 모습까지 죄다 보였다. 우아하지만 동시에 기계장치로 조종하는 나비처럼 나는 동작에 현실감이 없기도 했다. 물론, 마냥 멍하니 보고만 있었던 건 아니다. 손을 뻗어 만져보려 했다. 하지만 나비는 쇠격자 사이를 멋지게 빠져나가 내게서 도망치는 데 성공했다. 이렇게 거미줄에 걸려 도망칠 수 없는 나를 비웃기라도 하듯 말이다. 그리고 뒤에는 기억만이 남겨졌다. 이제 두 번 다시, 그 나비가 내 눈앞에 나타나는 일은 없을 듯싶다. 마지막으로 하느님이 내게 보여준 최고의 아름다움으로서, 이 일을 내 기억에 담아두어야 한다. 설령 이 기억이 나 혼자만의 것이 된다 해도, 내 육체와 함께 머지않아 이 기억 자체가 사라져버릴지라도. 그래도 기억에 담아둔다는 행위 이상으로 인간다운 행위는 존재하지 않으리라, 나는 생각한다.

이 쇠격자 너머로 보이는 풍경은 내 26년에 걸친 기억 속에는 없다. 이 창문에서 보이는 것은 히로시마성의 성벽 약간과 몇 그루 나무뿐이다. 그리고 다갈색 흙이 덮인 운동장 같은 공간이 펼쳐져 있다. 거기서는 때때로 젊은 병사들, 아마도 소년병이 아닐까 싶은 이들이 구령을 외치며 뭔가 훈련 같은 것을 하고 있는데 무슨 훈련인지는 멀어서 알수 없다. 달렸다가, 기었다가, 뛰어올랐다가. 도무지 우리 군이 죽자사자 싸우는 이유를 찾을 수 없을 정도로 유치하고 단순하고 한가롭기짝이 없는 훈련 풍경이 펼쳐지고 있을 뿐이다.

하늘은 푸르지만, 거기에 구름 한 점 없다는 사실이 한층 내게 공포와 불안을 안겨준다.

7월 5일

그 아이의 이름을 내가 알 턱이 없고, 무어라 말을 건넬 수도 없다. 그러니 그 아이와는 눈으로 이야기하는 수밖에. 여기에 왔을 때부터 줄곧 그 아이는 끼니때마다 내게 음식을 가져다 주는 역할을 담당하고 있었다. 간호사가 틀림없지만, 내 눈에는 아직 아이로밖에 보이지 않는다. 처음 보는 동양인, 일본인 여성이다. 어쩌면 이미 성인일지도 모르겠다. 어쨌든 그 순진한 얼굴은 확실히 아름답다. 어리지만 아름다워 보인다. 피부도 윤기와 탄력이 있어 보인다.

내가 다리에 골절상을 입은 탓인지 병실에는 자물쇠도 채워져 있지 않고, 문밖에서 24시간 눈 부릅뜨고 감시하는 사람도 없다. 김빠질 정도로 긴박감이 없다. 식사 시간이 되면 문이 열리고, 우선 병사가 나를 노려본다. 그러고 나서 이상 없다는 점이 확인되면 곧이어 그녀가 혼자 들어와 내 앞에 음식을 놓는다. 인사도 뭣도 없다. 웃는 얼굴을 보인 적도 없다. 하지만 소녀 같은 모습의 그녀가 이국인인 내 용모에 적잖은 흥미를 느끼고 있다는 것은, 그 허둥지둥하는 태도며 숨결, 특히 시선에서 빤히 짐작할 수 있다. 그녀는 그릇을 늘어놓으면서도 내 얼굴을 훔쳐본다. 금발 머리를 가만히 바라보고, 내 푸른 눈에 놀라는 기색마저 숨기지 않는다. 눈이 마주치면, 거북이가 목을 움츠리듯 슬쩍 피해버린다.

나오는 음식은 늘 똑같다. 퍼석퍼석한 쌀, 찐 감자, 거기다 된장국이라 부르는 기묘한 맛의 수프. 도저히 먹을 만한 것이 못 된다. 감자에 소금을 뿌려 위 속에 흘려 넣고, 나머지는 배가 정 고프지 않는 한 손을 대지 않는다. 배부른 투정을 할 처지는 아니지만, 먹고 싶다는 욕망조차 일지 않는다.

소녀는 나를 힐끔 보곤 방을 나간다. 병사가 그 일거수일투족을 지켜보고, 그녀가 나갈 때까지의 전 과정을 주의 깊게 확인하고 나서 마지막으로 문을 닫는다. 탕 하고 세계를 닫아버리는 거다.

남은 시간은 한 달, 시간은 사정없이 지나가고 조금씩 무언가를 깨달아가는 환경 속에 놓여 있다. 누가 무엇을 깨우쳐줄지, 그 순간이 될 때까지는 알 수 없다. 하지만 이대로 가만히 앉아 마지막 순간만을 기다릴 수 있을까.

소녀도 나와 같이 사라져가겠지. 아름답고 순진한 그녀도 섬광 속에 녹아버리는 거다. 그 일이 어떤 광경 속에서 벌어질지, 상상해보려 하지만 할 수가 없다. 메탈릭블루의 호랑나비만 뇌리를 가로지른다.

죽음은 언젠가는 찾아오기 마련이고, 군인인 이상 어느 정도 각오는 되어 있었다. 다만, 닥쳐올 죽음이 그 원자폭탄에 의한 것이라는 현실이 나로서는 두렵다. 나 자신이 원자폭탄으로 인해 죽는다는 것이 무섭다. 이치는 모르겠지만, 왜 내가 원폭에 희생되어 죽는 최초의 미국인으로 선택되고 말았는지, 신에게 묻고 싶다. 나의 26년 인생 어디에 이만한 처사를 받아야 할 과오가 있었는지. 나만이 이 거리의 상공에서 작렬할 빛의 폭발을 알고 있다는 부조리함은, 나의 무엇에서부터 기인하는 것일까.

7월 6일

가족들 꿈을 꾸었다. 아버지가 있고, 어머니가 있다. 누나들도 있다. 모두 모여 뜰에서 식사를 하고 있다. 어머니 아버지는 우리에게 늘 모범적인 부모였다. 서로 사랑하는 모습을 숨기려 하지 않고, 부모란 이런 것임을 언제든 몸소 보여주셨다. 나는 부모님에게서 사랑의 심오함을 배웠다. 교육에 관한 한 매우 엄격한 아버지도, 어머니 앞에서는 늘 미소가 넘쳐흐른다. 어머니도 아버지를 잘 받쳐주고, 격려하고, 용기를 북돋워준다. 그런 두 분을 보며 우리는 자랐고, 두 분 같은 행복을 나눌 파트너를 찾아야 한다고 마음먹게 되었다.

두 분은 내게 많은 기대를 걸어주었다. 특히 자동차 판매회사를 경영하는 아버지가 유일한 후계자인 내게 거는 기대는 이루 헤아릴 수 없을 만큼 컸다. 아버지는 나를 당신의 분신처럼 사랑해주었다. 야단도 많이 맞았지만, 야단치는 방식에는 넘쳐흐를 만큼 애정이 가득했고, 나는 그분의 지도 덕에 인생의 여러 함정에서 기어 올라올 수 있었다. 내가 아버지에게서 배운 것은 정말 많다. 여성에게 구애할 때에는 적극적이기 전에 성실하라고 배웠다. 눈이 마주쳤을 때는 반드시 미소 짓는 것을 잊지 말라고 충고해주셨다. 그리고 데이트 신청을 할 때는 조심스럽게 하는 게 중요하다고도 하셨다. 내가 처음으로 여성을 집에 데려왔던 날에는, 아버지가 더 긴장하고 혼자 들떠 떠드는 바람에 어머니에게 핀잔을 들었다. 그렇다, 항상 아버지는 나를 소중히 여겨주셨다. 내가 파일럿이 되었을 때에도, 조국을 위해 노력하라고 당부하셨다. 말씀하시면서 가슴이 벅찬 나머지 옆에 있는 어머니를 끌어안았다. 나에 대한 그분의 기대가 큰 만큼 나도 그 기대에 부응하는 것이 내 사명이라 여기고 지금까지 살아온 면이 없지 않다. 가족을 지키고, 가족을 위해 사는 법을 아버지에게서 배웠다.

지금쯤이면 부모님에게도 내가 행방불명되었다는 소식이 닿았으리라. 일본 상공에서 격추되었다는 것을 아셨을 부모님의 심중을 헤아리자니 고통스럽기 짝이 없다. 나의 죽음보다도 더한 고통이다. 우리가 낙하산으로 탈출한 사실을 아군기가 확인했을 테고, 그 보고에 의해 부모님은 내가 어딘가에 살아 있겠거니 상상하고 계시리라. 상심한 어머니를 끌어안으며, 그 녀석은 분명 살아 있다고 중얼거리는 다부진 아버지의 모습이 아른거린다. 허나 참으로 잔혹하게도, 히로시마에 떨어질 원폭이 그분들의 한 가닥 희망을 깨부숴버리고 말리라. 그리고 내가 원폭에 의해 죽게 되는 최초의 미국인이라는 사실이, 평생토록 그분들의 마음에 얼마나 큰 아픔을 심어주게 될지 상상하면 배겨낼 수가 없다.

이보다 큰 죄가 또 있을까. 차라리 태평양 한가운데서 적기와 맞서 싸우다 격추당하는 편이 훨씬 나았다. 나는 어쩌면, 지금 여기서 자살을 선택해야 할지도 모른다. 원폭으로 죽느니 내 스스로 나를 죽이는 게 낫지 않을까. 하지만 그건 신의 뜻을 거스르는 일이 될 수 있다. 원폭이 투하되지 않을 가능성도 아직 얼마간 남아 있지 않을까. 일본의 패전이 확실한 지금 굳이 대량살육을 감행할 필요가 없다고, 누군가가 양식을 가지고 판단한다면, 나는 개죽음만은 면할 수 있으리라. 더구나 우리가 이곳 히로시마에 포로로 잡혀 있다는 사실을 상층부는 알고 있을 테니까.

나는 기도할 뿐이다. 날마다 신에게 기도를 올리고 있다. 기도가 일과가 되었다. 이 기도가 하늘에 닿아 내 부모님에게 미소가 돌아오기를, 나는 필사적으로 바랄 뿐이다. 그리고 만약 기도가 이루어지지 않을 경우를 대비하여 이렇게 기록하고 있는지도 모른다. 글도 적음으로써 마음의 안정을 찾으려는 목적도 있지만, 내 지금 심정을 가족에게, 아니 어쩌면 모든 인류에게 전하고 싶어서 쓰고 있는지도 모른다. 어떤 방법으로 이 글을 원폭의 열선에서 지켜내어 후세에 남길지는 아직 한창 생각하는 중이지만, 무언가 방법이 분명 있을 것이다. 앞으로 한 달의 말미가 있으니까.

7월 7일

나는 쿠레의 시설에서 홀로 히로시마 군병원으로 옮겨졌고, 파일럿 이란 점에서 정찰 목적 등을 조사하기 위한 취조가 시작되었다. 복잡 하게 골절된 다리는 아직 차도를 보이지 않아, 취조는 오후 시간에 잠 깐씩 이루어졌으나 병동에서 취조실이 있는 동까지 이어진 긴 건널복 도를 걷자니 적잖은 고통이 따랐다.

좁은 취조실은 찌는 듯이 덥고 독특한 냄새가 났다. 작은 책상을 사 이에 두고 바로 맞은편에 취조 장교가 앉고, 내 오른편에 통역관과 기 록 담당이 자리했다. 여기로 이송된 후 몇몇의 장교를 만났지만, 이 남 자가 가장 예리한 눈을 하고 있는 데다 태도도 상당히 위압적이다. 고 함치는 듯한 말투로 질문을 퍼붓는다. 같은 인간인데도, 이 남자의 배 경을 통 짐작할 수가 없다. 우선, 일본인의 얼굴이다 보니 감정을 읽어 내기가 어렵다. 화가 난 건지 기뻐하고 있는지조차 짐작하기 어려울 때가 있다. 다만 남자 안에 악의가 있다는 것만은 안다. 나를 처음 보 자마자 꺼낸 한 마디가 '네 목숨은 내가 쥐고 있다' 는 식의 말이었으 니까.

취조실은 액자만 한 창이 하나 나 있을 뿐 어두컴컴하고, 장교의 목 소리만 쩌렁쩌렁 울렸다. 열린 창으로 비쳐드는 빛이 벽 색깔을 얼룩

덜룩하게 띄워 올리고 있었는데, 잠시 후 장교는 그 창마저 닫아버렸다. 백열전구의 불빛만이 방 안을 물들였다. 여기서 고문을 당한다 해도 내 목소리가 밖으로 새어 나가진 않는다. 완전한 밀실이다. 살아 있으나 살아 있지 않은 듯한 느낌이 드는 공간에 나는 있다.

주력부대는 어디에 있나, 하루나 이외에 공격 대상으로 삼고 있는 전함은 무엇인가, 다음 표적은 어디인가, 하고 일본군 장교는 늘 같은 질문을 퍼부었다. 하지만 그 모습에서는 히로시마가 원자폭탄의 표적이 되어 있음을 아는 듯한 낌새는 전혀 느낄 수 없었다.

장교는 나를 겁주는 데서 지루한 나날의 흥취를 느끼고 있었고, 그 태도가 군인으로서의 내 자존심에 상처를 주어, 나는 몹시도 한심스럽고 불쾌한 기분을 맛보았다. 그는 공연히 책상 주위를 빙빙 돌아다녔다. 군화 뒤축이 슥슥 바닥을 스쳤다. 나는 가능한 한 고개를 숙이고 장교와 눈을 마주치지 않으려 애썼다.

내게는 통역관인 야스바가 이곳에서 유일하게 대화가 가능한 인간이리라. 그는 학생 시절 몇 년 동안 샌프란시스코에서 유학한 적이 있었던 듯, 당시의 고생담을 장교와 기록 담당이 방을 나간 후에 들려주었다. 미국에서는 차별도 받았지만, 그가 신세를 졌던 가족 중에 나와 많이 닮은 아들이 있었다는데, 나를 보며 그 가족의 정을 떠올리는 눈치였다. 그 일로 나는 조금 구원받은 기분이 되었다. 게다가 그는 우리에게 통하는 신사적인 소양도 갖춘 데다 제대로 된 교육도 받은 인물이다. 무언가 생활 면에서 개선하고픈 것이 있다면 가능한 범위에서 힘이 돼주겠다는 말도 해주었다. 절망 가운데 있던 내게 야스바는 희미하나마 희망을 던져주는 존재가 되었다. 울뚝불뚝하게 생겼어도 눈이 부리부리하고 가끔 웃을 때면 부드럽게 호를 그렸다. 통역관이 아니라 학자가 되고 싶었다는 이야기를 털어놓아 준 그 사람만이, 이곳에서의 나와 세계를 잇는 유일한 가교이다. 원자폭탄이 투하된다는 사실을 그에게 고백해야 할지 망설여진다. 군인으로서 내가 취해야 할 길에 대해 좀 더 진지하게 고려해볼 생각이다.

7월 8일

여름의 기운이 물씬 풍긴다. 병동 안에 밀도 높은 공기가 충만해 있어서, 아침부터 아무튼 숨 쉬기가 힘들다. 습한 더위에 육체가 적응하지 못하고 축축 늘어지기 시작했다. 이국의 여름 더위 탓도 조금은 있겠지만, 이곳에 오고 나서 거의 매일 아침, 원폭이 작렬하는 꿈에 시달리다 눈을 뜬다. 폭풍에 날려 이곳 병실 벽에 열선으로 눌어 붙어가는 나 자신의 모습을 보면서 눈뜨는 것이다. 녹아내리는 피부, 녹아내리는 살덩이, 녹아내리는 뼈. 눈알이 두개골 안에서 드러나고, 그것도 잠시 후 뼈와 함께 벽 속으로 녹아 들어간다. 나는 땀에 흠뻑 젖어 잠에서 깨어난다. 무서운 나머지 큰 소리를 지르기 일쑤이지만, 매일 있는 일이다 보니 문밖의 병사고 간호사들이고 이제는 황급히 뛰어 들어오는 일도 없어졌다.

모공이란 모공에서 땀이 솟고, 육체는 완전히 메말라버렸다. 나 자신이 앞으로 몇 주 안에 이 세상에서 사라진다고 생각하니, 어찌할 바를 모르겠다. 세상에 존재하지 않게 된다는 건 대체 어떤 것일까. 이런 생각을 하고 있는 내가 어디로 간다는 건지, 내가 없는 세상을 상상하기가 두렵다.

그 아이가 아침밥을 가져왔다. 땀투성이인 나를 말끄러미 보고 있다가 자신의 면 손수건 같은 것을 내밀었다. 나는 그것을 빼앗다시피 쥐고 얼굴을 닦았다. 어렴풋이 소녀의 향기가 난다. 비누 냄새나 뭐 그런 거겠지만, 내게는 그녀의 체취처럼 느껴진다. 달콤하고 부드러운 냄새. 땀을 닦으면서 소녀를 보았다. 아직 가만히 나를 보고 있다. 어째서 그렇게 매일 아침 가위에 눌리는 건가요, 하고 질문 받은 듯한 기분이 들었다. 나는 고개를 조그맣게 좌우로 흔들었다. 다음 순간, 그녀가 미소 지은 듯한 느낌이 들었다. 그러나 그건 정말로 신기루 같아서, 붙잡으려 한 순간 휙 사라져버리고 말았다. 그 메탈릭블루의 호랑나비처럼.

나는 그녀에게 손수건을 돌려주면서도, 그 미소의 자취가 아직 남아 있지는 않을까 기대하며 그녀를 바라보았다. 하지만 그녀가 두 번 다시 미소 짓는 일은 없었다. 병사가 문밖에서 안의 동정을 계속 살피고 있다. 그녀가 기계적으로 그릇을 늘어놓았다. 문이 열린 탓에 바람이 병실을 돌아 나갔다. 땀범벅이 된 내 몸에 부드럽게 바람이 휘감긴다. 소녀의 달콤한 향기가 뇌리에 새겨져 있었다. 그 향기를 몇 번이고 되새김질하면서 아직 내가 살아 있음을 깨달았다.

오후, 취조실로 향하는 도중 긴 건널복도에서 그 소녀를 발견했다. 서쪽 연병장으로 난 급수장에서 그녀가 빨래를 하고 있다. 그것이 젊은 그녀가 맡은 일거리임에 틀림없다. 내가 여기를 지날 때마다 그녀는 거기서 빨랫감과 격투하고 있었다. 오늘은 눈이 마주쳤다. 조금 앞서 걷는 병사의 눈을 피해 미소 짓자, 소녀는 순간 놀란 표정을 짓고 쓱 얼굴을 돌렸다. 기도하는 심정으로 기다리자, 몇 초 후, 이쪽을 흘깃 돌아본다. 다시 한 번 미소를 보내자, 이번엔 아예 등을 돌려버렸다. 병사가 멈춰 서 있는 나를 향해 뭐라고 소리치기에, 나는 무거운 깁스를 질질 끌며 그 자리를 떠났다. 떠나면서도 흘깃흘깃 그녀 쪽을 돌아보았으나, 그녀가 다시 이쪽을 보는 일은 없었다.

저녁식사 때, 그녀가 아닌 다른 간호사가 식사를 가져왔다. 이곳에 오고 일주일 동안, 거의 매일 그녀가 식사를 가져다 주었기에 나는 그 소중한 존재를 잃었다는 사실에 크게 당황했다. 다른 사람으로 교체된 이유가 아까 낮의 내 미소 때문은 아니었을까. 나의 경솔한 행동을 뉘우쳤다. 낮의 그 병사가 경계하는 마음에 간호부장에게 식사 담당자를 변경하라고 지시했는지도 모른다. 이 극한 상황 속에서, 그 아이를 가까이서 볼 수 없게 되는 건 괴롭다. 그 백의의 천사는, 이곳에서 내 단 하나의 기원이기도 했는데.

7월 9일

울적하다. 통 기력이 솟질 않아, 아침부터 일기장 맨 마지막 페이지에 예수님 그림을 그리며 시간을 보냈다. 창문 너머 바깥을 보니, 훈련장의 넓은 운동장 끝에서 젊은 병사들이 구령을 내지르며 총검으로 적을 찌르는 훈련을 하고 있었다. 쇠격자가 쳐진 창문 아래에서 아이들 목소리가 들려 얼굴을 쇠격자에 붙이고 내다보았다. 병원에 입원해 있는 부모라도 문병 온 걸까. 소년이 둘, 1층 돌계단 즈음에 지루한 듯 주저앉아 병사들의 훈련 모습을 구경하고 있었다. 그중 키가 큰 소년이 병사를 흉내 내어 총검으로 찌르는 척하며 다른 한 소년을 밀어붙였다. 작은 소년이, 우왓, 하고 소리를 지르며 쓰러지는 시늉을 한다. 반짝반짝 눈부신 빛이 두 아이 위에 내리쬐고, 현실에 대해 아무것도 모르는 아이들의 순진무구함이 내게는 한층 슬프게 비쳤다. 이 도시에는 이와 같은 아이들이 아주 많다. 죄 없는 노인들도 아주 많이 살고 있을 것이다. 그런 일반 시민들을 죽음으로 내몰 권리는 누구에게도 없다.

나는 쇠격자에서 떨어져 벽에 등을 대고 주저앉았다. 내일 취조 때 원자폭탄 이야기를 전해야 할지도 모르겠다. 내가 미군을 배신하고 국가에 등을 돌림으로써 이 소년들을 살릴 수 있다면, 그리고 그 아이를, 그 가련한 간호사를 구하기 위해서라면 신도 눈감아주시지 않을까 생각해보았다. 그 일을 위해 내가 여기에 있는 건 아닐까 하는 생각도 들었다. 그래서 내 기체가 격추당하고, 지금 내가 여기에 있는 것이라고.

아니, 잠깐.

그런 생각을 부정하듯, 어딘가에서 거세게 항의하는 목소리가 들려왔다.

자신이 죽는 게 두렵나? 두려워서 원폭 투하 사실을 말하려는 건가? 하고 목소리는 외쳤다. 내 조국의 승리를 위해 입을 다물어야 하나. 아니면, 인간으로서 행동해야 하나. 나는 답을 내리지 못하고, 오늘밤도 머리를 싸안는다.

하쿠호 스튜디오로 돌아왔을 때는 이미 11시가 넘은 깊은 밤이었다. 벽 쌓기 작업은 점입가경에 접어든 듯 그 짧은 시간에 멋지게도 5미터가 높아져 있었다. 아직 군데군데 작업 중이기는 했지만, 일단 높이만큼은 감독의 요망에 충분히 부응하고 있는 셈이었다. 대도구 담당 고노 일행이 분투노력한 끝에 이루어낸 역작이었다. 허나 벽돌 모양이 찍혀 있는 케이폭은 아직 전체가 새하얘서, 그만큼 내게 지워진 책임의 크기를 실감하고 절로 숨이 막혔다. 올려다보고 있으려니 등 뒤에서 다네이가 어딜 다녀왔냐고 말을 붙였다.

쓰고 싶었던 칠감을 찾으러 갔었다고 둘러대고, 잰걸음으로 다가오는 그를 뿌리치듯 도구가 놓여 있는 한 귀퉁이로 향했다. 다네이는 불안을 숨기지 않고, 제시간에 맞출 수 있겠냐고 까칠하게 말했다. 나는 문제없다고 대답한 후 페인트 통 안의 솔을 쥐고, 벽 앞에 조립되어 있는 작업용 비계에 손을 얹었다.

머릿속에는 야오토우를 먹고 미친 듯이 춤추는 여자들의 모습이 눌어붙어 떨어지지 않았지만, 의식을 집중시켜 다시 한 번 벽을 노려보았다. 이 네다섯 시간의 손실을 이제부터 단숨에 만회해야 했다. 쓸데없는 사념은 머릿속에서 모조리 떨쳐버려야 한다.

고민하고 있을 새가 없다. 기분을 새로이 하자는 의미에서, 계속 망설이다 중단했던 철문을 일단 뒤로 미루고 성벽 작업에 착수했다. 이제까지 길러온 감과 체력만이 의지처였다. 어쨌든 아침까지 케이폭에 밑칠을 했다. 밑칠용 산양모 솔은 그리 크질 않아서, 이만한 면적을 칠하려면 엄청난 시간과 체력이 든다. 그래도 다년간의 경험을 바탕으로 무아지경 속에 벽과 마주했다. 차례차례 페인트 통이 비어가고, 벽에 색이 입혀진다. 생각할 틈 따윈 없다. 계속해서 케이폭을 칠해나갈 뿐이다.

미술부 스태프가 전원 귀가한 후에도 나는 혼자 남아 작업을 계속했다. 잠을 안 자는 정도야 크게 힘들 것도 없었다. 철야에는 익숙했다. 머리를 비우고 손만 움직였다. 규모가 이쯤 되면, 머리로 생각하면 이미 늦다. 집중하여 단숨에 칠해나가야 한다.

저녁을 거른 탓에 날이 밝자 배가 고파 촬영소 옆 편의점으로 도시락을 사러 나갔다. 촬영소에서 한발 밖으로 나오니 선뜩한 공기가 나를 기다리고 있었다. 여름 막바지라고는 해도 늦더위가 심해서 오늘도 더워질 것 같은 하늘빛이다. 6시 전이었는데, 휴대전화를 보니 부재중 전화가 표시되어 있었다. 도모코에게서 온 전화였기에 황급히 통화 버튼을 누르면서도 너무 이른 시간이다 싶어 마음을 졸였다. 한숨도 잘 수 없다는 건 본인 말이고, 실제론 의식과는 별도로 육체는 잠을 잘지도 모른다. 아니 어떤 식으로든 쉬지 않는다면, 전혀 안 자고 계속 깨어 있기란 인간으로서 불가능한 일이다. 불가능한 일임에도, 한숨도 잘 수 없다고 단언하는 그녀의 정신상태가 오히려 나는 더 걱정된다.

그런데 벨이 고작 한 번 울렸을 뿐인데 그녀가 전화를 받아서 나는 놀랐다. 더구나 내가 말하기도 전에, 철야했구나? 하는 발랄한 목소리가 수화기에서 튀어나왔다. 긴장해 있던 신경이 저절로 풀리는 것을 느꼈다. 인사 대신, 역시 못 잤구나, 하고 대답한다. 하늘을 올려다보니 푸른 기를 띤 하늘 한가운데에 허연 달이 둥실 떠 있다. 마치 도모코의 혼의 형태인 양.

"어때? 잘 돼가?"

"아니."

피식 웃으면서 대답했다. 그쪽은?

"묻는 내가 어리석은 건가."

나는 달을 올려다보면서 미소 지었다. 미소 짓는 도모코의 얼굴이 떠오른다. 주머니에서 담배를 꺼내 입에 물고 불을 붙였다. 작업 중에는 불이 옮겨 붙을 우려가 있어서 일절 피울 수 없다. 덕분에 폐가 간만의 연기를 반긴다.

"어제, 태양이 얼굴을 내밀긴 했는데, 감독님이 그건 아니래."

"그게 아니라지만, 어떻게 아닌지 아무도 모르잖냐고."

"도키토 씨, 이제 상당히 위태로워 보여."

"어떻게 위태로운데?"

물으면서도 한편으론 사실을 알기가 겁이 났다. 처음엔 오만하고 잘난 척하기 일쑤라서 마음에 안 드는 녀석이라 생각했지만, 프로듀서라는 그의 입장에선 어쩔 수 없는 일이기도 했다. 혼자서 책임을 걸머지지 않으면 안 될 그의 처지를 생각하면, 시간에 대해 깐깐해질 수밖에 없겠다 싶다. 그 흉중은 헤아릴 수 있었다.

"어제 말야, 촬영 중에 또 사라져버린 거야. 다 같이 찾아다녔는데 글쎄, 토치카 뒤 풀숲 속에 쓰러져 있더라고. 숨어서 술을 마셨나 봐. 스태프들이 곧장 오비히로 시내 병원에 데려갔는데 급성 알코올 중독이란 진단을 받은 모양이야. 물론 증상은 경미하지만. ……그런데도 하쿠호 영화의 높으신 양반은 긴급 입원한 사람을 들여다보긴커녕 촬영을 마무리 짓기 전까지 도쿄에 돌아올 생각 말라고 전화로 말한 거 있지. 도키토 씨 얼굴에 점점 핏기가 사라지고 있어. 새파란 걸 넘어서 요즘엔 새하얗다니까. 이대로 가다간 죽을지도 몰라."

그래? 하면서도, 그 이상은 말이 이어지질 않았다. 좀 지나 도모코가, 그쪽은? 하고 물었다.

"당연히 이쪽도 난리야. 너희 올 때까지 난 잠도 못 잘걸."

"오늘 오후까지 버텨는 보겠지만, 아마 안 되지 싶어. 마지막 비행기로 도쿄에 가게 될 것 같아. 발전차나 미술차는 남겠지만, 촬영부와 조명부는 같이 귀경할 예정이야. 다들 내일 꼭두새벽부터 슛 들어갈 예정. 근심이 첩첩이야. 계속 오케이가 안 나고 있으니."

"시간에 맞출 수 있기를 기도해줘. 오늘도 보나마나 철야지 싶다. 이쪽은 본대가 도착할 때까지가 승부라서."

"힘내. 감독님은 세트 촬영을 기대하고 계셔."

"그냥 먹이시반, 이런 선 시금까시 본 석이 없어. 이노우에 하지메니까 만들 수 있었을 거야. 어이가 없을 만큼 박력이 있어. 폭 200미터에 높이 25미터짜리 벽이 스튜디오 안에 떡하니 서 있으니까."

"그냥 벽?"

"그래. 그것도 거대한."

"상징적인 미술이네."

"끝 간 데 없이."

"이노우에 감독님답네. 여기서도 늘 벽 그림만 그리고 있어. 그냥 벽. 대체 거기서 뭘 찍으려는 걸까."

"괜찮으신 건가."

"응, 불안해. 머릿속까지는 알 수 없으니까."

"몸은 괜찮으셔?"

"기력은 충분."

"의식은 또렷하고?"

"물론, 때때로 위태로워 보이긴 하지만 아직 괜찮아. 아, 맞다. 어젯밤 같이 밥을 먹던 중에 또 훼이팡이랑 착각하셨어. 술이 조금 들어간 탓도 있겠지만. 주위에 아무도 없었으니 망정이지."

"뭐라고 했는데?"

"넌 나를 기억에서 지우려 하고 있겠지, 라고. 눈에 눈물이 조금 글썽해져 있었어."

우리는 침묵했다. 나는 담배를 빨았다. 토해낸 연기가 휘감겨 온다.

"슬슬 돌아와."

"응, 알았어."

그리고 우리는 다시 한 번 침묵했다. 넌 나를 기억에서 지우려 하고 있겠지……. 이노우에 하지메의 말이 갈 곳 없는 담배 연기처럼 내게 휘감겼다. 나도 모르게 한숨을 흘렸다. 도모코에게 무언가 말하고 싶었지만 당장은 말이 정리되지 않았다. 항상 우리 둘은 본질을 바라보려 하지 않는다는 느낌이 들었다. 이노우에 감독 이야기만 하고 있지만, 정작 하고 싶은 이야기는 따로 있는 듯한 기분이 든다. 어째서 그렇게 우회하지 않으면 안 되는 걸까. 우회해서 대체 어디에 다다르려는 걸까. 나는 내 자신의 태도에 은근히 짜증이 났다. 침묵이 답답했다.

"잠깐 쓸데없는 이야기 안 할래?"

나는 겨우 그런 식의 말을 꺼낼 수 있었다.

"좋지. 어차피 잠도 안 오는데."

거기서 둘은 다시 침묵했다. 그 다음을 어떻게 이어나가야 좋을지 역시 모르겠다. 그보다 무슨 이야기를 하고 싶은지, 내가 무얼 생각하고 있는지조차 알 수 없어진다. 쓴웃음이 지어졌다.

"미안, 뭔가 이야기하고 싶었는데, 뒤죽박죽 돼버렸어."

"괜찮아, 억지로 이야기하지 않아도. 나도 말야, 너랑 이야기가 하고 싶은데, 뭘 말해야 좋을지 모르겠거든. 이대로 아무 이야기 하지 않아도, 그냥 이어져 있기만 해도 괜찮잖아. 그래도 괜찮을 것 같아."

나는 순순히 수긍할 수 있었다. 그러고 나서 몇십 초인가 몇 분인가 지나 도모코가, 맞다, 하고 중얼거렸다.

"히비야 공원에 있는 비둘기 말인데, 반은 전서구(편지를 보내는 데 쓸 수 있게 훈련된 비둘기_옮긴이)라는 거 알고 있었어?"

"응?"

갑작스런 내용이라서 엉겁결에 되묻고 말았다.

"전에 텔레비전에서 해줬는데. 집으로 돌아가지 못하게 된 전서구가 거기에 차츰 모이게 된 거래. 개중에는 중국에서 온 녀석도 있나 봐."

"어떻게 알았을까."

"왜, 비둘기 다리에 고리가 달려 있잖아. 거기에 주소가 적혀 있대."

"그걸 하나하나 조사하는 인간이 다 있어?"

"있나 보지."

우리 둘은 그 대목에서 거의 동시에 미소 지었다. 확실히 시시껄렁한 대화였지만, 요즘 주변에 이런 유의 이야기가 없던 탓도 있어서 마치 다른 세계에 훌쩍 발을 들여놓은 듯 묘한 신선함을 느꼈다.

도모코의 목소리가 약간 멀어졌다. 휴대전화의 스피커 구멍이 귀 중심에서 비껴난 탓이리라. 황급히 잘 들리는 포인트를 찾아 힘을 주었다.

"휴대전화 말인데. 무심코 귀에다 바짝 붙이게 되네. 귀에서 조금만 비껴나도 목소리가 안 들릴 것 같은 느낌이 들어. 네 목소리가 잘 안 들리는 이유가, 바로 내 귀가 전화기의 그 작은 구멍에서 비껴난 탓이 아닐까 싶어서."

내 말에 그녀가, 어? 어떻게 같은 생각을 했지? 하고 소리를 높였다.

"나도 늘 그런 생각을 했거든. 하지만 주위 사람들한테 말했더니, 다들 웃었어. 그런 식으로 생각하는 사람은 없다고. 시로도 스피커 구멍이 귀에서 비껴나 있는 것처럼 느끼는구나. 좋아라. 드디어 내 마음을 알아주는 사람을 만났네?"

"야단스럽기는."

나는 웃었다.

"왠지 기쁘다. 이제야 날 이해해주는 사람을 만난 것 같아."

"어이, 좀 오버 아냐? 그래도 뭐, 좋은 건가."

"좋고말고. 세계란, 이런 일로 이어지는 거니까."

이런 일로 이어진다는 말이 귀에 남았다.

"이런 일로 이어져?"

"그래. 이런 일로 이어지는 거야."

두 개의 태양이 창공 속에서 조용히 포개져가는 광경을 상상했다. 촬영단이 올려다보는 하늘 위에, 커다란 태양 두 개가 조용히 겹쳐져가는 것이다. 나는 도쿄의 하늘을 올려다보았다. 주택가 끝에서 아침의 태양이 떠오르려 하고 있다. 눈부셨다. 같은 태양을 다른 장소에서 도모코도 보고 있음이 틀림없었다. 나는 크게 심호흡을 했다.

●

페인트 통이 몇 개째 비어가고, 솔도 몇 개씩이나 닳아 쓰레기통으로 직행했다. 내가 못쓰게 된 솔을 쓰레기통에 힘껏 던져 넣으니, 밑칠은 재미없는 작업인가 보다고 다들 생각하는 눈치다. 하지만 사실 밑칠만큼 즐거운 작업은 없다. 무심해질 수 있다. 그저 오로지 칠만 계속할 수 있으니까.

실제로 겉에 드러나는 색도 아닌데, 이 밑칠이 없으면 표면이 살지

218

않는다. 그렇듯 표면에 드러나지 않는 세계가 나는 좋다.

솔을 위에서 아래를 향해 한 번 휙 휘둘러 내리고, 이번엔 그 반동으로 아래에서 위로 쳐올린다. 그런 식으로 리드미컬하게, 칠하는 포인트를 조금씩 옮겨 가며 작업한다. 적어도 칠하는 동안에는 아무 생각도 나지 않는다. 그 리듬 안에 머문다고나 할까, 몸이 차츰차츰 리듬과 하나가 되어 제멋대로 움직이기 시작한다. 못 쓰게 된 솔을 일일이 얌전하게 버릴 수도 없다. 리듬을 깨고 싶지 않기 때문이다. 그래서 나는 다 쓴 솔을 쓰레기통 속으로 냅다 던져 넣는다.

밑칠 작업이 정오 조금 지나 끝나는 바람에 마무리용 미제 솔로 바꿔 든 때는 점심식사를 마치고 난 후였다. 약간 뻣뻣한 나일론 솔이라서 페인트가 듬뿍 묻지 않아 미묘한 바림이나 긁힌 자국 등을 표현하는 데 안성맞춤이다. 밑칠용 국산 솔보다 한결 크지만, 이 미제 솔은 매우 섬세한 터치가 가능했다. 나일론 털 한 올 한 올에 힘이 있어 섬세한 터치를 표현할 수 있다.

나는 그와 같은 성질을 지닌 나일론 솔을 미묘하게 놀려 해묵은 벽돌의 풍격을 그려나갔다. 이번 작업은 벽돌 하나하나마다 다른 분위기를 내야 하는 정교한 일이라서, 밑칠 때와 같은 리드미컬한 움직임보다는 장인적인 인내와 끈기가 필요하다. 밑칠 때처럼 벽 전체를 시야에 넣고 작업하는 것이 아니라, 벽돌 블록 하나하나에 의식을 집중하여 칠해나가야 한다. 그렇다고 전체를 무시해서도 안 되었다. 전체와 세부를 교대로 봐가면서 진행한다. 즉, 부분을 마치면 전체를 보고, 전체를 의식하면서 부분에 몰두하는 것이다.

땟일은 다네이도, 어쩌면 감독조차도 간섭할 수 없는 나만의 세계였다. 묵묵히 땟일에 몰두하는 나를, 작업이 얼추 끝난 미술부 스태프들이 발판 아래에서 가만히 올려다보고 있었다. 나는 미켈란젤로라도 된 기분으로 케이폭의 캔버스에 에이징을 해나간다. 에이징이 곧 땟일이다. 세트며 공간을 낡아 보이게 하는 도장 방법의 정식 명칭이다. 하지만 나는 사람들 앞에서는 굳이 내 일을 에이징이라 하지 않고, 땟일이라 부른다. 땟일은 그냥 미술이 아니다. 하나의 작품이자, 내 자신이 시간의 화가가 되는 순간이다.

밤이 되자, 저녁도 거르고 몰두한 탓에 손목이 땅겼다. 일단 비계에서 내려와 술을 작업대 위에 놓고, 지친 손을 풀어주었다. 구급상자 안에서 습포약을 꺼내 손목에 발랐다. 그런 다음 목과 어깨를 돌렸다. 뼈가 삐걱삐걱 운다. 기지개를 켜고 나서, 담배를 피우기 위해 밖으로 나가려고 발꿈치를 돌렸다. 멀리 스승의 모습이 보였다.

스승인 키다 마타요시는 지팡이를 의지한 채, 강변에 자라는 고목 같은 자세로 곧장 벽을 올려다보고 있었다. 걱정이 된 나머지 집에서 나왔으리라. 그가 사는 가마쿠라에서 이곳까지 오려면 전철을 갈아타야 하니, 쇠약해진 몸으로는 상당한 모험이었을 터. 그렇게까지 해서 확인하러 오지 않으면 성이 차지 않았던 걸까. 때로는 감독보다도 무서운 존재가 된다. 그가 안 된다고 하면, 감독에게 오케이를 받아내기란 애초에 불가능했다.

키다는 안경 너머 가느다란 눈을 한껏 뜨고, 내가 작업한 벽을 말없이 보고 있다. 보고 있다기보다 점검에 가까운 느낌이었다. 끝에서 끝으로 시선이 옮겨 간다. 전체에서 세부로 시선이 좁혀진다. 내 존재 따 위 눈에 들어오지도 않는 양, 오로지 벽에 집중하고 있었다.

"오신다고 말씀해주셨더라면 역까지 마중 나갔을 텐데요."

스승의 곁으로 다가가 말했더니,

"이눔아, 그럴 시간 있으면 완성하는 데 전력을 쏟아."

라고 되받아쳤다. 키다 마타요시는 천천히 걷기 시작했다. 스승의 바로 뒤를 따른다. 아직 작업 도중입니다, 라고 변명할까 생각했지만, 그런 건 알고 있다는 대답이 돌아올 게 뻔했기에 그만두었다.

강 세트를 건너, 조립 도중인 가건물을 빠져나와 벽 자락까지 다다 르자, 스승은 한층 세밀하게 벽을 살펴보았다. 철문을 꼼꼼하게 점검 하고, 그런 다음 벽 좌우를 걸었다. 아직 70퍼센트 정도만 완성된 상태 라서, 이제부터 내일 촬영 때까지 밤샘 작업을 하고 아침까지 매달려 야 간신히 최종 완성에 다다를 전망이었다.

"어떠세요?"

기다리다 못해 그렇게 묻자, 음, 하고 힘 있는 대답이 돌아왔다.

"철문은 괜찮아. 멋지다. 안심했어. 하지만 아직 벽이 좀 약해."

말을 마치고 키다는 철문 앞에 서서 좌우를 보았다.

"자, 봐라, 여기서 보면 꽤 좋아. 나쁘지 않아. 하지만 이쪽으로 와서 좀 보렴."

스승을 따라 벽 좌측으로 갔다. 벽 끄트머리에 완성한 바라크가 하 나 있는데, 그 나무문 근처에 그가 쭈그려 앉았다. 그리고 엉거주춤 서 더니, 마치 이노우에 하지메가 그러하듯이 카메라 앵글을 찾았다.

"말하자면 여긴데. 여기에다 카메라를 놓으면, 왼쪽과 오른쪽의 색감이 좀 다르다는 걸 알 수 있을 거다."

나는 식겁하여 스승 바로 옆에 쭈그려 앉아보았다. 그의 말마따나 정면에서 보았을 때와 달리 벽 전체가 누렇게 보인다. 세부 작업에 정신이 팔려 있다 보니, 페인트 배색에 이상이 생긴 것이리라. 세부와 전체를 고루 파악하지 못했다.

"이노우에 하지메니까, 어디서 어떻게 물고 들어올지 몰라. 예를 들어, 좌우에 카메라를 설치해놓고 컷백(연속된 장면 중 갑자기 다른 장면이 나왔다가 원래 장면으로 돌아가는 기법_옮긴이)시키면, 이 색상의 차이가 눈에 거슬릴 거란 말이지."

"알겠습니다."

나는 반사적으로 대답했다. 키다는 일어나 지팡이를 짚으면서 벽까지 다가갔다. 그리고 벽의 도료를 손끝으로 가볍게 쓸어 확인한 후, 좀 더 하나하나 꼼꼼하게 마무리 지어 나가라고 덧붙였다. 그때 다네이가 다가오고 두 사람은 미소를 나누었다. 다네이의 조수가 가져온 의자에 키다는 걸터앉았다. 눈가에 사뭇 피로가 쌓여 있다. 눈 주위에 핏기가 없었다. 하지만 고개만은 꼿꼿했다.

"감독은 정정하신가."

조수가 가져온 커피를 한 모금 삼키고, 키다는 누구에게랄 것도 없이 그렇게 말했다

"예, 온 데 뛰어다니시죠."

다네이가 대답하자 키다는 다시 한 번 미소 짓고, 허면 안심이군, 하

222

고 말했다.

"홋카이도 쪽은 아무래도 보러 갈 수 없겠지만 순조롭겠지."

키다가 나를 쳐다보며 말했다. 예, 하고 고개를 끄덕였지만 그 다음을 잇지 못하고 얼굴이 굳어버렸다. 개운치 않은 표정을 읽었는지 키다가 다시 물었다.

"뭐 문제라도 있나?"

나는 다네이와 얼굴을 마주 보고 나서, 그게, 하고 입을 뗐다.

"태양이 이어지질 않아서요."

"태양 말인가."

"예, 벌써 한 달 가까이 하늘바라기를 하고 있습니다."

이번엔 다네이가 덧붙였다.

"한 달이나. 그거 대단하군. 이노우에 씨도 끈덕지구먼."

"심상치 않습니다. 담당 프로듀서는 노이로제 증상까지 보인답니다."

"하지만 감독 마음에 차지 않으면 도리가 없지. 그게 영화야. 젊은 프로듀서는 어찌됐건 시간 안에 진행해야 직성이 풀리고, 그러니 작품도 그 나름으로 왜소하게 마무리 돼버리지. 다들 그걸 예산 탓으로 돌리고 말지만, 인내하지 못한다면 결국엔 영화 자체에 지는 게야."

다네이도 나도 침묵했다. 치솟은 벽을 돌아보았다.

"시로, 거들고 싶다만 이 몸으로는 무리구나."

나는 조그맣게 고개를 끄덕였다.

"이제 이노우에 씨 일행도 홋카이도에서 돌아오겠지. 만나보고 싶었는데, 지금은 안 되겠어. 그 친구를 만나면 내 남은 파워마저 죄 빨려 버리고 말 거야. 이노우에란 남자는 옛날부터 그런 놈이었어. 빨려 들어가기 전에 피해야지.”

키다는 싱긋 미소 지었다.

“하지만 느낌도 괜찮고 안심이 좀 되네. 이대로 분발하게.”

키다가 지팡이를 짚으며 일어선다. 출구 쪽으로 걸어 나가기에, 나는 여든을 넘긴 노구의 등을 향해 물어보았다.

“훼이팡을 알고 계시지요?”

키다의 발이 딱 멈춘다. 그가 천천히 내 쪽으로 얼굴을 돌렸다. 단단히 굳은 그 표정에선 방금 전까지의 온유함이 싹 사라져버리고 없었다. 어떻게 그 이름을 알고 있나, 하고 눈이 말하고 있었다.

“감독님 방에서 예전의 기록 영화 『난징의 태양』이라는 작품을 보았습니다.”

키다는 한차례, 벽을 올려다보았다. 그런 다음 조용히 눈을 감고, 무언가를 떠올리려는 듯 미간에 주름을 지었다.

그런가, 이시켄이 그 세 사람 일을 이야기했나. 이노우에와 훼이팡과 사카타의 일을. 뭐 어쩔 수 없는 일이지. 이미 시효가 지난 옛날이야기인걸. 우리가 입 다물고 있으면 영원히 묻혀질 일이야. 하지만 떠들고 싶어지는 건 당연해. 망설여지는 점도 있지만, 전해야 할 의무도 있을지 모르지.

다만 내가 아는 건, 이노우에 하지메는 이 영화를 통해 20세기의 어느 때, 격렬한 시대의 풍파에 의해 강제로 분리되어버린 그 존엄한 시간을 이으려 하고 있다는 것뿐이야. 영화 속 주인공의 모델이 훼이팡이라는 소녀였다는 사실은 이 작품의 대본만 읽어봐도 충분히 알 수 있는 일…….

훼이팡에 대해선 잘 알고 있지. 한때였지만 이노우에와 함께 사카타 팀의 일원이었으니까. 그때 난 아직 때장이는 아니었어. 당시엔 미술감독의 조수 비슷한 거였지. 뭐, 듣기 좋게 말하자면 그렇고, 여하튼 다큐멘터리의 미술 조수야. 한마디로 만능 해결사 같은 입장이었지. 짐도 나르고, 말도 끌고, 엑스트라도 했어. 사람 손은 늘 부족했고, 그러니 나는 뭐든 해내야 했어. 워낙에 다큐멘터리는 이야기 영화와 좀 달라서 예산이 한정되어 있으니까. 보통은 소수정예가 모토였지. 사카타

팀도 그래. 따라서 예산이 있을 때밖에 참가할 수 없었어. 『난징의 태양』은 그나마 예산이 좀 있었으니 참가할 수가 있었던 거지.

다큐멘터리라는 틀을 넘어선 작품이었어. 다큐멘터리니까 연출 따윈 해선 안 된다고들 생각하지. 헌데 사카타는 일반인에게까지 연기 지도를 했어. 그 방법이 먹혀서 사람들이 자연스럽게 행동할 수 있게 되었으니 신기할 따름이지. 다큐멘터리임에도 작품은 사카타의 상상력이라는 우주 속에 떠다니고 있었어. 왜곡된 세계를 참으로 정직하게 비춰내고 있어. 기술이라기보다 시선이겠지. 훗날 영화 평론가가 사카타는 기술인이라느니 멍청한 소리를 지껄였지만, 그건 잘못 본 거야. 사카타는 인간으로서의 강한 시선과 열정을 지니고 있었을 뿐이야. 열정이 사람들을 움직이고, 진실을 백일하에 드러냈지. 그 올곧은 시선이 진실만을 비춰냈다는 점이 중요해. 기술은 진실을 찍기 위해 이용된 도구에 지나지 않아.

『난징의 태양』은 다큐멘터리이면서 동시에 이야기성도 지니고 있어. 느껴지지 않을 터인 연출도, 살짝이지만 절묘하게 존재하고 있고. 그것이 작품에 독특한 풍미를 불어넣었어. 사카타의 일류급 테크닉이었지.

이노우에 하지메가 영화감독으로서의 스타일을 사카타에게서 답습하고 있는 건 말할 것도 없지. 현재 이노우에 감독의 기술은 전부 사카타의 영양 아래 있다고 해도 과언이 아니야. 호통치는가 싶으면 기분 나쁠 정도로 칭찬해주곤 하는 이노우에 특유의 당근과 채찍식 연기 지도도 실은 죄다 사카타를 흉내 낸 거야.

그러나 이노우에와 사카타는 결코 사이가 좋지는 않았어. 사카타는 유독 이노우에에겐 내리 채찍만 휘둘렀지. 곁에서 보고 있기가 괴로울 정도로 딱했어. 왜냐면 두 사람 사이에 하나의 태양이 있었기 때문이지.

훼이팡과 먼저 사랑에 빠진 건, 이노우에 하지메였어. 이노우에와 훼이팡은 한때, 연정을 나누던 사이이기도 했지. 촬영진 중에서 이 일을 아는 사람은 사카타를 제외하면 나뿐일 게야. 이시켄도 두 사람이 현장에서 사이좋은 정도야 알고 있었겠지만, 연인 관계였다는 것까지는 몰랐을 게야. 두 사람 사이에 묘한 기운이 감돈다고 느끼던 사람들은 몇 있었지만, 목격한 건 나뿐이었지 싶어.

나는 실제로 두 사람이 연인 관계에 있던 장면을 목격했거든. 나와 이노우에는 동갑내기라서 언제나 함께였지. 난징에서도 한 방을 썼어. 그 방에 훼이팡이 찾아오고, 두 사람이 사랑을 나누는 동안, 나는 밖으로 내쫓기게 되는 거야. 아니, 내가 자진해서 그랬던 거지, 이노우에 쪽에서 나가달라고 부탁한 적은 한 번도 없어. 전쟁이 한창인 그 상황에 남녀가 사랑을 나누자니 조금 근실치 못한 느낌이 들었을 테니까. 고지식한 이노우에로서는 차마 나가달란 말을 할 수 없었지. 그래서 눈치를 챈 내가 말없이 나갔던 게야.

훼이팡과 이노우에는 정말 좋아 보였어. 무척 잘 어울린다고 생각했어. 현장에서는 서로 거리를 유지했지만, 방에 있을 때는 이미 열렬한 연인 사이였어. 그러니, 훼이팡의 마음이 사카타에게 옮겨 갔을 때, 처음에 난 어찌된 일인지 통 이해할 수가 없었어. 왜냐면 사카타와 훼이팡은 부모 자식만큼의 나이 차이가 있었으니까.

훼이팡의 마음이 사카타에게 기운 배경에는 이시켄이 억측하는 이유 외에도 여러 가지가 있었어. 우리로서는 상상도 할 수 없는 여러 가지 문제가 가로놓여 있었던 게 틀림없어. 훼이팡은 매우 상냥하고 착한 아이였지. 의지도 남들의 배는 강했어. 그녀가 이노우에 때문에 괴로워한 것도 사실이지만, 남녀 문제의 골짜기에는 좀 더 흐름이 거센 강이 가로놓여 있는 법이거든.

여하튼 훼이팡은 사카타를 선택했어. 잔혹할 정도로 싹 옮겨 탄 인상마저 주었지. 나는 어느 틈에 끼어야 좋을지 알 수 없었어. 이노우에와 훼이팡만의 문제였다면 내 나름으로 참견도 할 수 있었겠지만, 당시에 난 사카타를 존경했고 그의 부하이기도 했으니까. 그런 사카타에게 가타부타 의견을 말할 수는 없었어. 사카타를 선택한 훼이팡에게도.

당시 이노우에의 심경이란 지금 생각해도 가슴이 아파. 그는 나날이 야위어갔어. 원래가 몸이 약한 남자였는데, 그 약해빠진 사람이 한층 말라 비틀어져갔어. 마치 해골이 가죽을 쓰고 살아 있는 듯한 몰골이었지.

훼이팡의 마음이 사카타에게 옮겨 간 후에도, 이노우에의 가슴속엔 훼이팡을 향한 연정이 계속 남게 되지. 한편, 훼이팡의 사카타에 대한 마음은 이노우에를 향하던 때와는 비교도 안 될 만큼 상냥했어.

허나 알 수 없는 건, 어째서 사카타가 이노우에에게 모질게 굴었나 하는 점이야. 훼이팡은 최종적으로 사카타를 사랑했지. 사카타는 그 일로 이노우에와 싸운 적은 없어. 이노우에도 사카타에게 반항했을 리 없고. 훼이팡을 빼앗긴 일로 적잖이 상처입고 낙담해 있기는 했지만, 그 문제를 일에 끌어들이진 않았어. 사카타도, 내가 아는 한 도량이 큰 남자였어. 이노우에와 같은 섬세한 구석은 없었지. 허나, 그의 최후는 자살이었어. 실제로는 섬세한 면도 가지고 있었을지 모르지만, 어차피 겉만 봐선 알 수 없는 일이니까. 어쨌든 현장에서는 파워풀하고 남자다운 감독이었어. 정의감이 강한 감독이었지. 그러니 『난징의 태양』 같은 반전 영화를, 그 전쟁의 와중에 만들 수 있었던 거야. 그렇듯 용기와 도덕심의 덩어리와도 같았던 그가, 유독 이노우에만 그토록 멸시했던 이유를 나는 모르겠단 말이지. 훼이팡을 이노우에한테서 빼앗은 셈이니, 사카타의 성격대로라면 반대로 이노우에에게 잘해주지 않을까 생각했지. 헌데 실제로는 그게 아니었어. 글쎄, 왜 그랬을까. 잔혹할 정도로 이노우에를 괴롭혔으니까.

세 사람 사이에 무슨 일이 있었는지는 몰라. 뭔가 있었던 건 분명한데, 내막을 알고 있는 사람은 마지막까지 살아남은 당사자인 이노우에 하지메뿐이야. 여든을 넘긴 이노우에 하지메가 영화감독으로서 마지막 사력을 다해 만드는 이번 작품 안에서 그리려는 주제는, 그 동안 취재 따위에서 발언했던 20세기의 회고, 전쟁의 비참함, 21세기를 향한 인류의 희망 같은 흔해빠진 주제는 아닐 게야. 그가 은막 안에 표현하고 싶은 건, 그 시기, 그만이 품었던 사랑의 고뇌 그것에 다름 아니야. 훼이팡을 빼앗기고, 훼이팡을 계속 그려온 이노우에 자신의 20세기를 영화에 새겨 넣으려는 거야. 다분히 개인적인 영화지. 이 작품, 즉 『태양을 기다리며』라는 영화는 말이야…….

각본은 사람들을 안심시키기 위해 만들어낸 안내도에 지나지 않아. 늘 그렇듯 이노우에만의 방식에 따라 점점 수정되어가지. 진짜 시나리오는 그의 머릿속에서 잠자고 있어. 아니, 이노우에 자신조차도 깨닫지 못한 곳에 그 이야기는 잠들어 있어. 이제부터 그 이야기가 그려지겠지. 말하자면 그는 자신의 묘를 그리려는 걸 거야, 이 사소설(私小說)과도 같은 사영화 안에…….

빛의 사체

달리 아무도 없는 조용한 새벽녘의 스튜디오에서 나는 홀로 벽과 마주하고 있었다. 긴장된 공기 중에 페인트 냄새가 또렷이 배어 있다. 이틀 연달아 밤샘 작업을 한 탓에 눈은 멍했지만, 가장 힘든 시기는 일단 넘겼다. 러너즈 하이(runner's high. 힘든 것을 참고 계속 달리다 보면 어느 순간 고통이 사라지고 쾌감을 느끼게 되는 것_옮긴이)와도 같은 트랜스 상태로 나는 간신히 깨어 있을 수 있었다.

뇌와 두개골 사이에 미세한 틈이 생겨난 듯한 감각이 내내 따라다녔지만, 좀 있으면 작업이 끝난다고 스스로 다독이며 필사적으로 솔을 움직여 일 초 일 초 헤쳐나갔다.

솔을 움직이는 와중에도 다양한 일들이 머릿속을 지나쳐 간다. 형의 일, 도모코의 일, 감독의 일, 가족의 일, 후지사와의 일, 그리고 루즈 마이 메모리……. 몽롱한 사고(思考) 속에 그 일들이 마치 믹서 속에서 뭉그러지는 과일처럼 혼연일체가 되어 자리했다. 사고의 허용량을 일찌감치 넘어선 사건들이 나를 덮치고 있었다. 신오오쿠보의 맨션에서 보았던 중국인 여성들의 난무도 머리에서 떠나지 않았다. 눈 깜짝할 순간에 끓어오르는 물과 같은 기세로 머릿속에 그림이 나타났다.

잡념을 떨쳐버리려 한층 맹렬하게 솔을 움직였다. 그러는 사이 망상은 사라져갔다. 어쨌든 주어진 일을 주어진 시간 안에 완성시키는 것이 나를 지금 여기에 존재케 하는 원동력이었다. 주어진 일과 씨름하고 있는 동안에는 무심해질 수 있었다.

동틀 무렵에는 사념조차 일지 않는 도취 상태에 놓여 있었다. 머리는 움직이지 않은 지 오래고, 눈과 팔만 유일하게 움직이는 듯한 상태였다. 예, 예, 예, 소리를 냈다. 솔을 치켜 올렸다 내리그을 때마다, 예, 하는 소리를 냈다. 예, 예, 예, 예, 하고 리듬을 실어 벽돌 모양 하나하나를 마무리해가는 것이다. 이미 근성이니 노력의 단계를 넘어서 몸이 기계가 돼버린 듯한 상태이다. 예, 예, 하는 내 목소리만이 휑뎅그렁한 스튜디오에 메아리치고 있었다.

벽 앞에 설치된 작업용 비계를 몇 번인가 헛디딜 뻔했다. 솔은 물론, 페인트 통을 떨어뜨리기도 했다. 그래도 내가 떨어지는 일 없이, 마침내 최종 단계에까지 도달할 수 있었다. 예, 예, 예, 예.

스승인 키다에게 지적받은 성벽 왼쪽의 색 배합도 수정하고, 완성 공정도 나름 만족할 만한 수준까지 끌어올렸다. 보조 한 명 쓰지 않고 혼자서 이만큼 거대한 세트의 뗏일을 완성했다는 흥분이 지금의 나를 지탱해주는 버팀목이기도 했다. 손등으로 눈가의 땀을 닦고 나서 턱을 당겨 벽을 바라보았다. 완성된 걸까. 솔을 고쳐 쥐고 다시 한 번 전체를 바라본다. 비계에서 내려와 벽에서 조금 떨어져, 왼쪽 끝에서부터 오른쪽 끝까지 치근치근 시선을 움직였다. 색 배합도 균형 있게 마무리되어 있었다. 끝났다. 거우 형태를 이루었다.

벽 오른쪽 맨 끝에까지 가서, 거기에다 조그맣게 살짝 'Shiro' 라고 사인을 넣었다. 절대 아무도 눈치챌 리 없는, 벽면 촬영에서 쓰일 일 없는 오른쪽 맨 아래에.

계속 같은 자세를 취하고 있던 탓에 몸의 마디마디가 아팠다. 피로를 풀기 위해 천천히 어깨를 돌린다. 그런 다음 조그맣게 굳어버린 듯한 폐에 공기를 흘려 넣는다. 스트레칭을 하면서 심호흡을 반복했다.

전체를 더 부감해서 바라보려고, 아직 물이 흐르지 않는 강을 건너 스튜디오 입구 쪽으로 향했다. 멈춰 있던 공기를 가르면서 걸었다. 이른 아침의 풀에서 수영하는 느낌이 든다. 육체가 마치 잠수복 같다. 무겁고, 나른하고, 둔하다. 벽에서 100미터쯤 떨어진 장소에서 나는 돌아섰다. 높이 25미터, 폭 200미터의 벽이 내 시야에 우뚝 솟아 있었다. 거대한 캔버스에 난징성 그림을 그려낸 것이다. 티셔츠 아래에 소름이 돋는다. 지쳐 있어도 감동만은 용솟음친다. 내 몸을 꽉 끌어안아보았다. 감정이 개운하게 누그러져가는 느낌이었다.

내 안에 진짜 난징성을 보고 있는 듯한 착각이 인다. 자신있게 완성했지만, 감독 마음에 들지 어떨지는 알 수 없다. 지적받으면 고치면 된다고 나 자신을 다독였다. 어쨌든 넌 해낸 거다. 잘했다.

주머니에서 담배를 한 대 꺼내 물었다. 마치 내가 위대한 화가라도 된 듯한 기분이 들기 시작한다. 그러나 그 기분은 다음 순간, 담배 연기와 함께 어딘가로 구름처럼 사라지고 만다. 화가의 위대한 그림은 몇 세기가 지나도 남는다. 그러나 내가 에이징한 세트는 촬영이 끝나면 그 자리에서 부서진다. 가차 없이.

이번에 이 세트에서 예정된 촬영 기간은 사흘이다. 필름에 새겨 넣

고 나면 더 이상 쓸모가 없다. 늘 그렇듯 미술부가 담담하게 해체해나
갈 것이다.

내 에이징은 단지 필름 속, 이야기 속에서 반영구적으로 살아가게
되리라. 그것이 나의 예술이다. 영화를 보고 있어도, 관객 대부분은 내
노력 따윈 눈치채지 못한다. 내 일에 눈길을 주고 한숨을 흘리는 사람
은 없다. 모두 주인공들을 바라보고 있다. 그래도, 이야기를 통해 관객
은 나의 미술을 접하고, 나의 미술에 의해 보다 실감나게 시공을 넘나
든다. 그들은 영화관 의자 안에서 20년 전으로 거슬러 올라가기도 하
고, 더 아득한 옛날로 돌아가기도 하는 것이다.

시간을 그리는 자는 양지에는 없다. 나무 그늘에서 남의 눈에 띄는
일 없이 작업을 하고 있는 것이다. 나는 그리운 시간들을 꾸준히 캔버
스에 이겨 섞어간다. 남모르는 숲 속에서, 아무에게도 발견되지 않은
늪지대 자락에서, 묵묵히 시계 바늘을 돌리고 있다. 째깍 째깍 째깍.
시계 바늘이 거꾸로 돌아간다. 사물이 점점 낡아간다. 녹슬고, 일그러
지고, 휘고, 벗겨지고, 거무스름해지고, 탁해지고, 녹고, 우둘투둘해지
고, 빛을 잃고, 닳고, 더러워져간다.

아름다운 자에게 늘어가는 주름이며, 빛나는 것에 드러나는 전통.
당당하던 것의 자연스러운 변형이며, 새것 같은 돌벽이 풍설 속에서
그리는 역사. 덧없이 지고 마는 꽃의 아름다움뿐만 아니라, 고목이 새
겨지는 세월의 빗금자국, 시간의 퇴적이라고도 할 연륜의 미를 가장
사랑한다. 째깍 째깍 째깍. 때장이는 어느 누구에게도 알려질 일 없는
시간의 예술가다. 신이 가르쳐준, 늙는다는 것의 아름다움을 실감나게

충실하게 재현해간다.

손바닥으로 얼굴을 닦았다. 다시 한 번 담배를 빨고, 폐 속에서 연기를 천천히 맛본 후에 토해냈다. 손목시계를 보니 아침 6시다. 겨우 시간에 맞췄다. 7시면 미술 부대가 도착하고, 8시에는 촬영 본대가 온다. 감독도 9시에는 스튜디오에 들어설 것이다. 그때까지 다네이와 의논하여 세세한 부분을 수정하면 끝이다. 다네이가 올 때까지 아직 한 시간은 여유가 있었다.

도장차 뒷자리에서 선잠을 자기로 했다. 필요하면 다네이가 깨우러 와주겠지. 내가 자는 장소야 미술부 사람이라면 다 알고 있다. 감독이 오고 뭔가 최종 점검이 있을 때까지 적어도 세 시간은 잘 수 있다. 별다른 일이 없으면 깨우러 오는 일도 없다. 감독도 일부러 결과를 칭찬하러 오거나 하진 않는다. 괜찮다면, 그들은 나를 가만히 자게 놔두리라. 깨우지 않는 것이 제일가는 포상이므로.

혼수상태에 빠지듯 잠들고 싶다. 그렇게 입 속으로 말한 다음 순간, 딱딱한 병원 침대 위에서 자고 있을 지로 형을 떠올리고 말았다. 들여다봐야 하는데. 분명 형은 외로울 것이다. 형, 지로 형과 이야기하고 싶어졌다.

담배를 지면에 떨어뜨리고 발로 비벼 껐다. 그런 다음 꽁초를 주워 들고 스튜디오 입구 옆까지 걸어갔다. 담뱃불이 완전히 꺼진 것을 신경질적으로 확인한 후, 쓰레기통 안에 버렸다. 밖으로 나오니, 눈부신 태양 때문에 저절로 눈이 감기고 말았다. 굳게 감은 눈꺼풀 안쪽으로, 몇 초 전 빛의 사체의 모습이 눌어붙어 있었다.

지로의 세계3

　지로는 오늘도 도영주택 계단 자락에 있었다. 나른한 햇살은 평소와 다름없다. 빛은 눈앞의 지면을 밝게 띄워 올리고 거기에 양달을 만들었다. 개미 대열이 어디선가 와서 어딘가를 향해 간다. 그것들을 신발로 밟아 뭉개는 놀이에도 싫증이 나서, 지금은 그저 개미의 행진을 물끄러미 보고 있다. 매일 들여다보다 보니 나름대로 개미의 행동법칙 같은 것을 알게 되었다. 사탕을 찾는 개미, 그 자리를 알려주는 개미, 서로 협력해서 사탕을 운반하는 개미. 개미들은 훌륭한 공동사회를 형성하고 있다. 작은 곤충들이 그렇듯 규칙적으로 행동하고 있다는 사실이 불가사의하게 느껴졌다. 대열 만드는 법을 누가 가르쳐주었을까. 발견한 사탕을 동료에게 전달하는 방법은 누가 생각해냈을까. 어쩌면 허구한 날 여기서 햇빛을 받으며 조는 자신보다 개미들의 일과가 훨씬 더 존재 의의가 있는 것처럼 느껴져 분한 마음이 들었다.

　대열 안에 있는 개미는 사명감 같은 것으로 움직이고 있는 걸까. 아니면 처음부터 그렇게 움직이도록 프로그램되어 있는 걸까. 개미의 일생을 상상해보았다. 어떻게 해서 태어나는 걸끼. 알은 어디에 있을까. 태어나자마자 일하러 나서는 걸까. 일하는 방법은 누가 가르쳐주는 걸까. 결혼은 할까. 여왕개미가 엄마가 되는 걸까. 사탕을 독차지하고 싶다고 생각한 적은 없을까. 노후는 어떻게 할까. 집단 괴롭힘 같은 것도 있을까. 복수는 가능할까. 등교 거부 같은 것도 있을까. 스트레스는? 죽을 때는 어디서 어떻게 죽을까.

어느샌가 지로는 오른 신발 끝으로 대열을 밟아 짓이기고 있었다. 밟힌 개미가 몇 마리인지는 모른다. 하지만 적어도 몇 마리는 지로의 발밑에 있었다. 만약 여기가 고속도로였다면, 다음 날 신문에 '거대한 발에 짓밟힌 마이카 족'이라는 헤드라인이 뜨겠지. 그리고 죽은 운전기사며 동승자의 장례식 장면 따위가 와이드 쇼로 방송될 게 틀림없다. 허나 그런 건 개미 사회에는 없다. 소문거리도 못 된다. 짐승이나 인간들에게 늘 밟히며 살아가는 탓도 있고, 다소의 희생은 전체에 지장을 주지 않는 범위에서 상쇄될 테지. 여왕개미에게 보고하는 일도 없을 테고 하물며 합동장례 같은 것도 없으리라. 가족이 사체를 부여잡고 울기는커녕 모두 묵묵히 사체 위를 통과해 갈 뿐……

지로는 발을 떼었다. 그 자리에는 검은 참깨 알갱이 같은 것이 두셋 있었다. 머리를 조금 위로 들어 길 건너 맞은편 도영주택을 노려보았다. 빛이 눈을 압박해왔다. 바람이 불고, 그 순간에는 이미 개미에 관한 생각은 어딘가로 사라지고 없었다.

잠시 후, 시로가 도영주택 입구에서 나와 지로 옆에 앉았다.

"엄마가 점심 먹으래."

시로가 말한다. 지로는 그 말에는 대답하지 않고, 일어나 걷기 시작했다.

"어디 가는데?"

지로는 말없이 길을 횡단했다. 아스팔트의 감촉이 발바닥을 기분 좋게 눌렀다. 걸으면서도 무의식중에 개미를 밟아 뭉개고 있는지도 모른다고 생각하면서 지로는 힘차게 걸었다. 길 건너 도영주택 뒤쪽에 공터가 있고, 그 한 귀퉁이에 방치된 토관이 있었다. 지로는 그 안에 카우보이 모자를 쓴 남자가 맡긴 란도셀을 숨겨놓았다. 배로 기어 들어가 토관 안에서 그것을 꺼냈다.

"여기에 숨겼구나."

시로가 쫓아와서 말했다.

"아무한테도 말하지 마, 남자의 약속이니까."

"남자의 약속은 여자의 약속이랑 어떻게 다른데?"

시로가 웃으면서 말했다. 지로는 무시하고 공터 바깥까지 이동한다. 공터 안쪽은 어둠이 지배하고 있었다. 그곳에는 일찍이 오다큐선이 달리고 있었지만, 지금은 나락만이 존재하고 있다.

"굉장하다."

란도셀을 보며 시로가 중얼거렸다. 지로는 란도셀 뚜껑에 손을 댔으나 주저했다. 절대 안을 봐서는 안 된다고 했던 카우보이 모자 쓴 남자의 말이 머릿속을 스쳤다.

"열어볼까?"

시로가 호기심을 못 이겨 그렇게 말한다. 올려다보니 그 얼굴은 힘없이, 형의 마음을 떠보는 듯한 교활함을 남아 미소 짓고 있다. 지로는 시로의 얼굴에 자신의 마음을 투영해보았다. 한숨이 흘러나온다.

"안 돼. 그 남자하고 약속했어. 절대로 안을 봐선 안 된다고, 그 사람이 말했다고."

"하지만 본 걸 비밀로 하면 되잖아."

시로가 하얀 이를 한층 빛내며 미소 지었다.

"그러면 약속을 깨는 게 돼."

"하지만 약속을 깼는지 아닌지 우리가 말 안하면 아무도 모르잖아."

지로가 일어서더니, 말없이 시로의 머리를 딱 때렸다. 시로가 머리를 누르며 그 자리에 주저앉는다. 안 그렇게 미안, 하고 소리를 높이며 몸을 감쌌다.

"알겠냐, 난 남자의 약속을 했다고. 그 사람이, 절대로 안을 봐선 안 된다고 했어. 그 기대에 부응하지 않으면 안 돼."

"하지만 보고 싶단 생각 안 들어?"

시로는 머리를 감싸면서도 지지 않고 질문했다. 지로는 란도셀을 힐 끗 보았다. 보고 싶은 마음이야 굴뚝같다. 보지 말라고 하면 더 보고 싶어지는 게 사람 마음이다.

"보고 싶다."

자기 자신에게 중얼거려보았다.

"거봐, 사실은 형도 보고 싶잖아."

시로가 일어서며 말했다. 얼굴이 다시 미소 짓고 있다. 시험하는 것처럼.

지로는 시로의 가슴을 떠밀고, 란도셀을 주워 짊어졌다.

"이걸 열면 큰일 나. 그냥 그런 생각이 들어. 그 사람이 나한테 맡긴 건, 우리가 상상하는 것보다 훨씬훨씬 대단한 물건인 것 같은 기분이

든다고.”

그렇게 말하고 발꿈치를 돌렸다. 문득 정면의 도영주택 2층 창가에 사람 그림자가 보였다. 몇 걸음 걷다 지로는 멈춰 섰다. 윤곽이 뚜렷한 얼굴이라서, 처음엔 란도셀을 맡긴 그 남자인가 싶었는데, 가만 보니 아무래도 모습이 달랐다.

“왜 그러는데?”

시로가 지로의 시선을 쫓아간다. 도영주택 뒤편에는 빛이 닿지 않는데, 어째선지 그 남자 주변만 빛이 나 보인다.

좀 더 가까이 다가가서야 확실히 카우보이 모자 쓴 남자는 아니라는 것을 알았다. 외국인 얼굴임에는 틀림없지만, 카우보이 모자를 쓴 남자와 달리 눈동자가 하늘색이었다. 머리카락도 빛이 날 정도의 금색인 데다 피부색도 밝고, 텔레비전 같은 데서 자주 보는 미국인 얼굴을 하고 있다. 카우보이 모자 쓴 남자는 눈이나 피부, 모자 사이로 엿보인 머리색 등이 일본인과 그리 다르지 않았다.

쇠격자가 쳐진 창문으로 남자가 손을 내밀어, 이쪽으로 오라는 듯이 손짓을 했다. 그 손도 새하얗고, 솜털까지 금색으로 빛나고 있다. 지로와 시로는 호기심에 이끌려 창문 아래까지 갔다. 아무래도 말이 통할 것 같아 보이지는 않았다. 상대도 그건 알고 있는 듯, 물끄러미 이쪽을 보고 있을 뿐이다. 다음 순간, 남자가 안으로 슥 사라지는가 싶더니 이번엔 쇠격자 너머로 손만 내밀었다. 그 손에 무언가 하얀 것이 쥐어져 있다. 종이비행기라고 생각하자마자, 그것이 허공을 날았다.

종이비행기는 지로와 시로의 머리 위를 넘어, 일단은 창공에 삼켜

들어가는 듯이 상승했다. 그러더니 천천히 호를 그리며 둘의 발치에 떨어졌다. 시로가 그것을 집어 지로에게 건넨다. 지로가 종이비행기를 펼쳐본다.

"이게 무슨 그림이지?"

시로가 지로에게 묻지만, 지로도 무슨 그림인지 알 수가 없다. 선으로 무언가를 표현한 듯싶은데, 어디가 위고 어디가 아래인지 알 수가 없었다.

"머리가 이상한가 봐."

시로가 말했다. 지로는 5미터쯤 앞까지 다가가, 쇠격자 안의 남자의 얼굴을 가만히 바라보았다. 남자의 뻗은 손이 창밖으로 축 늘어뜨려져 있다.

"이거, 무슨 그림이에요?"

지로가 용기 내어 소리쳤지만, 남자는 이해할 수 없다는 표정을 지었다.

"역시 말을 모르는 거야."

시로가 말했다. 지로는 몇 걸음 더 다가가서, 남자의 얼굴을 향해 그림을 들이대며 소리 질렀다.

"이거, 무슨 그림이에요?"

그러자 남자는 다른 한 손도 쇠격자 밖으로 내밀고서, 양손을 필사적으로 움직이기 시작했다. 핸들을 조작하는 듯이, 혹은 원을 그리는 듯이. 시로가 기분 나쁘다며 그만 가자고 했지만, 지로는 계속 남자를 지켜보았다. 호소하는 눈이 마음에 걸렸다. 난데없이 개미 대열을 떠올린다. 남자의 하얀 얼굴 위로 개미가 대열을 지어 행진하고 있는 듯한 상상이 떠올랐다. 이 남자는 무언가를 전하려 하고 있다. 어떤 의도에 의해…….

백인의 손이 위아래로 빙글 돌았다. 그 동작을 몇 번씩 되풀이했다. 아, 하고 지로는 소리를 높였다. 이거, 거꾸론가? 지로가 들고 있던 종이를 휙 회전시켰다. 그러자 남자가 손을 되물리고, 이번엔 쇠격자에 얼굴을 딱 붙이고서 미소 지었다.

지로는 뒤집은 그림을 뚫어져라 바라보았다. 시로가 옆에서 들여다본다.

"이 빵처럼 생긴 부분이 위고, 이 수염 같은 부분이 아래구나."

지로가 중얼거리자 시로는, 헤, 하지만 뭔지 모르겠어, 하며 웃었다.

"이 사람, 머리가 어떻게 된 거 아냐? 그래서 여기에 갇혀 있는 거야. 그러니까 이런 이상한 그림을 그리지. 다른 사람들이 하는 말 안 듣고 이런 그림만 그리고 있으니까, 여기다 집어넣은 거라고."

지로는 그림과 백인 남자의 얼굴을 번갈아 비교해보았다. 남자는 웃고 있지 않다. 남자는 지로를 물끄러미 바라보고 있다. 여기서 나가고 싶다고 호소하는 것처럼 보이지도 않았다. 개미 대열이 지로의 머릿속을 기어간다. 그건 무언가의 의사에 따라 행동하는 것이다. 무엇이 목적이고, 무엇이 답일까. 누가 무엇을 내게 전하고 싶어서, 지금 이 순간을 준비하고 있는 걸까.

"뭔가 우리한테 전하고 싶은 거죠? 뭘 전하고 싶은지 이걸론 모르겠어요. 말은 모르죠? 말을 모르니까 이렇게 그림으로 전하려는 거죠? 하지만 이 그림만으론 뭔지 모르겠어요. 우린 아직 어린애라서 말로 설명해주지 않으면 모른다고요."

남자가 미간에 주름을 지었다. 쓸쓸해 보이는 눈으로 말없이 지로를 보았다.

"일본어도 모르면서 일본에 오다니. 역시 이상한 사람이야."

시로가 말했다.

"시끄러워, 가만 좀 있어."

지로가 시로의 입을 막았다. 그 행동이 거칠었기에, 남자가 집게손가락을 높이 들었다. 그런 짓을 해선 안 된다고 나무라는 것 같았다. 지로가 푸른 눈을 바라보자 남자가, 노우—! 하고 말했다. 지로는 그 소리에 놀라 시로의 얼굴에서 천천히 손을 뗐다. 그러자 남자는 다시 입가에 웃음을 띠었다.

남자가 또다시 창문 안쪽으로 사라지더니, 재차 종이비행기를 꺼내 날렸다. 종이비행기는 이번엔 곧장 두 소년의 발치로 날아와 내려앉았다. 지로가 주워 들어 역시 안을 살폈다. 무릎을 꿇고 기도드리고 있는 사람의 모습이 그려져 있었다. 그 사람이 기도드리고 있는 대상은 기묘한 모양새로 십자가에 매달린 웬 벌거벗은 남자이다. 그것은 며칠씩 공들여 그린 그림임을 바로 알 수 있었다. 조금 전, 선으로만 그렸던 단순한 그림과는 차원이 달랐다.

"잘 그리네."

시로가 들여다보고 말했다.

지로는 그림 속의 기도드리는 사람의 모습을 흉내 내어 똑같이 가슴

앞에 손을 모아보았다. 그러자 남자의 표정이 달라졌다. 남자가 눈을 크게 뜨고 쇠격자에 얼굴을 한층 세게 밀어붙였다. 지로가 엉겁결에 손을 떼버리자, 남자가 뭔가 큰 소리로 외쳤다. 계속하라는 소리처럼 들렸기에 지로는 황급히 손을 다시 모았다. 백인 남자도 쇠격자 밖으로 손을 내밀고 똑같이 기도하는 포즈를 취했다.

<h1 style="text-align:center">크레이그 부샤르의 수기 2</h1>

7월 10일

나는 그날, 또 그 소년들을 서쪽 연병장 한 귀퉁이에서 발견했다. 군이 관할하는 시설 안에 어떻게 숨어들 수 있었는지. 입원해 있는 가족을 병문안하러 온 게 아니라, 젊은 병사들의 훈련 모습을 구경할 셈으로 몰래 들어왔는지도 모른다.

아마 학교에서 돌아오는 길이었으리라. 한 아이가 소년의 몸에는 조금 큰 듯싶은 책가방을 메고 있었다. 일본의 독특한 책가방 같았는데, 전시하인 이 나라에선 보기 드물게 새것처럼 반짝반짝 빛이 났다. 나는 그 아이들에게 무언가를 전달하고픈 마음이 생겼다. 그것이 아무 의미를 갖지 못하는 무의미한 전달일지라도, 내게는 오늘 이 시간을 형성하는 필요한 행위로 생각되었다.

일기장의 아직 아무것도 그려져 있지 않은 새하얀 페이지에 재빨리 버섯구름을 그렸다. 그런 다음 급히 뜯어 그걸로 종이비행기를 만들어 소년들을 향해 던졌다. 종이비행기는 소년들의 머리 위를 선회한 후, 두 사람의 발치에 떨어졌다.

무리도 아니었지만, 소년들은 그 그림이 무엇을 나타내는 것인지 이해 못하는 눈치였다. 그중 큰 아이가 일본어로, 이 그림이 뭘 의미하는 것이냐, 라는 듯한 말을 몸짓과 함께 빠른 어조로 물어왔다. 그러나 나는 그 질문에 일본어로 대답할 수가 없다. 가만히 소년의 눈을 응시하는 수밖에 없었다. 그래도 소년의 눈에는 어딘지 모르게 나를 이해하고 싶다는 마음이 서려 있었고, 미래가 없는 내게 그것은 하나의 커다란 구원이기도 했다.

머잖아 히로시마가 사라진다는 것을 누군가에게 전하고 싶었다. 적어도 전하려는 행위야말로 인간으로서의 내 마지막 사명처럼 느껴져 참을 수가 없었다. 그래서 이번에는, 어젯밤 몇 시간을 들여 일기장 마지막 페이지에 그려 넣은 그림을 그 아이에게 보여주고 싶어져서, 그 페이지를 뜯어내어 다시 종이비행기를 만들어 던졌다. 그리스도 상(像) 앞에서 기도를 올리고 있는 내 모습이었다. 종이비행기를 받아 든 소년은 가만히 그 그림을 들여다보더니 그림 속의 나를 흉내 내어 기도드리는 자세를 취했다. 순간, 감정을 주체할 수가 없었다. 무언가 내 눈에만 보이는 존엄한 존재를 본 느낌이었다. 인류가 범하려는 죄를 전부 용서해주려는 존엄한 자의 모습이 거기에 있었다. 나는 소년을 계속 바라보았다. 회개하려는 인간의 양심의 기도를 본 듯한 느낌이 들었다.

오늘도 긴 건널복도를 지나는 도중에 그 여자아이를 보았다. 눈이 마주친 건 아마 2초 정도였으리라. 늘 따라다니는 병사가 그녀를 노려보고 그녀는 시선을 피했다. 나는 복도를 걸으며, 뺄 때를 나는 그녀의 모습에 아주 잠시 동안 눈과 마음을 쉬었다.

7월 11일

오후, 평소와 마찬가지로 건널복도를 지나는 도중에 급수장에 나와 있는 그 아이의 모습을 발견했다. 하지만 내가 걷고 있는 줄 알면서도 소녀는 이쪽을 쳐다봐주지 않았다. 나는 지나가면서 그녀를 연방 돌아보았다. 그러나 그녀는 내내 고개를 숙이고 있었다. 어쩌면 어젯밤이나 오늘 아침에 그 병사가 주의를 주었는지도 모른다. 그 외국인과 의사소통을 하려 해선 안 돼, 하고.

시선이 마주치기만 해도 좋다. 여기에 내가 있다는 걸 봐주렴. 내가 지금 여기에 존재하고 있다는 것을 네 눈으로 봐주렴. 그것이 지금의 내게 오늘을 헤쳐나가기 위한 힘이 되니까.

긴 건널복도를 걷는 동안 내 머릿속에는 하나의 선율이 되살아났다. 그것은 취조실에서 장교들과 마주하고 있던 동안에도 줄곧 내 머릿속에서 울려 퍼졌던 멜로디. 류트 연주자였던 어머니가 나를 위해 자주 연주해주었던 바흐의 푸가. 분명히, G단조의 푸가 BWV1000이었다. 어머니는 기회 있을 때마다 내게 류트를 가르쳐주려고 했지만, 나는 그런 섬세한 악기에 큰 흥미가 없는 데다 매번 난해한 운지를 익히는 단계에서 싫증이 나 도중에 도망쳐 나오곤 했다. 그리고 바흐는 내가 싫어하는 작곡가이기도 했다. 원래 아버지 쪽 가계인 부샤르 가는 프랑스에서 건너온 이주민이었다. 나중에 안 일이지만, 어머니 쪽 선조는 독일계 이주민이었던 것 같다. 어떤 인연으로 독일계 미국인인 어머니와 프랑스계 미국인인 아버지가 만나 결혼을 하게 됐는지는 모른다. 결혼하기까지 각 집안의 역사가 적잖은 영향을 주었으련만, 어머니는 새삼스럽게 선조 이야기를 꺼내고 싶어 하지 않았다. 부모님을 잘 아는 친척한테서 들은 이야기인데, 아버지에게 시집온 이래, 어머니는 자신이 독일인임을 전면에 내세우려 들지 않게 되었다고 한다. 그 대신, 늘 혼자서 바흐를 연주하는 것이다. 집 안에 조용히 울려 퍼지는 어머니의 류트 연주는 무언의 존재증명과도 같았다. 그것이 내게는 또 무겁게 느껴져서, 한동안 바흐는 내가 가장 싫어하는 작곡가였다.

그런데 지금, 여기에 오고부터는 바흐의 음악밖에 떠오르지 않는다. 어머니가 연주한 류트 곡은 물론, 마태 수난곡이며 칸타타 등 어머니가 내 기억에 새겨 넣은 몇 가지 선율을 나는 지금 감사하는 마음으로 떠올린다. 종교음악이다 보니, 이 극한 상황에 놓인 내게 한없이 부드럽게, 또한 설득력 있게 다가오는지도 모른다. 아침부터 밤까지 나는 그 곡들을 흥얼거리며 스스로 내 자신을 치유하려 하고 있다.

저녁밥을 가져다 준 사람은 역시 그 아이가 아니었다. 나는 열어젖혀진 병실 문 저편을 말없이 응시했다. 복도에 그 아이가 있지는 않을까 하는 생각에. 그러나 그 아이 대신 병사가 이쪽을 노려보고 있었다. 나는 푸가 멜로디를 휘파람으로 불어보았다. 혹시 어딘가에서 그 아이가 듣고 있지 않으려나 하는 마음에. 내가 휘파람을 불기 시작하자, 식사를 가져온 새 간호사가 얼굴을 찡그렸다. 병사가 안으로 들어와 잠시 내가 하는 양을 지켜보았다. 그러더니 별안간 권총을 내 관자놀이에 들이댔다. 여기서는 아무것도 전달할 수 없다는 현실을 깨닫지 않을 수 없었다.

7월 12일

작전 결행일까지 앞으로 며칠이나 남았을까. 땀투성이가 되어 깨어나면, 몇 번이고 손가락을 꼽으며 날짜를 헤아렸다. 만약 예정대로 원폭이 떨어진다면 내 목숨은 앞으로 3주하고 조금 더 남은 셈이다. 동시에 이 거리에 있는 무수한 사람들도 함께 죽는다. 살아남더라도 방사능을 뒤집어쓴 채 죽음의 각인이 찍히게 된다.

이 거리는 도저히 손쓸 수 없는, 죽음의 거리로 영구히 남게 될 것이다. 나는 어찌하면 좋을까. 이곳에서 유일하게 그 사실을 알고 있는 인간인 나로서는.

그리고 나 또한 여기서 불타 사라져버릴 존재이다. 나는 행복한 결혼을 하고, 부모님처럼 가족의 사랑에 둘러싸여 살고 싶었다. 전쟁과는 먼 세계에서, 우아하게 살아가고 싶었다. 죽을 때는 가족과 자손들이 지켜보는 가운데 눈감고 싶었다. 하지만 그 바람도 이미 먼 날의 꿈에 지나지 않는다. 지금은 오로지 죽음을 기다리는 몸일 뿐이다.

점심식사 후, 나는 취조실로 향하게 되었다. 지금은 긴 건널복도만이 내 희망의 통로이다. 예전에는 이곳을 걷는 것이 그토록 저주스러웠는데, 지금은 깁스한 다리에 감사한다. 그만큼 천천히 걸을 수 있으므로.

서쪽 연병장의 급수장에서 역시 그 아이가 빨래를 하고 있었다. 나를 발견하고, 그녀는 빨래하던 손을 쉬었다. 늘 따라다니는 병사가 아니라 오늘은 다른 병사가 내게 붙어 있었다. 이 병사는 나에 대해 상당히 너그러워서, 내가 급수장을 보고 있어도 불평하지 않았다. 나와 소녀와의 거리는 10미터쯤 될까. 그녀가 얼굴을 돌리기 전에 무언가 하지 않으면 안 된다. 여기서도 또 무의미한 행위에 매달리려는 내 자신이 있다. 나는 그 순간까지, 즉 육체가 재가 되는 그 순간까지 내 자신을 포기할 수 없다.

용기를 내어 소녀에게 미소 지었다. 가능한 한 아무렇지 않은 듯 자연스럽게. 그러자 소녀는 조금 수줍어하는 기색을 보인 후, 놀랍게도 미소로 화답했다. 센 바람이 불어 모래먼지가 흩날렸다. 소녀는 눈에 티가 들어갔는지 얼굴을 찡그리며 고개를 숙여버렸지만, 그때까지 몇 초 동안, 분명히 우리 두 사람은 미소를 주고받았다.

병사가 다가와 내 등을 밀었다. 나는 조그맣게 고개를 끄덕이고 그 자리를 떴다. 10미터쯤 걸은 후, 병사의 기색을 살피며 급수장을 돌아보았다. 소녀는 아직 이쪽을 보며 미소 짓고 있었다.

취조실에서 내가 생각한 것은 한 가지였다. 대량파괴폭탄으로부터 그 아이를 지켜내고 싶다는 것. 모든 것에서 버림받은 나를 그녀는 버리지 않았다. 이 나라에서 처음 받아본 미소이기도 했다. 그녀가 어떤 이유로 내게 미소를 지어주었는지는 모른다. 그녀에게 무슨 바람이 불어서 그랬는지도 모를 일이다. 어쩌면 나를 가엽게 여겼을 뿐인지도 모른다. 수행하고 있던 사람이 평소의 엄격한 병사가 아니라 온후한, 어딘가 느긋해 보이는 병사였기 때문인지도 모른다. 여하튼 그녀가 내게 적대감을 품고 있지 않은 건 확실하나. 그것만으로도 내게는 충분한 의미가 있다. 그녀를 개죽음당하게 하고 싶지 않다. 그리고 나도 개죽음당할 순 없다. 아버지와 어머니를 위해서도.

　무더운 취조실 안에서 한 시간 정도 고민한 후, 그 일을 예의 장교에게 전하기로 했다. 그러나 나의 이런 결단도 헛되이, 장교는 웃어넘길 뿐 이야기를 진지하게 받아들여주지 않았다. 히로시마를 한순간에 잿더미로 만들어버리는 폭탄이라고? 장교는 그런 게 있을 리 없잖냐고 말하는 듯이 통역관과 기록 담당을 향해 언성을 높였다. 고작 폭탄 하나에 이 도시가 사라져버린다, 그거야?

　그는 내가 거짓말을 하고 있다고 받아들였다. 중앙의 고급장교라면 원자폭탄에 대한 정보는 가지고 있을 터였다. 그러나 눈앞의 남자는, 왜 이제 와서 그런 말을 꺼내냐며 계속 웃었다. 특별대우를 바라고 자못 기밀 정보를 가지고 있는 것처럼 보이려는 게 틀림없다고, 지레짐작했다. 나는 통역관에게 이건 진실이며 좀 더 윗사람에게 전하는 편이 낫겠다고 호소했지만, 통역관은 그렇게는 할 수 없다고 대답했다. 이번 취조를 담당하고 있는 건 미쓰이 중령이고, 모든 건 그가 판단한다고. 하지만 그래서는 당신도 그 폭탄의 희생양이 된다. 당신뿐만이 아니다. 당신의 소중한 가족도 모두 재가 되는 거다. 통역관의 표정이 일순 굳었지만, 다음 순간 장교가 나를 후려갈겼다. 그리고 통역관을 향해 고함쳤다. 통역관인 야스바는 바닥에 쓰러진 나를 향해, 질문은 자신에게 하라고 중령은 말하고 있습니다, 하고 전했다.

　이곳에 오자마자 말했으면 좋았을 거라고 후회했지만, 어쩌면 그때 말했어도 이 남자에게는 통하지 않았을지 모른다. 이 미쓰이라는 장교에겐 여전히 일본이 전쟁에서 이길 거라고 믿는 듯한 광기가 있었다. 적에게 등을 보이느니 자살하는 게 낫다고 여기는 군인이었다. 원자폭탄 이야기가 사실임을 안데도, 이 자라면 그 사실을 묵살할 가능성이 있다. 태평양 위에 스러져간 특공기를 떠올렸다. 머리에 일장기를 두르고 우리 항공모함에 돌진한 인간폭탄을. 자신의 목숨을 국가에 바치고 산화한 청년 파일럿을 떠올렸다. 여기에는 다른 상식이 존재한다. 가족이 걱정되지 않느냐고 해도 그들은 천황과 국가를 택할 것이다. 옥쇄라는 말이 있다고 들었다. 어쩌면 이 남자는 그 길을 선택할는지도 모른다. 도망칠 바엔 다 함께 죽으려 들지도 모른다.

나도 국가를 위해 죽을 수는 있다. 군인이니까 싸우다 죽는 일은 어쩔 수 없다고 생각한다. 하지만 난, 최후의 최후까지 한 인간으로서의 존엄만은 지키고 싶다. 지키다 죽고 싶다. 전쟁의 의미를 조금은 이해하게 된 지금, 적어도 격추당하기 전과는 다른 이해를 얻게 된 나는, 인간의 존엄에 관한 본질을 생각하게 되었다. 원폭으로 죽고 싶은 사람이 세상 천지에 어디 있겠는가. 여기까지 온 이상, 아무것도 모르고 살아가는 많은 사람들이 아무것도 모른 채 개죽음당하는 꼴을 보고만 있을 수는 없다. 내 사명은 신이 정하는 것. 나는 내가 알고 있는 바를 가능한 한 많은 일본인에게 전하고, 한 사람이라도 더 이곳에서 대피시켜야 한다. 나는 신의 군대에 재입대하지 않으면 안 된다. 신의 군대에 들어가 사람들을 구해내야 한다. 그리고 그 아이를.

루즈 마이 메모리 4

꿈을 꿨다. 눈을 뜨고도 한동안, 란도셀을 등에 멘 지로 형의 어릴 적 모습이 머릿속에 남아 있었다. 몸을 일으켜 땀으로 흠뻑 젖은 이마를 손으로 닦고, 무거운 눈꺼풀 위를 문지르고 또 문질렀다. 내가 도장차 안에 있다는 사실을 깨닫기까지 몇 분이 더 걸렸을 정도로, 의식이 좀체 제자리를 찾지 못했다.

주변은 어두운데 스튜디오 주위에는 많은 사람이 있었다. 내가 스튜디오 앞에 있는 이유가 바로 떠오르지 않았다. 정체된 시간의 냄새를 맡음으로써 간신히 이전 시간과의 연결고리를 찾아내기 시작하자, 몽롱한 기억이 해안선에 부딪치는 파도처럼 의식의 경계에서 물결쳤다.

차 안의 시계는 9시를 가리키고 있다. 밤 9시라고 하면, 무려 열다섯 시간이나 잠을 잤다는 말이 된다. 그래, 이틀간의 철야를 끝내고 여기서 잠이 들어버린 거다. 그 사이 아무도 깨우러 오지 않았다는 건, 땟일에 문제가 없었다는 뜻이리라. 다시 말해 촬영이 순조롭게 진행되고 있음을 의미한다.

스튜디오의 거대한 철문 틈새로 안의 빛이 새어 나오고, 드나드는 사람들의 모습이 보였다. 문이 열려 있다는 건 지금은 촬영을 하고 있지 않다는 얘기다.

목을 돌리고 허리 부위를 가볍게 두드린 후, 차문을 열고 바깥으로 나왔다. 차창을 열어놓고 잔 탓에, 모기에 잔뜩 물려서 여기저기 붉은 자국이 생기고 가려웠다. 스튜디오 뒤에 있는 세면소로 가서 얼굴을 씻고 볼일을 보았다. 자동판매기에서 차가운 녹차를 뽑아 위에 흘려넣었다. 바싹 말라 있던 목구멍이 치유된다. 차가운 차가 위에 툭 떨어지고, 동시에 내 몸이 안쪽에서부터 화악 되살아난다. 육체가 차츰 감각을 되찾기 시작하면서 나는 상황을 판단할 수 있게 되었다.

스튜디오까지 천천히 걸어가 열려 있는 문 안으로 숨어들 듯이 들어갔다. 스튜디오 안에 세트 벽이 솟아 있다. 몽롱한 상태에서 마지막으로 올려다보았을 때보다 더한 박력이 느껴지고, 내 손으로 작업했으면서 나도 모르게, 굉장하군, 하는 말이 흘러나왔다. 벽 바로 앞의 인공 강에는 물이 채워져 있었다. 거대한 크레인이 스튜디오 중앙에 설치되어 있고, 카메라맨인 쓰타야가 그 끄트머리의 곤돌라에 올라 앵글 확인 비슷한 것을 하고 있었다. 감독 이하 스태프들은 그 바로 곁에 진을 치고 다네이와 무언가 이야기 중이었다. 감독의 손끝이 강 중간쯤을 가리키고, 대도구 담당 고노며 특수효과부의 아카마 등도 같은 지점을 바라보고 있었다. 미술부가 집결해 있다는 것은 다시 말해 감독이 무언가를 요망했다는 거고, 언제든 나도 불려갈 게 틀림없었다. 제작 진행부의 젊은 청년이 나를 보자마자 달려왔기에, 그가 무어라 말하기 전에 내가 먼저 말은 건었다.

"뭘, 만드나?"

통나무 다리를 설치하게 될 것 같다고 했다.

“역시, 그리로 튄 건가.”

그때, 청년 바로 뒤로 이쪽을 향해 걸어오는 도모코의 모습이 보였다. 그녀는 손에 플라스틱 컵을 들고 있었다. 미소 지으면서 그것을 내게 내밀었다.

“안녕, 꽤 많이 잤네?”

나는 미소로 화답하며, 어떤 상태냐고 물었다.

“응, 이제부터야. 아직 아무것도 시작 안 했어.”

그녀는 웃으면서, 어쨌든 저기에 통나무 다리를 만들게 됐다고 덧붙였다.

“이제까지 뭐 했는데?”

“대본이 수정돼서, 다들 대기. 그것도 꽤 큰 폭으로 변경됐어.”

“역시.”

키다의 말을 떠올렸다. ‘각본은 사람들을 안심시키기 위해 만들어 낸 안내도에 지나지 않아. 늘 그렇듯 이노우에만의 방식에 따라 점점 수정되어가지. 진짜 시나리오는 그의 머릿속에서 잠자고 있어……’

“벽 앞에서 찍는 신은 그리 많이 달라지진 않았는데, 실내 촬영분이 대폭 늘어났어. 게다가 내용이 마치 기록 영화처럼 됐더라고. 왜 있잖아, 감독님 방에서 보았던 『난징의 태양』……. 그거랑 똑같아졌어. 아니, 아직은 모르겠지만 다케다 아이가 연기하는 위안대의 여배우 역 말인데, 그게 아무리 봐도 훼이팡이야.”

훼이팡이라는 울림이 나를 완전히 깨어나게 했다.

“주연인 아메미야 고지가 연기하는 젊은 중국군 병사 역은 감독 자

신이란 건가. 그리고 사카타 겐고로라고 짐작되는 일본군 장교도 대사
가 대폭 추가됐어. 고쳐 쓴 대본을 읽고 난 이시켄 씨가, 이것 보라지,
하면서 웃었어.”

역시, 라고 대답하는 게 고작이었다.

“벽 세트 촬영이 끝나면 홋카이도로 돌아갈 예정이었는데, 먼저 실
내 신을 찍게 될 거래.”

“왜? 빨리 태양을 이어야 하잖아. 여름도 곧 끝날 텐데. 지금 찍지 않
으면 이노우에 하지메이니, 내년 여름까지 기다려야 될걸.”

“그렇긴 하지만, 다케다 아이는 이번 촬영 후에 연속 드라마 촬영이
있잖아. 여유 있게 스케줄을 잡았을 테지만, 이 페이스이다 보니. 먼저
도쿄분을 일단락 짓지 않으면 큰일 날 걸 안 거지.”

“뒤죽박죽이군. 실내 세트는 아직 시작도 못 했는데.”

“아냐, 이미 시작됐어. 네가 자고 있는 동안에.”

탄식이 나오기는커녕 숨이 막혔다. 설마, 하고 간신히 중얼거려보았
을 뿐, ‘이노우에 하지메라면 그러고도 남아’ 라는 말이 나오려는 것을
꿀꺽 삼키는 수밖에 도리가 없었다.

“다네이 씨, 비명을 지르긴 했지만 어쩐지 다들 마조히스트 기질이
있는지, 힘들어질수록 의욕이 불탄다니까.”

도모코가 한숨을 섞어 중얼거린다. 그러나 그 표정은 강단 있어 보
였고, 그녀 자신이 이 역경을 기꺼이 받아들이고 있는 듯 늠름했다.

“옆이야?”

“응, 제2스튜디오. 미술부 절반은 그쪽에서 망치질 중이야.”

"그래서, 도키토는 또 술이로군."

내 시선을 도모코가 쫓는다. 감독 뒤편으로 10미터쯤 떨어져 도키토가 바닥에 주저앉아 있었다. 부스스한 머리하며 풀어헤쳐진 셔츠하며, 척 봐도 멀쩡한 정신상태는 아니었다. 멍하니 벽을 올려다보고 있지만, 그 시선이 불안정하다. 100미터를 전속력으로 달리고 난 후의 모습처럼 보인다.

"어지간히 맛이 갔군."

내가 중얼거리자, 여기서 그런 말은 금물이라며, 도모코가 다문 입술에 손가락을 댔다.

"이 벽 장면도 사흘 가지곤 도저히 다 못 찍을걸. 사흘 밤을 새도 무리일 듯싶어."

"도키토 씨, 정말 죽게 생겼네."

"쉿, 그런 말은 절대 쓰면 안 된다니까."

도모코는 웃음을 터뜨릴 뻔한 내게 경고하듯이 입을 다시 꾹 다물었다. 건네준 컵의 내용물은 아이스 티였다. 사과 맛이 나는.

"있지, 요전의 휴대전화 얘긴데."

도모코의 얼굴을 들여다본다. 약간 높은 코가 얼굴 한가운데서 존재를 주장하고 있었다. 눈도 그렇고 코도 그렇고 입도 그렇고, 어디 하나 작은 구석이 없다. 그런데도 서로 부딪히는 일 없이 양보하는 듯한 인상으로 밸런스를 유지하고 있었다. 미소 지을 때만, 그것들은 팀을 이루어 멋진 표정을 만들어냈다. 분별력 있는 얼굴이라고 남몰래 생각했다.

"휴대전화 얘기라니, 뭐였지?"

"왜 있잖아, 구멍 얘기. 귀에서 비껴나가 있는 듯한 기분이 든다고 했던."

"아아, 그거."

"나 있지, 궁리해봤는데 휴대전화 구멍 부분이 귀마개 같이 튀어나와 있으면 좋겠다는 생각이 들었어. 수영할 때 쓰는 깔쭉깔쭉한, 오렌지색 귀마개 같은 거 있잖아. 그게 휴대전화 윗부분에 붙어 있으면 말이지……."

무슨 말을 꺼내는 건지, 잠시 도모코의 얼굴을 물끄러미 보고 있는 수밖에 없었다. 휴대전화 윗부분에 오렌지색 귀마개가 달려 있는 모습을 상상해보았지만, 시선 끝에 있는 난징성 세트와 너무 동떨어진 이야기였고, 더구나 이 긴박한 촬영 상황 속에서 안이하게 고개를 끄덕일 수는 없었다.

"재미없나. 이런 이야기."

"아니, 그건 아닌데."

나는 일단 기묘한 대화를 이었다.

"……그건 아닌데, 이제 막 일어나서 네 이야기에 따라갈 만큼 머리 회전이……."

도모코가 웃었다. 나도 웃었다. 따라서 웃은 건 아니다. 절박한 사태 앞에서 반쯤 체념한 쓴웃음이기도 했다.

"아냐, 그래도 역시 재미있는 아이디어인걸. 전화회사에 말하면 채용될지도 모르겠다. 나나 너처럼 지금의 휴대전화에 불만을 품고 있는

258

사람들이 사고 싶어 하지 않겠어?"

그렇게 이야기를 나누어보지만, 역시 앞으로의 일이 걱정되어 미소가 굳는다.

"그러게, 다음에 한번 해볼까."

"에, 뭘?"

발꿈치를 돌린 도모코에게 되물었다.

"그러니까, 전화회사에 아이디어를 팔아보자고."

그래, 그게 좋겠다, 하고 중얼거렸지만 도모코에게는 닿지 않을 만큼 작은 소리였다.

●

다리 땟일은 심야에 끝이 났고, 그 후 간신히 촬영에 들어갔으나, 스태프며 배우들의 체력 문제가 있어 아침 8시에 일단 촬영을 일단락 짓고, 각자 흩어져 한숨 붙이게 되었다. 제2스테이지에서 작업 중인 실내 세트도 아직 땟일을 할 단계가 아니라서 내가 있을 필요는 없었다.

"그럼 여러분, 12시 준비 개시이므로 부탁드립니다."

제작부 사람이 촬영 개시 시각을 큰 소리로 알렸다. '준비 개시'란 개시 시간까지 준비를 마쳐야 한다는 의미로, 스태프는 그보다 일찍 작업을 시작해야 한다. 12시 개시라는 건 어디까지나 감독이 스튜디오에 들어오는 시각에 지나지 않는다.

"집에 다녀올 수는 없겠네."

"다들 이 근처에서 대충 자겠지."

"어떡할래?"

내가 묻자, 나는 어차피 잠이 오지 않으니까 상관없지만, 하고 도모코가 말을 이었다.

"잠깐, 지로한테 다녀올까 싶어."

"그래?"

나는 맞장구를 치고 나서, 그 생각에 편승하기로 했다.

"같이 가자, 이 차로."

"괜찮아? 안 자도?"

"아까까지 이틀 치를 잤으니까 괜찮아. 게다가 형도 봐두고 싶고."

"응, 그럼 가자."

도모코가 미소 지었다.

우리 둘은 재빨리 준비를 마치고 차로 병원에 가기로 했다. 도모코가 앉을 수 있게, 조수석에 쌓아둔 솔 등을 치우고 있으려니, 저만치 감독 일행이 나타났다.

"어라, 그런 사이였어?"

이시켄이 눈치 빠르게 우리를 발견하고 놀렸다. 도키토는 핼쑥한 얼굴로 감독 조금 뒤에서 고개를 숙인 채 마치 망령처럼 서 있었다. 쓰타야 옆에 있던 감독은 말없이 우리를 보고 있었는데, 그 눈이 문득, 어디를 보고 있는지 모를 적막한 빛을 띠었다.

"그런 거 아니에요. 잠깐, 병원에 입원 중인 형한테 다녀오려는 겁니다. 마루야마 군도 형을 아니까 같이 가겠다고 해서요."

"이러니저러니 해도, 시로 너, 열심히 구슬리고 있잖냐."

쓰타야가 드물게 이시켄에게 동조하며 웃었다. 평소엔 으르렁거리는 두 사람이었지만, 이런 열악한 상황에서는 싸울 새도 없을 것이다. 도카치 평야에서의 촬영 때보다 두 사람의 공기는 서로 섞여 누그러져 있는 듯이 보인다. 그게 바로 이노우에 팀의 강점이다. 긴급 사태가 발생하면 결속이 시작된다는 것.

"이렇게 보니 의외로 잘 어울리는데?"

"어울리누만."

쓰타야가 부채질했다. 그러자 감독이 슥 다가와서, 물끄러미 도모코의 얼굴을 바라보았다. 감독이 무언가 말하려다 입을 다물었다. 도모코와 훼이팡이 또 겹쳐져 보이는 걸까.

감독은 이번에는 내 쪽으로 시선을 옮겼다. 몇 초, 어쩌면 조금 더 길게 감독이 나를 응시했다. 그러고 나서 한 마디, 조심해서 다녀오게, 하고 중얼거리고 그 자리를 떠났다.

빛의 사체 2

병실 공기에는 좀처럼 익숙해지질 않는다. 페인트며 시너의 걸쭉한 냄새에 익숙해져 있는 탓인지, 코끝을 핀셋으로 집어 올리는 듯한 소독약 냄새는 특히 고역이다. 게다가 청결이라는 단어를 그림으로 그린 듯한 병실 벽이며 바닥이며 천장에는 더더욱 정이 안 간다.

지로 형의 병실은 1인실인 데다 좁지만 호텔처럼 깔끔한 공간이었다. 깨끗한 벽지와 구석구석 말끔하게 청소된 바닥이 압도적인 힘으로 존재한다. 나와 도모코는 지로 형 바로 옆에 앉아, 그와 같이 정돈된 실내에서 쿨쿨 잠만 자는 형을 바라보았다. 총탄이 관통한 머리에는 커다란 반창고 같은 것이 붙어 있었는데, 그저 일그러진 두개골을 가리기 위한 장식물처럼 느껴질 뿐이다. 마치 나날을 채색하는 꽃꽂이인 양 생뚱맞아 보이는 것이, 핸섬한 형을 가엾게 여긴 간호사가 개인적으로 그렇게 해두었나 하는 억측이 들 정도이다.

그림 한 장이 벽에 걸려 있고, 그 그림만이 이 방에 신선한 기묘함을 안겨준다. 깨끗한 벽지 위에 걸린 액자 안에서 그 그림은 난해한 질문을 던지고 있다. 막연한 화풍으로, 몇 개의 선과 색과 모양이 의미를 불어넣고는 있지만, 그것들도 오래 보고 있으면 의미를 알기 어려웠다. 정돈된 병실이란 공간에 전혀 어울리지 않는 그림의 문양이 불가사의

한 위화감을 안겨준다.

"특이한 그림이네."

내 말에 도모코가 조그맣게 대답했다.

"전에 들은 적이 있는데, 예쁜 꽃이나 풍경화는 인간에게 살고자 하는 의지를 끌어내준대. 특히 말기 상태의 환자에게는, 이렇듯 뭘 그린 건지 의문이 생기는 그림이 좋다는 거야. 의미를 찾고 싶어질 만한 게 아니면 죽음을 재촉한다나 봐."

그렇구나, 하고 몸을 돌려 형을 보았다. 눈은 꼭 감겨 있다. '혼수상태의 인간에겐 어쨌거나 이 그림은 의미를 끌어낼 수 없어.' 그렇게 말하려다 그만두었다. 침묵이 실내를 메운다.

나나 도모코나 여기서 무슨 이야기를 해야 좋을지 몰랐다. 뭐든 좋으니 세 사람 사이를 메울 대화가 필요했다. 도모코와 나는 함께 지로 형을 보고 있다. 혼수상태인 형은 우리가 보고 있다는 걸 모른다. 지로 형은 우리를 인식하지 못한다. 그의 감긴 두 눈은 이제 영원히 열리지 않을 것만 같다. 살아 있으면서 죽어 있는 형. 우리는 이 현실에 좀 더 익숙해지지 않으면 안 된다.

불현듯 지금 여기서 도모코에게 내 감정을 내던져보고 싶어진다. 바로 형 앞이기 때문에 말할 수 있을 듯한 기분이 들었다. 생각에 앞서 시선을 움직여 도모코의 얼굴을 들여다보았다. 움직이지 않는 형을 조용히 내려다보는 그녀의 옆얼굴에 창으로 비쳐드는 빛이 강하게 와 닿으며 또렷이 콘트라스트를 만들었다. 싱그럽고 윤기 나는 입가, 윤택하고 탄력 있는 뺨, 투명하게 부푼 안구, 오똑한 콧날. 거기에는 추상적인 것이라곤 하나도 없었다.

"삶의 반대는 죽음이잖아. 하지만 죽음의 반대는 사랑이라고 생각 안 해?"

내가 말을 하기에 앞서 도모코가 먼저 입을 열었다.

"죽음의 반대가 사랑?"

무슨 말을 꺼내려는가 싶어 그녀를 주시했다. 죽음을 향해 가는 형 안에서 사랑을 느낀다는 걸까?

"삶의 반대말은 죽음. 죽음의 반대말은 사랑. 사랑의 반대말은, ……하지만 죽음."

도모코는 그렇게 덧붙였다.

"사람은 결코 삶으로 되돌아올 수는 없는 거야."

빨리 이 정체된 분위기를 바꿀 필요가 있었다.

"그럴까. 삶의 반대는 망각 아닌가? 그리고 망각의 반대말이 죽음이야."

망각? 하고 도모코가 나를 돌아본다.

"잊어버릴 수가 없는 난 어떻게 되지?"

그녀의 안구가 희미하게 빛을 발한다.

"억지로 잊어버리려 하지 않아도 돼. 기억이야말로 살아 있다는 증 거이기도 하니까."

도모코는 다시 한 번 혼수상태인 형의 얼굴을 바라보았다. 혼곤히 잠만 자는 형에겐 삶도 죽음도 없어 보인다. 그저 표류하는 우주가 있고, 형의 육체는 거기에 떠 있는 것이다.

"이 사람은 이제 이쪽으로는 돌아오지 않을 거야. 하지만 내 안에는 이 사람에 관한 기억이 잔뜩 남아 있어. 엄청나게 많은 지로의 기억. 난 그걸 망각하지 않는 한, 널 사랑할 수가 없어."

도모코의 옆얼굴에 끌려 들어갔다. 사랑이란 말이 언제까지고 가슴에 눌러앉아, 집요하게 중심을 자극했다. 사랑할 수가, 사랑할 수가……. 그렇다면, 그녀의 머릿속에서 형에 관한 기억을 지워내면, 그때는 날 사랑할 수 있다는 걸까. 온몸에 힘이 뻗치고, 주먹 쥔 손에 힘이 들어갔다.

"지로는 지나치게 진지했어. 날 손이 닿지 않는 여자라고 단단히 믿어버렸지. 그래서 힘으로 날 사랑하려 했어. 하지만 힘 따위론 마음은 움직이지 않아. 그가 힘을 싣는 만큼 둘 사이는 어색해졌어. 그리고 부서졌지. 난 부서진 그가 사랑스러웠어. 하지만 고집 센 지로는 다시는 원래대로 돌아와주지 않았어. 한 번 부서지면 계속 부서진 채로 있을 남자였어. 그렇지? 그런 사람이잖냐고. ……나는."

도모코는 거기서 말을 끊었다가, 나는, 하고 다시 한 번 말을 꺼내고 나서,

"부서져가는 그를 사랑했어. 자신을 상처 입히고, 자신을 저주하는 그를 사랑했어. 이 기억과 난 영원히 붙어 살아갈 거야. 설령, 지로가 죽은 후에도. 그러니까."

하고서 다시 말을 끊었다.

"시로를 사랑할 순 없을 거야."

나에게는 이미 어떤 출구도 보이지 않았다. 오로지 심장만이 격렬하

게 온몸으로 피를 보내고 있을 뿐. 아프도록, 터져버릴 듯한 기세로. 굳은 육체의 표면과 달리 내부는 마그마의 지각 변동처럼 맹렬하게 움직이며 뜨겁게 그을었다.

도모코는 움직일 수 없는 나를 아랑곳하지 않고 형 뺨에 손을 댔다.

"어째서 일이 이렇게 돼버렸을까."

목멘 소리로 말했다. 잘 들리지도 않을 만큼 약하디약한 목소리였지만, 그 말은 귓속에 굳건히 남아 무너질 듯한 나를 빙글빙글 휘감아가기 시작했다.

"날 두고 어디로 갈 생각이야?"

도모코가 형의 손을 부여잡았다. 그 손은 말라버린 개구리의 사체처럼 딱하기 이를 데 없었다. 강인했던 날의 야성은 이미 온데간데없다. 빛조차도 외면하는 현실이 있다.

"너랑은 분명 다시 시작할 수 있을 거라 생각했어. 그래서 난, 네가 일부러 다른 여자들을 데리고 다닐 때도, 보고도 못 본 척했던 거야. 그런데, 너무하잖아. 내 안에 이렇게 산더미 같은 추억을 남겨놓고 가다니. 이 추억을 끌고, 나, 대체, 어떻게 해야 하냐고."

울먹이는 목소리가 되어 있다.

"지로, 널 절대로 잊지 못할 거야. 내가 살아 있는 한, 널 품고 살아갈 거야."

도모코는 형에게 이야기하는 거였지만, 마치 내게 그 말들을 던지고 있는 것처럼 보이기도 했다. 나를 여기서 구해줘. 사실은 그렇게 절규하고 있는 것처럼 들리기도 했다.

"지로, 힘들었던 너의 마음을 계속 가지고 살아갈 거야. 짧은 시간이 었지만 쭉 가지고 갈 거야."

구해낼 기회가, 구해낼 용기가, 혹은 자신이, 내게는 있을까. 도모코의 눈에서 눈물이 빛났다. 그것은 분명히 구출을 기다리는 자의 눈물이다. 도모코가 천천히 내 쪽을 돌아보았다. 뭘 꾸물거리는 거야. 나는 내 자신에게 분노를 느꼈다. 그녀를 구출해내야 해, 그녀를 구할 수 있는 건 살아 있는 나뿐이야. 과거 기억의 늪에서 그녀를 끌어올리지 않으면 안 되는데.

"자기한테 무슨 일이 생기면, 처분하라고 지로가 말했어."

도모코가 문득 말을 꺼냈다. 그 말들이 내 귀에 후드득 떨어졌다. '처분'이라는 말이 제일 크게 들렸다. 다음으로, '무슨 일이 생기면'이란 말이 남았다. 무슨 말인지 선뜻 이해가 가지 않았다. 하지만 그 중얼거림은 우리를 의외의 방향으로 이끌려 하고 있었다.

"뭘?"

오한을 느끼면서 되묻자 도모코는, 란도셀이라는 말을 입에 담았다.

"그가 이렇게 되기 직전에, 나한테 새 란도셀을 맡겼어."

거센 귀울림이 나를 덮쳤다. 형은 변함없이 혼수상태에 빠져 있다.

지로의 세계 4

남자는 몇 날 며칠이 지나도 나타나지 않았다.

"그 스파이는 언제가 돼야 그 란도셀을 가지러 오는 거야?"

란도셀을 물끄러미 바라보고 있는 지로를 향해 시로가 멈칫거리며, 하지만 더는 참을 수 없다는 듯 물었다. 지로는 시로의 질문에 대답할 생각 따윈 없었다. 왠지 모르게 그 스파이는 이제 자기 앞에 나타나지 않을 거란 생각이 들기 시작했다. 중요한 건 언제까지고 약속을 지키는 일이다, 라고 억지로 되뇌어본다. 내가 죽든지 혹은 세계가 붕괴할 때까지…….

세계의 붕괴. 그 울림에는 마음이 움직인다. 하지만 어떻게. 문득, 지로는 란도셀에 눈길을 주었다. 마치 그것이 테러리스트가 만든 대형 시한폭탄이라도 되는 것만 같다. 이 안에 폭탄이 있다. 자칫 잘못하면 이 녀석이 폭발해서 세계를 파멸시킬지 모른다. 하지만 그러기에는 너무 가볍지 않은가. 지로는 란도셀을 살짝 흔들어본다. 도저히 폭탄이 들어 있을 만한 무게는 아니다. 그렇다면, 혹시 이 안엔 세계를 하룻밤 사이에 혼란에 빠뜨릴 온갖 세균이 숨겨져 있는 건 아닐까. 세균폭탄이다. 폭탄은 뚜껑을 열면 안에 꽉 차 있던 세균이 흘러나오는 구조로 되어 있는지도 모른다.

지로는 격렬한 흥분을 느꼈다. 아무 변화도 없는 이 세계가 순식간에 악의 소용돌이 속으로 매몰되는 백일몽을 꾸었다. 내가 그 버튼을 누르는 거다. 세계가 미쳐 돌아갈 열쇠를 내가 쥐고 있다. 이 뚜껑을 열면 그뿐이다. 그러면 여기서 온갖 악의가 튀어나와, 눈 깜짝할 사이에 세계를 밑바닥으로 추락시키는 거다.

지로는 시로를 돌아보았다. 그 얼굴이 뻔뻔스럽게 웃고 있었기에 시로는 엉겁결에 뒷걸음질 쳤다.

"알겠냐, 난 언제든 이 란도셀 안에 든 물건을 꺼낼 수가 있어. 시로, 그건 나한테만 주어진 특권인 거야. 네가 나한테 이래라저래라 하는 건 용서 못해. 넌 그냥 목격자로 있으면 돼."

"안에 든 걸 정말로 꺼낼 수 있다면 핑계 대지 말고 해봐. 볼 때까진 못 믿어!"

여느 때와 달리 시로가 반항하기에 지로는 엉겁결에 손이 나가고 말았다. 둔탁한 소리에 이어 시로가 땅바닥에 나자빠졌다.

"이 자식, 나한테 지시하지 마! 넌 잠자코 날 따르면 되는 거야."

지로는 란도셀을 짊어지고 걷기 시작했다. 심장이 아직도 두근거린다. 골목의 이르는 곳마다 눈이 머문다. 폭탄을 터뜨리기에 걸맞은 장소를 찾으면서 걷고 있다. 여긴가? 저긴가? 어디야! 그렇게 생각하니 가슴이 울렁거린다. 자신이 이 세계의 운명을 쥐고 있으므로.

지로는 교차로까지 걷고, 거기서 발을 멈췄다. 이 세계의 끝이었다. 등 뒤로 시로가 달려오는 소리가 들렸다. 시로는 지로 바로 옆에 멈춰 서서, 때리다니 너무하잖냐며 항의했다. 하지만 그 목소리에 힘은 없다. 자신의 입장을 주장하는 데 불과한, 아무래도 좋을 항의이다.

지로는 어둠을 응시했다. 동시에, 파멸시키려 하고 있는 세계의 크기를 재확인하지 않으면 안 된다는 것을 깨달았다. 그래, 세계란 그리 큰 건 아니다. 그리고 이 세계를 파멸시킨다는 것은, 다시 말해 여기에 살고 있는 나 자신도 죽는다는 뜻이다. 이 란도셀의 뚜껑을 여는 순간, 세계는 날아간다. 그리고 나 자신도 날아간다.

지로는 그저 어둠을 바라보는 수밖에 없었다.

●

벌써 몇 번이나 여기서 발길을 돌렸을까. 어둠을 바라본 후, 지로는 어김없이 발길을 돌려 중심, 즉 도영주택의 그 계단 부근으로 돌아왔다. 세계란 어차피 이런 것인지도 모른다고 지로는 생각하기 시작했다. 끝이 있다는 건 어떤 의미일까. 소년은 자문한다. 어째서 인류는 세계의 끝을 찾아 방황했을까. 어째서 아문센은 남극점에 도달하려 했을까. 모험가들은 어째서 높은 산 정상에 오르려는 걸까. 바스코 다 가마, 아메리고 베스푸치는 무엇 때문에 서쪽 끝을 찾아 해도(海圖)도 없는 무서운 항해 길에 나섰을까. 과학자들은 우주의 끝을 왜 집요하게 계산하는 걸까. 끝을 발견했을 때, 그들은 거기서 맨 먼저 무엇을 얻을 생각인 걸까.

지로는 멈춰 서서, 빛을 반사하는 유리 파편을 물끄러미 바라보았다. 만족이 아니라, 어쩌면 납득이 아닐까. 끝을 발견했을 때, 인간은

270

납득하는 것이다. 그곳에 발을 디디고 섬으로써 그들은 납득했으리라. 그곳이 세계의 끝임을. 그리하여 사람들은 자신이 존재하는 세계의 마음, 이를테면 크기라고 불러도 될, 그런 마음을 거머쥔다. 그것은 자신이라는 존재를 명확히 자리매김하기 위한 중요한 척도이기도 하다. 끝을 안다는 건, 자신이 존재하는 우주의 크기를 아는 것이고, 더 나아가 자기 자신을 아는 것이기도 하다. 그래서 모두 납득이라는 이름의 평안을 찾아 끝으로 끝으로 여행을 하는 것이다.

지로는 세계 안에 있었다. 제한된 크기의 세계 안에. 그러나 지로는 그 세계를 결코 작다고 보진 않는다. 크기가 중요한 건 아니다. 아무리 지구가 작아도, 인간은 지구상의 모든 것을 알 수는 없다. 분량이라는 것이 있다. 태어나서 죽을 때까지 볼 수 있는 세계에는 한계가 있다. 크기가 중요한 게 아니라, 그 세계 안에서 얼마만큼의 상상력을 지니고 살 수 있느냐가 중요하다고, 소년은 멍하니 생각한다.

지로에게는 지금, 란도셀 안을 상상할 수 있는 자유가 주어졌다. 그런데 란도셀을 열어버리면, 설령 거기에 세균폭탄이 숨겨져 있더라도, 실물을 봐버리면 그의 상상은 종말을 맞이하게 된다. 반대로 언제까지고 뚜껑을 열지 않으면, 란도셀 안에 세균폭탄이 들어 있을지도 모른다는 흥분은 사라지지 않는다. 중요한 건, 안을 봐버리는 게 아니다. 중요한 건, 안에 든 물건을 계속 상상하는 것.

지로는 빛이 가로수 이파리 끝에서 춤추는 모습을 잠시 멈춰 서서 바라보았다. 거기에 무언가 세계의 본질에 다가가는 수수께끼가 숨겨져 있는지도 모른다. 그냥 지나치는 일이 없도록 가만히 응시한다. 바람에 뒤집히는 이파리의 그늘 속에, 신이 마련해놓은 틈새가 보일지도 모른다. 완벽하고 완전해 보이는 이 세계 어딘가에 신이 못 보고 지나친 구멍이나 균열, 혹은 깜빡 빠뜨린 쇠망치가 존재할지도 모르니까.

지로는 상상력을 가동시켜 주의 깊게 세계를 바라보았다. 등에는 란도셀이 있다. 지로는 주도권을 쥐고 있다. 언제든 자기 손으로 란도셀 뚜껑을 열어 세계를 혼란에 빠뜨릴 수 있으니까. 하지만 그 힘을 당장 쓸 생각은 없다. 이렇게 애태우며 세계가 초췌해지기를 계속 기다리는 거다. 언젠가는 신마저도 긴장을 풀 때가 오지 않을까. 바로 그때, 지로는 세계의 허점을 발견한다. 세계의 거짓을 간파한다.

●

지로가 흘러내린 란도셀을 고쳐 메고 걷기 시작했을 때였다. 평소와 다름없는 주택가 골목 뒤편에 여남은 명의 사람이 모여 촬영 중인 광경과 맞닥뜨렸다. 커다란 카메라를 안은 남자가 그 중심에 있다. 카메라가 향한 각도 끝에 한 여성이 있고, 그녀가 카메라를 향해 뭔가 말을 하고 있었다. 지로와 시로는 천천히 다가가, 촬영단에서 10미터쯤 떨어진 가로수 그늘에서 그 모습을 지켜보았다. 처음 보는 촬영 풍경. 카메라맨 옆에 선 거무스름한 얼굴의 남자가 아무래도 그 가운데 제일 높은 인물인 듯, 그가 뭔가 말할 때마다 많은 어른들이 우왕좌왕했다. 아마 감독이겠거니 지로는 짐작했다. 키가 크고 호리호리한 청년이 몇 미터 앞에 선 소녀에게 수도 없이 쫓아가 그 거무스름한 얼굴의 감독이 하는 말을 전하는 전령 역할을 맡고 있었다. 청년은 보고 있자니 우스꽝스러울 정도로 주뼛주뼛했고, 그 모습이 지로와 시로는 재밌어서 견딜 수가 없었다.

"어이, 꾸물대지 좀 마라."

거무스름한 얼굴의 감독이 소리친다. 키 큰 청년은, 네, 하고 대답하더니 아름다운 소녀 앞에서 손짓 발짓 해가며 감독의 연기 지도를 전달한다. 청년은 소녀가 걸어야 할 방향을 손을 휘휘 휘두르며 설명하지만, 아무래도 요령 부족이라 소녀는 당혹감을 감추지 못한다. 둘 사이가 조용히 정체되기 시작하자, 그것을 반영하듯 구름이 태양을 가리기 시작했다. 빛이 어딘가로 쑥 사라지고, 세계가 어둠 속에 매몰되기 시작한다.

누군가가 소리쳤다. 태양이 구름 속으로 들어갑니다! 사람들이 하늘을 우러러보았다. 거세게 타오르는 태양이 구름 속으로 숨어들려 하고 있다. 무언가가 지로의 머릿속을 따끔하게 찌르고, 아픔이 기억의 도랑을 달려 나갔다.

골목에서, 가로수에서, 온 거리에서 빛이 퇴각하기 시작했다. 소녀는 감독의 얼굴을 바라본다. 소녀의 눈동자에 한 방울의 빛, 최후의 빛이 모인다. 청년의 이마에서 땀이 뚝뚝 떨어지고, 거기에도 마지막 빛이 머물러 반짝 빛난다. 목숨이 불타 없어지는 최후의 순간과도 같은 눈부심. 어쩌면 눈물인지도 모른다는 생각에 지로는 가만히 응시했다. 청년이 손을 꽉 움켜쥐는 듯한 느낌이 들었다.

감독이 다시 소리쳤다. 당황한 청년이 얼굴을 들어 지로 쪽을 돌아보았다.

"방해하지 마라. 카메라에 들어가잖니!"

청년은 마치 파리라도 쫓는 듯이 손을 휘저으며 지로와 시로를 향해 달려왔다.

"어이, 저리 가. 알겠어? 저리 가라고."

청년은 먼 곳을 가리키며 그리 가라고 말하고 있다.

"싫어요."

지로가 소리치자, 청년이 놀란 얼굴을 하며, 일본인이니? 하고 소리를 높였다.

"아니면 그냥 일본어를 아는 거니?"

"우리도 보고 싶어요."

시로가 말했다. 시로의 말에 청년의 눈이 휘둥그레졌다.

"어떻게 여기에 있는 거니? 부모님은 어디 계셔? 길을 잃었니? 왜 이런 위험한 장소에 애들이 있는 거야?"

청년의 시선이 지로가 멘 란도셀에 머문다.

"책가방이잖아, 그것도 새 거. 그렇다면 이 부근에 일본인 학교가 있다는 얘긴가?"

"학교라면 있지만."

시로가 말하고, 그 방향을 가리켰다.

"하지만 이젠 없어요. 지금은 새까만 어둠이 있을 뿐. 옛날엔 학교가 있었지만, 지금은 사라져버렸어요."

설마, 하고 중얼거린 후, 청년의 시선은 고정된 채 움직이지 않았다.

274

"있었다고? 일본인 학교가 이런 곳에 있었다는 정보는 없어."

"어이, 뭘 꾸물대는 거야!"

감독이 등 뒤에서 소리쳤다.

"이제 곧 태양이 얼굴을 내민다. 서둘러!"

구름 가장자리에서 태양이 얼굴을 내밀려 하고 있다. 그 모습은 마치 공중에 뜬 거대한 섬 안에서 금빛으로 빛나는 괴물이 태어나는 것처럼 으스스했다. 마치 빛이 온 세계를 녹여버리려는 듯이. 빛이 지상을 기어간다. 가라앉아 있던 거리를 다시 빛 속으로 띄워 올린다. 금색 빛이 지상에 쏟아져 내리고, 구름의 갈라진 틈새로 새빨간 태양이 모습을 드러낸다.

"나왔습니다!"

스태프 중 한 사람이 소리치자, 놀란 청년이 지로와 시로를 억지로 안아 반대편 골목으로 데려갔다. 지로는 세계가 요동치며 일그러져가는 모습을 보았다. 색이란 색이 스며 들어가는 것이 보였다. 아예 몸뚱이째 내동댕이쳐지는 건 아닐까 싶은 그 진폭이 즐거워서, 마냥 그렇게 있고 싶어졌다. 시로가 와— 소리를 지르며 기뻐하고 있다.

그러나 청년은 두 소년을 골목 반대편에 놓아두고, 다시 촬영단이 기다리고 있는 장소로 달려갔다. 마치 빛 속으로 다이빙하는 듯한 기세로.

촬영단에서 떨어진 두 소년은 공터로 향했다. 시로는 하늘에 뜬 붉은 태양을 연방 돌아보면서 걸었다.

"태양이 나왔습니다, 라니. 이상한 어른들이야."

시로가 웃었다. 지로는 태양 생각을 하고 있었다. 거기에 무언가 비밀이 숨겨져 있는 듯한 기분이 들어 견딜 수 없었기 때문이다. 그 새빨간 태양은 어째서 어둠을 밝게 비추지 못하는 걸까.

공터의 창가에 금빛 머리를 한 외국인의 모습은 없었다. 시로가 돌멩이를 주워 창 안으로 던져보았지만 반응이 없다.

"죽은 거 아냐?"

시로가 중얼거렸다. 지로는 무시하고 건물을 따라 걷기 시작했다. 조금 걷자 급수장이 있었다. 흰옷을 입은 젊은 여성이 그곳에서 빨래를 하고 있다. 소년들이 다가가자 소녀가 알아차리고, 역시 촬영단의 청년과 마찬가지로 놀란 얼굴을 했다.

"여기에 어떻게 들어왔니?"

음질 나쁜 스피커에서 흘러나오는 듯한 알아듣기 힘든 일본어였다. 두 소년은 얼굴을 마주 보고, 먼 곳을 가리켰다. 공터 끝에는 또다시 구름이 태양을 가리려 하고 있었고, 일대가 어둡게 가라앉아 있어서 경계가 모호했다.

"여기 앞은 육군 훈련장이니까, 가면 안 돼. 위험하니까 그만 돌아가렴."

꾸밈없는 디자인이었지만, 소녀의 흰 제복이 눈부시다. 소녀는 등 뒤의 건물을 가리키며 말한다. 건널복도 막다른 곳에 문이 보였다. 입

처럼 생긴 어두운 입구 안에서 약간 칠칠치 못한 차림의 병사와 전에
본 그 이국인이 지팡이를 짚으면서 나왔다. 이국인의 다리는 붕대로
칭칭 감겨 있고, 걸을 때마다 몸이 한쪽으로 기운다. 소녀가, 아, 하고
조그맣게 소리를 흘리는 것을 지로는 놓치지 않았다. 지팡이를 짚으면
서 걸어오는 이국인은 분명히 소녀를 의식하고 있었고, 처음부터 줄곧
소녀에게 멈춘 시선을 떼지 않았다. 소녀는 병사가 신경 쓰이는 듯 안
절부절 못하는 기색이다. 고개를 숙였다 들었다 하는 그 모습은 아직
어린 티가 남은 소녀다운 몸짓이기도 했다. 무언가 책임 있는 행동을
보여 자신의 입장을 분명히 하려는 건지, 젊은 간호사는 지로와 시로
를 붙잡더니 저쪽으로 가라고 충고했다. 시로가 도망치려 했기에 소녀
는 시로를 끌어안았다.

"으쩐 일이다요?"

거기에 병사가 와서 정감 있게 말했다. 소녀는, 부모를 놓쳤나 보다
고 대답했다.

"너그들, 누굴 문병하러 왔다냐."

병사가 이번엔 웃음을 띠며 말했다. 그러나 지로는 놓치지 않았다.
미소 짓는 병사의 등 너머로 이국인과 소녀의 시선이 서로 얽혀 있는
것을.

"우리는 스파이한테서 비밀의 폭탄을 맡아 가지고 있어요."

시로의 말에 병사의 얼굴이 순간 굳어졌지만, 금세 원래의 온화한
미소로 돌아왔다.

"재미있는 말을 허는 아그로구마잉."

병사가 시로에게 정신이 팔려 있는 사이, 이국인이 무언가를 소녀에게 건네려 했지만, 소녀는 병사가 무서운지 그것을 받아 줄 수가 없었다.

"구마잉, 구마잉."

시로가 병사의 말꼬리를 흉내 내어 되풀이한다.

"허벌나게 좋은 책가방이구마."

이번엔 지로의 란도셀을 병사가 만졌다. 이구마, 하면서 따라하는 시로.

"이리 때깔 나는 책가방은 본 적이 없구마. 필경 어디 귀헌 집 자식이겄제. 되얏다. 너그들, 여기서 다치기라도 허믄 곤란항께. 부탁이니께 병동 안에서 놀고 있거라잉."

지로는 이국인이 무언가를 소녀에게 전하고 싶어 한다는 걸 알아챘다. 그들에게 필요한 건 시간이다. 태양이 구름 속으로 들어가려 하고 있다. 빛이 서쪽 연병장 끝에서부터 급속히 도망치기 시작하고, 동시에 어두운 세계가 밀려들었다.

"싫어요!"

지로가 소리치며 서쪽 연병장을 향해 뛰어나갔다. 재미를 붙인 시로도, 있거라잉, 있거라잉, 하고 외치면서 달려 나갔다.

"이리 오라니께!"

병사가 소리를 지르며 뒤쫓아 왔다. 지로는 달리면서 이국인과 소녀 쪽을 살짝 돌아보았다. 빛이 떨어진 세계 한가운데에서, 소녀가 이국인으로부터 무언가를 받아 들었다. 소녀의 얼굴에 미소가 떠올랐다.

그리고 그 미소는 곧바로 이국인의 얼굴에도 전염되었다. 두 사람은
마주 보며, 서로의 안에 있는 빛에 가닿고 있었다.

크레이그 부샤르의 수기 3

7월 13일

오늘은 아주 멋진 일이 있었다. 이 극한 상황 속에서, 그 아이와 이어질 수 있었던 것. 냉정하게 생각해보면 무척 불가사의한 일이었다. 적국의 억류 시설 안에서, 나와 마음이 통하는 사람이 출현했다. 적어도 그 소녀는 병사의 눈을 피해, 내가 건네려 한 작은 마리아 상을 받아 들었다. 그건 내가 파일럿이 되었을 때 어머니한테 받은 것이다. 길이가 3센티미터 정도 되는 마리아 상으로, 수정으로 만들어져 빛의 각도에 따라 일곱 가지 색으로 빛나 보인다. 이곳에서의 내 유일한 개인물품이기도 한 마리아 상을, 더구나 어머니한테서 받은 부적과도 같은 그것을 소녀에게 건네기까지는 나름의 용기와 결단이 필요했음은 말할 것도 없다. 그러나 바로 그렇기 때문에, 그만큼 내게 가치가 있는 물건이기에, 이 극한 상황 속에서 나의 유일한 빛이기도 한 그녀에게 주고 싶었다. 설령 둘 다 섬광 속에 녹아 사라져버리게 될지라도, 서로 통할 수 없는 부조리한 세계 속에서 비록 한순간이나마 이어질 수 있었던 무언가가, 나를 최후까지 인간으로서 지탱하게 해줄 에너지가 될 테니까.

병사의 눈을 피해 그녀가 내게 손을 내밀었을 때, 나는 이 극동의 야만적인 나라 안에서, 세상에서 가장 고귀하고 아름다운 것을 발견할

"

수 있었다. 내 손에서 마리아 상을 받아 들어 자신의 제복 주머니 속으로 쏙 집어넣었을 때의, 생사를 건 듯한 그녀의 긴장된 얼굴이 잊히지 않는다. 그녀는 어째서 그 같은 위험을 감수했을까. 병사에게 들켰다간 여기서 일할 수 없는 것은 물론, 사회적으로도 가혹한 입장에 몰릴 터였다. 만약 그녀와 내가 연인 사이였다면 그와 같은 위험을 감수할 수도 있겠지만, 말 한 마디 제대로 나눈 적 없는, 아니, 눈빛조차 차분히 교환한 적 없는 두 사람이다. 일시적인 기분이나 호기심으로 할 수 있는 일도 아니다. 그렇다면, 그녀 안에 나와 같은 마음이 자리하고 있다는 뜻일까. 같은 마음……. 그것 말고는 이 모험을 정당화시킬 의미를 찾을 수가 없다. 만약 그렇다면, 바로 그곳에 신이 존재한다고 생각하지 않을 수 없다.

나는 밤새 잠을 이루지 못했다. 이름도 모르는 그 소녀를 생각하며 밤을 지새웠다. 어떻게든, 그녀만이라도 이곳에서 피난시키지 않으면 안 된다. 하루라도 빨리, 원폭 투하 사실을 전하고, 히로시마에서 멀리 떨어뜨려 놓아야 한다. 그렇게 생각하니 밤이 불타오른다. 밤이 밀려온다. 밤이 답답하리만치 안타깝다.

7월 14일

아침부터 계속 비가 내리고, 우울한 구름이 하늘을 가리고 있다. 쇠격자 사이로 손을 뻗어 비를 만져본다. 빗방울이 손바닥에 부딪쳐 튕겼다. 선뜩한 감촉이 기분 좋았다. 그러나 비 탓에 그 아이는 빨래를 할 수가 없다. 건널복도에서의 유일한 즐거움은 다음을 기약하는 수밖에 없었다.

쓸데없는 심문이 끝나고 미쓰이 중령이 취조실을 나간 후, 야스바가 내게 담배를 권했다. 뻣뻣하고 자그마한 일본제 담배이기는 했지만, 오래간만의 연기를 내 폐는 반겼다. 야스바도 담배 연기를 토해내고 나서, 전쟁이 끝나면 다시 미국에 가고 싶다고 했다.

"전쟁만 아니었으면, 난 도쿄의 대학에서 미국 문학을 연구하고 있었겠지. 내가 가장 몰두해서 탐독했던 작가는 허먼 멜빌이야. 읽은 적 있나?"

"물론, 미국인이라면 그를 모르는 사람이 없죠. 전부는 아니겠지만, 어느 정도 교육을 받은 사람이라면 다들 알고 있고요. 아마 겉핥기일 테지만요. 특히 나처럼 뉴욕에서 나고 자란 사람에게는, 동향의 위대한 작가로 기억되고 있죠."

"그래? 그럼 읽은 적이 있는가?"

"『백경』도 물론 멋지지만, 내가 가장 좋아했던 그의 작품은 『클라렐』(clarel. 1876년에 발표된 멜빌의 종교적 장시_옮긴이)이라는 만년의 작품입니다. 무신론에 대한 회의를 묻는 이 대작이야말로, 그의 전부라고 난 생각합니다."

야스바의 눈이 빛났다. 확연히 느껴질 정도로 눈을 휘둥그렇게 떴다. 어두운 취조실의 모든 빛을 삼켜버리려는 것처럼 보이기도 한다.

"『클라렐』이라고?"

그가 웃고 있었다. 몇십 년 만에 옛 친구와 재회한 듯한 놀라움을 온 얼굴에 띠어 보였다.

"『클라렐』을 자네가 읽었다고?"

내가 고개를 끄덕이자, 그가 한층 크게 웃으며 말했다.

"설마. 만 팔천 행이나 되는 그 대작을?"

"몇 행인지 일일이 세어본 적은 없지만, 그래도 분명히 읽었습니다. 그것도 최근에."

문득 진지한 표정으로 돌아온 야스바는 코에 힘을 주어 또렷이 들릴 만큼 콧김을 내쉬었다.

"그럼, 『피에르』는 읽었는가."

나는 고개를 끄덕였다.

"하지만 그 작품은 좋아하지 않아요. 광기와 비도덕이 지나칩니다."

"그렇지 않아. 그리스도의 사랑의 사상마저 부정하기 쉽다는 이유로 당시 문예 비평가들에게 비판을 받아 한때 그의 작가 생명을 끊어 놓았을 정도의 작품이란 건 나도 인정해. 하지만 서양 니힐리즘의 실존적인 문제에 깊이 파고들어 문학과 철학의 양면을 갖춘 『백경』 이상으로 멋진 작품이라고 생각하네."

이번엔 내가 웃을 차례였다. 왜냐면, 아시아의 최극단인 이 히로시마의 억류 시설 안에서, 설마 허먼 멜빌에 대해 이만큼 깊이 알고 있는 인물을 만날 줄은 생각도 못했기 때문이다.

"하지만 최근에는 재평가하려는 움직임이 일고 있지요. 제1차 세계 대전 후, 런던에서 멜빌 전집이 간행되었고, 자연과 문명, 인간의 운명에 대해 환시한 그의 작품들은 문학 애호가뿐만 아니라 현대의 새로운 독자들을 매료시키고 있습니다."

멜빌의 작품을 학생 때 읽어두길 잘했다고 생각했다. 그것도 다, 리처드 멜빌 덕분이다. 리처드가 자기 집에 잠자고 있던 허먼 멜빌의 저서를 빌려주었던 것이다. 나는 그가 권하는 대로 책을 읽은 데 지나지 않는다. 그 당시에 그 책들의 내용을 이해했다고는 생각되지 않는다. 파일럿이 된 후 리처드와 편지를 주고받는 과정에서 나는 만년의 단편집 『피아자 이야기』를 손에 넣었다. 솔직히 말해 나는 이 단편집을 통해 비로소 멜빌을 평가할 수 있었고, 좋아하게 되었다. 어머니에게 부탁해서 멜빌의 책을 입수한 것은 티니안 섬에 부임하고 나서의 일. 『클라렐』은 거기서 독파했다.

리처드 멜빌은 허먼 멜빌의 증손에 해당한다. 그리고 내 고등학교 시절 담임 교사였다. 야스바라는 이름의 동양인이 내 어린 시절의 기억을 뒤흔들었다. 고등학생 무렵의 풋풋하고 격렬한 계절의 기억. 캠퍼스에서의 일상. 바람에 쏠리는 가로수의 아름다움. 불현듯 이는 향수(鄕愁)……. 나는 가슴속에 쩍 하니 벌어진 구멍을 어떻게 메워야 할지 몰라 한숨을 흘렸다.

리처드 선생의 조부는 대작가 허먼 멜빌의 차남으로, 그도 아버지와 마찬가지로 방랑벽이 있어서, 객지를 떠돌다 병을 얻어 사망했다. 그런데 당시 연인의 뱃속에 리처드 선생 조부의 아기가 자라고 있었다. 허먼 멜빌은 죽은 차남의 피를 이은 갓난아이와 대면했을 때 커다란 충격을 받았다고 한다. 그가 20년 가까운 절필 생활을 청산하고 다시 글을 쓰기 시작한 배경에는 리처드 선생의 조부, 즉 멜빌의 아들이 영향을 주었다. 1876년에 출판된 『클라렐』이라는 장편서사시를 내가 가장 좋아하는 것도, 지극히 개인적인 이유가 있어서다. 그것은 리처드 선생을 통해 작가 멜빌을 만난 데서부터 기인한다.

나는 야스바와 시간 가는 줄 모르고 작가 멜빌에 대해 이야기했다. 인간의 운명에 대해 대단히 깊은 통찰을 보여주고 있는 멜빌의 작품을 통해 나는 엄청난 기세로 야스바라는 인간에게 접근할 수 있었다. 이러한 상호이해를 신의 영향으로 보지 않는다면 잘못인 듯한 기분이 들었다. 문득 취조실 천장을 올려다보며, 한층 더 끝에 있을 신의 존재를 생각했다. 나는 아직 희망을 버려선 안 된다는 게 아닐까. 이 남자라면, 내가 하는 이야기를 이해할 수 있을 터이다. 멜빌에 대해 뜨겁게 이야기하는 남자의 얼굴을 바라보면서, 나는 어느덧 자손을 생각하고 있었다.

만약 내가 여기서 재가 되더라도, 내 혼을 미래에 남길 방법이 있다. 이만한 광기 속에서가 아니었다면 생각해내지 못했겠지만. 하지만 난 몇억 분의 일도 안 되는 확률일지라도 그 가능성을 버려선 안 된다고 생각했다.

나는 야스바와 헤어지기에 앞서 원폭 투하에 관해 다시 한 번 이야기했다. 순간, 야스바의 안색이 흐려졌다. 주위에 누가 없는지 경계했다. 나를 기다리고 있는 병사가 우리 쪽을 보자, 야스바는 여기선 그 이야기를 하면 안 된다며 빠르게 말했다.

"하지만 시간이 없어요. 만약 당신이 가족을 구하고 싶다면, 날 믿어야 해요."

병사가 내 옆에 서자, 야스바는 더 이상 나를 보지 않고 걷기 시작했다. 과연 나는 그의 마음속에 작은 닻을 내리는 데 성공한 걸까. 그의 뒷모습만으론 뭐라고 판단할 수가 없었다. 멀어져가는 야스바의 굽은 등에 나는 모든 것을 거는 수밖에 없다.

7월 15일

나는 상상하고 있다. 병실에 쏟아져 내리는 태양 빛을 받으며 가만히 상상하고 있다. 내 자손을 남긴다는 계획을 두고, 아침부터 내내 마음속으로 그려보고 있다. 만약 자손을 남기는 데 성공하여, 그 아이가 내 대신 내가 없는 세상을 살아나간다고 해서, 내가 이 광기에서 구원받을 수 있는 건 아니다. 그 아이에게는 그 아이의 인생이 있다. 그 아이와 나는 전혀 다른 인격이다. 나는 그 아이에게 씨앗의 설계도를 건네준 데 지나지 않는다. 그래서는 문제를 본질적으로 해결할 수 없지 않은가. 나는 벌써 몇십 번도 넘게 한숨을 흘리고 있다. 이 문제가 내내 머릿속에서 헛돌고 있다.

오후, 건널복도에서 소녀를 만났다. 그녀는 병사의 눈을 피해, 순간을 틈타 내게 미소를 보내왔다. 그녀는 내가 준 마리아 상을 가지고 있었다. 적어도 아직 나와 그녀는 이어져 있다. 나는 계속 소녀를 바라본다. 거기에 문제의 본질이 있을 것 같다. 좀 더 다가가지 않으면 안 된다. 내 머릿속은 온통 그 생각으로 가득하다. 사랑하는 그녀와 맺어져야 한다. 그녀의 존재가 이 최악의 상황을 역전시킬 수 있을 터이다.

밤, 지금 이 글을 적으면서 문득 떠오른 생각이 있다. 내가 쓴 이 일기를 야스바에게 보이는 건 어떨까. 그러면 그도 원자폭탄의 존재를 믿지 않을까.

7월 16일

하루 종일 창밖을 보며 보낸다. 오늘은 미쓰이 중령에게 사정이 생겨 취조가 없는 탓에 종일 병실 밖으로 나가지 못했다. 그래서 그 아이와도 만날 수가 없었다. 남은 시간이 얼마 없어서 초조하다. 누군가가 인도해주기만을 기도할 뿐이다.

서쪽 연병장에서는 소년병들이 훈련을 받고 있다. 그들이 지르는 구령만이 내게 닿는다. 무엇을 위한 훈련일까. 이제 곧 일본은 패한다. 그리고 이 거리는 재가 된다. 모두 사라져갈 터이다. 그런데도 대체 무엇을 위해 저렇듯 무의미한 훈련을 하는 것인지…….

저녁, 나는 병동 복도에서 보행 훈련을 받았다. 시중드는 간호사의 부축을 받으며 지팡이 없이 50미터 정도를 걸었다. 그 사이에도 나는 계속해서 그 젊은 간호사를 찾았지만, 내 시야에 그녀가 나타나는 일은 없었다. 그런데 보행 훈련을 시작하고 30분쯤 지났을 무렵, 전혀 생각지도 못한 사람과 조우했다. 다름 아닌, 나와 같은 미국인 포로였다. 그는 병실에서 자고 있었다. 끈 같은 것으로 하반신을 천장에 매달아놓은 상태였다. 나이 든 간호사가 마음을 써서 우리를 만나게 해준 것이다.

상대도 놀라고, 처음엔 서로 말조차 나오지 않았다. 그 흑인 청년은 역시 격추당한 폭격기의 승무원이었다. 몇 달 전에 있었던 쿠레 폭격에 참가한 대원 같았다. 계급은 나보다 훨씬 아래고, 아직 신병이다.

경례를 하려는 그에게, 무리해서 움직이지 않아도 된다고 말해주었다. 청년은 조용히 눈물을 흘렸다. 그리고, 이제 저는 죽는 겁니까, 하고 물었다.

"중위님, 제 하반신은 붙어 있는 겁니까. 매달려 있어서 발끝이 보이지 않습니다. 게다가 감각도 없습니다. 제 다리가 절단된 건 아닌지 걱정이 됩니다."

청년은 몇 번이고 목멘 소리로 그렇게 호소했다.

"괜찮다, 다리는 무사해."

나는 부드럽게 대답했다. 그리고 엉겁결에, 이제 곧 전쟁은 끝난다. 아군이 구출하러 오는 건 시간문제다, 라는 말을 하고 말았다. 원자폭탄에 대해서는 한 마디도 입에 올리지 않았다. 몸도 못 가누는 그의 희망을 빼앗는 것은 내 임무가 아니다.

잠시 후 그곳에 예의 병사가 달려오더니, 내 멱살을 잡아 병실에서 강제로 끌어냈다. 안에 들여준 노간호사에게도 호통을 쳐댔다. 간호사가 사과하는데도 병사는 한 대 쳐올릴 듯한 기세로 계속 질타했다.

내 보행 훈련은 거기서 중단되고, 곧장 병실로 돌아와야 했다. 병실 침대에서 생환을 꿈꾸고 있는 흑인 병사의 얼굴이 머리에서 떠나질 않았다. 그의 눈물을 생각하니, 내 눈시울도 뜨거워졌다. 그 청년 또한 원자폭탄에 희생되는 것이다. 적어도, 원폭으로 죽는 미국인이 나 혼자만은 아니라는 뜻이었다.

7월 17일

기적과 같은 일이 일어났다. 아침식사를 그 아이가 날라다 준 것이다. 우선 병실 문이 열리고, 늘 있는 병사가 내 모습을 관찰한 후, 그 소녀가 아침식사 쟁반을 들고 안으로 들어왔다. 나는 소리치고 싶은 심정을 억누르며, 병사가 병실 밖으로 나갈 때까지 가능한 한 감정을 내보이지 않으려 애썼다. 소녀도 병사를 의식했는지 나를 보지 않고 조용히 식기를 늘어놓았다. 병사가 밖으로 나간 후, 나는 소녀를 보았다. 소녀도 나를 보았다. 소녀의 얼굴 구석구석에 웃음이 떠오른다. 그리고 다음 순간, 목에 늘어뜨리고 있던 끈을 끄집어냈다. 흰옷 안에서 나온 것은 끈 끝에 동여매진 마리아 상이었다. 그녀는 내게 그것을 보여주고 재빨리 원래대로 다시 넣었다. 일본어로 뭔가 말을 했는데, 아마 고맙다는 인사 같은 것이리라. 인사하는 듯한 몸짓으로 보아, 고맙다고 한 게 틀림없었다. 나는 내 자신을 가리키며, 크레이그, 하고 말했다. 소녀는 조금 놀란 표정을 지으며 반걸음 뒤로 물러났다. 그녀에게 내 이름을 전하고 싶었다. 그리고 가능하면 그녀의 이름도 알아내고 싶었다.

다시 한 번 내 자신을 가리키며 천천히 부드럽게, 크레이그, 하고 말했다. 그리고 나서 이번엔 소녀의 얼굴을 가리켰다. 눈을 크게 뜨고, 이름을 가르쳐달라고 표정으로 호소했다. 소녀는 아직 무슨 말인지 이해 못한 기색으로 멍하니 내 손가락 끝을 보고 있었다. 나는 다시 한 번 내 자신을 가리키며, 크레이그, 하고 반복했다. 그런 다음 다시 소녀의 얼굴을 가리켰다. 그러자 몇 초 후, 소녀의 입이 벙긋 움직였다.

"레이코."

나는 그녀의 입 모양을 흉내 내어, 레이코, 하고 반복했다. 그런 다음 확인하기 위해 나 자신을 가리키며 다시 한 번, 크레이그, 하고 말했다.

그러자 소녀가 나를 가리키며, 크레이그, 하고 말했다. 그러고 나서 자신을 가리키며, 레이코, 라고 했다.

그녀의 이름을 알아냈다. 레이코, 레이코, 레이코. 나는 입 속으로 그 이름을 몇 번이고 되풀이했다. 병사가 문에서 얼굴을 내밀었기에, 레이코는 그릇을 다 내려놓고 밖으로 나갔다. 나는 흥분한 기색을 감추며 된장국이 든 그릇에 손을 뻗었다.

밤에도 레이코가 식사를 가져왔다. 나는 병사의 눈을 피해 그녀의 이름을 불렀다. 레이코가 입술에 손가락을 대고, 큰 소리 내면 밖의 병사에게 들려요, 라는 듯한 몸짓을 했다. 그 귀여운 표정은 이미 마음이 통한 사람에게서 볼 수 있는 표정이었다. 나는 낮에 그렸던 그림을 저녁식사 때 살짝 그녀에게 건넸다. 그것은 오후 시간을 몽땅 투자하여 그린, 두 사람이 마주 보는 그림이었다. 사랑을 나누는 듯한 시선이 교차하는 모습을 열심히 묘사했으니, 그걸 보면 틀림없이 그녀에게 내 마음이 전해질 터였다. 허나 내가 기대하는 것과 같은 반응이 돌아올지 어떨지는 알 수 없다. 반대로, 그녀를 더 멀어지게 할 가능성도 있었다. 그러나 이대로 잠자코 멀리서 보고만 있을 수는 없었다. 이제 시간이 없다. 그녀에게 내 마음을 전해야 한다. 그리고 그녀의 마음과 이어질 필요가 있었다.

히로시마에 원자폭탄이 떨어질 때까지 앞으로 얼마나 남았을까. 8월도 이제 2주밖에 남지 않았다.

"지금, 란도셀이라고 했어?"

"응, 그랬어. 지로한테서 맡아 가지고 있던 거."

나는 눈을 감고 어느 정도 진정되기를 기다렸다가 다시 눈을 뜨고, 그게 지금 어디에 있냐고 물었다.

"우리 집에 있어."

"집? 네 아파트 말이야?"

도모코는 고개를 끄덕였으나, 내가 너무 놀란 얼굴을 하자 조금 경계하며 미간에 주름을 지었다.

"열어봤어?"

도모코가 긴장하며, 그건 왜? 하고 조그맣게 질문으로 답했다. 우리 둘은 잠시 시선이 뒤엉킨 채 침묵했다. 곧이어 그녀는 무언가를 생각해내는 듯한 표정으로 시선을 멀리 던지더니 천천히 고개를 내저었다.

"열어보지 말아달라고 했어."

"역시. 하지만 보고 싶단 생각 안 해봤어?"

망설임이 도모코의 입매를 긴장시켜, 응, 하고 한 마디 하는 데 몇 초가 걸렸다. 그녀의 눈동자가 미세하게 움직이고, 난해한 질문을 필사적으로 풀어내려는 의지가 엿보였다.

"보고 싶은 마음도 여러 번 들었지만, 이 사람이 이렇게 되기 전에, 절대로 안을 보아선 안 된다고 누누이 말했거든. 뭔가를 시험하는 듯한 말투여서, 그 말을 지키는 게 내가 이 사람과 다시 이어질 수 있는 조건이 아닐까 하는 생각에, 볼 수가 없었어. 아니, 보기가 겁났어."

"하지만 형이 이렇게 된 지금, 넌 이제 아무런 구속도 없고, 마음만 먹으면 얼마든지 볼 수 있어. 형이 뭘 맡겼는지 알고 싶을 거 아냐."

"하지만 보지 않을 거야."

뚜껑을 덮듯 도모코가 다부지게 말했다. 계속 혼수상태인 형은 아무 말이 없다. 닫힌 눈꺼풀이 열리는 일도, 닫힌 입이 열리는 일도······.

●

나는 늘 지로 형을 동경해왔다. 언젠가 형이 내게 말했다.

"빛의 사체를 발견했어."

내가 보기에 형은 단순한 불량배는 아니었다. 빛의 사체를 볼 수 있는 눈을 가진 불량배였다. 그만큼 다루기 힘들었고, 무서웠다고도 할 수 있다. 어릴 적에 형은 때때로 길모퉁이나 빌딩 혹은 길 위의 양달에 시선을 멈추고는, 또 죽어 있네, 하고 입버릇처럼 말했다. 그것은 어김없이 빛의 사체에 대한 언급이었다.

"나한테는 안 보여."

그렇게 말하면 지로 형은 내 가슴을 쿡 찌르며, 인생 경험이 없는 녀석한테는 안 보이는 거야, 하고 웃었다. 어릴 적의 형은 자기 자신을 제어할 수 있는 자제심의 소유자였다. 그런데 어느 때부터인지, 그래, 중학교 때 사귄 친구들의 영향으로? 아무튼 그 무렵부터 형은 달라졌다. 지기 싫어하는 성격의 지로 형은 그들 사이에서 점차 존재감을 높여갔고, 그 결과 폭력의 소용돌이 속으로 굴러 떨어지기 시작했다. 떨거지들의 집합체 속에서 살아남기 위해선 힘을 보여주지 않으면 안 되었던 것이다.

지로 형이 용기를 보인 것은, 형이 중학교 2학년 때 '에지(edge)'라 불리는 하늘의 강을 날았을 때이다. 수도고속도로 변의 빌딩 숲 사이에 에지라 불리는 상상 속의 강이 있었다. 빌딩과 빌딩 사이의 폭은 대략 3미터. 도움닫기에 자신이 있다면 뛰어넘지 못할 거리는 아니다. 하지만 도약에 실패하면, 그 즉시 죽음이 기다리고 있었다. 어지간한 담력과 용기 없인 도전하기 어려운 일이었다. 에지를 나는 형의 모습을 나도 한 번 엿본 적이 있다. 직각으로 깊게 패인 콘크리트 협곡은 그야말로 죽음 자체였다. 에지에서 죽은 사람은 전부 합쳐 두 명. 경찰은 두 번 모두 자살로 처리했지만, 남 신주쿠의 불량배들이라면 누구나가 진짜 이유를 알고 있었다. 에지를 처음 뛰어넘은 사람이 지로 형이고, 형의 라이벌 중 하나가 그 기록을 깨려고 도전했으나, 도약 직전에 공포를 느끼고 뛰는 데 실패하여 지면으로 곤두박질쳤다. 그 후에 또 한 사람이 용기를 과시하려 했으나, 이번엔 착지하면서 다리가 미끄러져 역시 실패하고 말았다. 그 이래, 에지를 뛰어넘으려는 자는 나타나지 않았고, 지로 형은 남 신주쿠 일대에서 전설이 되었다.

"전설을 유지하기란 쉬운 일이 아니야."

형은 항상 그렇게 말했다. 자신이 그 에지를 뛰어보겠단 말을 꺼내는 바람에 두 사람이 죽고 말았다. 자신을 앞지르려는 사람이 나타날 때마다 사망자가 늘어나는가 싶어 형도 한때는 진지하게 고민했던 것 같다. 하지만 실제로는 죽은 두 사람의 공이 컸다. 둘이나 죽었다는 사실이 강자들의 담력 시험을 억제시켰다.

지로 형이 불량배들 사이에서 신격화되어가면 갈수록, 나는 형과는 다른 길을 걷게 되었다. 미술학원에 다니면서 화가가 되겠다는 꿈을 키웠다. 좋은 환경에서 일하고 싶어 기를 쓰고 공부한 덕에 고만고만한 미대에도 진학할 수 있었다.

그러나 형은 그런 나를 언제나 잘 만들어진 불량품이라고 불렀다. 내 그림을 보고 형은 코웃음 치기 일쑤였다. 내 그림은 궤도 위를 도는 인공위성 같다고 했다. 늘 틀만 그럴듯하고 내용이 없어. 머리로 그린 그림만큼 시시한 게 또 어딨냐.

분했지만 그 말이 맞았다. 내가 화가가 될 수 없었던 이유는 바로 거기에 있었다. 내 작품에 대한 전문가의 비평도 형의 말과 똑같았다. 좋은 그림인데, 생동감이 느껴지지 않아. 탄력이 없어. 육체가 없어.

형은 언제나 나와는 다른 미래를 향해 갔다. 형은 산다는 것을 초월이라고 믿고 있었다. 누구보다도 빛나게 살기 위해선 온갖 운명을 초월하지 않으면 안 된다, 그렇지 않으면 자연 앞에서 인간은 도태되고 만다고, 거리낌 없이 말했다. 도태. 하지만 결과적으로 형은 도태되어 버리지 않았나.

초월을 위해 형이 일으킨 행동은 '왕국'을 만드는 것이었다. 신주쿠 지하에 불량배들을 위한 왕국을 만들고 내가 그곳의 초대 국왕이 되는 거야, 라는 말을 했다.

"인간은 지배당하는 쪽이 나은 사람과, 지배자가 되는 쪽이 나은 사람으로 나뉘어 있어. 넌 반발하겠지. 왜냐면 넌 지배당하는 쪽의 인간이니까. 하지만 이건 사실이야. 난 지배자가 되어 모두를 행복하게 만들 거야."

"행복? 불행이 아니고? 형, 무서워, 그런 사고방식은."

"지배자가 되는 건 네가 생각하는 것보다 훨씬 큰일이야. 모두를 지켜주지 않으면 안 돼. 뼈가 부서지는 일이지. 지배당하는 쪽이 편하다고 여기는 녀석들이 지금은 많다고 봐. 왜냐면, 이런 불안정한 사회에선 착실하게 살아도 끝이 뻔하거든. 게다가 지배당하는 건 행복한 일이야. 지배당하고 있으면 힘들게 노력할 필요가 전혀 없어. 가령 죽게 되더라도, 지배자가 그 죽음마저 결정하는 거야. 이렇게 편한 일이 또 어디 있겠냐."

나는 거세게 반발했다. 형에게 처음으로 내 의견을 말한 순간이기도 했다. 내 자신의 존재 이유를 짓밟는 듯한 발언이었기에 용서할 수 없다고 생각했다.

"형의 왕국에서는 나 같은 인간에겐 인격도 주어지지 않는 건가."

지로 형은 가엾다는 시선으로 나를 바라보더니, 그런 말은 안했어,

하고 중얼거렸다.

"다만, 본질을 보고 살라는 거야. 넌 나한테 콤플렉스를 갖고 있지만, 날 절대로 따라잡을 수는 없어. 난 네 거울이고 자랑이고 희망이야. 그렇잖아? 건방지게 들리겠지만 이건 진실이야. 그런 내가 강해지면 넌 흐뭇할 거고, 나의 성공을 자기 일처럼 기뻐하겠지. 그거랑 마찬가지야. 날 사랑하는 여자들이나, 날 우러러보는 남자들은 모두 나한테 지배당하고 싶어 하지. 내가 나서서 그들을 지배해주지 않으면, 모두 빛을 잃고 흐리멍덩해지고 말걸. 나는 빛이야. 알아듣겠어? 빛은 시간보다 존귀하고 빨라. 기억보다도 아름다워. 나는 빛의 사체가 되기엔 아직 이르다고."

•

도모코는 눈물을 흘리고 있었다. 뺨을 타고 흐르는 빛의 알갱이가 바닥으로 낙하할 때마다, 나는 인력(引力)을 재발견했다. 빛의 사체가 되어버린 지로 형의 얼굴에는 정기(精氣)란 것이 없었다. 예전의 빛나던 아우라를 완전히 잃었다. 가엾은 지로 형. 그런데 그보다 더 가엾은 자가 있다. 움직일 수 없게 된 형 앞에서조차 나는 도모코를 설득할 수 없단 말인가. 이 편이 훨씬 더 가엾지 않은가. 설득해주기를 조용히 기다리는 눈치인 그녀를, 이대로 두고 봐야 하나. 형은 혼수상태가 되어서까지 나와 도모코를 계속 지배하고 있단 말인가. 주술을 떨쳐내야 한다. 망령을 쫓아버려야 한다. 똑바로 형을 보는 거다.

마음을 굳히고 일어나서 도모코의 등 뒤로 돌아 천천히 등에 손을 얹었다. 놀란 도모코가 일어나려 했다. 돌아본 그녀를 끌어안았다. 잠 간의 공백에 이어 저항이 있었다. 힘으로 그녀를 감쌌다. 이래서는 형과 다를 바 없지 않은가. 형의 흉내를 내고 있을 뿐 아닌가. 팔과 손목에 한층 힘이 들어갔다.

도모코는 무슨 짓이냐며 조그맣게 호소했다. 하지만 목소리라기보다는 한숨에 가까운 저항에 지나지 않았다. 오히려 그렇게 되기를 기다려온 듯, 목소리에 미세하지만 요염한 떨림이 있었다. 나는 그 다음에 어찌해야 좋을지 모른 채 그녀를 꼭 끌어안고 있었다. 형의 얼굴이 눈 아래에 있다. 데스마스크 같은 형의 얼굴은 항의하지도 비웃지도 않는다. 비겁한 내 행동에 혼란스러워하면서도, 나는 도모코를 계속 안고 있다.

"항상 형이 방해물이었어. 형은 언제나 눈부셨어. 하지만 언제까지고 형의 빛나는 자취만 좇으며 살 순 없어. 왜냐면 난 살아 있고, 도모코 너도 살아 있으니까."

도모코의 몸이 저항을 멈추었다. 나는 더 이상 육체를 컨트롤할 수 없었다. 떨리는 입술을 억지로, 도모코의 입술로 막았다.

지로의 세계5

　병사가 쫓아오기에, 지로는 휘감기는 무더운 공기를 헤치며 죽어라 달아나는 수밖에 없었다. 시로의 모습은 보이지 않는다. 병사를 용케 따돌리고 건물 그늘로 돌아들었을 즈음, 이국인과 젊은 간호사도 아득히 저편 한구석에 밀랍인형처럼 장식되어 있었다.

　한편, 시로는 공터를 빠져나와 도영주택을 끼고 교차하는 길로 나왔다. 태양은 완전히 구름 속으로 숨어버리고, 세계는 또다시 어둡게 가라앉고 있었다. 길모퉁이가 일찍이 본 적 없을 만큼 어둠침침하다. 빛을 계속 빼앗기고 있어서인지, 건물 벽에는 얼룩 같은 어두운 그림자가 몇 줄기씩 드리워져 있었다. 가로수도 침울하게 가라앉은 풍경 속에 조용히 머물러 있을 뿐이었다. 빛이 엷어져가는 탓에 뒤쫓아 오는 병사의 얼굴이 마치 해골처럼 보였다. 꾸고 있던 꿈이 갑자기 악몽으로 변하는 것과 닮았다. 이국인과 간호사에게 짧게나마 시간을 주기 위해 서쪽 연병장으로 뛰어나갔을 뿐인데…….

　지로는 공터를 나와 바로 반지하로 되어 있는 도영주택 계단 그늘로 숨었다. 빛이 들지 않는 그늘에서 숨을 죽이고 병사가 지나가기를 기다렸다. 정적이 세계를 지배하려 하고 있었다. 작은 새의 지저귐도, 산들바람에 흔들리는 가로수의 수런거림도 더 이상 들리지 않았다. 밤은 아닌데, 태양이 구름에 가려 있다는 것만으로 세계가 돌연 생기를 잃고 말았다. 지로는 그늘에서 살그머니 얼굴을 내밀어 하늘을 올려다보았다. 태양은 두터운 구름 속에 폭 숨어버리고 하늘 자체가 싸늘하게 말라 있었다.

잠시 후 길 끝에 새로운 조짐이 나타나기 시작했다. 그것은 무수한 인간들의 발소리. 저벅 저벅 저벅, 지면을 차는 구둣발 소리. 회색 군복을 입은 병사 무리가 지로 쪽으로 전진해오는 것이 보였다. 몇백, 몇천의 병사가 커다란 총을 둘러메고 진군해왔다. 대열 맨 앞에서 걷는 병사는 커다란 일장기를 치켜들고 있다. 군모 아래 그들의 표정은 보이지 않고, 오로지 긴장된 턱의 불거진 뼈의 윤곽만이 도드라져 보인다. 오랜 여정 끝에 여기까지 왔음을 이야기해주는 여윈 몰골이었다. 병사 무리는 지로가 숨은 골목 바로 옆을 지나갔다. 말 탄 군인의 눈만 신중하게 군모 아래에서 빛나고 있다. 그 눈알은 마치 X광선처럼 기분 나쁜 빛을 발하며, 지로를 찾아내려는 듯이 보였다.

길을 가득 메운 병사들의 행진. 나부끼는 일장기. 빛이 떨어져버린 하늘. 태양을 삼킨, 흐름이 멎은 잿빛 구름. 무언가, 일찍이 경험한 적 없는 정체 모를 폭력의 예감과 공포를 느꼈다. 붙잡히면 죽고 마는 걸까. 지로는 란도셀을 고쳐 멨다. 만일의 경우엔 이 폭탄을 작렬시키는 수밖에 없다. 여차하면, 나는 그렇게 할 것이다.

•

지로는 일단 몸을 숨기기로 하고, 어둠을 틈타 도영주택의 오래된 계단을 올랐다. 어느 집이든 도망쳐 들어가, 태양이 구름 밖으로 얼굴을 내밀고 세계에 다시 빛이 돌아올 때를 기다릴 작정이었다. 그러나 어느 층이건 문이 안으로 잠겨 있어 열리지 않았다. 층계참에서 아래쪽 상황을 확인하는 찰나, 군마 위의 병사와 눈이 마주쳤다. 파르스름한 안광이 지로의 눈동자를 꿰뚫었다. 병사가 병졸 몇 명에게 명령을 내리자, 그들은 마치 기계와도 같이 민첩하고 강인하게 계단으로 뛰어들었다. 지로는 아이다운 비명을 지르며 계단을 뛰어오른다. 악몽에서 누가 나 좀 구해줘! 하고 소리친다. 아래층에서 군화 소리가 울려 퍼졌다. 그 소리가 엄청난 기세로 다가온다.

지로는 몇 층 위에 잠겨 있지 않은 문을 발견하고, 안으로 들어가서 잠근 후 숨을 죽였다. 병사들의 발소리가 위층으로 지나갔다. 고동치는 심장 소리만이 귓속에서 울려 퍼졌다. 숨을 고르고, 눈이 어둠에 익숙해지기를 기다렸다가 복도를 걸었다. 안쪽에서 무언가 음악이 들려온다. 복도 막다른 곳에 문이 보이고, 그 안에서 희미하게 빛이 새어 나오고 있었다. 안쪽 방에 누군가 있는 모양이다. 지로는 조심조심 깨금발로 문 앞까지 다가가, 귀에 거슬리는 음악을 참으며 문틈으로 안을 엿보았다. 심장이 다시 신음하기 시작했다. 벌거벗은 여자들이 머리를 흩날리며 정신없이 춤을 추고 있다. 몇 명은 바닥에 쓰러져 구토하고 있다. 언뜻언뜻 머리카락 사이로 보이는, 미친 듯이 춤추는 여자들의 눈알. 그 시선은 어딘가 먼 우주의 한 점을 응시하고 있다. 그 모습이 어쩐지 으스스해서 차마 문을 열고 안으로 들어갈 용기가 안 난다. 그렇다고 다시 계단으로 돌아갈 수도 없다. 달리 도망갈 장소가 없나 싶어 발길을 돌리자, 눈앞에 그 남자가 있었다.

"여기서 뭘 하고 있냐."

카우보이 모자를 쓴 남자는 짐승이 적을 위협하듯 나직이 으르렁거리는 소리로 말했다. 지로는 뭔가 대답하려 하지만, 말이 형태를 이루지 못한다. 남자가 카우보이 모자 아래에서 예리한 눈빛으로 지로를 노려보았다.

"너, 지로냐."

차양 그늘 속에서 남자의 눈이 파르스름한 빛을 발했다.

"란도셀을 어디로 가져가려는 거냐."

그런 게 아니라고 대답하려 했으나 역시 말이 나오질 않아 고개만 세차게 가로저었다.

"지로, 난 널 친동생처럼 귀여워했다고 생각하는데. 기르는 개한테 손을 물린다는 게 바로 이런 거였군. 그걸 어디다 처분할 속셈이냐. 동료를 배신하고 신주쿠 바닥에서 살아갈 수 있으리란 생각은 하지 않겠지."

바싹바싹 다가서는 남자를 피해 지로는 문 쪽으로 뒷걸음질 쳤다. 등 뒤의 문 너머로 무언가가 와서 부딪쳤다. 춤추고 있던 여자일 것이다. 그것은 지로의 등을 밀어내려는 듯이 격렬한 기세로 계속해서 문을 들이받았다. 퉁 퉁 퉁 하는 소리가 울려 퍼지고, 지로의 심장은 공포로 인해 오그라들었다.

"널 누구보다 신용했기에 그걸 너한테 맡긴 거다. 그런데 넌 그걸 들고 도망쳤어. 내 얼굴에 먹칠을 했다고. 내가 책임을 져야 할지도 모른다는 걸 알고 있으면서 넌 그걸 들고 도망쳤어. 지독한 녀석. 그걸 어쩔 셈이냐. 외국에 팔아넘길 거냐? 영혼도 같이 팔아넘기려나 보군."

남자가 품에서 권총을 꺼냈다.

"이 세계에서 가장 큰 죄는 말이다, 동료를 배신하는 거야. 내가 너에게 책임의 무게를 가르쳐주마. 그게 이 거리에서 형제의 의를 맺은 내가 동생에게 해줄 수 있는 유일한 일이다."

"난 돈이 목적이 아니에요."

"눈물로 애원하는 거냐?"

후지사와가 입가에 웃음을 띠며, 지로에게 권총을 들이댔다.

"후지사와 씨, 난 이걸로 세계를 구하려는 거예요."

"장난 집어쳐!"

후지사와가 고함쳤다. 당장이라도 권총의 방아쇠를 당길 듯이 서슬이 퍼래서.

"이 더러운 거리의 무리들은, 모두 구원을 바라고 있어요. 난 이 거리의 국왕이 되는 겁니다. 영웅이 될 거예요. 지배자가 되는 거라고요. 내게 온 녀석들을 이걸로 편하게 해주려는 겁니다. 그래요, 후지사와 씨, 언젠가 당신도 구원해주고 싶단 생각을 했어요. 우선 당신부터 편하게 해줄까요?"

후지사와가 방아쇠를 당겼다. 격렬한 파열음 직후, 총탄은 지로의 머리를 관통하여 등 뒤의 아파트에 구멍을 냈다. 안쪽 방에서 여자의 비명이 터져 나왔다. 동시에 지로는 후지사와를 몸으로 들이받았다.

후지사와가 균형을 잃은 사이, 지로는 솟구치는 피를 양손으로 누르면서 복도를 빠져나가 밖으로 나왔다. 아래층으로 내려가려는데 머리에서 뇌가 흘러나왔다. 이 상태로 계단을 내려가는 건 무리다. 설상가상으로 아래에서 병사들이 뛰어 올라오는 기척이 나서, 지로는 옆의 방문을 열고 안으로 뛰어들었다. 그곳은 휑뎅그렁한 병실이었다. 관통당한 머리를 손으로 누르며 병실을 둘러보았다.

최신형 생명 유지 장치가 침대 옆에 설치되어 있고, 거기서 뻗어 나온 무수한 관이 침대에 누운 지로의 몸에 꽂혀 있었다. 실내에는 조용한 기계음만이 낮은 신음을 토해내고 있다. 지로는 병실 중앙에서 잠들어 있었다. 병실 자체가 하나의 고치인 양. 지로는 육체를 제어할 순 없었지만 의식은 있었다. 고치 속의 지로는 세계에 또렷이 귀를 기울이고 있었다. 그러나 의식은 기울이고 있어도, 이해라는 것은 점차 멀어져갔다. 몽롱한 가운데 기억이 누덕누덕 기워져 나타나듯, 그것들은 인식이란 것과는 또 다른 형태로 지로의 세계를 깁고, 거기에 애매한 세계를 탄생시키고 있었다.

"형은 이제 돌아오지 않아. 이제부터는 내가 널 지켜."

시로의 목소리를 지로는 듣고 있었다. 도모코와 시로가 침묵과 한숨을 되풀이할 때마다, 지로 안에서 그리움의 감정이 반응했다.

도모코는 시로의 입술을 받아들였지만, 거기에 마음이 깃들어 있었다고는 말하기 어렵다. 마음을 담으려 해도, 기억 속의 지로가 나타나는 바람에 시로에게로 마음을 옮길 수가 없었다. 행복과 동시에 괴로움이 찾아와서, 시로에게 안기면서도 마치 밧줄에 동여매어져 있는 듯한 아픔을 느꼈다.

"란도셀은 어떻게 할 거야?"

도모코가 시로의 품 안에서 중얼거렸다.

"모르겠어."

시로는 토해내듯 말했다. 후지사와에게 돌려주어야 할지……. 그러나 돌려준다고 해서 끝날 일은 아니지 싶다. 그러기에는 비밀을 너무 많이 알고 있다. 게다가 내용물이 마약인 이상, 그대로 조직에 돌려주기도 망설여진다. 두려운 한편, 경찰에 모든 사실을 털어놓는 편이 낫지 않을까 하는 생각도 들었다. 아니면, 영원히 발견할 수 없도록 어딘가에서 처리해야 하나.

"시로는 란도셀 안에 뭐가 들었는지 알아?"

도모코가 시로를 올려다보았다. 그녀의 까만 눈자위 속에서 시로는 자신을 발견했다. 참으로 한심한 얼굴을 하고 있다. 겁먹은 작은 동물

같은.

　"아니, 몰라."

　거짓말을 하고 보니 마음이 편치 않았다.

　"알고 싶지도 않아."

　어째서 거짓말을 하는지, 시로는 자문했다. 도모코를 휘말리게 하고
싶지 않아서인가…….

　"내가 맡을게."

　"그건 안 돼."

　"왜?"

　"왜냐면, 지로가 나한테 맡겼으니까. 절대 아무에게도 주지 말라고
했어."

　"하지만 보다시피 이렇잖아. 육친인 내가 형의 유품을 보관하겠어."

　"아직 죽지 않았어."

　도모코는 진지한 얼굴로 고개를 내저었다. 그 눈동자가 워낙 완강하
다 보니, 일이 번거롭게 됐단 생각에 시로는 당혹스러웠다.

　"네가 가지고 있으면 위험해."

　도모코의 안색이 변한다.

　"어째서?"

　시로와 도모코는 말을 잃은 채 움직일 수 없었다. 어떻게 설명해야
좋을지, 시로는 판단이 서질 않았다. 팽팽한 침묵만이 둘 사이를 지배
하고 있었다. 그 침묵을 깬 것은 도모코였다.

　"나한테는, 해야 할 일이 있어."

때맞춰 문이 열렸다. 해야 할 일이 있다고 도모코가 말한 바로 그때, 병실 문틈으로 후지사와가 얼굴을 내밀었고, 시로는 심장 자체가 뽑혀나간 듯한 현기증에 휩싸여 도모코에게서 바로 몸을 떼지 못했다.

●

"이런, 내가 눈치 없이."

후지사와가 말했다.

그 목소리가 계기가 되어 나는 간신히 도모코한테서 손을 뗄 수 있었다.

"마침 돌아가려던 참입니다."

나는 도모코의 팔을 연인처럼 붙잡고 그 자리를 떠나려 했다.

"소개 정도는 해주면 어떤가."

후지사와가 말했다.

"제 애인입니다."

얼굴에 동요의 빛이 드러나지 않도록 신경 쓰며 둘러댔다. 도모코의 안색이 순간 달라졌으나, 그것을 후지사와가 간파했는지 어쨌는지, 그 각도에서는 판단할 수 없었다.

"오늘은 이제부터 또 철야라서."

동요를 들켜선 안 된다. 어떻게든 연기를 해서, 후지사와가 도모코의 존재를 알아채지 못하게 해야 한다고 스스로 타일렀다. 도모코의 어깨에 손을 두르고 앞서 걷도록 등을 밀었다. 후지사와 옆을 통과할 때, 그는 마치 냄새를 맡는 듯한 기색을 보였다. 그리고 우리가 문손잡이에 손을 얹는 찰나, 큰 소리로 물었다.

"란도셀은 찾았나?"

도모코의 발이 멈췄지만, 나는 힘주어 그녀를 밖으로 밀어내려 했다. 억지로 끌고 나가면 수상하게 여길지 모른단 생각에 약간 속도를 늦춘 다음, 후지사와를 돌아보며 변명했다.

"지금, 형과 알고 지내던 사람들에게 일일이 연락을 넣고 있는 참입니다. 조금만 더 기다려주시죠."

동시에 도모코에게 위험을 알리려는 의도도 있었다. 이 인간은 뒷세계의 인간이다. 연루되지 않도록 눈을 피해!

후지사와의 시선은 내가 아니라 내 등 뒤에 멎은 채 움직이지 않았다. 손에 힘을 실어 다시 한 번 도모코를 바깥으로 밀어내려 했다. 그러나 그녀도 움직이지 않는다. 돌아보니, 도모코는 가만히 후지사와를 노려보고 있었다.

"어디서 만났던가?"

후지사와의 눈이 빛났다.

"설마요."

나는 말하고 나서 도모코의 손을 잡아끌고, 여하간 바깥으로 데리고 나왔다. 도모코는 아무 말도 하지 않았다. 나도 어떻게 설명해야 할지 몰라 말을 잃은 채 걸었다. 그녀는 병원 복도 끝에 고인 빛의 소용돌이를 지그시 바라보며 뭔가 생각에 잠겼다.

후지사와의 과거수첩 2

여어, 지로, 오래간만이군. 변함없이 안 좋아 보이는구면. 내일이라도 당장 골로 가버릴 낯짝이잖아. 하긴 그런가, 총에 맞았으니. 간호사 말이, 죽지 않은 것만 해도 다행이라던데. 글쎄, 이래서야 차라리 죽는 게 낫지 않았을까. 그렇게 핸섬했는데 끔찍하구면. 가엾게도 말이야. 하지만 난 역시, 얼른 이해가 안 돼. 여러 가지 일이.

대체 왜 네가 날 배신했을까. 그걸 알고 싶단 말이지.

언제였던가, 그런 말을 했지. 신이 되겠다고. 이 더러운 세계의 인간들을 구제하겠다고. 어딘가 신흥 종교 집단의 교주 같은 말을 했었지. 아니었나? 교주가 아니라 왕이 되겠다고 했던가. 내가 웃었더니 너, 진지한 얼굴을 했잖아. 정상이 아니구나 생각했지 그때. 어쩐지 기분이 섬뜩했어. 내가 말했지. 기억하냐? 스노에 유리 가루를 섞어서 파는 놈이 사람을 구제한다니 웃기는 일 아니냐고. 네 스노를 빨다 천국에 간 녀석들도 알고 있는데 말이야. 뭔가 번드르르한 이야기를 늘어놓는 게, 무섭더라고. 네 눈이 진지했거든. 왜 지배자 따위가 되고 싶은 건지 나로서는 이해가 안 갔어. 뭐, 결국 될 수 없었지만. 하느님이 그렇게 만드셨겠지. 너 같은 놈이 제일 죄가 무겁다고 여기신 것 아니겠냐고. 내 생각도 그렇거든. 자뻑인 데다 불량하지. 불량한 건 그렇다 치고 남을 걸고 들어가는 건 좋지 않아. 더구나 나처럼 부드러운 남자를 끌어들이다니, 넌 정말 형편없는 놈이야.

네가 꼬불친 그 약 덕분에, 내가 위험한 지경에 빠졌다고. 빨리 그걸 찾아내지 않으면, 이번엔 내가 잠들게 생겼어. 자, 어디다 숨겼냐. 네 놈 꼬붕들이며 사귀었던 여자들을 모조리 붙잡아다 갖은 방법으로 캐 내려 했지만, 찾을 수가 없었어. 벌써 팔아 넘겨버린 거냐? 설마, 아니 겠지. 국내에서 처분하면 반드시 꼬리가 잡히게 돼 있어. 아직 어딘가 에 있겠지. 자, 날 살리는 셈 치고 가르쳐주라.

쳇, 이 지경인 너한테 말한들 소용없는 일인가. 이제 넌 이쪽으로는 돌아오지 못할 텐데 말이다. 정말이지, 알 수 없는 노릇이야. 네놈이랑 신주쿠를 활보하던 때가 그립거든. 무진장 즐거웠잖냐. 콜걸들, 얼굴 은 꽝이었지만 뭐, 없는 것보다야 낫다면서 아침까지 끼고 돌아다니며 소란을 떨었지. 너 그랬잖냐. 나, 후지사와 씨를 위해서라면 뭐든지 할 수 있어요, 라고. 순 거짓말이었어. 날 이용했을 뿐이지. 난 널 철석같 이 믿었기 때문에 운반책 일을 맡겼는데.

널 이 꼴로 만든 백인, 왜 있잖아, 널 쏜 그놈 말이야. 기억 안 난다고 는 말 못하겠지. 잘 아는 놈이잖아, 네 새로운 동료. 그놈도 어제 죽었 어. 유리가 머릿속으로 돌아들어서 안이 꽤나 곪아버렸다더군. 혀도 안 돌고, 눈도 툭 튀어나왔다지. 그런데 이놈이 죽기 전에 엄청난 짓을 저지르고 말았어. 널 쏜 스미스 앤드 웨슨으로 난사하는 사건을 일으 킨 거야. 우리 쪽 두목네로 뛰어 들어와서, 두 사람을 길동무로 데려갔 지. 아무튼 양키들은 하는 짓이 달라. 헌데, 총에 맞은 한 명이 하필 놀러와 있던 두목의 아드님이었지 뭐야. 덕분에 엄청난 사태로 번지고 말았지. 책임의 일단은 나한테 있잖냐. 이젠 끝이지 싶다. 나도 이 바닥에서 살아내기 힘들지 싶어. 저 세상에서 기다려라. 곧 가서 네놈에게 한 방 날려줄 테니까.

그 뱅충맞은 흰둥이가 죽기 전에 이렇게 지껄였다지. 신종 야오토우를 대량으로 팔겠다는 약속을 지로가 했었다고. 착수금까지 건넸는데, 그놈이 가지고 튀었다고. 너희가 뒤에서 조종한 거 아니냐고 말이야. 그 흰둥이 자식, 미국 마피아 조직에 그걸 팔아넘길 작정이었나 보더군. 알지 너, 그 자식한테 샘플로 몇 알 건넸잖아. 그 자식 집에서 나왔다잖냐. 경찰이 그걸 발견했어. 경찰 내부의 스파이가 일러주더군. 너 임마, 마피아한테 팔아넘기려고 했던 거냐? 무서운 생각을 다 하누만. 그런 방법도 있단 얘기를 들었을 때, 딱 죽고 싶어지더라. 어쩌자고 그런 바보 같은 짓을 저질렀냐. 왜 그랬어. 오늘 아침 눈뜨자마자 든 기분이라니, 내 평생 최악이었다. 오늘로 이 세상과도 작별인가, 하는 생각이 진심으로 들더라니까.

두목한테서 아까 전화가 왔다. 내게 사흘간 말미를 주겠다고. 그래도 못 찾아냈을 때엔 도쿄만에 떠오르게 될 거라고 했어. 가라앉는 게 아니라 떠오른다고. 싫다. 그런 더러운 바다에서 죽고 싶진 않다고. 어이, 부탁한다. 지로, 날 끌고 들어가지 말아줘. 어디에 있는지 가르쳐줘, 제발. 이봐, 지로, 진짜로 나 위험하다고. 듣고 있냐, 이 자식아! 쳇, 널 두들겨 팬들 아픔도 모르겠지. 젠장, 이게 뭔 지랄이야.

재수 옴 붙었군. 너 따위랑 형제의 의를 맺는 게 아니었어. 야쿠자 흉내나 내면서 기분 낸 벌이지 뭐. 맹세의 술잔 따윌 나눈 게 잘못이었다고.

어차피 난 가족도 없어. 당장 죽더라도 슬퍼할 인간 하나 없다는 거지. 왠지 서글픈 인생이었어. 천애고독. 원폭으로 죽은 미국인 아버지. 어쩌자고 아버지는 자신의 유전자를 남기겠다는 바보 같은 생각을 했을까. 그때 얌전히 죽어줬으면 내가 50년씩이나 고생하지 않아도 됐잖아. 어쩌자고, 이런 죄스러운 짓을 저질렀는지. 어머니도 날 낳고 얼마 안 돼 노이로제에 시달리다 저 세상으로 가버렸다지. 마지막 가는 길이 슬펐다고 들었어. 결국 나 혼자 남아 시설을 전전하면서 천지를 모르고 자라게 됐지. 내 인생은 한마디로 전후 일본의 궤적, 그대로였어. 원폭 투하 직전에 씨앗이 심어졌지. 전쟁 이후는 내 일생과 같은 길이었고. 이 얼마나 얄궂은 운명인지.

물론, 아버지에 대한 기억은 요만큼도 없지만, 어머니에 대한 기억은 몽롱하게나마 남아 있어. 두 살인가 세 살 때, 어머니는 나를 교회 문 앞에 버려두고 갔지. 그럴 만도 해. 왜냐면 어머니는 원폭으로 모든 걸 잃었거든. 부모 형제 모두 죽었다고 들었어. 난 어머니를 원망하진 않아.

어머니는 고베로 도망가서 친척 집에서 날 낳았지. 그 친척도 후지 사와라고 해. 어머니의 열 명이나 되는 형제 중 맨 위의 오빠 집이었지. 헌데 태어난 나는 백인이었어. 그 일대에 큰 소동이 일었다더군. 날 받아낸 산파는 날 안은 채로 기절했대. 하얀 피부에 생김새도 일본 인과는 완전 딴판이었으니. 그 시대라면 기절하는 것도 무리는 아니지. 종전 직후였다고. 그야, 차별을 받았지. 친척들도 대놓고 외면하고. 갓난아기 때부터 나는 햇빛 한 번 못 받고 자랐어. 집 밖으로 한 발자국도 못 나가고 살았지. 그러던 어느 날 밤중에 어머니 손에 이끌려 나갔다가 교회 문 앞에 끈으로 묶인 채 버려졌어. 그때 오열하던 어머니의 얼굴만이, 어머니란 존재에 대한 내 유일한 기억이야. 어머니의 이름은 '후지사와 레이코' 라고 했어. 자랑은 아니지만 아름다운 분이었어. 그랬던 것 같아. 두세 살배기의 기억이니 얼마나 맞겠냐만. 하지만 아름다웠다고 굳게 믿고 있어. 서글픈 기억이지.

그날 밤, 달빛을 두른 아름다운 얼굴의 어머니가 기억에 남았어. 그런데 온 얼굴이 꾸깃꾸깃 일그러진 채 울고 있어. 아름다운데 울고 있어. 하지만 아름다운 사람은 울며 무너져도 아름답거든. 희한하지. 50년도 더 지났는데, 기억에서 그 슬픈 얼굴이 지워지질 않으니. 그게 내 트라우마 비슷한 게 돼버려서. 이 나이 먹도록 혼자야. 결혼할 생각도, 아이를 가질 생각도 없어. 자식이랍시고 낳아 나랑 똑같은 인생을 걷게 하고 싶지 않았어. 너무 버겁잖아, 이런 인생.

바보 같은 아버지. 어째서 아버지는 유전자 따윌 남기려 했을까. 자신의 분신 같은 것을 남겨 어떻게든 현세와 이어져 있고 싶었겠지. 아버지의 수기에서도 그 고뇌를 엿볼 수 있지만, 왜 좀 더 깊이 생각해주진 못했는지. 그 후의 일을 생각해주지 못했는지. 내 고통, 그 후를 살아가는 고통이란 걸 말이야.

나는 아버지가 내게 남긴 유전자를 내 대에서 끝낼 작정이야. 자식을 남긴다고 달라질 세상도 아니고, 저주받은 운명인걸. 내가 안은 트라우마는 내 대에서 끝내고 싶어. 내가 정말로 내 아이를 사랑한다면, 난 아버지처럼 안이하게 자손을 남기겠다는 생각은 하지 않아. 여기서 끝. 아버지한테는 미안하지만, 여기서 끝낼 거라고.

내가 자식을 남기지 않으면, 크레이그 부샤르의 피는 내 대에서 끊기게 돼. 고소한 일이지. 부모에 대한 복수야.

한번은 미국에 갈까 생각한 적이 있었어. 아버지의 가족을 만나러. 그런 생각이 들었던 때가 10년쯤 전이니, 아버지의 양친은 그때 이미 돌아가신 후였는지도 모르지. 하지만 형제는 살아 있었을 거야. 누군가는 살아 있었겠지. 하지만 수도 없이 생각한 끝에 관뒀어. 이 사람 저 사람 입에 오르내리는 것도 싫고, 핏줄임을 증명하자면 혈액 검사니 DNA 검사니 온갖 검사를 해야 할 텐데, 귀찮겠다 싶더라고. 아닌 말로 내가 제대로 된 인생을 걸고 있었다면 또 모르지. 하지만 보다시피, 이 꼬라지로 마약이나 취급하고 있잖아. 이런 야쿠자가 나타나면 저쪽 사람들도 놀랄 거 아냐. 뭐, 솔직한 심정을 말하자면, 죽은 아버지를 욕되게 하고 싶지 않아서 그만두기로 했지.

이봐, 지로. 날 배신한 죄는 커. 신이 되고 싶다고? 바보 중의 바보야, 넌. 신 따위가 이 세상에 있겠냐? 그건 다 고독한 인간이 만들어낸 환상이야. 날 봐. 신이 있다면 난 뭐냐. 내 아버진 어떻고. 내 어머니는 또 뭐냐고. 어째서 매일 아프리카에서는 몇만 명이나 되는 아이들이 굶어 죽는데? 조금만 생각해보면 알 일이잖아. 신 따윈 없어. 아니 어쩌면 옛날에는 있었을지도 모르지. 하지만 언젠가 죽어버린 거야. 인간들이 하도 구원 구원 하고 졸라대니까 과로사했다는 소문이야. 설령 아직 살아 있다고 쳐도, 이미 지금의 나나 너하곤 상관없는 이야기야.

하지만 말이다, 난 결국 널 용서하지 싶다. 알겠냐? 배신당했는데, 용서할 거라고. 아버지한테 물려받은 건가, 이 등신 같은 성질머리는. 어쩌면 내가 바로 신일지도 모르겠군. 지금 같아선 온 세상 모든 걸 용서할 수 있을 것 같은 기분이 든다고. 정말 한심한 노릇 아니냐?

7월 18일

레이코를 위해 나는 한 가지 결단을 내리기로 했다. 바로 이 수기를 야스바에게 보일 결심을 굳혔다. 즉 이제부터는 야스바에게 읽힌다는 점을 염두에 두고 써나갈 생각이다. 그가 이걸 읽으면 내 말이 거짓이 아니라는 사실을 알게 될 터이다. 그리고 만약 야스바가 살아남는다면, 가능하다면 전쟁이 끝난 후에 이 수기를 내 부모님이나 내 자손에게 전해주기 바란다. 원폭으로 희생된 한 미국인의 고독한 심정을 많은 미국인에게 전하고 싶다. 전쟁의 무의미함을 기억에 담아두기 바라는 마음이다.

나는 히로시마에 원폭이 투하되리라는 사실을 알고 있다. 아니, 이 최고 기밀은 미군 내에서도 아는 자가 거의 없다. 내가 알고 있는 건, 이 기밀을 유지하고 수행하는 섹션에 내가 깊이 관여하고 있기 때문이다. 일반 파일럿들에게는 원폭이라는 단어조차 가르쳐주지 않았을 가능성이 높다. 실제로 기밀 유지 원칙상, 내 부하들도 거의 모른다. 신형 대량파괴폭탄이라는 건 알지만, 그것이 어떠한 이론과 어떠한 정치적 배경 아래 탄생되었는지, 그 점에 대해선 전혀 모르고 있다. 다만, 도시 하나를 한순간에 날려버릴 정도의 힘을 지닌, 무시무시한 병기라는 것만 알고 있을 뿐……. 티니안 항공대 안에서 이러한 사정을 정확하게 알고 있는 사람은, 이 계획을 처음부터 수행해온 폴 티베츠 대령과 그의 직속 부하인 나뿐이다. 티베츠만 알고 내가 모르는 일도 조금은 있다. 그건 바로, 정확한 투하 일시. 다만 여러 가지 상황으로 미루어볼 때, 8월 첫 주가 되지 싶다. 투하 결정일에 날이 맑다면, 틀림없이 히로시마가 첫 번째 투하 목표지가 될 것이다.

미군은 1942년, 원폭 개발과 관련하여 거의 전권을 장악했다. 레슬리 R. 그로브스 준장이 그 책임자이다. 나는 그로브스가 최종적으로 이 계획을 실행에 옮기기 위해 편성한 부대의 일원이다. 내가 소속된 제509 혼성 항공단 특별팀은 전략공군사령관 C. 스퍼츠 장군 휘하, 이 작전을 실현하기 위해 과학자 및 군인으로 구성된 공동 프로젝트 부대였다. 내가 군함 하루나를 공격하는 것처럼 꾸며 행했던 정찰비행은 8월로 예정된 원폭 투하의 제1차 예비 조사에 해당한다.

우리가 가장 중시하는 것은 히로시마의 시민이 아니라, 폭격기의 승무원 및 폭풍을 관찰하는 후발 관측기의 승무원을 폭풍으로부터 지켜내는 것으로, 이를 위해 우리는 히로시마의 지형과 풍향, 시계 범위 등을 여러 차례 조사해야 했다. 특히 관측기는 폭발 후의 히로시마 상공을 날며 기록송신장치를 낙하산으로 몇 개 장소에 낙하시켜야 하기 때문에 위험 정도를 정확하게 파악할 필요가 있었다. 내가 격추당하던 때 맡았던 임무는 이들 기체가 원만하게 작업을 마치고 안전하게 귀환할 루트를 조사하는 것, 그리고 최대한의 정보를 얻어내는 일이었다.

격추된 7월 초, 내가 쥐고 있던 정보는 다음과 같다. 최종적으로 선정된 투하 목표 도시는 교토, 히로시마, 고쿠라, 니가타, 나가사키라는 사실이다.

투하 목표 도시 선정 경위는 원폭 투하 선정위원회의 5월 회합에 따른다. 거기서는 대략, 이런 사항이 결정되었다.

1. 직경 3마일 이상의 대도시일 것.

2. 폭풍으로 효과적인 피해를 줄 수 있을 것.

3. 8월까지 공격당하지 않고 남아 있을 만한 시가지일 것.

선정위원회가 가장 중시한 것은 위와 같이 원폭의 위력과 효과를 관측, 그 데이터를 얻을 수 있는 도시였다. 그 단계에서 통상 공격으로 거의 파괴된 도쿄와 오사카는 제외되었다.

그리고 제1목표지로 직전까지 교토가 유력했다. 그로브스는 심리적으로 일본에 가장 큰 영향을 줄 수 있는 도시로 교토를 고집했고, 우리도 그렇게 믿어왔다. 그런데 원폭 개발의 사실상 최고책임자인 스팀슨 육군장관이 바로 지난달 말, 급작스럽게 반대 의견을 내세웠다. 교토를 원폭 공격함으로써 일본 국민에게 미국에 대한 강한 증오를 심어주게 되어 전후에 일본이 정신적으로 소련 측에 기울 수 있다는 이유였다. 소련은 실제로 일본 지배를 기도하고 있다. 이것은 명백한 일이다. 소련은 틀림없이 전후 미국의 가장 큰 위협이 될 것이다.

유감스럽게도, 원폭 투하 선정위원회의 논의에는 교토의 문화재를 보호해야 한다는 이유는 포함되어 있지 않았다. 오히려, 좀 더 강한 정치적인 이유가 있었던 것이다. 위원회가 선정한 8월이라는 숫자에도 뭔가 흥정 기한이 내포되어 있다고 본다. 일본이 소련을 통해 천황제 유지를 조건으로 평화교섭을 벌이고 있다는 소문도 흘러나오고 있었다. 일본의 항복이 코앞으로 다가왔다는 것은 전 세계가 알고 있는 사실이며, 이후는 전부 종전 후의 지배도에 따라 움직여질 터이다.

나의 정찰비행은 스팀슨의 발언이 받아들여지고 난 후의 행동이었음은 두말할 나위 없다. 그리고 그것은 제1투하 목표지의 수정을 의미했다. 내가 추측하기에, 교토는 소련의 영향을 감안하여 배제될 것이다. 그리고 남은 히로시마, 고쿠라, 니가타, 나가사키 중, 폭격해서 일본인에게 정신적으로 큰 타격을 줄 수 있는 곳이라면 공업도시인 데다 인구도 많은 히로시마임은 의심할 여지가 없다.

현재 히로시마에 투하될 확률은 몇 퍼센트 정도일까. 나는 90퍼센트라고 예측한다. 그로브스가 스팀슨을 누른다면, 교토에 하나가 떨어질 가능성도 있다. 그렇게 되면 확률은 좀 더 줄어들고, 혹여 투하 당일 히로시마의 기후가 나빠서 시야 확보가 불가능한 상황이 되면, 급거 고쿠라로 변경될 가능성도 있다. 그러나 나의 정찰비행 결과를 종합해 볼 때, 히로시마는 지형적으로 가장 적합한 데이터를 얻기 쉬운 조건을 갖추고 있다. 주위의 산이며 바다, 시내를 흐르는 강 등. 이것들은 과학자의 눈을 사로잡을 것이다. 고쿠라는 평야와 바다의 관계가 데이터를 수집하기에는 좀 어렵다는 문제가 있다. 니가타는 거리가 좀 멀고, 게다가 동해 쪽이라 기후에도 좌우되기 쉽다. 파괴 데이터를 얻기에는 규모 면에서 히로시마의 크기가 조건에 가장 잘 들어맞는다.

정찰부대를 지휘하고 준비를 진행해온 나로서는, 군이 히로시마를 제외할 가능성은 없어 보였다. 만약 히로시마가 제외된다면, 그것은 신이 나를 버리지 않았다는 뜻이 되리라.

다음으로 정확한 투하 예정일을 추리해야 한다. 여기에도 정치의 영향이 짙은 그림자를 드리우고 있다. 이 7월에는 대규모의 정치적인 흥정이 이루어지리라 예측되며, 투하일은 그 결과에 달려 있지 싶다. 히로시마에 있는 한, 더구나 정보가 닿지 않는 이곳에선 뭐라고 판단할 수 없지만. 어쩌면 야스바가 정보를 모아준다는 상황도 고려해볼 수 있지만, 일본에 얼마만큼의 정보가 들어올지 의문이다.

스팀슨은 어떤 방법으로든 원폭을 일본에 투하하고, 전후 문제를 미국에 유리하게 끌어가려는 속셈이다. 트루먼 대통령의 측근은 대통령에게 일본의 조기 항복 조건은 천황제 유지라고 전하고 있지만, 스팀슨은 일본 측에 들이댈 항복 조건 중에서 일부러 그 부분을 빼지 싶다. 그런 다음 일본 군부가 철저하게 교전 태세를 보이면 그 틈을 놓치지 않고 원폭을 투하할 것이다. 그렇게 되면 여론도 우리 편으로 만들 수 있고, 국제적인 도의와 관련된 추궁도 피할 수 있다.

우리는 애당초 독일이 항복한 1년 반 후에 일본을 항복시키기로 계획하고 있었다. 2월에 얄타에서 맺어진 협정의 영향이 지금에 와서 8월 초반의 원폭 투하를 유력하게 만들고 있다고 나는 생각한다. 얄타 협정에서 루스벨트는 스탈린에게 대일본전 참전을 요구했다. 그 댓가로 전후, 소련에 치시마 열도(쿠릴 열도) 등을 넘겨주기로 밀약했다. 그런데 독일의 지배에서 해방된 동유럽제국에 소련의 지배력이 강화되면서 미국은 급속하게 위기의식을 느끼기 시작했다. 만약 소련이 일본전에 참전하면, 종전 후 아시아에 소련의 지배가 진행되리라 염려한 것이다.

거기서 스팀슨은 원폭을 으뜸패로 삼았다. 당연하다고도 할 수 있다. 소련이 참전하기 전에 일본을 항복시키지 않으면 안 된다. 전후의 군사 균형을 고려하면 한시가 급하다. 따라서 내 생각엔 원폭 투하가 7월로 당겨질 가능성도 없지 않다.

그러나 실제 측정이며 준비하는 데 좀 더 시간이 걸릴 것이다. 아무리 서두른다 해도 데이터 수집 및 투하 지점 선정에 7월 한 달은 꼬박 소요되지 싶다. 그렇다면 가장 확실한 투하 예정일은 8월 초. 첫 주라는 이야기가 된다. 8월 5일에서 10일 사이.

나는 적어도 일주일 내에 이 글을 야스바에게 보이지 않으면 안 된다. 그리고 그 전에 내 마음을 레이코에게 전하고, 사랑을 깃들여야 한다. 이미 내게도 망설일 여유는 없다. 세계가 움직이기 전에 나부터 어느 한 점을 향해 움직일 때이다.

하쿠호 스튜디오로 돌아오자, 이미 감독 이하 전원이 촬영 준비에 들어가 있었다. 나와 도모코가 스튜디오에 얼굴을 내밀자 이시켄이 휘익 휘파람을 불고, 대다수가 놀리듯 웃음을 보냈다. 헌데 그 옆에서 감독만이 힘없어 보이는 모습으로 멍하니 서 있었다. 눈을 맞추려 했으나 시선을 돌려버렸다. 도모코는 놀림을 슬쩍 비켜가며 진지한 얼굴로 기록 도구를 들고 감독 곁에 섰다.

"해냈구먼. 난 또 시로가 여자를 싫어하는 줄 알았지."

다네이가 다가와 내게 윙크를 했다.

스모크 머신 덕분에 성벽 주위에 음영이 멋지게 들어갔다. 카메라는 예상 외로 바로 정면에서 벽을 잡고 있고, 병사 차림을 한 엑스트라가 카메라 뒤에 대기하고 있는 걸로 보아, 카메라 옆을 통과하여 난징성으로 입성하는 모습을 찍을 모양이었다.

오후 내내 촬영은 순조롭게 진행되었다. 이제까지의 정체가 전부 꿈이었나 싶을 만큼 원활하게 흘렀다. 감독은 오케이를 연발하고, 눈 깜짝할 사이에 장면 몇 개가 메워졌다. 그런데 흐름이 다시 정체되기 시작했으니, 저녁식사 겸 휴식 시간이 끝나고 성문 앞에서 주연 여배우인 다케다 아이와 주역인 아메미야 고지가 전시 중에 재회하는 장면을 찍을 때였다. 감독이 갑자기 대폭 수정된 대본을 그들에게 건넸다. 배우들은 거듭되는 대사 변경에 표정이 굳었지만, 불만을 숨기고 그냥 그것을 훑어보았다. 사건은 그 직후에 일어났다. 자, 준비! 하는 소리에 이어 스태프들이 움직이기 시작한 가운데, 딱 한 사람 움직이지 않는 자가 있었다.

"감독님, 이래서는 지금까지의 연기와 감정이 연결되지 않습니다."

다름 아닌 다케다 아이가, 쓰타야와 의논 중인 이노우에 하지메의 등에 대고 호소한 것이다. 물론 대단히 부드러운 말투였기에, 그 항의에 이노우에 하지메가 그토록 노기등등하여 고함을 지를 줄은 아무도 예상하지 못했다. 다케다 아이는 아직 젊은 여배우였지만 오기도 있고 자기주장이 확실한 구석이 있었다.

"어디가? 뭐가 안 이어진다는 거야!"

이노우에 하지메가 고함쳤다. 잠시 동안 전원이 눈을 휘둥그레 뜨고 두 사람의 얼굴을 번갈아 보았다. 다케다의 매니저가 그녀 앞으로 달려와 무슨 말을 하는 거냐며 충고했지만, 오히려 기름을 부은 격이 되고 말았다.

"이 대사로는, 이제까지 촬영한 연기가 무의미해지지 않습니까. 어째서 이런 대사가 되는지 제대로 설명해서 납득시켜 주세요. 배우는 인형이 아닙니다. 저, 아직 어리지만, 감독님은 저를 어엿한 배우로서 봐주셔야 한다고 생각합니다. 이제까지는 묵묵히 해왔지만, 이렇게 끊임없이 대사가 변경되면 역할에 감정 이입이 되질 않습니다. 이번 변경은 도무지 납득이 가지 않아요."

스태프들 모두 신음 소리를 냈다. 하지만 거기에는 다케다 아이의 용기에 대한 응원의 의미도 포함되어 있었다. 영화계에서 이노우에 하지메만 한 거장에게 자기 의견을 말할 수 있는 자는 이제껏 한 사람도 없었다. 헌데 이 젊은 여배우가 당당하게 의견을 제시함으로써, 스태프들의 견해가 달라졌다.

"지금 무슨 말을 하는 거야. 건방진 소리 말아. 넌 인형이면 족해. 인형이 감독님에게 의견을 말해서 어쩌자는 거야. 네가 이 영화에 대해 뭘 안다고."

"알 만큼은 알아요."

매니저가 다케다 아이를 대기실로 끌고 가려 했다.

"이러지 마세요. 전 아직 감독님과 할 이야기가 남아 있습니다. 이 영화는 제게 있어서도 매우 중요한 작품입니다. 하지만 저 자신이 납득하지 못하면 좋은 연기는 나오지 않아요. 게다가 감독님께 신뢰받지 못한다면 더더욱 연기는 할 수 없습니다."

"죄송합니다, 바로 조용히 시키겠습니다."

매니저의 말에 대도구 담당 고노가 호통쳤다.

"조용해야 될 사람은 바로 당신이야. 잠자코 물러나 있어. 이건 배우 혼의 문제라고."

다케다 아이가 스태프들을 완전히 아군으로 만든 순간이기도 했다.

"너희가 대사를 외우면, 바로 시작한다."

이노우에 하지메는 낮은 목소리로 그 말만을 남기고 일단 그 자리를 떠나려 했다. 그러나 다케다는 굽히지 않았다.

“먼저 설명해주시지 않으면, 전 외울 수 없습니다.”

이노우에 하지메가 멈춰 서더니, 무서운 형상으로 다케다를 돌아보았다. 다케다가 한발 앞으로 나섰다. 남자 배우는 관여하고 싶지 않다는 듯 주춤주춤 의자에 걸터앉아 조용히 지켜볼 태세를 취했다.

“시끄럽다, 잠자코 하면 되는 거야.”

이노우에 하지메가 대본을 말아 다케다를 향해 내던졌다. 그러나 다케다에게는 명중하지 못하고, 한 청년이 몸을 뻗어 그것을 받았다. 그 청년은 서드 조감독이었지만, 내게는 젊은 날의 이노우에 하지메와 오버랩되었다.

“감독님, 우선 좀 쉬시는 게 어떻겠습니까?”

청년은 다케다와 감독 사이에 서서 부드럽게 말을 꺼냈다. 반역자가 늘어간다. 이노우에의 눈빛이 달라졌다. 청년을 물끄러미 바라보고, 그러고 나서 다케다를 보았다. 그러기를 몇 번 되풀이했다. 안 좋은 거 아냐? 하는 얼굴로 도모코가 내게 신호를 보냈다. 감독의 기억이 또 뒤얽히기 시작한 모양이다.

“너, 그 녀석을 사랑하고 있는 거냐?”

감독은 청년을 향해 그렇게 말했다. 그 말은 일찍이 감독 자신이 사카타 겐고로에게 들었을 말이리라. 사람들 사이에 술렁임이 일었다. 도모코가 감독 옆으로 다가가, 비틀거리기 시작한 감독을 부축하려 했다. 이노우에 하지메가 도모코의 얼굴을 들여다본다.

“훼이.”

감독이 다음 순간, 도모코의 팔을 붙잡았다. 안구는 튀어나올 듯이 부풀고, 두 뺨이 실룩실룩 경련을 일으키고 있다. 도모코는 몸을 뺐지만 감독의 힘이 너무 세서 그 아픔으로 얼굴이 굳었다.

"훼이, 살아 있었나. 미안했다."

"감독님, 아니에요."

도모코가 작은 목소리로 대답했지만, 이노우에는 한층 눈을 크게 뜨고 목소리를 높였다.

"훼이."

노감독의 거구는 흡사 숨이 끊어지기 직전의 매머드 같았다. 기울기 시작한 몸을 야윈 두 다리가 지탱했지만, 상반신이 근들거리기 시작했다. 그리고 다음 순간, 이노우에 하지메는 도모코의 품 안으로 무너졌다. 나는 반사적으로 뛰어나갔다. 이시켄이며 조감독 청년도 달려와 감독을 부축했으나, 이노우에 하지메는 이미 의식이 없었다.

●

감독을 태운 구급차가 하쿠호 스튜디오를 떠난 후, 그곳에는 그놈의 얼어붙은 듯한 정체가 무리지어 있었다. 사람들은 죄 어깨를 늘어뜨린 채 불안을 숨기지 못한 눈으로 영화의 캄캄한 앞날을 보고 있었다. 미술부도 촬영부도, 배우는 물론, 전 스태프가 입을 다문 채 미래가 없는 암흑을 노려보고 있었다.

『태양을 기다리며』는 이대로 창고행이 되는 걸까. 너 나 할 것 없이 제1스테이지에 세워진 난징성벽을 올려다보며 그렇게 생각하고 있었다. 이어지지 않는 태양, 망가져가는 감독. 지도자를 잃은 왕국은 빛이 사라진 라스베이거스였다.

저녁 무렵, 벽 앞에 멍하니 주저앉아 있던 내 옆에 도모코가 다가와서 커피를 내밀었다. 그것을 말없이 받아 들고, 한 모금 마셨다.

"쭉, 행복을 동경했었어."

좀 지나 도모코가 그렇게 중얼거렸다. 그녀의 목소리가 제1스테이지의 휑뎅그렁한 공간에 울려 퍼진다. 안쪽에서 미술부 사람이 몇 명 뒷정리를 하고 있었지만, 그들에게는 닿지 않을 정도의 목소리였다.

"두더지 잡기, 알아?"

"두더지 잡기? 오락실의 그거?"

도모코가 고개 숙이며, 응, 하고 미소 지었다.

"전부 때려잡지 않으면 행복해지지 않아. 그래서 난 언제나 튀어 오르는 두더지를 죽어라 때렸지. 전부 때려잡았나 싶으면, 또 어디선가 불쑥 튀어나오는 거야. 때문에 늘, 고지를 조금 남겨두고 나는 행복해질 수 없었어."

도모코는 치솟은 벽을 물끄러미 바라보았다.

"하지만 요즘엔 말야, 이런 식으로 생각하게 됐어. 두더지를 전부 때려잡으려 하고 있는 지금이 바로 행복한 시간이 아닐까, 하고. 전부 잡아버리면 분명히 그땐 그때대로 뭔가 불만이 남겠지. 인간이란 그런 거잖아. 욕망이란 끝이 없는걸. ……난 있지, 인생이란, 정체의 연속이라고 생각해."

그녀는 미소 지으면서 말을 이었다.

"진정한 행복 따윈 절대 없다고 봐. 그런 건 본 적이 없는걸. 모두 행복을 동경해서 결혼하지만, 언젠가 이혼을 해. 혹은 가면을 쓰고 살거나, 거짓말을 하거나, 바람을 피우잖아. 만족할 수 없으니까 계속 자극을 찾아서 두더지를 때려대는 거 아니겠어. 좀 더 좀 더 무언가가 있을 거라며, 때리지."

"두더지 잡기라."

나는 중얼거렸다. 대화는 끊어지고, 우리는 나란히 앉아 벽을 물끄러미 올려다보았다. 가능한 한 이노우에 하지메 이야기는 언급하지 않으려 신경 쓰면서.

"병원에 따라간 도키토 씨한테서 무슨 연락 없어?"

더 이상 얼버무릴 수 없다는 생각이 들어 물었다. 연락이 있으면 제일 먼저 도모코가 보고해올 터이니, 이상한 질문이었다. 도모코가 한숨을 흘렸다.

"감독님, 의식은 돌아오고 있는데 며칠 검사를 해야 한대. 그동안 하쿠호 영화의 윗분들이 이번 영화의 앞날에 대해 검토한다고."

"그래?"

이번엔 내가 한숨을 쉴 차례였다. 의사가 이노우에 하지메의 치매 증상을 발견해버리면, 확실하게 촬영은 중단되겠지. 문득 힘이 빠졌다. 하지만 그건 그것대로 괜찮을지도 모른다. 그 괴로움을 안은 채 과거와 이어진데도 감독이 행복해질 것 같진 않다. 차라리 이대로 가만히 놔두는 편이 낫지 않을까 싶었다.

"둘이서 두더지를 잡으면 어떨까."

내 말에 도모코가, 응? 하고 되물었다.

"둘이 함께 힘을 합쳐 두더지를 잡으면, 전부 잡을 수 있지 않을까."

그렇게 말하고 나는 웃었다.

"그렇게 되면 행복은 반씩 나누게 되겠네."

이번엔 도모코가 미소 지었다. 그런 다음 둘이서 벽을 올려다보았다. 천장에 닿을 만큼 높은 벽이 두 사람의 눈앞에 솟아 있었다.

●

밤, 나는 도모코를 바래다주러 그녀의 집까지 갔다. 시모기타자와와 산겐자야의 딱 중간, 아와시마 거리에 그녀가 사는 아파트가 있었다. 맨션이라 할 만큼 근사하진 않아도, 아파트치고는 작은 편이 아니었다. 바로 근처에 봄이면 벚꽃이 만개하는 좁다란 길이 나 있고, 옆에는 실개천이 흐르고 있어서, 꽃놀이 시즌에는 사람들로 메워지기로 유명했다. 내가 사는 남 신주쿠의 도영주택이 인접한 딱딱한 이미지의 거리와는 달리, 약간 로맨틱한 환경에 도모코의 집이 있었다. 밥이라도 먹고 갈래? 대단한 건 못 만들지만, 하고 도모코가 권했다. 도모코의 집에는 란도셀이 있을 터였다. 그녀의 집에 들어간다는 기대보다 그쪽이 훨씬 신경 쓰였다. 두 사람 다 란도셀을 염두에 두고 있었다. 작은 무언의 흥정 후, 둘은 동시에 차에서 내렸다.

철계단을 오르면서, 여기에 지로 형도 와봤을까 상상했다. 서로 안으려다 하나가 될 수 없었던 두 사람. 나는 어떨까. 그녀의 뒤꿈치를 바라보며 생각했다. 욕망은 일지 않는다. 우려하는 마음이 더 크다. 철계단을 두드리는 구두 소리만 주위에 울려 퍼진다. 조용한 세계다.

집 안에는 소리가 벽에 흡수되어가는 듯한 정적이 가득 차 있었다. 어딘가 완벽주의자의 방이라는 인상이 들 만큼 깔끔하게 정돈된 방이었다. 새하얀 인테리어로 통일되어 있고, 쓰레기통 안에는 휴지조각 하나 없었다.

방 한구석에 산업 디자이너가 설계한 듯한 멋진 테이블이 놓여 있고, 나는 역시 같은 재질로 디자인된 플라스틱 의자에 앉았다. 혼자 사는데도 의자는 두 개 있었다. 여기에 지로 형도 앉았을까.

도모코가 차를 끓여 와 내 앞에 앉을 동안, 나는 안절부절 못하고 실내를 둘러보았다. 마치 처음부터 내가 올 줄 알고 있었다는 듯이 실내가 정돈되어 있다. 만약 여기에 형이 들어온다면, 마치 도모코의 머릿속에라도 숨어드는 듯한 불안을 느꼈으리라.

도모코가 끓여 낸 허브티 향이 실내를 채웠다. 간접 조명이 적당한 조도로 실내를 밝혔다. 어둡지도 밝지도 않다. 상대방의 표정을 충분히 확인할 수 있는 밝기이다. 대화는 없었다. 란도셀이 못내 마음에 걸렸다. 내가 란도셀에 대해 알고 싶어 한다는 걸 당연히 그녀도 알고 있었다.

도모코와 눈이 마주친다. 도모코는 허브티를 한 모금 삼키고 나서 투명한 유리찻잔을 내려놓았다. 그때 벨소리가 났다. 누굴까, 하는 얼굴로 도모코가 일어선다. 그녀가 인터폰을 누르고서, 네, 하고 말한다. 택배입니다, 하는 기운찬 목소리가 흘러나왔다. 두 사람 사이의 긴박감이 중단되었다. 나는 고개를 돌려 실내를 돌아보았다. 어디에 있을까. 하얀 시트가 깔린 침대 아래에 역시 하얀 상자가 몇 개 있었다. 작은 책장 위에도 하얀 상자가 몇 개 있었다. 옷장도 있다. 부엌 싱크대 아래에는 수납장이 있었다. 란도셀은 어디에 있을까.

도장을 손에 든 도모코는 내가 있어 안심이 되는지 대비도 없이 문을 열어버렸다. 뜨뜻미지근한 바람이 실내에 들어온다. 더불어, 불온한 공기를 데리고.

"겨우 생각났어. 한 번 만났지. 지로가 정말로 사랑했던 상대란 바로 자네 얘기였어. 그 녀석, 드물게 진지했거든. 그렇더라도 그 녀석, 자네를 나한테는 소개하지 않았지. 대개는 소개하는데. 여자를 데리고 다니다 나를 만나면, 아무개입니다, 하고선 낄낄대며 장난을 치지. 하지만 자네와 있을 때, 녀석은 아무 말도 하지 않았어. 마침 그렇게 되기 직전에, 사랑 때문에 고민하고 있다느니 하는 말을 했으니까, 자네인가 보다고 딱 감이 왔지. 잊히지가 않아, 그 얼굴. 아름다운 얼굴이야. 내 어머니의 얼굴과도 닮았지. 워낙 철들기 전 기억이라 도움은 안 되지만. 분명 자네와 꼭 닮았을 거야. 왜냐면, 기억회로가 저려오거든. 한번은 신주쿠의 가드레일 아래에서 스쳐 지났지. 기억나나? 내 소개가 늦었군. 나는 지로의 형뻘로, 뭐, 옛날 얘기지만. 일찍이 그 녀석은 내 동생이었어. 그 녀석이 란도셀을 빼돌리기 전까지는. 나는 후지사와, 신주쿠의 후지사와요. 란도셀을 돌려받을까 하는데. 지로가 나한테서 훔친 란도셀이야. 알고 있겠지. 그걸 돌려받으러 여기까지 온 거야."

“알겠어요, 당신이었군요.”

도모코가 말했다. 그리고 내 쪽으로 걸어오더니, 마침 내가 앉은 의자 뒤에 있던 종이백을 집어 테이블 위에 놓았다. 그러더니 정말 놀랍게도, 온갖 인생을 휘둘러온 악의 근원, 바로 그 환상의 란도셀을 마술사처럼 휙 하고 꺼냈다. 순간, 후지사와의 얼굴이 바싹 긴장한 까닭은 도모코가 란도셀과 함께 꺼낸 물건 때문이었다.

“시로, 나한테는 아직 해야 할 일이 남아 있다고 했었지, 기억해?”

도모코는 내 옆에서 후지사와에게 권총을 겨누며, 툭 말했다. 그것은 형의 방에서 란도셀과 함께 사라진 토카레프였다.

크레이그 부샤르의 수기 5

7월 19일

또 무서운 꿈에 시달렸다. 어째서일까, 어차피 무서운 꿈을 꿀 테니 자지 말아야지 하면서도 어느샌가 잠이 들어버린다. 하루가 아쉬운 이 상황에 어떻게 잠이 오는지. 생물체이기 때문이겠지만, 그러고 보면 원폭 따위를 만들어내면서 그 일로 인해 잠 못 드는 인간이란 참으로 어리석고 하잘것없다. 더불어, 굳이 무서운 꿈을 꾸면서까지 잠을 자는 나도 비참하기 이를 데 없다.

꿈속에서 나는 원자폭탄의 폭풍에 의해 몸이 벽으로 패대기쳐진다. 그러더니 이번엔 열선에 의해 지글지글 타들어간다. 마치 초의 밀랍이 불꽃에 서서히 녹아내리듯, 나라는 존재가 가차 없이 사라진다. 벌써 몇십 번도 넘게 보아온 그림. 내장도, 눈알도, 피도, 살도, 피부도······ 온갖 것이 녹아 벽에 스며들어 무(無)로 끝나는 그림. 마지막에는 그 벽조차도, 가루로 부서져 산산조각 난다.

그런데 숨이 끊어지는 순간의 내 모습은 상상할 수 있어도, 그로 인해 내가 이 세계에서 완전히 사라져 무(無)로 돌아간다는 것은 도무지 이해할 수가 없다. 내가, 나라는 존재가, 이 세계 속에서 사라져버린다는 것을 나는 도무지 인식할 수가 없다. 내가 없는 세계가 어떻게 존재할 수 있는지, 아무리 해도 납득이 가지 않는다. 아니, 내가 있기 때문에 세계가 있는 거라고 어려서부터 생각해왔다. 왜냐면, 내가 이렇게 사고하는 가운데 세계가 항상 있는 거니까. 지금까지는 늘 그래왔으니까.

부모도 친구도 사회도 기억도 그리고 전쟁까지도, 내 안에 자리한다. 허나 실제로는, 내가 없어진 후에도 세계란 것은 남는다고 한다. 어디를 뒤져도 내가 존재하지 않는 세계 따위, 있어서 좋을 리가 없다. 아니 있을 리가 없다. 왜냐면, 세계란 곧 나 자신이니까. 내가 이렇게 존재하는 자체가, 세계가 존재할 수 있는 이유 아니었던가. 누구나 그렇게 생각하고 있을 터이다. 인간은 자신 이외의 인간의 사고를 알 수 없으므로. 남들이 나와 똑같이 고찰하고 있으리란 생각은 하지 않는다. 타인이란 요컨대 신이 만든 내 세계를 위한 엑스트라 같은 것이며, 나라는 세계를 채색하는 인형들이다. 다시 말해, 내가 바로 세계인 것이다. 어린 시절, 나 자신이 사라질 때에는 세계도 함께 사라지는 것이라고 믿어 의심치 않았다.

이 죽음이란 것을 나는 어떻게 받아들여야 할까. 내가 존재하지 않는 세계란 어떤 세계인지, 거기에 사고하는 내가 없다는 사실이 어떤 것인지, 내가 사고하고 있지 않는데도 세계가 움직인다는 것을 도저히 상상할 수가 없다. 너무나 무섭고, 비정하리만치 불안해서 견딜 수가 없다. 내가 없는데 세계만이 계속 남아 있다는 건 생각할 수도 없고 생각하고 싶지도 않다. 나만은 절대 죽지 않는다고까지 생각한 때가 있었다. 그런데 나만 사라지고, 부모며 형제며 친구들이며 그 외 많은 이들이 남다니. 나만 허무의 공간으로 내쫓기다니. 절규하고도 싶고, 내가 없어진 후의 세계의 아름다움을 상상할 때마다 온몸이 공포로 경직되어 여기저기에서 무수한 경련이 인다. 어떻게든 하고 싶은데 어떻게도 할 수 없는 초조함에 나 자신을 유지하기가 힘들어진다.

땀투성이가 되어 눈을 떴을 때, 쇠격자 사이를 하늘하늘 날아다니는 메탈릭블루의 호랑나비를 목격했다. 격심한 현기증을 느끼면서도, 나는 필사적으로 눈을 비비고 우아한 날갯짓을 노려본다. 이것은 현실? 아니면 환상? 나비가 날개를 움직일 때마다 세계가 한 장 한 장 넘겨져 가는 느낌이 들었다. 페이지를 넘기듯 모든 것이 쇄신되어간다. 내가 상상하는 세계가 벗겨진다. 현실로부터 한 장 한 장, 우아하게 벗겨진다. 아프다는 감각조차 없이, 참으로 냉혹하게 벗겨져간다.

이 나비는 나를 어디로 이끌고 가려는 걸까. 나는 일어나서 나비의 춤에 이끌려 창문 쪽으로 걸었다. 어디로 가는 거냐. 날 어디로 데려가겠다는 거냐. 나비가 쇠격자 사이를 통과하여 밖으로 나간다. 나는 환상을 쫓아 쇠격자에 얼굴을 붙이고 바깥을 노려본다. 그런 나를 비웃기라도 하듯 시선 끝에서 태양이 빛나고 있다. 눈알이 달구어지도록 그 중심을 노려본다. 존재의 빛이다. 존재 자체를 비춰내는 빛……. 문득, 작은 날갯짓 소리가 귓가를 스쳤다. 의식이 끌어올려지고, 나는 몇 차례 눈을 깜박였다. 메탈릭블루의 호랑나비는 마치 태양에 빨려가듯 날고 있다. 빛이 나비의 날개를 녹여간다. 더한 눈부심에 나는 눈을 가늘게 뜬다. 날갯짓 소리가 확고한 음으로 변하고, 나비가 창공 한복판에서 하나의 작은 흑점이 되었다. 눈이 부셔서 똑똑히 확인할 수는 없다. 그것은 환상의 빛 사이에서 아른거리며 애매하게 존재했다. 쇠격자를 움켜쥐는 손에 나도 모르게 힘이 들어간다. 무엇이, 나를 끌어당기는 걸까. 나는 온 신경을 집중하여 애매한 흑점을 응시했다. 기계적인 엔진 소리가 고막을 할퀸다. 영상과 소리가 뇌 속에 초점을 맺고, 순식간에 내 기억을 흔들어 깨웠다. 온몸의 털이 주뼛 섰다. 쇠격자에 얼굴을 한층 더 세게 밀어붙이고 하늘로 시선을 던졌다. 폭격기가 저 푸른 하늘 속에 있다. 펼친 두 날개의 힘차게 젖혀진 상태까지도 보인다. 애매하던 흑점이 무섭게도 점점 생생한 모습으로 변해간다. 이럴 수가. 그 흑점은 바로 원자폭탄을 실은 폭격기! 그것은 의심할 여지없이 이쪽을 향해 비행하고 있다. 거리와 고도로 볼 때, 파일럿은 시야를 확보하면서 표적인 아이오이 다리를 확인하고 있는 참일까. 그들이 기내에서 하고 있을 조작이 눈에 떠오른다. 그것은 다름 아닌 내가, 수차례 그들에게 가르쳐온 순서와 방법이다. 안전장치를 해제하고, 레버를 올리고, 버튼을 누르고, 시야를 확보하고 나서, 마지막 버튼을 누른다. 그리고 무엇보다 중요한 것은, 투하 1분 이내에 폭심지에서 적어도 13킬로미터 떨어진 장소로 탈출해야 한다는 점이었다. 우수한 파일럿과 승무원이 순서를 틀릴 리는 없다. 그들이 이 히로시마 상공에서 갑자기 히로시마 사람들에게 동정을 느낄 리도 없다. 그들은 정의감으로 충만해 있다. 전쟁을 종결시키고 세계에 평화를 불러올 사도라고 믿어 의심치 않고 있다. 내가 그들을 그렇게 교육시켜왔으니까. 우리의 행동을 정당화시키기 위해, 나는 언제나 그들의 뇌리에 우리 군의 정의를 새겨넣었다. 우리는 세상 모든 희생자들의 아군이고, 일본군의 손에 무참하게 덧없이 죽어간 아시아인들의, 또한 우리 연합군 병사들의 혼의 대변자이며, 이 전쟁을 종결시키기 위한 정의의 사도라고. 히로시마는 마지막 희생의 땅이 되고, 그것과 맞교환하여 많은 사람들이 구원받는다고. 날개에 태양 빛이 반사되었다. 반짝하고 빛나는 금빛 광선이 내 눈을 쏘았다. 불현듯 공포가 온몸을 뛰어다닌다. 그들은 한 치의 망설임 없이 임무를 수행할 것이다. 미국 핵물리학의 결정체가 창공 한가운데서 폭발하는 건 이제 피할 수 없는 사실이기도 했다.

"그만둬!"

참다못해 소리쳤다. 쇠격자 밖으로 손을 내밀고, 나 여기에 있다고, 큰 소리로 고함치며 호소했다. 엔진 소리가 울려 퍼진다. 그 소리는 점점 커져 고막을 흔들 정도가 된다. 구름 한 점 없는 하늘 한복판에 폭격기가 자리한다. 조용하고 확실하게 폭격 목표를 포착하고 있다. 몇 번씩 연습한 순서대로 임무를 수행하고 있음이 틀림없다. 다시, 무언가가 기체 중간쯤에서 반짝 빛났다. 폭격기에서 원자폭탄 하나가 투하된 것이다. 그것은 공중의 어느 한 점에서 작렬하고, 이 거리를 빛의 소용돌이 아래로 가라앉혀버린다. 태양이 폭발한 듯한, 엄청난 빛의 팽창이 거리 자체를 몽땅 휩쓸어버린다. 견디다 못해 나는 눈을 감는다. 빛이 내 눈꺼풀을 억지로 밀어 올리려 한다. 세계는 희뿌옇고, 모든 것이 새하얀 덩어리 안으로 사라지려 한다. 눈꺼풀 따위, 의미도 없다.

빛이 압도적인 힘으로 안구를 짓누른다. 녹는다. 모든 것이 점점 녹아내린다. 내 목소리, 내 몸, 내 존재, 모든 것을 빛이 삼켜버린다. 나의 외침 소리는 시간의 웅덩이 속으로 묻혀 들어간다. 나는 폭풍에 의해, 수도 없이 되풀이된 꿈에서 보았던 그 폭풍에 의해, 병실 벽으로 패대기쳐진다. 동시에 열선이 내 모든 것을 녹여버린다. 내 피부가, 살덩이가, 뼈가, 존재가 벽에 눌어붙는다. 그리고 잠시 후 벽마저도 녹아내리고, 마지막엔 풍압과 열로 파괴되고 만다. 생명 안쪽에서 터져 나온 절규마저도, 빛의 광폭한 위세 속에 묻혀버린다. 모조리 다, 그 빛조차도.

툭, 하고 작은 소리가 났다. 혼돈 속으로 작은 돌멩이가 날아들고 문득 제정신이 밀려온다. 피가 다시 흐르기 시작하고, 멈춰 있던 숨이 불쑥 되살아나고, 나는 다시금 태양 빛 아래서 의식을 되찾았다. 흐트러진 호흡을 필사적으로 고르면서 돌아보니, 어두컴컴한 병실 문간에 레이코가 서 있었다. 병사는 없다. 악몽의 잔상을 떨쳐내듯, 상쾌하고 평온한 아침 바람이 병실 안을 훑고 간다. 레이코는 나를 물끄러미 보고 있다. 땀투성이의 초라하게 여윈 나를. 나는 자리에서 일어나, 가슴 한복판에서 날뛰는 심장이 진정되기를 기다린다. 그러는 동안에도 어찌해야 좋을지 몰라, 부들부들 떨리는 몸을 지탱하며 애써 강한 척 해보였다. 레이코가 걱정스러운 얼굴로 다가와 식사 쟁반을 침대 위에 내려놓고, 부드럽게 내 팔꿈치를 손으로 부축해 침대로 이끌었다. 그녀의 은은한 체취, 달콤한 향기가 콧구멍을 간질였다. 둘의 시선이 얽힌다. 레이코의 눈 속에 내가 있다. 그녀도 내 푸른 눈동자 안에서 자기 자신을 보고 있다. 푸른 눈동자는 분명 가늘게 떨리고 있을 터였다. 그것을 쫓으려는 듯, 그녀의 눈동자 또한 떨리고 있었다. 악몽 탓에 나는 평소보다 냉정하지 못했다. 열선에 의해 녹아드는, 실감 안 나는 죽음의 공포가 육체 구석구석에 남아 있었다. 팔꿈치 부근에 닿아 있는 그녀의 작은 손의 온기만이 이 세계에서 유일하게 생생한, 존재의 증거였다. 그곳에 마치 심장이 달려 있나 싶을 정도로, 잡혀 있는 부분의 혈관이 콸콸 신음을 질렀다.

다음 순간, 스스로를 컨트롤할 수 없었던 나는 부풀어 오르는 마음을 억누르지 못하고 레이코를 와락 끌어안고 말았다. 거세게, 힘껏, 현세에 매달리려는 듯한 기세로.

레이코는 순간 당황한 빛을 보이고, 완강히 저항하며 내 얼굴에 손톱을 세웠다. 아픔이 신경을 일깨웠으나, 내 공포심은 수그러들지 않았다. 레이코를 더욱 세게 끌어안고, 끌어안으면 안을수록 나는 모든 것을 잃은 채 울었다. 레이코가 하도 날뛰어서 잡은 손을 느슨하게 풀어주자, 그녀는 곧장 병실 입구로 달려 도망쳤다. 그 얼굴은 놀라움으로 가득 차고, 대체 이 병동에서 무슨 일이 일어났는지 이해할 수 없다고 호소하는 듯한 흥분이 떠올라 있었다. 그녀가 내 눈물을 보았는지 어떤지는 알 수 없다. 어쨌든 흐트러진 내 얼굴을 노려본 후, 밖으로 나갔다.

몸의 떨림은 가라앉지 않았다. 공포감에 눈물은 계속 흘러내렸고, 나는 마침내 정신이 붕괴되었음을 깨달았다. 바닥에 웅크리고 앉아 이번엔 경련이 멈추지 않는 나 자신을 끌어안은 채, 레이코, 레이코, 하고 그녀의 이름을 불러댔다.

정신의 혼란은 오전 내내 계속되었고, 그동안 나는 바닥에 웅크린 채 움직일 수가 없었다. 이상하게도, 아무도 나를 진정시키러 오지 않았다. 다른 간호사가 점심식사를 가져왔을 때 비로소 난 레이코가 나

의 이상 행동을 병사에게 전하지 않았음을 깨달았다. 노간호사가 바닥
에 쓰러져 있는 내게 다가와 어떻게 된 일이냐, 라는 듯한 말을 하긴 했
다. 그 얼굴에선 걱정하는 빛이 읽혀졌고, 표정으로 보아 아침나절의
사건에 대해서는 전혀 모르는 듯했다. 레이코가 그 일을 입 밖에 내지
않았다는 뜻이 된다. 아침밥에 손도 대지 않은 것을 본 노간호사는 바
로 의사를 불렀다. 의사는 무언가 원시적인 방법으로 내 몸을 검사했
으나, 특별한 치료가 이뤄지는 것도 아니었다. 그때 야스바가 불려오
고, 컨디션이 어떤지 내게 질문했다. 나는 레이코에 대해 물어보았다.
아침에 간호사가 애써 아침식사를 준비해주었는데 그대로 물려서 미
안하게 됐다, 직접 사과하고 싶다고 말하자, 야스바는 노간호사에게
그 말을 통역했다. 그녀는 이미 퇴근했다고 노간호사가 말했다. 몸이
안 좋아져서 뒷정리를 할 수 없었던 모양이다.

　저녁에도 다른 간호사가 식사를 가져왔다. 레이코에게 오해를 심어
주고 만 내 행동이 가져온 최악의 전말에, 그저 후회스러운 마음뿐이
었다. 그녀는 또다시 그 웃는 얼굴로 내 앞에 와줄까. 아니면, 오해를
안은 채 내 앞에서 영영 사라져버리려나. 남은 시간이 없는 지금, 나는
절망이라는 것에 에워싸인 운명을 저주했다.

7월 20일

　역시, 아침식사 때도 레이코는 나타나지 않았다. 대신 표정을 읽을
수 없는 다른 간호사가 들어와 성의 없이 사무적으로 식기를 늘어놓고
갔다. 나는 이미 식욕을 잃은 상태였다. 닥쳐오는 죽음. 먹는다는 행위

에 의미가 없음을 알기에 몸이 먹기를 거부하고 있었다. 레이코를 잃은 지금은 웃는 것조차 불가능하다. 심문 때 이외에는 말 한 마디 하지 않는다. 인사조차도 하지 않게 되었다. 눈을 마주치는 것도. 간신히 숨은 쉬고 있지만, 그건 내 의지와는 상관없는 일이다. 심장도 내 명령에 따라 움직이는 건 아니다. 그 외의 것은 전부 그만두었다.

이렇게, 종이쪼가리에 나라는 존재의 마지막 의사(意思)를 써내려 감으로써 근근이 오늘이라는 날, 지금이라는 순간을 버텨가고 있다는 느낌이다. 오로지 눈물만은 마르는 일이 없다. 눈물만이 온갖 감정을 대변하듯 끊임없이 흘러나온다.

쇠격자 너머로 내리쬐는 빛을 바라보며, 남겨진 시간 속에서 기억을 더듬었다. 갖가지 일들이 떠오르고 눈물이 하염없이 흘렀다. 그저 슬퍼서 우는 것만은 아니었다. 그리워서 흘리는 눈물이다. 그립다, 온갖 것들이 지금은 정말로 그립다. 이것이 인생의 출구라는 것일까. 내 숙부는 여러 해 동안 뉴욕시의회 의원으로 일했는데, 내가 열세 살 나던 여름에 돌아가셨다. 정정하셨을 무렵, 숙부는 나와 자주 놀아주었다. 젊은 시절 복싱 선수였다는 그분은 체력에는 자신이 있었던 듯, 겨울에도 러닝셔츠 한 장 차림으로 집 근처를 달리곤 했다. 아직 노년에 접어들기 전이었는데 말기암 선고를 받고 늘 죽음의 출구를 바라보며 살았다. 아내를 앞세우고 자식도 없는 혼자 몸인 숙부의 간병은 내 어머니와 누나가 맡아서 하고 있었다.

나는 맑은 날이면 자전거를 타고 어디론가 한없이 달려가는 숙부의 모습을 자주 목격했다. 내리쬐는 빛을 받으며 페달을 밟는 그분의 눈에 눈물이 빛나고 있었다. 말을 걸기도 어려울 만큼, 그분은 마지막 시간을 아껴 마지않았다. 이 세계와 작별을 하고 있었던 것임을, 이제야 깨닫는다. 한번은 크게 외치는 소리가 들려 황급히 뜰로 뛰쳐나가보니, 숙부가 집의 커다란 느릅나무 위에 올라가 저녁 해를 향해 소리치고 있었다. 가라앉는 태양을 보고 있던 중 참을 수가 없어져서 그랬노라고, 숙부는 내게 한 마디 설명을 했다. 어떤 때는 길 한복판에서 땅에 입을 맞추고 있었다. 우체통에도, 전신주에도, 단골 바의 간판이며 졸업한 학교의 정문에도. 그 크던 몸이 돌아가실 무렵에는 부쩍 여위어 있었다. 암의 진행은 빨랐고, 앞으로 길어야 1, 2주라는 의사의 말에, 숙부는 프랑스에 가보고 싶다며 아버지에게 간청했다. 그 희망은 모두가 반대하는 바람에 이루지 못했지만, 숙부는 자기 일족의 묘 옆에서 마지막을 맞고 싶다는 생각을 품고 있었던 것 같다. 그러나 숙부는 행복했다고 나는 생각한다. 그분은 적어도 아버지나 어머니를 비롯한 친족들이 보살펴주는 가운데 세상을 떠났으니까. 가장 큰 행복은 누군가의 보살핌 아래 눈을 감는 것이리라.

나는 어릴 적, 친구들과 함께 퀸즈보로 다리를 건너 루스벨트 섬으로 종종 낚시를 하러 나갔다. 딱히 이렇다 할 일이 일어난 적도 없지만, 친구들의 얼굴에 내리쬐던 빛의 아름다운 댄스를 잊을 수 없다. 그 아이들의 순박한 웃음, 어떠한 괴로움에도 침범당하지 않는 맑고 순수한 표정, 그리고 맨해튼 주변의 별다를 것 없는 경치만이 떠오른다. 마천루 저편으로 기우는 저녁 해는 내 기억 중에서도 가장 소중히 간직되어 있는 기억이다. 이렇게 최후의 순간이 닥쳐오자, 불가사의하게도 저녁 해에 대한 기억이 특별한 것으로서 감정의 스크린에 비쳐 나온다. 가족과 함께 오른 엠파이어 스테이트 빌딩은 우리 집에서도 보였다. 그 너머로 지는 저녁 해는 내가 아는 한 세상에서 가장 아름다웠다. 아침 해에 빛나는 마천루의 피뢰침 끝의, 뾰족하면서도 섬세한 반짝임 또한 결코 잊을 수 없으리라.

　겨우 철이 들 무렵 아버지는 나와 누나를 데리고 자유의 여신상을 보러 갔다. 일요일이라서 페리 선착장은 긴 행렬로 붐비고 있었다. 몇 십 분 넘게 기다려 배를 탄 나는, 바다 가운데 솟은 청동색 여신을 넋을 잃고 보았다. 아버지의 무등 위에서 바라보는 여신은 너무나 아름다웠고, 또한 위엄이 넘쳐흘렀다. 이 여신은 네 선조님들의 나라에서 선물 받은 거다, 미국 독립 100주년을 기념하여 기증받은 거야. 아버지는 자랑스럽게 말했다. 독일계 이주민이었던 어머니는 그런 이야기가 나올 때는 미소만 띤 채 조용히 듣고 있었다. 아버지는 프랑스를 사랑했고, 내가 프랑스를 언제까지고 잊지 않기를 바라 마지않았던 것 같다. 성인이 될 때까지 여러 차례, 기회 있을 때마다 아버지는 나와 누나를 데리고 자유의 여신상이 서 있는 베드로 섬(지금의 리버티 섬)에 갔다. 한편, 그 여신상을 올려다보던 어머니에겐 아버지와는 또 다른 감흥이 있었으리라 짐작한다. 제1차 대전 때도, 그리고 지금도, 독일계인 어머니는 복잡한 마음의 부담을 안고 있을 테고, 때문에 어머니는 늘 남몰래 바흐를 연주했으리라. 그런 일에 무심한, 어쩌면 그런 사정을 알면서도 어머니의 뿌리를 없애려 하는 아버지의 속 없음에 나는 번번이 씁쓸한 마음이 들었다.

어린 시절, 야구선수를 꿈꾸었던 나는 퀸즈의 레이니 파크에서 열리는 청소년 야구대회를 매년 손꼽아 기다렸다. 나는 투수이면서 동시에 4번 타자이기도 했다. 중학생이던 당시, 나는 홈런을 쳐서 팀을 우승으로 이끌었다. 그때의 벅찬 감동은, 그 후의 내 인생에 위대한 추억을 새겼다. 아버지와 함께 갔던 양키 스타디움에서 흥분의 도가니에 빠져들었던 날도 멋진 추억으로 남아 있다. 사람들의 환성이 소용돌이가 되어 밀려드는 것을 나는 언젠가 내가 받을 축복과 겹쳐 상상했다. 자질 문제로 더 이상 야구선수로 커나갈 수 없다는 현실을 깨달은 건, 고등학교에 갓 입학했을 때였다. 나보다 훨씬 크고 훌륭한 선수가 잔뜩 있는 현실을 맞닥뜨리고, 빛이 들지 않는 지하실 장 구석에 야구 글러브를 넣어버렸다. 인생에서 처음으로 맛본 좌절이기도 했다. 하지만 그것도 지금은 깨끗하게 받아들일 수 있는, 씁쓰레하지만 풍부한 인생 추억 중 하나이다. 마운드에서 내려왔을 때, 나는 동시에 실연도 경험했다. 그때는 죽고 싶을 만큼 인생이 싫었지만, 이제 와 생각하면 귀여운 기억이기도 하다. 좀 더 필사적으로 인생의 벽에 맞섰더라면 좋았을 거라는 후회와 반성만이 밀려든다. 왜, 좀 더 연습해서 나의 능력을 향상시키지 않았을까. 왜 거기서 포기해버렸을까. 그 이후, 불량배들과 어울리면서 인생의 궤도를 이탈, 뒷골목을 찾아다니는 나날을 살게 된다. 이게 다 처음부터 신이 짜놓은 인생 항로라면, 나는 거기서 과연 어떤 교훈을 얻어야 한단 말인가.

인생에는 무언가 의미가 있을 터이다. 이 광기의 말기에 이르러서도, 나는 신을 저주할 수 없다. 어떤 인생이든 반드시 의미가 있다고 가르쳐준 집 근처 카톨릭 성당의 신부님 말씀을 나는 아직 믿고 싶다. 그렇다면, 원자폭탄으로 인해 죽는 내 인생의 의미란 과연 무엇인가. 이것은 대체 무엇에 대한 가르침이고 인도일까.

전쟁 때문에 아무 의미 없이 죽어가는 사람들과, 평생 행복하게 살다 가는 부자들 사이에서, 신은 과연 무엇을 전달하려는 것일까. 굶어 죽어가는 가난한 나라 사람들과, 배불리 먹는 것도 모자라 음식을 버리고, 살찌고, 웃음이 끊이지 않는 생활을 하는 사람들 사이에는 대체 무엇이 가로놓여 있을까. 원자폭탄으로 죽어갈 이 거리의 무구한 사람들, 예를 들어 레이코나 레이코의 가족, 형제, 친구들은 무슨 죄가 있어서 느닷없이 인생을 박탈당해야 한단 말인가. 막강한 나라 미국조차 인도적인 견지를 잃고 마는 것이, 신의 가르침일까. 신은 우리에게 무엇을 일깨워주려는 것일까.

뭐가 뭔지 아무것도 모르겠다. 모든 것을 저주하고 싶어지고, 신이 부여한 삶, 존엄하고 제한된 이 시간마저 경멸하고 싶어진다. 하지만 그것도 잠시, 다음 순간에는 이미 아무려나 상관없는 일이 되고 만다. 나는 이제 조금만 지나면, 모든 것을 박탈당하고 빛의 입자 속으로 녹아 사라지게 된다. 생각하기에 따라선, 사라져 없어진다는 건 매우 아름다운 죽음의 방식일지도 모른다. 그것은 무(無)가 된다는 뜻이리라. 무(無)에 고통은 없다. 무(無)란 영원한 죽음이리라.

그런 경지를 일찍이 나는 학습한 적이 없다. 일본인들이 믿는 불교의 가르침 중에 체념 비슷한 무(無)라는 경지가 있다고 들었는데, 그들은 갑작스런 죽음에 대해서도 일종의 깨달음을 지니고 있을까. 이를테

면, 개미가 24시간 내내 짐승이며 사람에게 밟혀 뭉개질지도 모른다
는 타고난 각오를 짊어지고 살아가는 것과 비슷할지도 모른다. 죽음은
깨달음이다. 깨달음이란 죽음과 직면하지 않으면 인지할 수 없다. 바
로 이 경지이기 때문에 깨달을 수 있는 무언가가 있다. 그러나 내게는
아직 보이지 않는다. 지금의 나를 한층 불안하게 만드는 요인이 바로
그것이다. 어째서 놓아버리지 못하는 걸까.

　나는 갓 파일럿이 되었을 즈음 몇 차례 죽을 고비를 넘겼다. 예를 들
어 훈련기가 난기류에 휘말려 몇백 피트를 급강하했을 때에는 그야말
로 죽음 한복판에 놓여 있었다. 아무리 과학이 뒷받침되더라도 기체가
공중을 나는 동안에는 늘 불안정한 공포가 존재한다. 허나 그러한 공
포는 미리 예측할 수 있는 죽음이다. 이해 가능한 죽음이라 할 수 있
다. 난기류 속을 비행하는 훈련기에는 으레 이륙 직후부터 그러한 선
택의 기로가 기다리고 있기 때문에, 당연히 사전 각오가 되어 있다. 그
런데 원자폭탄으로 인한 죽음에는 사전 각오란 것이 없다. 어느 날 갑
자기 죽음이 찾아온다.

　헛돈다. 아무리 생각해도, 이건 이미 어디에도 출구가 없는 사고(思
考)일 것이다. 뭘 쓰고 있는지조차 알 수 없게 되어가고 있다. 뭘 써야
할지도 모르겠다. 그저 불안 때문에 펜만 필사적으로 놀리며, 머릿속
에 있는 것을 장황하게 써내려가는 데 지나지 않는다. 그렇게 함으로
써 어떻게든 이 공포를 누그러뜨리려는 것이다. 반드시 올 죽음을 눈
앞에 두고도, 내게는 아무런 대항책이 없다. 물리칠 수단이 없다. 오로
지 기억에서 추억을 끄집어내어 그리워하는 것 말고는 내게 주어진 오

락이 없다.

그러나 이런 운명을 살게 될 것이라고, 일찍이 내게 예언한 인물이 있었다. 이렇게 되지 않았다면 떠올리지 않았을 기억을 지금, 바로 지금 나는 떠올렸다. 어느 겨울, 내가 고등학교를 졸업한 해였다고 기억하는데, 그날, 42번지 그랜드센트럴 역 중앙 홀에서 어느 외눈박이 노인이 날 불러 세웠다. 40미터 가까이 되는 중앙 홀의 돔형 천장에 별자리 그림이 그려져 있고, 나는 그 그림을 가만히 올려다보던 중이었다. 노인은 어느샌가 내 눈앞에 서서, 미소인지 슬픈 표정인지 구분할 수 없는 얼굴로 나를 보고 있었다. 자네에겐 예기치 않은 운명이 찾아올 게야, 하고 그 노인은 말했다. 몇 달 넘도록 빨지 않은 듯한 옷을 걸치고 있는 것으로 보아 노숙자임에 틀림없었지만, 유독 손끝만은 무척 깨끗했고, 그가 무슨 말을 할 때마다 허공을 우아하게 움직이는 그 손끝이 내 눈을 끌었다. 예기치 못한 운명이란 행운인가요, 아니면 불행인가요? 하고 되묻자 노인은, 유감이지만 불행이네, 하고 중얼거렸다. 시련이라기엔 너무 가혹하고, 운명이라 하기엔 지나치게 무거워, 라고 말했던 것 같다. 그날 나는 마음이 급했다. 크리스마스가 가까워져서 어머니 부탁으로 칠면조를 사러 가던 길이었기 때문이다. 그리고 아직 젊을 때라서 그런 충고에는 별반 관심도 없었다. 어쩐지 기분이 나빠져서 그만 가려고 하자, 노인이 내 등을 향해 말했다.

"알겠나, 그때가 오더라도 세상을 미워하면 안 되네. 신을 증오하면 안 돼. 그런 순간일수록 신에게 감사드리게. 그렇게 하면 공포도 안심으로 변할 게야. 어둠도 빛으로 변할 것이네. 슬픔도 풍성한 추억으로 변할 걸세. 마지막엔 모든 생물체가 신의 곁으로 인도된다는 사실을 잊지 말게."

이제까지 한 번도 떠올린 적 없던 기억이었다. 어째서 그동안 생각나지 않았을까. 필요치 않아서 떠오르지 않았으리라. 기억이란 참으로 무서운 것. 아득한 날의 아무려나 상관없는 만남을, 나의 뇌는 기억에서 끄집어냈다. 마치 마법이나 요술처럼. 그리고 내게 운명을 깨닫는 방법을 전수하려 하고 있다. 어쩌면 이 기억은 실제하지 않았던 일이고, 너무나 무서운 나머지 나의 뇌세포가 멋대로 지어낸 이야기인지도 모른다. '신을 증오해서는 안 된다. 그런 순간일수록 신에게 감사하라. 그러면 공포도 안심으로 변한다.' 이거야말로 이 상황에 딱 들어맞는 가르침 아닌가. 하지만 지금의 내게는 그 말이 귀히 여겨진다. 신을 원망해서는 안 된다. 마지막 순간까지 신에게 감사하라. 그렇다면, 이런 운명이 내게 가져다 주는 의미에 대해서도 지나치게 생각해선 안 되는 것 아닌가. 다만, 언젠가 찾아올 죽음의 때에, 신의 무릎으로 인도되기만을 간절히 바라며 살아가는 수밖에 없는 것이다. 그것이 곧 깨달음이리라.

그렇다. 나는 신의 품으로 불려가는 것이다. 인생을 도중에 끝내야 한다는 건 슬프지만, 그런 마음이 드는 것도 따지고 보면 아직 끝마치지 않았다는 어중간한 성취감 탓이다. 그렇지 않고 신이 정한 죽음이라는 기한을 받아들일 때 비로소 나는 신에게 감사할 수 있다. 신에게 감사함으로써, 나는 이 생에 의미를 부여받을 수 있다. 그렇게 생각한 순간, 신기하게도 피가 다시 흐르기 시작했다. 부조리하다고는 생각하지만 받아들일 수 있다면, 그것은 행복을 이끌고 오리라.

점심때도, 저녁때도, 레이코가 아닌 다른 간호사가 식사를 가져왔다. 나는 혼란스런 와중에 안았던 레이코의 육체의 감촉을 떠올리고 있었다. 그녀의 육체의 크기를 기억 속에서 반추해본다. 희미하나마 여성다운 양감이 내 팔이며 복부며 가슴팍에 남아 있었다. 부드럽고 따스한 감촉이었다. 사랑스럽지만 너무나 먼 기억이다. 간절하기 그지없는 감촉이다.

레이코, 레이코, 레이코. 얇고 작은 입술. 동양의 진주가 연상되는 크고 검은 눈동자. 동양인 특유의 도예품 같은 윤곽. 그리고 매끈한 턱, 코, 귀. 그녀를 다시 한 번 끌어안고, 죽기 전에 이 마음을 나누고 싶다. 그것이 지금의 내 유일한 소원이다.

7월 21일

아침밥은 역시 다른 간호사가 가져왔다. 병실 문이 열리고, 레이코가 아닌 다른 여성이 나타났을 때, 나는 피부 밑 신경이 반란을 일으키는 것을 느꼈다. 심한 무력감이 찾아든다. 이제 글을 쓸 기력도 없다. 낮에도 저녁에도 식사를 가져온 사람은 레이코가 아니었다.

7월 22일

앞으로 약 2주 후면 나는 재가 된다. 레이코, 얼른 얼굴을 내밀어주오. 그렇지 않으면 이 정신을 유지할 수가 없어.

왜 그랬을까. 어째서 좀 더 순서를 밟지 않았을까. 어쩌자고 그런 억지 행동을 저질러버렸을까. 간신히 마음이 통했나 싶었는데. 이곳에서의 내 유일한 빛을 내 손으로 꺼뜨리고 말았다.

저녁 무렵, 새가 울고 있었다. 병실은 저녁 해로 새빨갛게 물들고, 창밖이 붉은색으로 보일 만큼 하늘이 붉다. 새소리에 이끌려 나는 쇠격자에 얼굴을 붙이고 바깥을 보았다. 히로시마의 하늘이란 하늘이 온통 붉게 물들어 있었다. 이토록 아름다운 저녁 해는 태어나서 처음 본다. 맨해튼의 마천루를 물들이는 석양도 이렇게까지 철저하게 붉지는 않다. 일본의 하늘이 특별한 것인지, 아니면 지금의 내 정신상태가 그렇게 느껴버리는 것인지. 암으로 돌아가신 숙부의 심정을 지금의 나는 이해할 수 있다. 저녁 해를 향해 큰 소리로 외치고 싶은 심정을 억눌렀다. 외쳐도 되겠지만, 큰 소리를 내면 예의 병사가 온다. 그에게 얻어맞는 거야 상관없지만, 계속 소리 지르는 모습에서 정신이 병들었다고 여겨, 레이코가 여기에 오지 않게 되는 건 싫다.

대신 나는 하늘이 어두워질 때까지 그 자리에서 꼼짝하지 않았다. 하늘의 푸르름과 저녁 해의 붉은빛과 우주의 검정이 미묘하게 섞여 들어갈 무렵, 나는 다시금 그리운 기억을 떠올리고 가슴이 절절해졌다.

내게는 본국에 남겨두고 온 애인이 있다. 지금껏 이 일기에 그녀 이야기를 쓰지 않았던 데에는 이유가 있다. 물론, 여기에 억류되자마자 레이코에게 한눈에 반했다는 꺼림칙함도 큰 이유지만, 이 전쟁을 기회로 나는 거트루드와 헤어질 생각이었다. 거트루드와는 3년을 사귀었는데, 그녀는 나와 사귀면서도 늘 다른 남자를 생각했다. 나를 만나기 전에 사귀었던 남자를 그녀는 잊지 못했던 것이다. 우리는 그 일 때문에 자주 다투었다. 상대는 나보다 열두 살이나 많은 아일랜드인이다. 그는 신문사에 근무하는 한편, 시인으로서 작품을 몇 권 출판하기도 했다. 거트루드와 처음 만났을 무렵, 그녀는 실연의 한복판에 놓여 있었다. 말하자면, 처음에 나는 그녀의 쓸쓸함을 달래는 역할로 필요했던 것이다. 그러는 동안 사랑으로 발전했지만, 그녀의 눈동자 한구석에는 늘 그 남자에 대한 마음이 방울져 있었다. 기억이란 너무도 성가신 거야. 그녀는 늘 그렇게 말하며 내 앞에서 울었다. 정작 울고 싶은 사람은 나였지만, 나는 대신 전신주나 기둥을 후려쳤다. 한번은 그 남자와 거트루드가 나 몰래 나란히 5번가를 걷는 장면을 목격한 적이 있었다. 바로 그 녀석이 아일랜드인 시인임을 알 수 있었다. 상상했던 것보다 훨씬 왜소하고 연약해 보이는 남자였다. 얼굴이 잘생긴 것도 아니고, 어딘가 신통치 않아 보이는 중년이었다. 어째서 그런 남자에게 휘둘리는지, 나로서는 이해가 가지 않았다. 내가 그 사실을 그날 밤 그녀에게 들이대자, 거트루드는 그 남자가 썼다는 시의 한 구절을 암송해 보였다.

"내 귀를 도려내고, 네 입을 실로 꿰매 이으면, 우리는 영원한 정적을 손에 넣을 수 있으리. 내 눈과 네 마음을 도려내면, 우리는 귀중한 추억 안에서만 살아갈 수 있으리."

7월 23일
레이코. 보고 싶다.

7월 24일

갓 파일럿이 되었을 무렵, 나는 훈련기로 로키 산맥 상공을 날았다. 그때 보았던 눈 아래 웅대한 광경을 잊을 수 없다. 험준한 산 정상들과 그 사이로 보이는 빙하의 궤적. 거기에는 인간의 이해가 미치지 않는, 신이 빚어낸 예술이 있었다. 태어나서 처음으로 하늘을 날았을 때, 나는 확실히 신에게 감사했다. 그 마음은 지금도 변함없다. 전쟁이 아니었다면, 나는 파일럿의 길을 선택하지는 않았을 것이다. 기술자나 물리학자를 목표로 삼았을 것이다. 그러나 전쟁의 영향으로, 갑자기 내 앞에 파일럿으로 가는 문이 열렸다. 물론, 마천루만을 올려다보며 살아온 내가 그보다 더 높은 장소를 꿈꾼다 해도, 맨해튼 섬이라는 제한된 세계에서 너른 하늘로 옮겨 가길 원한다 해도, 이상할 건 없었다.

다만 운명의 장난. 파일럿이 된 덕분에 나는 히로시마에 억류되어 있다. 어떤 선택이 옳았을지, 지금에 와선 모르겠다. 적어도, 처음 하늘을 날았을 때의 흥분만은 죽는 순간까지 잊지 못하리라. 다시 한 번 조종간을 쥐고 너른 하늘을 날고 싶다. 가능하다면, 허락된다면, 다시 한 번 드넓은 하늘을 날아보고 싶다.

지금도 눈을 감으면 구름 사이를 빠져나가 너른 하늘로 부상한 순간의, 해방된 기분을 떠올릴 수 있다. 하늘 끝이든 어디까지든 날아갈 수 있는, 영원을 손에 넣은 듯한 나날이었다.

티니안 섬에 파견되기 전, 나는 하와이의 항공대에 있었다. 작전상 몇 번의 공중전을 경험했는데, 언젠가 초계비행 도중 일본의 제로 전투기와 정면으로 맞닥뜨린 적이 있었다. 미드웨이의 난바다 상공에서였다. 상대는 뭔가 작전을 마치고 귀로하는 길이었을 테고, 역시 한 대뿐이었다. 구름의 흐름이 빨라 내가 한발 늦게 포착했고, 알아차렸을 때는 적기가 등 뒤에 박두해 있었다. 내가 탄 P38 라이트닝은 일단 급강하한 후, 은폐물이 되는 구름을 의지해 다시 급상승했다. 제로기 조종사의 얼굴이 눈에 들어올 만한 거리까지 두 기체는 접근했고, 그러고 나서 단숨에 떨어졌다. 오로지 넓기만 한 하늘이었지만, 항상 드는 생각처럼 달아날 곳은 없었다. 해치우느냐, 당하느냐였다. 그때는 지금처럼 닥쳐오는 죽음에 대한 공포 같은 건 없었다. 죽기를 각오한 탓도 있고, 확률상 살아남을 가능성도 있었다. 제로기는 우수한 전투기였지만, 나는 라이트닝 쪽이 성능 면에서 우위임을 확신했고 파일럿으로서의 내 실력에도 자신이 있었다. 게다가 군인이다. 언제든 전사할 각오는 돼 있었다. 두렵긴 했지만, 언제 떨어질지 모르는 원폭을 이 병실 안에서 절망적으로 기다려야 하는, 이 도망칠 길 전혀 없는 공포와는 비길 바가 못 된다. 싸움으로써 공포 자체를 물리칠 수도 있었으니까……

제로기의 용감한 파일럿과 나의 전투는 오래 계속되었다. 하늘 가장자리에서 제로기가 점점 다가온다. 어느 타이밍에 기관총을 소사해야 할지, 어느 때 조종간을 움직여야 할지, 촌각을 다투는 순간 승부였다. 고도 1만 피트 상공에서, 두 전투기는 그렇게, 누구도 알지 못할 공중전을 지속했다. 그때도 신만이 보고 있었다. 나중에 나는 그렇게 생각하게 되었다.

둘의 실력은 거의 막상막하였던 것 같다. 몇 번인가 접근하다 기관

총 세례를 받았다. 없어졌나 싶으면 어딘가 구름 속에서 놈은 나타났다. 나도 적의 배후를 몇 차례 치고 들어갔다. 생각이 너무 비슷해서 싸우기 힘든 상대이기도 했다. 비록 적군이지만 기술 면에선 멋진 구석이 있었다.

한창 공중전을 벌이던 중, 상대의 얼굴이 일순 보였다. 똑똑히 보인 정도는 아니다. 그저 무심코 스쳐 지나는 순간, 묘하게도 분위기가 전해져 왔다. 그때 내 머릿속에 떠오른 적의 인상은, 쓰고 있던 고글 탓도 있겠지만, 기계 같은 남자라는 것이었다. 마치 기계와 같이 울퉁불퉁한 체격을 지닌 것처럼 보였다. 일종의 초조와 공포가 그렇게 보이게 했을지도 모른다. 상대도 나에 대해 같은 느낌을 가졌으리라.

아무리 해도 결판이 나지 않았다. 이대로 둘 중 어느 하나가 격추되거나 연료가 바닥나길 기다리는 수밖에 없을지도 모른단 생각이 들었다. 이래서는 결말이 나지 않겠단 생각에, 나는 단숨에 적을 해치울 작전에 나섰다. 우선 구름을 이용하여 적의 등 뒤로 돌아들기로 했다. 그런데 몇 번의 급강하와 급상승 끝에 두 기체가 딱 달라붙는 사태가 벌어지고 말았다. 두 대의 전투기는 창공 아래, 불과 몇십 피트의 거리를 두고 나란히 비행했다. 미군 전투기와 일본군 전투기가 마치 왈츠를 추듯이 비행하는 야릇한 사태였다.

이번엔 적의 얼굴이 똑똑히 보였다. 상대도 이쪽을 보고 있었다. 가느다란 눈 안에서 놈의 안광이 빛나고, 얼굴의 수염까지 보였다. 분노도 증오도 일지 않았다. 오히려 그 때는 일종의 경의가 느껴졌다. 말로 하려니 거짓말 같지만, 내 맘 어딘가에 상대의 용기와 용감함을 인정하는 듯한 구석이 있었다. 상대도 그런 심정이지 않았을까. 처음 보는 일본인이었던 놈은, 기계 같다고 생각했던 맨 처음 인상과는 조금 달라져 있었다. 전투라는 극한 상황에서 얻어지는 불가사의한 프렌드십이다. 의외로 온화하게 생긴 얼굴이어서 놀랐다. 고글 안의 눈이 부드럽게 호를 그리고 있었다.

그러나 우리는 전쟁이라는 운명 속에 있었다. 만약 다른 시대, 다른 장소에서 만났더라면 다른 우정으로 맺어졌을 가능성도 있으리라. 하지만 그런 감상은 허락되지 않는다. 방심은 곧 죽음이므로. 두 전투기는 아주 오랫동안 나란히 비행했다. 어느 쪽이든 무언가 행동을 취하는 순간, 싸움의 결판이 난다는 것을 둘 다 잘 알고 있었기에 섣불리 행동할 수 없었다. 길고 긴 침묵이었다. 내 기체에는 연료가 아직 남아 있었지만, 적은 어떤지 알 수 없다. 두 전투기는 영원히 끝나지 않을 왈츠를 창공 속에서 추고 있었다.

영원을 단절할 결단을 먼저 내린 것은 내 쪽이었다. 무의식중에 조종간을 잡고, 놈의 얼굴을 본 다음 순간, 그것을 힘껏 당겼다. 중력이 무지근하게 내 몸을 내리눌렀다. 돌아보니, 적기도 기수를 들어 올리고 나를 따라오려 하고 있었다. 나는 성층권을 목표로 삼았다. 중력을 못 이겨 어느 쪽이 먼저 부서질지, 신에게 운명을 맡기기로 했다. 제로기는 몇백 피트 오른쪽으로 급상승하고 있었다. 놈은 이쪽의 움직임을 냉정하게 분석하고 있다. 어느 시점에서 기수를 내려 급강하할 게 틀림없다고 짐작하고 있을 터였다. 그러나 나는 기수를 내릴 생각은 없었다. 이대로 계속 하늘 높이 날아오를 생각이었다. 내 기체가 가파르게 계속 상승했다. 성층권은 5만 피트라고 항공학교에서 배웠다. 이 전투기가 견딜 수 있는 고도는 기껏해야 4만 피트. 1만 3천 피트부터는 산소마스크가 필요해진다. 내 기체에는 산소마스크가 적재되어 있지만, 제로기에도 있는지 여부는 알 수 없다. 머릿속이 단단히 조여든다. 마치 뇌수가 빨려나가는 듯한 압력이 느껴졌다.

그 순간, 바흐가 들렸다. 어머니가 연주하는 BWV1000이다. 류트의 섬세한 음색이 내 기억을 자극하고 어머니의 부드럽고 애절한 얼굴을 떠올렸다. 손톱이 현을 퉁기자, 그 소리가 마치 진공에서 퉁기는 듯 귓속 우주에서 퐁 퐁 울렸다.

기체가 어느 고도에서 부서질지, 그건 설계자도 기술자도 모르는 일이다. 4만 피트까지는 상승할 수 있다고 누군가가 말했지만 그것을 시험한 파일럿은 없다. 이는 어디까지나 수치상의 해석이다. 구름을 몇 개씩 돌파하며, 두 대의 전투기는 우주를 목표 삼았다. 공기가 점점 희박해지고, 나는 산소마스크를 꺼내 입에 댔다. 2만 5천 피트를 넘어섰다. 제로기는 아직 따라오고 있다. 놈이 여기서 급강하한다면, 굳이 쫓아가서 공격할 생각은 없었다. 바흐의 음색만이 점점 커져간다. 어머니의 손가락 끝 섬세한 움직임이 뇌리를 스쳤다. 감상에 빠지면 진다고 내 자신을 훈계하지만, 어머니의 모습은 사라지지 않는다. 점점 더 강하게 되살아난다. 눈가의 주름도, 입가의 미소도, 꽉 다문 턱 끝도. 어머니는 조용히 나를 바라보며 연주하고 있었다. 기체가 요동치기 시작했다. 발 디딜 곳 없는 이 하늘 안에서, 애매한 존재의 공중에서, 덜커덕 덜커덕 하고 무섭게 요동친다. 하늘 저편에는 신의 영역이 있다.

나는 지금 그곳을 침범하려 하고 있는 것이다.

류트 소리만이 내 마음의 의지처였다. 적기의 파일럿에게는 이 소리가 닿지 않으리라. 이것은 지금 내 귀에만 들리는 특별한 음악이다. 아름다운 음악과는 반대로, 기체의 요동이 한층 거세졌다. 3만 피트를 넘기자 조종간을 쥐고 있는 손마저도 흔들렸다. 제로기는 아직 따라오고 있다. 놈도 내 의중을 읽은 눈치다. 어느 한쪽이 파괴될 때까지 계속 날아, 신에게 승부를 의탁한다는 방법을.

하늘의 색이 달라졌다. 그냥 파랑이 아니다. 깊고, 강하고, 강대한 파랑이다. 위대한 파랑이다. 검정이나 어둠이라 해도 통할 불가침의 파랑이다.

제로기가 불을 뿜은 것은 고도 3만 5천 피트를 넘어섰을 때였다. 내가 타고 있던 라이트닝도 한쪽 프로펠러에서 희미하게 연기가 피어오르고 있었다. 제로기는 마치 하늘 한가운데 정지해 있는 듯 보였다. 불가사의한 그림이었다. 바닷속 깊은 곳에서 선헤엄 치는 듯이 보이기도 했다. 엔진 부분에서 불티를 뿜어내고 있었다. 십자가로 보였다. 아래쪽이 파랗고 위쪽이 까만 하늘 한가운데에서, 제로기는 마치 십자가에 매달린 예수처럼 불타고 있었다.

그리고 다음 순간, 적기의 엔진이 거세게 불을 뿜었다. 펑 하는 소리가 내 귀에 닿았다. 폭발했는데도, 적기는 공중에 계속 멈춰 서 있었다. 흩날리는 잔해와 파편까지도 참으로 아름답게 내 기억에 남았다. 공중에 멈춰 선 전투기가 엄청난 불길에 휩싸였다. 나는 아무 소리도 낼 수 없었다. 조종간을 움켜쥔 채, 폭발하는 적기를 잠자코 바라보았다. 류트 선율만이 진공에 가까운 공간에 울려 퍼지고 있었다. 그것은 제로기의 파일럿에게 바치는 진혼가였다.

오른 날개를 잃은 제로기는 서서히 지상을 향해 하강하기 시작했다. 그것은 기수가 아래를 향한 상태에서의 나선 낙하였다. 파일럿이 낙하산으로 탈출했는지 여부는 모른다. 제로기가 남기고 간 검은 연기의 띠를 향해 나는 거수경례했다. 그의 용기와 그 존재에 대해.

그때, 나는 죽을 수도 있었다. 그렇게 생각하면 지금 이 상황에도 일말의 희망을 가질 순 있다. 그러나 나는 생각한다. 어차피 죽는다면, 다시 한 번 성층권을 향해 날아보고 싶다. 그곳에서 신의 영역에 도전하고, 그 파일럿처럼 용감한 죽음을 부여받고 싶다.

루즈마이메모리 7

"아직 해야 할 일."

도모코는 자기 자신에게 타이르듯 그렇게 말했다. 그리고 나서 후지사와에게 겨눈 토카레프를 고쳐 잡았다.

"지로가 이 권총을 맡겼을 땐 총탄이 다섯 발 남아 있었지. 하지만 지금은 두 발밖에 남아 있지 않아."

도모코가 말했다.

"어째서인지 알아?"

후지사와를 향해 말한다기보다 스스로에게 무언가를 확인하려는 듯한 말투였다. 마찬가지로 그녀의 진지함과 결의가 팔꿈치며 다리의 떨림으로 전해졌다. 후지사와는 권총을 들이대는데도 놀라는 기색은 아니었고, 도망치려고도 하지 않았다. 오히려 맨손으로 총탄에 맞설 듯이 태연자약해 보였다.

"세 발은 공터에서 시험 사격을 했어. 실제로 이렇게 당신을 쏘기 위한 연습을. 이 거리에서라면 절대로 빗나가지 않아. 지로와 똑같은 꼴을 만들어주겠어."

"잠깐."

그렇게 말한 사람은 후지사와가 아니라 나였다. 당장이라도 방아쇠를 당길 기세인 도모코를 어떻게든 말려야 한다.

"형을 쏜 건 이 사람이 아냐. 네가 이 사람을 쏴도 형의 복수는 되지 않아. 형을 그 꼴로 만든 놈은 따로 있어."

"누구?"

도모코가 소리쳤다.

"그건 몰라. 하지만 이 사람은 아니야."

나로선 고작 그렇게밖에 대답할 수 없었다. 무슨 근거로 그렇게 말했는지 나도 잘 모르겠다. 어쩌면 도모코 말대로 후지사와가 저지른 짓인지도 모른다. 하지만 왜 그런지 이 남자는 형의 아군이었을 것 같은 생각이 자꾸 든다.

"지로를 쏜 남자는 죽었다네."

후지사와가 입을 열었다. 도모코는 권총을 내리지 않았다. 양손으로 단단히 권총을 움켜쥐고, 다리를 벌리고, 눈높이로 총신을 들어 올려 정확하게 후지사와의 심장을 조준하고 있었다. 언제 방아쇠를 당겨도 문제없을 만큼 박력이 느껴진다. 후지사와가 움직이면, 도모코가 방아쇠를 당기리라는 건 틀림없었다.

"거짓말 말아. 당신이 그런 거야."

도모코의 목소리는 이제껏 들은 중에서 가장 거칠었고, 감정이 온몸에서 용솟음치고 있었다. 형에 대한 애정의 강도가 이렇게까지 컸던가, 하고 새삼 당황스러운 마음이 들 만큼. 간신히 내 곁으로 다가왔나 싶었는데, 그녀는 확실한 미래를 버리면서까지 불확실한 과거를 고집하고 있었다.

"거짓말! 당신이 지로를 그 지경으로 만들었다는 건 변함없어. 설령 실제로 지로를 쏜 인간이 따로 있더라도, 내가 중오하는 건 지로를 이런 세계로 끌어들인, 바로 당신이야."

"췌, 재수 더럽게 없군. 지로랑 엮인 탓에 나한테는 줄창 최악의 운명만 배달돼 온단 말씀이야."

후지사와가 미소 지었다.

"뭐 됐어. 그 란도셀이 돌아오지 않으면, 난 어차피 앞으로 사흘짜리 목숨이야. 지금 여기서 죽으나, 사흘 후에 죽으나 마찬가지라고. 이도 저도 다 내가 지로를 믿은 탓이지. 자네도 바보군, 그런 놈한테 반해서."

"그런 건 당신이 상관할 바 아니야."

다음 순간, 후지사와가 도모코에게 등을 돌렸다.

"자네 같이 고운 여자가 그런 몹쓸 물건을 들면 쓰나. 그걸로 날 쏘는 건 상관없지만, 자네가 범죄자가 된다면 내가 견딜 수 없어. 이 이상 지로 때문에 불행한 인간이 나와선 안 돼."

남자는 조그맣게 한숨을 흘렸다.

"지로는 날 기만했어. 모두를 속였지. 그래서 녀석은 총을 맞았어. 그저 그뿐이야. 하지만 자네가 말했듯이, 그 녀석을 이런 세계로 끌어들인 건 내가 맞아. 녀석이 그렇게 된 것도, 결과적으로는 내게 책임이 있지. 그러니 니는 총을 맞이도 어쩔 수 없이. 히지만 니 같은 인간을 쏘고 자네 인생에 금이 간다면 너무 슬프잖은가. 조금만 더 생각해봐 주게. 날 쏘는 게 낫다면, 아직 기회는 있어. 그 란도셀을 사흘 이내에 그자들한테 돌려주지 못하면, 난 틀림없이 죽어. 아니, 되돌려주더라도 죽을지 모르지. 그러니 여기서 죽든 나중에 죽든 마찬가지지. 젠장, 어디를 굴러도 최악임엔 변함없으니.”

후지사와가 코로 웃고 나서, 훌쩍 손을 들었다. 바이바이 흔들고 있다. 도모코가 권총을 새로이 고쳐 잡았다.

“다시 오지.”

후지사와는 그 말을 남기고 자리를 떴다. 열어젖혀진 문 저편에서, 뚜벅뚜벅 계단을 내려가는 후지사와의 발소리만이 와 닿았다.

●

우리는 그날 밤, 하나가 되었다. 계속해서 흐느끼는 도모코를 끌어 안고 몇 시간을 보낸 후, 그녀가 갑자기 무언가 결의에 찬 표정으로 옷을 벗고 알몸이 되었다. 동시에 막아두었던 내 안의 감정이 터져 나왔다. 그녀의 나신에 나는 욕망을 느꼈다. 형은 도모코를 안을 수 없었지만, 나는 도모코를 안을 수 있었다. 놀랍게도 도모코의 몸은 나를 받아들일 준비가 되어 있었다. 도모코가 내 안에서 형을 보며 흥분하고 있다는 건 알았지만, 나는 그 점을 이용하여 그녀의 본질에 다다르는 길을 선택했다.

어째서 형은 도모코를 안지 못했을까. 그녀의 부드럽고 나긋나긋한 육체를 감싸 안을 때마다 생각했다. 나는 흥분하고 있었지만, 동시에 냉정하기도 했다. 형을 이겼다는 기분과 결코 형을 이기지 못할지도 모른다는 공포가 팽팽히 맞서는 가운데 영혼만이 고뇌했다. 나는 내 육체의 모든 힘, 동물적인 야성의 힘을 토해내어 도모코 안으로 잠겨들었다. 도모코는 겉으로 드러나는 견고한 이미지와 별개로 그 내부에 야성의 격렬한 자각을 숨기고 있었다. 우리는 이성과 본능 사이를 몇 번씩 왕복하며 아침까지 수없이 몸을 맞대고 헤엄쳤다. 앞뒤 생각할 겨를 없이 이성도 냉정도 다 팽개치고 그녀 안에 도달한 순간, 그녀는 내 등을 사랑스럽게 끌어안은 채 움직이지 않았다. 두 사람은 단단히 몸을 포갰고, 그것은 몇십 분 동안 지속되었다. 하지만 그 후, 그녀는 일하러 나가는 어머니처럼 천천히 힘을 빼고 떨어졌다.

모든 것이 끝난 후, 갑자기 불안에 휩싸였다. 아침의 빛이 실내에 비쳐들기 시작했을 때, 도모코의 거동에 이변이 생겼음을 깨달았기 때문이다. 그녀는 내 품 안에 계속 머물러 있지 않았다. 내가 잠에 떨어지려 할 즈음, 팔베개에서 슬쩍 머리를 치웠다. 도망치려는 그녀를 내 팔이 무의식중에 붙잡는다. 그러자 다시 잠시 동안 그 자리에 머물렀지만, 내 의식이 다시금 수마에 잠겨들자 재차 벗어나려 했다. 결국 그녀는 벽을 향해 눕고, 나는 천장을 올려다보며 잠들게 되었다.

꿈속에서 나는 지로 형을 만났다. 형은 나를 물끄러미 바라보았다. 나는 무슨 말인가 하려다가 번번이 말을 삼켰다. 형의 얼굴이 너무나 쓸쓸해 보여 도모코와의 일을 차마 입에 올릴 수가 없었다. 빛이 어렴풋이 와 닿는 벽 가에 우리 둘에게 등을 돌린 채 자고 있는 도모코의 모습이 보였다. 깨어 있으면서도, 자는 척하면서 우리 형제의 기색을 살피고 있는 것이다.

태양은 아직 구름 안에 있었다. 지로는 시로와 따로 떨어져 낯선 골목을 헤매는 중이었다. 탁한 공기가 세계를 지배하고, 건물 벽에는 검은 페인트로 '民族, 生存, 在此, 一戰' 라는 글자가 갈겨쓰여 있었다. 지로로서야 무슨 뜻인지 알 리가 없었지만, 그 글자 안에서 배어나오는 거센 분노의 힘만은 저릿저릿하게 와 닿았다. 그 낙서 바로 위에 깃발이 나부끼고 있었다. 세계가 암갈색으로 가라앉아 있는데, 그 깃발만이 선명하게 적색과 백색의 대비를 그려내고 있어 눈길을 끌었다. 창에서 불길이 솟고 있었다. 완전히 타버린 창틀은, 안이 이미 재가 되었음을 이야기하고 있었다. 주위를 다시금 돌아본다. 몇 가닥 검은 연기가 먼발치에서 피어오르고, 그 바로 앞 길바닥에는 마치 장난감 상자를 뒤엎어버린 것처럼 벽돌이 어지러이 흩어져 있었다.

소리가 나서 그쪽을 돌아보니, 오래된 건물의 반지하로 내려가는 층계참 그늘에 남자들이 몇 명 숨어 있었다. 지로가 다가가 말을 걸려 하자, 남자들이 벌떡 일어나 계단을 박차고 길바닥으로 뛰쳐나왔다. 여윈 얼굴 중심에서 삼백안이 존재를 굳건히 알리고 있었다. 그중 한 사람이 지로의 어깨를 잡으려 했으나, 다른 한 명이 그 팔을 붙잡아 말리며 뭐라뭐라 빠른 어조로 말했다. 지로는 그 말의 의미를 이해할 수 없었다. 그리고 또 한 사람이 큰 소리로 다른 사람들을 향해 소리쳤다. 그들이 돌아본 골목 끝에서 병사들이 달려오는 모습이 보였다. 남자들은 황급히 발길을 돌려 그곳과 반대 방향으로 냅다 도망쳤다. 그 빠르기가 지로의 눈 깜박이는 속도와 맞먹을 만큼 신속하여, 다음 순간에는 이미 남자들이 다 어디로 사라졌는지 모를 정도였다. 잠시 후 병사한 무리가 달려와 지로 앞에 멈춰 서더니, 그중 한 사람이 소리쳤다.

"젠장, 놓쳤군."

말을 알아들을 수 있었기에 지로는 그들에게 미소를 지으며 말했다.

"저쪽으로 도망갔어요."

병사 한 명이 놀란 얼굴로, 일본인이니? 하고 물어왔다.

"설마!"

다른 병사들도 놀라서 일제히 목소리를 높였다. 그들이 당황하고 있는 참에 말을 탄 수염 난 병사가 다가와 언성을 높였다.

"편의병(便衣兵. 중일 전쟁 당시 일반인과 구별되지 않는 옷차림으로 적지에 들어가 작전을 수행한 부대. 중국군에 의해 조직됨_옮긴이)은 찾았나?"

"죄송합니다, 놓쳐버렸습니다."

한 병사가 대답했다. 말 위의 병사가 지로를 알아채고 말했다.

"뭐냐, 고작 어린애를 상대로."

"그런데 이 애가 일본어를 합니다."

한 병사의 말에 지로가, 일본인인걸, 하고 소리를 높였다. 말 위의 병사는 크게 놀라 잠시 할 말을 잃은 채 지로를 내려다보고만 있었다.

지로는 제9사단 제36연대 본부로 연행되었다. 병사가 무등을 태워주었기 때문에, 지로는 함께 가자고 해도 마다하지 않았다. 가는 도중 말에도 올라타보았다. 태어나서 처음 타보는 동물이다. 말은 자동차와 달리 전진할 때마다 좌우로 크게 흔들렸다. 또한 말이 살아 있다는 데에도 지로는 흥분했다. 커다란 눈은 유리구슬처럼 생겼고, 지로가 들여다보니 그 눈알이 기계장치처럼 되록되록 움직였다. 갈기를 붙잡고, 떨어지지 않게 말 등에 찰싹 달라붙었다. 그러는 지로를 등 뒤에서 병사가 안아 받쳐주었다. 어디에서 왔냐는 질문을 받았지만, 지로는 병사를 만족시킬 만한 대답은 가지고 있지 않았다.

"어디에서 온 게 아니라, 계속 여기에 있었어요."

그러자, 아래에서 걷던 병사가 물었다.

"상해에서 태어났니?"

"상해라니, 거기서 여기까지 어떻게 왔냐?"

또 다른 병사가 웃으며 말했다.

"대사관이 있었지. 이렇게 잘 입혀 내보낸 걸 보니 그쪽과 관계있는 도련님일지도 모르겠군."

말 위의 병사가 말했다.

지로의 취조를 맡을 병사는 없었다. 하여간 모두 바쁜 듯, 지로를 연행해온 병사들도 지로를 본부에 맡기기 무섭게 그곳을 뛰쳐나갔다.

"편의병 사냥이다!"

그들은 입을 모아 외치고 있었다. 처음엔 그게 누구를 가리키는 말인지 몰랐는데, 지로의 머릿속에 퍼뜩 떠오르는 사람들이 있었다. 그 반지하 층계참에 숨어 있던, 귀에 선 말을 하는 몇 명의 남자들.

본부 병사들은 전원 '편의병 사냥'을 위해 밖으로 나가야 하기 때문에 지로의 신원조사 따위를 하고 있을 시간이 없었다. 대신, 시간적으로 여유가 있는 인물이 그 일을 맡게 되었다. 일을 맡은 청년이 지로 앞에 얼굴을 내밀었을 때, 처음 보는 사이가 아니었기에 둘 다 낯빛이 바뀌었다. 지로는 미소를 띠었지만, 청년은 눈을 둥그렇게 뜨고 목소리를 높였다.

"역시 너였냐?"

●

본부 한 귀퉁이에 청년의 일행인 촬영단 대기장이 있었다. 지로는 청년을 따라 그곳으로 옮겨 갔다. 텐트 안은 어둑어둑했지만, 한구석에 앉은 소녀의 주위만은 달랐다. 소녀는 지로에게 줄곧 미소를 보냈다. 때때로 손을 흔들기도 하고, 동요를 읊조려 보이기도 하면서 붙임성 있게 다가왔다. 소녀의 내면에서 배어나오는 존재의 반짝임은, 이 어두운 전장에서 특별한 빛을 내뿜고 있었다. 청년이 늘 소녀를 챙긴다는 것도 지로는 대번에 알 수 있었다.

"이 애냐? 진짜 놀랍군."

페인트 통을 든 또 한 청년이 텐트 안으로 들어서다 지로를 발견하고 목소리를 높였다.

"이노우에, 어쩌려고 그래. 이런 아이를 맡아 가지고선."

"하지만 이노우에한테 딱 어울려요."

소녀가 약간 어눌한 일본어로 놀렸다. 페인트 통을 들고 있던 청년도 함께 웃는다.

"하긴, 이노우에밖에 없지. 어린애 뒤치다꺼리를 할 만큼 한가한 녀석은."

"어이, 키다. 무슨 소리야. 이 애의 신원을 상세히 조사해달라고, 연대장님이 직접 의뢰하셨다고. 나로선 영광이지."

모두 일제히 웃었기에, 지로도 즐거워져서 함께 웃었다.

"그건 그렇고, 이 앤 어디서 여기까지 온 걸까. 대사관이랑 관계있는 애는 아니고, 금릉대학에도 일본인은 없어."

이노우에가 말을 이었다.

"음, 수수께끼네. 달리 추측하자면, 상사(商社)와도 관련이 있을 법한데. 상해 같은 데에 지사가 있는 상사 가족이 업무차 여기에 와 있었나? 하지만 전쟁 한복판에 올 리가 없지?"

키다의 말에, 소녀도 이노우에 하지메도 웃고 있던 입가에 그림자가 어렸다. 키다 마타요시가 지로의 눈앞에 쭈그려 앉아 질문했다.

"어디서 태어났니?"

"이 근처요."

지로가 대답했다.

"이 근처? 난징 태생이란 말인가, 모르겠군."

"난징?"

지로가 이상하다는 얼굴로 되물었다.

"여기는 난징이야, 난징. 너, 상해라는 데서 온 거 아니니?"

이노우에 하지메가 얼굴을 들여다보며 같은 의미의 질문을 몇 차례 반복했다. 애교 있는 얼굴이라고 지로는 생각했다. 둥그런 안경이 그를 부드러운 사람으로 보이게 한다. 하지만 내면에는 강한 야심이 잠자고 있음을 지로는 놓치지 않았다. 부드러움 속에 차가움을 숨기고 있다.

"다들 바보 같아요. 여긴 여기지 난징이란 동네가 아니에요. 난, 여기 밖으로 나가본 적이 없어서 다른 동네 따윈 몰라요. 여기서 바깥으로 나갈 수가 없다고요. 여기는 어둠으로 둘러싸여 있어요. 형아들이야말로 어디서 이리로 들어온 거예요?"

청년들은 잠시 얼굴을 마주 보고 나서 눈썹을 찌푸리더니 동시에 한숨을 흘렸다.

"아무래도 이 아이는 정말 난징에서 태어난 모양이야."

키다 마타요시가 말했다.

"설마."

바로 이노우에 하지메가 말을 받았다.

"하지만 여기에 있어."

이먼엔 소녀가 중얼거린다. 세 사람은 서로 얼굴을 마주 본다. 그 얼굴들을 지로는 다시 들여다보고, 이상한 얼굴, 하며 웃었다.

"우린 말이지, 병사 아저씨들이 저 높은 벽을 허물고 입성할 때 동행해서, 이리로 온 거야."

키다의 말에 지로가 되물었다.

"벽?"

"그래, 난징성은 지난주에 함락됐어. 십만 병사가 성문을 열었지. 우린 말이다, 그 모습을 기록하는 촬영단이야. 알겠니? 촬영 말이야. 영화. 영, 화, 라고."

소년은 키다가 하는 말의 의미를 이해할 수 없다. 다만, 몇몇 어두운 이미지가 그것들과 교차했다. 도망치는 남자들, 쫓아가는 병사들, 나부끼는 일장기, 불타오르는 건물, 검은 연기가 자욱한 시가지, 여전히 숨어 있는 태양…….

"편의병 사냥이 뭐예요?"

지로는 연행되어 오는 내내 병사들이 했던 말이 궁금해 견딜 수가 없었다.

"편의란 말이지, 중국인이 입고 있는 옷이야."

지로의 뇌리에 허둥지둥 도망치던 남자들이 입고 있던 옷이 떠올랐다. 삼백안과 함께.

"중국 병사가 민간인 옷으로 위장하고 있어. 난민구는 아니? 몰라? 미국이랑 영국인 선교사나 의사들이 설치한 곳인데, 난민구로 불리는 안전구역이 여기 북쪽에 펼쳐져 있어. 이 난징성 안에서도, 난민구만은 일본군도 웬만해선 건드리지 않는 장소지. 여기서 조금만 더 가면 나와. 그래서 미처 도망가지 못한 많은 중국군들이 편의로 변장하여 그곳에 숨어들고 있어. 그자들을 찾아내려는 거야."

키다가 조금 상기되어 말하자, 이번에는 이노우에가 덧붙였다.

"어려운 말로 하자면, 편의병 색출이라고 하지. 중국군을 격멸시키는 게 일본군의 사명이니까."

"찾아내면 어떻게 하는데요?"

"대항하면 이쪽도 철저하게 맞서 싸우지."

"살려달라고 하면?"

소년의 질문에 아무도 선뜻 대답하지 못했다.

"살려주는 게 당연하지. 일본은 그런 조약을 맺었으니까."

키다의 말에, 소녀가 중얼거렸다.

"사카타 씨는 걱정하고 있었어. 몇천이나 되는 포로가 생겼으니, 분명 무서운 일이 일어날 거라고."

"훼이팡, 그건 기우야."

이노우에가 말했다.

"……하지만 이제까지 군량은 적에게 쭉 의존해왔어. 보고 싶지는 않았지만, 약탈이나 다름없는 식량 확보였어. 이건 전쟁이야. 상식을 초월한 조달 장면도 꽤 있지 않았을까. 지금은 다들 예민할 대로 예민해져 있어. 무슨 일이 일어날지 아무도 몰라. 무서운 일이 일어날지도 모르지."

키다가 고개를 숙이고 말을 흘렸다. 소녀의 이름이 훼이팡인가, 생각하면서 시모는 되물었다.

"뭔데요? 무서운 일이?"

청년들은 입을 다물었다. 훼이팡의 안색이 어둡게 가라앉는 것을 지로는 놓치지 않았다. 소년은 얼굴을 찌푸리고, 거기에 무언가가 숨겨져 있다고 생각했다. 그때, 텐트 안으로 한 남자가 들이닥치더니 그 기세 그대로 이노우에의 셔츠깃을 움켜쥐고 말했다.

"쓸데없는 말, 애한테 하지 마."

소녀가, 사카타 씨, 하고 이름을 입에 올렸다. 촬영단을 지휘하던 남자다. 이 사람이 감독이구나, 하고 지로는 직감했다.

"알아들어? 우리 일은 진실만을 국민에게 전하는 거다. 어떤 상황에서도, 국민을 위한 일만을 전할 뿐이라고. 군의 광고탑이 되려는 게 아냐. 기록 영화쟁이의 사명을 잊지 마라. 그 점만을 마음에 새기고, 어떤 상황에서도 냉정하게 대처해."

이노우에도 키다도 입을 다물고, 지면으로 시선을 돌렸다. 사카타 겐고로는 훼이팡을 바라보고 있었다. 훼이팡은 몇 초간, 사카타와 시선을 얽은 후, 이노우에 하지메가 신경 쓰이는 듯 멀찍이 눈을 돌렸다. 거기서 꿈틀거리고 있는 모든 시선의 행방을 지로는 놓치지 않았다.

크레이그 부샤르의 수기 6

7월 25일

레이코는 오늘도 역시 나타나지 않았다. 이대로 두 번 다시 얼굴 마주하는 일 없이, 둘 다 재가 되어 사라지고 마는 걸까. 마지막에 운명의 대반전이 기다리고 있으리라 계속 믿고 있지만, 아무래도 전부 덧없는 이야기로 끝나버릴 것만 같다.

아니, 신은 있다. 그렇게 믿지 않으면 안 된다. 내가 건넨 그 마리아상을, 레이코는 분명 꼭 쥐고 있을 터. 그렇다면, 그녀의 마음은 다시 여기로 돌아올 게 틀림없다. 마음속으로 계속 이름을 불렀다. 아침부터 잠들 때까지 계속 되뇌다 보니, 레이코라는 울림은 이미 주문처럼 되어버렸다. 마지막의 마지막까지 나는 계속 기도하리라. 분명 내 마음은 그녀에게 닿을 것이다.

오후, 취조실에서 미쓰이 중령의 심문을 받는다. 늘 그렇듯 야스바가 통역을 한다. 질문은 변함없이, 전함 하루나 공격에 대한 반복이었다. 나는 몇 번이나 원자폭탄 투하에 대해 말하려다 그만두었다. 이 남자와 흥정하는 건 시간 낭비다. 이미 이만큼이나 시간이 흘렀으니 많은 수를 구하기란 불가능할 것이다. 그러나 야스바에게는 많은 사람을 구할 힘은 없어도 레이코만은 피신시킬 힘이 있다. 그는 양식 있는 사

람이고, 이미 일본의 패배를 어렴풋이 깨닫고 있는 눈치다. 그의 마음
은 전쟁 이후에 가 있을 터였다. 전쟁이 끝나면 학업을 재개할 수 있
다. 다시 멜빌의 작품을 읽을 수 있을 테니까.

"오늘은 더우니까 여기까지 한다."

심문도 얼추 끝나고, 미쓰이 중령은 일방적인 말을 남기고 총총히
퇴실했다. 기록 담당도 함께 나갔기에, 방에는 나와 야스바 둘만 남게
되었다. 내가 원폭에 대해 이야기하고 싶어 한다는 것을 야스바는 알
고 있는 눈치였다. 그의 후덕한 얼굴 여기저기에 땀이 방울져 맺혀 있
었다. 그 땀을 타월로 닦고, 그는 조그맣게 숨을 내쉬었다. 하얀 노타
이셔츠 가슴팍이 땀으로 반점을 그리며 젖어 있었다. 야스바는 부채를
꺼내 신경질적으로 부쳤다.

"이야기 좀 할 수 있을까요?"

나는 물었다. 야스바는 대답하지 않았다. 길게 째진 눈 속에서 검은
자위가 바쁘게 움직였다. 무언가를 필사적으로 생각하는 기색이다.

"혼잣말을 하는 건 자유야."

야스바가 그렇게 말했기에, 나는 몇 초 쨈을 두었다가, 조금 목소리
를 죽여 말을 이었다.

"원자폭탄이라 불리는 이 가공할 괴물은, 일반 폭탄과 그리 다르지
않은 크기임에도 불구하고, 이곳 히로시마를 단 한 발로 괴멸시킬 힘
이 있습니다."

야스바의 콧구멍이 벌어지고, 입매가 꽉 조여졌다.

"나는 그걸 히로시마에 투하하기 위한 준비와 관련된 임무를 부여

받았습니다. 만약 내가 격추당하지 않았다면, 임무 수행에 관한 중심 역할을 담당하고 있었을 겁니다. 그런 만큼 이제부터 하는 이야기에는 신빙성이 있습니다."

나는 밖에서 기다리고 있는 병사의 모습을 살피면서, 목소리를 한층 낮추어 이야기했다.

"이 폭탄은 물리학의 급속한 발달이 만들어낸 것입니다. 1932년에 채드윅 박사가 중성자를 발견합니다. 이로써, 원자핵이 양자와 중성자로 구성되어 있음을 알게 되죠. 1938년에는 베를린에서 우라늄에 중성자를 흡수시키는 실험이 행해졌고, 그 결과, 몇몇 과학자들이 핵분열을 발견합니다. 핵물리학자들은 우라늄을 핵분열시킴으로써 거대한 에너지가 방출된다는 사실을 규명해내지요. 핵분열 반응 전후에 생기는 질량차가 막대한 에너지로 방출되는 겁니다. 만약 1킬로그램의 우라늄이 핵분열을 일으키면, TNT 화약 약 20킬로톤에 맞먹는 에너지가 발생합니다. 이건 히로시마를 파괴하기에 충분한 에너지예요."

야스바의 눈이 커졌다. 후덕한 얼굴 표면을 땀방울이 천천히 이동한다. 그것은 잠시 후 턱 끝에 집결하여, 거기서부터 차례차례 다이빙대에서 바다로 뛰어들 듯이 아래로 방울져 떨어진다. 다문 입술이 한층 꽉 조여졌다.

"핵에너지를 이용한 병기를 독일이 만들지 않을까, 하는 염려를 망명한 유대인 과학자들이 제기합니다. 이리하여 미국은 독일을 앞질러 원폭을 개발하기로 결정하지요. 독일의 위협이 없어진 현시점에선, 전후 세계 지배의 균형을 유지하기 위해 이것을 이용하려는 움직임이 있습니다. 일본에 대한 투하는, 정확하게 말하자면 본보기 같은 겁니다. 군이 핵병기를 쓰지 않더라도 일본의 패전은 확실합니다. 그런데도 원폭을 사용하겠다는 거죠. 미국은 전후의 세계지도를 바라보고 있는 겁니다. 요컨대 히로시마 사람들은 여기서 개죽음당하게 된다는……."

야스바가 희미하게 신음했다. 내 발언에 신빙성이 있는지 없는지 필사적으로 판단하려는 기색이 느껴졌다. 검은자위가 쉼 없이 움직이고 있다.

"한 가지 더 구체적인 사실이 있는데, 한 개의 원자폭탄과 고성능 화약폭탄 20킬로톤의 차이에 대해 설명해드리지요. 동일한 파괴 에너지를 가진 이 둘을 비교해보면, 원자폭탄의 악마적인 괴력에 놀라지 않을 수 없습니다. 우선, 같은 무게일 때 폭발 에너지의 차이를 비교하면, 핵폭발은 TNT 화약의 천만 배가 넘는 파괴력을 지니고 있습니다. 그리고 거의가 폭풍에 의한 파괴 효과를 보이는 TNT 폭탄에 비해, 핵폭발은 폭풍은 물론, 열선, 방사선 등으로 다양하게 나타납니다."

"방사선?"

야스바가 미간에 주름을 지으며 물었다.

"방사선은 핵폭발 때 생기는 것으로, 이걸 뒤집어쓰면 평생 각종 방사선 장애로 고통받게 됩니다. 그 어떤 약으로도 치료하기가 불가능……."

"악마로군."

다시 한 번 야스바가 말했다. 나는 고개를 끄덕였다.

"충격파에 이어지는 폭풍에 의해 인체의 내장이 파괴됩니다. 또한 철골 구조물 등의 도괴를 야기할 겁니다. 핵폭발의 순간 온도는 몇백만 도에 달할 것으로 예상되고 있으며, 이윽고 표면온도가 7천 도에 달하는 초고온의 불덩이를 만들어냅니다. 이건 태양의 표면보다도 뜨거운 거예요. 열선은 불에 타 죽는 사람들을 수도 없이 만들어낼 테고, 가옥의 화재를 불러일으킵니다. 결국엔 히로시마 전역이 불바다가 되는 겁니다."

나는 몸을 내밀며 야스바의 코앞에 얼굴을 갖다 댔다.

"원폭 투하 목표지점은 여기 바로 위, 정확히 말하면 아이오이 다리입니다."

"아이오이 다리."

야스바는 중얼거리고 나서, 눈을 크게 뜬 채 나를 빤히 바라보았다. 말은 한 마디도 없었다. 몇십 초에서 몇 분, 야스바는 내 눈 속에서 진실이 있을 곳을 찾아다녔다. 나는 뒷걸음치지 않고 똑바로 야스바를 바라보았다.

"아마, 나는 여기서 죽게 될 겁니다. 죽는다는 것 이상의 죽음, 즉 육체가 녹아버리고 말 테니까요. 폭심지 바로 아래에 있는 내가 생존할 가능성은 없어요. 나는 여기에 갇혀 있지요. 여기서 도망칠 수는 없단 말입니다. 하지만 당신은 움직일 수 있어요. 만약 내 말이 믿기지 않더라도, 그 기간 동안만 휴가를 받아 가족과 어디 다른 장소로 잠시 피해 가 있을 수는 있겠지요. 아무 일도 일어나지 않는다면 그보다 더 좋은 건 없어요. 하지만 이 일이 실제로 일어난다면……."

야스바는 입 안에 고인 침을 꿀꺽 삼키고 셔츠 소매로 땀을 닦고 나서, 내 남동생이 대학에서 물리학을 가르치고 있네. 핵물리학인가 하는 건 아니지만……, 하고 말했다.

"원자폭탄의 존재를 그 애는 알고 있었어."

나는 야스바를 올려다보았다. 그의 얼굴에서 핏기가 사라져가는 것이 느껴졌다. 온몸에 힘이 들어가고, 움켜 쥔 두 손이 무릎 위에서 가늘게 진동하고 있었다.

"좀 더 생각할 시간을 가져도 상관없습니다. 투하 예정일은 8월 5일에서 10일 사이라고 생각됩니다. 적어도 그 조금 전에 가족을 데리고 여기를 떠나면 되는 겁니다."

"어째서, 미스터 크레이그는 내게 그런 사실을 알려주는 건가?"

이번에는 반대로 야스바가 질문해왔다.

"멜빌."

나는 말하고 미소 지었다. 야스바는 미소로 답하지는 않았지만, 그 대신 한숨을 흘렸다.

"한 가지 부탁이 있습니다."

"부탁?"

"여기에 온 이래 제멋대로 연심을 품은 여성이 있습니다. 날 간호해준 아이인데, 그 아이를 함께 데리고 나가주셨으면 합니다."

야스바의 얼굴에 변화가 일었다. 쌓아 올린 신뢰가 일순 흔들렸는지, 미간의 주름이 한층 좁혀진다.

"어떤 의미라도 있는 건가?"

"의미랄 건 없습니다. 그저 한 사람이라도 더 구하고 싶을 뿐. 그러니까 만약 당신이 가족과 여행할 결심을 굳히면, 내 소원을 하나 들어주십사 하는 겁니다. 나는 여기서 죽지만, 그 대신 나를 인간으로서 인정해준 마음씨 고운 일본인을 한 사람 구하고 싶다는……."

절반 진심이었다. 하지만 그 안쪽에 숨어 있는 개인적인 계획은 당연히 입에 올리지 않았다. 야스바의 얼굴에 웃음이 인다. 피식 웃고 나서, 시간을 낭비해가며 상대한 자기 자신을 비웃듯 머리를 가로젓는다.

"그런 어처구니없는 이야기를 어떻게 믿겠나. 너무 거짓말 같아. 그런 이야기를 믿게 만들어서 대체 나한테 뭘 시키려는 건가."

야스바가 나를 노려보았다. 취조실의 온도가 올라간다. 작은 창문으로 한줄기 여름의 빛이 쏟아져 들어와 우리의 발치 한 귀퉁이를 비춘다. 두 사람의 몸에서 한층 땀이 솟고, 하반신은 이미 미끌거릴 정도로 습해져 있다.

"그 아이를 구슬려서 뭔가 기밀을 밖으로 빼돌리려는 거라면? 자네가 일부러 이곳에 억류된 거라면? 자네가 스파이일 가능성도 있겠지."

나는 대꾸하지 못했다. 너무 서둘러서는 안 된다고 스스로를 타일렀다. 여기서 애가 달아 흥분함으로써 그의 순순한 마음을 닫아버리게 해선 안 된다고 생각했다. 나는 조용히 공기를 들이마시고 나서 조그맣게 헛기침을 한 후 대답했다.

"아직 시간은 있습니다. 단번에 믿을 순 없겠죠. 나는 당신이 확실하게 믿게 할 방법을 가지고 있습니다. 이 이야기만으로 당신을 납득시키리라고는 생각지 않습니다. 그러니 조금만 더 생각해봐 주십시오. 앞으로 며칠, 망설일 시간은 있겠지요. 여행 준비만은 일단 해두시는 게 낫지 않을까요. 이건 운명을 건 생애 최대의 도박입니다. 나를 믿어도 당신에게 위험은 없을 겁니다."

그야, 하고 야스바는 중얼거렸다. 자기 자신을 납득시키려는 듯이. 그때, 노크 소리가 나고 둘은 동시에 뒤로 물러나 앉았다. 밖에서 기다리던 병사가 좀처럼 나오지 않는 우리를 수상히 여겨 들여다보았다. 야스바는 병사를 향해, 이 포로가 컨디션 불량을 호소하고 있다는 듯한 말을 전했다. 내 복부와 다리 부분을 가리키며 무어라 설명하기에, 나는 거기에 맞춰 얼굴을 조금 찡그리며 연기를 해 보였다. 병사와 야스바는 세상 이야기로 화제를 바꾸었다. 야스바가 내 팔을 잡아 일으켜 세웠다.

밖으로 나오자, 병사가 뒤에서 등을 쿡 찌르며 걸으라고 지시했다. 나는 한차례 야스바를 돌아보고, 빠른 말로 전했다.

"당신이 확실하게 믿게 할 방법이 있습니다. 아직 믿을 수 없다면 말해주세요. 나는 언제든 그걸 당신에게 보일 용의가 있으니까요."

병사가 다시 한 번 나를 쿡 찔렀다. 이번엔 조금 강했다. 나는 앞을 향해 걷기 시작했다. 그런 내 등을 향해 야스바가 메마른 목소리로 한마디 대답했다.

"알았네."

루즈 마이 메모리 8

어느샌가 깊은 잠에 빠져 있었다. 눈을 뜨고도, 이곳이 어디인지 얼른 이해하지 못했다. 부드러운 빛이 실내를 가득 채우고, 알 수 없는 현악기의 조용한 연주가 들릴락 말락 한 음량으로 방 한구석의 CD 플레이어에서 잔잔히 흘러나오고 있었다. 도모코는 창가 벽에 등을 기대고 앉아 있다. 세운 무릎에 가볍게 턱을 얹고 있었는데, 졸린 기색이면서도 눈을 뜨고서 딱히 어디라 할 수 없는 장소를 멍하니 바라보고 있다.

나는 당장은 깨어난 기척을 하지 않고, 잠시 그녀의 모습을 살폈다. 어젯밤 두 사람이 마주 안았던 것은 꿈속의 일이었나. 그녀의 피부 감촉을 기억하고 있는데도 그다지 실감이 나지 않았다. 흥분하는 것 같기도 하고, 고통을 참고 있는 것 같기도 한 그녀의 요염한 표정이 의식의 골짜기에 남아 있었다. 도모코의 육체는 분명히 나를 받아들였다. 의식이 깨어남에 따라, 그 순간의 확실한 감촉이 떠올랐다. 젖은 웅덩이의 깊은 바닥으로 나는 조용히 잠겨들었던 것이다. 무언가 소중한 것을 파내기 위해. 깊은 해저에서 잠자고 있는 가장 소중한 것에 닿기 위해. 나는 점점 잠겨들었다. 그때의 그녀의 애절한 한숨과 달콤한 목소리가 점차 귓속에 되살아나면서 혈류에 기세를 실었다.

그리하여 우리는 굳게 끌어안고 하나가 된 행복을 나누었다. 언제까지고 언제까지고 그녀의 육체 안에 나는 머물렀다.

기척을 눈치챈 도모코의 검은자위가 당황하는 일 없이 천천히 움직여 나를 포착했다. 눈이 마주쳐도, 그녀는 당장은 표정을 바꾸지 않았다. 나는 미소 지어야 할지 무언가 말을 건네야 할지 판단이 서지 않았다. 그 몇 초가 몇 시간처럼 느껴졌다. 잊고 있던 지로 형의 일이, 그때까지 우리 앞에 맑게 개어 있던 하늘을 갑자기 뒤덮기 시작했다. 비를 듬뿍 머금은 먹구름이 평온한 바다를 어둡게 삼키고 태양이 다시 숨으려 하고 있다. 다시 경계하지 않으면 안 되었다.

"기분은?"

여하간 뭐든 말을 걸지 않으면 침묵에 지고 말 것만 같아, 황급히 그렇게 말을 꺼냈다. 그녀에겐 하나가 된 기쁨이 없는 걸까. 나와 마주 안음으로써 괴로워진 걸까. 어쩌면 후회하고 있는지도 모른다. 그 마음을 떠보고 싶어서, 기분은, 하고 물었던 것이다.

"으응."

그녀는 시선을 피하지 않고 그렇게 말했다. 그리고 두 사람은 다시 침묵했다. 다시 한 번 기억을 되살리려 했다. 어젯밤에 둘이 마주 안은 자초지종을 떠올림으로써 용기를 얻으려 했다. 그녀는 분명히 내 품 안에 있었다. 나는 그녀에게 몇 번씩 입맞춤을 했다. 처음엔 입가에 힘을 주고 있던 그녀였지만, 결국 그 힘을 풀고 나를 받아들였다. 도모코의 혀끝이 이에 닿았다. 치아 하나하나를 그녀의 혀끝이 더듬는다. 치아 끝에 신경이 있으리라고는 생각 못했는데, 나는 그녀의 혀끝의 온기와 부드러움을 충분히 느꼈다. 마음속에서 긴장하고 있던 무언가가 무너지고, 어디에 그런 것이 숨어 있었는지, 야성의 힘이 끓어올라서는 마치 지로 형의 야만적인 에너지가 씌인 양 도모코를 힘껏 끌어안고 있었다. 그녀의 그때 표정이 또렷이 되살아난다. 그때의 목소리도, 육체의 감촉도, 몸 안의 조용한 일렁임도, 이완과 수축을 되풀이하는 몸속 마그마도…….

나를 물끄러미 바라보고 있는 도모코도 어쩌면 나와 마찬가지로 어젯밤 일을 떠올리려는 게 아닐까. 그런 생각이 들자 갑자기 심장이 아팠다. 시선 끝에 내 알몸을 보던 어젯밤의 도모코가 있구나, 하는 생각에 피의 흐름이 한층 빨라졌다. 그녀는 그 기억을 어떻게 되새기고 있을까. 달콤하게, 소중하게, 사랑스럽게 생각해주면 좋으련만, 자신이 없는 만큼 나는 시선의 압력을 견디는 것이 고작이었다.

침묵을 도모코가 깨주었다.

"계속 생각하고 있었어. 시로가 잠들어 있는 동안 계속."

"무엇에 대해?"

나는 되물었다.

"너에 대해."

거기서 또 몇 초, 공백이 생겼다.

"어떤 식으로?"

묻는 내 목소리가 떨려 엉겁결에 목을 울리고 만다.

"글쎄, 부드러웠어. 생각 이상으로 너의 몸. ……시로에게 안겨 있는 동안, 아무리 세게 끌어안겨도 마치 깃털 속에 누워 있는 듯한 기분이 들 만큼 부드러웠어. 정말 너무너무 편했어."

"그래, 고맙다고 해야 되는 거겠지."

"물론. 그래서 계속 너에 대해 생각하고 있었어. 생각하려 하고 있었어."

생각하려, 라는 부분에서 기묘한, 모든 것에 걸맞지 않는 위화감 같은 힘을 느꼈다.

"생각하려?"

도모코가 문득 시선을 피해버린다. 창밖으로. 세타가야의 푸른 길로. 빛이 그녀의 얼굴을 에워싸고 있다.

"너를 사랑할 수 있게 된다면, 분명 이 괴로운 상황에서 빠져나올 수 있겠다고, 그런 생각을 하고 있었어."

"괴로워?"

"아무리 해도 지로가 잊히지 않아."

나는 도모코에게 눈치채이지 않게 한숨을 쉬었다. 도모코가 나를 돌아본다. 도모코의 눈이 붉어져 있었다.

"기억을 잃고 싶어."

●

나는 엄청난 탈력감에 휩싸여, 침대에 뺨을 붙이고 눈을 감았다. 육체 관계를 가진 후에도 형을 잊을 수 없다는 신경 구조를 이해하기란 어려웠다. 기억 속의 형하곤 승부가 되지 않는다.

도모코가 CD 플레이어의 볼륨을 조금 높였다. 현악기의 부드러운 울림이 실내를 감싼다. 통기타처럼 경질의 느낌은 아니고, 거트 기타의 둥글둥글한 느낌과도 다른, 발현악기인 시타르와도 다른 울림으로 내 귀에 닿았다. 나를 염려하는 도모코의 마음을 대변하는 듯한 부드러움이다. 류트가 아닐까 생각했지만, 류트 소리를 제대로 들어본 적이 없었다. 그냥 들었을 때의 느낌이 그랬다. 옛 유럽의 그리운 음색을 지닌 울림.

우리 두 사람은 거리를 유지한 채 계속 그 음악을 들었다. 무슨 곡인지 묻고 싶었지만, 몸 어디에도 힘이 들어가지 않았다. 얼굴을 도모코 쪽으로 돌리는 것조차 여의치 않을 만큼 기진하여 꼼짝할 수가 없었다. 상대가 형이라면 어쩔 도리가 없다. 게다가 혼수상태다. 마주 앉아 이야기할 수도, 경쟁할 수도, 싸워서 빼앗을 수도 없다. 형은 생과 사의 중간에서 떠돌고 있으니까.

짧은 곡이 끝나자 곧바로 새로운 곡이 시작되었다. 그리고 그 곡이 끝나자 이어서 또 다른 곡이 흘러나왔다. 각각의 곡이 어떻게 다른지는 잘 모른다. 모두 비슷한 곡처럼 들린다. 매우 종교적인 울림을 지니고 귓속 깊이 촉촉하게 스며들었다.

도모코의 손끝이 갑자기 귀에 닿았다. 서늘한 감촉이 나를 놀라게 했지만, 그녀를 돌아보지는 않았다. 손가락 끝은 목덜미로 내려가고, 거기서 어깨, 견갑골 주변으로 이동했다가 다시 목덜미로 돌아왔다. 그리고 귓가에서 소리가 났다. 속삭임보다도 더 조용한 울림이다.

"지로 이야기, 해도 돼?"

들키지 않게 살며시 숨을 삼켰다. 좋다고도, 싫다고도 할 수 없었다. 그저 말없이 도모코의 다음 한 마디를 기다리는 수밖에 없었다.

"시로는 지로의 뭘 알고 있어?"

'뭐든' 이라고 해야 할지, '전부' 라고 해야 할지 헷갈리는 질문이다. 동생으로서 알고 있는 건 아주 많았다. 동생이라서 모르는 일도 어느 만큼은 있겠지만, 어릴 때부터 늘 함께 있었고, 오래도록 동경의 대상 이었던 존재이다. 그를 가장 잘 알고 있다고 해도 과언이 아니란 생각 이 들었다.

"지로가 가장 귀여워했던 곤충은 뭘까."

수수께끼를 내는 듯한 말투다.

"곤충?"

나는 무심결에 말을 흘렸다.

"그래, 곤충. 그 사람이 가장 다정하게 대했던 곤충. 몰라?"

기억을 더듬었다. 어릴 적, 형과 공터에서 곧잘 메뚜기니 귀뚜라미 니 털벌레를 밟아 짓이기곤 했다. 형은 나비나 매미의 날개를 잡아 뜯 는 것을 좋아했다. 그런 형이 곤충 따위에게 정이 있을 리 없었다.

"바퀴벌레."

도모코는 그렇게 중얼거렸다.

"바퀴벌레?"

"그래, 지로는 말야, 바퀴벌레한테만은 특별한 애정을 느끼고 있었 어. 세상 사람들이 가장 싫어하는 곤충이기 때문에, 자기마저 등을 돌 리면 안 된다면서. 인간들은 바퀴벌레를 곤충으로 여기지 않는다며 그는 늘 화를 냈지. 자기들 가치관에서 벗어나는 건 추하다느니, 더럽다느니, 살 가치가 없다느니 하는 식으로 단정 짓는다고."

나는 웃었다.

"형이 그렇게 말한 건, 널 놀리려고 그런 거야."

"그렇지 않아."

"왜냐면, 형은 초등학생 때, 우리 집에서 바퀴벌레 퇴치 명인으로까지 불렸던 사람이야. 발견 즉시, 잡지 같은 걸로 가차 없이 때려잡았거든."

"그건 어릴 때잖아. 어른이 되고 나서 생각이 바뀐 거야."

무슨 말을 꺼내려나 했는데, 아무러나 상관없는 일이다 싶었다. 이런 쓸데없는 대화에 맞장구를 쳐줄 기분은 들지 않는다. 나는 시트에 뺨을 붙이고 눈을 감았다. 도모코의 손끝은 목덜미에 머물러 있다.

"그럼 말야, 지로가 한 번 자살 미수를 저지른 거, 알고 있어?"

"자살 미수?"

나는 몸을 일으켜 그녀의 얼굴을 들여다보았다. 진지한 시선이 돌아온다.

"어떻게? 왜? 언제?"

"총에 맞기 반년쯤 전인가."

"어째서? 널 안을 수 없었기 때문에?"

"전화가 걸려왔어. 지로가 목소리 톤이 변해서는, 자기가 없어지면 섭섭하겠냐고 물었어. 그래, 하고 대답하자, 만약 자신이 죽으면 울어 줄 거냐고 물었지. 물론이야, 하고 대답했더니, 그러냐고 말하곤 전화를 끊었어."

그녀의 다음 말을 기다렸다. 도모코는 무언가를 떠올리는 듯 먼 시선으로 벽을 노려보고 있었다. 그러더니 천천히 미소 지었다.

"어쩐지 걱정이 돼서 그 사람을 찾아다녔어. 여기저기, 그 사람이 있을 만한 장소를 걸어서. 그랬더니, 남 신주쿠 오다큐선 건널목에 서 있잖겠어. 다가가서 말을 걸려고 했지. 그랬는데, 신을 한 짝만 신고 있는 거야. 그래서 그 사람의 시선을 쫓아갔더니, 복선 철로 한가운데쯤에, 그 사람 운동화 한 짝이 떨어져 있었어. 전철에 치였는지, 운동화 끝부분이 납작해져 있었어."

왜 그런 짓을 했냐고 나중에 물었더니, 이유 따윈 없다고 했어. 때때로, 공연히 죽고 싶어진다며.

"아아, 알고 있어. 형은 옛날부터 자살하고 싶단 말을 자주 했으니까. 새삼 놀랄 일도 아니야. 나도 몇 번 본 적 있거든. 하지만 정말로 죽을 생각은 없는 거야. 실제로 실패하고 살아남았잖아."

형을 두고 도모코와 경쟁하고 있는 내 자신이 답답했다.

"형은 주위에서 말려주길 바랐을 뿐이야. 네가 말려주길 바랐어. 그뿐이야."

"하지만 토카레프로."

도모코는 말을 하다 말고 침묵했다.

"토카레프?"

나는 되물었다.

"윌리엄 텔 흉내를 내라고 시킨 적이 있어."

도모코는 한숨을 쉬었다.

"자기 머리에 사과를 얹고, 그걸 나더러 쏘라는 거야. 어째서 이런 바보 같은 짓을 시키냐고 물었지. 날 사랑하는 자신의 마음을 똑똑히 알게 해주고 싶다고 했어. 바보 아니냐고, 이해할 수 없다고 대답했지. 권총을 본 것도 그 때가 처음이었어. 차로, 매립지의 아무도 없는 널따란 공터까지 가선, 별안간 대시보드에서 권총을 꺼내 드는데 놀라지 않을 사람이 어디 있겠냐고. 그걸로 머리 위에 있는 사과를 쏴달라니."

도모코는 약간 상기된 목소리로 형의 말을 전했다.

"나는 인간을 믿는 데 서툴러. 어떻게 해야 상대를 믿을 수 있는지 알지 못해. 인간은 배신하기 위해 태어난 듯한 구석이 있잖아. 그 어떤 성인군자도 거짓말은 해. 마누라 몰래 바람피우는 정도야 흔한 일이지. 세상은 거짓 덩어리야. 겉만 번드르르한 체제를 유지하기 위해 소중한 걸 잘라 내버리곤 해. 난 널 사랑하지. 너한테 언제 배신당할지 몰라 마음 졸이며 살아가는 건 나에겐 고통이야. 그러니까 아무도 흉내 낼 수 없는 방법으로, 난 너와 강한 유대를 맺고 싶어. 만약 네가 이 사과를 쏘아 맞춘다면, 우리는 참된 신뢰를 쟁취하는 거야. 난 널 믿고, 타인을 믿을 수가 있게 돼. 그리고 만약이지만, 네게 배신당하느니 여기서 총에 맞아 죽는 편이 나으니까. 지로는 그렇게 말했어. 비약이 너무 심해서 나로서는 도저히 감당할 수가 없었어. 이상하다는 생각이 들면서 무서워졌지. 하지만 그런 만큼, 왜 그런지 그런 이상한 지로에게 빠져드는 나 자신도 있었어."

류트의 선율이 때때로 귓가에 닿으며, 그곳이 도모코의 방임을 상기

388

시켰다. 그리고 그 선율이 사라지자, 나는 다시 형이 쳐둔 기억의 올가미 속으로 낙하했다.

"거리는 1미터. 하지만 손이 떨려서 쏠 수 없었어."

도모코는 내 눈을 보았다. 나도 그녀의 눈을 보았다.

"만약 총알이 내 머리에 박힌데도 그건 네 탓이 아니야. 이건 자살이 되는 거야. 지로는 그렇게 말했어. 쏘라고 그는 소리쳤어. 난 이상하다고 말했지만, 됐으니까 아무 생각 말고 쏘라고 고함쳤어. 어떻게 쏘냐고 난 우는 소리로 말했지. 어쨌든 총을 들어서 이 사과를 겨냥해봐. 그러면 알게 돼. 해보지 않으면 모르는 거야. 다들 머리가 너무 좋아서 탈이야. 하는 거야! 하면 안다니까, 어서! 이런 거였나 하고 알고 나면 세계가 달라져 보인다니까. 기껏 사과 하나 쏘는 것뿐이야. 그것도 겨우 1미터 앞에서. 뭣하면 30센티미터라도 상관없어."

30센티미터든 10센티미터든 내겐 사과를 쏘아 맞출 자신이 없었어, 하고 도모코는 덧붙였다.

"손이 부들부들 떨리고, 무서워서 그 사람을 똑바로 쳐다볼 수가 없었어."

터져 나오는 목소리는 가슴 아플 만큼 완전히 갈라져 있었다. 기억이 머릿속에서 크게 부풀어 오른 모양이었다.

"언제 일이야?"

"만나고 얼마 안 돼서. 첫날밤 다음 날."

"널 안을 수 없었던 탓 아닐까."

"그때는 몰랐어."

도모코의 손이 내 가슴을 더듬었다. 그 손이 점차 내 등으로 돌아들더니, 마지막엔 끌어안기는 자세가 되었다. 도모코의 뺨이 내 뺨에 닿아 있었다.

"못 하겠다면 자기가 대신 한다고 지로가 말했어."

"대신?"

"자기 머리 위의 사과를 집어 내 머리에 올려놓았어. 움직이지 말라고 윽박질렀어. 권총을 낚아채더니 그걸 들이댔어. 1미터 거리에서."

도모코의 손이 나를 꼭 끌어안았다. 나도 힘껏 안았다.

"진짜네 이거, 못 쏘겠잖아, 하며 지로는 웃었어. 그러더니 앞으로 더 다가왔어. 사과에서 30센티미터쯤 앞에 총부리가 있었어. 그 사람 손이 떨리고 있는 게 보여서, 나는 소리 없는 비명을 질렀어. 정말로 쏠 생각 같았어. 지로의 눈에 핏발이 서 있었어. 여기서 내가 실수해서 잘못 쏘면, 그건 내 탓이야. 난 살인죄로 잡혀가겠지. 하지만 사형까지는 안 받을지도 몰라. 둘이 합의한 사항인 데다 놀이가 사고를 불렀다고 해서. 정신감정을 받고, 아마 15년이나 20년쯤 썩다 나오게 되겠지. 그러면 넌 개죽음이 되는 거고. 그렇게 말했어. 난 무섭고 슬퍼서 울었어. 눈물이 자꾸자꾸 흘러나왔어."

내 목덜미에 도모코의 실제 눈물이 방울져 떨어졌다. 미지근한 그 눈물이, 그녀가 살아 있다는 사실을 또렷이 이야기해주고 있었다.

"귀를 막으라고 지로가 고함쳤어. 그는 한층 가까이 다가왔고, 이미 총부리가 사과에 딱 닿아 있었어. 이러면 잘못 쏠 일은 없어. 귀를 막아. 나를 사랑한다면 시키는 대로 해. 난생 처음 인간을 믿을 마음이

들었다고. 부탁이니 방아쇠를 당기게 해달라며 지로는 큰 소리로 외쳤
어. 무서워서 난 아마 선 채로 실신해 있었을 거야. 이제 어쩌지도, 나
아갈 수도 물러설 수도 없게 되었다고 생각했어.”

도모코는 내 입술에 자신의 입술을 밀어붙였다. 어젯밤보다 더 거센
붕괴가 기다리고 있었다. 우리는 그대로 침대 위에서 뒤엉켰다. 도모
코를 있는 힘껏 끌어안았다. 도모코도 물에 빠진 사람처럼 내게 매달렸
다. 빛에 감싸인 실내에서, 두 사람은 눈 감고 귀 막은 채 어젯밤의 궤적
을 더듬었다. 흥분과 공포의 기억에 시달린 도모코는 어젯밤보다 더 자
기 자신을 잃은 듯했다. 익사 직전의 그녀를 필사적으로 건져 올려 품
에 안았다. 공포를 잊고자 우리는 오랜 시간 하나가 되어 있었다. 하나
가 됨으로써, 그녀는 간신히 자기 자신을 지탱할 수 있었던 듯싶다.

●

모든 것이 끝난 후에도 도모코는 내 품을 벗어나지 않았다. 내가 도
모코를 지로 형의 망령에서 빼앗아 올 수 있었는지 어떤지는 모른다.
둘이 천장을 올려다보면서 류트 연주를 들었다. 커튼이 흔들리고 바람
이 실내로 숨어들었다. 우리 둘은 텅 비어 있었다. 육체 안은 완전히
공동(空洞) 상태였다.

20분쯤 지났을까, 다시 잠이 들고 말았다. 눈을 떴을 때, 도모코는
아직 품 안에 있었다. 내가 깨어난 것을 알고 코끝을 내 가슴팍에 밀어
붙였다. 나는 자연스럽게 그녀를 끌어당겨 안았다.

"세계는 환상이 아니라고, 난 생각해."

시간이 얼마나 지났는지는 모른다. 나는 그렇게 중얼거렸다.

"네가 보고 있는 나만이 현실이야."

도모코는 말이 없었다.

"너나 나나 살아 있어. 더 이상 환상에 지배당하는 건 그만둬."

나는 도모코를 끌어안으려 했다. 그러나 그녀의 손은 나를 안으려 하지 않았다. 그녀가 무엇을 보고 있는지, 내 위치에서는 도모코의 뒤통수가 방해를 해서 볼 수 없었다. 그녀가 너무 가까워서, 그녀의 시선 닿는 곳이 보이지 않았다.

휴대전화가 울렸다. 류트 선율 사이를 가로지르듯, 현대적이고 단조로운, 그러나 가장 대중적인 전자음악이 뻔뻔스럽게 비집고 들어왔다. 일정한 리듬과 동일한 멜로디로. 그것은 우리를 다음 무대로 불러들이는 전령이었다.

●

이노우에 하지메의 병세가 호전되었다는 연락을 받고, 우리는 그때까지의 정체에서 벗어날 수 있게 되었다. 도키토는 감독이 도모코를 만나고 싶어 한다는 메시지를 보내왔다. 자기 힘으론 벅차니까 귀찮은 일을 도모코에게 떠맡기려는 구석이 있었지만, 우리는 오히려 구원받은 듯한 기분이 들어 망설임 없이 편승하기로 했다.

나는 도모코 집에서 란도셀을 가지고 나왔다. 그녀는 난색을 표하며 꽤 오래 저항했지만, 여기에 놔두면 후지사와가 갖고 가버린다며 설득했다.

이노우에 하지메의 병실은 지로 형이 입원해 있는 병원의 신관이었다. 이 근방에서는 가장 크고 오래된 대학병원이다. 병원 이름을 처음 전해 들었을 때, 도모코와 나는 동시에 낯빛이 변했다. 그러나 둘 다 구태여 그 점을 언급하지는 않았다. 우리 둘이 병실에 얼굴을 내밀었을 때, 거기에는 키다 마타요시도 와 있었다. 마침 돌아가려는 참이었던 듯, 이노우에와 악수를 나누는 중이었다.

"아이고, 두 분 오셨는가."

키다 마타요시가 우리를 돌아보고 말했다.

"기분은 좀 어떠십니까."

이노우에 감독에게 말을 건네자 대신 키다가, 이젠 완전히 나았다네, 하고 대답했다.

"언제든 촬영을 재개할 수 있는 상태인데도 하쿠호 녀석들이 여기서 내보내주질 않아."

언제든 재개할 수 있는 상태로는 보이지 않았다. 이노우에 하지메는 '우리'를 이라기보다는 '도모코'를 물끄러미 바라보고 있었다. 그 눈은 변함없이 거슴츠레하고 흐리멍덩하니 시선이 고정되질 않았다.

"어쨌거나 그놈들, 인정머리가 없구먼. 전무란 사람이 잠깐 들여다보고 갔을 뿐, 그 뒤론 누구 하나 코빼기도 뵈질 않아. 하긴, 이번 사태에 어떻게 대처할지 검토하느라 그렇겠지만. ……사람을 뭘로 여기는 거야."

그만 됐네, 하고 이노우에 하지메가 말했다. 그만 됐어.

"계속 찍고 싶지만, 방해하는 게 머릿속에 있어."

그 말에 키다가 천천히 이노우에를 돌아본다.

"그 녀석한테서 놓여나지 못하면, 그 영화는 완성할 수 없어."

"방해하다니, 그게 뭔가."

"태양이야."

문득 키다가 미소 지었다.

"태양? 언제까지고 이어지지 않는 그 태양 말인가."

이노우에가 고개를 끄덕였다. 시선이 허공을 헤매는가 싶더니, 이윽고 조용히 키다를 포착하고는 불현듯 진지한 표정이 되었다.

"미안하구먼. 몸도 안 좋은데, 일부러 문병까지 와주고."

"뭐, 나야 한가하니 상관없네. 약한 마음 먹지 말고, 마지막까지 이노우에 하지메답게 싸워주게. 마음 같아선 내가 옆에 있을 수 있다면 좋겠지만. 여러 가지로 미안하게 생각하네. 하지만 이놈이 날 대신해서 자네 곁에 있으니까. 옛날의 나라고 생각하고, 의지해줘."

키다 마타요시가 내 어깨를 잡았다. 이노우에 하지메가 고개를 끄덕인다.

"옛날의 자네인가."

"그래, 옛날의 나야."

이노우에는 침묵했다. 키다는 잠시 이노우에의 얼굴을 바라보고 나서, 그럼, 뒤는 두 양반한테 맡기겠네, 라는 말을 남기고 방을 나갔다.

●

나와 도모코는 우선 이노우에 하지메의 주변을 정돈했다. 포트의 물을 갈고, 얼굴을 닦을 수건을 준비하고, 그밖에 소소한 물건들을 매점에서 사다 갖춰놓았다. 그러고 나서 제대로 된 식사를 하고 싶다기에, 의사의 허가를 받아 구내식당에 가서 생선구이 정식을 함께 먹었다. 이노우에 하지메에게는 확실히, 쓰러질 당시의 병적인 수척함은 보이지 않았다.

"그런 꼬마 아가씨에게 얕보이다니, 한심해서 원."

식사를 하면서 그렇게 투덜댈 정도였다. 그렇긴 해도 그 젊은 여배우, 배짱 하나는 좋아, 하고 덧붙이고 가볍게 미소 짓는 여유마저 돌아와 있었다.

"하룻밤 여기서 편안하게 쉰 덕분에 기분도 좋아. 빨리 촬영을 재개하고 싶네. 마루야마 군 자네가 도키토에게 기별해주지 않겠나."

감독은 그렇게 말했다. 애써 건강한 척하고 있는지도 몰랐다. 말을 마치기 무섭게 시선이 어둠 밑바닥으로 꺼져들었다. 그 양극단을 어떻게 이해해야 할지, 나도 도모코도 판단이 서질 않았다.

식후, 셋이서 병원 뜰을 산책한 후 다시 병실로 돌아왔지만, 이노우에 하지메는 침대로는 돌아가려 하지 않았다.

"이제 괜찮네. 언제까지고 이런 데 누워만 있다간, 정말로 영화가 중단되고 말아."

언짢은 듯 말하곤, 그대로 병실 구석에 놓인 팔걸이의자에 털썩 주저앉고 말았다. 창밖으로 지로 형이 있는 구병동이 보인다. 이노우에 하지메는 형이 있는 병동을 물끄러미 바라보면서, 자네들은 사이가 좋군, 하고 중얼거렸다.

"마루야마 군은 나머지 스태프들하곤 그다지 터놓고 지내는 편이 못 되는데."

비아냥거리는 말처럼 들리지는 않았다. 무언가를 회상하는 듯이 아득한 목소리로 그렇게 말했다. 형의 병동 창유리에 태양 빛이 반사해서 눈이 부신지, 이노우에 하지메는 이따금 눈을 가늘게 떴다.

"저 건물에 제 형이 입원해 있습니다."

누가 듣고 싶어 한다고 그런 이야기를 꺼냈는지. 말한 후 나는 엉겁결에 입을 꾹 다물고 말았다. 하지만 목구멍 언저리에 꿈틀거리는 감정 덩어리가 걸려 있다. 나는 그것을 토해내야 한다. 모조리 토해버리고 싶다.

"자네 형이, 말인가."

"네. 형은 올해 초, 권총에 맞아서, 그때부터 쭉 혼수상태로 저곳에 누워 있습니다. 슬슬 집으로 데려가야 하는데, 형을 돌볼 사람이 아무도 없어서 말이죠."

"권총에?"

도모코가 무슨 말을 할 작정이냐는 얼굴로 나를 들여다본다.

"네, 총탄이 머리를 관통했습니다. 그게, 너무 깨끗하게 관통하는 바람에 도리어 목숨을 구하고 만 거죠. 의학의 진보란, 무자비한 짓을 하더군요. 그때 죽었다면 모두 이렇게 괴롭진 않았을 텐데, 숨만 붙어 있게 되고 말았으니까요."

상상했을 테지, 총탄이 관통한 형의 얼굴을. 이노우에의 얼굴이 미미하게 일그러진다.

"형은 마약 밀매를 하고 있었습니다."

"시로!"

도모코가 제지하려 했다. 하지만 이미 나는 내 마음을 멈출 수가 없었다.

"형은 야쿠자에게서 신종 마약을 훔쳐내, 어딘가 딴 곳에서 처분하려 했습니다. 어째서 그런 위험한 짓을 저지르려고 했는지는 모릅니다. 형은 항상 감당하기 힘들었죠. 무언가가 어긋나 있었어요. 왕국을 만든다는 터무니없는 말을 태연하게 입에 올리고 다니는 사람이었습니다. 훔친 마약으로 모두를 구제해주겠단 말도 했답니다. 하지만 그전에 당하고 말았죠."

"시로, 그런 일은 감독님과는 관계없잖아."

"형은 도모코를 좋아했어요. 아니, 정확히 말하면."

"시로! 그만해."

"정확히 말하면 일찍이 두 사람은 연인 사이였다고 해야겠죠. 형이 그렇게 되기 직전에 두 사람은 헤어졌습니다. 형은 남자로서 도모코를 안을 수가 없었어요. 아시겠습니까, 남자로서의 기능을 다하지 못했던 겁니다. 안을 수가 없었어요."

도모코가 손바닥으로 내 뺨을 때렸다. 팡 하는 소리가 실내에 울려 퍼졌다.

“무슨 소릴 하는 거야!”

도모코가 또 한차례, 다시 또 한차례 내 뺨을 때렸다. 그대로 나를 때려눕힐 듯한 기세로. 머리카락이 흐트러지도록 흥분한 그녀를 냉정하게 안아 멈추고, 그녀의 일그러진 얼굴을 바라보았다.

“하지만 전, 그녀를 사랑할 수 있었습니다.”

도모코의 눈이 휘둥그레졌다. 그리고 굳어 있던 얼굴이 차츰 떨리는가 싶더니 눈에 눈물이 고이고, 마침내 뺨을 타고 주르륵 흘러내렸다.

“도모코는 형을 잊을 수가 없는 겁니다. 잊을 수 없기 때문에, 마지막 강을 건너지 못하고 있습니다. 제가 원하는 건 그녀의 마음입니다. 살아 있는 나를 보길 바라는데도.”

이노우에 하지메는 우리한테서 시선을 돌려, 형이 누워 있을 병동을 바라보았다. 무언가 말하려다 그것을 삼켰다. 그러더니 다시 한 번 천천히 입을 벌리고, 그런가, 라고 한 마디 했다.

나는 도모코를 가능한 한 부드럽게 감싸 안았다. 도모코의 몸은 계속 떨리고, 고통스럽게 우는 폐 울음이 양팔로 전해졌다.

“내게도 괴로운 기억이 있네.”

형이 누워 있는 병동을 응시한 채, 잠시 후 이노우에 하지메가 입을 열었다.

“훼이팡과 나의 비극적인 이야기가⋯⋯.”

훼이팡이라는 소리에, 흐느끼던 도모코의 몸이 딱 멎었다. 도모코는 입으로 호흡하면서도 의식을 이노우에에게 돌린다. 나는 그녀를 끌어안은 채, 이노우에 감독의 옆얼굴을 지그시 쳐다보았다.

“훼이는 나의 태양이었어.”
이노우에 하지메는 담담하게 이야기하기 시작했다.

훼이팡의 바극3

슬픔과 아픔이 뒤섞여 기억된 감촉이란, 쉽게 씻어내버릴 수 없는, 얼룩져 지워지지 않는 혈흔 같은 거라네. 나는 지난 60년을 매일 밤, 기억이라는 성가신 악몽과 격투하며 살아왔어. 감촉의 기억이라고도 할, 형체도 없으면서 생생하기 이를 데 없는, 그래, 어둠 자체가 생물체가 되어 나를 감싸는 듯한, 종잡을 수 없으면서도 실감 나는, 역겨운 고통의 기억과……

허나 어떻게 할 수도 없어. 그래서 나는 영화로 도망쳐서, 영화 속 이야기에 다른 운명을 또 하나, 아니 몇 개씩 만들고는, 마치 마약이라도 하듯이 그 순간을 얼버무려왔지. 실제 인생이란 것을 얼버무려온 게야. 어느 틈에 반세기 동안이나……

하지만 어찌어찌 겨우 수명이 다하여 그 고통에서도 해방되려 하니, 이제는 왜 그런지 그 감촉, 기억의 아픔 자체와 마주하고 싶어지는군. 남겨진 시간이 줄어들면 줄어들수록, 도망쳐온 기억과 다시 한 번 대치해야 한다는 생각이 들기 시작했어. 참회랄까. 잘못의 대가를 무슨 수로 치르겠냐만, 그것을 큰 소리로 외치고 싶은 기분에 시달리고 있네.

훼이팡은 지금도 내 안에 살아 있네. 나는 훼이팡의 감촉만을 가지고 지난 반세기를 살아왔어. 기억이란 끊어지기만 하는 것이 아니라,

시간이 지나면 지날수록 선명해지는 것이기도 한가보이.

훼이팡은 모친과 하쿠호 영화사 직원과 함께 해군 전함편으로 뤼순(旅順)에서 왔네. 거칠고 삭막하기만 한 세계에 그토록 아름다운 사람이 있었다는 놀라움 때문인지도 모르겠지만, 상해의 항구에서 훼이팡을 보았을 때 받은 첫인상은, 가혹한 전장에서 우연히 발견한 목련꽃과도 같았어. 말라비틀어진 세계의 나뭇가지 끝에 살포시 피어난 새하얀 한 송이 꽃 자체였지. 모친 손에 이끌려 천천히 트랩을 내려오는 그녀를 보면서, 타고난 스타라는 것이 있나 보다고 생각했다네. 너 나 할 것 없이 그녀에게 눈을 빼앗겼지만, 그녀의 아름다움은 대번에 연심을 품을 수 있을 만큼 얄팍한 것이 아니었어. 오히려 어디서 배어나오는지, 눈부신 숭고함과 함부로 다가갈 수 없는 아름다움으로 지켜지고 있었네. 누구든 그녀를 대면한 순간, 우선 눈을 빼앗기고, 일순 의식이 정지되어 어딘가 다른 세계로 끌려 들어가고 말지. 훼이팡의 존재를 그토록 탐탁지 않게 여겼던 사카타 겐고로조차 그녀를 처음 본 순간만큼은 눈도 깜박이지 못할 만큼 놀라서, 뭐랄까, 타고난 광휘에 감탄하여 눈을 떼지 못했지.

사람들의 시선이 집중되는 가운데 훼이팡은 조용히 눈을 내리깔아 자신의 괴로운 처지를 어필해 보이고, 동시에 그 시선 구석구석에 슬기로움을 깃들인 채 한층 우리의 마음을 간질이는 지적인 유혹술을 펼쳐 보였지. 이것도 타고난 자질이겠네만.

그녀를 뤼순에서 데리고 온 어미란 사람은, 그녀와는 정반대로 돈에만 눈이 먼 여자였어. 딸을 하쿠호 영화사에 팔아넘긴 거나 마찬가지인 뚜쟁이였지. 훼이팡은 자기 어머니와 중국어로 심하게 말다툼을 했어. 내용은 알아들을 수 없었지만, 자신에게 주어진 운명의 가혹함을 호소했으리라 짐작되네. 어머니에 대한 불신감은 그녀의 마음을 한없이 어둡게 가라앉히는 것처럼 보이기도 했어. 어미란 사람이 자기 잇속만 차릴수록, 나는 훼이팡이 딱하고, 가엾고, 또 안타깝게 느껴졌네.

훼이팡의 모친은 딸을 우리에게 건네고, 하쿠호 영화사 사람과 함께 만주로 총총히 돌아갔네. 아직 10대였던 훼이팡은 일본군 안에 내던져진 가련한 목련꽃 같았어. 그녀는 당장이라도 그 아름다운 꽃잎을 떨궈버릴 것처럼 고개 숙인 채 한사코 얼굴을 들려 하지 않았어. 내 역할은 열아홉 동갑내기로서 그녀의 말동무가 되어주는 것, 그리고 조감독으로서 그녀가 일하기 수월한 환경을 만들어주는 것이었네. 여성 스태프가 없다 보니 그녀의 신변 시중도 포함하여 온갖 일을 챙겨야 했어. 시중꾼과도 같이, 그야말로 온갖 잔시중을 들었지.

●

사카타 겐고로는 자신의 다큐멘터리에 초짜 여배우를 쓰는 데 크게 반발했네. 하쿠호 영화사 측에서 일방적으로 보내온 훼이팡의 처우 문제로 그는 난감해했어. 하쿠호 영화사는 당시 중국이라는 시장을 개척하려는 의욕이 상당했네만, 만주에는 이미 영화 제작소인 만잉(滿映)이 설립된 직후였고, 중국인 배우 리샹란이 데뷔를 앞둔 참이었어. 익히 알다시피 리샹란이란 야마구치 요시코 말이네만, 그녀는 이후 대 스타인 하세가와 가즈오와 공연하여 화제를 모으게 되지. 대부분의 사람은 훼이팡이 리샹란의 인기에 편승하여 만들어진 존재라 믿어 의심치 않았지만, 사실 데뷔 시기는 거의 같았어. 리샹란이 『밀월쾌차(蜜月快車. 1938년작)』라는 작품으로 스크린에 데뷔한 그해에, 훼이팡 주연 『난징의 태양』도 완성되지. 하긴, 그때 이미 그녀는 돌아올 수 없는 사람이 되어 있었네만……

만잉은 하쿠호 측에서 계획하고 있는 중국인 여배우의 정보를 입수하고 서둘러 리샹란을 데뷔시켰지. 훼이팡처럼 진짜 중국인은 아니었던 야마구치 요시코를 리샹란이라 이름 붙이고서 말이야. 그것을 숨겨온 배경에는, 당시 일본 국내에 일던 대륙 붐의 영향이 있었네. 진짜 중국인인 여배우 훼이팡의 존재가 리샹란의 데뷔에 영향을 주었다는 건 거의 알려져 있지 않아.

훼이팡이 살아 있었다면, 틀림없이 리샹란을 위협하는 존재가 되었을 거야. 그만한 자질은 확실히 있었네. 촬영에 관여한 사람이라면 누구나 그 가능성을 믿어 의심치 않았지.

헌데 사카타의 영화는, 극 영화가 아니야. 어디까지나 다큐멘터리지. 게다가 국책 홍보 영화라는 족쇄가 채워져 있었기에, 그는 그 제약 안에서 자신의 신조를 어떤 식으로 관철할지 한창 고뇌하던 중이었네. 거기에, 아무리 예비 스타라고는 해도 일본어도 변변히 할 줄 모르는 초짜 배우를, 회사 측에서 보내온 거네. 그의 입장에선 훼이팡을 쌍수 들어 환영할 수는 없었지.

난징 공략을 향해 가는 육군의 이동에 동승해서, 우리도 난징을 목표로 여행에 나섰네. 당시, 정부의 방침이라기보다는 군의 독단에 가까운 형태로 일본군은 난징을 향해 가고 있었지. 그 무렵 우리 육군은 들판에 풀어놓은 개나 다름없었어. 그 들개를 가장 지지했던 건, 실은 대륙열에 들떠 있던 민중이었네.

하쿠호 영화사 측에서 사카타에게 주문한 내용은, 난징성을 함락하는 순간과 일본군의 용감한 행동을 반드시 화면에 담아야 한다는 것이었어.

상해 파견군과 제10군으로 구성된 중지나 방면군은 황폐가 극에 달한 양쯔강 이남의 옥야로 진군했네. 당시 우리 군에는 명확한 방침이란 것이 없어서, 말하자면 혈기 왕성한 육군의 독주라고 할 수 있는 진군이었네. 더군다나 그때까지 전투다운 전투를 해보지 못한 제10군은, 상해전에서 녹초가 된 상해 파견군을 제쳐두고 거침없이 난징으로 돌진했네. 사카타 팀은 어쨌든 이 제10군에 들러붙어, 난징 함락의 순간을 필름에 담아야 했지. 여정은 처음부터 가혹할 수밖에 없었네.

당시, 육군의 방침은 '군량은 적지에서 마련한다'는 것이었기에, 난징을 향해 가는 군대는 현지에서 식량을 조달하는 수밖에 없었어. 처음엔 돈을 얼마간 주고 식량을 입수하기도 했지만, 당연히 그것만 가지곤 십만, 이십만에 달하는 군대를 유지할 수 없었지. 여하튼 전쟁이야. 아무리 제대로 살려고 해도, 깨끗하게만은 끝나지 않는 부조리가 따라붙기 마련이지. 자초지종을 우리 눈으로 똑똑히 보고 촬영도 했지만, 약탈 영상 같은 건 결코 쓸 수 있는 소재가 아니었어. 그와 같은 전쟁의 비참한 상황 속에서, 군인들 중에는 상식이 붕괴된 자도 대거 나타났고, 오히려 상식을 잃지 못해 괴로워하던 자도 있었지. 사카타는 그렇듯 모순으로 가득 찬 광기와 정의의 그림을 쓸 수 없다는 걸 알면서도 계속 찍었네. 그때의 사카타는 무언가에 홀린 사람 같았어. 마치 자신이 그 참상의 공정한 목격자이기라도 한 듯한 구석이 있었네. 젊은 나나 키다는 이르는 곳마다 무적인 일본군에 흥분마저 느끼고 있었지만, 사카타는 전쟁 자체의 광기를, 그리고 약탈하는 군인들 한 사람 한 사람이 실은 일본에 돌아가면 보통의 선량한 청년들이라는 모순을 바라보며, 전쟁의 뒤편에 있는 잔혹함과 슬픔을 후세에 남기려 했던 거였다네.

어느 사단에 합류하든 우리는 대체로 환영을 받았어. 어차피 그들은 자신들의 용맹함을 본국에 전하고 싶어 했으니까. 장개석의 군대를 서쪽으로 거침없이 몰아붙이는 자신들의 용감무쌍한 모습을 찍어주길 바랐지. 어느 부대에 가든, 그곳 연대장이 와서 자신을 찍으라더군. 물론, 찍었어. 하지만 귀중한 필름을 카메라에 넣지는 않아. 찍는 척만 한 거지. 그들에게 포즈를 취하게 하고, 제멋에 겨워 자랑을 늘어놓게 하는 등 기분을 띄워줬지만, 그건 그 부대에서 수월하게 촬영하기 위해 사카타가 늘 쓰는 수법이었어. 그 결과, 어느 부대에서든 좋은 대우를 받을 수 있었지. 그렇게 해서 우리는 서서히 난징을 향해 갔던 게야.

●

　난징으로 향하는 도중 나와 훼이꽝에게는 불가사의한 연대감 비슷한 것이 싹텄네. 나는 굳이 말하자면 덩치만 큰 얼간이라서 항상 사카타에게, 이 멍청아, 하는 호통을 듣기 일쑤였지. 훼이꽝도 한동안은 무척 엄한 연기 지도와 충고를 견뎌내야 했어. 그녀는 나보다 한층 심한 대우를 받았지. 실수할 때마다 욕설을 뒤집어쓰고, 심할 땐 얻어맞는 일도 있었으니까.

　부모에게 팔려 적국의 군대 속에 남겨진 것도 모자라, 적의 승리를 적의 국민에게 전하는 일을 하고 있다는 현실도 어느샌가 그녀는 확실히 깨달아가기 시작했지. 정의감이 강했던 10대 소녀는 거기서 커다란 모순과 슬픔을 안고, 자기 자신의 존재 이유에 격심한 회의를 느끼게 되었네. 그렇듯 괴로운 그녀의 처지를 도저히 이해한다고는 볼 수 없는 사카타의 엄격함에 그녀는 반발했고, 어머니 이상으로 미워했던 시기도 있었어.

　어금니를 악물고 아름다운 눈을 치켜뜨고서, 어딘지 모를 공간을 질끈 노려보고 있는 얼굴을 여러 차례 보았지. 한편으론 그녀의 육체도, 정신도, 정말 하루가 다르게 초췌해져가는 듯했네.

　아직 열아홉 살밖에 안 된 소녀에게 사카타는 전쟁보다도 무서운 존재였음에 틀림없어. 사카타라는 공통의 악귀를 사이에 두고, 나와 훼이꽝은 가까이 다가갔던 게야.

제10군의 난징 도달을 얼마 앞두고, 나와 훼이팡은 사랑에 빠졌네. 그렇게 되기까지의 계기는 여러 가지가 있어서, 확실히 '이거다' 라고 잘라 말하기는 어려워. 어느 날 갑자기 그녀를 사랑하게 된 게 아니라, 무언가가 내 속에서 부풀어가는 듯한 그런 감정의 확장 끝에 실현된, 아직 풋풋한 과실 같은 사랑이기도 했네. 나 따위는 손도 닿지 않을 미인이었고, 머잖아 하쿠호 영화의 대 스타가 될지도 모르는 존재야. 그런 걸 생각하면, 당시의 허약한 내가 연심 따윌 품을 수 있는 대상은 아니었지. 때문에 늘 조심하고 있었던 건 사실이네. 이 아이를 좋아하게 되어선 안 된다, 그렇게 되뇌고 있었어. 아니 좋아하게 되어도 상관없지만 결코 그 마음을 입 밖에 내어서는 안 된다고, 마음 깊숙이 읊조리는 여정이기도 했어.

헌데 현실이 혹독하면 혹독할수록 둘 사이는 오히려 점점 더 도타워지게 되었지. 늦되었던 나로서는, 태어나서 처음 사랑하게 된 여성이었어. 그런 특별한 환경이 아니었다면, 훼이팡이 나 같은 얼간이를 사랑하는 일 따위는 없었을지 몰라. 하지만 거기엔 나밖에 없었네. 물론 키다를 비롯한 같은 또래의 남성이 몇 명 더 있었지만, 어쨌든 그녀 옆에 딱 달라붙어 하나부터 열까지 챙겨주는 건 나였어. 나는 그녀의 일본어 선생이었고, 그녀의 고독을 달래는 어릿광대이기도 했네. 나는 그녀를 웃게 만드는 데 정열을 쏟아 부었고, 그녀도 촬영이 끝나고 둘만의 시간이 주어지는 것을 하루 중 가장 큰 즐거움으로 알고 손꼽아 기다리게 되었지.

우리가 의탁해 있던 부대가 마반산(磨盤山)을 넘었을 무렵, 나와 훼이광은 마음이 하나가 되려는 찰나였네. 서로 시시덕거리며 장난치다가 도가 지나쳐 몸이 맞닿고 만 거야. 그 순간, 누가 먼저랄 것도 없이 내면에 숨겨져 있던 감정이 표정으로 스며 나왔어. 그 자리는 내가 황급히 얼버무려 넘겼지만, 유독 맞닿은 부위가 저릿하게 열을 띠면서 마치 벌에 쏘인 것처럼 돼버렸지. 다음 날도 그 다음 날도 우리는 눈을 마주칠 수가 없게 되었네. 키다가 너희 서먹서먹해 보이는데 다투기라도 했냐며 참견했고, 젊은 두 사람은 그런 한 마디에도 민감하게 반응해서, 더욱 깊은 사랑의 골짜기로 미끄러져 들어가게 되었지. 절절한 밤을 몇 차례 보내고, 우리는 사랑을 속삭이게 되었네. 늦된 나였지만, 일본어를 가르치는 척하면서 사랑한다는 말의 올바른 발음을 전하고, 그렇게 말을 나누는 사이, 우리는 정말로 사랑하게 된 거야.

촬영이 끝나고, 훼이광이 옷을 갈아입기 조금 전이었네. 무언가를 억누를 수 없다는 듯이 그녀가 내게 와락 안겼어. 연기에 대해 사카타로부터 호되게 주의받은 날이기도 했지. 의상에서 그녀의 단내 나는 땀 냄새와 체취가 어렴풋이 풍겼어. 그녀를 꼭 끌어안은 바로 그 순간, 내 마음에 걷잡을 수 없이 격렬한 불꽃이 일기 시작한 게야.

기억에 선명하게 남아 있는 건, 그녀의 육체가 엄청 열을 띠고 있었다는 거야. 마치 온몸이 정열로 이루어져 있나 싶을 정도로 뜨거웠어. 거창하게 말하자면, 불꽃을 끌어안고 있는 듯한 상태……

한창 전쟁 중에, 수많은 사람들이 희생되고 있는 전장에서 사랑에 빠지다니, 비국민 중의 비국민이나 할 짓이지. 처음엔 너무 괴로웠어. 병사들의 묘지를 촬영한 날이면 훼이팡과 눈도 마주칠 수 없었지. 하지만 그런 이상한 세계에 우리 두 사람이 있었다는 것 또한 서로를 강하게 묶어주는 요인 중 하나였네. 근실치 못하기에, 부조리한 세계에 놓여 있기에, 마음이 더욱 굳건해질 수 있었던 거야.

내가 훼이팡과 육체적으로 맺어진 건 일본군이 난징에 입성하기 한 주 전쯤의 일이었네. 촬영단은 난징성에서 불과 몇십 킬로미터 떨어진 비교적 안전한 농촌에 있었지. 그곳엔 통신대 본부가 있고, 일본의 신문사 기자들도 모여 있었어.

그날 밤, 조용한 밤이었지. 나와 훼이팡은 모두 잠들어 고요해진 후, 숙사의, 그녀에게만 주어진 개인방에서 하나가 되었어. 허나, 둘은 수월하게 맺어진 건 아니었네. 워낙에 난 동정이었고, 상황이 상황이다 보니 마음만 앞섰지 육체며 정신은 아직 준비 부족이었어. 태세가 갖춰지지 않았던 거야. 있는 대로 위축되어 쓸데없이 힘만 잔뜩 들어가서는 도리어 몸이 분기하지 않았어. 누차 도전했지만, 전쟁에서 죽어간 사람들의 시체만 떠올라 발기부전에 빠졌지. 헌데 새벽녘, 수차례 도전했을 즈음, 훼이팡이 중얼거렸어.

"나한테 맡겨."

그녀는 처녀는 아니었어. 나중에 알게 되었지만, 그녀는 만주에 연인이 있었네. 그녀의 어머니가 그 연인을 항일 운동에 관여하고 있다는 거짓말로 일본군에 체포당하게 해서, 둘 사이를 갈라놓았다더군.

훼이팡이 어둠 속에서 몸을 둥글게 움츠리자 뜨거움이 하반신을 감쌌어. 따스한 물 속에 잠긴 듯한 안온함이 온몸을 뛰어 돌아다녔지. 무슨 일이 일어나고 있는지 차츰 알게 됨에 따라, 내 안에서 엄청난 흥분이 일었네. 마침내 나는 내던져진 우주 한복판에서 온갖 속박을 돌파할 수 있었어.

새벽녘이야. 태양 빛이 그녀 방의 작은 창문으로 비쳐들기 시작했지. 훼이팡의 한숨이 내 귓전에서 터졌어. 지금 생각하면 우습기 짝이 없지만, 그때의 난, 하늘을 나는 기분이었다네. 행복하다고 느낄 새도 없을 만큼 뜨거움에 눌려 이성 따윈 한 조각도 남아 있지 않았어. 머릿속은 새하얗고 오로지 쾌락만이 내 온몸을 뛰어 돌아다녔지.

안고 난 후에는 갑자기, 이 사람을 아무에게도 주고 싶지 않다는 무서울 정도의 질투, 상대조차도 모르는 질투, 누군가에게 훼이팡을 빼앗기는 건 아닐까 하는 눈에 보이지 않는 공포를 겁내게 되었지. 내가 인기 없는 남자였던 탓도 조금은 있을 게야. 전쟁이고 뭐고 상관없어졌어. 나에게는 이미 훼이팡밖에 없었어. 이 아이를 절대 어느 누구에게도 빼앗겨선 안 된다며, 내 눈에 핏발이 서게 되지. 나만의 것으로 하고 싶다고 수없이 마음속으로 외쳤어. 훼이팡은 나의 태양이 되었어.

“전쟁이 끝나면 결혼하고 싶어.”

어느 날, 사랑의 열병에 들떠 그렇게 말했지. 그러자 훼이팡은, 응, 하고 바로 대답해주었어. 아무런 망설임도 없이 말이네. 괜찮겠어? 하고 다짐 받듯 묻자, 응, 하고 웃는 얼굴로 끄덕였지. 망설임이나 고민은 일절 찾아볼 수 없는 순순한 즉답이었어. 믿어지지 않는 일이었어. 내가 얼마나 기뻤을지 상상해보게나. 그런 이상 사태 속에서 행복을 손에 넣을 수 있었던 내 마음속을……

지금 생각하면 희한한 일이지. 난징성으로 진군하는 부대와 동행하고 있으면서 나와 중국인인 훼이팡이 결혼 약속까지 해버렸으니 말이야. 아니, 바로 그런 이상 사태였기 때문에 그런 약속을 할 수 있었겠지. 조국을 배반하고 있다는 생각에 사로잡혀 있는 훼이팡의 입장에서 보자면, 나와 나누는 결혼 약속은 한때의 위안 같은 것이었으리라 생각하네. 그 정도의 의미밖에 없는 약속이었을 게야. 어린 사랑. 헌데, 나는 그걸 너무 진지하게 받아들이고 말았어. 그게 바로, 그 후 내 평생에 계속되는 불행의 근원이 되지.

"훼이, 이제 곧 전쟁이 끝나. 그러면 일본에서 살자."

훼이팡은, 응, 하고 대답했어.

"내가 널 행복하게 해줄게. 난 머잖아 영화감독이 될 거야. 일본 제일의 영화감독이 돼 보일게. 반드시 대단한 감독이 되어서, 널 스크린 속에서 아름답게 빛내 보일게."

훼이팡은, 응, 하며 역시 웃는 얼굴로 대답했어. 훼이팡의 웃는 얼굴 뒤에 자리한 고독을 내 딴엔 누구보다 잘 안다 싶었는데 실제로는 그렇지 않았어. 돕겠다는 마음으로 그녀의 상처 입은 마음의 방에 거침없이 들어가 멋대로 휘저어버린 듯한 구석이 있었지. 그걸 전혀 깨닫지 못했다는 점 때문에 나는 평생 괴로워하게 돼. 응, 하고 대답한 그 순간 그녀는 거짓을 말한 건 아니었어. 하지만 그것이 언제까지고 지속될 진실은 아니었다는 걸, 나는 전혀 이해하려 하지 않았네. 훼이팡의 고독은, 너무도 어린애 같았던 내가 감당할 수 있는 깊이와 크기가 아니었던 거야. 그녀는 그 불안에서 도망칠 한때의 위안을 내게서 구했던 데 지나지 않아. 응, 이라고 대답하고 따름으로써 그녀는 그 순간 치유받고 꿈을 꿀 수 있었지. 거기에는 아무런 죄가 없었어. 사카타 겐고로의 존재가 나를 뛰어넘는 건 시간문제이기도 했지. 이미 그 조짐 같은 것이 있었는데도, 나는 무슨 근거로 과신하고 있었을까. 훼이팡이 내 곁을 떠날 거란 생각은 한 번도 해본 적이 없었어. 우리 둘 다 미워해야 마땅할 사카타 겐고로였기에 그의 곁으로 그녀가 달려갈 줄은 상상조차 할 수 없었지. 사카타는 훼이팡의 마음을 나보다 훨씬 단도직입적으로 붙들어갔네. 자만심에 빠져 태만해 있던 나를 앞질러 그녀의 흐트러진 마음의 틈새로 진입하곤, 그 높은 벽을, 마음의 철문을, 난징성을 함락시킨 일본군처럼 너무도 간단히 열고 말아.

●

그러나 전쟁의 소용돌이에 있던 우리만큼 보잘것없는 존재는 또 없었어. 그날, 제9사단의 일부가 난징성 일각에 당도하여 그곳을 점령한 순간부터 세계가 돌변했네.

난징성 위에 걸린 달은 하얗지 않고 노오랬지. 일찍이 본 적 없던 노오란 달이 갈라진 구름 사이에 있었어. 달빛에 비친 훼이팡의 얼굴은 중국의 도기처럼 윤기가 흘렀지만, 어딘지 모르게 차갑고 딱딱한 윤곽만이 두드러졌어. 닿으려던 내 손이 문득 멈추고 말 정도로. 이제까지 없던 단단하고 완고한 느낌은 나를 불안하게 만들었네.

중산문(中山門)을 통해 입성한 제16사단이 국민정부청사 옥상에 일장기를 내걸었어. 입성식을 거행하라는 마쓰이 이와네 사령관의 명령이 떨어지고, 각 군은 다급히 성 안의 적을 소탕하느라 필사적이었지. 일본군이 난징을 완전히 제압했다고, 신문기자가 일본에 타전한 밤의 일이야. 죽음의 냄새가 난징성 주변에 가득 차 있었어. 잿빛이라기보다 탁한 슬픔의 기척이 곳곳에 소용돌이를 만들고 있었네. 무운(武運)에 버림받은 중국 병사들의 시체가 겹겹이 쌓여 방치된, 차마 눈뜨고 볼 수 없는 광경이 도처에 존재했어.

그 비참한 광경을 눈앞에 두고, 훼이팡이 어찌 평온한 마음으로 있을 수 있었겠나. 현실 세계가 너무도 잔혹하게 그녀를 덮쳤어. 그녀는 딴 사람이 되네. 마치 달빛이 그녀에게 마법을 걸어버렸나 의심될 정도로 급변했지. 떠오르는 건, 그때의 노오란 달. 광기로 기울기 시작한 내 인생을 비추는 노오란 달빛⋯⋯.

지로의 세계 7

지로는 노오란 달을 올려다보고 있었다. 소곤대는 소리가 기분 좋게 리듬을 타고 지로의 귀에 닿고 있었는데, 그 소리가 문득 멎고, 침묵에 이어 탁자를 내리치는 소리가 일순 들려왔다. 지로는 소리가 나는 쪽을 돌아보았으나, 고개 숙인 청년의 등과 움켜쥔 주먹만 눈에 들어왔다. 소녀의 기척은 흙벽으로 완전히 가려져 있었다.

"대체 갑자기 무슨 말을 하는 거야. 이제 방에 오지 말아달라니, 무슨 이유인지 가르쳐줘."

"저 아이 아직 깨어 있을지도 몰라."

소녀가 목소리를 한층 낮춰 말했다.

"상관없어. 어린애는 모를 얘기야. 도망치지 마. 어째서 날 피하는지, 제대로 설명해줘."

"피하지 않아. 그냥 그럴 기분이 나질 않아. 어째서 날 이해해주지 못하는지, 내가 오히려 알고 싶네."

소녀의 일본어는 억양도 남들과 달랐고, 군데군데 멈칫거려서 알아듣기 힘들었다. 청년의 한숨이 거칠었기에, 두 사람이 험악한 무드 속에 있다는 건 지로도 충분히 짐작할 수 있었다. 때문에, 그들이 있는 방에는 가지 않으려 했다.

"여기에 오고 나서부터, 너 이상해."

"그런 거 아니야."

"아냐, 오늘은 한 번도 너의 웃는 얼굴을 못 봤어."

"웃었어."

"누구한테? 사카타 씨한테겠지. 사카타 씨한테 미소 짓는 건 봤어. 그런 일, 이제까진 없었잖아."

"바보. 이상해. 바보야, 하지메."

둘 다 목소리를 죽이고 있지만, 내뱉는 말끝은 날카롭다. 그러다 잠시 후, 이노우에 하지메가 훼이팡을 향해, 배신자! 하고 욕을 했다. 다음은 훼이팡의 흐느끼는 소리만 어둠 속에서 조그맣게 되풀이하여 메아리쳤다.

●

다음 날, 지로는 나부끼는 일장기를 올려다보고 있었다.

"꼬맹아, 깃발이 예쁘지?"

조명 조수인 이시켄이 연장자 특유의 뻐기는 듯한 웃음을 섞어 큰 소리로 말했다. 하지만 지로는 깃발을 보고 있던 게 아니었다.

"일장기는 어딜 가든 아름답게 펄럭이지. 마치 고이노보리(5월 5일을 맞아 남자아이들의 건강과 출세를 기원하기 위해 잉어 모양의 헝겊을 장대에 매달아 밖에 걸어 두는 것_옮긴이) 같지 않냐?"

"난 깃발을 보고 있는 게 아니에요."

지로는 바람의 흐름을 보고 있었다. 바람이 절묘하게 힘을 조절해가며 깃발을 나부끼는 모습에서 지로는 눈을 뗄 수가 없었다. 거기에 바람의 존재가 있다는 걸 알아차렸기에. 깃발 스스로 펄럭이는 것이 아니라, 눈에 보이지 않는 힘에 의해 춤추고 있다는 것을 깨달은 소년은 그것을 즐기고 있었다.

"그럼, 뭘 보고 히죽히죽 웃고 있는 거냐."

"바람."

바람이라니, 하고 남자가 코로 웃었다.

"내가 보고 있는 건 바람이에요."

"하지만 바람은 눈에 안 보이니까, 결국 깃발을 보고 있는 게 되잖니."

"아뇨, 깃발은 모양에 지나지 않아요. 그건 바람이 지나간 발자국 같은 거니까, 딱히 특별한 의미 같은 건 없잖아요."

"무슨 소리. 거기엔 의미가 있어. 넌 아직 어린애라서 모르는 것뿐이야. 어른이 되면 말이다, 중요한 의미가 있다는 걸 배울 거다."

"뭘 하고 있어, 어린애랑 노닥거릴 짬은 있냐."

뒤에서 목소리가 튀었다.

"태양을 보라고 했지. 구름 사이로 얼굴을 내미는 태양을 놓쳤다간, 총살이다."

지로가 돌아보니 사카타 겐고로가 장승처럼 우뚝 서 있었다.

"죄송합니다."

이시켄은 큰 소리로 대답했다.

총신이 긴 총을 안은 병사가 촬영단을 호위하고 있다. 비교적 안전한 장소에서 이루어지는 촬영이었지만, 난민구에 꽤 가깝다 보니 편의병이 있을지도 모른다며 병사는 곁을 떠나려 하지 않았다. 촬영단 텐트 안에 훼이팡의 모습이 보였다. 바로 옆에 이노우에 하지메도 있었지만, 두 사람은 어젯밤에 있었던 실랑이의 연장으로 줄곧 일정 거리를 유지하며 가까이 다가가려 하지 않았다. 난민구에 사는 중국인 아이가 지로 앞으로 다가왔다. 일본군 가까이 다가가선 안 된다고 어른들이 당부했을 텐데, 아이들의 호기심은 한껏 부풀어 있었다. 나무 부스러기로 만든 조잡한 장난감을 꼭 쥔 소년들이 지로에게 무어라 말을 붙여왔지만, 지로는 그 말의 의미를 이해할 수 없었다. 그러자 훼이팡이 그 아이들을 손짓해 불렀다. 지로의 귓불이 뭔가 미세한 예감을 느끼고 움찔 움직였지만, 어디선가 불어온 바람이 그 예감을 뒤집어버렸다.

훼이팡은 남몰래 간직하고 있던 과자를 주머니에서 꺼내 아이들에게 쥐어주며, 중국어로 뭔가 이야기했다. 갑자기 여자가 자기 나라 말을 하자 아이들이 놀라 순간 몸을 사렸지만, 그것도 잠시, 아이답게 이내 적응하고, 호기심도 한몫하여 훼이팡에게 다가가 장난을 쳤다. 이노우에 하지메는 마침 촬영 소도구를 준비하던 중이라서 훼이팡에게 등을 돌리고 있었다. 훼이팡은 얼굴 가득 웃음을 띠고 아이들과 즐거운 듯 이야기하고 있다. 과자를 받은 아이들이 훼이팡의 몸에 손을 대기도 하면서 장난치고 있으려니, 어디선가 나타난 그들의 부모가, 마치 개라도 부르는 듯이 날카롭고 새된 목소리로 소년들의 이름을 불렀다. 아이들은 어머니의 목소리에 놀라, 부리나케 그 자리를 떠났다. 이 노우에 하지메가 돌아보고, 훼이팡에게 충고를 했다. 과자를 주어선 안 된다고 말한 게 틀림없다. 그에 대해 훼이팡은 중국어로 불평을 흘렸다. 그 소리를 들은 이시켄이 돌아서서 그녀를 빤히 바라보았지만, 사카타 겐고로의 귀에까지는 닿지 않았다. 역시 바람이 교묘하게 세계를 뒤집고 있다.

태양이 구름 사이로 얼굴을 내밀었기에 촬영이 재개된 것도 잠시, 어디선가 날아온 돌멩이가 훼이팡의 안면을 직격했다. 이마가 찢어지고, 피가 스머나왔다. 지로가 돌아보니, 파괴된 건물 한 귀퉁이에 조금 전의 아이들이 일렬로 늘어서서 훼이팡을 겨냥해 돌을 던지기 시작했다.

그중 한 아이가 훼이팡을 향해 욕설을 퍼부었다. 그러자 아이들이 전부 들고 있던 과자를 훼이팡 쪽으로 내던졌다. 적에게 혼을 판 놈의 과자 따윈 먹을 수 없다, 라고 외치고 있다는 건 지로도 짐작할 수 있었다. 어머니들에게 그렇게 가르침 받았으리라. 조금 전까지의 순한 모습은 온데간데없고, 소년들의 표정은 정의감에 사로잡힌 민족의 의지 자체였다.

훼이팡은 꼼짝 않고 욕설을 다 받았다. 그리고 대사를 다 마칠 때까지 표정 한 번 바뀌지 않았다. 그 사이, 아이들은 계속 돌을 던졌다. 훼이팡의 몸에도 그중 몇 개가 맞았다. 그러나 그녀는 피할 생각도 않고, 카메라를 지그시 들여다보며 일본어로 말했다.

"이것이 전쟁입니다."

38총을 든 병사가 눈치채고 아이들 쪽으로 돌아서는 것과 거의 동시에 아이들의 부모가 뛰어들어 그들을 그러안았다. 병사에게 등을 돌린 채 꼼짝하지 않는다. 자신의 몸으로 아이들을 지켜내려 하고 있다. 그 모습에 훼이팡의 마음은 한층 흔들렸다. 적 안에서 뻔뻔스럽게 살아가는 자신. 힘없는 부모 자식을 위에서 내려다보고 있는 자신. 폭거 앞에 속수무책인 어머니와 아들.

병사가 몇 걸음 더 다가가 그들에게 38총을 겨누었다. 갑자기 긴박감이 촬영단을 싸고돌았다.

"잠깐만요."

놀란 훼이팡이 병사가 겨눈 총구 앞으로 달려 나가며 말했다. 병사는 비키라고 고함을 쳤다.

"잠깐만요. 이 아이들은 아무것도 모릅니다. 과자를 준 제 잘못입니다. 쓸데없는 짓을 해서 죄송합니다."

"됐으니까, 비켜."

"싫습니다. 이 아이들을 쏴야겠다면, 차라리 절 쏘세요."

훼이팡이 양손을 벌리고 그렇게 외치는 바람에 오히려 병사는 거둬들이려던 총을 선뜻 거둘 수 없게 되고 말았다. 그중 어려 보이는 아이가 울음을 터뜨렸다. 어머니는 아이들을 품 안으로 밀어 넣듯이 양팔로 꼭 감싸 안았다. 병사의 옆구리가 당기고, 방아쇠에 걸려 있던 손가락 끝에 힘이 들어갔다. 병사는 어머니의 등을 조준한 채 훼이팡을 향해, 너를 쏠 수는 없다, 하고 말했다.

"왜냐면 넌, 이 전쟁에서 일본군이 중국 민중의 편에 서서 싸우고 있는 모습을 전해야 하기 때문이다."

훼이팡의 눈썹이 활모양으로 휘고, 얼굴이 슬픔에 잠겼다. 크고 새까만 눈동자가 처음으로 현실을 봐버린 듯한 동요로 흔들렸다. 마치 죽음을 선고받은 환자처럼, 몸 안에서 힘이 쫙 빠져나가는 듯이. 그런데도 두 사람 간의 대립은 어느새 팽팽한 고무줄 상태에 이르고, 누가 뭐라고 한 마디만 하면, 고무줄이 튕겨 나가 양쪽 모두가 다칠 아슬아슬한 상태가 되었다. 이노우에 하지메는 섣불리 끼어들 수가 없어 발만 동동 굴렀고, 병사조차도 어찌할 바를 모르고 있었다.

그때, 훼이팡과 병사 사이에 한 그림자가 조용히 끼어들었다.

"드릴 말씀이 없습니다. 이 아이는 나중에 제가 잘 알아듣게 타이를 테니."

온화한 어조였다. 그와 동시에, 노련한 카메라맨이 은근슬쩍 병사 앞으로 나서며, 한 대 어떠십니까, 하고 웃는 얼굴로 담배를 권했다. 병사는 피식 웃고 나서 담배를 한 대 빼냈다. 카메라맨은 병사에게 새로운 화제를 제공하고, 병사는 연기를 길게 토해내면서 거기에 호응하여, 호오, 그런가? 하고 웃으며 순순히 마음을 돌렸다.

"잘 버텼다."

사카타 겐고로는 훼이팡의 이마에서 흘러나오는 피를 손수건으로 닦은 후, 그녀의 귓전에 속삭였다. 사카타의 그 한 마디가 얼어붙은 훼이팡의 기분과 마음을 뒤흔들었다. 조국을 배반하는 입장에 놓인 자신의 처지를 뼈저리게 느끼며, 참고 있던 괴로움을 단숨에 토해내는 듯한 기세로 울었다. 사카타는 거리낌 없이 훼이팡을 부둥켜안았다. 훼이팡도 저항하지 않고 사카타의 가슴팍에 얼굴을 묻었다. 새로운 바람이 두 사람을 감싸고 돈다. 훼이팡의 긴 머리칼이 바람에 쏠려 나부꼈다.

●

　지로는 무언가가 가까이 다가오고 있음을 느낀다. 바람의 세기가 다소 강해지기 시작했다는 것을 깨닫고 있었다. 소년은 하늘을 보았다. 태양은 아직 구름에 가려지지는 않았다. 힘이 느껴지는 새빨간 태양이다. 날갯짓 소리는 저만치에서 바람을 타고 접근하고 있었다. 지로가 올려다보고 있는 하늘로 촬영 스태프들이 한 사람 두 사람 눈길을 주었다. 잠시 후, 하늘이 무너져 내리는 듯한 폭음이 세상을 감쌌다. 나부끼는 일장기보다 더 높은 상공에 비행기 그림자가 있었다. 차츰 그 수가 늘더니 하늘을 가득 메울 정도로 집결했다.
　"해군 항공대다."
　키다가 외쳤다. 전원이 하늘을 우러러보았다. 눈부신 태양의 역광 아래 실눈을 뜨고서, 난징의 하늘을 다 덮을 듯한 몇백이 넘을 전투기의 연이은 진군을 바라보았다. 전투기는 빌딩 위를 용맹한 소리를 내며 통과한다. 폭음에 고막이 거세게 진동한다. 지로는 손을 흔들었다. 강철 덩어리가 촬영단의 머리 위를 스치듯 이동한다. 금속 가장자리에서 반사된 햇빛에 눈이 부셔 지로는 저도 모르게 눈을 감았다.

크레이그 부샤르의 수기 7

7월 26일

날갯짓 소리처럼 부웅 하고 신음하는 엔진 소리가 저만치에서 들렸다. 나는 황급히 창가로 달려가 쇠격자에 얼굴을 붙이고 상공을 올려다보았다. 폭격기인가 하는 생각에 긴장했지만, 아무래도 정찰기인 모양이다. 정찰기는 히로시마 상공이라기보다, 분명히 아이오이 다리 바로 위를 선회하고 있다. 그것은 원폭 투하 시기가 임박했음을 의미한다. 정찰기가 하늘 저편으로 사라지고, 나는 온몸에서 힘이 빠져나가는 것을 느꼈다.

레이코 생각을 하고 만다. 하지만 솔직히 말해 나는 그녀에 대해 아는 게 하나도 없다. 동양인 소녀라는 점 말고는 그녀의 자라온 환경이나 형편, 역사, 어느 것 하나 알지 못한다. 같은 미국인 여성이라면 빚어내는 분위기에서 어느 정도 살아온 인생을 짐작할 수 있으련만, 극동의 섬나라에서 나고 자란 그녀의 인생을 나는 전혀 상상할 수가 없다. 어떤 학교를 다녔고, 어떤 교육을 받고, 어떠한 혈족의 전통이나 풍습을 가지고 있는지, 축제날에는 어떤 의상을 입고, 어떤 사랑을 하고, 어떤 인생을 꿈꾸고 있는지……. 아마 마지막 순간까지 알지 못한 채 나는 떠나갈 것이다. 그럼에도 그녀를 생각하고 멋대로 그 생애의 색

조와 농담과 빛을 떠올림으로써 이 상황에서도 집착이랄지, 삶이란 것이 자리할 중심축을 가질 수가 있다. 레이코, 하고 입 속으로 중얼거림으로써 내 자신을 유지할 수 있는 것이다.

또 하루가 지나간다. 날이 저물고 밤이 되자, 눈언저리가 아주 조금 느슨해진다. 어릴 적에는 하루가 지나간다는 것에 별다른 감흥이 없었다. 그러나 지금은 조금 다르다. 아침 후에 낮이 오고, 그리고 밤이 온다. 밤이 가면 새로운 아침이 온다는 숭고함을 새삼 감동스럽게 맞이할 수 있게 되었다. 깨달음이란 이상한 것이어서, 깨달으려 마음먹는다고 해서 깨달을 수 있는 것이 아니다. 깨달음은 어느 날 문득 찾아온다. 지금의 내가 그런지도 모른다. 자연스럽게 깨달으려 하고 있는 것 같다. 닥쳐오는 죽음을 서서히 인식할 수 있게 되었다. 그건 아침에 이어 낮이 오고, 그리고 밤이 오기 때문인지도 모른다. 죽음이란, 그러한 것을 잃는 것일 뿐. 아침 다음에 낮도 밤도 오지 않는 것. 세계가 영원히 정지해버리는 것.

7월 27일

할아버지가 생각났다. 할아버지 무릎에 앉아서, 어린 나는 곧잘 할아버지 귀에서 삐져나온 털을 가지고 장난치며 놀았다. 할아버지는 간지럽다고 웃으면서도 그다지 싫지만은 않은 듯, 언제까지고 나를 무릎에서 내려놓으려 하지 않으셨다. 어째서 한 가닥만 이렇게 삐져나왔냐고 내가 묻자, 오래 살다 보면 어딘가 탈이 나기 마련이라고 하셨다. 할아버지 귀에서 삐져나온 하얀 털은 1센티미터는 돼 보였다. 그 털을 뽑으려 들면 할아버지는 얼굴을 찌푸리며, 아프다, 하고 난감한 표정으로 웃었다.

할아버지의 묘는 맨해튼에는 없다. 워낙 맨해튼에는 묘가 별로 없다. 땅이 한정돼 있어서 몇 있던 묘도 어느 시기에 퀸즈 쪽으로 옮겨 갔다. 할아버지 묘 옆에 숙부 묘가 있고, 숙부 묘 옆에 할머니 묘가 있다. 이것은 돌아가신 순번을 의미한다. 나는 1년에 한 번, 아버지를 따라 성묘를 갔다. 널찍한 묘지에 세워진 비석들마다 잊혀져가는 사람들의 옛 이름과 살았던 세월이 기록되어 있다. 나와 누나는 그 이름들과 연월을 크게 소리 내어 읽는 것을 좋아했다.

"휴 테트리. 1875년에서 1902년까지."

그러면 누나가 이렇게 말했다.

"잘 살았습니다."

나는 신이 나서 또 다른 묘에 새겨진 기록을 읽어 내려간다.

"스튜워트 브루스. 1850년에서 1910년까지."

"잘 살았습니다."

부드러운 바람이 둘 사이를 빠져나간다. 아버지를 비롯한 어른들은 조상묘 앞에서 추억담을 나누고 있다. 나와 누나는 차례차례 묘비명을 읽어나간다.

"어떤 인물이었을 것 같아?"

누나의 물음에 나는, 훌륭한 사람, 이라고 대답해서 누나의 미소를 끌어냈다. 묘비는 전부 맨해튼을 바라보고 있었다. 돌아보면 마천루가 보였다. 크디큰 묘처럼 보이는 마천루가.

할아버지의 귓털은 잘 기억하고 있지만, 그분과 나누었던 이야기는 이미 기억에 없다. 이주민으로서 프랑스에서 건너왔을 시절의 어려웠던 이야기를 노상 들었을 텐데, 그것들은 어느새 풍화되고 말았다. 대신 할아버지가 불러주셨던 프랑스 민요만이 남아 있다. 그렇더라도 가사의 내용은 모르니, 멜로디랄지, 입술을 삐죽 내밀고 진지하게 노래 부르던 할아버지의 얼굴과 노랫소리만을 기억할 뿐이다.

낡고 바랜 한 장의 사진 같은 기억 속에 사는 할아버지. 어쩐지 그분과 다시 만날 수 있을 듯한 기분이 든다. 그분이 천국의 역에서 나를 기다려주실 것만 같다. 나는 흡사 어린아이 모습 그대로, 오랜 여행의 피로도 어느새 잊고 할아버지 품에 안기리라. 그리고 할아버지 귀에서 삐져나온 그 털을 찾을 게 틀림없다.

밤. 나는 기억 속 노래를 흥얼거렸다. 기억나는 노래를 전부 불러보고 싶어졌다. 외우고 있는 노래가 의외로 많았다. 떠올릴 때마다 감동했다. 틀림없이, 그것은 멋진 감동이다. 기억나는 노래를 흥얼거리는 것뿐인데도 나는 크나큰 감동을 받았다. 그리고 노래와 함께 당시의 기억이 되살아나서 울었다. 누군가와 손을 잡고 불렀던 노래, 모두 함께 소리 모아 합창했던 노래, 혼자 가슴에 손을 얹고 불렀던 노래, 친구들과 경쟁하듯 불렀던 히트 송, 여자친구와 공원에서 속삭이듯 불렀던 그리운 사랑노래. 그때의 냄새며 느낌, 마음의 떨림까지 동시에 떠오른다. 이렇게 일기를 쓰면서도, 나는 계속 노래하고 있다. 고장 난 기계처럼 되풀이하여, 되풀이하여.

7월 28일

이제 곧 7월이 끝난다. 나는 새 아침의 신선한 공기를 들이마신 후, 뻐끔 벌어진 마음의 구멍을 느꼈다.

병실 문은 요즘 계속 열려 있다. 병사의 모습도 보이지 않는다. 마치 내가 모르는 사이에 전쟁이 끝나버렸나 싶게 정적이 병동을 감싸고 있다. 이제 나 같은 건 모두 잊어버렸나. 다리가 부러졌으니 도망칠 수 없다고 안심하고 있는 걸까. 아니면, 아니면 모두 원폭 소식을 듣고, 나만 혼자 여기 놔둔 채 어딘가로 피신한 걸까.

바람이 창문으로 들어와, 활짝 열린 문으로 나간다. 간호사 같은 그림자가 바람과 함께 의식 한구석을 유령처럼 슥 가로질렀으나, 타닥타닥 울리는 슬리퍼 소리가 사라지자, 열린 문 저편에는 그저 한가로운 세계가 가로놓여 있을 뿐이다.

빛만이 열린 문 바깥에 들이쳐, 제 세상인 양 누워 있었다. 도무지 흐르지 않는 시간 속에서 공포도 일시적으로 마비되어버리고, 될 대로 되라는 생각이 자연스럽게 몸과 마음을 지배하기 시작한다. 멍하니 양달을 바라보며 하루를 보냈다. 벌써 나는 노인 같다……

늙는다는 건, 인생과 타협을 해나간다는 것이리라. 되씹을 기억마저도 희미해지기 시작하자, 일종의 체념과 만족이 퍼지기 시작한다. 이쯤 되면 삶도 죽음도 표리일체이고, 고통도 행복도 때로는 동질이 된다.

어릴 때 한번은 사막을 여행한 적이 있다. 오늘 아침, 일어나자마자 목이 말랐던 탓도 있겠지만, 그 일이 우선 떠올랐다. 아버지와 둘이 애리조나 사막을 여행했던 것으로 기억하는데, 아무래도 아직 어릴 때 기억이다 보니, 어쩌면 갓 뉴욕 시의원 자리에 오른 숙부도 함께 갔을지 모르겠다. 눈을 감으니 광활한 사막과 끝없는 지평선의 그림이 되살아났다. 사막에는 지구의 죽음 자체의 이미지가 있다고 아버지에게 설명 들은 바 있는데, 처음 본 사막은 어째선지 종말보다는 오히려 바다와 닮은, '시작'의 이미지를 불러일으켰다.

"크레이그, 생명체에 빼놓을 수 없는 것은 물이다. 이 불모의 땅을 바라보며 너는 상상해야 한다. 살아 있는 것은 모두 물로 이루어져 있다는 것을 말이다. 물이야말로 상상의 시작이라고."

아버지의 목소리에 귀를 기울이면서도, 내게는 그 때, 사막을 건너는 환상 속 순례자들의 모습이 보였다. 한 줄로 열을 지어 길고 긴 순례의 길을 가는 사람들. 갈증 끝에 치유가 있음을 알고 묵묵히 걸어가는 그들의 모습을 나는 상상하고 있었다. 그때 내가 떠올린 그림은 사막 끝 오아시스 물가에 선 한 그루 나무, 그 나무의 올려다볼 정도의 높이에 펼쳐진 녹색 잎이었다. 거기에는 한 방울 이슬이 맺혀 있고, 그것은 덧없지만 지극히 아름다운 것. 그 아름다움은 다이아몬드의 아름다움보다 고귀하고, 태양과도 겨룰 만한 아름다움이라고 나는 생각했다. 사람들은 값비싼 다이아몬드를 찾는 데 혈안이 되어 나무들에 생겨나는 아침 이슬의 광휘를 놓쳐버리지만, 바로 그곳에 더없는 행복이 존재한다고 나는 생각했다.

"아빠, 사막은 아름답네."

내가 뱉은 말을 아버지는 잠시 동안 곰곰이 음미했다. 어떻게 대답해야 할지 망설였던 듯싶다.

"그렇게 생각하니?"

아버지는 나를 존중해서 말했다.

"응. 봐, 엄청나게 많은 바람 무늬가 같은 모양으로 계속 흐르잖아. 마치 바다 같아."

아버지는 사막을 바라보았다. 아버지가 보고 있는 것과 내가 보고 있는 것이 다르다는 걸 나는 여행 끝 무렵에 알았다. 내가 보고 있던 건 바람이었다. 메마른 땅 위를 긁어내듯 흘러가는 바람의 아름다운 모습을 보고 있었다. 그리고 그 힘이 그려내는 상상을 뛰어넘는 창조에 나는 흥분하기도 했다. 이미지네이션과 크리에이션의 차이에.

"바람 무늬?"

"응. 바람이 하는 일이야."

"바람이라."

"응, 난 바람처럼 살고 싶어. 전 세계를 방랑하고 순례하는 바람처럼 되고 싶어. 빛과 겨루고, 세계에 뺨을 부비며 살아가고 싶어."

아버지는 내 어깨를 안았다. 사막은 말이 없지만, 인간은 과묵한 사막에게서 소리 없는 열광을 들어내야 한다. 나는 그때, 그렇게 느꼈다.

나는 성인이 될 때까지 아버지와 여러 차례 여행을 다녔다. 캘리포니아나 오대호에도 갔지만, 애리조나의 사막에 못지않을 정도로 감동받은 곳은 나이아가라 폭포였다. 낙하하는 물보라를 보면서 나는 현기증을 느꼈다. 하늘의 틈새에서 흘러나오는 무한한 물을 보았기 때문이기도 했다. 마치 대우주에 생겨난 폭포처럼, 암흑 속에 은빛으로 빛나는 물이 떨어져 내렸다. 모공이란 모공이 전부 열리고, 나는 온몸으로 호흡하며 그 감동을 받아들였다. 우주로 흩날리는 물보라를 뒤집어썼다. 흘러 떨어지는 물의 기세 속에 나는 우주의 창세를 본 느낌이 들었다. 크나큰 상상이, 머릿속에서 한없이 부풀었다. 머릿속에 우주가 있었다. 광활한 우주 공간 한가운데에 은빛으로 빛나는 나이아가라 폭포가 있었다.

기억이 문득 사라지자, 그곳에는 병동 복도의 얼떠 보이는 양달이 있었다. 폐에 고인 숨을 토해내고 땀을 닦았다.

나는 오후 내내 태양을 보고 있었다. 그 태양이 서서히 기울며 붉기를 더해가는 모습을, 내 심장 소리와 겹쳐보고 있었다. 손바닥이 심장의 고동을 뇌로 전달했다. 온몸으로 보내지는 피의 리듬을 세면서 내가 아직 살아 있음을 확인했다. 문득, 세계니 우주니 하는 것들이 내 안에 있지는 않을까, 하는 생각이 들었다. 그러자 어딘가에 있는 균열을 엿보고 만 듯한 놀라움이 마음속을 달렸다. 균열 저편은 세계의 무대 뒤편이라는 얘기다. 내가 보고 있는 이 양달을 포함한 세계도, 어디에 있느냐면, 내 안쪽, 뇌가 아니라 훨씬 더 안쪽의 본질적인 〈그곳〉에 존재한다. 빛도 바람도 어디에 있느냐면 내 안, 〈그곳〉에 있지 않을까.

나는 줄곧 히로시마에 억류되어 있다고 생각해왔지만, 결국 나는 내 안에 있는 것이다. 억류되어 있는 내 사념(思念) 속, 바로 〈그곳〉에 히로시마도 일본도 지구도 우주도 있다는 걸 왜 여태 깨닫지 못했을까. 아픔이니 고통이니 슬픔만을 상상하느라, 요컨대 상상한다는 행위에 휘둘려 감상적이 되었지만, 그건 다 보여지는 환상에 지나지 않는다. 꿈이나 생각과 비슷하다. 원자폭탄의 작렬이라는 이미지에 휘둘려 중요한 것을 잃을 뻔했다. 〈그것〉은 존재해야 할 것의 중심, 이 존재라는 것의 한층 중심에 자리한 '나'의 안에 존재하는 〈그것〉. 나는 나를 지나치게 동일화시키고 있었다. 결국 나는 내 사념 속만을 보고 전체를 보고 있다고 착각하고 있었다. 사념을 포함하여 좀 더 광활한 나를 보지 않으면 안 된다. 원자폭탄에 의해 사라진 후에도 계속 존재하는 것. 그것이 본래의 나, 궁극의 나이리라. 또한 〈그것〉이 바로 영원이고, 〈그곳〉이 곧 세계이자 우주가 된다.

내가 사라져도 나의 이 사념은 사라지지 않고 영원히 나로서 계속 존재한다. 뇌가 소멸하고 기억이 사라지고 감정이 끊어져도, 생각하는 나는, 본래의 나는, 사라질 리 없다. 왜냐면 이 상태는 본래의 내가 만들어낸 세계이므로. 이렇게 내가 여기에 적고 있다는 사실이 곧 그 증거이다. 내 안을 아무도 볼 수 없는 이유는, 요컨대 세계가 나로 이루어져 있기 때문이다. 그렇기 때문에 아무도 엿볼 수 없을 뿐 아니라, 엿보아서도 안 되는 것이다. 다시 말해, 〈그곳〉이 아무도 엿볼 수 없는 곳에 있기 때문에, 엿볼 수 없는 것, 즉 〈그곳〉은 내 안에 존재한다.

타인의 생각을 내가 이해할 수 없는 이유는, 타인이란 나의 무의식이 만들어낸 풍경에 지나지 않기 때문이리라. 세계가 나를 이해할 수 없는 건, 내가 세계를 이런 식으로 만들어내고 있기 때문이다. 사념으로서의 나는 사라지지 않는다. 사라지기는커녕 점점 더 부풀어 확고하게 계속 존재하리라. 나의 사념이란 대우주에 출현하는 폭포와 비슷하다. 〈어디〉에서 흘러나와 〈어디〉로 낙하하는 물일까. 〈어디〉란 어디에도 없다는 것을 알리기 위해서만 존재하는 폭포이고, 흐름의 출현이다.

430

내 침대 위에서 자위하고 있는 누나의 모습을 목격했을 때, 나는 눈을 감았다. 허나 그 때 콧속 깊숙이 나를 자극한 냄새의 존재를 지금도 마치 눈앞에서 일어나고 있는 사건처럼 떠올릴 수가 있다. 누나의 놀란 얼굴, 직후에 바로 체념하고 멍하니 얼빠진 동물의 눈, 뒤이어 밀어닥쳤다가 튕겨 나가는 인간적인 수치심. 그것들이 내 안에서 이 대우주와 이웃하고 있는 것 또한 우연이라고는 생각할 수 없고, 이렇게 역설한 내 가설의 또 한 가지 설명이 된다.

반라의 누나는 나를 침대로 끌어들여 얼버무리려 했다. 너도 이렇게 해봐, 기분 좋아질 거야. 누나가 옷을 벗겨주는 동안, 이미 다 자란 나는 흥분을 느꼈다. 누나는 아름다웠지만, 얼굴 곳곳에 여드름이 나 있었다. 그 위에 덕지덕지 바른 크림에선 한층 생생한 분 냄새가 났다. 분 냄새. 그거야말로 사실적이다. 미술가조차 만들어낼 수 없는 진짜 촉감의 미.

내 손끝은 누나의 육체에 억지로 닿아 있었지만, 마치 내 자신의 몸을 만지고 있는 듯한 감촉이었다. 누나는 내 사념 속에 존재하고 있었던 것 같다. 요컨대 누나로 인해 그렇게 된 것도 결국, 내 의사에 의해서다. 그 후 누나의 손에 의해 뜨뜻해진 내 페니스나, 그 자리에서 도망쳐 나와버린 내 행동이나, 사실은 나의 사념이 만들어낸 상상에 지나지 않는다. 끈끈한 정액 냄새도, 부모님이 외출해서 아무도 없는 집 안을 흘러가던 바람의 부드러움도, 전부 내 사념이 만들어낸 것이다. 한동안 누나와 눈을 마주칠 수 없게 된 것도 결국, 내가 바란 일이었다.

7월 29일

양달을 바라보며 오전을 꼬박 보냈다. 점심식사 후, 오랜만에 그 병사가 얼굴을 내밀어 나를 데리고 나갔다. 서쪽 연병장을 오른쪽으로 바라보며, 나는 건널복도를 걸었다. 급수장에 레이코의 모습은 역시 없었다.

태양이 바로 위에 있어, 직사광선이 연병장 바닥을 눈부시게 빛내고 있었다. 넓기만 한 연병장에는 길 잃은 들개 한 마리가 먼발치에서 출구를 찾아 어정버정 헤매고 있을 뿐, 달리 아무도 없었다. 일장기가 게양되어 있었지만, 바람도 없고 나른한 여름 날씨도 한몫하여, 깃발은 패기 없이 지쳐빠진 병사처럼 축 늘어져 있었다.

미쓰이 중령은 아무리 기다려도 취조실에 나타나지 않았다. 야스바와 서기는 무더운 실내에서 땀을 닦으며 잡담 한 마디 나누는 일 없이 중령이 도착하기를 조용히 기다리고 있었다. 야스바는 안절부절 못하고 끊임없이 내 쪽으로 눈길을 보낸다. 나는 시선을 맞추지 않고, 책상 위의 나뭇결을 물끄러미 바라보며 기다렸다. 원자폭탄에 대해 진지하게 생각하기 시작했음이 틀림없었다. 이야기하고 싶어 하는 그의 마음이 충분히 와 닿았다. 기회는 있었지만 어째서일까, 왜 그런지 이제까지처럼 설득하고 싶다는 기력이 솟질 않아, 나는 바짝 마른 목구멍으로 말을 자아내지 못하고 있었다.

결국 미쓰이 중령이 못 온다는 통보가 전해지고, 우선 서기가 자리에서 일어났다. 곧이어 야스바가 애가 타는지 헛기침을 했다. 나는 그를 보았다. 노타이셔츠 목덜미가 땀으로 젖어 있었다. 굵은 땀방울이 남자의 턱 끝에서 빛났다. 가늘지만 부드럽게 호를 그리는 두 눈이 평소보다 긴장한 기색으로 가늘게 떨리고 있었다. 야스바는 땀을 닦고 나서 주저하며 말을 꺼냈다.

"그 이야기 말이네만."

나는 나뭇결로 시선을 돌린다.

"이제 얼마 안 남은 것 같아서……."

야스바는 바깥에 있는 병사의 동정을 의식하면서 재빨리 말했다.

"이제 곧 8월이 되네. 자네 말로는, 8월 초반에 그 폭탄이 투하된다고 한 것 같은데."

이대로 레이코가 나타나지 않는다면, 나로서는 이미 만사 아무려나 상관없게 느껴진다. 어떻게 해야 하는지도 모르겠다. 야스바가 좋은 사람임은 알고 있다. 그만이라도 목숨을 구할 수 있게 설득해야 한다는 것도 알고 있다. 하지만 더 이상 기력이 솟지 않는다. 어떻게 해야 좋을지 판단이 서질 않는다. 완전히 죽음을 받아들이고 말았나 싶다. 내 육체는 바야흐로 고목. 생명력은 요 며칠 사이에 어딘가로 완전히 빨려 들어가버렸다.

"여행 준비는 되어 있네."

야스바의 목소리가 내 머릿속에 툭 떨어졌다. 연못에 돌멩이가 던져지듯이 찰박 하고 마른 소리를 내며 그의 말이 물 밑으로 사라졌다. 직후, 정적이 들러붙고 그것을 닦아내려 내 의식이 발버둥 쳤다. 천천히 얼굴을 들어보니, 야스바의 가느다란 눈 속에서 검은자위가 가늘게 흔들리고 있다.

"자네가 전에 말했지. 원자폭탄의 존재와 투하 가능성에 대해, 내가 확실하게 믿게 할 방법을 가지고 있다고. 그리고 여행 준비만은 일단 해두라고도 했지."

한숨이 흘러나온다. 왜 이러는지. 이 남자와 그 가족만이라도 구해야 하는 것 아니었나. 레이코가 나타나지 않아도 내게는 해야 할 일이 얼마든지 있을 터였다. 이 악몽 같은 억류 생활 속에서, 내게 자그마하게나 인간다운 기억을 추억할 수 있게 해준 이 상냥한 남자를 구하는 것은, 인간으로서 마지막 도리가 아닐까.

힘이 들어가지 않는다. 도무지 기력이 솟질 않았다. 망설이고 있자니 문이 열리고, 병사가 안을 들여다보았다. 야스바는 잠자코 나를 보고 있었다. 호소하는 그 눈에 나는 어떻게 답하려는 건지. 이대로 병실로 돌아가면 더한층 기력을 잃게 된다. 이명이 들렸다. 고막 한층 깊숙한 곳에 잡아끄는 듯한 소리가 존재했다.

7월 30일

메탈릭블루의 호랑나비가 병실 안을 날고 있었다. 언제부터 날고 있었는지 짐작도 가지 않는다. 깨달았을 때는 방 안 바로 한가운데 부근을 하늘하늘 가로지르는 중이었다. 침대에 누워 있던 나는 몸을 일으켜 무언가에 이끌리듯 손을 뻗어보았다. 그러자 이게 웬일인가. 나비는 기계적으로 날개를 움직여 천천히 나를 향해 오더니, 그대로 뻗은 손끝에서 날개를 쉬었다. 비현실적이고 믿을 수 없는 광경이었다.

메탈릭블루로 빛나는 호랑나비는 우아하게 손끝에 머물렀다. 날개는 움직일 기미가 없다. 무언가가 일어나기를 가만히 기다리고 있는 듯한 정지 자세이다. 정신에 이상이 생겨 환상을 보고 있는지도 모른다고 생각했다. 그러나 나비는 너무도 생생하게 거기에 존재했다. 내게 등을 돌린 듯한 모습으로, 두 장의 날개를 멋지게 펼친 그 나비에겐 신형 전투기와도 같은 위풍이 있었다. 누군가의 메시지를 부탁받은 사자가 아닐까 생각했다. 원자폭탄으로 죽게 생긴 내게 무언가를 전하러 온 듯한 느낌을 떨쳐낼 수 없었다.

나는 얼굴을 가까이 가져갔다. 날개에는 메탈릭블루빛 인분으로 복잡한 무늬가 그려져 있었다. 지도 같기도 하고, 나뭇결 같기도 하고, 구름 같기도 하고, 유동하는 에너지를 그려놓은 것 같기도 한 불가사의한 무늬이다. 얼굴을 좀 더 가까이 가져가 응시했을 때, 그것이 눈이라는 사실을 알았다. 그 눈이 나를 지그시 보고 있었다. 어딘가 응시하는 듯한, 타이르는 듯한, 약간 힘이 실린 눈빛이다. 전율이 온몸을 훑고 지난 다음 순간, 내 자신이 토해낸 날숨에 등이 떠밀리듯 나비가 날아올랐다. 손을 뻗었지만, 호랑나비는 곧장 창가로 날아가더니 빛이 흘러드는 쇠격자 너머 바깥으로 나가버렸다.

침대에서 내려와 창가로 갔다. 쇠격자에 얼굴을 붙이고 바깥을 보니, 창문 아래에 란도셀을 멘 소년이 서 있었다. 소년은 양손으로 물을 뜨는 듯한 자세를 취했다. 자세히 보니, 나비가 그 손 안에 있었다. 마치 원래부터 소년이 기르고 있기라도 한 양, 편안하고 차분한 모습으로.

지로의 세비8

촬영단은 촬영에 열중하느라 누구 한 사람 놀아주기는커녕 가까이 가면 손사래를 치거나 때로는 촬영에 방해된다며 나무라기 일쑤였다. 재미가 없어진 지로는 길 하나를 사이에 둔 난민구의 공터에 발을 디뎠다. 중간쯤까지 걸어갔을 때, 선명한 청색을 띤 나비 한 마리가 어디선가 다가와 지로 주위를 빙빙 돌며 날았다. 무심코 손을 내밀자, 나비가 손 위에 내려앉아 날개를 쉬었다.

나비의 아름다움에 정신이 팔려 있는데 손휘파람 소리가 날카롭게 울렸다. 바로 정면에 보이는 낡은 건물의 작은 창에 어디선가 본 듯한 얼굴이 있었다. 금발의 푸른 눈을 한 남자가 쇠격자 사이에서 이쪽으로 오라고 신호를 보내고 있다.

그 사람이다, 하고 지로는 생각했다. 종이에 기묘한 그림을 그려, 그것을 종이비행기로 만들어 쇠격자 사이로 지로에게 날려 보냈던 외국인. 벌거벗은 채 십자가에 매달린 수염 난 남자 그림이 인상적이었다. 편의병이 있을지도 모르니까 어디 가더라도 너무 멀리까지는 가지 말라고 촬영단 사람들에게 지겹도록 충고를 들은 터라, 지로는 일단 경계하면서 종종걸음으로 건물 아래까지 갔다. 남자의 바로 아래에 다다르자 지로는 손을 턱 위로 올려 나비를 놓아주었다. 푸른 나비는 푸른 눈을 한 남자가 내민 손 사이로 기묘한 움직임을 보이며 부상했다. 남자가 나비를 붙잡으려 다급히 손을 뻗어 필사적으로 움직였지만, 쇠격자가 가로막혀 만질 수조차 없었다.

"안 돼요, 그렇게 억지로 잡으려고 하면."

지로는 이국인에게 충고했다. 남자는 쇠격자에 얼굴을 붙인 채, 눈앞을 오르는 나비의 우아한 춤을 물끄러미 바라보고 있었다.

"아저씨, 나비 갖고 싶어요?"

대답은 돌아오지 않았다. 서글퍼 보이는 푸른 눈이 하늘 높이 날아가는 나비를 쫓고 있었다. 태양이 머리 위에 있었다. 쏘는 듯한 광선이 눈부셔서 지로는 견디지 못하고 눈을 가늘게 떴다. 나비가 태양과 한 덩어리가 되어 보이지 않게 되자, 푸른 눈의 남자는 양손으로 쇠격자를 쥔 채 조그맣게 한숨을 쉬었다. 잠시 동안 남자는 지로를 물끄러미 내려다보고, 그러더니 갑자기 뭔가 말을 하기 시작했다. 곧바로 지로는 무슨 말인지 모르겠다고 대답했다. 그래도 남자는 필사적으로 지로에게 무언가를 전달하려 했다. 먼 곳을 가리키며, 연거푸 그리로 가라는 듯한 동작을 취해 보였다. 편의병이 있어서 위험하니까 촬영단이 있는 곳으로 돌아가라는 소리인가 보다 생각했다.

"괜찮아요, 내 걱정은 하지 마요. 여차하는 날엔 이걸 열 거니까. 이걸 열면 세계가 멸망하니까. 세계가 전부 사라진다고요."

지로는 란도셀을 가리켰다. 가리키기만 해서는 못 알아들을 거란 생각에 란도셀을 내려놓고 쾅― 하고 소리치며 폭발하는 동작을 취해 보였다. 그러자 남자가 움직임을 딱 멈추고 말았다. 지로는 자신의 동작이 푸른 눈의 남자에게 전해졌다는 사실에 기분이 좋아져서, 다시 한 번 큰 소리를 지르며 란도셀이 폭발하는 동작을 취해 보였다. 크게 원을 그리듯 두 손을 활짝 펼치며. 남자가 눈을 휘둥그레 뜨며 몸을 뒤로 젖혔다. 겁먹는 모습이 재미있어서 지로는 다시 한 번 쾅— 하고 소리쳤다. 란도셀의 위력을 푸른 눈의 남자가 이해했다는 사실에 지로는 조금 유쾌해져서 웃었다. 그리고 연거푸 란도셀을 가리켰다. 남자가 쇠격자 사이로 다시 손을 내밀더니, 이번에는 손가락과 손가락을 서로 엇갈리게 해서 손깍지를 꼈다. 기도를 드리는 듯한 신묘한 모습이다. 문득 앞서 남자가 그렸던, 십자가에 매달린 사람의 모습이 떠올랐다. 기도를 드리는 또 한 사람의 남자—바로 이 푸른 눈의 이국인이 십자가 앞에 그려져 있었다. 지로는 두 팔을 벌려 십자가에 매달린 사람의 모습을 흉내 내본다.

청색 나비가 사라진 태양 방향에서, 날갯짓 소리 같은 엔진 소리가 들려왔다. 지로가 눈부심을 참으며 가만히 응시하고 있자니, 갑자기 빛이 시야에서 꺼져들었다. 태양이 구름 속으로 또 들어간다. 그리고 광량이 약해지더니 하늘 안에 까만 비행기 그림자가 나타났다.

푸른 눈을 한 이국인은 엔진 소리가 나는 쪽을 올려다보며 뭔가 외쳤다. 말이라기보다 초조함이 깃든 혀 차는 소리 비슷한 비명이었다. 기도하던 손을 떼고, 남자는 건물 안으로 모습을 감추었다. 지로는 한동안 폭격기를 보고 있었는데, 태양이 구름 사이에서 얼굴을 내밀자 세계가 다시 빛으로 감싸였다. 눈부심에 의식을 빼앗기고 있는 사이, 폭격기는 어느새 어딘가로 사라져버렸다. 지로는 손으로 이마에 그늘을 만들어 비행기 그림자를 찾았다. 허나 거기에는 떡하니 입을 벌린 태평스런 하늘이 있을 뿐이었다.

곧이어 웅성거리는 목소리가 지로의 의식 가장자리를 스쳤다. 돌아보니, 광장 안쪽에 촬영단이 기자재를 들여놓고 분주히 준비하는 중이었다. 동그란 눈으로 감독을 바라보는 훼이팡의 모습만이 지로의 시야에 어른거리고, 어디를 둘러보아도 이노우에 하지메의 모습은 없었다. 지난 밤 훼이팡의 방에서 흘러나온 나직하지만 앙칼진 쌍방의 실랑이를 지로는 떠올리고 있었다.

지로는 란도셀을 짊어지고 그리로 가서 한 사람 한 사람 스태프를 붙잡고는, 조감독 형아는 어디에 있냐고 물으며 돌아다녔다. 아무도 이노우에 하지메가 어디 있는지 알지 못했다. 훼이팡 앞에 가서 같은 질문을 퍼부었지만, 그녀는 시선을 내던지는 듯한 몸짓으로 지로에게서 얼굴을 돌리고는 아무 말 없이 고개만 좌우로 조그맣게 흔들었다. 이번에는 키다를 붙잡고 물었다.

"어라? 아까까지 있었는데. 그 친구 또 감독한테 깨졌거든."

키다 마타요시는 중얼거리고 나서, 이내 일에 집중하기 시작했다.

투석 사건을 겪으면서 훼이팡과 사카타 두 사람을 중심으로 촬영단에 불가사의한 구심력이 생겨났고, 그 두 항성(恒性)에 의해 사카타 팀 전원이 빛을 더하며 약동하게 되었다. 지로는 묵묵히 움직이는 그들의 모습을 잠시 바라보고 있었는데, 그러는 사이 수마(睡魔)가 덮쳐왔다. 하품이 하나, 툭 떨어졌다. 안구가 젖어들고, 세계가 희미하게 일그러져 보였다. 훼이팡은 빛으로 만든 날개옷을 휘감고 있는 듯이 엷게 빛나며, 여느 때보다 한층 아름다워 보였다.

훼이팡의 바극 4

급속하게 내 곁을 떠나려는 훼이팡을 보며 나는 어쩌지도 못하고, 끓어오르는 분노의 화살을 돌릴 곳을 찾지 못한 채 몸부림치고 있었네. 아직 젊었던 나로서는 첫사랑이기도 했던 탓에 미처 상대의 마음을 헤아릴 여유가 없었어. 헤아리긴커녕 배신당했다는 마음에 증오마저 품게 되었지.

훼이팡은 돌변했네. 그건 아마도 내가 돌변한 탓이겠지만, 그때의 나는 훼이팡의 변모를 이해할 수가 없었어. 그녀는 나와 결혼을 약속했지. 몇 번씩이나……. 그래, 기뻐서 나는 매일 밤 그녀에게 결혼하자고 속삭였어. 그리고 훼이팡은 그때마다 내 품 안에서, 응, 하고 말해주었지. 나를 사랑한다고 말했어. 하지메가 일본에서 제일 유명한 감독이 될 수 있도록 전쟁이 끝나면 내가 열심히 집안일을 할게, 라는 말도 했어. 그 혀끝의 침이 마르기도 전에, 훼이팡의 마음이 너무나도 허망하게 옮겨 갔네. 그게 배신이 아니고 뭐겠는가.

나는 훼이팡의 고독을 치유하고, 누구보다 열심히 응원하고, 그녀의 정신적인 고통을 함께 지탱할 생각이었네. 차갑게 대하는 사카타를 훼이팡은 일종의 가해자 대표격으로 보고 있었을 테니, 누구보다도, 무엇보다도, 미워하고 있을 거라 생각했지. 사카타는 우리 두 사람에게

천적과도 같았어. 사카타가 있었기에 우리가 굳게 맺어질 수 있었던 게 아닐까. 사카타의 오만한 지시, 아니 부러 괴롭히는 듯한 연출에 훼이팡은 분명히 말했어. 냉혹한 남자라고. 하지메의 상냥함과는 비교할 수도 없다고 말했지. 우리는 하나가 되어 사카타의 비인간적인 태도를 욕했어. 그랬는데 훼이팡이 갑자기 사카타에게로 돌아선 거야. 사카타가 훼이팡의 연기를 인정해주었을 뿐인데, 조금 칭찬해주었을 뿐인데, 손바닥 뒤집듯 훼이팡은 사카타에게 신뢰를 품게 되었지. 그걸 배신이라 하지 않는다면 무어라 하나.

한 치의 여지도 없이, 어느 날 갑자기 훼이팡은 나를 피하게 되었어. 마치 구름이 태양을 가리듯…….

훼이팡은 사카타의 연기 지도에 진지한 눈빛으로 도전하게 되었네. 네, 하고 힘찬 대답을 하게 되었지. 촬영이 끝나도 사카타에 대한 불평을 말하는 일도 없어. 내가 사카타의 험담이라도 하려고 들면, 하지메는 편협해, 하고 불평했어. 내가 더욱 놀란 건, 그녀의 웃는 얼굴이었어. 사카타 겐고로에게 보내던 웃음. 일찍이 내게만 보여주던 피어나는 미소, 익살을 부리는 내게 마음을 허락했을 때에만 보여주던 그 천진난만한 미소를, 이제는 사카타에게만 보여주게 되었던 거야.

"왜 그러는 거야, 훼이. 갑자기 사카타의 인형처럼 돼가지고."

그렇게 말하는 건 남자답지 못하다고 훼이팡은 말했지. 그 말마따나 나는 남자답지 못했어. 약점을 찔렸기에 나는 발끈했지.

"어디가? 연기 조금 칭찬받았다고 동료를 배신하고 애인을 버리는 여자는 여자 축에도 못 껴. 일본 여자 중엔 그런 여자는 없어."

"왜 그래? 이상한 말 하지 마. 배신한다느니, 버린다느니."

"비겁자라고 하는 거야. 너 같은 녀석을."

훼이팡은 그 무렵, 더 이상 나를 방에 불러들이려 하지 않았네. 매일 밤 훼이팡의 방으로 갔지만, 평소 같으면 노크만 하면 바로 열리던 문이 침묵을 지켰지. 30분쯤 붙어 있다 보면 문 저편에서, 그만 잘 거야, 돌아가, 하고 경계심으로 떨리는 작은 목소리가 흘러나왔어. 당연히 내 방에 찾아오는 일도 없었어. 키다가 무슨 일 있었냐고 걱정스럽게 물었지만 대답할 수가 없었지.

훼이팡은 촬영 중 둘만 있게 되는 것을 거부하기 시작했네. 그래도 현장에서는 얼굴을 마주칠 수밖에 없었지. 무거운 공기가 둘 사이에 고여 있었어. 나를 멀리하는 기색이 역력했고, 그런 만큼 감독과 함께 있는 시간이 늘어나기 시작했지. 신경이 갈가리 찢기는 듯한 심정으로 그녀를 사카타에게 빼앗기는 상상을 하곤 미쳐버릴 것만 같은 하루하루였네.

그래서 어느 날 결심을 한 나는, 저녁 시간에 밥을 먹지 않고 사무실에서 몰래 열쇠를 가지고 나와 훼이팡의 방문을 따고 들어가 앞질러서 기다렸네. 그녀가 목욕을 마치고 돌아왔을 때 거기에—닫힌 문 안쪽에 내가 있었기에, 훼이팡은 놀라 소리를 지를 뻔했네. 나는 등 뒤에서 그녀를 끌어안으며 그 입을 막았어. 그녀의 이가 내 손가락을 파고들었지. 살점이 뜯겨 나가겠다 싶을 정도로 강한 힘. 나를 향한 적의. 증오. 분노…….

비명을 지를 뻔했지만, 나는 참았어. 피가 스며 나왔지. 피가 너무도 붉었기 때문인지, 아니면 그 피가 손가락 끝에서 생생하게 방울져 떨어졌기 때문인지, 피를 보고 훼이팡이 울기 시작했어. 크게 벌어진 눈 속의 흑과 백, 젊디젊은 피부의 탄력, 침의 온기, 피 냄새, 온갖 것이 뒤섞여 두 사람의 마음을 격렬하게 뒤흔들었네.

나는 훼이팡을 밀어 떼어놓고 급히 문을 걸어 잠그고 나서, 쓰러져 우는 그녀를 바로 위에서 내려다보았어. 찌는 듯한 더위로 숨 쉬기가 힘들었어. 내 자신이 심상치 않다는 건 미처 깨닫지 못하고 있었네.

"마음이 변한 거야?"

계속 흐느끼는 훼이팡을 향해 그렇게 질문을 퍼부었지. 그녀는 머리를 절레절레 흔들며 부정했어. 나는 쭈그려 앉아 그녀의 귓전에 얼굴을 갖다 대고, 그럼 아직 날 좋아하는 거냐고 물었어. 훼이팡은 고개를 끄덕였네. 나는 훼이팡을 그러안고 침대로 데려갔어. 그녀는 거세게 저항했지만 나는 힘을 늦추지 않았네.

"좋아하지."

그렇게 목소리를 죽여가며 계속 말했네.

"좋아하지만, 이런 건 싫어."

훼이팡은 끌어안으려는 내 얼굴을 손으로 밀어내며 말했네.

"이런 거라니?"

그녀의 팔에 더욱 힘이 실렸네.

"이런 건 안 돼."

"하지만 이제까지 매일 밤 안아왔잖아. 왜 갑자기 날 피하게 됐는데?"

"피하지 않아. 그럴 기분이 안 드니까 어쩔 수 없는 것뿐이야."

"그건 사카타한테 마음이 옮겨 갔기 때문이겠지."

훼이팡은 다시 흐느껴 울기 시작했네. 옆방 사람에게 들리지 않게 소리 죽여 울었어. 호흡을 하지 못해 폐가 헐떡이며 신음을 올렸지.

"아니야. 이곳에 와서 수많은 동포의 괴로워하는 모습을 보고도, 나만 뻔뻔스럽게 적들 안에서 살아가고, 그런 고통 속에서 당신과 사랑을 나눌 수 없다고 말하고 싶은 것뿐이야. 부탁이야. 이해해줘."

"아니야. 넌 감독을 사랑하기 시작한 거야. 그래서 내가 방해가 된 거지. 동포니 전쟁이니, 그런 이유를 갖다 붙여서 날 거부하고 있지만, 실은 사카타로 갈아탄 거잖아."

훼이팡의 눈이 번쩍 뜨이더니, 눈물로 벌겋게 부은 안구 중심에서 파르스름한 빛이 생겨났네. 차갑고, 증오마저 깃든 푸른 안광이 곧장 내 눈을 직격했어. 순간 겁이 났지만 나는 그것을 힘으로 제압하려 했네. 훼이팡의 옷을 벗기고, 우격다짐으로 그녀를 알몸으로 만든 다음, 나도 똑같이 옷을 벗고 그 위에 올라탔어. 이러지 말아, 하고 훼이팡은 울음 섞인 목소리로 계속 말했네. 주위에 들리지 않게 작은 소리로 하는 저항. 눈물로 젖은 숨결이 내 얼굴에 닿았어. 흐트러진 머리카락이 땀으로 얼굴에 달라붙어 훼이팡의 뺨을 가렸지. 증오로 둘러싸인 안구. 나는 이미 호흡조차 제대로 할 수 없을 만큼 모질고 사나워져 있었어. 증오심 하나로 내가 그토록 흉포해질 줄은 생각도 못했네.

"아직 사랑해?"

그녀의 두 팔을 붙잡아 타고 누르며 물었지. 대답은 없었어. 다시 한 번, 사랑 안 해? 하고 물었네. 그러자 훼이팡은, 전에는 사랑했어, 하고 쌀쌀맞게 내뱉었네. 나는 완강히 거부하는, 저항하는, 닫혀 있는 다리 사이를 억지로 비집고 들어갔어. 이러지 말라니깐, 하고 소리 죽여 저항하는 훼이팡을 오른손으로 때렸네. 살살 때릴 생각이었는데 그녀의 관자놀이께에 명중하면서 둔탁한 소리가 났어. 훼이팡은 소리 죽여 흐느꼈네. 나는 몸을 안음으로써 그녀가 이제까지의 행복했던 나날을 기억해낼 거라 착각하고 있었던 게야. 힘을 늦추지 않고 그녀 속으로 들어갔지. 하지만 나중에, 그것도 한참 후 전쟁이 끝나고 나서야 깨달은 일이지만, 그 행위는 강간이라는 것이었어. 바로 며칠 전, 마주 안았을 때의, 사랑으로 길러진 행위와는 정반대의 행동이었어. 언젠가는 상대가 이해해줄 거라고 제멋대로 믿을 만큼 무지했던 탓에 나는 과격하게 그녀를 범하게 되네. 그런데 그녀의 몸은 평소와 달랐어. 그곳은 허전하게 시들어 있고, 아픔만이 두 사람의 육체를 메마르게 갈랐네. 나는 그녀 안에서 욕망을 풀었어. 마치 배설을 하듯 말이야.

“이러면 아이가 생길 거야. 네가 내 아이를 낳는 거야.”

정신이 붕괴된 것처럼 훼이팡의 몸은 부들부들 떨리고 있었어. 사랑이 증오로 변한 순간이었지. 이미 모든 걸 원래대로 되돌릴 수 없는 상황이 되고 말았어. 그런데도 나는 아직 치명적인 문제점을 깨닫지 못하고 있었지. 이도 저도 다 돌이킬 수 없는 상태까지 가고 만 거야.

“훼이팡, 넌 나를 일본에서 제일 유명한 감독으로 만들어줄 거지. 이제 곧 전쟁이 끝날 거야. 일본으로 가서 셋이서 살자.”

“사랑이 없는데, 어떻게 함께 살아간다는 거야.”

"사랑한다고 말했잖아!"

나는 소리를 질렀어. 옆방에 들릴 정도로 커다란 목소리였기에, 훼이팡은 황급히 내 입에 손을 갔다 댔지. 나와의 관계를 밖으로 새어 나가게 하고 싶지 않은 그녀의 마음을 알게 되었네.

내 몸과 훼이팡의 몸은 아직 하나로 이어져 있었어. 그럼에도 서로의 감정은 완전히 분단되어 있었지. 내 몸에서 문득 힘이 빠져나갔네. 그리고 나는 훼이팡의 몸을 덮은 채, 그녀를 끌어안고 울었어. 훼이팡은 이미 울고 있지 않았네. 같은 눈물과 슬픔을 공유할 수 없다고 말하는 양, 완고한 시선으로 천장을 올려다보고 있었어.

●

훼이팡을 향한 마음을 끊을 수가 없었어. 아니, 그런 일이 있은 후, 즉 확실하게 사랑을 거부당한 후에도, 나는 언젠가 훼이팡이 돌아와주리라 믿어 의심치 않았네. 우리 두 사람을 갈라놓는 건 사카타, 처자식도 있는 이 남자가 교활한 수를 써서 내게서 훼이팡을 빼앗은 거라고, 나는 결론지었던 거야.

촬영은 고되어졌지. 나는 누구에게도, 키다에게조차 마음을 털어놓지 못하고 번민하고 있었네. 난징은 일본군에게 공략당한 후 한층 혼돈을 더해갔네. 죽은 중국군의 시체가 노상에 그대로 방치되어 있었지만, 편의병 사냥에 바빠 그 처리에까지 손길이 미치지 않았어. 그 수가 날로 늘어, 난징성 안은 부패하기 시작한 사체로 산을 이루다 못해 완전히 지옥으로 변했네. 여기저기 편의병을 색출하느라 정신이 없고, 난민구도 결코 안전하다고는 할 수 없게 되어갔지. 탁하고 뻔뻔스런 태양이 난징을 비추고 있었네. 노오란 빛이 비릿하게 거리를 뒤덮었어. 나는 결코 그 태양을 잊을 수가 없네. 피로 물든 증오 서린 태양…….

날 향한 사카타 겐고로의 공격이 거세진 것도 그 무렵부터였네. 훼이팡이 사카타에게 나와의 일을 알렸겠지. 언제 어디서 두 사람이 사랑을 나누는 관계가 되었는지는 모르네. 훼이팡은 그 관계를 한사코 부정했지만, 나는 둘의 눈이 맞았다고 확신하고 있었어. 그건, 사카타가 나를 악랄하게 괴롭히기 시작한 때가 그 일이 있고 나서 며칠 후였던 탓이기도 해.

"이노우에, 이리 좀 와봐."

촬영 도중에 나는 사카타에게 불려갔네. 네, 하는 대답과 함께 그의 곁으로 갔더니 난데없이 찻물을 끼얹는 거야.

"뭘 넋 놓고 있냐. 뭘 멍하니 있냐고. 네가 조감독인데, 키다랑 이시켄이 네 몫까지 일하고 있잖아. 어떻게 된 거야, 어!"

"죄송합니다."

사카타가 일어서며, 훼이팡의 의상이 잘못됐잖냐고 했어. 그건 기록계 소관입니다, 라고 변명하고 말았지. 그러자 사카타의 얼굴이 일그러지더니, 이어 오른 손바닥이 내 안면을 후려쳤네. 모두 보고 있는 앞이었어. 아무 저항 못하는 나를 사카타는 가차 없이 연이어 후려 갈겼네. 순식간의 일이라 아무도 말릴 새가 없었어. 주저앉은 나는 얻어맞은 얼굴을 손으로 감싸면서, 저만치에서 빤히 이쪽을 보고 있는 훼이팡의 얼굴을 발견했네. 그러나 그것도 잠시, 곧이어 발길질이 내 얼굴을 직격했어.

"내 말은, 이 의상을 선택한 게 너 아니냔 말이다. 장면 연결이 아니라, 이 색이며 모양이, 이 전쟁이라는 시대에 걸맞지 않다고 말하고 있는 거야. 뭐냐 이 멋쟁이 의상은. 극 영화라도 찍을 참이냐!"

나는 얼굴을 가리면서도 반론했지.

"하지만 이건 전에 한차례, 감독님의 허가를 받은 겁니다."

"내 허가라고? 멋대로 지껄이지 마라."

"아뇨, 전에 의상을 보여드리러 갔을 때, 이거면 됐다고 감독님이 말씀하셨습니다."

"네놈이 잘못한 걸 가지고 내 탓으로 돌리는 거냐."

사카타 겐고로는 내 머리카락을 틀어잡고 팔을 비틀어 누르더니, 연거푸 발로 나를 걷어찼어. 흙먼지가 함께 일어 시야가 잿빛으로 부애졌네. 그 뒤집어진 세계의 중심에 훼이팡이 있었어. 그녀는 못 본 척 돌아서 있었지. 내 느낌에 그녀가 웃고 있는 것 같았어. 일순간의 일이라 똑똑히 본 건 아니지만, 내 눈엔 그렇게 보였네. 사카타를 충동질한 사람이 훼이팡이라고 생각하니 피가 거꾸로 솟더군. 어떤 말로 사카타를 조종했을까. 육체를 이용하여 그 중년남자를 포로로 만든 걸까. 제길. 저 매음녀. 나는 망상으로 정신을 못 가눌 정도가 되었지.

분노로 온몸이 떨려서, 걷어차이는 아픔을 느낄 새도 없었어. 머릿속에는 살의가 펄펄 끓어오르고, 훼이팡을 죽이는 망상으로 피의 늪이 터져버릴 것만 같았네. 누군가가 겨우 뜯어말리고 나는 나무 그늘로 끌려갔네. 키다가 날 치료해주려고 했더니, 그런 놈은 내버려 두라고, 안 죽는다고, 사카타가 소리쳤어. 키다는, 괜찮냐, 무슨 일 있으면 나를 불러, 바로 달려올게, 하고 말했지만 내 의식은 거기서 끊어지고 말았네.

그때부터 내게는 영화도, 조감독이라는 일도, 그리고 일본과 중국의 끝없는 전쟁도, 아무려나 상관없는 일이 되어버렸네. 전쟁보다 훨씬 비참한 현실이 내게 일어났다고 생각한 거지. 분명 훼이팡은 전쟁의 피해자였지만, 내게는 이미 그런 걸 판단할 이성, 혹은 상식이라는 것이 남아 있지 않았어. 나는 그 어떤 일본 병사보다도 훨씬 더 격렬하게 타오르는 하나의 광기가 되었네.

●

잠 못 드는 밤이 연일 이어졌어. 분노로 타오르는 낮이 그만큼 계속되었지. 그 분노를 가능한 한 숨기고, 나는 때를 기다렸네. 때란, 훼이팡이 자기 잘못을 깨닫고, 어리석음을 반성하고, 내 곁으로 돌아올 날이야. 그러나 그런 날이 찾아올 기색은 눈곱만큼도 없었고, 오히려 상황은 최악의 시나리오를 향해 가기 시작했네.

"태양은 어떤가."

사카타 겐고로가 말했네.

"이제 곧입니다."

나는 증오를 숨기며 외치고, 하늘을 노려보았지.

훼이팡은 날이 갈수록 대 여배우처럼 다가가기 힘든 존재가 되어갔네. 그녀 옆에는 어김없이 사카타가 있었고, 사카타는 그녀에게 손짓 발짓 동원해가며 일찍이 상상도 못했을 만큼 공을 들여 열심히 지도했네. 다큐멘터리 영화에 극 영화적인 요소가 조금씩 늘어갔지. 그건 누가 봐도 명백히 알 수 있는 일이었어. 사카타는 하쿠호 영화 측에서 주문한 거라며 변명 비슷한 설명을 하고, 훼이팡을 위해 새로운 대사를 대본에 써넣었네. 키다도 이시켄도 다른 스태프들도 모두 보고도 못 본 척했지만, 감독과 여배우가 특별한 관계에 있다는 건 분명했고, 훼이팡 곁에서 언제부터인가 박탈당하듯 내 역할은 제외되고 말아.

사카타는 보란 듯이 내 눈앞에서 훼이팡과 친밀하게 이야기를 나누었어. 훼이팡의 얼굴에는 처음 그곳에 왔을 당시에는 상상도 못했던 웃음이 넘쳐났고, 전쟁의 희생자라는 슬픔 따윈 역시 거짓이었나 싶을 만큼 천진한 웃음소리가 사카타 팀의 하늘에 수도 없이 터졌지.

그리고 내 살의는 가실 줄 모른 채, 그날을 맞이하기에 이르렀네. 난징 전역에 불꽃이 아직 연기를 올리던 그 오후, 세계는 느닷없이 우리 앞에 비정한 현실을 디밀었어. 전쟁에서 승리한 기분으로 느긋해져 있던 우리 촬영단은 그곳이 여전히 무시무시한 전쟁터라는 사실을 상기하게 되었던 게야.

촬영단이 우연히 조우한, 피로 물든 비탄의 광장에 사람들은 겹겹이 쓰러져 있었네. 여기저기 총성이 울려 퍼지고, 근처에 편의병이 잠입해 있다는 정보가 들어왔어. 석조 광장에는 중앙의 화단에서 사방으로 계단이 뻗어 있고, 그곳엔 방금 총에 맞은 사람들의 새로운 시체 더미가 있었어. 흘러나온 피가 계단을 타고 내려와 화단에까지 이르고, 그것은 여러 갈래의 지류가 만나 본류를 이루듯 선혈의 강을 만들어내고 있었네.

반대편 석조 건물 안에서 메마른 총성이 울리고, 동시에 엄청난 비명이 파도처럼 밀려왔어. 훼이팡은 오열을 참으며 동포의 죽음을 바라보았지.

촬영단을 따라온 병사가, 이 근처에 편의병이 있어서 색출 작업이 벌어지고 있으니 위험하니까 여기서 잠시 대기하라고 말했네. 하지만 눈앞은 시체의 산이야. 눈을 숨길 곳도 없었네. 훼이팡은 손으로 얼굴을 가리고 고개 숙인 채 무언가를 필사적으로 참고 있는 것처럼 보였어. 그러나 몸은 정직해서, 여기저기 신경이 날뛰고, 확연히 알 수 있을 만큼 온몸 곳곳이 떨렸어. 그녀의 검은 그림자마저 그녀의 불안정한 정신상태를 적나라하게 비쳐내고 있었네.

사카타 겐고로의 눈만이 붉디붉게 타오르고 있었지. 지금이야말로 전쟁의 실태를 찍을 좋은 기회라고 생각했던 모양이야. 카메라맨을 불러, 석벽 위에 카메라를 설치할 수 없겠냐며 병사의 눈을 피해 소곤소곤 얘기를 나눴지. 사카타의 지시를 받은 키다가 병사와 잡담을 나누는 틈에 카메라가 이동하고, 그것을 스태프가 몸으로 가렸지. 총에 맞아 죽은 사람들의 사체를 카메라에 담기 시작하자, 훼이팡은 손으로 입을 막으며 오열을 참았어. 총성이 바로 근처에서 들려오고 있었네. 발사된 총탄의 수만큼, 사람들의 죽음이 있었어. 필름이 찰칵찰칵 돌아가고, 녹음기사가 몰래 마이크를 세워 그 총성을 녹음했지. 그때, 소년의 목소리가 들렸어.

광장 반대편의 돌계단을 한 소년이 달려 내려오고, 아버지로 보이는 남자가 그 아이를 뒤쫓아 왔네. 그런데 잠시 후 총성이 울리고, 남자가 돌계단 중간쯤에서, 실이 끊어진 마리오네트처럼 무릎부터 무너져 내리며 쓰러졌네. 소년은 돌아보면서도 공포에 등을 떠밀려 울면서, 어디로 도망쳐야 할지 모른 채 피로 젖은 돌계단 위를 방황했네. 갑자기 훼이팡이 일어서더니 병사 옆을 빠져나가 소년 쪽을 향했어. 나도 벌떡 일어나 훼이팡을 쫓아갔지. 반사적인 행동이었어. 달려 나가는 내게 병사가, 어딜 가냐, 돌아와! 그쪽에는 편의병이 있어, 하고 소리쳤지만, 이미 되돌리긴 무리였어. 훼이팡은 피로 젖은 돌계단을, 시신을 피해가며 달렸지. 도중에 한 번 넘어져 시체 위에서 한 바퀴 굴렀지만, 다시 벌떡 일어나 소년의 행방을 찾아 달리기 시작했네. 나는 어떻게 하고 싶었던 걸까. 그녀를 붙잡아 끌어안고 촬영단이 있는 장소까지 데려오려 했던 걸까. 아니면, 혼잡한 틈을 타 훼이팡을 죽이려 했던 걸까. 죽이고, 나도 함께 죽을 생각이었는지도 모르겠네. 머릿속은 그저 새하얗고 그 순간은 내 정신이 아니었어.

훼이팡을 약간 앞서 소년이 달려 나가고, 뒤이어 내가 그들을 쫓아갔네. 골목을 몇 개 꺾어졌어. 훼이팡은 무엇을 쫓아가고 있었을까. 지금 생각하면, 잃어버린 조국이 아니었나 싶네. 일찍이 조국 땅에서 노닐던 수많은 동포들에 대한 마음을 소년의 뒷모습에 겹쳐 보고 있던 게 틀림없어. 아직 열아홉 살 소녀였네. 그녀에게는 온갖 일이 너무 버거웠어. 내 눈엔 온 세상이 번져 보였네. 분명 눈물을 흘리며 달렸을 그녀에게는 세상이 피로 물든 지옥처럼 비쳤을 게야. 합류하는 피의 강이, 점점 붉게 물들어가는 조국의 모습이, 오로지 달리는 그녀의 시야 끝자락에 면면히 가로놓여 있었을 게야.

나는 큰길로 빠지는 골목 어귀에서 그녀를 따라잡았고, 뒤에서 그녀의 겨드랑이 사이로 두 팔을 넣어 잡아 멈췄네. 광란 상태였던 훼이팡은 중국어로 계속 소리쳤어. 일본인이라는 말만 나는 알아들을 수 있었지.

"안 돼, 훼이팡, 그쪽에는 편의병이 있어."

훼이팡은 내 얼굴을 노려보더니, 침을 뱉었어. 내 한쪽 눈에 침이 들어갔지. 훼이팡의 얼굴은 흡사 악귀 같았어. 드러낸 치아 끝에는 전쟁에 농락당한 사람들의 분노가 넘쳐흘렀지.

"난 중국인이야."

그녀는 울먹이는 목소리로 그렇게 소리쳤네.

"하지만 그쪽으로 갔다간, 넌 스파이로 오인받아 죽을지도 몰라."

"죽어도 상관없어!"

"사랑하고 있어. 훼이팡, 사랑해. 모르겠니, 사랑한다는 걸. 부탁이니, 알아줘."

내 목소리는 이미 울음소리로 젖어들어 말이 되질 않았네.

"싫어, 하지메를 미워해. 평생 미워해. 날 이해 못하는 너를 난 미워해. 평생 미워해."

"훼이팡, 훼이!"

그러나 훼이팡은 이미 제정신이 아니었어. 그녀는 주먹으로 나를 때렸네. 몇 번이고 몇 번이고, 그녀의 주먹이 내 관자놀이를 난타했어.

"뭘 안다는 거야, 다들 듣기 좋은 말만 하고. 자기 멋대로야. 내 맘을 대체 누가 알아준다는 거야. 하지메 따윈, 하지메 따윈 절대 몰라."

그때까지 한 번도 보인 적 없는 흉포한 얼굴이었네.

"죽어도 좋아. 중국인으로서 죽을 수 있다면, 그 길을 선택하겠어. 봐. 난 중국인이야!"

훼이팡이 손톱으로 내 얼굴을 할퀴었네. 눈물로 더 이상 훼이팡의 얼굴이 보이질 않았고 나는 숨 쉬기조차 힘겨워졌지. 등 뒤에서 키다 일행의 목소리가 들려왔어. 그들이 올 때까지 이렇게 붙잡고 있으면 이 아이는 죽지 않는다, 그렇게 생각했어.

"하지메, 죽어도 좋아. 그들 손에 죽는다면, 나한텐 그게 행복이야. 이대로 국책 홍보 영화 안내 따윌 하고 있을 순 없어. 중국인의 긍지를 되찾고 싶어."

나는 물러서지 않았네. 그러자 그녀는 조금 이성을 되찾은 어조로 이렇게 말했어.

"사랑한다면, 그 손을 놔줘."

사랑한다면, 이라는 일본어가 내 귀를 비집어 열었네. 사랑한다, 그 말은 내가 가르쳐준 거였어. 어떤 분위기에서 어떻게 쓰이는지, 일찍이 내가 손짓 발짓 해가며 하나하나 세심하게, 감정과 애정을 담아 열심히 가르쳤지.

『알겠니, 훼이. 사랑합니다, 라고 할 때는 눈을 보면서 말하는 거야.

마음을 담아 말해야 해. 무척 아름다운 말이니까.』

『하지메한테만 쓸게.』

『고마워. 나도 절대로 너한테만 쓸게. 설령 두 사람이 죽음을 맞거나 피치 못할 사정으로 헤어진다 해도, 난 계속 너만을 품고 살아갈 거야. 평생, 너한테 외엔 사랑한다는 말은 쓰지 않을게.』

『거짓말. 하지메, 그런 거짓말은 하면 안 돼.』

『거짓말은 무슨. 만약 훼이팡과 사별한데도, 난 아무에게도 눈 돌리지 않고 평생 혼자 살 거야. 너와 만난 일만을 품고 살아갈 거야. 그게 나의 사랑이야. 일본어로 사랑한다는 울림에는 그런 의미도 포함되어 있어.』

『사랑한다……. 좋은 울림이네.』

『너한테 외엔 난 이 말을 쓰지 않을 거야.』

『고마워, 하지메. 나도 마찬가지야. 사랑해. 하지메만을 사랑해, 언제까지라도…….』

기억이 육체를 뒤흔들었네. 다음 순간, 내 의사와는 다른 또 하나의 감정에 의해, 나도 모르게 손을 떼고 말아. 무슨 짓을 한 건지, 그 순간은 나 자신도 몰랐어. 살의 탓도 있었는지 몰라. 모르겠어. 살의가 없었다고는 말할 수 없겠지. 사랑하지만 죽이고 싶었어.

훼이팡은 망설임 없이 곧장 큰길 맞은편을 향해 달려 나갔네. 무슨 짓이야! 멈춰! 사카타의 목소리가 들렸어. 나는 우뚝 선 채 꼼짝하지 않았네. 쫓아온 키다가 내 어깨를 붙들었어. 위험해! 그쪽으로 가면 안 돼! 외치는 병사의 충고를 뿌리치고 사카타는 훼이팡을 뒤쫓았네.

총성이 울려 퍼졌어. 훼이팡은 폭 4, 5미터 정도의 대로 한복판에 다다를 참이었네. 총탄이, 일본군과 중국군 쌍방에서 발사된 총탄이, 훼이팡의 어린 육신을 사정없이 연달아 꿰뚫었네. 하이스피드 촬영을 보고 있는 듯한, 느릿느릿 슬로 모션이 펼쳐지는 필름 영상과도 비슷했네. 그녀가 입고 있던 의상에 공기가 들어가, 회색 길 한복판에 마치 목련꽃처럼 환히 피어났네. 난 목 놓아 울부짖었어. 그칠 줄 모르는 총성과 함께 훼이팡의 하얀 의상이 붉게 물들어갔네. 사카타는 보도의 가로수 그늘에 엎드렸어. 뒤쫓아 온 촬영단도 쭈그려 앉아 머리를 양손으로 감싸고, 총탄이 끊어지기만을 기다리는 수밖에 없었네. 나는 움직일 수가 없었어. 눈에 새겨 넣는 수밖에 없었네. 그녀는 대로 한복판에서, 마치 발레리나처럼 춤추며 죽어갔던 게야.

내가 손을 뗐어. 내가 그녀를 죽였어. 나는 뻔뻔스럽게 살아 있어. 이렇게 지금도, 이 나이 먹도록 살아 있어. 그토록 사랑했는데. 그녀를 내 것으로 만들 수 없다는 걸 알고 내가 죽인 거야.

지로의 세계 9

　지로는 총성을 들으면서 란도셀을 꼭 끌어안았다. 란도셀을 열어 세계를 끝장낼 수도 있다고 자신을 타이르면서도, 결국 그 수단은 쓰지 않았다.

　낡은 건물 맨 위층 방의 창문 너머로 지상을 내려다보니, 아래 세상을 가로지르는 대로 한복판에 훼이팡의 사체가 가로놓여 있었다. 어쩌면 위를 올려다보며 미소 짓고 있을지도 모르지만, 지로가 있는 자리에서는 그녀가 어떤 얼굴을 하고 있는지 판별할 수 없었다.

　두 팔 벌려 십자가에 매달려 있는 듯이 보이기도 하고, 하늘을 날고 있는 듯이 보이기도 했다. 하얀 의상에 붉은 얼룩이 스며들어 아름답다고, 지로는 생각했다. 총성은 그칠 줄 몰랐다. 창밖으로 몸을 내밀어 보니, 보도의 가로수 부근에 훼이팡을 구출하고자 초조하게 대기 중인 촬영단의 모습이 보였다. 하지만 전투가 워낙 격렬한 데다 바람에 섞여 총탄이 날아다니는 통에 어느 누구도 선뜻 그녀 곁으로 다가가지 못한다. 훼이팡은 이대로 쭉 전쟁이라는 요람 속에서 자게 되는 걸까. 썩어 없어질 때까지, 저대로 저곳에 계속 있을 것 같은 느낌이 지로에게는 들었다.

　지로는 자신의 세계 안에서 일어나고 있는 사건을 내려다보고 있었다. 세계란 어쩌면 원래부터 그렇듯 냉정한 것인지도 모른다. 사람들의 현실도 높은 데서 내려다보면 다르게 보인다. 지로는 멀리 눈길을 주었다. 세계의 끝은 변함없이 어둠이다. 4번지와 5번지 경계 부근이 까맸다. 잠시 그 어둠의 끝을 바라보고 나서 천천히 창문을 닫고 일어나 이동했다. 복도를 가로질러 반대편의 거실에서 바깥을 내다보았지만, 역시 9번지와 10번지 경계가 푹 꺼져 들어가 어두운 나락으로 가라앉아 있었다.

그랜드캐니언 위쪽의 세계는 한정되어 있는데, 무한한 것들이 북적거리고 있었다. 지로는 잠시 주의 깊게 세계를 응시했다.

"지로."

돌아보니, 프라이팬을 한 손에 든 어머니가 식당으로 통하는 문간에서 있었다.

"저녁 먹을 시간이니 시로 좀 찾아서 데리고 오렴. 이제 곧 아버지도 들어오실 거다. 이치코도 학원에서 돌아올 거고. 얼른 나가서 찾아오렴."

"시로?"

"서두르지 않으면 저녁밥은 없다. 오늘은 네가 좋아하는 햄버그 스테이크야. 얼른 찾아오지 않으면 이치코랑 다른 사람들이 전부 먹어버릴 거다. 자, 뭐 하니. 얼른 가서 찾아오라니까."

"어디로?"

"이 근방 어디에 있겠지. 꼬마라서 멀리는 못 갈 거야. 전에 갔던 공터에라도 가서 찾아오렴. 됐으니까 얼른."

어머니에게 등을 떠밀린 지로는 그대로 계단을 뛰어 내려가 바깥으로 나왔다. 그곳은 평소의 도영주택 돌계단 앞이었다. 온화한 저녁 해가 길 위를 물들이고 있다. 도영주택 사이로 보이는 하늘이 석양으로 붉게 물들어 있었다. 지로는 주위를 둘러보았다. 별다를 것도 없다. 길이 있고, 차가 몇 대 주차되어 있고, 개중에는 타이어 바람이 빠져 있는 것까지 있다. 맞은편 도영주택 창가에는 빨래가 널려 있고, 그것이 시원한 바람에 나부끼고 있었다. 귀를 기울이자 어느 집에선가 거트 기타의 음색이 흘러나온다.

지로는 돌계단에 걸터앉아, 잠시 온화한 일상의 공기를 들이마시며 현재진행형의 세계에 익숙해지기를 기다렸다. 인기척은 없다. 그림으로 그린 듯한 풍경 속 여기저기에 뭔가 작위적인 느낌이 들어 견딜 수 없었지만, 그것을 들춰내려고 하자 어느 결에 졸음이 밀려와, 하암, 하고 하품이 터져 나왔다. 지로는 있는 대로 입을 벌려 공기를 들이마시고, 모든 것을 잊을 만큼 한가로이 하품을 했다.

기분이 좋아지기 시작했다. 꾸벅꾸벅 졸고 있으려니, 의식의 골짜기에 파도가 들이쳤다. 규칙적으로 밀려왔다 밀려가는 파도였지만, 철썩하고 파도치는 순간, 짤막한 번뜩임 비슷한 것이 눈앞을 가로질렀다. 기척이 지로의 의식을 뒤흔든다. 뭐지? 눈을 크게 뜨고 보니, 눈앞의 길 위에 그림자가 있었다. 재빨리 올려다보니, 예의 카우보이 모자를 쓴 남자였다. 남자는 주머니에 양손을 찔러넣은 채, 지로를 빤히 내려다보고 있었다. 모자 차양에 눈이 가려져 있어서 노려보고 있는지 미소 짓고 있는지까지는 알 수 없었다.

"꼬맹아, 그 녀석을 잘 맡아주었더구나. 수고했다."

지로는 등에 멘 란도셀을 기억해냈다. 맡았다는 건, 언젠가 되돌려주어야 한다는 것임을, 거의 동시에 깨달았다. 하지만 지로는 돌려주고 싶지 않았다. 란도셀은 지로가 존재하기 위한 으뜸패, 아니 존재 이유 자체라고도 할 수 있다. 자신은 언제든 원할 때 세계를 끝장낼 힘을 지니고 있으며, 그것이 인생의 지주가 되어 있었다.

"자, 돌려주겠니?"

남자가 주머니에서 한 손을 빼내 지로의 얼굴 앞으로 들이밀었다. 돌려주고 싶지 않아. 지로는 마음속으로 생각했다. 이게 있어서 지금 나는 살아 있을 수 있다. 즉, 이 란도셀은 영원이다. 내가 영원의 열쇠를 쥘 수 있는 건, 이 란도셀 덕분이었다. 이것을 등에 지고 사는 덕에 지로는 바야흐로 세계를 횡단할 수 있었고, 언제든 세계를 파멸시킬 수 있다는, 스릴 넘치는 삶의 보람을 가질 수 있었다.

"왜 그래, 뭘 꾸물대고 있는 거냐."

지로는 남자의 손을 지그시 노려보았다. 란도셀이 없는 생활을 상상하니 슬퍼졌다. 세계를 파괴할 수 있다는 즐거움을 빼앗기고 어떻게 이 세계를 살아나가야 할지 몰랐다.

"아저씨, 이 란도셀은 못 줘요."

남자가 손을 천천히 거둬들였다. 그리고 다른 한 손을 주머니에서 꺼냈다. 위압감이 느껴진다. 남자는 언제든 완력으로 지로에게서 란도셀을 빼앗을 수 있는 태세를 취했다. 지로는 란도셀을 등에서 내려 끌어안았다.

"장난치지 마라. 됐으니까 얼른 내놔. 안 내놓으면, 어린애라도 호된 꼴을 당하게 될 거다."

카우보이 모자 밑에서 눈이 빛난 것 같았다. 남자의 발끝이 조금 움직였다. 지로의 팔에 힘이 실린다.

"잠깐, 그 이상 가까이 오면, 이 뚜껑을 열어버릴 거예요."

남자가 딱 멈췄다. 내뻗은 손가락 하나하나가 크게 벌어지고, 진정하라며 지로를 제지하는 자세를 취했다.

남자의 발밑, 에나멜 구두코에 석양이 깃들고 있다. 거기만 묘하게 비현실적인 빛을 발하고 있었다. 지로는 생각 외로 효과가 있었다는 데에 안도하고, 흥분하고, 계산하고, 감동하고, 그러고 나서 사태가 급변했음을 깨달았다. 역시 란도셀을 소유한다는 건 이 세계를 지배한다는 걸 의미하나 보다. 남자의 동요야말로, 이 란도셀이 세계를 파괴하기에 충분한 힘을 지니고 있다는 증거이기도 했다.

"장난치지 마라."

"장난 아니에요. 장난이 아니란 증거로 난 이 안에 뭐가 들었는지 알고 있어요. 이 뚜껑을 열면 이 세계가 사라져요. 아저씨도 나도 한순간에 사라져버리는 엄청난 악의 힘이 들어 있죠."

흥미롭게도 남자는 반걸음 뒤로 물러났다. 여전히 표정은 보이지 않았지만, 동요의 빛은 전해져 왔다.

"어이, 꼬맹이, 그런 짓을 해서 무슨 득이 있냐."

"모르겠지만, 재미있어요. 실제로 아저씨는 벌벌 떨잖아요. 만약 이 란도셀 안이 텅 비었다면, 아저씨가 그렇게 놀랄 일도 없겠죠. 아무것도 들어 있지 않다면 그렇게 벌벌 떨지도 않을 거예요. 어때요? 내 말이 틀려요? 자, 이렇게 뚜껑을 열어볼까요?"

지로가 란도셀 뚜껑에 손을 얹는 것과 동시에 남자가, 그만둬, 하고 소리쳤다.

"네 추리는 재미도 있고 흥미도 있어. 하지만 조금 달라."

"뭐가요?"

"란도셀을 열어도 세계는 사라지지 않아."

"거짓말! 아저씬 사라지는 게 무서워서 벌벌 떠는 거잖아요."

"아니야, 이건 진짜야. 세계는 사라지지 않아."

"그럼 뭐가 사라져요? 대체 뭐가 사라지는데요?"

"영원이 사라질 뿐이지."

"……영원?"

"그래, 영원을 잃는 거야."

남자가 반걸음 더 물러났다. 그리고 다시 주머니에 손을 넣었다. 변함없이 그 표정은 알아볼 수 없다. 목소리의 느낌만으로 지로는 남자의 동요하는 상태를 확인하려 했다.

"영원……."

지로의 손 안에는 란도셀이 있다. 언제든 뚜껑을 열어 세계를 파멸시킬 수 있었다. 하려고 마음만 먹으면 언제든 할 수 있었다. 언제든 할 수 있다는 건, 다시 말해 그렇게 하지 못한다는 뜻이라는 것도 어렴풋이 깨닫기 시작했다. 요컨대 그것이 영원이다. 언제든 할 수 있다는 안심, 그게 바로 영원을 낳고 있다.

"그 란도셀은 세계에서 영원을 소멸시킬 힘을 가지고 있다. 일단 그 뚜껑을 여는 순간, 세계는 영원을 잃고 말아. 뚜껑을 아무리 다시 닫아도 영원은 돌아오지 않아. 네가 그걸 바란다면 도리가 없지. 좋을 대로 해."

흥정하는 듯한 말투. 남자가 조금 우위에 섰음을 의미했다. 남자는 마치 조각처럼 지로 앞에 우뚝 선 채 움직이지 않았다. 조금 전까지의 인간적인 모습은 어디론가 사라지고, 역할이 끝난 기계처럼, 허물처럼, 그 자리에 있었다. 그리고 마치 하나의 장면이 종료되듯 빛이 기울어갔다.

지로는 생각했다. 란도셀을 가지고 있는 것이 곧 영원일 것이다. 란도셀을 연다는 건 영원을 포기한다는 뜻이 된다. 그것은 다시 말해 완만한 죽음을 의미한다. 지로가 란도셀을 열어버림으로써, 요컨대 영원의 관리인이었던 지로가 그 길을 선택한 순간, 영원은 균형을 잃고 이 세계에서 영영 사라져버리는 거였다. 지로는 어떤 구조인지 대충 이해가 가기 시작했다. 남자의 말에는 신빙성이 있다.

"하지만 아저씨가 아까, 그만두라고 소리쳤잖아요. 왜 그런 건데요? 아저씨는 영원을 잃는 걸 두려워했어요. 그건 왜죠?"

남자는 대답하지 않았다. 돌처럼 꼼짝하지 않는다. 그가 등장하는 장면은 이미 끝나버렸다.

"영원을 잃는 게 어째서 그렇게 두려운 거죠?"

지로는 조심조심 일어섰다. 돌계단을 옆으로 걸어 이동했지만 남자는 역시 미동도 하지 않았다. 무언가가 변화하기 시작했다. 아직 란도셀의 뚜껑을 열지 않았는데도, 생각 탓인지 세계가 급속도로 달라지고 있었다.

지로는 주변을 둘러보았다. 석양빛이 그곳에 있었고, 가로수가 있었고, 마주 보이는 도영주택에는 빨래도 널려 있었고, 그 벽에도 길 위에도 빛과 그림자는 분명 있었다. 그러나 그것들은 기척을 잃고, 살랑거리지도, 빛나지도, 쏠리지도, 나부끼지도 않았다. 태양이다! 지로는 생각하고 하늘을 우러러보았지만, 아니나 다를까 태양이 있어야 할 장소에서 사라지고 없었다.

지로는 란도셀을 등에 짊어지고 남자를 절묘하게 우회하여 내달렸다. 길을 가로질러 정면의 도영주택 뒤쪽에 펼쳐진 공터로 향했다. 모퉁이를 돌아 풀숲을 달렸다. 광장 한가운데에 다다라 머리 위를 올려다보았다. 태양이 없다. 창공 어디에도 태양은 없었다. 태양을 잃어버리면 세계는 이어질 수 없다.

위잉 하는 귀울음이 들렸다. 고막이 바싹 조여든다. 귓속의 공기가 사라져버린 듯 진공 상태가 되었다. 외치는 소리가 들렸다. 지로가 돌아보니, 등 뒤의 건물 1층 창문에서 푸른 눈의 남자가 손을 내밀어 마구 흔들고 있었다. 뭐라는지는 몰라도, 그는 하늘을 올려다보며 고함치고 있었다. 지로는 하늘을 돌아보았다. 푸른 하늘 한가운데에 까만 비행기 그림자가 있었다. 그것은 핀으로 꽂아놓은 듯 상공에 정지해 있었다. 남자는 분명히 그곳을 향해 고함을 지르고 있었다. 그 공포가 심상치 않다. 지로에게도 그 위험이 전해졌다. 이제 망설이고 있을 새가 없다. 세계가 침식되어버리기 전에, 이 란도셀의 뚜껑을 열어야 한다. 스스로의 힘으로 세계에서 영원을 빼앗지 않으면 안 된다. 지로는 란도셀 뚜껑에 손을 댔다.

7월 31일

7월의 마지막 날이 되었다. 쾌청하다. 변함없이 써나가려 한다. 병실 문은 계속 열려 있고, 완전히 낯익은 굼뜬 양달이 문밖에 펼쳐져 있다. 창문으로 들어온 산들바람이 땀이 밴 내 몸을 살짝 식힌 후, 복도로 나갔다. 아침 7시에 아침식사가 나오고, 정오에 점심식사가 나오고, 그 후 낮잠. 예정되었던 취조는 미쓰이 중령의 사정에 의해 취소되었다. 대신 저녁에 야스바가 병실을 찾아와, 서쪽 연병장에서의 산책이 허가되었다고 알렸다. 이곳에 온 지 한 달 만에 처음 있는 일이었다.

나는 간이 깁스, 아마도 일본식인—고정판으로 다리를 고정시켰을 뿐인 조잡한 깁스를 질질 끌며 바깥을 걸었다. 야스바는 더 이상 원자폭탄 이야기는 입 밖에 내지 않았다. 그는 급수장의 돌 물받이에 걸터앉아, 바깥세상을 즐기고 있는 내 모습을 복잡한 표정으로 바라보았다.

부드러운 흙이다. 상상했던 것보다 훨씬 부드러웠다. 병사들의 달리는 모습에서 좀 더 콘크리트에 가까운 딱딱한 지면이러니 생각했는데, 그 의외성이 은근히 기뻤다. 나는 발로 거듭거듭 지면을 밟았다. 밟았다. 힘껏 밟았다. 부러지지 않은 다리로 몇 번이고, 몇 번이고, 지면을 밟아 눌렀다. 나는 분명 얼굴 가득 웃음을 띠고 있지 않았을까.

그런 내 모습을 야스바가 물끄러미 지켜보고 있다는 건 알고 있었다. 어쩌면 그의 눈에는 내가 정신이 이상해진 것처럼 비쳤을지도 모른다. 상관없다. 그런데 신경 쓸 틈이 없다.

빛을 쬐었다. 온몸으로 빛을 받아들였다. 기울기 시작한 태양을 향해 양팔을 한껏 벌리고 배 밑바닥에서부터 소리를 내질렀다. 말기암으로 여생이 얼마 남지 않았던 숙부를, 나무 위에 올라가 큰 소리로 외치던 숙부를 떠올렸다. 지금, 나도 이 현실 세계를 곱씹고 있다. 온몸을 움직여 생을 기뻐하고 있다. 고맙게 여겼다. 어떤 최후를 맞든, 나는 이 세계에 생을 부여받은 것에 감사한다. 마음속으로 그리던 최후를 맞을 수는 없지만, 그렇다고 원망하지는 않는다. 부조리한 건 세계의 규칙이다. 마음에 그린 대로 인생을 걷지 못해도 행복은 있을 터이다. 나는 지금, 이 지상의 아름다움을 눈에 새기고 있다. 태양과 푸른 하늘의 멋진 모습을 마음에 새기고 있다. 다음은 오로지 감사. 오늘까지 나를 살아 있게 해준 신에게.

옆 병동에 빛이 비쳐들어, 벽을 휘감은 담쟁이 잎 하나하나를 아름답게 띄워 올렸다. 문득, 그 흑인 병사가 마음에 걸렸다. 그 청년은 혼자서는 침대에서 내려오지도 못하고, 거기서 하루하루를 살아가고 있을 터이다. 마지막으로 그를 만나 희망을 나눠 주자고 마음먹었다. 희망. 아니, 실제로 나는 그것을 희망이라고 생각했다.

평소 귀찮게 따라다니던 병사도 없었기에 야스바에게 그 일을 부탁했다. 그는 가볍게 고개를 끄덕이고 나서, 나를 흑인 병사가 누워 있는 옆 병동으로 안내했다. 흑인 병사는 몰라보게 여위어 있었지만, 나를 보더니 눈을 적시며, 중위님, 하고 조그맣게 불렀다.

"잘 버텨주고 있군."

야스바가 옆에서 우리의 대화를 듣고 있었지만, 개의치 않고 이야기를 계속했다.

"이제 곧 전쟁이 끝난다. 그러면 자네는 고국으로 돌아갈 수 있어."

정말입니까, 하고 젊은 병사가 물었다.

"언제입니까, 언제 전쟁이 끝나는 겁니까."

"앞으로 며칠이다. 내 예상으로는 대엿새 후가 될 거다. 자네가 자고 있는 사이에 세계는 다시 평화를 되찾게 될 거야."

야스바가 나를 보았다. 무슨 말을 하는가 싶어 놀란 얼굴이다. 그러나 그는 우리의 대화에 끼어들지는 않았다. 두 눈이 내 입술을 가만히, 그러나 많은 말을 내포하고서 지켜보고 있었다.

"그런데 중위님은 어떻게 그 사실을 아신 겁니까?"

"어디라고는 말할 수 없지만, 이건 확실한 정보다. 안심해도 좋아. 이제 곧 자유로워질 거다. 두려워할 건 아무것도 없어. 맘 편히 지내고 있어라."

"돌아갈 수 있는 거군요."

청년은 눈물을 흘렸다. 야윈 얼굴 한가운데에 하얀 눈만 글썽거리며 가늘게 떨리고 있다. 눈물이 검은 피부 위를 넘치듯 흘러내렸다. 지난 몇 주 동안 이 병실에서 혼자 지내며 줄곧 참아왔을 외로움을, 지금 거리낌 없이 내게 보이고 있다. 내가 마치 신부 같다. 그의 마음의 고백을 받아들이기 위한.

"전쟁이 끝나면 다시 고향에 돌아갈 수 있겠군요."

청년은 천장을 올려다보며, 스스로를 격려하듯 그렇게 중얼거렸다.

"위스콘신이 고향입니다. 전쟁에 징병되기 전까지 줄곧 번화가에서 일을 했습니다. 레스토랑 접시닦이였지만, 사실은 배우가 되고 싶어서 연기 공부도 하고 있었습니다. 직업이랄 정도의 수입은 못 되었지만, 사람들에게 웃음과 감동을 주는 일이 즐거워서……. 전쟁이 끝나면 좀 더 큰 극단에서 테스트를 받아보려던 참이었습니다."

"그런가."

나는 미소로 대답했다. 청년은 무슨 생각이 났는지 웃느라 입가가 풀어져 있다. 눈은 몇만 킬로미터나 떨어진 고향 방향을 향해 있다. 기억의 단편이 그의 머릿속으로 밀어닥칠 때마다 눈썹이 실룩실룩 움직였다. 그는 무언가 그리운 추억을 입에 올리려다 미처 말이 되기도 전에 다음 추억에 마음을 점령당하고, 절로 말문이 막혀, 아아, 하고 뜨뜻미지근한 한숨만 흘렸다. 고양된 기분을 억누르지 못해 몇 번씩 눈을 감았다가는 다시 뜨고, 천장 여기저기에서 고향 풍경의 잔상을 찾고 있었다. 그 모습을 나는 물끄러미 바라보았다. 내가 한 일이 옳은 것인지 아닌지 판단할 수는 없다. 그러나 이제 곧 죽게 될 이 청년에게 꿈을 안겨준 것이 죄라고는 생각되지 않는다. 갑작스럽게 찾아올 죽음을 받아들일 새도 없는 이 청년에게, 앞으로 며칠간의 안락은 생을 돌아보는 기쁨 자체로서 그의 인생에 의미를 남기리라.

병실을 나오자 야스바가 왜 그런 거짓말을 했냐고 물었다. 전쟁은 곧 끝납니다, 라고 나는 말했다.

"하지만 자네가 말한 원자폭탄이 정말로 여기에 떨어진다면, 그는 고향에 돌아갈 수 없을 것 아닌가. 그렇다면 자네가 한 거짓말은 잔혹한 희망이 되네."

"그렇게 생각하진 않습니다. 원자폭탄이 투하되면 이미 망설일 새도 없겠죠. 요컨대 즉사란 얘기입니다. 죽음을 겁내고 있는 나로서는 죽음이 오기까지 이만한 고통이 없지만, 아무것도 모르고 살아가는 그에게 중요한 건 지금이라는 시간입니다. 이 순간이죠. 빛을 주는 것이 죄라고는 생각지 않습니다. 오히려 지금이라는 시간에 생의 빛, 희망을 주는 것이야말로 지극히 인간적인 일이라고 난 생각해요. 아니, 이런 상태를 경험할 수 있었기에 알게 된 겁니다."

간호사 몇 명이 줄지어 나와 야스바 옆을 지나갔다. 그 안에 레이코의 모습은 없었다. 나는 상체를 틀어 간호사들을 바라보았다. 현기증이 밀려와 발밑이 후들거렸다. 벽에 손을 얹자, 선뜩한 감촉이 손바닥을 타고 뇌로 전해졌다. 눈을 감고 거기에 피로가 남아 있음을 확인한 후, 천천히 눈꺼풀을 열었다. 빛이, 동그스름하니 온화한 광선이, 눈 안에서 부풀어갔다. 미적지근한 바람이 복도를 훑고 지나갔다. 간호사들의 천진한 웃음소리가 복도 끝에서 들려온다. 나는 지팡이를 고쳐 쥐었다.

"원폭은 정말로 투하되는 건가?"

야스바가 걷기 시작한 나를 향해 말을 던져왔다. 그 말 속에 초조함이 뚜렷이 배어 있다. 병원이라고는 해도, 영어라고는 해도, 그의 목소리는 몇 미터 떨어진 내게 닿을 만한 크기였으므로.

"나는 도무지 자네가 하는 말을 무엇 하나 믿을 수가 없네. 도무지 모르겠어. 하지만 자네의 언동을 보고 있자면, 원자폭탄이란 놈은 내 일이라도 당장 히로시마에 떨어질 것 같은 느낌도 받아. 자네가 투하된다고 예상한 날짜까지 앞으로 얼마 남지 않았네. 나는 어찌해야 좋은가. 어찌해야 좋을지, 가르쳐주지 않겠나."

나는 멈춰 섰다. 사고가 움직이지 않는다. 의식이 뿌옇게 흐려진다. 등 뒤에 와 닿는 그의 말도, 내게는 지나가는 바람처럼 느껴질 뿐이다. 오늘 원자폭탄이 투하되어도 이상할 건 없다고 말하려다, 나는 입을 다물고 만다.

8월 1일

마침내 8월이 되었다. 더 이상 해야 할 이야기도 없다. 여기에 써야 할 말도 추억도 없다. 글을 써나감으로써 불안한 나날에 생기를 가져 왔지만, 이미 있는 기억은 죄 꺼내버린 듯싶다. 한 인간의 추억이 고작 이 정도였다니. 이 노트에 엮어진 문자의 나열을 바라보자니 한숨밖에 나오지 않는다. 내 펜은 무겁다. 이제 지쳤다. ……죽고 싶다.

어째서 죽을 생각을 하지 않았을까. 나는 지금 이 자리에서 죽음을 선택할 수도 있다. 자살이란 궁극의 방법이 있었다. 원자폭탄을 맞아 죽느니, 내 손으로 목숨을 끊는 편이 낫다. 아무것도 모르는 히로시마 시민들의 혼과 미국인인 내가 함께 승천할 수 있을지 자신이 없다. 차라리 모든 것을 짊어지고 이 자리에서 자살하는 게 나을지도 모른다.

방금, 이 행간 사이에, 자살을 시도해보았다. 이불에 얼굴을 처박고

질식사를 시도했다. 하지만 끝까지 가지 못했다. 어딘가에서, 어딘가 의식 한 귀퉁이에서, 희미한 기대, 살 수 있다는 희망의 틈이라고도 할 희미한 빛을 보고 말았다. 어쩌면, 하는 생각이 들고 말았다. 어쩌면? 그럴 가능성이 어디 있다고. 가엾기도 하지.

나는 이제 글을 쓰지 않는다. 여기서 끝맺도록 하자. 그럼, 이 글은 누구를 향해 쓰는 걸까. 재가 될 이 일기는 누구를 향해 쓰여지고 있는 걸까. 신? 어쩌면 그럴지도. 나 자신? 그럴 수도 있겠지. 그 둘 모두에게, 신과 나 자신을 잇기 위해. ……아멘.

상상도 할 수 없는 일이 일어났다. 내 몸에 무슨 일이 일어났는지 아직도 모르겠다. 내 손은 지금, 떨리고 있다. 정확한 시간은 모르겠지만, 쇠격자가 쳐진 창문 너머 하늘이 훤해지고 있으니 아침이 가까운 것은 확실하다. 그러나 레이코가 이 방에 왔을 때만 해도 아직 밖은 어두웠다. 어둠의 빛깔을 띠고 있었다. 아마 밤 두세 시가 아니었을까.

정적 속에 나는 깊이 잠들어 있었다. 그녀는 당직이었을까, 아니면 처음부터 이 시간에 여길 오려고 계획하고 있었을까. 제복은 입고 있었지만 머리는 묶지 않았고, 어깨까지 내려온 머리카락이 흔들리고 있었다. 레이코라고 바로 알아보지는 못했다. 그만큼 낮의 얼굴과는 다른, 좀 더 친근하고 생생한 레이코가 그곳에 있었다.

너무도 갑작스러웠기에 뭐가 뭔지 판단이 서지 않는다. 이렇게 여기에 써나감으로써 좀 전에 일어난 사실을 이해하려 애쓰고 있다. 밤사이, 내 인생에 무엇이 내려왔는지 되짚어보려 하고 있다.

어떤 꿈을 꾸고 있었는지는 이미 기억나지 않지만, 아마 나는 평소와 마찬가지로 어두운 악몽 속에 있었음에 틀림없다. 꿈과 현실의 골짜기에서 꿈실거리는 인간의 기척이 있었고, 그것이 너무도 생생하여 의식이 끌려가듯 눈을 떴다. 물론, 꿈인지 생시인지 당장은 인식하지 못하는 몽롱한 상태 한가운데에 나는 있었다. 다만 시야에 여성의 얼굴이 있었다. 그리운 얼굴이라고, 잠이 덜 깬 나는 생각했다. 꿈의 연장이겠거니 하는 마음으로 멍하니 받아들이고 있었다. 어딘가 먼 날의 소꿉친구와 재회라도 한 듯 그리운 마음이 우선 들었고, 그러고 나서 급격하게 의식이 현실로 돌아옴에 따라 그 그리움은 문득 강렬한 인상과 놀라움으로 바뀌었다. 레이코는 잠든 내 얼굴을 들여다보는 듯한 모습으로 눈앞에 있었다. 안구가 안쪽에서 희미한 생명의 등불을 밝히며 떨리고 있었다.

무슨 일이 일어났는지 그때까지도 이해가 가지 않았다. 그녀가 손가락을 뻗어 내 입술에 대고, 소리 내지 말라는 신호를 보냈다. 내가 눈을 끔벅거리고 있으려니, 레이코는 신을 벗고 침대 위로 올라왔다. 침대가 삐걱이고, 그제야 나는 이것이 꿈이 아니라 현실에서 일어나고 있는 일임을 깨달았다.

레이코는 내 옆의 아주 작은 빈 공간에 누워, 나를 말끄러미 바라보았다. 창으로 비쳐든 달빛이 그녀의 한쪽 얼굴을 부드럽게 띄워 올린다. 그녀가 얼굴을 조금 기울일 때마다 눈 중심에 빛이 모이고, 옅은 빛이 생물체처럼 그 안에서 부풀어 올랐다.

우리는 한참 동안 마주 보았다. 나는 내게 일어나고 있는 현실을 이해하기 위한 시간을, 레이코는 자신이 벌인 행동을 정당화시키기 위한 시간을 벌어야 했다. 각자의 시간은 말이 통하지 않는 두 사람이 마음을 소통하기 위해 필요했다.

시간이 점차 두 사람의 마음의 경직을 걷어냄에 따라, 우선 레이코가 살며시 미소를 건넸다. 내 다리 여기저기에 레이코의 무릎 끝이 닿는다. 온기가 반갑다. 나 이외의 인간의 체온. 깃털의 바다에 내려앉는 듯한 평온함과 행복이 있었다.

레이코의 손이 내 손을 잡는다. 거기에는 더한 온기가 있었다. 까칠까칠한 내 손을 레이코의 윤기 있고 매끈한 손이 감쌌다. 몸 안에 굳어 있던 피가 단숨에 움직이기 시작하는 것을 느꼈다. 몸 깊은 곳에서 무언가가 뛰어오르는 것을 느꼈다. 젖혀졌다가는 뛰어오르고, 파직거리며 튀는 강한 본능이 되살아났다. 피가 급격하게 흐르기 시작하고, 육체의 중심에서 에너지 덩어리가 터져 나왔다. 그것은 내가 여기 온 후 완전히 잃고 있던 것—욕망이고, 야성이었다. 레이코를 그러안자 한층 전기적인 흥분이 내 기억을 세차게 뒤흔들고, 일찍이 생명력에 넘쳐 살아가던 무렵의 인간적인 감각을 소생시켰다.

그녀는 저항하지 않았다. 지난 며칠간, 레이코는 필사적으로 고민했으리라. 내가 그녀를 끌어안았던 일은 결과적으로 언어를 뛰어넘어 그녀를 설득하는 힘이 되었으리라. 그리하여 레이코는 어떤 결의를 품고 이 방에 들어온 것이 틀림없다. 그녀의 크고 까만 눈동자에는 올곧은 빛이 깃들어 있었다. 우리는 잠시 후 입술을 포개고, 이어 몸을 포갰다. 얇고 부드러운 입술을 나는 몇 번이고 빨았다. 그녀의 목덜미의 투명한 피부를 깨물고, 피부의 소금기를 맛보았다. 힘주어 끌어안은 육체 여기저기서 탄력적인 살덩이가 흔들렸다. 사랑이 이곳저곳에서 세차게 넘쳐흘렀다. 완전히 포기하고 있던 것―사랑, 그것은 살아가는 데 있어서 가장 소중한 생의 원천이다. 레이코의 육체는 사랑 자체였다.

그녀의 피부와 내 피부가 맞닿고, 점차 중심으로 쏟아져 들어가고, 마지막에는 말로 형용할 수 없는 강렬한 자극과 감동 속에 나의 존재를 레이코의 몸속에 전부 방출했다. 힘껏 끌어안고, 그녀도 나를 힘주어 끌어안았다. 이제 두 번 다시 만나지 못하리라는 것을 나만이 알고 있었다. 이 단 한 번의 여린 접촉으로 나와 레이코는 영원을 손에 넣게 된다. 그렇게 나는 믿었다. 어째서인지, 믿어 의심치 않았다.

안녕, 레이코. 고마워, 레이코. 나는 마지막의 마지막에, 바쁘게 달려온 이 인생의 맨 마지막에, 이만한 행복이 기다리고 있을 줄은 몰랐다. 이걸 행복이라 부르지 않는다면 무엇을 행복이라 부를까. 빛은 다름 아닌 절망 속에 존재하는 법. 격렬한 흥분 속에 무한한 감동이 끓어올라, 나는 울었다. 나 자신을 억제하지 못하고 울었다.

나는 신께 감사드린다.

고마워요.

친애하는 레이코여.

정다운 추억. 사랑했다.

8월 2일

그 후 나는 레이코가 가고 없는 병실에서, 몇 시간 전에 일어난 일을 수없이 곱씹으며 새로운 결의를 다져나간다.

오늘은 8월 2일이다. 원폭이 투하되는 시점은, 앞으로 1주일 이내일 것이다. 빠르면 내일이나 모레. 어쩌면 오늘 일어날지도 모른다.

이제 망설임은 없다. 이 일기를 야스바에게 건네고, 그들을 이곳에서, 즉 히로시마에서 가능한 한 멀리 피난하도록 설득할 것이다. 그리고 거기에 레이코도 딸려 보내야 한다. 그녀 안에는 내가 있다. 야스바 씨, 부디 그녀를 데리고 이곳을 나가줘요. 그녀를 내 대신 여기서 데리고 나가줘요.

야스바가 레이코를 데리고 나가줄지 어떨지, 여기에 있는 나로서는 확인할 길 없지만 그저 믿을 뿐이다. 야스바가 어떤 방법으로 레이코를 설득해서 데리고 나갈지는 모른다. 다만 그것도 다 운명이므로, 되는 대로 맡겨둘 수밖에. 그 일을 위해 나는 이 일기를 이제부터 야스바에게 전해야 한다.

아침식사가 날라져 왔을 때, 나는 간호사에게 몸이 좋지 않다고 말한다. 잠시 후 야스바가 이 방에 온다. 단 둘이 되었을 때, 나는 이 일기를 건넨다. 시간이 없다고 나는 호소한다. 그리고 여기에 기록된 한 여성을 내 대신 히로시마 밖으로 데리고 나가달라고 간곡히 부탁한다. 거기까지가 내 마지막 일이 될 것이다. 아침식사 때까지 아직 한 시간 정도 여유가 있기에 나는 끝으로 여기에다 두 통의 편지를 작성하려 한다.

하나는 내 소중한 사람, 레이코에게 보내는 편지이고, 또 하나는 그녀 안에 깃들었을 내 둘도 없는 자손에게 보내는 메시지다. 부디, 야스바 씨, 이 글을 옮겨서 그들에게 전해주세요.

그리고 당신에게도 감사를 드려야겠군요. 멜빌에 대해 좀 더 이야기하고 싶었습니다. 시대가 달랐다면 친구가 되었을 당신에게도 감사합니다.

레이코에게.

참으로 불가사의하고 이해하기 어려운 것이 운명이지만, 그런 가운데에도 몇몇 멋진 만남이 있기 마련입니다. 내게는 이 기구한 인생 중에 찾아온 당신과의 만남을 들 수 있겠지요. 당신과의 짧지만 강렬한 만남은 내 인생에 커다란 의미와 희망을 안겨주었습니다. 나는 이 짧은 시간 속에서, 그리고 인간으로서 가장 가혹한 인생의 시련 중에 당신을 만났다는 데 무엇보다도 감사하고 있어요. 말로는 표현할 수 없을 만큼 큰 고마움을 안고 있습니다. 고마워요. 고마워요. 정말정말 고마워요.

당신을 만나서 행복했습니다. 마지막을 인간답게 죽을 수 있게 되었습니다. 말로는 다 할 수 없을 만큼 감사하고 있습니다. 당신과 서로 사랑한 그 귀한 순간은, 나의 인생 중에서 가장 아름답게 빛난 일순간이었습니다. 당신과 하나가 되었을 때, 나는 운명과 화해할 수 있었습니다. 그것은 내 기억, 혹은 존재 안에 깊이 새겨졌습니다. 나는 이제 조금 있으면 이 히로시마와 함께 소멸되어버릴 테지만, 신기하게도 지금은 각오가 되어 있습니다. 육체는 사라질지 모르지만, 내 정념은 남을 겁니다. 남아서 이 지상을 계속 떠돌아다니겠지요. 혼이 된 나는, 당신 곁으로 망설임 없이 갈 겁니다. 그리고 당신을 지켜보겠습니다. 당신 곁에 있겠습니다. 이것만은 잊지 말아주세요.

당신과 이야기를 나누고 싶었고, 가능하면 함께 살고 싶었습니다. 하지만 이룰 수 없는 꿈이라는 걸 알기에, 대신 나는 남기고 갑니다. 당신 안에 내 생명을 품는 것이, 이후 당신의 인생에 어떠한 영향을 미칠지는 모르겠으나, 그 아이는 분명 당신에게 인생의 멋진 의미를 가져다 주겠죠. 그리고 나를 대신하여 언젠가 당신을 지켜낼 겁니다.

전쟁은 이제 곧 끝납니다. 세계는 새로운 질서를 가질 겁니다. 새로운 가치관이 이 일본에도 찾아올 테죠. 당신 안에 있는 내 분신은, 그 새로운 질서의 세계에서 활기차게 마음껏 살아나가게 될 겁니다. 모쪼록 운명을 저주하지 말아요. 당신 곁에 있을 수 없는 나를 서운하게 여기지 말아요. 나는 늘 당신 곁에 있습니다. 그리고 당신을 생각하고 있습니다.

지금은 오로지 당신을 이 히로시마 밖으로 내보내는 일만 생각하고 있습니다. 모쪼록 당신은 히로시마 사람들의 몫까지, 그리고 내 몫까지, 강하고 꿋꿋하게 오래도록 살아주길 바랍니다. 야스바 씨를 믿고, 그를 따라 히로시마 밖으로 피난 가줘요. 그리고 세계가 어둠에 잠긴 후, 남겨진 사람들의 희망과 재생을 위해 노력해주세요. 우리의 자손을 부디 잘 부탁합니다. 그리고 당신에게, 아주 잠시밖에 마주할 수 없었던 당신에게, 이토록 큰 희망을 부탁하는 나를 용서해요. 당신만이라도 살아남아 주세요. 그것이 내 간절한 바람입니다.

나는 늘 당신을 보고 있습니다. 내 영혼은 당신 곁에 있습니다. 너무도 사랑했습니다. 만날 수 있어 행복했습니다. 정말로 행복했습니다. 부디, 건강하시길. 조금 먼저 천국에 갈 뿐입니다. 그곳에서 당신이 올 날을 기다리고 있겠습니다. 사랑했습니다. 아니, 앞으로도 영원히 사랑할 겁니다.

크레이그 부샤르

아직 보지 못한 아이에게.

처음 보겠구나, 내 아이야. 나는 운명에 의해 너와 만날 수가 없단다. 네가 깃들고 잠시 후에 나는 이 세상을 떠나거든. 하지만 서운하게 생각하지 말아주렴. 나는 언제나 네 곁에 있을 테니. 외로우면 태양을 보거라. 너를 빛내줄 빛의 입자 안에 나는 늘 있단다. 네가 자라는 모습을 나는 하늘 위해서 쭉 지켜보고 있을 거다. 너는 어머니를 지키고, 돕고, 서로 버팀목이 되어 사이좋게 살아가길 바란다. 그리고 내 몫까지 행복해지려무나. 그것이 내 바람이다. 아무것도 해줄 수 없었지만, 마지막으로 한 가지 일러주마. 인생을 최후까지 포기하지 않고 사는 것이야말로, 인간이 가장 인간답게 사는 방법이고 소중한 일이라는 것을.

제한된 삶을 제한 없이 살아가려면, 지금을 소중히 하고, 지금을 열심히 살아가는 거다. 그것들이 쌓이고 쌓이다 보면 멋진 추억의 거목이 되어 해마다 너의 인생에 아름다운 녹색 잎을 무성하게 피워낼 테니. 언젠가 찾아올 죽음 직전에, 너는 지금의 내 말을 이해할 수 있을 거다. 인생이란 마지막의 마지막, 가혹의 끝에, 고난의 끝에, 환희와 깨달음이 있단다. 그것은 헤쳐나온 자만이 볼 수 있는 빛, 태양이겠지.

그리고 이건 작은 바람인데, 가능하다면 언젠가 바다를 건너 내 부모님을 만나주었으면 한다. 만약 그분들을 만나지 못하더라도, 나를 기억하고 있는 사람들이나 피가 이어진 친척을 만나보렴. 네가 고독하지 않다는 걸 알게 될 거야. 지구상 어디라도 가거라. 너를 기다려주는 사람이 반드시 있을 테니. 운명이 이끌 거다. 가혹한 운명이라 해도 포기하지 않고 열심히 살아가면 그 끝에 반드시 행복의 빛이 있을 거다.

LIFE IS A JOURNEY TOWARDS THE GUIDING LIGHT.(유랑하는 우리를 빛이 늘 인도하리.)

신을 믿거라. 어떤 신앙이라도 상관없다. 존귀한 자의 존귀한 눈빛을 마음에 새기거라. 그곳에 태양이 있다는 것은, 존귀한 분이 항상 널 지켜보고 계신다는 뜻이다. 빛은 사랑. 너의 행복을 기원하마.

아버지

지로의 세계 10

지로는 일찍이 없었을 만큼 조용한 기분으로 세계를 보고 있었다. 세월이 얼마만큼 지났는지는 모른다. 어느 때부터인가 시간의 의미가 사라져버렸다. 이 기억의 세계에선 이미 온갖 것이 정체 혹은 정지되고 말았다. 성장도 없지만 절망도 없다.

지로는 역시 예의 도영주택 돌계단에 걸터앉아 있다. 발밑의 보도 콘크리트에 균열이 가 있고, 그 사이로 잡초가 얼굴을 내밀고 있다. 들여다보니, 개미들이 균열을 우회하여 지로의 발밑을 행진하고 있다. 나비의 날개 조각을 안은 개미 한 마리가 대열의 흐름을 방해하고, 다른 개미들이 그 위를 지나간다. 일찍이 아름다웠을 날개에 빛이 닿아, 때때로 옛날을 그리는 푸른 광휘를 반사했다. 훌륭한 세부 마무리. 교묘한 연출이라며 지로는 미소 짓는다.

미처 못 보고 지나쳐버릴 만한 곳까지 신의 의지가 미치고 있다는 사실에 지로는 놀랐다. 얼굴을 들어 시선을 하늘로 던졌다. 태양이 다시 얼굴을 내밀고 창공을 독점하며 쨍쨍 빛나고 있다. 길게 뻗은 구름은 조심스럽게, 딱 좋은 구도로 태양 주위를 이동하고 있다. 재빨리 다시 한 번 발밑에 눈길을 주니, 나비 날개를 운반하는 개미가 균열에 다리가 걸려 오도 가도 못하고 버둥거리며 진땀을 빼고 있다. 다시 한 번 하늘을 보았다. 아무리 좁은 세계에도 똑같은 크기의 하늘이 마련되어 있다. 아무리 가난한 나라에도, 풍요로운 국왕 위에도, 똑같은 크기의 푸르른 하늘이 평등하게 마련되어 있다. 지로는 턱을 당겨 재차 땅바닥에 눈길을 주었다. 균열에서 탈출한 개미가 다시 날개를 떠안은 채 기어가기 시작한다. 이대로 계속 보고 있으면 개미는 어디까지 날개를 운반해 갈까. 그리고 이 교묘한 연출은 언제까지 계속될까. 개미의 노고를 치하하면서도, 지로는 우스움을 못 이겨 피식 웃었다. 이렇게 한없이 보고 있으면 언젠가는 분명 세부가 터져버리겠지. 신을 곤란하게 해선 안 된다며 지로는 눈을 감았다. 빛이 눈꺼풀 위를 부드럽게 내리눌렀다.

●

지로에게 란도셀은 그야말로 처치곤란이었다. 등에 짊어진 란도셀을 어떻게 다뤄야 할지 판단이 서지 않았다. 이대로 주어진 세계와 계속 타협해나가자니 헛되고 나태하게 느껴져 견딜 수가 없었다. 질리면 떠나는 수밖에 없다. 지로가 도달한 하나의 결론이다.

그렇더라도 지로는 방법을 알지 못한다. 란도셀을 짊어진 채 일어서서 세계의 끝을 확인하기 위해 늘 하는 일과대로 나가기로 했다. 일어섰을 때 개미의 대열을 밟아 뭉갤 가능성이 있었지만, 일단 일어서버리면 이미 지면의 일 따위 아무려나 상관없는 일이 돼버린다. 아무려나 상관없어지는 것도, 살아가기 위해서는 중요했다. 때로는 적당 적당해야 만사 편하게 돌아가듯이. 눈앞에 펼쳐진 풍경이 지로를 또 다른 이야기로 끌어들였다.

네거리에 서서 동서남북을 보았다. 길 끝은 부옇고 어둠침침하다. 잠시 고민하고 나서, 지로는 북쪽을 목표로 삼았다. 몇 블록 걷지 않아 금세 세계의 가장자리에 다다랐다. 콘크리트가 깨끗하게 갈라져 있다. 나락을 들여다보고 그 깊이를 확인했다. 빨려 들어갈 만큼 깊다. 바닥은 전혀 보이지 않는다. 어쩌면 이 지로의 세계는 우주에 떠 있는지도 모른다. 여태 자신이 사는 세계를 그랜드캐니언 협곡 위의 한정된 지표라고 여겨왔지만, 실은 우주에 떠 있는 섬 같은 것인지도 모른다. 골짜기 벽이 지구와 이어져 있지 않고, 떠 있다? 지면 바닥이 보이지 않는 이유도 그렇게 생각하면 납득이 간다. 뒤집어진 원추 같은 거다. 그것이 무중력의 공간에 떠 있는지도 모른다.

지로는 발길을 돌려 남쪽을 목표로 삼았다. 별다른 건 없다. 아무 변화 없는 나락과, 영원으로 이어지는 어둠의 끝자락이 그곳에 있었다.

"이상 없음."

지로는 소리 내어 말했다. 그 소리는 어둠 속으로 공허하게 빨려 들어가버렸다. 지로는 어둠을 계속 바라보았다. 왜 어둠 저편으로 뛰어들 수 없는 걸까 생각하고 발길을 돌렸다. 여행가방을 든 사람들 몇 명이 다가온다. 멈춰 선 채 기다리고 있으려니, 그 가운데 낯익은 얼굴이 보였다. 공터의 급수장에서 빨래를 하던 젊은 간호사이다. 먼 기억 속 인물처럼, 소녀의 주변은 색이 바래 있었다. 그녀 옆에는 약간 살찐 남자가 있었다. 손수건으로 턱 끝에 모이는 땀을 연방 닦고 있다. 그 남

484

자의 가족으로 보이는 여자와 아이들, 그리고 늙은 남자와 여자가 남자의 뒤를 따라 걸어오고 있었다. 소녀가 나락으로 가는 입구에 멈춰 서서 뒤를 돌아보았다. 일동도 멈춰 섰다. 소녀의 눈에 불안한 빛이 고여 있다. 약간 살찐 남자는 잠시 소녀가 하는 양을 보고 있다가, 자, 가자, 하며 등을 밀었다. 소녀는 주저하면서도 어둠을 향해 발을 내딛었다. 이어서 남자가, 그리고 그의 가족이 뒤를 따랐다. 그런데 그들은 나락으로 떨어지지 않았다. 어둠 속으로 슥 빨려 들어가더니 금세 어디론가 사라지고 말았다. 지로는 순간, 뒤를 쫓아갈까 망설였다. 하지만 어둠에 뛰어들 자신이 없었다.

지로는 발길을 돌려 걷기 시작했다. 잠시 후, 훼이팡의 유해를 안은 촬영단과 마주쳤다. 덧문짝에 실려 하얀 천으로 덮여 있었지만, 피가 흠뻑 물들어 있었고, 바람에 말린 천 사이로 훼이팡의 감겨지지 않은 눈동자가 보였다. 한 장의 회화를 보는 듯한, 화가의 섬세한 붓끝이 연상되는 느린 행진이었다. 모두가 침울한 표정으로 유해에서 눈을 돌리고 있었지만, 사카타 겐고로만은 눈물이 흐르는 대로 얼굴을 흥건하게 적시며 훼이팡의 손을 꼭 쥐고 있었다. 일행은 지로 바로 옆을 지나, 역시 그대로 어둠 속으로 발을 내딛었다. 지로는 촬영단의 마지막 한 사람이 어둠에 섞여 사라질 때까지 계속 지켜보았다. 촬영단 속에 이노우에 하지메의 모습은 없었다.

●

지로가 남쪽 끄트머리에 다다랐을 때, 이노우에 하지메 혼자서 나락을 들여다보는 자세로 서 있었다. 그 뒷모습은 마치 자살하려는 사람의 그것 같았고, 실제로 발부리가 흔들리고 있는 것이 눈에 들어왔다. 지로는 살며시 다가가서 말을 걸려 했지만, 이노우에가 먼저 기척을 알아채고 지로를 돌아보았다. 슬피 울어 퉁퉁 부은 눈은 새빨갰고, 홀쭉한 뺨은 마치 죽은 사람의 얼굴처럼 창백했다. 그는 지로에게 뭔가 말을 하려 했지만, 실제로 말을 그려내지는 않았다. 몇 번씩 말을 하려다 삼키고, 그러더니 폐에 고여 있던 탁한 날숨을 부르르 떨며 토해냈다.

청년은 울 만큼 울고 난 후, 어둠과 대치했다. 슬픔에 차 있던 표정이 커다란 결의로 기우는가 싶더니, 청년은 한차례 공기를 들이마시고 어금니를 악물었다. 몇 초간 정적이 흐른 후, 지로의 예상대로 청년은 어둠을 향해 발을 내딛었다. 그런데 청년은 다른 사람들처럼 어둠 위를 걸어 나가지 못하고, 나락으로 발을 잘못 디뎌 떨어지고 말았다. 아주 짧은 순간이었지만, 지로는 낙하하는 그의 모습을 확실히 보았다. 황급히 끄트머리까지 달려가서 아래를 들여다보니, 빛을 잃어가는 바닥으로 청년이 떨어지고 있었다. 우주를 방황하는 운석처럼. 영원히 방황하는 우주의 망령처럼.

지로에게는 청년을 구할 방도가 없었다. 눈을 부릅뜨고 청년이 떨어진 나락을 계속 바라보았다. 그가 바닥에 도달한 듯한 소리는 들려오지 않았다. 언제까지고 영원히 떨어져 내리는 게 아닐까 싶은 정적만이 있을 뿐이었다.

지로는 잠시 후 그 정적 저편에서 마지막 소리를 들었다. 팽팽하게 긴장된 세계 한 귀퉁이에 진동이 일었다. 미미한 진동이었지만, 그것은 눈 깜짝할 사이에 커다랗게 부풀더니, 하늘을 점거하는 거대한 새의 날갯짓 소리로 바뀌었다. 날갯짓 소리는 마지막에는 하늘 자체를 찌르르 흔들 정도가 되었다. 지로는 그 때가 왔음을 깨닫고 있었다. 천천히 돌아서서, 푸른 하늘에 정지해 있는 까만 점을 노려보았다.

"왔구나."

지로는 중얼거리고, 달리기 시작했다. 까만 점이 차츰 또렷한 형상을 띠며 비행기 그림자를 그려냈다. 비행기 그림자는 마치 세계를 멸망으로 몰고 갈 사자처럼 당당한 모습으로 상공을 선회하기 시작했다. 지로는 네거리를 가로질러, 도영주택 뒤편의 공터로 뛰어들었다. 예의 쇠격자가 쳐진 창문에는 푸른 눈의 남자 얼굴이 있었다. 그러나 비행기 그림자를 바라보는 그의 눈에 놀라는 기색은 없었다. 평온하기 그지없는 눈으로 운명을 우러러보고 있었다.

지로는 푸른 눈의 남자가 있는 창 밑까지 다가가서 다시 한 번, 왔어요, 하고 외친 후 비행기 그림자를 가리켰다. 푸른 눈의 남자는 어쩔 방도가 없다는 듯 힘없이 고개를 내저었다. 바람이 불었다. 약간 센 바람이었다.

"드디어 왔어요. 기다리고 있었다고요, 난."

지로는 그렇게 말하고 공터 한가운데를 향해 달렸다. 그런 다음 란도셀을 내려놓고, 머리 위를 우러러보았다. 폭격기가 지로의 세계 위에 자리한다. 바람이 멎기를 기다리는 듯이 시간을 끌며 천천히, 질름질름, 기분 나쁘게 선회한다.

"지금 난, 세계를 움켜쥐고 있다!"

지로는 비행기 그림자를 향해 소리쳤다. 란도셀을 한 손으로 높이 쳐들고 다시 한 번, 이번엔 배 밑바닥에서부터 울려 나오는 목소리로 크게 외쳤다.

"기다렸다고!"

폭격기가 마치 비상하는 매처럼 상공에 정지한 다음 순간, 그 복부에 번쩍하고 빛나는 것이 보였다. 푸른 눈의 남자가, 아아, 하고 큰 소리를 질렀다. 지로는 란도셀을 재빨리 끌어안고 하늘을 응시했다. 폭격기가 반짝반짝 광선을 반사하는 금속 알을 낳은 것이다. 금속 알은 천천히 지상으로 떨어졌다. 지로는 조급한 마음을 다잡으며 신중하게 타이밍을 헤아려 란도셀 뚜껑에 손을 얹었다.

"안녕."

지로는 그렇게 중얼거렸다.

"세계 따위, 안녕."

금속 알이 상공에서 눈부신 빛점이 된 바로 그 순간, 지로는 란도셀 뚜껑을 열었다. 온갖 빛이란 빛은 죄다 란도셀 안으로 급속하게 빨려 들어갔다. 빛뿐 아니라, 기척, 존재 모두 란도셀 안으로 빨려 들어갔다. 우주를 구성하는 온갖 에너지원이 란도셀의 열려진 내부로 삽시간에 빨려 들어갔다. 지면이 말려 올라갔다. 하늘이 우주에 빠져들었다.

그리고 그 우주조차도 일그러졌다. 입자도, 물질도, 그림자조차도 죄 말려 올라가 지로의 시계, 뇌리, 기억, 온갖 감정 속에서 일그러져갔다. 바야흐로 빛조차도 보이지 않을 만큼 세계의 온갖 것들이 소실되어갔다. 모든 것이 용해되기 시작했다.

루즈 마이 메모리 9

이노우에 하지메는 사라지지 않는 기억 때문에 흐느끼기 시작했다. 노쇠한 몸 어디에서 생겨났는지 아름답고 굵은 눈물방울이 수척해진 눈 안에서 솟구치더니, 연이어 주름골을 타고 시든 뺨 위로 흘러내렸다. 도모코가 이노우에의 등을 쓰다듬고 있었지만, 이노우에의 괴로움은 어떠한 애정으로도 씻어낼 수 있을 것 같지 않았다. 그것은 그의 의식 속에 들러붙어 한 덩어리가 되어 있었다. 결코 제거할 수 없는 기억의 녹이었다.

"평생, 훼이팡을 죽인 죄를 짊어지고 살아왔네."

이노우에는 폐로 호흡했다. 토해내는 숨에 울음소리가 섞여 있다.

"내가 죽인 게야……."

"그렇지 않아요."

도모코가 울며 무너지는 이노우에 하지메의 어깨를 안으며 위로했다. 그러나 이노우에 감독은, 아니, 내 탓이야, 하고 되풀이했다.

"누구 탓도 아닙니다, 전쟁 탓이죠."

내 말에 이노우에는 힘없이 고개를 내젓는다.

"내게는 살의가 있었어."

그렇게 중얼거리더니 이노우에 하지메는 큰 몸을 천천히 기울여 침대에 누웠다. 이불에 묻은 얼굴이 눈물로 젖어 있다. 말하느라 지쳐서 잠이 왔는지, 잠시 후 녹초가 된 육체가 침대로 잠겨들었다. 도모코가 감독의 백발을 쓰다듬는다. 몇 번이고 몇 번이고, 애정을 듬뿍 담아. 도모코의 눈에도 눈물이 고여 있다.

나는 창가로 가서 병원 안마당을 내다보았다. 심어놓은 나무들 사이로 가을의 향기가 감돌고, 온화한 빛이 단풍을 기다리는 잎들을 아름답게 빛내고 있었다. 이제 곧 20세기가 끝나고 새로운 세기가 올 터인데, 세상은 아무것도 달라지지 않은 것처럼 보였다.

형의 병실은 커튼이 닫혀 있어 이쪽에서는 안의 모습이 보이지 않았다. 그곳에 가을의 빛이 닿아 부드러운 눈부심 속에 싸여 있었다.

"슬픈 이야기네."

도모코가 조그맣게 말했다. 너무 슬프다…….

"감독님은 자신의 저주받은 20세기를 뚜렷하게 영상화하여 남기고 싶었던 걸 거야. 그걸 다음 세기에 전하고 싶었던 거지."

"아직 끝난 건 아냐."

그래, 하고 나는 중얼거렸지만, 이 쇠약해빠진 감독의 모습을 보아선 촬영을 속행하기란 불가능하지 싶다. 도모코도 같은 생각인 듯, 말로는 끝난 게 아니라면서도 한숨이 입가로 흘러나오고 있었다.

"……찍게 해드리고 싶어."

도모코가 이노우에 하지메의 백발을 쓰다듬으며 중얼거린다. 나는 란도셀에 눈이 멎었다. 란도셀은 비쳐드는 빛을 받으며 창가 의자 위에 오도카니 자리하고 있었다.

“이걸 먹일까.”

도모코가 내 시선을 쫓았다.

“‘루즈 마이 메모리’ 말이야.”

“무슨 소리야?”

“여기엔 나쁜 기억, 떠올리고 싶지 않은 기억을 전부 지워 없애는 힘이 있다고 하니까.”

“시험해본 사람은 있고? 안전하다고 장담할 수 있어? 마약이잖아.”

“마약은 확실하지만……. 그럼 이대로 괜찮겠어?”

도모코는 이노우에 하지메를 내려다보았다. 촬영 중의 용맹하던 노감독이 아닌, 죽음을 기다리는 노인에 지나지 않았다. 도모코의 손끝이 이노우에 하지메의 젖은 눈꺼풀을 닦았다.

“마약을 먹였다가 그 부작용으로 감독님이 돌아가시기라도 하면?”

도모코는, 그럴 수도 있잖아? 하고 덧붙였다. 머리를 뒤흔들며 미친 듯 춤추는 중국인 여성들의 모습이 뇌리를 스쳤다.

“야오토우라고, 이 약의 오리지널 약이 있는데, 그걸 먹으면 세 시간 동안 미친 듯이 춤을 추게 돼. 이 신종 야오토우도 같은 작용이 있을지 몰라. 이노우에 감독님의 체력으론 이겨내기 힘들지. 지금 상태로는 무리일 거야.”

“무리야. 애당초 마약 따위로 감독님을 구할 순 없어.”

“그럼 어떻게 구하나? 이대로 감독님은 죽을 때까지 죄를 짊어지고 살아가는 건가? 지워지지 않는 죄의 기억을 가지고 남은 인생을 살아가는 거냐고.”

“잊는 게 낫다고는 생각 안 해.”

“잊는 게 나은 경우도 있어.”

“아무리 괴로운 기억이라도 가지고 살아가는 편이 인간에겐 행복일 수도 있어.”

“하지만 감독님 경우는 다르지. 네가 지로 형의 기억을 가지고 살아가고 싶다는 것하곤 달라.”

“그건……. 하지만 역시 감독님은 훼이팡을 평생 안고 가셔야 할 거야.”

“그야 그렇지만. 훼이팡의 기억이 전부 없어지는 건 아니야. 떠올리고 싶지 않은 기억만 지우는 거야. 괴로운 기억만 지우는 약이라고. 지운다고 해도 어차피 감추는 것에 불과할 테지만.”

“감춘다고?”

“완전히 지울 수야 없잖겠어. 그건 네가 잠을 잘 수 없다고 우기는 거랑 비슷해.”

도모코의 미간이 움직였다. 나는 시선을 피하지 않고 똑바로 도모코를 바라보았다.

“넌 현실에서 도망치고 있을 뿐이야. 사실은 자고 있어. 하지만 안 잔다고 믿는 거지. 정말은 기억이 있으면서 기억이 없다고 말하는 거나 마찬가지야. 기억상실증 환자 중에는, 떠올리고 싶지 않기 때문에 기억이 없어졌다고 믿는 사람도 있을 거야. 인간의 의식이 뚜껑을 덮고 있을 뿐이지, 기억을 지울 수는 없다고. 하지만 감출 수는 있지 않을까. 이 마약은 그런 효과를 돕는 걸 거야.”

도모코는 고개를 숙였다.

"나, 정말로 잠이 오지 않는데……."

조그맣게 항의했지만, 그 목소리에는 응석 부리는 듯한 뉘앙스가 미묘하게 섞여 있었다.

바람이 병실 안으로 불어 들어와 나와 도모코의 뺨을 부드럽게 어루만지고 지나갔다. 그때마다 커튼이 흔들리고, 레일이 마찰하는 금속음이 끼릭끼릭 하고 들렸다. 가슴 부근에서 진동을 느꼈다. 떨림이 점차 커지면서 나를 뒤흔들었다. 가슴에 손을 대고 진동을 눌렀다. 어쩔 수 없이 주머니에서 휴대전화를 꺼내보니 액정화면에 '발신자 표시 제한' 이라고 떠 있었다.

"후지사와다."

도모코가 얼굴을 들었다. 나는 통화 버튼을 누르고 전화기를 귀에 댔다. 몇 초 후.

"지금 막, 지로가 숨을 거뒀네."

후지사와의 목소리가 예기치 못한 단어들을 귓속으로 끌고 들어온다. 황급히 형의 병실을 바라보자, 열어젖혀진 창문 밖으로 레이스 커튼이 나부끼고 있다. 나부끼는 커튼 저편에 카우보이 모자를 쓴 검은 남자가 서 있다. 바람에 커튼이 크게 나부낄 때마다 언뜻언뜻 남자의 얼굴이 보였다. 남자는 이쪽을 보고 있지는 않았고, 우리를 알아채진 못한 눈치였다. 휴대전화를 귀에 댄 채 하늘을, 병원 상공을 바라보고 있었다.

"형이?"

형이라는 내 말에 반응하여 도모코가 일어선다. 그녀의 미간에 주름이 잡힌다.

"그래, 이로써 지로는 편해졌어."

"이로써? 이로써라니 무슨 말입니까. 죽였습니까?"

후지사와의 웃음소리가 귓전에 튄다.

"죽여? 듣기 안 좋은 말은 삼가주게. 지로는 스스로 꼭지를 비튼 거야. 내게 그렇게 말했어."

"말을 해요? 혼수상태인 형이? 장난치지 마요, 당신이 죽였죠."

"그럼, 그런 걸로 해두게나. 나는 지금도 지로를 동생으로 여기고 있어. 녀석에게 뭐가 행복인지, 난 알고 있다고 생각하네."

"……."

"이제부터 여행을 떠날 거야. 란도셀은 처분해도 상관없네. 조직원들과도 절연하고 왔어. 뭐, 마지막에 조금 폭력을 쓰긴 했지. 내일 자 신문을 화려하게 장식할지도 몰라. 어쩌면 도쿄만에 떠오른 내 사체 사진만 실릴지도 모르지만. 그거야 신만이 아실 일. 여하튼, 이제 나한테는 아무 필요도 없네. 안녕히, 지로의 혼이여, 편히 잠들게."

후지사와가 손을 흔들었다. 역시 날 향해 흔드는 것처럼 보이지는 않았다. 하늘을 향해, 하늘 끝을 가는 지로 형의 혼을 향해 손을 흔들고 있는 듯한 각도였다.

"……이제 두 번 다시 만날 일은 없을 듯싶네. 나는 내 가족을 찾아 미국으로 갈 거야. 일본을 뜨기로 했어. 그래, 아버지가 유언을 남겼지. 아버지의 일기를 가지고, 그의 가족, 말하자면 내 친척, 핏줄들을 찾아 나서볼 거야. 그것이 내 마지막 여행이 되겠지. 연이 있다면 또 만나세. 아디오스!"

휴대전화가 일방적으로 끊어졌다. 나는 도모코의 손을 잡고 형의 병실로 급히 달렸다.

●

형은 눈을 뜨고 있었다. 도모코가 달려들어 형의 코에 귀를 갖다 댔다. 호흡이 멎었음을 그녀의 크고 까만 눈이 전했다. 후지사와는 이미 방을 나가고 없었다. 커튼이 흔들리고 있다. 방금 전, 창문으로 뛰어내린 듯한 기척이 여기저기에 남아 있었다. 쫓아가면 따라잡을 수 있을지도 모른다. 그는 우리가 여기에 있다는 걸 알 리 없으니까. 하지만 나는 쫓아가지 않기로 했다. 왜냐면, 죽은 형의 얼굴이 이제까지 본 적 없을 만큼 행복해 보였기 때문이다. 도모코도 울지는 않았다. 형의 멀겋게 뜬 눈을 가만히 바라보고 있었다. 나와 도모코는 바람이 느긋하게 빠져나가는 병실의 오후 양달 속에서 형을 지켜보았다. 똑바로. 그것이 형을 떠나보내는 우리의 올바른 이별 방식이자, 새로운 여행에 나서는 우리의 결의이기도 했기 때문에.

지로 형은 영원을 손에 넣고 말았다.

●

"죽은 얼굴이 아이 같아……."

도모코가 형의 손을 꼭 쥐고 중얼거린다. 나는 창가에 앉은 채, 마치 먼 날의 풍경처럼 지로 형과 도모코—정다웠던 두 사람의 바싹 다가붙은 모습—를 바라보고 있었다. 형과의 추억이 머리 깊은 곳에서 다짜고짜 솟아 나온다. 함께 놀던 도영주택 공터, 좁은 포장도로, 남 신주쿠의 그리운 풍경과 함께.

"나, 앞으로도 계속 지로를 안고 살아갈 거야. 그래도 괜찮아?"

그녀 안에서 지로 형의 기억을 지워 없앨 수는 없다. 내 안에도 형에 관한 추억은 잔뜩 있었다. 내 능력으론 그것들을 지울 수 없다. 기억이란 그런 것이라고, 마음속으로 중얼거린다.

"안고 살아가자. 그게 남겨진 자의 몫이야."

도모코가 돌아본다. 창문으로 비쳐든 빛이 그녀의 얼굴을 에워싼다. 젖은 눈동자에 빛이 고여 있었다. 나는 일어나, 병실 문 앞까지 가서 손잡이를 잡았다.

"둘이서만 있게 해줄게. 형과 천천히 작별 인사를 나누도록 해."

그렇게 말하고 손잡이를 돌려 문을 열었다. 한층 센 바람이 내 몸을 빠져나간다. 소독약 냄새가 콧구멍을 간질인다. 사람들의 목소리가 복도 끝에서 바람에 실려와 닿는다.

"하지만 시간에 대항할 수 있는 건 시간뿐이야."

복도로 발을 한 걸음 내딛은 후, 그렇게 덧붙였다. 도모코를 돌아본다. 곧은 시선이 내게 돌아온다. 아직 시간은 정체된 그대로일까.

"지금은 형이 더 네 마음속에 강하게 남아 있다 해도, 난 그 이상의 추억을 네 안에 만들어 보일 거야.”

복도로 나가 뒷손으로 문을 닫았다. 텅 하고 문이 닫히는 딱딱한 소리가 과거와의 작별인 양 마음에 울렸다.

잘 가, 형.

그렇게 마음속으로 혼잣말을 한 후, 바람의 흐름을 따라 복도를 걷기 시작한다. 복도 끝에 안마당으로 난 발코니가 있고, 환자들이 빛 속에서 시간을 잊은 채 휴식을 만끽하고 있었다. 나도 그 사이에 섞였다. 형의 기억을 꺼내 가만히 바라보고, 날아오른 형의 영혼에 마지막 작별을 고했다. 나무들 끝에 빛이 춤추고, 그 모습은 마치 형의 천진한 혼의 행방 같았다. 여기서도 바람이 살랑거리며 곳곳에서 세계를 나부끼고 있었다.

안마당을 사이에 둔 반대편 병동을 보았다. 이노우에 하지메의 병실에 사람 그림자가 있었다. 처음엔 의사나 간호사인가 싶었는데, 가슴의 수런거림이 진정되지 않는다. 창으로 다가가 자세히 보니, 나부끼는 레이스 커튼 사이로 검은 모자 그림자가 스쳤다.

후지사와!

단숨에 내달렸다. 복도에서는 뛰지 마세요! 하는 간호사의 목소리가 날아든다. 느긋하게 쉬던 사람들을 헤치며 이노우에 감독의 병실을 향해 달렸다. 식당 앞에서 한 환자와 부딪쳤다. 지팡이를 짚은 노인이 비틀거리다 엉덩방아를 찧었다. 환자들 사이에서 욕설이 날아들었지만, 노인이 자력으로 그럭저럭 일어서려 하고 있기에 나는 그대로 속력을 늦추지 않고 길을 재촉했다.

후지사와는 우리가 여기에 있다는 사실을 어떻게 알았을까? 달리면서도 머릿속에선 온갖 의문들이 부풀어 오르고, 당혹감에 사고가 뿌예진다.

미행? 아파트에서부터 쭉 미행했다는 건가. 젠장. 감쪽같이 몰랐어.

계단을 뛰어 올라가, 충고하는 간호사를 다시 뿌리치고 이노우에 하지메의 병실로 뛰어들었다. 그러나 그곳에는 이미 후지사와의 모습은 없었다. 여기서도 역시 불어 들어오는 바람에 커튼 자락이 크게 말려 올라가고 있었다. 란도셀이 없다. 병실 안을 뒤졌지만 란도셀은 어디에도 없었다. 이노우에 하지메가 침대 위에서 팔꿈치를 괴고 막 일어나려는 참이었다. 마치 갓 태어난 말처럼. 손을 후들거리며 혼자 힘으로 일어나려 안간힘을 쓰고 있었다.

"감독님, 괜찮으십니까?"

"으응."

이노우에 하지메는 낮은 목소리로 신음했다.

"검은 모자 쓴 남자는 어디로 갔습니까?"

이노우에 하지메는 힘없이 고개를 흔들었다. 이노우에를 부축할 여유도 없이, 나는 다시 한 번 실내를 둘러보았다. 놓여 있던 의자 위에서 란도셀이 사라졌다. 란도셀을 도둑맞고 말았다. 뒤쫓아 가려는데, 간호사 몇 명이 경비원과 함께 병실로 우르르 뛰어 들어왔다.

"뭡니까. 당신 여기가 어딘 줄 알고 이래요!"

부장 간호사로 보이는 연배의 간호사가 험악한 표정으로 소리를 질렀다.

“카우보이 모자 쓴 남자 못 보셨습니까?”

“무슨 말을 하는 거예요. 당신, 아까 저쪽 병동에서 환자분을 밀어 넘어뜨렸죠?”

“어쨌든, 나중에 설명하겠습니다.”

“잠시만요.”

경비원이 방을 나가려는 내 어깨를 손으로 잡았다.

“지금 사정 설명을 하고 있을 시간이 없습니다. 여하튼 나가게 해줘요. 그렇지 않으면, 그놈이 란도셀을 가지고 도주해버린단 말입니다.”

경비원이 힘을 주었다. 남자의 손바닥이 내 셔츠 속을 파고든다. 나와 경비원이 힘겨루기를 하고 있노라니 한 간호사가, 부장님! 하고 외쳤다.

“환자가!”

간호사들이 놀란 얼굴로 이노우에를 들여다보았다. 돌아보니, 감독의 손과 발이 움찔움찔 기묘하게 튀어 오르기 시작했다. 기계장치가 장착된 장난감처럼 까딱까딱 몸을 움직인다. 그러더니 서서히 춤을 추기 시작했다. 춤이라기보다 경련에 가깝다. 후지사와가 이노우에에게 ‘루즈 마이 메모리’를 먹였다는 데 생각이 미친 것은, 다 함께 이노우에를 진정시키려 달려들었을 때였다.

“선생님 모셔 와, 진정제 준비하고.”

간호부장의 목소리가 튀었다. 이노우에 하지메는 사람들에게 제압 당하면서도 머리를 부서져라 흔들며 격렬하게 춤을 춰댔다. 여든 먹은 노인의 힘이 아니었다. 성인 넷이 붙잡아 앉히려 했지만, 감독의 춤은

멎지 않았다. 이노우에 하지메의 얼굴을 들여다보니, 불가사의하게도
그는 즐거운 듯 하늘을 우러러 미소 짓고 있었다.

안녕, 20세기여

나와 도모코는 차에서 내려, 길이 없는 습원지대를 손에 손을 잡고 한 시간쯤 걸었다. 늪지를 지나 마른 나뭇가지가 하늘로 뻗은 어둑어둑한 숲 속을 걷자니, 잠시 후 호수가 나왔다. 호수면에 태양 빛이 반사되어, 그야말로 은반이라 불리기에 걸맞은 광휘를 내뿜고 있었다. 배낭에서 토카레프를 꺼냈다. 도모코는 벼락을 맞아 쓰러진 듯 보이는 동강 난 고목 그루터기에 걸터앉았다. 부러 무게 잡을 것도 없이, 나는 호수면을 향해 권총의 방아쇠를 당겼다. 탄을 전부 쏘고 난 후, 호수를 향해 있는 힘껏 총을 내던졌다. 퐁, 하고 얼간이 같은 소리가 일대에 울려 퍼졌다.

"끝났어."

내 말에 도모코가 고개를 끄덕였다.

"갈까."

우리는 얼마간 그곳을 떠나기 힘든 심정으로 호수면을 바라보고 있었으나, 잠시 후 누가 먼저랄 것도 없이 발길을 돌렸다.

차 안에서는 음악이 흐르고 있었다. 도모코가 가지고 온 소울왁스
(soulwax)의 새 음반이다. 예리하고 건조한 기타 소리가 듣기 좋았다. 대
화의 공백을 메우기에도 음악은 마침맞았다. 뭔가 말을 해야 한다는
강박 관념을 완화시켜 준다. 한없이 곧게 뻗은 길은 졸음을 불렀다. 저
녁 해가 저물어가는 탓에, 길 끝은 차츰 어둡게 가라앉고 있었다. 헤드
라이트를 켜자 일직선으로 뻗은 길만 시야에 떠오른다. 졸음이 와서
나는 볼륨을 키웠다. 그리고 리듬에 맞춰 머리를 살짝살짝 흔들며, 보
컬의 특색 있는 창법을 흉내 내어 흥얼거렸다. 도모코가 웃었다. 나는
그녀를 바라보고, 그러고 나서 두 사람은 재빨리 키스했다.

●

"있지, 또 쓸데없는 이야기, 해도 돼?"

"휴대전화 귀마개 이야기?"

"휴대전화?"

"잊었어? 휴대전화 구멍이 귀 위치랑 안 맞는다는 이야기."

"아아. 아니, 이번엔 묘 이야기야."

나는 도모코를 힐끔 보았지만, 그녀는 차 앞으로 곧장 이어지는 홋
카이도의 길을 물끄러미 바라보고 있었다.

"요전에, 아버지 묘에 성묘하러 조시가야레이엔(도쿄도립 공원묘지)에
다녀왔거든. 시간이 조금 남아서 그 안을 한 바퀴 둘러봤는데, 유명한
사람의 묘가 여럿 있었어. 나쓰메 소세키(1867~1916. 작가)니, 오노에 기

쿠고로(1885~1949. 가부키 배우)니, 다케히사 유메지(188~1935. 화가 겸 시인)
니. 팬들이 그렇게 해놨는지 꽃도 신선하고 묘석 주변도 정돈되어 있
어서, 왠지 지금 시대와 이어져 있는 사람의 기운이 느껴졌어. 바로 옆
에 나가이 가후(1879~1959. 작가), 이즈미 교카(1873~1939. 소설가 겸 극작가),
토고 세이지(1897~1978. 서양화가)의 묘도 있었는데, 그쪽은 때마침 내가
갔을 때만 그랬는지도 모르겠지만, 꽃은커녕 너무 쓸쓸해서 죽어 있는
것 같았어."

"그래?"

나는 고개를 끄덕였지만, 도모코는 바로 이야기를 계속하지는 않았
다. 10분쯤 짬을 두고 나서 불쑥, 지로의 묘는 어떻게 할 거야? 하고 물
었다.

"모르겠어. 어떻게 할지."

"우리가 마련하자. 뭣하면 친척 중에 한 사람이 절에 있으니까 문의
해봐도 되고."

"응, 고마워. 하지만 아직 망설여져."

"뭐가?"

"그냥 어쩐지, 지로 형한테 묘는 안 어울린다 싶어서. 뭐, 됐어, 그
건……."

"지금 어디 있는데?"

화제를 바꾸려 했지만, 그녀가 가로막는 바람에 기회를 놓쳤다. 뭐
가? 하고 되묻자, 유골 말이야, 하는 도모코.

"뒤에."

“응? 어디?”

“네 바로 뒤.”

도모코가 돌아보았다.

“거기 있어.”

나도 힐끔 뒤를 돌아보고 나서 말했다. 뒷좌석 시트를 떼어낸 자리에 도료며 솔이 가득 쌓여 있었다. 발 디딜 틈은커녕 룸미러가 있으나 마나 할 정도로 온갖 물건들이 재여 있다. 나는 형의 유골을 빈 도료 깡통에 넣어 트렁크 맨 위에 놓아두었다. 화낼 것 같아 그 일을 지금껏 도모코에게 이야기하지 않았다.

“왜?”

“어머니도 얼굴을 마주칠 때마다 묘를 만들라고 하시지만. 어쩐지, 이쪽이 지로 형한테는 더 편하지 않을까 하는 생각이 들어서.”

도모코는 곧장 앞을 보며 침묵했다. 오랜 침묵이다. 표지판에 오비히로 70킬로미터라는 문자가 떠올랐다.

태양이 완전히 잠겨버리고 온 세상이 캄캄했다. 민가의 불빛도 없다. 자동차 패널만이 떠올라 있고, 그 불빛에 겨우 도모코의 표정을 읽을 수 있었다. 마치 우주선을 타고 은하계 끝을 항해하고 있는 듯한 느낌. 헤드라이트 빛으로 간신히 길 위치를 확인할 수 있었다. 30분에 한 대 꼴로 반대편 차량이 스쳐 지나갔다. 그 순간에만 묘한 현실감이 차체를 흔들었다.

“괜찮을지도.”

도모코는 혼잣말처럼 그렇게 말했다.

"응?"

"괜찮을지도 모르겠다고 했어. 이 차 안에 잠시 있는 것도 괜찮을지도. 하지만 언젠가는 묘를 만들어주자. 지금은 여기로도 괜찮지만, 뭔가 결단이 서면 제대로 된 묘를."

나는, 응, 하고 대답해두었다. 그럴 생각으로, 응, 이라고 한 건 아니다. 다만 지금은 이 이야기를 길게 끌고 싶지 않았을 뿐이다.

CD의 볼륨을 조금 높여 두 사람 사이를 메웠다. 차 안에 소울왁스의 음악이 가득 찼다. 허전함을 달래기에는 한껏 건조한 음악이…….

●

오비히로 시내에 들어서기 직전에 사고 현장과 조우했다. 경찰 차량 위의 적색등이 깜박이고 있어서, 꽤 먼발치에서도 사고 현장만이 어둠 속에 기괴하게 떠올라 보였다.

"옛날에, 아버지가 아직 가족의 일원이었을 때, 다 함께 시골로 여행을 간 적이 있어."

사고는 방금 전에 일어난 듯, 부상자가 갓길에 쓰러져 있었다.

"아버지가 운전하고 조수석에 어머니가 타고 뒷좌석에 누나 둘이랑 지로 형이랑 내가 타고 있었지. 5인승 차량에 여섯 명이 탔으니, 경찰 차가 보인다 싶으면 아버지가 나한테 얼른 몸을 숨기라고 명령하는 거야. 그 일이, 못 견디게 기뻤어."

경찰이 분주히 뛰어다니며 사고 수습에 쫓기고 있었다.

"그때도 이런 어둠 속을 차로 달렸지. 어디로 가는지는 몰랐지만, 나는 누나들 사이에 끼어 흥분하고 있었어. 어쩐지, 가족 안에 있어서 기뻤고, 차 밖은 캄캄한데 차 안에는 바로 곁에 가족이 있고, 지로 형이랑 이치코 누나의 체온이, 뭐랄까, 친근하달까, 서로 밀어내기 놀이를 하고 있는 것 같아서 그게 또 못 견디게 기뻤지."

도장차는 사고 현장 바로 옆을 서행해서 통과했다. 바깥을 보고 있던 도모코가 내 얼굴을 들여다본다.

"바깥이 어두우면 어두울수록, 차 안은 우주선 같은 분위기였어. 일체감이랄지, 가족의 유대감 같은 게 절실히 와 닿았고, 어린 마음에도 해체 위기에 놓인 가족이 그렇듯 한 차에 타고 어딜 간다는 게 무척 기뻤나 봐."

차는 사고 현장을 통과하여 다시 어둠 속을 달리는 외길 위에 있었다. 타이어가 붕 떠 있는 듯한 느낌이 들었다. 액셀을 조금 세게 밟아 본다.

"아버지가 휘파람으로 흘러간 노래를 불렀어. 그때만 해도 아직 차량에 CD 플레이어 장치가 없을 때였고, 라디오 전파가 잘 안 잡히는 곳을 달리고 있던 터라……. 어머니가, 잘 부른다고 하셨지. 나는 그런 별다를 것 없는 대화가 기뻤어. 지로 형이 아버지를 흉내 내어 엉터리로 휘파람을 불었어. 내게 형은 세계의 입구이기도 했으니까, 나도 따라서 엉터리로 휘파람을 불어댔지. 누나들이 그만두라며 웃었어. 나는 더 신이 났어."

속도계는 120킬로미터를 가리키고 있었다. 소울왁스의 연주가 끝나고, 엔진 돌아가는 소리와 노면을 마찰하는 타이어 소리가 실내를 가득 채웠다. 그러한 소리 바깥에는 아무 소리도 없었다.

"지로 형이 말야, 넌 꼬마니까 뒷 좌석이랑 뒷 유리 사이의 아주 작은 공간으로 충분할 거라며, 날 거기에 밀어 넣었어. 벽장에 숨는 듯한 즐거움이 있었지. 난 좋아라 했고, 아버지는 그리로 들어가면 룸미러가 안 보인다며 고함을 지르고, 누나들은 웃고, 어머니는 자는 척하고 있었어. 난 창유리에 얼굴을 붙이고 가족들의 웃음소리와 노랫소리를 들으며, 등 뒤의 세계를 계속 바라봤어. 새까맸지. 뒤에는 헤드라이트 불빛조차 비추지 않으니까. 이 차 뒤도, 여기서는 보이지 않지만 잘려 나간 듯이 푹 꺼져 들어간 암흑일 거야. 그때 난, 정말로 우주를 나는 듯한 기분이었어. 우주가족 로빈슨처럼 말야."

"우주가족 로빈슨?"

도모코가 웃었다.

"알아?"

"알아. 재재방송 정도지만 텔레비전에서 봤어."

도모코가 조용히 뒤를 돌아보았다. 그곳에는 지로 형의 유골이 있다. 나로서는 도모코와 지로 형과 함께 여행할 수 있어서 또 한 번 기뻤다. ……옛날 같아서.

"이런 어둡고 적막한 우주공간을 여행하고 있어도 즐거운 것, 그게 가족인 거야."

응, 하는 도모코.

"가족은 좋아해?"

"좋아해."

"가족을 만들고 싶단 생각은 안 해?"

"해."

나는 속도를 조금 늦췄다. 이대로 영영 오비히로에 도착하지 않는다면 좋을 텐데, 라고 생각하면서.

●

"드디어, 모레부터구나."

차에 기름을 넣고 주유소를 나왔을 때 도모코가 중얼거렸다. 민가의 불빛이 조금 늘어나 있다. 오비히로가 얼마 안 남았음을 의미했다. 도모코가 주스 캔 뚜껑을 잡아당겨 따더니 내게 먼저 마시라며 주었다. 입가에 주스 방울이 흐르고, 그것을 도모코의 가는 손끝이 닦았다.

"용케 여기까지 왔네."

나는 왼손으로 도모코의 손을 잡았다. 도모코가 되잡아주었다.

"마지막 한 장면만 남은걸. 태양만 나와준다면 크랭크업."

"오래 기다렸는데. 이번엔 제대로 이어져주려나."

"물론이지, 아무렴, 반드시 이어질 거야."

나도 도모코의 손을 되잡았다. 차는 도카치 천을 건넜다. 그곳은 열 달 만에 찾는 그리운 오비히로 시내였다.

신세기의 태양이 나타나다

태양이 지평선 끝에서 얼굴을 내밀려 하고 있다. 태양 가장자리가 지평 한가운데서 융기하는 모습은 마치 알을 깨고 나오는 듯이 보였고, 뒤이어 내쏘인 빛의 화살이 평야를 질주해나갔다. 예리한 빛이 돌풍처럼 평원을 흘렀다.

조용한 시간이 도카치 평야에 내리 쏟아졌다. 나는 아침의 맑은 공기를 아침밥 대신 먹으며 작업하는 손을 재게 놀렸다.

태양이 평야 끝에서 서서히, 그러나 힘차게 상승하기 시작한다. 눈이 부셔서 실눈을 뜨게 된다. 이제 곧 감독이 온다. 서둘러야 한다. 다네이가 다니면서 미술부 한 사람 한 사람에게 대갈일성을 지르고 있었다. 다네이의 지시에 따라 나는 마지막 마무리를 서둘렀다. 미술부보다 한 시간 늦게 촬영부 및 녹음부 사람들도 속속 도착하여 준비 작업에 들어갔다. 모여들기 시작한 스태프들의 열기가 내 등을 압박하고, 또한 그 마음이 내 육체를 통과하여 붓끝에 도달했다.

●

파괴된 탱크, 군용 차량, 토치카 등에 도장을 마치고, 만능 상자라 불

510

리며 다용도로 쓰이는 정방형 상자에 걸터앉아 담배를 태우고 있자니, 잠시 후 도모코가 커피를 들고 왔다.

"맑네."

그녀는 내게 커피를 건네고 선 채로 하늘을 우러러보았다. 그녀의 시선은 지평선 위의 태양을 포착하고, 살짝 현기증이 이는 듯했다. 바람도 없어서 오늘은 이대로 쾌청한 날씨가 계속될 듯싶다. 태양 빛도 나무랄 데 없다. 설치된 텐트 옆에 이동용 레일이 깔려 있었다. 그 길이가 무려 200미터에 달한다.

촬영기사인 쓰타야의 지시 아래 전원이 달려들어 깔아놓은 레일이다. 미술부는 며칠 전부터 들어와서, 다네이의 지시 아래 작년과 완전히 똑같은 상태로 탱크며 토치카를 배치했다. 어제 오늘 내가 그것들에 도장을 하고 최종 완성을 이루었다.

"감독님은?"

내 말에 도모코가 시계를 들여다보았다.

"앞으로 30분쯤 후면 도키토 씨 일행과 같이 도착할 거야."

"잘 돼야 할 텐데."

"문제없어. 여기까지 왔으니, 이젠 하느님도 나 몰라라 하시진 않을 거야."

도모코가 미소 지으며 말했다.

"그렇겠지."

나도 미소 짓고 남은 커피를 털어 넣었다. 가슴께에서 요란한 진동이 일었다. 황급히 주머니에서 휴대전화를 꺼냈지만, 이미 끊긴 후였다. 착신 기록을 보니 '표시 불가능' 이라고 떠 있었다.

"뭐야?"

미간에 주름을 짓고 있는 내 얼굴을 도모코가 들여다보았다.

"'표시 제한' 도 아니고 '표시 불가능' 이라니, 뭐지? 홋카이도 한가운데라서 그런가?"

"설마."

도모코가 고개를 갸우뚱했다. 누군가가 표시 불가능한 장소에서 내게 전화를 걸어 온 거다. 처음에는, 지로 형한테서 걸려 온 전화 같은 기분이 들었다. 천국에 있는 형이 장난기가 발동해서 내게 연락하려 했다고. 하지만 바로 뒤이어 후지사와의 얼굴이 떠올랐다.

"그 전화, 외국에서 온 거 아냐?"

먼저 말을 꺼낸 건 도모코다.

"외국?"

되물었다. 짚이는 데를 생각하면서.

"누군가, 외국에서 너한테 연락하려고 했던 거야. 이치코 씨라든지."

"아냐, 이치코 누나는 아직 일본에 있어. 바로 지난달에 칸에서 돌아왔으니까, 한동안은 여기 있을 거야."

"그럼, 누구?"

후지사와가 그 후 어떻게 되었는지, 그 점이 내게는 20세기의 마지막 미스터리였다. 그는 란도셀 가득 든 신종 야오토우와 함께 홀연히 모습을 감췄다. 한동안 신문에서 눈을 떼지 못하는 나날이 이어졌다. 카우보이 모자를 쓴 남자가 도쿄만에 떠올랐다는 기사가 실렸나 싶어서.

내내 마음에 걸렸다. 분명 언젠가 그에게서 연락이 올 것 같은 기분을 떨쳐버릴 수 없었다. 이상하게 들리겠지만, 은근히 연락을 기다리고 있는 듯한 구석이 내게 있었다.

"감독님, 빨리 안 오시려나."

휴대전화를 주머니에 도로 넣고 나서, 차량부가 대기하고 있는 국도변을 바라보았다. 11톤 트럭이 몇 대, 거기다 대형 버스가 십여 대 도로를 점거하고 있었다. 그리고 그 주위에는 군복을 입은 엑스트라 천 명이 쭈그리고 앉아 촬영이 시작되기를 기다리고 있었다.

"커피 드실 분!"

제작부의 젊은 조수가 쟁반 가득 커피를 얹어, 작업 중인 스태프들 사이를 돌아다니고 있었다. 고마워, 하는 목소리가 터져 나오고 여기저기서 손을 뻗었다.

너 나 할 것 없이 얼굴에 웃음이 번졌다. 의상 팀의 젊은 스타일리스트가, 다 안기에도 벅찰 만큼 많은 의상을 가지고 텐트로 총총히 가고 있다. 앞이 보이지 않을 정도로 의상을 잔뜩 안고 있는 탓에 발밑이 불안하다.

"넘어질라."

촬영부 조수들 사이에서 목소리가 날아든다. 특수효과부며 특수장비팀의 젊은 축 사이에서도 놀리는 목소리가 피어오른다. 미소가 촬영단 전체로 전염되어가는 것이 느껴진다. 스태프들의 표정이 밝다. 바람이 불자, 다음 순간에는 전원이 자기 자리로 돌아가 묵묵히 일하기 시작했다. 2월 하순부터 재개된 촬영은 오늘까지 모두 순조롭게 진행되고 있다.

한때 촬영 중단의 위기를 맞기도 했지만, 감독은 잘 버텨주었다. 봄 동안 도쿄 스튜디오에서 촬영을 해치우고, 드디어 오늘, 남은 '신 18 컷 2', 태양을 연결하는 촬영을 끝으로 대단원의 막을 내리게 된다.

"감독님은 의욕에 넘치고, 컨디션도 결코 나쁘지 않으니까."

도모코는 자기 자신을 다독이듯 그렇게 말했다. 촬영이 중단된 기간 동안, 도모코는 감독의 뒷수발을 자청했다. 그녀는 자기 시간을 아끼지 않고 감독의 병구완이며 뒷수발에 매달렸다. 또한 조금씩 회복되어 가는 감독을 제작 진행 스태프들이 받쳐주었다. 도키토가 같은 시기에 영화사를 설득하여 새롭게 체제를 편성했다. 예산이 새로 책정되고, 2월 하순에 촬영이 재개되었다. 그 사이 거의 모든 스태프가 다른 큰 작품에 참여하지 않고, 언제든 촬영이 재개되면 돌아올 수 있도록 CM 같이 짧으면서도 개런티가 괜찮은 일을 하면서 연명해왔다. 누구나, 이번 촬영을 끝으로 이노우에 하지메가 은퇴하리라는 것을 알고 있었기 때문이다.

2월 하순에 촬영소에서 재회한 스태프들의 얼굴에선 험악한 분위기가 감돌았다. 감독이 스타트 사인을 내린데도, 언제 또 중단될지 모른다는 두려움을 안고 하루하루를 헤쳐나갔다. 그런 만큼 긴장감 도는 촬영이 이어졌다. 세트 촬영이 끝을 보인 5월 상순이 되자, 사람들 사이에 자연스럽게 웃음이 번졌다. 드디어 촬영을 끝낼 수 있을 것 같다는 무드가 퍼져 감에 따라 스태프들은 사기 충전하여 전에 없이 똘똘

뭉쳤다. 키다 마타요시도 투병생활 틈틈이 얼굴을 내밀어 이노우에 하지메의 용기를 북돋웠다.

"요전에 키다 씨가 그러더라. 왕년의 감독을 보고 있는 것 같다고."

마치 아버지를 존경하는 딸처럼, 도모코는 자랑스럽게 말했다.

"으응."

나는 고개를 끄덕였다.

"손 비는 분!"

고함 소리가 들렸다. 배우들의 매니저며 쉬고 있던 스태프들이, 예! 하고 소리쳤다. 나도 일어나 크레인을 이동시키려 하고 있는 특수장비팀 쪽으로 향했다. 거대한 크레인을 밀었다.

"조금 천천히."

특수장비팀 기사가 고함쳤다. 무거운 쇳덩어리를 열다섯 명쯤 되는 성인이 밀고 있다.

"레일에 올라갑니다."

누군가가 소리쳤다.

"좀 더 천천히."

힘을 합쳐 일하는 게 즐거웠다. 목덜미에 땀이 밴다.

"준비됐지, 하나, 둘!"

고참 중 한 사람인 대도구 담당 고노가 스태프들을 한데 모은다. 고노의 신호에 맞춰 전원의 힘이 하나로 모인다.

"어이, 거기, 멍하니 섰지 말고 와서 좀 도와."

고노의 호통이다. 손이 모자라는 쪽에 몇 사람이 더—배우도 가세한다. 고노에게 호통을 들으면서도 땀이 밴 모두의 얼굴에서 웃음이 떠나지 않는다. 좋아하는 일을 하며 살아간다는 기쁨이 한 사람 한 사람의 얼굴을 자연스레 피어나게 한다. 크레인 이동차가 레일 위로 올라가자, 누군가가 박수를 쳤다. 촬영은 이제부터라고 고노가 훈계한다. 그러나 그런 고노조차도 웃음을 숨기지 못하는 눈치다.

주머니 속이 다시 떨렸다. 나는 황급히 휴대전화를 꺼냈다. '표시 불가능'이라고 떠 있다.

"여보세요."

안테나를 세우고 전화기에 귀를 바짝 붙였다. 상대방은 대답이 없다. 그러나 희미하게, 시익시익 하는 낮은 호흡이 들렸다.

"어디 있는 겁니까. 후지사와 씨."

도모코가 나를 보고 있다. 일순 눈이 마주쳤으나, 내게서 시선을 돌렸다. 그녀는 후지사와를 아직 미워하고 있는 게 분명하다. 숨기듯 전화기를 고쳐 들었다. 시야 끝에는 태양이 있었다.

경계하는 듯한 공백이 이어진 후,

"뉴욕에 있다네."

하고 후지사와가 말했다. 후지사와의 목소리에 어째서 내 마음이 놓였는지는 모른다. 하지만 마치 도주에 성공한 형과 이야기하고 있는 듯한, 알 수 없는 그리움이 있었다.

"그쪽은 아침 해일 테지."

"에, 아, 네."

"이쪽은 저녁 해야. 마천루 저편으로 이제 막 석양이 잠기려 해."

목소리가 너무 가깝게 느껴져서, 후지사와가 바로 이 근처에서 나를 망원경이나 무언가로 보고 있나 하는 생각이 들었다. 후지사와는 몇 차례 헛기침을 한 후, 지구의 끝과 끝에서 동시에 같은 태양을 보고 있는 셈이지, 하고 덧붙였다.

"여긴 저녁 해이고 거긴 아침 해이지만, 요컨대 다른 각도에서 본 같은 태양이야."

후지사와는 웃고 있다. 웃으니 기침이 심해졌다.

"마침 엠파이어 스테이트 빌딩 바로 옆으로 해가 진다네. 이건 일찍이 아버지가 보았을 저녁 해와 똑같아. 그리고 난 지금, 아주 오래전 아버지가 살았던 거리 한 귀퉁이에 서 있고."

후지사와가 뉴욕에 있다니, 실감나지 않는다. 도카치 평야의 푸르른 평원이 지금 내 눈앞에 있기 때문이다. 태양은 지평선 위에서 거리낌 없이 휘황하게 빛나고 있었다.

"전하고 싶은 말은 그뿐이네."

후지사와가 전화를 끊으려 하기에 나는, 잠깐만요, 하고 붙들었다.

"어떻게 할 겁니까, 이제부터. 일본에는 다시 돌아오지 않는 겁니까?"

"돌아가지 않아. 강제송환이라도 당하지 않는 한 여기에 있겠네. 발각되지 않으면 이쪽에서 쥐죽은 듯 살아갈 거야. 그래, 어제, 우리 가족묘에 성묘하고 왔지. 퀸즈라는 곳에 묘가 있었어. 아버지의 누님 묘는 바로 최근에 생겼더군. 만나고 싶었는데 조금 늦었지. 헌데 그 아들이란 사람이 코니아일랜드에 살고 있는 모양이야. 아직 가보진 않았지만 좋은 데라더군. 피서지야. 목제 제트 코스터가 있다지. 머잖아 찾아가 볼 생각이네. 하지만 그것도 아직은 나중 얘기지. 주소는 알지만 지금 당장 찾아가지는 않을 거야. 한참 후에나 가능하겠지. 내가 이 거리에 익숙해지고 여기에 뿌리를 내릴 수 있게 되면, 마음에 여유가 생기면, 그때 만나러 갈 거야."

"전해야 할 얘기는 전부 한 것 같군. 이야기할 수 있어서 반가웠네."

후지사와는 마지막에 그렇게 덧붙였다.

"눈앞의 저녁 해가 너무도 아름다워서, 일본의 누군가에게 전하고 싶어졌어. 하지만 적당한 인간이 없더군, 친구랄 게 없으니. 옛날엔 지로가 그랬지만. ……미안하다는 생각은 했네만, 자네한테 전화를 걸고 말았네. 자넨 적당한 인간이니까."

내가 그렇게 생각했듯이, 후지사와도 내 안에서 지로 형의 모습을 보고 있는지도 몰랐다. 레일 저편에서 이노우에 하지메가 걸어오는 모습이 보였다. 스태프들 사이로 긴장이 퍼져 나간다. 이노우에 하지메 옆에 제작부의 도키토가 바싹 붙어 걷고 있었다. 두 사람의 발걸음은 야무졌다. 이노우에가 웃는 얼굴로 아침 해를 가리키면서 도키토에게 두세 마디 말을 건넸으나, 여기서는 무슨 이야기인지 알 수 없었다. 안 녕하십니까, 하고 인사하는 목소리가 연이어 들리고, 그것은 점차 이 노우에 팀 전체로 퍼져 나간다. 여기저기 미소가 피어났다.

"아침 일찍 폐가 많았네. 아, 그리고 지로에게 안부 전해주게."

후지사와는 말했다. 네, 하고 순순히 대답하자, 다음 순간 전화는 조용히 끊겼다.

‘지로에게 안부 전해주게······.’

후지사와의 목소리가 마음에 남는다. 휴대전화를 넣고, 다가오는 이노우에 하지메를 향해 웃는 얼굴로 인사했다.

“안녕하십니까.”

“수고가 많네.”

이노우에는 오른손을 가볍게 치켜들며 말했다. 그러더니 발길을 돌리고 태양을 바라보며 중얼거렸다.

“새로운 백 년이군.”

도모코도 태양을 보고 있었다. 이노우에 팀의 전 스태프가 이제부터 시작될 마지막 촬영을 앞두고, 조용한 설렘을 안은 채 역시 곧은 시선으로 같은 태양을 바라보고 있었다.

태양이 더욱 눈부시게 그곳에 자리했다. 무수하고 무한한 빛의 손이, 사랑스럽다는 듯 세계를 포용하고 있는 모습이 내게는 보였다. 이제 곧 세계가 이어질 거라 생각하니, 저절로 몸 깊은 곳이 희미하게 열을 띠었다.

“좋아, 갈까.”

감독이 목소리를 높였다. 그 목소리에 나는 정신을 기울인다.

참고문헌

『영화소지(映畵素志)』 스즈키 시로야스(鈴木志郎康) 著 / 겐다이쇼칸(現代書館)

『속·일본군대용어집』 테라다 치카오(寺田近雄) 著 / 릿푸쇼보(立風書房)

『가이드북 히로시마 피폭의 자취를 걷다』 원폭유적 보존운동 간담회 / 신일본출판사

『도설(圖說) 일중 전쟁』 태평양전쟁연구회편 모리야마 코헤이(森山康平) 著 / 가와테쇼보 신샤(河出書房新社)

『일본군 포로 수용소의 나날』 행크 닐슨 외 著, 릭 다나카 譯 / 치쿠마쇼보(筑摩書房)

『전쟁과 영화』 시미즈 아키라(淸水晶) 著 / 샤카이시소우샤(社會思想社)

『히로시마 원폭 전재지(戰災誌)』 히로시마市

『공동연구 히로시마·나가사키 원폭 피해의 실상』 사와다 쇼지(澤田昭二)외 著 / 신일본 출판사

『남경 사건』 하타 이쿠히코(秦郁彦) 著 / 츄코신서(中公新書)

『남경의 진실』 존 라베(John Rabe) 著, 히라노 쿄코(平野卿子) 譯 / 고단샤(講談社)

해설—빛의 작가의 번역자로서

　7, 8년 전의 일이다. 프랑크푸르트 북페어에 다녀온 프랑스 편집자로부터 『흰 부처(白佛)』라는 소설을 건네받았다. 읽고 나서 감상을 들려달라는 부탁이었다. 저자인 츠지 히토나리는 그때만 해도 내게는 미지의 작가였다. 그러나 읽어본 바, 그 시적이고 관능적이며 또한 상상력 넘치는 필치에 감동을 받았다. 곧바로, 단연코 프랑스어로 번역할 가치가 있음을 편집자에게 전하고, 보고서에도 '이 소설은 프랑스 독자들의 마음에 다양하면서도 영속적인 감동과 고찰을 불러일으킬 것이다.'라고 썼다.

　1999년 가을, 『흰 부처』로 페미나 상을 수상한 츠지 씨를 샤를드골 공항까지 마중 나가 처음 뵈었다. 『흰 부처』에서 엿보이는 고전적인 감수성을 지닌 작가치고는 무척 현대적인 차림과 분위기여서 조금 놀랐던 기억이 난다.

　수상식 다음 날, 오랜만에 파리 거리를 걸어보고 싶다는 츠지 씨와 인생과 문학에 관한 이야기를 나누며 튈르리 공원을 걸었다. 문득 올려다보니, 푸른 하늘에 무지개가 선명하게 떠올라 있었다. 주위는 파리지앵 특유의 부산한 발걸음으로 땅만 보며 휙휙 지나가는 사람들뿐. 그들은 무지개를 볼 여유조차 없는 듯했다. 마치 츠지 씨의 소설 속한 장면을 재현한 듯한, 묘한 한때가 지금도 잊히지 않는다.

그러고 보니 최근 한 가지 깨달은 사실이 있다. 다름 아니라 이제까지 내가 번역한 츠지 씨의 소설에는 마지막에 반드시 '빛'이 연상되는 문장이나 구절이 나온다는 점이다. 제목 또한 '빛'과 연관된 것이 많다. 『흰 부처』, 『해협의 빛』, 『태양을 기다리며』…….

『나그네 나무』는 제목에선 '빛'이 연상되는 단어가 없지만, 읽어보면 그 '나무'는 바로, 마음도 영혼도 빛에 목말라 하며 인생의 어두운 사막을 건너는 나그네를 하늘과 이어주는 빛과 같은 존재라는 것을 알 수 있다.

빛, 하늘, 태양―공기와 마찬가지로 인간에게 없어서는 안 되는, 스스로의 존재를 초월하는 빛. 그것은 시대나 지역에 따라 사랑, 부처, 신, 평화 따위의 다양한 이름을 부여받아, 영원히 인류를 감싸 안으며 작은 희망의 증거로서 인간의 마음 뿌리에 자리한다. 이 '빛'이 츠지 히토나리의 여러 다양한 작품 안에서 주요한 역할을 하고 있는 것이다. 나 또한 그 빛에 홀려 있기에 츠지 히토나리의 소설을 번역할 수 있는 것이리라. 번역자는 기술자에 지나지 않을지 모르지만, 번역이라는 정밀한 기계를 원활하게 움직이기 위해서는 작가와 번역자 사이에 이러한 싱크로나이시티(synchronicity. 의미 있는 우연의 일치)가 필요하지 않을까.

그러나 인간은 빛만을 희구하며 그 안에서만 살아갈 수는 없다. 죽음, 폭력, 전쟁, 고통이 이 세계에 존재하기에 문학 또한 존재한다. 가와바타 야스나리는 1968년 노벨 문학상 수상식에서, '궁극적으로는 진·선·미를 추구하는 예술가에게도 『들기 어려운 마계(魔界)』에 대한 바람과 공포, 기원으로 통하는 마음이 드러나거나 감춰지곤 합니다. 이것은 운명의 필연이 아닐까요. 『마계(魔界)』 없이 『불계(佛界)』는 없습니다. 그리고 『마계』에 들기가 더 어렵지요.' 라고 술회했다.

마(魔)에 맞서지 않으면 빛에 다가갈 수 없다. 인생의 고난이란 『나그네 나무』에서 주인공이, 동경하는 형에게 얻어맞은 후에 하는 말처럼, '산다는 건 그런 거라고 설교하는 은사의 사랑의 채찍 같은 것' 이다.

츠지 씨의 작품에 등장하는 형제는 종종 라이벌, 아니면 적(敵)이 된다. 형은 동생에게 적인 동시에 가장 가까운 존재이다. 때로는 가장 사랑하는 친구도 된다.

반대로 적(敵)끼리 형제가 되는 경우도 있다. 양쪽 모두 같은 희망을, 혹은 죽음에 대한 같은 두려움을 안고 있기에—『태양을 기다리며』에 그려져 있는, 일본과 미국 양측의 파일럿이 태평양 상공에서 맞서 싸운 그 장면처럼. 『흰 부처』의 주인공이 시베리아의 눈보라 속에서 철포를 들고 러시아 병사와 마주했을 때처럼.

적도 형도 주인공의 alter ego(분신)인 것이다. 적이란 자기 자신의 그림자를 비추는 거울. 인생의 쓰라림을 뛰어넘기 위한 지혜와 힘을 주는 자라고 바꿔 말할 수도 있으리라.

그림자, alter ego라고 하면, 마찬가지로 내가 번역한 무라카미 하루키의 『세계의 끝과 하드보일드 원더랜드』, 『태엽 감는 새』, 『해변의 카프카』를 떠올리지 않을 수 없다. 무라카미 문학 속의 '그림자' 도 물론 연구해야 할 중요 테마이지만, 『태양을 기다리며』에도 그림자가 빛과 대조를 이루는 거울로 묘사되고 있다. 예를 들어 혼수상태에 빠진 지로가 사념의 세계를 탐색하는 장에서는, 현대와 현실로 통하는 어두운 복도가 효과적으로 쓰이고 있다. 그리고 스토리가 진행됨에 따라, 빛/그림자, 생명/죽음, 의식/무의식, 기억/망각과 같은 대조되는 개념 또한 복잡한 전개를 보인다.

이처럼 『태양을 기다리며』에서 츠지 씨는 감탄할 만한 수법을 구사, 일본의 집단의식을 짓누르는 지난 전쟁의 무게와 현대 일본인의 마음의 심층에 다가서는데, 이 점에서 나는 무라카미 하루키와 공통된 동시대성을 강하게 느낀다.

또한 츠지 씨의 작품에는 앞서 기술한 바와 같이, 공들여 그려진 빛과 그림자의 대위법에 기초하여 빛과 그림자가 함께 녹아드는 기묘한 풍경이 자주 등장한다. 이는 일본인의 정신적인 풍토로 볼 수도 있으리라. 물론 실제 풍경이기도 하다. 『태양을 기다리며』에서는 광활한 도카치 평야가 인물과 맞먹을 정도로 중요한 역할을 해낸다. 혹은 『해협의 빛』의 쓰가루 해협, 『흰 부처』의 오오노시마, 이들 일본적인 풍경은 일본에 가본 적 없는 프랑스인에게는 우선은 단지 이국적인 정서가 넘치는 풍경으로 받아들여지겠지만(그것만으로도 충분히 매력적이지만), 읽어나감에 따라 '유현(幽玄)'이라는 단어를 이해 못하는 외국인에게도 일본 특유의 미의식이 아주 조금이나마 와 닿는다. 요컨대 츠지 작품의 풍경에는 일본인이든 프랑스인이든 공통되는 인간의 감정, 감동이 반향되고 있기에, 문화의 차이를 넘어 보편적인 매력을 갖기에 이른다.

히로시마의 검은 태양, 난징의 붉은 태양이 내려다보는 『태양을 기다리며』의 풍경은 일본만의 것은 아니다. 프랑스의 어느 비평가는 『태양을 기다리며』를 평하길, '망각의 유혹과 기억의 힘'이라 했지만, 『태양을 기다리며』에 그려진 전쟁과 인간의 실정은, 40년이 지난 지금껏 알제리 전쟁을 냉정하게 이야기할 수 없는 프랑스에서도 다양한 반향을 불러일으킬 것이다.

일본 문학을 사랑하는 프랑스인은 츠지 히토나리의 작품을 통해 극동의 신비로운 문명을 헤치고 들어가는 동시에, 한편으론 다른 거울을 통해 자신의 정신성(精神性) 및 사회와 역사를 다시 보게 될 것이다.

성서 속에 이런 전설이 있다. 모든 인간이 유일한 말로 소통하던 오랜 옛날, 인간들은 바빌론에서 하늘까지 이르는 탑을 쌓기 시작했다. 그러나 인간의 오만에 노한 신은, 인간들이 서로 이해할 수 없도록 말을 뒤섞어 다양한 언어로 갈라놓음으로써 탑 건설을 중단시켰다고 한다. 오늘날, 세계적인 문학을 구축하려 애쓰는 전 세계 번역자들은 더욱이 그 바벨탑을 향한 마음을 끊어내기가 어렵지 않나 싶다.

생각해보니, 츠지 히토나리라는 작가 또한 잃어버린 바벨탑을 찾는 번역자와 닮았다. 왜냐면 그도 다른 세계와의 사이에 다리를 놓는 길을 모색하고, 시대와 문화와 언어를 뛰어넘어 인간의 의식이 다다르는 곳으로 다가가려 하기 때문이다. '빛'은 바로 그곳에 있는지도 모른다.

코린느 아틀랑
(Corinne Atlan, 일본문학자 · 번역가)

옮긴이의 말

—삶의 반대말은 죽음. 죽음의 반대말은 사랑. 사랑의 반대말은, ……하
지만 죽음. 사람은 결코 삶으로 되돌아올 수는 없는 거야.

—그럴까. 삶의 반대는 망각 아닌가? 그리고 망각의 반대말이 죽음이야.

—잊어버릴 수가 없는 난 어떻게 되지?

—억지로 잊어버리려 하지 않아도 돼. 기억이야말로 살아 있다는 증거
이기도 하니까.

기억을 가지고 살아간다는 것은 행복한 일일까 슬픈 일일까? 만약
싫은 기억만 지워 없애는 약이 있다면?

실제로 잊고 싶은 기억을 없애주는 약이 개발되고 있다는데, 이를테
면 우리 뇌에 각인된 고통스러운 기억 중 의식적인 부분은 그대로 두
고 감정적인 부분만 지움으로써, 사건의 내용은 기억해도 그 기억에
으레 수반되던 고통을 느끼지 않게 된다는 원리라고 한다. 하지만 말
그대로 당장 아픈 기억만을 찾아내어 삭제한다고 해서 과연 얼마나 더
행복해질 수 있을지. 현재는 과거를 쌓아 이루는 탑이라고 하지 않는
가. 지울 수 있다면 평온하련만, 그럼에도 그러안고 살아가고 싶은 것
이 우리의 기억 아닐까.

이 소설은 그와 같은 기억으로부터 자유롭지 못했던 노장 영화감독, 마약 밀매 중 총격을 입고 혼수상태에 빠진 형, 그 형의 잠들지 못하는 이전 애인, 형의 옛 애인을 향한 연심에 고민하는 동생, 히로시마 운명의 날을 앞둔 미군 포로, 국책 영화에 동원된 중국인 소녀, 수수께끼의 마약 '루즈 마이 메모리' ……를 둘러싼 이야기이다.

특이할 만한 것은 시대도 장소도 전혀 다른 이야기들이 시공을 초월하여 반복적으로 전개된다는 것. 1937년의 난징, 1945년의 히로시마, 1970년의 도쿄, 세기말의 신주쿠를 배경으로 여러 인물의 이야기가 제각기 얽혀 진행되는 독특한 방식이다. 또한 각각의 이야기들을 이어주는 것이 식물인간이 된 지로의 머릿속 세계. 전쟁, 마약, 사랑과 죽음, 출생의 비밀 등 갖가지 트라우마를 드러내고 해결해나가는 인물들의 이야기가 그들의 눈을 통해, 입을 통해 생생히 그려지고 있다. 여러 이야기가 동시에 전개되는 까닭에 다소 피로감을 느낄지 모르지만, 종반으로 향할수록 각각의 이야기는 자연스럽게 결착되어가고, 꿈과 현실이 교차하는 지로의 기억 속 이야기를 쫓다 보면 마치 나 자신의 자아를 찾아 여행하는 듯한 충만함과 나른함을 동시에 느낀다. 단지 단편적인 회상에 그치는 것이 아니라 각 시대가 모두 같은 무게와 크기로 그려지고 있기에 각각의 이야기들은 그것만으로도 한 편의 소설이 될 만하다.

한편 원폭 투하, 난징 대학살이라는 쉽지 않은 소재를 다루면서까지 작가가 전달하고자 했던 메시지는 무엇일까. 많은 이가 그토록 기다려 마지않던 하나의 태양, 거기에는 시대와 이념과 언어를 뛰어넘는 사랑과 인간애, 따스함, 정의와 열정을 회복하고자 하는 염원이 담겨 있다. 같은 시간, 같은 곳에 있으면서도 각기 다른 시공간을 가는 거대한 세상, 그 세상을 하나로 이어주는 빛. 상처는 고통스러웠지만 회상의 여로를 통과하여 마침내 도달한 빛의 세계는 아름답다. 자기 자신과의 화해, 세상과의 화해를 거쳐 마침내 도달한 빛의 세계이기에 아름다울 수밖에 없는 것이다.

문학을 비롯한 모든 예술이 결국 상처를 치유하고 화해하는 과정에서 비롯되는 것이라면 아픈 기억이야말로 현재의 삶을 더욱 풍성하게 가꾸어주는 뿌리가 될지 모른다. 진지하지만 마냥 무겁지 않은, 그러면서도 깊은 흡인력이 있는 독특한 소설 『태양을 기다리며』. 소설로서의 재미를 넘어 한결 깊어진 시선으로 삶과 시간을 돌아보게 한다. 상처와 비루함으로 얼룩진 과거일지라도 어둠과 폭풍 후에 다시 찾아올 태양을 기다리는 마음으로 진실하게 지금을 살아가야 한다는 것, 그것이 모든 죽어간 이의 바람이며 남겨진 자의 몫이 아닐지.

2008년 저무는 해를 아쉬워하며,

신유희